Klaus Modick
Die Schatten der Ideen

Zu diesem Buch

1935: Der deutsche Historiker Julius Steinberg flüchtet wegen seiner jüdischen Herkunft aus Nazideutschland in die USA. Nach einer dramatischen Odyssee durchs Elend des Exils findet er sein Glück als Professor am Vermonter Centerville College. Doch als er unverschuldet in die Mühlen der Campus-Intrigen gerät, wird Steinbergs amerikanischer Traum zum Alptraum ... Ein halbes Jahrhundert später, im Jahr des Irak-Kriegs, kommt der deutsche Schriftsteller Moritz Carlsen als Gastdozent ans Centerville College. Durch Zufall stößt er auf die Briefe und nachgelassenen Aufzeichnungen Julius Steinbergs, die nicht nur dessen mitreißenden Lebensweg erzählen, sondern auch unglaubliche Geheimnisse bergen. Moritz Carlsen will sie ergründen – und stößt dabei auf ein Netz aus Mißtrauen, Hass und Hysterie. Und bald wird ihm klar, daß sich Geschichte stets wiederholt.

Klaus Modick, geboren 1951 in Oldenburg, wurde für sein umfangreiches Werk mehrfach ausgezeichnet, zuletzt 2005 mit dem Nicolas-Born-Preis des Landes Niedersachsen. Er veröffentlichte zahlreiche Romane, darunter »Septembersong«, »Der Mann im Mast«, »Der kretische Gast«, »Bestseller« und »Die Schatten der Ideen«. Klaus Modick ist auch als Übersetzer aus dem Englischen tätig. Er lebt mit seiner Frau und seinen beiden Töchtern in Oldenburg.

Klaus Modick

Die Schatten der Ideen

Roman

Piper München Zürich

Mehr über unsere Autoren und Bücher:
www.piper.de

Von Klaus Modick liegen bei Piper vor:
Der kretische Gast
Bestseller
Die Schatten der Ideen

Die Arbeit des Autors am vorliegenden Buch wurde durch den Deutschen Literaturfonds e.V. gefördert.

Ungekürzte Taschenbuchausgabe
Piper Verlag GmbH, München
April 2010
© 2008 Eichborn AG, Frankfurt am Main
Gedicht Seite 312: Carl Zuckmayer, Die Farm in den grünen Bergen, aus:
Ders., Abschied und Wiederkehr. Gedichte 1917–1976
© S. Fischer Verlag GmbH, Frankfurt am Main 1997
Umschlaggestaltung: semper smile, München
Umschlagfoto: Getty Images / Mel Curtis / Photographer's Choice
Autorenfoto: Peter Peitsch
Satz: Fuldaer Verlagsanstalt, Fulda
Papier: Munken Print von Arctic Paper Munkedals AB, Schweden
Druck und Bindung: CPI – Clausen & Bosse, Leck
Printed in Germany   ISBN 978-3-492-25443-4

*Es ist ein Fehler des Denkens, zu glauben,
das Gegenwärtige nur sei die ganze Welt.*

Giordano Bruno

*Amerika – Vermont – unser blutiges Leben –
[…] und die süße Gewalt unserer Träume.*

Carl Zuckmayer

1

ANFLUG

Ein Zittern durchlief die Maschine, als die beiden Motoren angelassen wurden. Für einen Augenblick ruckten die Propeller, als wollten sie störrisch den Dienst verweigern, begannen sich dann langsam zu drehen und durchschlugen die Luft mit einem flappenden Geräusch, das zu einem gleichmäßigen Dröhnen anschwoll, während die Cessna 208 aus ihrer Parkposition der Startbahn entgegenrollte. Im gelben Licht der Flughafenbeleuchtung verloren die starren Metallfinger der Propellerblätter ihre Form und verwandelten sich in sirrende, ums unsichtbare Zentrum ihrer Naben rotierende Ringe. Nach einem letzten, wie nachdenklichen Stopp startete das Flugzeug durch, nahm Fahrt auf, hob sanft von der Landebahn ab, schlingerte im Steigflug durch verspätete Böen des abgezogenen Gewitters und zog einen weiten Bogen in Richtung Norden, wo das Dunkel schon tiefer war, während weit im Westen noch Lichtreste am Himmel verdämmerten.

New York, Newark, Jersey City und die wuchernden Vororte New Jerseys warfen das Muster ihrer unregelmäßig flimmernden Lichter millionenfach in die Nacht. Anfangs waren noch einzelne Gebäude zu erkennen, von Flutlicht erfülltes Grün eines Baseballstadions, unablässiges, gelb und rot glitzerndes Ziehen und Fließen auf den Straßen. Doch schnell verschmolzen die einzelnen Punkte zu fremdartigen, geometrischen Formen, die von innen zu leuchten schienen wie die Armaturen im Cockpit, das von der engen Passagierkabine nicht abgetrennt war. Das Blinken der Skalen und Tasten, über die manchmal schattenhaft die Hand des Piloten wischte, gehorchte vielleicht dem gleichen Rhythmus, in dem das Geflimmer von unten aufstieg, folgte der gleichen Struktur, die an Schaltkreise auf Microchips erinnerte, betrachtet man sie unter einem Mikroskop. Als die Maschine ihre Reiseflughöhe erreicht hatte, verblaßten diese Vorstellungen, denn jetzt glich der Lichtteppich den magischen Ornamenten auf jenen Decken, die Indianer in Arizona oder New Mexico weben. Je schwächer das Leuchten von unten schien, desto deutlicher wurden große Sternmengen, und plötzlich stand auch eine wie aus Silber geschnittene Mondsichel am aufklarenden Nachthimmel.

Wegen der aus Kanada nach Süden durchziehenden, schweren Gewitterfront war sein Anschlußflug von Newark nach Lebanon, New Hampshire, von 16 auf 21 Uhr verschoben worden, so daß er nun schon seit über zweiundzwanzig Stunden unterwegs war. Außer ihm befanden sich nur noch drei andere Passagiere in der zehnsitzigen Maschine, eine Frau seines Alters, die gelangweilt in einem Modemagazin blätterte, und zwei junge Männer, die sich über den Mittelgang hinweg lautstark unterhielten, um den Fluglärm zu übertönen. Es mußte sich um Studenten handeln, drehte sich ihr Gespräch doch um Studiengebühren und Anmeldefristen, Studentenwohnheime und die Qualität des Mensaessens am *Centerville College*. Die beiden hatten also dasselbe Ziel wie er. Vielleicht würden sie ihm nächste Woche sogar in seinen Seminaren gegenübersitzen. Am *Centerville College* in Vermont.

Der Anruf war vor einem halben Jahr gekommen, gegen Mitternacht, als er sich vorm Zubettgehen die Zähne putzte. Wer rief denn zu einer derart unmöglichen Zeit an?

»Schöffe hier. Spreche ich mit Moritz Carlsen?«

»Ja, aber wer …«

»Johannes Schöffe hier. Wir kennen uns aus dem Studium. Hamburg, siebziger Jahre. Erinnern Sie, erinnerst du dich etwa nicht mehr? Das Benjamin-Seminar bei Mandelkow? Heinrich Mann bei Old Man Schneider? Strukturalismus bei Martens? Wir haben sogar mal gemeinsam ein Referat gehalten. Über Hofmannsthal bei …«

»Oh, ja klar, jetzt fällt's mir wieder … Hocki! Bist du das etwa, Hocki?«

»Genau.« Er lachte. »Nur daß mich hier, wo ich jetzt bin, niemand mehr so nennt.«

Er sah ihn vor sich: einsneunzig groß, breitschultrig, blondes, volles Haar, strahlend blauäugig, fast das Klischee des Athleten, der er tatsächlich war, spielte er doch in einem ziemlich noblen Hamburger Club sehr erfolgreich Feldhockey, was seinerzeit noch exzentrischer als Tennis und böse bourgeoisieverdächtig war. Weniger exzentrisch oder nobel war allerdings sein Vorname. Johannes hießen viele, weshalb er zwecks genauerer Distinktion unter den Studenten erst Hockey-Hannes genannt wurde, woraus sich bald die Kurzform Hockey entwickelte und schließlich zu Hocki verschliff. Er stammte aus einer Husumer Pastorenfamilie, und in seiner Aussprache klangen manchmal noch Reste nordfriesischen Platts durch. Kennengelernt hatten sie sich Anfang der siebziger Jahre in einem literaturwissenschaftlichen Seminar über Walter Benjamin, das mit hundertzwanzig Teilnehmern so überlaufen war, daß es in einem Hörsaal stattfinden mußte. Hocki saß eine Reihe vor Carlsen und fiel angenehm auf, weil er sich über die theologische Ahnungslosigkeit lustig machte, mit der einige revolutionär gesinnte Kommilitonen Benjamin zum Theologen der Revolution ernennen wollten. Als Pfarrerssohn mußte Hocki es besser wissen.

Sie freundeten sich an, wenn auch nicht besonders eng, was unter anderem daran lag, daß Hocki wegen seines ewigen Hockeytrainings ständig in Zeitnot war. Aber sie belegten häufig dieselben Seminare und Vorlesungen und schrieben schließlich auch gemeinsam ein Referat über Hofmannsthal, über den Hocki sogar promovieren wollte, obwohl dieser Autor gar nicht zu ihm zu passen schien. Hockis Art, mit Literatur umzugehen, war nie sonderlich subtil, sondern hatte etwas derb Zupackendes, womit er allzu verblasene Theorien und Interpretationen schnell auf ihren hohlen Kern zurückführte. Mit Ideologiekritik oder gar Proletkult hatte das allerdings nichts zu tun, sondern Hocki analysierte Literatur einfach mit dem, was man gesunden Menschenverstand nennt. Literatur, sagte er einmal, müsse man besprechen, wie man früher Krankheiten besprochen habe. Deshalb kam im Hofmannsthal-Referat auch die Bemerkung vor, daß es dem sprachskeptischen und weltmüden Lord Chandos, den angesichts einer herumstehenden Gießkanne »die Gegenwart des Unendlichen umschauert«, vermutlich ganz gut getan hätte, sich einmal mit seinem Gärtner zu unterhalten.

Carlsen vermutete auch, daß Hocki heimlich selber schrieb und literarische Ambitionen hegte. Als sie einmal Vorlesungsmitschriften austauschten, fand Carlsen zwischen den Papieren in Hockis Handschrift ein sehr trauriges, elegisches Gedicht, das von einer verlorenen oder unerfüllten Liebe handelte. Es war konventionell geschrieben, sogar gereimt, und hatte etwas Liedhaftes. An den Titel konnte Carlsen sich nicht mehr erinnern, vielleicht gab es auch keinen. Als er ihm ein paar Tage später die Aufzeichnungen zurückgab, fragte er, ob Hocki das Gedicht geschrieben habe. Er lief knallrot an, schüttelte heftig den Kopf und sagte nur »Ach, Quatsch«.

Kurz darauf verschwand er sang- und klanglos von der Bildfläche, und niemand wußte, warum und wohin. Hocki war einfach weg. Mitten im Semester. Gerüchte kursierten, er sei in einen Versicherungsbetrug verstrickt gewesen und habe auf einem Containerschiff angeheuert. Ein anderes Gerücht wollte von einer Liebesaffäre mit einer Inderin wissen, die er bei einem Hockeyländerspiel kennengelernt habe und der er Hals über Kopf auf ihren Subkontinent nachgereist sei. Carlsen glaubte beides nicht, machte sich aber auch weiter keine Gedanken über Hockis Verschwinden und verlor ihn bald aus der Erinnerung. Und dreißig Jahre später rief er also plötzlich zu nachtschlafender Zeit an und sagte, daß man ihn da, wo er jetzt sei, nicht mehr Hocki nenne.

Jetzt war er nämlich in Amerika. Am *Centerville College* im US-Bundesstaat Vermont. Und er war dort Professor für Germanistik, seit einem Jahr auch Direktor des Instituts für *German Studies and Language*. Wie er das geworden sei, sagte er auf Carlsens Zwischenfrage, sei eine lange Geschichte, die er gelegentlich gern erzählen wolle, zum Beispiel dann, wenn Carlsen ans College käme. Und damit falle er auch gleich mit dem Haus in die Tür. Wie Carlsen bald merken sollte, unterliefen Hocki manchmal solche Ausdruckskapriolen, und dreißig Jahre Amerika hatten das zwischen Zunge und Gaumen rollende plattdeutsche R tief in Hockis Rachen rutschen lassen.

»Ich habe«, sagte er, »am College Geld beschafft für die Position eines *Writer in residence*. Die soll ab jetzt alle zwei Jahre von einem deutschsprachigen Schriftsteller besetzt werden. Für zwei Semester. Und natürlich hab ich sofort an dich gedacht. Du hast ja Karriere gemacht als Schriftsteller. Das hab ich von hier mit großem Respekt verfolgt. Ich hab auch zwei deiner Romane gelesen. Gefallen mir gut. Und du arbeitest auch als Übersetzer. Das ist die perfekte Kombination für unseren *Writer in Residence*. Und dann natürlich unsere alte Verbundenheit aus Hamburger Tagen.« Der Arbeitsaufwand werde sich in Grenzen halten – ein Seminar Kreatives Schreiben, zu unterrichten in deutscher Sprache, sowie ein Workshop Literarisches Übersetzen. Das in Aussicht gestellte Honorar war anständig.

Carlsen erbat sich einen Tag Bedenkzeit.

»Großartig«, meinte Hocki. »Hier wird's dir gefallen. Centerville liegt zwar mitten im Nirgendwo, aber das Nirgendwo ist schön. Ich ruf dich morgen wieder an.«

Vermont? Vermont sagte ihm etwas. Hatte Carl Zuckmayer da nicht damals sein Exil ausgesessen? Auf einer Farm in den Bergen? Nordosten der USA. Neuengland. Aber Centerville? Nie gehört. Carlsen schlug im Atlas nach. Der Ort fand sich schließlich, sehr klein gedruckt, etwa 30 Kilometer westlich der Grenze zu New Hampshire und knapp 100 Kilometer südlich der kanadischen Grenze. Die nächsten, wenn auch nicht gerade nahen Großstädte waren Montreal und Boston. Um Details auszumachen, startete er mit *Google Earth* auf die virtuelle Umlaufbahn. Zwar lokalisierte das Programm den Ort, aber ab einer Höhe von etwa 30.000 Fuß verlor das Bild beim Heranzoomen seine Schärfe. Auszumachen war nur eine von Straßen durchzogene Häuseransammlung, die an den Rändern in bewaldete Gebiete ausfaserte. Hier war offensichtlich so abgrundtief Provinz, daß *Google Earth* sie nur beiläufig überflog. Oder eben, in Hockis gepflegtem Denglisch, die Mitte des Nirgendwo.

Im Kalender überprüfte er, ob seinem Aufenthalt irgendwelche anderen Termine im Weg standen, aber die Verabredungen und Verpflichtungen, die er für den fraglichen Zeitraum eingegangen war, ließen sich absagen oder verschieben. Zwei Semester Centerville also? Warum eigentlich nicht? Tapetenwechsel war stets willkommen, würde vielleicht sogar die üble Schreibblockade lösen, die ihn seit Monaten lähmte. Und da er seit seiner Scheidung finanziell chronisch klamm war, kam ihm das in Aussicht gestellte Honorar mehr als gelegen.

Vierzehn Tage später kam per Post ein Umschlag, der so dick war, daß er nicht durch den Briefkastenschlitz paßte. Er enthielt Informationen über das College, einen Arbeitsvertrag, unterzeichnet vom *Chair of Department* Johannes Schöffe, der sich jetzt aber umlautlos amerikanisiert John H. Shoffe schrieb – ob das H. wohl für Hocki stand? –, sowie einen verwirrenden Wust von Formularen, die zur Erteilung eines J-1-Visums für akademische Austauschkräfte auszufüllen waren. Lehraufträge in den USA hatte Carlsen schon zweimal wahrgenommen, zuletzt 1999, vor vier Jahren also, konnte sich aber nicht entsinnen, damals mit einem derart massiven Formularpaket bombardiert worden zu sein. Früher reichte ein Doppelblatt mit Angaben zur Person samt Paßfoto, Reisepaß und frankiertem Rückumschlag. Das sandte man dann auf dem Postweg ans nächste US-Konsulat und bekam ein paar Tage später seinen Paß mit dem Visum zurückgeschickt. Inzwischen hatte sich das Doppelblatt zu einem Formulardutzend in diversen Farben vervielfacht, in das akribisch sämtliche USA-Aufenthalte, die man je absolviert hatte, einzutragen waren. Das Fotoformat inklusive der Gesichtshaltung des Porträtierten waren millimetergenau vorgeschrieben. Drei Referenzpersonen mit vollständigen Adressen wurden verlangt, Erklärungen zu Vermögensverhältnissen, Steuerpflicht, Familienstatus, Kindern und so weiter und so fort.

Mit dem komplett ausgefüllten Bürokratiekrempel sollte man sich persönlich in der Paßstelle der Berliner US-Botschaft einfinden, und um sich dort einfinden zu dürfen, mußte man sich über eine kostenpflichtige Telefonnummer einen Termin zuweisen lassen. Die Leitung war ständig besetzt, und als Carlsen nach dem zwanzigsten Wählversuch endlich eine Verbindung bekam, war diese so schlecht, als säße die Sachbearbeiterin mit einem Handy auf dem Mond. Durchs Fiepen und Rauschen leierte sie ihm noch einmal alles vor, was er bereits aus dem Kleingedruckten der Formulare wußte, nahm umständlich seine Personalien auf und nannte schließlich einen Termin: In zwei Wochen um 8 Uhr früh. Die Telefonrechnung klärte ihn später darüber auf, daß dieses Gespräch mit 60 Euro zu Buche schlug.

Als er dann pünktlich und verschlafen in der Berliner Clayallee erschien, stand vor dem Gebäude bereits eine etwa dreißigköpfige Warteschlange im Nieselregen, bewacht von drei deutschen Polizisten und zwei strammstehenden, wie in Granit gehauenen US-Soldaten. Es stellte sich heraus, daß die Wartenden allesamt zu 8 Uhr, der Öffnungszeit der Paßstelle, einbestellt worden waren. Die ersten in der Schlange hatten offenbar Bescheid gewußt und mußten sich schon gegen 6 Uhr eingereiht haben, um die Prozedur zügig hinter sich zu bringen. In der quälend langsam vorrückenden Warteschlange gingen Bemerkungen und Witzeleien über die Trägheit amerikanischer Amtsschimmel von Mund zu Mund, wenn auch gedämpft und geflüstert, als würden derlei albern-harmlose Despektierlichkeiten mit lebenslangem Einreiseverbot oder zumindest der Deportation aus der Warteschlange geahndet. Hätte Carlsen damals gewußt, was im nächsten halben Jahr auf ihn zukommen sollte, hätte er vermutlich nicht so breit mitgegrinst, wie er es tat.

Gegen 9.30 Uhr war er endlich in die gläserne Eingangsschleuse vorgerückt, legte den regenschweren Trenchcoat und das Sakko in die Plastikschüssel der Röntgenanlage und wollte auch den kleinen Lederkoffer dazulegen, in dem sich seine Antragsunterlagen befanden, wurde jedoch höflich und streng darauf aufmerksam gemacht, daß Koffer, Taschen, Tüten und überhaupt jede Form von Behältnissen, die nicht der Bekleidung dienten, unzulässig seien. Ob er etwa die entsprechenden Hinweise im entsprechenden Informationsblatt nicht gelesen habe? Zum Transport der Unterlagen seien lediglich Plastikfolien oder transparente Aktenordner zulässig. Eine Ablage für unzulässige Behältnisse gab es nicht. Wohin also mit dem Koffer?

Der uniformierte Kontrolleur zuckte mit den Schultern und sagte, nun schon sichtlich genervt, das sei nicht seine Sache, fügte jedoch tröstend hinzu, daß Carlsen nach Entsorgung des Koffers an der immer noch wachsenden Warteschlange vorbei unverzüglich in die Eingangsschleuse zurückkehren dürfe.

Er ging zurück auf die Straße und sah sich ratlos um. Auf der gegenüberliegenden Seite der Clayallee gab es parkartige Rasenflächen, die zur Straße hin von Buschwerk begrenzt waren. Er nahm die Unterlagen aus dem Koffer, sah sich noch einmal um, ob er nicht von den Polizisten oder Soldaten beobachtet würde, und schob den Koffer kurzentschlossen unter die nässetriefenden Büsche. Der Koffer enthielt jetzt nur noch Wäsche zum Wechseln, Kulturtasche, Reiselektüre und anderen Kleinkram; sollte er wirklich gestohlen werden, wäre es zu verschmerzen gewesen. Als Carlsen an der Warteschlange vorbei zügig zur Eingangsschleuse strebte, trafen ihn vorwurfsvolle Blicke, die ihn wohl als Vordrängler denunzieren wollten, aber der Kontrolleur erkannte ihn wieder und nickte freundlich bis anerkennend, als wollte er sagen: Warum nicht gleich so?

In der Paßstelle teilte sich die Warteschlange in drei Kolonnen, die im Schneckentempo Richtung Schalter krochen. Nach 45 Minuten hatte Carlsen in seiner Kolonne nur noch zwei Personen vor sich, als eine Lautsprecherdurchsage ertönte: Im Gebüsch vor dem Gebäude sei ein verdächtiger Koffer lokalisiert worden. Sollte sich der Eigentümer nicht unverzüglich beim Koffer einfinden, werde dieser aus Sicherheitsgründen konfisziert und zur Sprengung gebracht.

Der Koffer war nicht wichtig, aber die Lautsprecherdurchsage schüchterte ihn ein. Was, wenn sich aus dem Inhalt seine Identität feststellen ließ? Lagen nicht sogar einige Visitenkarten darin? Einreisevisum und zwei sorgenfreie Semester im verheißungsvollen Nirgendwo könnte er dann wohl vergessen. Also scherte er mit weichen Knien aus der Kolonne aus und meldete sich, schuldbewußt und unterwürfig Erklärungen stammelnd, bei einem der Sicherheitsmenschen im Foyer, der ihn auf die Straße schickte. Die Lautsprecherdurchsage war wohl auch zur äußeren Warteschlange durchgedrungen, galten ihm doch nun sämtliche Blicke. Man hatte es immer schon geahnt: So unauffällig sah ein Kofferbomber aus.

Vor dem Gebüsch wartete bereits einer der deutschen Polizisten und empfing ihn mit den Worten, *er* sei das also. Der Polizist lächelte aber nachsichtig, vielleicht auch mitleidig, und erklärte jovial, das Problem ergebe sich mindestens einmal täglich. In der U-Bahn-Station gebe es jedoch eine Dönerbude, die sich inzwischen auf diese Fälle spezialisiert habe und als eine Art inoffizieller Gepäckaufbewahrungsdienst der Paßstelle der Berliner Botschaft der Vereinigten Staaten von Amerika fungiere. Immerhin. Ein deutscher Polizist mit Humor.

Carlsen hechelte die 500 Meter zur U-Bahn-Station und wollte dem Dönermann seine Bredouille erklären, aber der unterbrach sein Gestammel und sagte nur: »Isse klar, Kollege. Drei Euro wenn abhole«, nahm den Koffer in Empfang und schob ihn in ein Gestell neben dem Getränkekühler, in dem bereits diverse Taschen, Koffer und Tüten auf ihr Visum warteten.

Für die Warteschlange war Carlsen nun schon eine vertraute Erscheinung, und auch in der Eingangsschleuse wurde er lässig durchgewinkt, aber in den Schalterkolonnen war er erneut der letzte.

Gegen 12.30 Uhr war dann die Reihe endlich an ihm. Er händigte einer mechanisch vor sich hin nickenden Frau seine gesammelten Formularwerke aus, die sie mit spitzen Fingern auf Vollständigkeit überprüfte und ihn wissen ließ, daß er nunmehr Platz nehmen dürfe, um auf den Aufruf für sein Interview mit einem *Immigration Officer* zu warten. Die wenigen Stühle waren besetzt. Im Stehen blätterte er in ausliegenden Broschüren, die in bunten Hochglanzbildern die Herrlichkeiten Amerikas priesen und die Notwendigkeit erklärten, sich im Krieg gegen den globalen Terror uneingeschränkt solidarisch zu verhalten. An einem der Schalter gab es in gedämpftem Ton eine Auseinandersetzung. Soweit Carlsen es verstand, wurden einem vorderorientalisch aussehenden Ehepaar die Einreisevisa verweigert, und als ein Sicherheitsbeamter die beiden schließlich nach draußen eskortierte, fluchte der Mann halblaut vor sich hin, während die Frau weinte.

Um 13.26 Uhr wurde Carlsen, Moritz, per Lautsprecher an Schalter 3 beordert, wo ihn ein überaus höflicher junger Mann befragte, aus welchen Gründen er eigentlich ein J-1-Visum in die USA beantragt habe. Die Gründe hatte Carlsen in den Antragsformularen zwar schon detailgenau und schriftlich dargelegt, wiederholte sie jetzt jedoch so wortgetreu wie möglich, wobei der junge Mann interessiert in den Papieren blätterte.

»*Centerville College*, Vermont«, nickte er respektvoll. »*Ivy League*. Beneidenswert.«

Dann mußte Carlsen seinen linken und rechten Zeigefinger auf eine rot blinkende Apparatur legen, und nachdem die Abdrücke eingescannt waren, verkündete der *Immigration Officer*, daß Carlsens Reisepaß samt Visum ihm innerhalb der nächsten drei Werktage postalisch zugestellt werde. Dabei strahlte er ihn so erfreut an, als verkünde er ihm den Gewinn des Lottojackpots.

Carlsen bedankte sich, eilte an der geschrumpften Schlange vorbei zur U-Bahn-Station, ließ sich den Koffer aushändigen und bestellte einen Döner und eine Cola. Kauend und schluckend dachte er darüber nach, wieso man als simpler Tourist *ohne* Visum in die USA einreisen durfte, als Austauschakademiker aber erkennungsdienstlich kujoniert und biometrisch vermessen wurde. Vielleicht war es ja eine neue Strategie des Terrorismus, sich als Germanist, Kardiologe oder Astrophysiker zu tarnen?

Der Dönermann nickte ihm verständnisinnig zu und sagte: »Lebbe is hart.«

Carlsen gab ihm einen Euro Trinkgeld und nahm die nächste U-Bahn Richtung Bahnhof Zoo. Als er ankam, fiel ihm ein, daß er kein Ticket gelöst hatte. Obwohl er gar nicht kontrolliert worden war, erschrak er bei der Vorstellung. Und über sein Erschrecken wunderte er sich.

An einem schwülen Vormittag Anfang September checkte Carlsen am Frankfurter Flughafen ein. Bei der Paßkontrolle sah ihm der Zollbeamte prüfend ins Gesicht. Ob er Arzt sei?

»Nein, wieso?«

»Wegen des Doktortitels.«

»Ich bin Schriftsteller.«

Der Zollbeamte zog die Augenbrauen hoch, legte Carlsens Paß auf das elektronische Lesegerät, kniff die Augen zusammen, als habe er eine verdächtige Information entdeckt, gab ihm den Paß aber wortlos zurück und winkte ihn weiter.

Auf der Suche nach Massenvernichtungswaffen fischten die Kontrolleure bei der Handgepäckkontrolle vor den Gates einen Nagelknipser aus seinem Koffer. Man erklärte die Nagelfeile, keine fünf Zentimeter lang, für waffenfähig. Also war sie an Ort und Stelle abzubrechen, wahlweise war der komplette Nagelknipser abzugeben. Er brach die Feile ab. Den Laptop sollte er hochfahren. Es mißlang, weil der Akku nicht geladen war. Das schien Verdacht zu erregen, denn nun komplimentierte man ihn hinter eine Sichtwand, und während er dort den Laptop per Steckdose booten mußte, wurde sein Handkoffer erneut durchsucht. Zu beanstanden gab es nichts, nur seine Reiselektüre, Carl Zuckmayers Autobiographie *Als wär's ein Stück von mir*, drehte der Kontrolleur mißtrauisch in der Hand, als handele es sich um etwas Verbotenes. Oder Ekelhaftes.

»Na dann, gute Reise«, sagte der Mann und warf das Buch in den Koffer zurück.

Obwohl der Metalldetektor nicht fiepte, als Carlsen ihn passierte, wurde er vom Hemdkragen über die Gesäßtaschen bis zu den Socken abgetastet. Leibesvisitation, dachte er, merkwürdiges Wort. Früher wurde sie nur dezent, verschämt fast, angedeutet, jetzt ging es handfest an die Wäsche und darunter. Am Gate wurde man vernommen, wann man seinen Koffer gepackt, ob man dabei fremde Hilfe in Anspruch genommen und ob man sein Handgepäck vorübergehend unbeaufsichtigt gelassen hatte. Nein, nein, nein. Während des Boardings, beim Weg über die zum Flugzeug führende Gangway, wurden dann noch einige Passagiere aufgefordert, ihre Schuhe auszuziehen, und Carlsen war sich unangenehm sicher, daß auch diese Kontrolle ihn treffen würde, aber man ließ ihn unbehelligt. Saubere Socken hätte er immerhin vorzuweisen gehabt.

Gern geflogen war er noch nie, weil das kein Reisen vom Vertrauten ins Fremde ist, sondern Transport. Man wird wie Stapelware umgeschlagen, an Gate X verladen und an Gate Y gelöscht. Allerdings hatte er bislang auch nie Flugangst gespürt, doch das änderte sich jetzt. Die Verschärfung der Kontrollen sollte vermutlich beruhigen, bewirkte aber das Gegenteil. Als sich der Start um ein paar Minuten verspätete, was mit einer Verzögerung bei der Gepäckverladung entschuldigt wurde, assoziierte er reflexartig »Kofferbombe«. Als der Kurs über England Richtung Atlantik führte, schoß ihm »Lockerbie« in den Kopf. Und bei jeder noch so schwachen Turbulenz entwickelte er Phantasien, wie das wohl bei einem Absturz wäre. Ob man noch lebte, wenn man unten aufschlüge? Ob einem während des Falls der notorische Lebenszeitrafferfilm präsentiert würde?

Das Essen wurde serviert. Carlsens Sitznachbar, ein wortkarger Amerikaner, klappte die *Financial Times* zusammen, in der er die Börsenkurse studiert hatte, fummelte seufzend die Folie von seinem Alunapf, sog mißtrauisch den aufsteigenden Essensgeruch durch die Nase und sagte: »Now, *that's* biological warfare.« Er nickte Carlsen grinsend zu.

Sie verputzten wortlos die fade Hähnchenbrust auf Gemüsereis, der Amerikaner vertiefte sich wieder in seine Kurslisten und Carlsen sich in seine Reiselektüre, die er gewählt hatte, weil Zuckmayer auch die weltabgewandte Gegend beschrieb, in die Carlsen jetzt unterwegs war.

»Wir hatten keine Erfahrung«, las er da, »mit amerikanischer Bürokratie. Wir kannten nicht den absoluten Legalismus der amerikanischen Beamten, dem nichts als der Buchstabe des Gesetzes gilt, und zwar genau bis aufs Haar. Wir hatten uns noch nicht klargemacht, daß es nur dadurch, durch diese unberechenbare, pedantische Gesetzesstrenge, gelungen war, eine halbwilde Gesellschaft von Westwanderern, Ansiedlern, Glücksrittern, Abenteurern aus allen Ländern und Rassen zu domestizieren und überhaupt zu einem Staatsvolk zusammenzufügen – daß es sich hier um eine Tradition der Rechtlichkeit handelte, welche nicht die geringste Unkorrektheit oder Umgehung dulden kann, ohne ihre Grundlagen in Frage zu stellen.«

Die Entstehung des amerikanischen Korrektheitsfanatismus aus dem Geist des Wilden Westens? In der Umgehung der pedantischen »Rechtlichkeit« hatte Amerika es allerdings auch zu entsprechender Meisterschaft gebracht, zum Beispiel bei der Wahl George W. Bushs zum Präsidenten, bei der man es in Florida mit der Gesetzesstrenge wohl nicht allzu genau genommen hatte.

Inzwischen wurden die Fragebogen der Einwanderungsbehörde verteilt, über deren sprichwörtliche Absurdität er sich diesmal nicht einmal mehr amüsieren konnte, sondern nur stur seine Kreuze machte und eidesstattlich versicherte, weder geisteskrank zu sein noch der Prostitution oder dem Drogenhandel nachgehen zu wollen und auch nicht die Absicht zu hegen, den amerikanischen Präsidenten zu ermorden. Warum wurde eigentlich nicht nach der Mitgliedschaft bei al-Qaida oder den Taliban gefragt? Vielleicht sollten die penetranten Kontrollen und Befragungen auch gar keine Sicherheitsgefühle erzeugen, sondern das, was sie zu dämpfen vorgaben: Angst – und damit Gefügigkeit gegenüber einem Regel- und Räderwerk, das alles und jeden überwachen wollte. Paranoide Züge hatte Carlsen bislang nicht an sich feststellen können, aber in diesem Flugzeug, das sicher und pünktlich in Newark, New Jersey, landete, zeigten sie ihre Grimasse.

Die umständlichen Formalitäten in der *Immigration*-Schleuse kamen ihm noch umständlicher vor als bei früheren Einreisen. Obwohl aus dem J-1-Formular zweifelsfrei hervorging, zu welchem Zweck er an welchen Ort unterwegs war, fragte der *Immigration Officer* nach seinem Reiseziel, während er den Paß fotokopierte und das Formular abstempelte. Eine automatische Kamera schoß noch ein Foto von Carlsen, dann wurde er durchgewinkt: »Have a nice time, enjoy your stay.«

Der dem College nächstgelegene Flughafen lag in Lebanon, New Hampshire, direkt an der Grenze zu Vermont, und der Anschlußflug nach Lebanon sollte in 45 Minuten aus dem *Domestic Flights Terminal* abgehen. Vorher mußte Carlsen sein Gepäck holen, durch den Zoll bringen und erneut einchecken. Die Zeit war also knapp, und er hastete zur Gepäckausgabe. Als das Laufband sich endlich in Bewegung setzte und sein Koffer als einer der letzten erschien, blieben noch zwanzig Minuten bis zum Abflug. Der Koffer war mit einem gelben Aufkleber markiert: Der deutsche Zoll hatte ihn in Frankfurt durchsucht. Weshalb? Wegen der Verlängerungskabel des Laptops, mit denen man jemanden strangulieren könnte? Wegen des Schweizer Messers, das ja Terrorinstrumente gleich im Dutzend zur Verfügung stellte? Der gelbe Aufkleber war jedenfalls ein unübersehbarer Hinweis auf Carlsens Verdächtigkeit, und er rechnete damit, beim Zoll bis aufs Hemd gefilzt zu werden, mußte jedoch nur die im Flugzeug ausgefüllte Erklärung abgeben, daß er weder Drogen noch landwirtschaftliche Produkte noch Devisen in rauhen Mengen importierte.

Mit dem Shuttlebus zuckelte er zum Terminal für Inlandsflüge, erreichte schweißgebadet und außer Atem fünf Minuten nach der planmäßigen Abflugzeit den Check-in-Schalter, der nicht mehr besetzt war und vor dem auch niemand mehr wartete oder anstand. Zu spät. Erschöpft sank er auf eine der Sitzschalen aus Hartplastik, wischte sich Schweiß von der Stirn, schloß die Augen. Als die wie permanenter Nieselregen von irgendwo und nirgends rieselnde Dudelmusik von einer automatisierten Lautsprecherdurchsage unterbrochen wurde, daß Newark Airport ein absolut rauchfreier Flughafen sei, verspürte Carlsen ein unbändiges Bedürfnis nach einer Zigarette. Als er die Augen wieder öffnete, fiel sein Blick auf die elektronische Anzeigetafel über dem Schalter: Der Flug war gar nicht ohne ihn abgegangen, sondern von 16 auf 21 Uhr verlegt. Wetterbedingt. Fünf Stunden Wartezeit waren ärgerlich, aber ein verpaßter Flug wäre noch ärgerlicher gewesen. Er schlenderte an eins der Panoramafenster. Auf die schiefergrauen Parkflächen und Rollfelder prasselte sintflutartiger Regen, und in der tiefhängenden, fast schwarzen Wolkendecke wetterleuchteten lautlose, schwefelgelbe Explosionen. Was für ein Glück, jetzt nicht durch diese tosende Waschküche fliegen zu müssen.

Er ging zurück zum Haupteingang und gesellte sich draußen vor den automatischen Glastüren zu den ausgesperrten Rauchern. Der Regen verwandelte die Zufahrtsrampe in einen reißenden Strom, durch den die Busse, Autos und Taxis zu schwimmen schienen, aber Abkühlung brachte das Unwetter nicht. Das digitale Thermometer auf einem Terminaldach zeigte 91 Grad Fahrenheit.

Hocki hatte gesagt, daß er ihn am Flughafen in Lebanon abholen würde. Um die Verspätung anzukündigen, versuchte Carlsen, ihn mit dem Handy zu erreichen, bekam aber keinen Anschluß. Dann versuchte er es erfolglos mit einem der öffentlichen Telefone in der Eingangshalle. Vielleicht machte er etwas mit den Vorwahlen oder

der Kreditkarte falsch? Vielleicht war die Nummer, die er notiert hatte, nicht korrekt, oder der Anschluß war gestört.

Am Hauptschalter der Fluglinie gab er sein Gepäck auf und bekam die Bordkarte für den verschobenen Flug, aß in einem Restaurant einen Cheeseburger mit Pommes Frites und Krautsalat, trank dazu ein *Samuel-Adams*-Bier. Im Fernsehgerät überm Tresen lief ein Interview mit dem Anwalt Ralph Nader. Ob und wenn ja warum er bei der nächsten Wahl als Präsidentschaftskandidat antreten werde, obwohl bekanntlich chancenlos. Er trete wieder an, sagte Nader, weil Bush ein demokratischer Diktator sei.

Carlsen wußte nicht, ob er es beruhigend oder tollkühn finden sollte, daß so etwas im amerikanischen Fernsehen gesagt und gesendet wurde, zahlte, ging wieder nach draußen, starrte rauchend in den monsunartigen Regen und die niedrige Wolkendecke, die jetzt so schwer zu lasten schien wie Carlsens wachsende Müdigkeit.

Er versuchte noch einmal ergebnislos, Hocki zu erreichen, und schlenderte dann gemächlich zu den Gates. Bei der Handgepäckkontrolle stieß der Nagelknipser ein weiteres Mal auf gesteigertes Interesse: Warum die Klinge abgebrochen sei? Carlsens Erklärung wurde mit anerkennendem Kopfnicken quittiert. Brav, der Mann. Die Wartezone am Gate war menschenleer. Er streckte sich auf einer Sitzbank aus, starrte eine Weile gegen die mit verschmutzten Plastikplatten verschalte Decke, döste schließlich ein und erwachte erst wieder, als der Flug aufgerufen wurde.

Während die Cessna nach Norden zog und die beiden Studenten ihren lautstarken Dialog beendet hatten, wich die Müdigkeit einer überdrehten Empfindlichkeit, einer Dünnhäutigkeit der Wahrnehmung, die in ihm ein Gefühl wiederbelebte, das er aus seiner Kindheit kannte. Es überkam ihn, wenn er im Bett lag, in Momenten kurz vorm Einschlafen, diesen Momenten überwacher Unwirklichkeit. Sein Körper wölbte sich dann langsam schwellend, einem Luftballon ähnlich, auf Zimmergröße. An der Decke, am Boden, an den Wänden machte er halt, als traute er sich nicht über die Geborgenheit des Zimmers hinaus, als fürchtete er sich vorm grenzenlosen Draußen. Dann lag der kleine Moritz nicht mehr nur im Zimmer, in dem sein Bett stand, sondern Zimmer samt Bett und allen anderen Gegenständen lagen zugleich in ihm. Wenn das Gefühl nach einigen Sekunden verebbte, hinterließ es Zufriedenheit und eine Art Heiterkeit, die einverstanden war mit ihm und allem um ihn herum, ein inneres Lächeln. Später wünschte er sich manchmal, diese Momente zurückrufen zu können, aber das gelang nie. Doch in dem winzigen Flugzeug kam das Gefühl zurück, plötzlich und ungerufen. Er gab sich ihm hin, glaubte, es würde haltmachen an den Rücken- und Seitenlehnen des Sitzes, denn es schien ihm indiskret, andere Passagiere mit seiner aufgeblähten Person zu überfluten. Aber dann ging es weit hinaus, über den Rumpf der Maschine, über die Tragflächen, und das schwächer werdende Glitzern der Stadt, diese wie ein Monitor flimmernde Indianerdecke, befand sich in seinem Inneren, die schwarz ragenden Wolken oder Berge am Horizont und der sichtbare Teil des Nachthimmels dazu. Nur die Sterne erreichte er nicht. Die Sterne waren zu fern. Vielleicht, daß der Mond ein wenig näherrückte? Ihm kamen Worte für die Empfindung, sehr schwach nur, abstrakt und hilflos, aber immerhin. Das Zentrum, dachte er nämlich, ist überall – alles gleich nah, alles gleich fern. Und in der Mitte dieser Entrückung zog das Flugzeug seine Bahn bis die Lichter von unten aus leuchtendem Gewebe und Pixelgeflimmer wieder zu Ansiedlungen, Straßen und der Landebahn wurden, der das Flugzeug entgegensank. Indem er Einzelheiten unterschied, schmolz das Gefühl lautlos wie ein Traum, und er saß wieder auf Ichgröße geschrumpft in seinem Sitz. Was wollten ihm solche mentalen, der Übermüdung geschuldeten Exkursionen eigentlich sagen? Handfeste Ideen für einen neuen Roman lieferten solche Spinnereien ja nicht gerade. Leider. Kopfschüttelnd löste er den Sicherheitsgurt.

Der Flughafen Lebanon bestand aus ein paar ein- und zweistökkigen Betonbauten und barackenartigen Gebäuden mit Dächern aus Holzschindeln und weiß verplankten Wänden. Auf dem Dach des Towers bauschte sich im Nachtwind die amerikanische Flagge. Im blaßgelben Scheinwerferlicht kletterten die Passagiere über die angelegte Treppe aus der Cessna aufs Rollfeld, wo der Kopilot verkündete, daß die Gepäckausgabe zu dieser nachtschlafenden Zeit geschlossen sei. Ein junger, vollbärtiger Mann im Overall lud die Koffer, Taschen und Rucksäcke aus der Gepäckklappe und knallte sie wortlos auf den Beton. Die beiden Studenten und die Frau griffen sich ihre Sachen und marschierten zielstrebig auf einen erleuchteten Eingang zu.

Carlsen folgte ihnen mit seinem Koffer in eine Halle, von deren Decke ein enormes Holzschild mit Gravur hing.

WELCOME IN NEW HAMPSHIRE
LIVE FREE OR DIE

Außer den drei Mitpassagieren und ihm selbst war kein Mensch in der Halle, kein Hocki und auch sonst niemand, den er geschickt haben könnte, um ihn abzuholen. Die beiden Ticket- und Check-in-Schalter waren verwaist, die Schalter von *Hertz* und *National* mit Rolläden verrammelt; ein Auto konnte er also auch nicht mieten. Er lief den Studenten nach, die bereits durch die verglaste Drehtür mit der Aufschrift EXIT nach draußen gegangen waren, erklärte seine Bredouille, und falls sie auf dem Weg zum College ...

Ja, klar, sie würden jetzt mit dem Auto nach Centerville fahren, und nein, es sei überhaupt kein Problem, ihn mitzunehmen. Daß er keinen Telefonanschluß bekommen hätte, sei nicht ungewöhnlich. Bei Unwettern wie dem, das heute durchgerauscht war, knickten irgendwo in den Bergen immer mal wieder Masten um, und es konnte Stunden, manchmal Tage dauern, bis die Leitungen repariert waren. Übrigens heiße er Glenn, sagte der Student, der eine grüne Baseballkappe mit dem eingestickten College-Emblem CVC trug, und schüttelte Carlsen kräftig die Hand. Und er heiße Paul, sagte der andere Student, der die gleiche Kappe trug, aber den Schirm in den Nacken gedreht hatte, und schüttelte ihm die Hand noch kräftiger, während er sich vorstellte und es ebenfalls beim Vornamen beließ.

»Maurice?« vergewisserte sich Glenn.

Er nickte. Warum nicht?

»Nice to meet you, Maurice«, sagten beide wie aus einem Munde.

Nur wenige Schritte vom Flughafengebäude entfernt befand sich ein geschotterter, von einer Glühbirnenkette trübe beleuchteter

Parkplatz, auf dem etwa zehn Autos standen. Glenn und Paul führten ihn zu einem gewaltigen Geländewagen und öffneten die Heckklappe, auf der ein Aufkleber in Form einer windbewegten, amerikanischen Flagge mit der Aufschrift *We support our troops* klebte. Die beiden luden ihre Rucksäcke ein, Carlsen schob seinen Koffer daneben, Glenn setzte sich hinters Steuer, Paul auf den Beifahrersitz, und Carlsen kletterte auf die Rückbank. An Platz fehlte es hier wahrlich nicht; man hätte noch sechs Personen mehr mitnehmen können. Der Motor klang wie das gedämpfte Röhren eines urzeitlichen Monsters.

»Was ist das für ein Auto?« erkundigte Carlsen sich, weil er annahm, daß die Jungs auf ihren Truppentransporter stolz waren.

»Chevrolet Tahoe.« Paul drehte sich zu ihm um; sein Grinsen war so breit wie die Stoßstangen. »Leider kein richtiger Hummer, aber immerhin ein SUV.«

»SUV? Was ist das? Ich komme aus Europa, aus Deutschland, und kenne ...«

»Deutschland? Tatsächlich? Ihr Englisch ist aber ziemlich gut.«

»Danke. Ich bin Übersetzer und werde am College auch ein Übersetzerseminar geben.«

»Übersetzer? Tatsächlich? Hast du das gehört, Glenn? Maurice ist Übersetzer.«

»Ja, toll«, sagte Glenn. »Stört es Sie, wenn wir rauchen?«

»Im Gegenteil. Ich rauche selbst.«

»In Deutschland raucht jeder, stimmt's?« sagte Paul und hielt Carlsen eine Schachtel Camel Filter hin. Er bediente sich, Paul gab ihm Feuer und steckte sich selbst und Glenn Zigaretten an.

»Na ja«, sagte Carlsen, »vielleicht nicht jeder, aber Raucher werden da nicht so, wie soll ich sagen? Nicht so ...«

»... diskriminiert«, sagte Paul.

»Ja«, sagte er, »jedenfalls noch nicht.«

»Toll«, sagte Paul und stieß mit gespitzten Lippen Rauch durch die geöffnete Seitenscheibe.

»SUV steht für *Sports Utility Vehicle*«, sagte Glenn nach kurzem Schweigen. »Dieser hat zwei V8-Motoren, die wahlweise die Hinterachse oder alle vier Räder antreiben.«

»Verstehe«, nickte Carlsen, der von Autos nicht die leiseste Ahnung hatte. »Und wie hoch ist der Verbrauch?«

Glenn zuckte mit den Schultern. »Keine Ahnung. Ziemlich hoch. Spielt aber keine Rolle.«

»Nein, natürlich nicht«, sagte Carlsen, obwohl ihm Widerspruch auf der Zunge lag. Aber sollte er diesen hilfsbereiten Jungs mit deutscher Ökokorrektheit oder einem Kein-Krieg-für-Öl-Pazifismus auf die Nerven gehen? Mit einem Pazifismus, der sich nicht zuletzt der *Reeducation* und Entnazifizierung durch die Amerikaner nach 1945 verdankte? Die deutsche Haltung gegen den Irakkrieg war doch wohl eine Mischung aus antimilitaristischer und antinationaler Überzeugung, anerzogen von Amerika selbst. Aber dieser Krieg war auch *das* entscheidende Wahlkampfthema der rot-grünen Regierung gewesen. Hätte der machtversessene Bundeskanzler mit einem Kriegskurs die Wahlen gewinnen können, hätte er Kriegskurs gesteuert. Davon war Carlsen überzeugt. Beim Außenminister war er sich nicht sicher, aber prinzipientreu war der auch nicht.

Und Moritz Carlsen war jetzt weder im diplomatischen Dienst unterwegs noch als europäischer Friedensapostel eingeladen worden, sondern als Gastprofessor – mit der Betonung auf Gast. Er mußte schlicht dankbar sein, daß diese Studenten ihn so umstandslos und gastfreundlich mitnahmen, wechselte also lieber das Thema und fragte, welche Fächer sie auf dem College belegten. Beide studierten *Economics*, Wirtschaftswissenschaften also, wovon Carlsen noch weniger Ahnung als von Autos hatte, weshalb er außer »verstehe« gar nichts mehr sagte, was offenbar auch nicht erwartet wurde.

Sie fuhren über eine Ausfallstraße nach Westen, vorbei an den Leuchtreklamen von Restaurants, Tankstellen, Supermärkten, zwischen deren immer größer werdenden Abständen Bäume aufragten, bis nach einem letzten *Dunkin-Donuts*-Laden nur noch das Licht der Autoscheinwerfer durchs Dunkel brach. Paul schob eine CD in den Player am Armaturenbrett und drehte die Lautstärke hoch. Country-Rock. Ein schneller, nervöser Song im Rhythmus einer zügig auf Touren kommenden Maschine, die im gleichen Takt wie der Automotor zu schlagen schien. Die Bässe pumpten wie Herzschläge eines Läufers durchs Wageninnere, entwichen mit den Zickzacklinien einer Fiedel und den langen Bögen einer Pedal-Steel-Gitarre durch die offenen Seitenfenster, wehten als Klangfahne in die Nacht, und Glenn und Paul sangen den Refrain mit. *Into the future and out of the past, trains run in my head, trains run in my head* ...

Die Strecke führte in langgezogenen Kurven bergauf. Manchmal war die Fahrbahn so dicht von Wald gesäumt, daß die Wipfel ineinanderzuwachsen schienen, als führe man durch einen Schacht aus Stämmen und Astwerk. Manchmal traten die Bäume weiter von der Straße zurück, und dann zeichneten sich bewaldete Bergkuppen, schwarz und scharf umrissen wie Scherenschnitte, gegen den heller schimmernden Nachthimmel ab. Zwischen Wachsein und Schlaf schwamm Carlsen noch eine Weile in Grenzregionen, in denen ähnliche Zustände herrschten wie in der wogigen Anwandlung, die ihn im Flugzeug überkommen hatte, *trains run in my head*, überließ sich schließlich der Schwerkraft seiner Müdigkeit und erwachte erst wieder, als Paul ihn anstieß und sagte: »Hey, Maurice! Wir sind da.«

Der Wagen hielt vor dem Verwaltungsgebäude des Colleges, einem modernen, mehrstöckigen Steinklotz mit grauer Schieferfassade, umgeben von parkartigem Gelände, durch das von Lampen beleuchtete, betonierte Fußwege führten. Über den Rasenflächen, zwischen Bäumen und Büschen, hingen Dunstschwaden. Grillen zirpten, Mücken surrten, und irgendwo zwischen den Bäumen schlappte schwerer Flügelschlag eines Nachtvogels. Manchmal glitten Autos vorbei, langsam, fast im Schrittempo. Aus zwei Fenstern im Erdgeschoß des Gebäudes brachen Lichtstreifen über den Rasen. Carlsen sah auf die Uhr: Viertel nach eins. In den Verwaltungsbüros war um diese Zeit natürlich niemand mehr anzutreffen, aber hinter den erleuchteten Fenstern residierte der Sicherheitsdienst des Colleges.

Von dort aus, erklärten Glenn und Paul, könne er telefonieren. Sie wollten auf ihn warten, und falls immer noch keine Verbindung zustande kommen sollte, boten sie ihm an, bei ihnen zu übernachten. Sie wohnten im Haus einer Studentenverbindung, und dort werde sich allemal noch ein Bier und ein freies Bett finden.

Durch den Seiteneingang mit der Aufschrift *Campus Security* gelangte Carlsen in ein stickiges Büro, in dem es nach Staub, Papier und abgestandenem Kaffee roch. An einem der Metallschreibtische saß eine uniformierte Frau vor einem Computer, blickte auf, erwiderte lächelnd seinen Gruß, fragte, wie sie ihm helfen könne, hörte sich seine Geschichte an, drückte ihr Bedauern über derlei Unannehmlichkeiten aus, blätterte in einem Telefonverzeichnis, griff zum Hörer, wählte Professor Shoffes Privatnummer, bekam ihn gleich an den Apparat und erklärte, daß hier ein Mr., »wie war doch noch mal der Name?«, ein Mr. Carlsen warte und »verdammt müde« aussehe. »Er wird in fünfzehn Minuten hier sein«, sagte sie, nachdem sie den Hörer aufgelegt hatte. »Er sagt, er habe erst morgen mit Ihnen gerechnet. Hat sich wohl im Datum geirrt.«

Carlsen bedankte sich und ging wieder nach draußen, erklärte Glenn und Paul die Situation, bedankte sich auch bei ihnen, öffnete die Heckklappe, *We support our troops,* lud seinen Koffer aus und blickte den Rücklichtern des Wagens nach, bis sie in der Dunkelheit verglühten.

2

EIN NETZ UND EIN SUMMEN

Morgensonne reflektierte im Spiegel über der Wäschekommode, bildete auf dem Holzfußboden ein scharf umrissenes, leuchtendes Rechteck, durch das die dunklen Nuten zwischen den Dielen schnitten, und so wirkte der Lichtfleck wie ein Blatt liniertes, honiggelbes Papier. Darauf könnte man seine Träume notieren, dachte er im Erwachen, mit Traumtinte, in Traumschrift, die keine Hand, keinen Stift und keine Tastatur benötigt, sondern von Gedanken und Phantasien, Wahrnehmungen und Erinnerungen unmittelbar erzeugt wird. Und Schreibblockade ein Fremdwort. Jenseits des Lichtpapiers waren die derben Dielen dunkelbraun, fast schwarz. Wände und Zimmerdecke cremeweiß. Vor der Kommode lag der aufgeklappte Koffer. Die Traumschrift verblaßte, denn jetzt wußte Carlsen, wo er war, und blinzelte zur Armbanduhr, die er auf dem Nachttisch neben dem Bett abgelegt hatte. Zwanzig nach sieben. Also hatte er kaum fünf Stunden geschlafen, war aber nicht müde. Jetlag. In Deutschland begann schon der Nachmittag.

Als Hocki ihn heute nacht endlich aufgegabelt hatte, aus seinem Auto gestiegen, auf ihn zugegangen war, ihm kräftig die Hand geschüttelt, mehrfach auf die Schulter geklopft und sich wiederholt entschuldigt hatte, den »blöden Termin vermasselt« zu haben, hätte Carlsen ihn auch erkannt, wenn er nicht mit ihm gerechnet hätte. Hocki war so groß, breit, blond und blauäugig wie damals und hatte immer noch sein joviales, kumpelhaftes Grinsen. Nur seine Lachfalten waren zu tiefen Furchen geworden, sein eckiges Kinn hatte sich massig gerundet, die Schläfen waren seriös ergraut, und er schob jetzt auch einen gewaltigen Bauch vor sich her, der sich ballonartig unter einem dunkelblauen Polohemd wölbte. Sie waren dann eine Viertelstunde durch die Nacht gefahren, bis zu diesem Haus.

»Es ist eins der Gästehäuser vom College«, hatte Hocki erklärt, »liegt etwas *off campus*, aber schön. Szenischer Blick auf die Berge und alles.« In der Dunkelheit war kaum etwas zu erkennen gewesen. Von ferne hatte Carlsen Wasser rauschen gehört. »Beaver Creek«, hatte Hocki gesagt, »kann man großartig baden.«

Sie hatten einen schnellen Rundgang durchs Haus gemacht und noch eine halbe Stunde am Küchentisch gesessen, eiskaltes Flaschenbier getrunken, das Hocki mitgebracht hatte, »*Beaver Creek Summer Ale*, kein deutsches Pils, sorry, kann man aber großartig trinken«, und über Belanglosigkeiten geplaudert. »Und was hier wichtig ist«, hatte Hocki gesagt, »erzähl ich dir morgen.«

Bei der zweiten Flasche waren Carlsen die Augen zugefallen. Hocki hatte ebenfalls gegähnt, hatte angekündigt, ihn zum Frühstück hier wieder abzuholen, und sich verabschiedet.

Carlsen stellte sich unter die Dusche. Die Installationen im Bad waren neu, aber das Haus war alt. Die Bodendielen knarrten bei jedem Schritt, einige Türen klemmten in den Rahmen. In der Luft hing ein süßlich-strenger Geruch, der ihm vertraut vorkam. Es gab eine Küche mit hölzernen, weiß gestrichenen Einbauschränken, einer Hintertür nach draußen und einer niedrigen Tür, an der ein Schild mit der Aufschrift *Watch Your Step* hing. Dahinter führte eine wackelige Stiege in einen Kellerraum. Grobes, gekalktes Mauerwerk; Heizungskessel, Waschmaschine, Wäschetrockner; ein Regal mit Wasch- und Putzmitteln und einem aufgerissenen Karton voller Haushaltskerzen; zwei weitere Regale mit Werkzeugen, Farbeimern, Pinseln; unter der Stiege Kisten und Kartons; an der Wand ein Sicherungskasten für die Hauselektrik.

Von der Küche gelangte man durch einen türlosen Durchgang mit Rundbogen ins Wohnzimmer, beherrscht von einem mächtigen, aus Feldsteinen gemauerten Kamin. Davor standen im Halbkreis eine Couch und zwei tiefe Sessel aus abgewetztem, flaschengrünem Leder; ein rundes Tischchen; eine Vitrine mit Gläsern; ein Fernsehgerät und eine kleine Stereoanlage auf einem Sideboard.

Neben dem Schlafzimmer gab es einen als Büro eingerichteten Raum. Auf einem grauen Metallschreibtisch ein Tastentelefon und ein Monitor mit Tastatur; Rechner und Drucker standen in einem Bücherregal, in dem sonst nur ein paar Zeitschriftenstapel verstaubten.

Es gab keine Klimaanlage, aber in jedem Raum hing ein Ventilator an der Zimmerdecke. Carlsen zog an dem herabbaumelnden Zugschalter. Die Rotation wirbelte den Geruch durch die stille Luft. Bohnerwachs, wußte er plötzlich. Es war der Geruch von Bohnerwachs aus Kindertagen, der aus den Bodendielen dünstete. Vom Wohnzimmer ging eine Tür auf eine überdachte Veranda, die an der Vorderfront und an beiden Seiten des Hauses entlanglief und vollständig mit Fliegendraht eingefaßt war. Neben der Eingangstür standen ein hölzerner Schaukelstuhl und ein runder Hocker, im hinteren Teil der Veranda lagen Klappstühle aufgestapelt. Alles war sauber, die Fenster geputzt, aber das ganze wirkte unbewohnt, erkaltet, aufgegeben.

Er drückte die Fliegendrahttür auf und ging über drei Holzstufen auf den Zufahrtsweg. Die Zugfeder ließ die Tür hinter ihm gegen den Rahmen knallen. In der Morgenstille klang das wie ein Schuß. Jetzt also der »szenische Blick auf die Berge und alles«, der durch die Drahtmaschen gefiltert wie ein grob gerastertes Foto ausgesehen hatte. Umstanden von alten Ahornbäumen lag das Haus an einem grasbewachsenen Hang, an dessen Fuß sich der Beaver Creek wie eine grünblau glitzernde Riesenschlange durchs Weideland schob. Die geschotterte, mit Schlaglöchern übersäte Zufahrt führte zu einer schmalen Brücke und mündete auf der anderen Flußseite in eine Straße, über die lebhafter Autoverkehr von und nach Centerville zog. Das Städtchen lag ein paar Kilometer flußabwärts, und dahinter erstreckte sich das weitläufige Collegegelände über einen Hügel. Den östlichen Horizont begrenzten die grünen Berge, denen Vermont seinen Namen verdankt. *Voici les verts monts!* Da, seht die grünen Berge! soll der französische Entdecker Samuel de Champlain ausgerufen haben, als er im frühen siebzehnten Jahrhundert in Begleitung eines katholischen Missionars und einiger indianischer Scouts von Kanada nach Süden über den See gekommen war, der heute seinen Namen trägt. Die bewaldeten Bergketten und Hügel sahen im Morgenlicht eher blau als grün aus, erstarrte Wellen eines Meeres, dessen Ferne zum Greifen nah schien. Flußaufwärts lagen vereinzelte Farmhäuser, deren rot gestrichene Rundscheunen und röhrenförmige Aluminiumsilos wie fette, künstliche Blüten aus dem Grün und Gelb des Weidelands stachen.

Carlsen schlenderte zur Brücke, eine mit armdicken Holzbohlen verplankte, einspurige Eisenkonstruktion, unter der das Wasser in rasender Strömung dahinschoß und nach etwa hundert Metern über Stromschnellen abwärtsschäumte. Das Tosen war bis zur Brücke zu hören, und über den Fällen hing als Dunstschleier aufsprühende Gischt in der Luft. Während er wieder zum Haus zurückging, wirkte es nicht mehr abweisend und verlassen, sondern strahlte in seiner Schlichtheit eine absichtslose Schönheit aus. Überm dunklen Sockel aus Feldsteinen erhoben sich die weiß gestrichenen Holzwände, auf den Fenstern reflektierte Sonnenlicht, und an einer Giebelseite des altersgrauen Schindeldachs ragte zwischen Baumkronen der Schornstein des Kamins in den Himmel, als sei er nicht gemauert worden, sondern gewachsener Fels, an dessen Beständigkeit sich das Haus wie schutzsuchend schmiegte. Schade, daß jetzt kein Rauch aufsteigt, dachte Carlsen. Der Anblick hatte etwas rührend Wehmütiges, Anheimelndes – ein Zuhause, zu dem man gern zurückkehrt. Weil ihm der Gedanke zu sentimental vorkam, dachte er vorsichtshalber: ein Haus, mit dem man Werbung für Ahornsirup machen könnte.

Er ging auf die Rückseite, gegen die vom Boden bis zur Dachtraufe Brennholz gestapelt war, mit dem wohl wolkenweise anheimelnder Rauch zu machen wäre; nur die schmale Hintertür zur Küche war freigelassen. Ein Trampelpfad lief durchs hohe Gras weiter hügelaufwärts. Auf der Kuppe überblickte man sanft rollendes, gelbgrünes Hügelland, dazwischen Farmhäuser, Baumgruppen und Wäldchen, vereinzelte Asphaltbänder der Straßen, und am Horizont, viel ferner als die grünen Berge und doch zum Greifen nah, schroffe Grate, Gipfel und Kämme der Adirondacks. Von hier oben sahen die unregelmäßigen Rechtecke der Dachschindeln wie ein grobmaschiges Netz aus, übers Haus geworfen, um einzufangen oder festzuhalten, was unter diesem Dach je vor sich gegangen war. Vielleicht würde dies Netz auch die Gedankenfluchten bündeln, die Carlsens Schreibblockade schon viel zu lange ausbrütete, aber vermutlich war diese Hoffnung nur ein weiterer Schritt im Kreis lähmender Unproduktivität.

Von der Hauptstraße bog ein Wagen ab, rollte langsam über die Brücke und kam die Zufahrt hinauf. Es war nicht der rote Volvo, mit dem Hocki ihn nachts herchauffiert hatte, sondern ein dunkelgrüner Toyota Corolla. Als Carlsen am Haus ankam, stieg Hocki aus und drückte ihm den Wagenschlüssel in die Hand.

»Mit Komplimenten vom College«, sagte er. »Das ist sozusagen deine Dienstlimousine. Sehr dezent, ziemlich alt, aber fährt noch okay. Das College spart immer am falschen Ende, besonders«, er lachte, »besonders, wenn's um mein Salär geht. Obwohl es im Teig rollt.«

»Obwohl es was?«

»Im Teig ... O Gott, mein Deutsch rostet wirklich. Rolling in dough? Obwohl das College im Geld schwimmt. Egal, jetzt wollen wir erst mal frühstücken.«

Hocki setzte sich auf den Beifahrersitz, Carlsen fuhr. Als sie an der Brücke ankamen, ermahnte Hocki ihn, das Tempo zu drosseln. In der Sommerhitze lockerten sich manchmal die Bolzen der Beplankung, und im Winter, das würde Carlsen noch erleben, sei die Brücke häufig vereist. Es habe hier schon tödliche Unfälle gegeben. Sie bogen Richtung Centerville auf die Route 9 ein, passierten Supermärkte und Einkaufszentren mit Parkplätzen, Autohändler, Schnellrestaurants, Tankstellen, eine Bowlingbahn – das zu austauschbarer Nichtidentität zerfranste Weichbild Centervilles.

In der Stadt jedoch, sagte Hocki, erwarte Carlsen nicht nur ein »großartiges« amerikanisches Frühstück, sondern ein Amerika, das es eigentlich gar nicht mehr gebe. Die amerikanische Kleinstadt nämlich. Vor hundert Jahren hätten die USA noch fast vollständig aus solchen *Small Towns* bestanden, umgeben von Farmland oder Wildnis, winzige Kaffs, die mit europäischen Maßstäben nur als Dörfer zu bezeichnen seien. In denen hätten der amerikanische

Traum gewurzelt und die traditionellen Werte geblüht, intaktes Familienleben, Gemeinschaftssinn, puritanische Frömmigkeit, harte Arbeit und Patriotismus. All diese »großartigen« Ideen. Und hier hätten sich »großartige« Tugenden entfaltet, Nachbarschaftshilfe zum Beispiel, und fernab der politischen Zentren auch eine Art Direkt-Demokratie. In den fünfziger Jahren hätte noch die Hälfte der Bevölkerung auf Farmen oder in Kleinstädten gelebt; heute seien es kaum noch zwanzig Prozent. Vermont allerdings, dieser kleinste und zugleich »großartigste«, weil eigenwilligste der Neuenglandstaaten zwischen New Hamsphire, Hocki deutete nach hinten, und New York State, Hocki deutete nach vorn, bilde eine Ausnahme. Vermont sei immer der ländlichste Staat der USA gewesen und sei es immer noch. Abgesehen von seinem »verrosteten« Deutsch redete Hocki wie gedruckt, als halte er einen Vortrag.

»Du bist ja wirklich Amerikaner geworden«, sagte Carlsen. »Und ein Patriot dazu.«

»Patriot? Ich? No way.« Er lachte gemütlich. Aber Vermont gefalle ihm. Die Leute seien eigensinnig bis zum Separatismus. Ihr Nationalheld Ethan Allen habe seinerzeit gar nicht den USA beitreten wollen, sondern ein unabhängiges Vermont angestrebt. Hier sei es ruhig, und man ließe sich auch gegenseitig in Ruhe. Und wenn man Hilfe brauche, bekomme man Hilfe. Leben und leben lassen. Hier siedelten mehr Aussteiger und Althippies als sonstwo, Künstler und Lebenskünstler, Schwulenehen würden anerkannt und so weiter und so fort. Vermont sei im besten Sinn liberal. Vielleicht erinnere es ihn auch an seine Kindheit in Schleswig-Holstein, weil die Leute so bodenständig seien. »Weißt du, was das Wahrzeichen von Vermont ist? Nein?« Er machte eine Kunstpause. »Es ist eine Kuh. Das gefällt mir. Und soviel zu meinem Patriotismus.«

»Und was sagt dein Patriotismus zum Irak?«

»Zum Ir ..., ähm, rechts ab, du mußt hier rechts abbiegen, und da vorne an der Kirche können wir parken. Und zum Irak sagt mein Patriotismus nur Bullshit. Aber er sagt das nicht sehr laut, weil man es hier im Moment nicht so gern hört.«

Weiß gestrichene Holzhäuser mit überdachten Veranden standen dicht an dicht, gelegentlich auch ein Steinhaus oder eine steinerne Fassade, scharen sich um den weißen Holzbau der *Congregational Church* mit ihrem spitzen Holzturm.

Sie stellten den Wagen vor dem Postamt ab, gingen vorbei an der *Bank of Vermont* und *Ben Franklin's Store*, einer Art *Woolworth* der Kleinstädte, wo man vom Dosenöffner bis zur Spaltaxt, vom Schneeschuh bis zur Bratpfanne alles bekomme, was man hierzulande zum Leben und Überleben brauche. Hocki deutete aufs Schaufenster des *Vermont Book Store*, wo er vor einigen Jahren mal eine Erstausgabe von Gedichten Robert Frosts aus dem Ramsch gerettet habe. Ob Carlsen eigentlich wisse, daß Robert Frost aus dieser Gegend stamme? Und das Kino auf der anderen Straßenseite, das *Marquis Theatre*, sei in den sechziger Jahren modernisiert worden, leider, wirke mit seinem Plastikcharme heute aber schon wieder erfreulich antiquiert. Und drüben in *Abraham's Department Store*, in dessen tapfer undekorierten Schaufenstern schon seit Jahren ein Schild den Totalausverkauf wegen Geschäftsaufgabe verkünde, sei die Zeit stehengeblieben; in fünfzig Jahren werde das Schild vermutlich immer noch hängen. »Ist das nicht großartig?«

Auch in *Jodie's Restaurant – Ice Cream and Soda Fountain, est. 1901*, einem dämmerigen Raum mit langem Tresen und abgeteilten Tischnischen, schien die Zeit stehengeblieben zu sein. Jedenfalls ging die Uhr mit *Budweiser*-Emblem auf dem Zifferblatt eine halbe Stunde nach, und die dürre alte Dame, die die Speisekarten aufs graugescheuerte Holz der Tischplatte legte, sei, flüsterte Hocki, schon ewig so klein, dürr und alt gewesen.

Carlsen bestellte Rührei mit Speck und Toast. Hocki, dessen Bauch gegen die Tischkante drückte, nahm ein Schinken-Käse-Omelette mit Bratkartoffeln, vier Würstchen und sechs Pfannkuchen, die in Ahornsirup schwammen. Die Liberalität Vermonts oder die Zeitenthobenheit von *Jodie's Restaurant* kam auch darin zum Ausdruck, daß man im hinteren Teil noch rauchen durfte. Und während Carlsen sich eine Zigarette ansteckte, schwärmte Hocki noch eine Weile von der Großartigkeit des Kleinstädtischen, machte Carlsen dann auch ein paar Komplimente über seine Bücher, von denen er einige offenbar sehr genau gelesen hatte, und schließlich schwelgten beide in Erinnerungen an ihre gemeinsamen Hamburger Tage – was aus diesen Professoren geworden, wohin es jene Kommilitonen verweht und verschlagen habe.

Als Carlsen fragte, warum Hocki damals so sang- und klanglos verschwunden sei, grinste er breit. »Aus Liebe natürlich.« Aber das sei eine längere Geschichte, die er ein anderes Mal erzählen würde. Jetzt sei es Zeit, ihm das College zu zeigen. »Ich geb dir 'ne Tour durch die Fazilitäten und alles das.«

Das Institut für *German Studies and Language* war in *Huddle Hall* untergebracht, einem wuchtigen, vierstöckigen Granitbau, kurz vor dem Ersten Weltkrieg errichtet, laut Marmortafel am Portal gestiftet von William H. Huddle, Collegeabsolvent des Jahrgangs 1880. Der habe seine Millionen mit Eisen und Stahl gemacht, Abkömmling deutscher Einwanderer von 1848 übrigens, und der von ihm gestiftete Klotz sei zwar weder das neueste noch das schönste Gebäude auf dem Campus, aber das mit der »absolut großartigsten Location«, da es sich auf dem Hügelkamm erhob, von dem man weite Teile des Geländes überblicken konnte. Vor dem Haupteingang grünte eine fußballfeldgroße Rasenfläche, auf der Bäume und Holzsessel standen.

»*Adirondack Chairs*«, erläuterte Hocki, »wenn nächste Woche das Semester läuft, sind die alle besetzt.«

Jenseits der Rasenfläche lagen zwischen Büschen und Bäumen weitere Gebäude. Linker Hand, im Stil eines französischen Landschlößchens, *Le Chateau*, das romanistische Institut. In der Mitte die Mathematiker, amerikanischer Kolonialstil mit Säulen und Gesimsen. Rechter Hand die Soziologen, Politologen und Philosophen in einem futuristischen Gebilde aus Stahl, Glas und Beton. Und alles Weitere werde Carlsen im Lauf der Zeit noch kennenlernen. Im Hintergrund ragten und wogten die grünen Berge, und darüber spannte der Spätsommer ein durchsichtiges Blau, durch das Schäfchenwolken segelten.

Die Büro- und Seminarräume des Instituts verteilten sich aufs Erdgeschoß und die erste Etage von *Huddle Hall*, während ein Souterrain und die oberen Stockwerke als Studentenwohnheim dienten, als *Dormitory*, also kurz *Dorm*. Auf den Fluren und Treppen war niemand zu sehen. Stille. Und auch hier Geruch nach Bohnerwachs.

Die Studenten und Professoren würden erst am Wochenende aus den Ferien zurückkehren, aber im Institutsbüro, laut Hocki »unserem Hauptquartier«, wurde Carlsen eine gewisse Ross, »Ross für Rosalynn«, vorgestellt, »unsere Seele«. Seele Ross hatte helmartig toupierte, blonde Haare, blaßlila geschminkte Lippen, war klein und korpulent. Eine Lesebrille baumelte vor ihrem enormen Busen, und an der Bluse in der Farbe ihres Lippenstifts trug sie eine Anstecknadel in Form der amerikanischen Flagge.

Seit dreißig Jahren, sagte Hocki fast ehrfürchtig, lange vor seiner Zeit also schon, erledige Ross ihren Job, und vor ihr habe eine Tante von ihr den Job erledigt, fast vierzig Jahre lang.

Ihre Familie stamme nämlich auch aus Deutschland, aus Bayern, erklärte Ross lächelnd, die Urgroßeltern Bachmüller seien ausgewandert, der Name sei irgendwann zu Backmiller anglisiert worden, aber die Zweisprachigkeit habe sich lange erhalten, weshalb Tante Alice Anfang der vierziger Jahre den Job im College ergattert habe.

Ross erzählte das allerdings auf englisch, und nachdem Hocki Carlsen in sein Büro geführt hatte, sagte er grinsend, daß Ross' Zweisprachigkeit, wenn überhaupt, eher passiv als aktiv ausgeprägt sei.

Die Fenster des Direktorenzimmers wiesen nach Westen auf die Adirondacks. Die Sonnenuntergänge seien spektakulär, Caspar David Friedrich sei nichts dagegen, und wenn demnächst der *Indian Summer* ausbreche, böte sich ein überwältigender, um nicht zu sagen großartiger Farbenrausch. Und da hinten, Hocki tippte gegen die Scheibe, irgendwo hinter der Baumgruppe, jenseits des Flusses, liege das Haus, in dem Carlsen untergebracht sei. Ob es ihm gefalle? Das College habe im Lauf der Jahre einige der umliegenden Privathäuser aufgekauft, nutze sie zu allen möglichen Zwecken, zum Beispiel als Gästehaus, von wegen »großartiger Location« und »szenischem Blick«. Im Institut stehe Carlsen aus Platzmangel leider kein eigener Büroraum zur Verfügung, aber für seine Sprechstunden könne er eine der Lounges im Mehrzweckgebäude benutzen. Er zeigte auf einen langgestreckten Holzbau mit tonnenartigem Kupferdach. »Da ist auch das Wichtigste drin«, grinste er, »nämlich die Mensa.«

Ross erschien an der offenstehenden Tür. Sie habe der Abteilung *Human Resources* in der Verwaltung Carlsens Ankunft gemeldet. Dort müsse er seine *College ID* abholen und die üblichen Papiere unterschreiben.

Und zwar möglichst umgehend, ergänzte Hocki, da man ohne *College ID* auf dem Campus kaum ein halber Mensch sei, quasi nichtexistent. Er selbst müsse jetzt zu einer Gremiensitzung, habe übermorgen jedoch einen freien Tag, und er schlug vor, dann gemeinsam einen Ausflug in die Umgebung zu machen.

Das Verwaltungsgebäude kannte er bereits von seinem nächtlichen Besuch im Security-Büro. Im zweiten Stock residierte *Human Resources*. Carlsen fand die Bezeichnung »menschliche Rohstoffe« für eine Personalabteilung irgendwie bedenklich, wenn nicht gar unmenschlich, wurde jedoch mit aufgeräumter, burschikoser Höflichkeit empfangen und einer weiteren erkennungsdienstlichen Behandlung zugeführt, indem man ihn vor eine Leinwand komplimentierte und bat, recht freundlich (»say cheese«) in eine Digitalkamera zu blicken. Der digital erfaßte, menschliche Rohstoff seines Gesichts erschien, verlegen lächelnd, auf einem Monitor und verwandelte sich dann als Foto in einen integralen Teil seiner *College ID*, des Identitätsnachweises, den ein Drucker lautlos ausspuckte: ein kreditkartengroßes Stück Plastik mit Carlsens Konterfei, Namen, Geburtsdatum und dem Zusatz *Faculty*. Für die korrekte Verwendung der Karte und alle weiteren Notwendigkeiten des Campuslebens wurde ihm ein knallgelbes Merkheft ausgehändigt. *The CCCCG: The Complete Centerville College Campus Guide – Faculty Edition.* Weiterhin hatte er verschieden umfangreiche, bereits ausgefüllte Formblätter und Schriftsätze zu unterzeichnen, die seinen Steuerstatus, den Arbeitsvertrag und den Verzicht auf sämtliche Renten- oder Pensionsansprüche betrafen. Deutsche Bürokratie war ein lichter Hain gegen diesen Formaliendschungel, der aber in Form eines Vorschußschecks schließlich noch eine schöne Blüte trieb.

Der Toyota stand vor *Huddle Hall* auf einem Parkplatz mit dem

Hinweisschild *Faculty Only*. Vor dem Wagen stand breitbeinig ein Mann in der Uniform von *Campus Security* und notierte sich das Kennzeichen. Was das nun wieder sollte? Carlsen war doch jetzt *Faculty*, konnte das kraft seiner *Campus ID* sogar beweisen und war mithin befugt, hier zu parken. Er grüßte mit einem schüchternen »Hi« und schloß die Fahrertür auf.

»Ist das Ihr Wagen, *Sir*?« Die Betonung auf *Sir* klang streng bis unerbittlich.

»Ja. Ich meine, es ist ein Wagen des Colleges, aber …«

»Dieser Parkplatz ist nur für Fakultätsmitglieder, *Sir*.«

»Ich weiß. Ich bin, ich meine …« Statt weitere Erklärungen zu stammeln, hielt Carlsen ihm die *College ID* vor die Nase. »Ich *bin* Fakultätsmitglied.«

»Der Wagen hat aber keine Registrierungsnummer, *Sir*.«

»Keine was?«

»Wenn Sie auf dem Campusgelände parken, müssen Sie den Wagen bei *Campus Security* registrieren lassen.«

»Oh, das wußte ich nicht.«

»Jetzt wissen Sie's ja. Das Büro hat geöffnet. Also machen Sie's lieber gleich. Sie müssen die Wagenpapiere vorlegen, *Sir*.«

Wagenpapiere hatte Hocki ihm nicht gegeben. »Papiere? Ich weiß gar nicht, ob ich … wo die …«

Der Security-Mensch klopfte mit den Handknöcheln gegen den oberen Rand der Frontscheibe. Wurde er jetzt ungeduldig? »Da sind sie doch«, sagte er.

»Was? Wo?«

»Die Papiere, *Sir!*« Wieder klopfte er gegen die Scheibe. »Hinter der Sonnenblende, *Sir!*«

»Ah, ja, natürlich, hinter der …« Carlsen beugte sich ins Wageninnere. Der Kfz-Schein steckte unter einem Gummizug an der Sonnenblende. Logisch. Da steckte er ja immer. »Danke«, sagte er.

Der Kontrolleur hatte sich bereits abgewandt. »You're welcome«, sagte er im Weggehen, und das hieß nicht »herzlich willkommen«, sondern »bitte sehr« oder »gern geschehen«, aber es hätte natürlich auch »herzlich willkommen« heißen können.

Nach Vorlage von Kfz-Schein und *Campus ID* bekam Carlsen im

Security-Büro einen Aufkleber mit einer Nummer und dem Vermerk *Centerville College CS Reg*, den er von innen gegen die Heckscheibe klebte. Jetzt erst parkte der Wagen legal, jetzt erst war Moritz Carlsen amtlich befugt. Und jetzt fühlte er sich auf unerklärliche Weise auch erleichtert.

Die *Bank of Vermont* war ein schlichtes Holzgebäude mit Teerpappendach. Hinter den Schaltern führte ein vergitterter Durchgang zu einem riesigen, altertümlichen Tresor.

Zur Barauszahlung des Schecks, sagte die junge, grell geschminkte Angestellte, müsse Carlsen ein Ausweisdokument vorlegen.

Er reichte ihr seinen Reisepaß. Sie drehte ihn verblüfft in der Hand, schlug ihn auf und blätterte darin herum. Aus Germany also? Eine Sekunde mal bitte ... Sie verschwand hinter einer Tür, ratsuchend vermutlich, und kam nach einigen Minuten zurück, verlegen lächelnd. Ein deutscher Paß sei hier leider als Ausweis höchst, nun ja, ungewöhnlich. Ob er nicht ein anderes Dokument vorlegen könne? Einen Führerschein beispielsweise? Oder, da der Scheck ja vom College ausgestellt sei, besser noch eine *College ID*? Die Plastikkarte zauberte ein Lächeln des Wiedererkennens auf ihr puppenstarres Gesicht. Sie fotokopierte die Karte, ließ Carlsen eine Auszahlungsquittung unterschreiben und zählte die grünen Scheine auf den Tresen.

Laut Arbeitsvertrag würden die Mahlzeiten in der Mensa kostenlos sein, aber frühstücken wollte Carlsen in seinem Gästehaus. Der Supermarkt *Grand Union* an der Route 9 war so gründlich klimatisiert, daß Carlsen sich nach den knapp 30 Grad Außentemperatur wie in einem Kühlschrank vorkam. Umrieselt von seichten Musikschwaden füllte er einen Einkaufswagen mit dem Notwendigsten, gönnte sich aber auch Überflüssiges in Form von Rotwein und Bier.

Das Mädchen an der Kasse warf einen routinierten Blick auf die Einkäufe und murmelte, daß er sich auszuweisen habe.

Ausweisen? Sogar noch im Supermarkt? Im Reich von Freiheit und Demokratie? Im angeblich so liberalen Vermont? 1984 war doch längst vorbei. »Wieso das denn?«

»Vermonter Gesetz«, sagte das Mädchen und zeigte auf einen an der Registrierkasse klebenden Zettel, gemäß dem die Abgabe und der Verzehr alkoholischer Getränke an Personen unter 21 Jahren verboten war und Personen, die alkoholische Getränke kauften, sich auszuweisen hatten.

»Unter einundzwanzig«, sagte er. »Danke fürs Kompliment.«

Sie lächelte gequält. Wahrscheinlich hörte sie solche Scherzchen täglich im Dutzend. Er hielt ihr die *College ID* hin. Sie deutete ein Nicken an, sagte: »Danke, Sir.« Er zahlte, und sie stopfte seine Sachen in braune Papiertüten mit dem roten *GU*-Logo.

Ohne *Campus ID*, hatte Hocki gesagt, sei man hier kaum ein halber Mensch. Quasi nichtexistent.

Als Carlsen den Toyota langsam über die Brücke rollen ließ, rumpelten die Bohlen unter den Reifen. Das Geräusch schien den Rhythmus der Worte *you-are-wel-come* nachzuahmen, und jetzt hieß das nicht »bitte sehr«, sondern einfach »willkommen«. Das Haus erwartete ihn mit seiner schönen Schlichtheit, und im Laub der Ahornbäume spielten Licht und grüne Schatten.

Der Jetlag überfiel ihn mit einer diffusen Müdigkeit, der Carlsen erst zu widerstehen versuchte, um dann der Verlockung der Ledercouch zu erliegen. Nur ein halbes Stündchen. Draußen zirpten Grillen durch die schwere Wärme des Nachmittags, im Ahornlaub rief ein Kuckuck. Das Strömen des Beaver Creeks. Ohne Anfang. Endloses Rauschen. Nur ein halbes … Und drinnen ein Summen. Ein elektrisches Summen. Er verfolgte es von Zimmer zu Zimmer, legte im Keller ein Ohr an die Wand, legte beide Hände auf die Fußbodendielen. Das Summen hörte nicht auf. Er lauschte am Computer. Manchmal war es Gemurmel, manchmal ein Puls oder das Rauschen von Blut im Ohr. Manchmal schien es zu verstummen, aber bei einer Vierteldrehung des Kopfes schwebte es über dem Sofa, eine summende Nimbuswolke. Vielleicht war es nur der Kühlschrank. Oder die Stimmen seiner Eltern, wie sie vor langer Zeit im weichen Lichtspalt unter der Tür in sein Zimmer drangen. Vielleicht war es das Murmeln eines Gebets in einer fremden Sprache. Oder die Stimmen von Menschen, die vor ihm in diesem Haus gelebt, auf diesem Sofa geschlafen hatten. Sie erzählten ihre Geschichte. Er brauchte sie nur aufzuschreiben, später, wenn er wieder wach wäre. Vielleicht war es das tiefe Atmen elektrischer Leitungen in den Wänden. Oder das Fließgeräusch der Zeit.

Als Carlsen erwachte, war es dunkel im Haus. Im Fenster nach Westen schwamm noch verbliebenes Licht. In der Küche summte der Kühlschrank.

3

UNTER VERWANDTEN

In den Zinnen und stilisierten Brüstungen, Kuppeln und Türmchen, Spitzbogen und Maßwerken des Bibliotheksgebäudes hatte sich um 1900 eine hemmungslose Architektenphantasie verwirklicht, die Elemente von Neugotik und Historismus mit einem märchensüßen Zuckerbäckerstil verklebte. Herausgekommen war ein Neuschwanstein für Bücher. Durchs Foyer und den angrenzenden Zeitschriftensaal flutete das Licht in allen Regenbogenfarben, da es durchs quietschbunte Bleiglas floraler Fensterrosen drang. Die gotischen Gewölbedecken des Lesesaals waren ausgemalt mit lesenden Mönchen, Laute spielenden Burgfräuleins und disputierenden Scholaren eines pittoresken Mittelalters, das jeden Hollywoodproduzenten glücklich gemacht hätte. Über die Wände mäanderten Friese mit feuerspeienden Lindwürmern und gekreuzten Schwertern.

An jedem Platz der schmucklos-sachlichen Tische standen Monitor und Computertastatur, insgesamt an die hundert. Besetzt waren etwa zehn mit Studenten und älteren Personen, Dozenten und Professoren wohl. Im Onlinekatalog überprüfte Carlsen den Bestand. Sieben seiner Werke. Angesichts der mageren Bestandszahlen deutscher Gegenwartsliteratur gar nicht übel. Bis Mitte des 20. und besonders fürs 19. Jahrhundert war die Sammlung erheblich lückenloser.

Die Titel für die Handapparate seiner beiden Seminare hatte er vor einigen Wochen per E-Mail mitgeteilt. Bei der jungen, sehr hübschen Frau, die kaugummikauend vor einem Monitor an der Buchausgabe saß, erkundigte er sich nach dem Aufstellungsort für Handapparate. Sie blickte kaum auf und deutete gelangweilt auf eine verglaste Regalwand, aber ausgeben dürfe sie die Bücher natürlich nur bei Vorlage einer entsprechenden Bescheinigung.

»Natürlich«, sagte er, »ich wollte mich auch nur vergewissern, ob alle Titel da sind. Ich bin nämlich Gastprofessor hier.«

»Oh, tatsächlich?« Jetzt musterte sie ihn. Spöttisch? Skeptisch? Respektvoll? Er zückte seine ID-Karte. »Nein, nein«, sagte sie lächelnd, »ich glaub's Ihnen auch so«, und öffnete per Knopfdruck die Eingangssperre neben dem Ausgabetresen, so daß Carlsen passieren konnte. Die Bücher waren komplett vorhanden, von jedem Titel fünf Exemplare. Perfekt.

»Was unterrichten Sie denn?« fragte die Frau.

»Deutsch«, sagte er. »Genauer gesagt Übersetzen und Kreatives Schreiben.«

»Oh, tatsächlich? Kreatives Schreiben, toll. Hab ich auch mal gemacht, aber natürlich auf Englisch. Sind Sie etwa …, ich meine …, Schriftsteller?«

Er nickte. »Ganz recht.« Sie war wirklich sehr hübsch.

»Wow!« sagte sie. »Und haben wir Bücher von Ihnen hier in der Bibliothek?«

»Keine Ahnung«, log er schulterzuckend, »aber wenn Ihre Bibliothek gut ist, müßte das so sein.«

Sie lachte und klickte auf dem Bildschirm die Suchleiste des Katalogs an. »Wie heißen Sie denn?«

Er nannte seinen Namen.

»Und wie schreibt man den?« fragte sie.

Er beugte sich zu ihr herunter, tippte seinen Namen ein, wobei ihre Ellbogen sich berührten, und roch den Pfefferminzgeschmack ihres Kaugummis.

»Eins, zwei, drei … sieben Treffer. Toll.« Wieder sah sie ihn an, länger diesmal und zweifelsfrei respektvoll, wenn nicht schon begeistert. »Gibt's die auch auf Englisch?«

»Nein, leider nicht. Ich meine, *noch* nicht«, sagte er, »aber das kann ja …«

»Entschuldigen Sie bitte«, unterbrach ein älterer Herr, der an den Tresen herangetreten war, einen Zettel mit Signaturen präsentierte und Carlsen mißbilligend ansah.

Er trollte sich durch die Sperre zurück in befugtes Gebiet, schlenderte dem Ausgang zu, drehte sich an der Tür aber noch einmal um. Sie sah ihm nach und lächelte.

Im lichten Schatten einer Platane machte Carlsen es sich auf einem *Adirondack Chair* bequem und blätterte im *Campus Guide*, in dem sich auch ein Lageplan des Collegegeländes fand. Das Märchenschloß war also die Bibliothek und fürs erste abgehakt, der grobe Klotz auf dem Hügelkamm sein Institut und vorläufig bekannt. Als nächstes wollte er sich *Johnson House* ansehen, in dem sich der *College Bookstore* und eine Snackbar namens *The Hot Plate* befanden. Neben praktischen Hinweisen auf Öffnungszeiten, Studiengebühren, die ihm horrend vorkamen, Semestertermine, Stipendien, Einschreibfristen, Notenskalen, Erste Hilfe und Krankenversicherung, Hausordnungen der *Dorms* und so weiter und so fort belehrte der *Campus Guide* auch detailliert über die Collegephilosophie im Allgemeinen und allerlei Verhaltensnormen und -regeln im Besonderen. Der zentrale Begriff lautete *Diversity*, Vielfalt also, Vielfalt der Meinungen, Vielfalt der Rassen, Vielfalt der Religionen. Und Vielfalt erforderte Toleranz, Verzicht auf jegliche Form von Diskriminierung, erforderte korrektes Verhalten und gegenseitige Rücksichtnahme. Ein ausführliches Kapitel warnte vor der akademischen Todsünde des Plagiats, die mit strengsten disziplinarischen und juristischen Konsequenzen gesühnt wurde. Noch ausführlicher wurde das Thema *Sexual Harassment*, sexuelle Belästigung also, in sämtlichen Möglichkeiten und Spielarten durchdekliniert und eindringlich vor den Folgen gewarnt, die von der Abmahnung bis zum Verweis von der Hochschule reichten. Es gab sogar eigens einen *Sexual Harassment Officer*, der bei einschlägigen Vorkommnissen oder Vergehen einzuschalten war.

Carlsen dachte an den mißbilligenden Blick, den er sich eben am Ausgabetresen eingefangen hatte. Vielleicht *war* der strenge Mann ja der leibhaftige *Harassment Officer!* Aber Belästigung? Das war ja noch nicht einmal ein Flirt gewesen. Das Mädchen hätte Carlsens Tochter sein können, erst recht die des Strengblickers, der vielleicht auch nur eifersüchtig gewesen war. Carlsen steckte sich eine Zigarette an. Laut *Campus Guide* war das Rauchen in sämtlichen Collegegebäuden untersagt, aber vor den Eingängen standen überall phallusförmige Aschenbecher. Er streckte die Beine aus, stieß den Rauch in Richtung Baumkrone und beobachtete die graublauen Verwirbelungen im sonnengesprenkelten Laubschatten, als der Mann aus der Bibliothek wenige Meter entfernt vorbeikam, ihn wieder durchdringend fixierte und dabei eine Art Kopfschütteln andeutete. Was wollte der eigentlich? *Draußen durfte man doch wohl noch rauchen?*

Johnson House war eins der vormals privaten Gebäude, die das College im Lauf seiner Expansion aufgekauft hatte, eine hölzerne Villa im viktorianischen Stil. Der Architekt und die Zimmerleute hatten nicht mit Türmchen, Kuppeln, Giebeln und verschlungenen Friesen gespart, in denen Phantasien über die mittelalterliche Gotik zu hölzernen Imitaten geronnen waren. Zimmermannsgotik sozusagen, Schatten von Ideen und Visionen, reduziert, beschränkt aufs menschliche Maß der amerikanischen Provinz. Im *College Bookstore* gab es zwar auch Bücher, wenn auch keine von Moritz Carlsen, Computerzubehör und Schreibwaren, doch den größeren Teil des Sortiments bildeten Sportbekleidung und allerlei Schnickschnacksouvenirs wie Schlüsselanhänger, Kaffeebecher, Schneekugeln oder Kühlschrankmagneten, allesamt verziert mit CVC-Schriftzug und College-Emblem, einer stilisierten Zeichnung der Märchenbibliothek.

Mit roter Neonschrift *The Hot Plate* lockte die Snackbar im Obergeschoß. Eine breite Treppe, die sich auf halbem Stockwerk nach links und rechts gabelte, führte zu einem Saal. Die Wandvertäfelung, mächtige Deckenbalken und die kleinen Fenster erweckten den Eindruck, man sei in der Kajüte eines Großseglers. Mittagszeit. Kaffeegeruch und Stimmengewirr. An den Tischen saßen Studenten, essend, redend, lachend, lesend, und am Selbstbedienungstresen herrschte Betrieb. Im hinteren Teil des Saals standen mehrere Computer und zwei Billardtische, an denen aber nicht gespielt wurde.

Carlsen wollte sich für Kaffee und ein Sandwich anstellen, als er die Preistafel überm Tresen sah und ihm einfiel, daß er in der Mensa kostenlos essen konnte. Geizig war er nicht, nie gewesen, aber die Scheidung hatte sich als teures Mißvergnügen erwiesen. Sein letzter

Roman war von der Kritik zwar freundlich aufgenommen worden, doch der Verkauf verlief eher unfreundlich. Und die Übersetzungen wurden so kümmerlich honoriert, daß er schon seit geraumer Zeit von der Hand in den Mund lebte – von der Wand in den Mund sogar, hatte er doch neulich ein Bild verkaufen müssen, an dem er sehr hing. Hinzu kam die Schreibblockade. Aber vielleicht kam sie gar nicht hinzu, sondern wurde durch seine Klammheit erst produziert? Bei ihm gebar Armut nichts Großes, sondern bestenfalls kleinlaute Bescheidenheit. Und um einen angemessenen oder zumindest bescheidenen Vorschuß auf ein neues Buch aushandeln zu können, konnte er seinem Verlag nicht mit irgendwelchen größenwahnsinnigen Absichtserklärungen kommen, sondern mußte etwas Handfestes vorlegen, zum Beispiel Manuskriptproben. Die hatte er aber nicht, weil ihm nichts mehr einfiel. Er hatte nicht einmal ein Exposé, und hätte er eins gehabt, wäre es auch nur eine Absichtserklärung gewesen. So sah es aus. Leider. Und weil es so aussah, war die Einladung ans College im richtigen Moment gekommen. Sie garantierte ihm neun finanziell sorgenfreie Monate. Neun Monate waren nicht lang, aber Sorgenfreiheit versprach viel: Ideen, Inspiration, neue Perspektiven.

Die Mensa lag im Mehrzweckgebäude *Forestier Hall*, einem modernen, funktionalen Bau mit rötlichem Granitboden und Vertäfelungen aus goldgelbem Lärchenholz. Edle Schlichtheit. Die gesamte Westseite war verglast und bot einen umwerfenden Blick auf die Hügellandschaft, an deren Horizont die Adirondacks im scharfen Mittagslicht aufragten. Am Eingang gab es ein automatisches Lesegerät für Magnetkarten, in das man seine *Campus ID* zu schieben hatte. Wurde die Karte nicht akzeptiert, ertönte ein grelles Piepen, und dann erschien ein Mensamitarbeiter, um nach dem Rechten zu sehen, aber meistens waren nur die Magnetstreifen verschmutzt. Daß man sich hier widerrechtlich einschleichen könnte, um Essen zu schnorren, kam Carlsen abwegig vor – obwohl es sich gelohnt hätte: Es gab drei Hauptgerichte, darunter ein vegetarisches, mit unterschiedlichen Beilagen, eine gigantische Salatbar, ein Sandwichbüfett, einen Früchtetresen, Kühltruhen mit Speiseeis und Joghurt und eine große Auswahl nichtalkoholischer Getränke. *Diversity* galt auch für die Ernährung. Wer hier nichts fand, mußte magersüchtig sein.

Die größten Tische boten zwölf Personen Platz, die kleinsten zwei; von den insgesamt 250 Plätzen waren kaum 50 besetzt. Voll würde es erst zum Vorlesungsbeginn ab Montag werden. Carlsen nahm sich ein Tablett, belud es mit Tomatensuppe, Hähnchenbrust auf Gemüsereis, einem gemischten Salat und Mineralwasser, setzte sich an einen Zweiertisch, aß mit gutem Appetit und kam zu dem Ergebnis, daß es ihm hier gefallen werde – nicht nur des Essens wegen, sondern überhaupt und ganz allgemein und allein schon dieser Blick, dieser, nun ja, tatsächlich großartige Blick ins friedliche Land.

Nach dem Essen füllte er sich an einem der Automaten Kaffee in einen Pappbecher und ging nach draußen. Vor der Eingangstür gab es eine kleine, gepflasterte Plaza mit Metallstühlen und -bänken, auf denen letzte Raucher ihrer gesundheitspolitischen Unkorrektheit frönten. Man nahm ihn wissend lächelnd, freundlich nickend und mit »hi« und »how are you?« in den Kreis der Aussätzigen auf.

Auf der Wiese vor *Huddle Hall* spielten Studenten Frisbee und Fußball. Auch Studentinnen waren dabei, und nachdem Carlsen eine Weile zugeschaut hatte, kam er zu dem Ergebnis, daß die Studentinnen besser Fußball spielten als ihre Kommilitonen, jedenfalls technisch gepflegter. Zwei Frauen mit Tennisschlägern gingen hügelabwärts. Er folgte ihnen zur Tennisanlage hinter *Le Chateau*, zwölf Hartplätze, umgeben von einem Maschendrahtzaun und Bäumen. Die beiden Frauen waren Anfängerinnen, hielten die Schläger wie Bratpfannen, trafen fast keinen Ball, juchzten und kreischten dabei jedoch, als führen sie Achterbahn. Auf einem der hinteren Plätze wurde ein gemischtes Doppel gespielt. Das Niveau war gut, und er setzte sich unter einem Baum ins Gras und sah zu. Die Spieler waren etwa in seinem Alter, Professoren vielleicht, Dozentinnen.

Ein Mann in weißem Leinenanzug schlenderte heran, streifte Carlsen mit einem Blick, blieb am Maschendrahtzaun stehen, sah dem Match zu, wandte sich dann wieder zu Carlsen um, kam auf ihn zu, grüßte, blickte ihm prüfend ins Gesicht und sagte auf deutsch: »Sie müssen Moritz Carlsen sein.«

»Ich ... ja, aber woher ...« Carlsen stand auf.

Der Mann reichte ihm lächelnd die Hand. »Ich bin Pierre Lavalle.« Die Hand war weich, kühl und schlaff. »Nett, Sie kennenzulernen.«

»Ja, ganz, äh, meinerseits, aber ...«

»Ich habe Ihr Foto gesehen«, sagte Lavalle, »in einem Ihrer Bücher.« Er sprach akzentuiertes, grammatisch korrektes Deutsch mit einem leichten Akzent, der aber nicht amerikanisch klang.

»Aha!« Das war ja erfreulich.

»Als wir darüber gesprochen haben, Sie ans College einzuladen, hat John es mir gezeigt.«

»John?«

»John Shoffe, Ihr Studienfreund, unser neuer«, Lavalle hüstelte affektiert, »Direktor. Er ist nämlich mein Nachfolger, müssen Sie wissen. Ich wurde letztes Jahr emiritiert.«

»Ihr Nachfolger?« Carlsen überlegte. Er und Hocki waren gleich alt, beide knapp über fünfzig. Wenn Lavalle emiritiert war, mußte er über fünfundsechzig sein, sah aber zehn Jahre jünger aus.

»Ganz recht«, sagte Lavalle, »mein Nachfolger als Direktor des deutschen Instituts. Eigentlich dürfte ich gar nicht mehr hier sein«, wieder hüstelte er, »aber so ganz ohne mich scheint's noch nicht zu gehen. Ich vertrete nämlich eine erkrankte Kollegin, müssen Sie wissen.«

»Ich verstehe«, sagte Carlsen.

»Wir werden also miteinander zu tun haben.« Lavalle lächelte schief. »Ich unterrichte das Faust-Seminar. Und poststrukturalistische Literaturtheorie, müssen Sie wissen.«

»Ich verstehe«, sagte Carlsen, der von poststrukturalistischer Literaturtheorie gar nichts verstand.

»Das ist gut«, sagte Lavalle. »Ich muß jetzt weiter. Wir sehen uns später.« Er nickte Carlsen zu, schlenderte Richtung *Le Chateau*, blieb nach wenigen Schritten aber stehen und drehte sich noch einmal um. »Ach, übrigens, was ich Sie noch fragen wollte: Sie sind hoffentlich bewaffnet?«

Carlsen zuckte zusammen. »Bewaffnet? Ich?« *Bowling for Columbine*, schoß es ihm durch den Kopf. Massaker in Schulen, Amokläufe an Universitäten. War man hier am *Centerville College* auch schon soweit? »Um Gottes willen, nein!«

Lavalle lachte. »Schade. Zu meiner Zeit wär das nicht passiert. Ich habe immer nur Gastprofessoren eingeladen, die bewaffnet waren. Und zwar mit Tennisschlägern.«

»Mit Tennis…«

»Ganz recht. Spielen Sie Tennis?«

»Ja, schon, aber nicht sehr gut.«

»Um so besser. Dann werden wir bald mal die Klingen kreuzen. Wir sehen uns.« Und damit zog Lavalle, die Hände auf dem Rücken verschränkt, gemächlichen Schritts weiter.

Carlsen sah ihm nach, setzte sich wieder ins Gras und steckte sich eine Zigarette an. Welch merkwürdige Erscheinung! Der Akzent hatte französisch geklungen, der Name auch. Pierre Lavalle? Vielleicht war er Kanadier? Und welch makabrer Humor. Bewaffnet? Das Merkwürdigste aber war das Äußere des Mannes. Obwohl eigentlich nicht fett, wirkte alles an ihm rund, weich, nachgiebig und schlaff, nicht nur der Händedruck, auch die teigigen Gesichtszüge, der blasse Teint, die wimpernlosen, runden, wasserblauen Augen, der schwammige Mund, das dünne, schüttere Haar, selbst sein Gang hatte etwas Verschwommenes. Wie ein Weichtier, dachte Carlsen, eine Qualle. Sympathie auf den ersten Blick war es jedenfalls nicht, selbst wenn Lavalle ihn aufgrund eines Klappenfotos erkannt hatte.

Er streckte sich im Gras aus, blinzelte in die Baumkrone, durch deren Blattwerk Wind fächelte und blaue, huschende Himmelsflecken freigab, lauschte dem Plopp-Plopp-Plopp der Tennisbälle und erinnerte sich an das summende Geräusch, das er gestern im Haus gehört hatte. Was war das gewesen? Der Kühlschrank? Hier im Gras summten nur Insekten. Nach einer Weile verstummten auch die Geräusche vom Tennisplatz, ein Automotor wurde angelassen, dann war es ganz still.

Die Sonne rollte schon tief und rot über die Giebel von *Huddle Hall*, als er wieder erwachte. Die Teilnehmerlisten für die Seminare und Kurse, hatte Hocki gesagt, würden heute in die Postfächer der Dozenten verteilt. Also ging Carlsen ins Institut. Auf dem Flur begegnete er Studenten, die freundlich grüßten, aber im Büro war niemand mehr. In seinem Postfach lagen Computerausdrücke von zwei Namenslisten. Für Kreatives Schreiben hatten sich elf Teilnehmer eingeschrieben, für den Übersetzerkurs vierzehn. An einer deutschen Universität wären das minimale Zahlen gewesen; hier, das wußte er, waren sie überdurchschnittlich hoch, lag doch die Teilnehmerbegrenzung bei sechzehn und die Gesamtzahl aller Germanistikstudenten bei kaum achtzig. Außerdem fand er in seinem Fach eine Telefonliste sämtlicher Fakultätsmitglieder und Studenten, eine Einladung zum Empfang des Collegepräsidenten anläßlich des Semesterbeginns am Montag und einen grünen Handzettel mit dem Aufdruck:

On The Green
Bluegrass Music & Square Dance
8 p.m. Tonight * Come Rain or Shine
Admission Free * All Welcome
Centerville Township
We Support Our Troops

Auf dem *Green* war eine Bühne aufgebaut, davor eine Tanzfläche aus Sperrholzplatten. Instrumente, Verstärker, Lautsprecher und Mikrofone wurden aus einem Kleinbus auf die Bühne getragen, ein Banjo wurde gestimmt, aber die Veranstaltung würde erst in einer Stunde beginnen. Neben der Kirche parkte der Wagen des Sheriffs, und der Sheriff mit einem seiner Deputys sah dem Treiben zu, die Arme über der Brust verschränkt. Den martialischen, waffenstarrenden Habitus, den diese Leute ausstrahlten, hatte Carlsen früher durch eine Art Wildwestromantik gefiltert gesehen. Ein Land, das nicht nur durch die hehren Ideen seiner Verfassung, sondern auch durch brutale Gewalt zu sich selbst gefunden hatte, brauchte wohl diesen Gestus. Doch jetzt war dieser Filter verschwunden, und er fühlte sich durch die Anwesenheit der Polizisten eher bedroht als geschützt.

In *Angelo's Poolbar* auf der anderen Seite des *Greens* hockte er sich an den Tresen und trank ein Bier. Im Hintergrund wurde Billard gespielt. Das Klacken der Kugeln drang durch Country Music aus unsichtbaren Lautsprechern; manchmal schienen die Kugeln im Takt der Musik in die Taschen zu fallen. Links überm Tresen hing ein Fernsehgerät, das tonlos Baseball zeigte. Carlsen kannte die Regeln, verstand aber nicht, wieso die Leute sich für ein Spiel begeisterten, bei dem viel länger gar nichts geschah, als daß in kurzen, erlösenden Ausbrüchen etwas geschah. Rechts überm Tresen hing ein zweiter Bildschirm, zeigte jedoch, ebenfalls tonlos, American Football. Baseball, fast körperlos gespielt, jedenfalls ohne Körperkontakt zur gegnerischen Mannschaft, war das genaue Gegenteil von Football mit seiner streng choreographierten Taktik und brachialen Aggressivität. Und beide waren amerikanische Nationalspiele. Er trank noch ein Bier, hörte dem Geplauder von zwei älteren Männern zu, die neben ihm am Tresen saßen und sich übers ungewöhnlich heiße Spätsommerwetter unterhielten, über Autoreparaturen und steigende Benzinpreise.

Pünktlich um acht legte draußen die Band los. Banjo, Gitarre, Standbaß, Fiedel und Schlagzeug spielten einen Rag, der gemächlich, fast nachdenklich begann, als müsse man sich erst noch auf etwas besinnen, sich dann aber zu einem galoppierenden, halsbrecherischen Tempo steigerte und einen Beifallssturm auslöste. Das Publikum stand oder saß auf dem Rasen, manche auch auf mitgebrachten Klappstühlen. Nach zwei weiteren, langsameren Stücken wurde ein Polkarhythmus angeschlagen, einige ältere Paare und Kinder begannen zu tanzen, ein Teil des Publikums klatschte den Takt mit. Banjospieler und Gitarrist schienen sich duellieren zu wollen, die Geigerin schlang ihre Melodiebögen abwechselnd von einem zum anderen, während Baß und Schlagzeug ein federndes Fundament bildeten.

Der Gitarrist machte einen Schritt aufs Mikrofon zu und rief: »*The ladies cross over – and by the gentlemen stand! The ladies cross over – and all join hand!*«

Augenblicklich strömte alles, was laufen konnte, auf die Tanzfläche. Es gab Durcheinander, Gruppen bildeten sich und lösten sich wieder auf, bis der Gitarrist die Tanzansage wiederholte und die Tänzer Figuren, Muster, Drehungen und Wendungen vollführten, die sich wiederholten, aber auch verändert oder abgewandelt wurden. Von den Rufen des Gitarristen verstand Carlsen nur noch einzelne Worte, »*corner, join, cross, partner, single*«, aber die Tanzenden folgten den Anweisungen, bildeten neue Formationen, die sich nach einem Musikstück in wirres Chaos auflösten, um beim nächsten Einsatz wieder zu einer Ordnung zu finden, die man wohl nur verstand, wenn man dazugehörte. Carlsen beneidete die Tänzer und bewunderte die Musiker, deren friedliche Macht in ihrer entspannten, fast beiläufigen Kunstfertigkeit bestand, die Leute zusammenzuführen.

Der Mond schwebte rund über der weißen Kirchturmspitze, Sterne blinzelten freundlich im Blauschwarz, die Luft war mild, es roch nach Gras und trockenem Laub, und die Musik schien aus dieser Luft und dieser Erde zu strömen. Alles war gut, richtig und liebenswert. Carlsen tanzte nicht mit, er wußte nicht wie, und empfand dennoch eine ungezwungene Zugehörigkeit, das Gefühl, unter Verwandten zu sein, unter Leuten, die einmal selbst oder deren Vorfahren als Auswanderer angekommen waren und eine große Familie bildeten. Und der Sheriff und sein Deputy, Colts und Handschellen unter strammen Bäuchen, hatten hier niemanden zu schützen und schon gar nicht zu bedrohen, sondern lächelten einverstanden und jovial und tippten mit den Stiefelspitzen im Takt.

4

EIN STURZ

Überm Asphalt flimmerte die Hitze, auf dem schlaff und reglos hängenden Laub der Bäume sammelte sich Staub, die Kühe flohen von den Weiden in die Schatten von Scheunen oder Baumgruppen. Der schwindende Sommer bewies ein letztes Mal seine Kraft. Draußen schien die drückende Luftfeuchtigkeit jede Bewegung zu schwitzenden, schwer atmenden Zeitlupen zu dämpfen, die träge an den Scheiben des klimatisierten Volvos vorbeizogen. Sie waren unterwegs zu den Beaver Falls, laut Hocki der einzige Ort weit und breit, an dem man es bei solchen Witterungsverhältnissen aushalten konnte, ohne daß einem das Hirn schmolz.

Als Carlsen von seiner Begegnung mit Pierre Lavalle erzählte, verzog Hocki das Gesicht. »In dem kann man sich täuschen«, sagte er. »In dem hab ich mich auch getäuscht. Der sieht nur so weich aus. Das Weiche ist seine Maske. Das Alterslose. Seit ich ihn kenne, hat er so ausgesehen wie jetzt. Vor zwanzig Jahren sah er zu alt für sein Alter aus, jetzt sieht er zehn Jahre jünger aus, als er ist. Er hat an seinem Stuhl geklebt, wollte noch nicht emeritiert werden, hat versucht, mich als seinen Nachfolger zu verhindern, hat gegen mich intrigiert. Üble Sache. Für das Writer-in-Residence-Programm hat er sich zwar eingesetzt, aber er wollte auch dich verhindern.«

»Mich verhindern? Wieso? Er kennt mich doch gar nicht.«

»Genau deshalb. Er wollte einen seiner Freunde lancieren, einen Schweizer Schriftsteller. Lavalle stammt nämlich aus der Schweiz, aus Genf, glaube ich. Er war als Germanist lange an der Universität von Quebec und hat dann Anfang der achtziger Jahre den Direktorenposten hier am College bekommen.«

Deshalb also der französische Akzent. »Er scheint einen merkwürdigen Humor zu haben«, sagte Carlsen. »Hat mich gefragt, ob ich bewaffnet bin, und meinte damit einen Tennisschläger.«

Hocki grinste. »Das paßt zu ihm wie die Faust aufs Auge. Bewaffnet! Wenn du mit ihm spielst, sieh dich vor. Er spielt gut, ist aber ein schlechter Verlierer. Am besten, du läßt ihn gewinnen, wenn du die Chance hast. Bewaffnet! Übrigens ist er von allen Leuten, die ich am College kenne, der einzige, der offen für diesen fuckin', diesen Scheißkrieg im Irak ist. Ausgerechnet er. Ich meine, als Schweizer!« Hocki lachte dröhnend und klopfte mit den Händen aufs Lenkrad. »Oder Exschweizer meinetwegen.«

»Der einzige, der für den Krieg ist?« sagte Carlsen. »Ich seh hier auf jedem zweiten Auto die Aufkleber *We support our troops*, in jedem Schaufenster hängt die Flagge, sogar *Bluegrass Music* und *Square Dance* dienen ...«

»Das verstehst du falsch«, unterbrach Hocki, »oder ich kenne nur die falschen Leute.« Amerika habe sich zwar eine militärische und großindustrielle Oligarchie gewählt, aber eben mit weniger als 25 Prozent aller wahlberechtigen Bürger. Und dabei sei dann auch noch kräftig geschoben worden in Florida. Die Mehrheit schweige dazu, ducke sich weg, um den amerikanischen Traum nicht zu gefährden. Öffentliche Kritik an der Regierung sei derzeit verdächtig bis gefährlich; also werde sie unterdrückt, eine Art Selbstzensur, um Konflikten auszuweichen. Widerspruch und Kritik gebe es natürlich noch; man äußere sie nur nicht, oder wenn, dann informell, hinter vorgehaltener Hand, unter Gleichgesinnten.

Hocki seufzte und empfahl Carlsen, sich mit einschlägigen Meinungsäußerungen zurückzuhalten, jedenfalls am College. Einmischungen und gute Ratschläge aus Europa seien derzeit unerwünscht. Europa sei manchen immer noch oder wieder verdächtig. »Daß ein paar Superpatrioten *French Fries*, also Pommes Frites, in *Freedom Fries* umbenennen, keinen Camembert mehr essen und keinen französischen Wein mehr trinken, ist ja nur lachhaft. Aber Amerikas Mißtrauen gegenüber Europa ist älter. Hab ich mal in einem Buch von Dings, ähm, gelesen, komm grad nicht auf den Namen. Das fängt schon mit der Pilgerväter-Arie an, entflohene

Idealisten, und geht weiter mit den Helden und Abenteurern, heruntergekommenes, aber wagemutiges Pack, das genug Mumm, Verstand und Kraft hatte, den Ozean zu überqueren, eine fremde Sprache zu lernen, Land urbar zu machen, Indianer zu massakrieren. Manchmal habe ich sogar den Verdacht, daß ich inzwischen selbst das Vorurteil verinnerlicht habe, daß alle, die nach Amerika gekommen sind, recht daran getan haben, allen voran Columbus. Mit hohen Stirnen oder buschigen Brauen, aus England mit der *Mayflower* oder aus Deutschland mit Treu und Redlichkeit und Fleiß bepackt – die Emigranten waren allesamt frisch-fromm-fröhlich-frei. Vielleicht waren sie's ja wirklich. Aber mein Punkt ist folgender: Wenn es die Freien, Tapferen und Wagemutigen waren, die nach Amerika kamen, wer blieb dann in Europa zurück? Genau, die Geknechteten, Trägen und Feiglinge – mit Ausnahme natürlich jener Handvoll Schlauberger, die alle anderen ausbeuteten. Du weißt schon, diese Schlauberger, die Kriege vom Zaun brechen und so weiter. Aber die Guten sind alle nach Amerika ausgewandert. Deshalb auch dies böse Wort von Rumsfeld. Altes Europa. Rumsfelds Großeltern sind aus Norddeutschland gekommen, irgenwo aus der Nähe von Oldenburg.«

Hocki seufzte noch einmal. »Also bloß keine gutgemeinten Ratschläge.« Denn unter den Studenten dürfte es auch Parteigänger der Regierung geben, vielleicht auch in der Fakultät und in anderen Instituten, aber die hielten sich ebenso zurück wie die Kriegsgegner. Toleranz, Vielfalt, Korrektheit seien die Friedensstifter nach innen. »Friede, Freude, Eierkuchen.« Das College sei ein Zauberberg, der unter seiner akademischen Käseglocke dahindämmere, und damit werde das Abgeschiedene des Städtchens noch isolierter, die Puppenstubenidylle noch hinterwäldlerischer, der Elfenbeinturm noch weltentrückter.

»Würdest du denn«, fragte Carlsen, »so eine Atmosphäre der Selbstunterdrückung noch als Meinungsfreiheit bezeichnen?«

»Meinungsfreiheit …« Hocki wiederholte das Wort, als käme es aus einer anderen Sprache oder aus der Vergangenheit, und zuckte mit den Schultern. »Alle wissen inzwischen, daß die Gründe für diesen Scheißkrieg vorgeschoben, an den Haaren herbeigezogen sind

– mit der einen Ausnahme, ein kujoniertes Volk von einem kleinen Hitler zu befreien. Immerhin ein honoriger Grund, nicht wahr?«

»Und warum entthront Amerika nicht all die kleinen Hitlers Afrikas?«

»Afrika hat die amerikanische Politik noch nie interessiert.«

»Und warum geht Amerika nicht gegen Nordkorea vor, wo ein Atomprogramm real existierende Massenvernichtungswaffen erzeugt?«

Schulterzucken, das schweigend besagte: Es geht eben doch nur um den einen Grund, der so simpel ist, daß man ihn nicht einmal mehr aussprechen mag. Öl. Sie schwiegen eine Weile.

Bislang, sagte Hocki schließlich, habe er jedenfalls mit keinem einzigen Amerikaner gesprochen, der mit der Politik dieser Regierung einverstanden sei, weder außen- noch innenpolitisch. Pierre Lavalle sei die Ausnahme, und ausgerechnet der sei gebürtiger Schweizer mit kanadischer Staatsbürgerschaft. Aber es spreche sich auch niemand offen gegen diese Politik aus. »Ich auch nicht«, sagte Hocki. »Das ist mir zu heikel in meinem Job. Und ich liebe meinen Job. Es gibt leider keine Opposition. Man schart sich jetzt um die Fahne. *Right or wrong – my country. We support our troops*, egal wo, egal weshalb. Die Jungs, die da jetzt in der Scheiße stecken, die können ja nichts dafür, die haben diesen Krieg nicht gewollt und nicht angezettelt. Wir wollen nur, daß sie lebendig nach Haus kommen und wieder *Bluegrass* hören und *Square Dance* tanzen oder weiterstudieren oder was auch immer. Einfach nur leben. Deshalb unterstützen wir sie. Ich auch. Nur deshalb. Und jetzt gehen wir baden.«

An den Beaver Falls, einer engen, langgezogenen, von Laub- und Nadelbäumen gesäumten Schlucht, bildete der Fluß größere und kleinere Wasserfälle und Stromschnellen. An manchen Abschnitten war die Strömung so gewaltig, daß man von ihr weggerissen würde, aber an anderen Stellen gab es ruhigere Passagen, in denen man wie in einem Whirlpool sitzen konnte, und in einigen felsgeschützten Becken konnte man schwimmen. Die Strömung war auch dort noch so stark, daß man, gegen sie anschwimmend, kaum von der Stelle kam. Hocki stürzte sich umstandslos ins sehr kalte Wasser, schwamm, plantschte, tauchte, prustete. Sein massiger Körper bekam etwas Schwereloses, als habe er hier sein wahres Element gefunden. Ein Flußgott, ein Wassergeist, dachte Carlsen, der sich nur zögernd der tosenden Strömung anvertraute und sich im Wasser vorsichtig von Felsbrocken zu Felsbrocken tastete, sich nach einer Weile aber entspannte und seinen Körper spürte, der sich gegen die Gewalt des Flusses behaupten mußte und dadurch eine ganz ungewohnte Präsenz bekam.

Anschließend saßen sie, die Beine bis zu den Oberschenkeln im Wasser, auf einem Felsen mitten im Fluß, wechselten nur wenige Worte, schwiegen einverständlich, lauschten dem Getöse des Wassers und sahen zu, wie aus schäumendem Gewirbel ruhige Spiegel wurden, die fast bewegungslos dahinzugleiten schienen, um sich beim nächsten Fall wieder in wüst tobende, Gischt sprühende Wirbel zu verwandeln. Und das alles floß vorbei und entstand zugleich immer wieder und neu und glich sich nie, nicht für den Bruchteil eines Wimpernschlags.

Carlsen erwähnte die Gerüchte, die sich damals in Hamburg um Hockis plötzliches Verschwinden gerankt hatten.

Hocki schmunzelte, legte sich auf den Rücken, verschränkte die Arme im Nacken, blinzelte ins Blaue und erzählte. Ein Hockeyspiel habe dabei tatsächlich eine gewisse Rolle gespielt, aber keine, er lachte, Inderin. Die wahre Geschichte ging so: Mitgeschleppt von ihrer deutschen Freundin, einer Cousine Hockis, war Kathie, eine amerikanische Austauschstudentin, bei einem Hockeyspiel erschienen, und zwar in der irrigen Annahme, daß es sich um Eishockey handeln würde. Nach dem Spiel gingen sie zu dritt in eine Kneipe, und zwischen Hocki und Kathie, die eigentlich Catherine hieß, war es Liebe auf den ersten Blick. Nach zwei ziemlich rauschhaften Wochen mußte Kathie zurück nach Chicago. Hocki versuchte zwei weitere Wochen, es ohne sie auszuhalten, kam aber zu dem Schluß, ohne Kathie nicht mehr leben zu können, und ließ alles stehen und liegen, sein ganzes bisheriges Leben, das Studium, sein Zimmer in einer WG, sogar die sakrosankte Hockeymannschaft. Da er kein Geld für den Flug hatte, heuerte er als Hilfskraft auf einem Containerschiff an, ging in New York von Bord, kaufte sich eine Bahnfahrkarte nach Chicago und war trotz des erbitterten Widerstands ihrer Eltern ein halbes Jahr später mit Kathie verheiratet. Sein Studium in Chicago fortzusetzen war wegen der hohen Gebühren fast aussichtslos, aber durch Zufall machte er die Bekanntschaft eines Germanistikprofessors, der auf der Suche nach einem TA war, einem *Teaching Assistant* mit Deutsch als Muttersprache. Deutsch, wenn auch mit plattdeutschem Einschlag, *war* Hockis Muttersprache, und so konnte er als TA weiterstudieren und bekam sofort eine Greencard. Nach seiner Promotion ergatterte er eine Assistenzprofessur an einem kleinen College in Pennsylvania, nahm die amerikanische Staatsbürgerschaft an, wurde nach einigen Jahren ordentlicher Professor und war inzwischen dreifacher Familienvater. Vor fünf Jahren hatte er sich dann auf eine erheblich besser dotierte Professur am *Centerville College* beworben, wobei er sich gegen mehrere Konkurrenten durchsetzte. Als Pierre Lavalle emeritiert wurde, gelang Hocki vor eineinhalb Jahren schließlich der Aufstieg zum Institutsdirektor. So war er nach Centerville, Vermont, gekommen. Und deshalb saß er jetzt hier mit seinem ehemaligen Kommilitonen Moritz Carlsen mitten im Beaver Creek auf einem Felsen. »So ist das Leben«, sagte Hocki grinsend und schwieg.

Der Satz kam Carlsen durchaus nicht banal, sondern treffend, wenn nicht gar tiefsinnig vor, weil er eine Brücke zu bilden schien zwischen Hockis Geschichte und dem Fluß – und weil das Leben vielleicht wie dieser Fluß war. Der Fluß war schon immer so geflossen, und auch heute floß er so. Und wenn Hocki oder Carlsen eines Tages nicht mehr zu den Beaver Falls kommen würden, würde der Fluß noch fließen, wie er immer geflossen war. Oder vielleicht auch nicht? Vielleicht brauchte der Fluß Wesen, die ihn als Leben verstanden oder, wie jetzt Hocki, spüren und sagen konnten, daß der Ort »großartig« und »zauberhaft« war, und damit auch dem kitschverhunzten Wort seine Würde zurückgaben. Vom unaufhaltsamen Sturz der Gegenwart ins Vergangene wurde das Leben zerstäubt wie die Gischtschleier über den Katarakten, während das stechende Licht sich im Dunst der Kaskaden brach, in seine Spektren spaltete und Regenbögen in die Luft zauberte.

Auf dem Rückweg kehrten sie für ein frühes Abendessen in einem altmodischen *Diner* ein. Bei Steaks und kalifornischem Rotwein erkundigte Hocki sich nach Carlsens Verhältnissen. Die Scheidung war unangenehm, aber nicht sonderlich problematisch gewesen. Es gab keine Kinder aus der Ehe, und das Gefühl, sich nach 15 Jahren auseinandergelebt zu haben, beruhte auf Gegenseitigkeit. »Dafür, daß wir uns eigentlich nie geliebt haben, haben wir uns ganz ordentlich geliebt«, hatte Carlsens Ex gesagt, und obwohl sie das nur irgendwo gelesen hatte, traf es den Nagel auf den Kopf.

Hocki fand es trotzdem bedauerlich, aber Carlsen versicherte ihm, daß es nichts zu bedauern gab. »So ist das Leben«, sagte er, und Hocki lachte.

Bedauerlicher war, daß Carlsen auf Hockis Frage, ob er an einem neuen Buch schreibe, ausweichend antwortete. Er schämte sich nicht für die Schreibblockade, das wäre ja absurd gewesen, hatte aber das Gefühl, Hocki zu enttäuschen, wenn er wahrheitsgemäß antworten würde, daß er seit über einem Jahr hilflos und verkrampft im Nebel tiefster Inspirationslosigkeit stocherte. »Ich kann nicht darüber reden«, sagte er, »noch nicht. Ist noch alles zu frisch. Ungelegte Eier, verstehst du?«

»Natürlich.« Hocki nickte. »Dann darf man ja gespannt sein.«

Hoffentlich, dachte Carlsen und nickte vage.

Als sie zahlten, sagte die Serviererin, daß es Warnungen vor schweren Gewittern gebe. Eine Kaltfront aus Kanada ziehe durch. Der Sommer sei wohl vorbei.

»Na endlich«, sagte Hocki, »dann kommt bald der *Indian Summer*. Das ist die beste Jahreszeit in New England. Wirst schon sehen, großartig.«

Das Haus lag im satten Schein der Spätnachmittagssonne. Die Ahornbäume warfen schwere Schatten, ein Specht klopfte. Die Schwüle wurde noch drückender, und die Windstille wirkte wie ein großer, angehaltener Atem. Über den grünblau irisierenden Bergketten der Adirondacks zogen wüste Gewitter auf, gewaltig aufquellende Wolkenmassive in vielfältigen Grauschattierungen, vor denen schwarze Fetzen und Schleier trieben, die plötzlich, vom ersten Blitz gespalten, wie ein heftig bewegter, roter Vorhang vom

Himmel hingen. Der Donnerschlag mußte enorm gewesen sein, aber weil das Gewitter mindestens fünfzehn Meilen entfernt war, rollte er nur als dumpfes Grollen an, behäbig fast, wie in akustischer Zeitlupe. Die Front schien aber nicht näherzukommen, sondern sich über den Bergen auszutoben.

Vom Schaukelstuhl auf der Veranda sah Carlsen dem Schauspiel eine Weile zu, trank ein Bier und setzte sich dann an den Schreibtisch im Arbeitszimmer, um sich Notizen zu machen, wie er in die Seminare einführen wollte, und Textauswahl und Terminpläne fertigzustellen. Hocki hatte ihm Tips gegeben und besonders betont, daß er unbedingt die Klausurtermine einhalten müsse. Der Computer brummte leise, der Deckenventilator schaufelte Luft durchs Zimmer, ohne Kühlung zu schaffen. Als die Dämmerung fiel und Carlsen die Schreibtischlampe einschaltete, begannen Insekten und Falter ihre hektischen, fruchtlosen Versuche, durchs Fliegengitter des Fensters ans Licht zu kommen, ein unaufhörliches Ticken, Summen und Schnarren, lauter als das anhaltende Grollen aus der Ferne.

Gute Ratschläge aus Europa, hatte Hocki gesagt, seien derzeit nicht unbedingt erwünscht. Carlsen tue gut daran, sich mit entsprechenden Kommentaren zurückzuhalten. Er blätterte durch die Passagen aus verschiedenen Übersetzungen von Melvilles *Moby Dick*, die er im Übersetzerkurs vergleichen lassen wollte. Vielleicht war auch diese Lektüre inzwischen unerwünscht? Oder waren Carlsens Assoziationen zum Text abwegig? Moby Dick als Bin Laden und Saddam Hussein in Personalunion, George W. Bush als Ahab? Jedenfalls erzählte dieser Roman jeder Nachwelt eine andere Geschichte – zum Beispiel diese: Eine von Amerika dominierte, global operierende Ölindustrie (denn genau das war der Walfang in der Mitte des 19. Jahrhunderts) wird empfindlich gestört, als sich mit Moby Dick eins der Opfer zur Wehr setzt. Der ebenso charismatische wie fanatische und demagogische Kapitän Ahab schwört seine aus allen Ländern der Welt zusammengewürfelte Mannschaft im Namen Gottes und »ewiger Demokratie« auf einen Kreuzzug gegen das in jeder Hinsicht unfaßbare Phantom ein.

Als es schließlich zum Kampf kommt, gebiert der Text Bilder, zeitlupenhafte Bilder fast, die sich mit jenen Bildern mischen, die seit dem 11. September 2001 ins globale Kollektivbewußtsein eingebrannt waren. »Die beiden Wracks trieben auseinander; die offenen Enden sackten weg. Dreißig Fuß schossen die Wasser blitzend empor, wie Fontänengarben, zerstoben in einem Gischtschauer und versanken in brodelnden Ringen, die wie frische Milch um den Marmorrumpf des Wals schäumten.« In den turmgleichen Masten der *Pequod* sitzen Teile der Weltbesatzung, als das Schiff vom weißen Phantom gerammt wird. »Drunten hörte man die See durch das Leck ins Schiff strömen, wie ein reißender Wildbach durch eine Bergklamm rauscht.« Während nur noch die Mastspitzen aus dem Wasser ragen, hängt die Besatzung »im Bann der Betörung oder der treuen Gefolgschaft oder des Schicksals an ihren einst so hohen Horsten«, und im Versinken des Mastes gerät ein Seehabicht in die Flagge; das amerikanische Wappentier wird zusammen mit dem Schiff als Symbol globaler Wirtschaftsinteressen in die Tiefe gerissen.

Diese Interpretation war natürlich eine gewaltsame Aktualisierung – und dennoch: Ahab sieht in seinem Feindphantasma das personifizierte Böse und versteht seinen außer Kontrolle geratenen Rachezug gegen Moby Dick als Krieg gegen den Terror schlechthin. Wer den Roman heute las, mußte unweigerlich in den Sog solcher Vorstellungen, Bilder und Assoziationen geraten. Daß dies auch eine große Erzählung vom Umschlag des amerikanischen Traums in ein globales Trauma war, kam Carlsen so offensichtlich vor, daß er zweifelte, ob er den Text behandeln sollte. Einmischung unerwünscht ...

Draußen frischte der Wind auf, griff böig durchs offene Fenster, ließ die Jalousie klappern, fächelte durch die Papiere auf dem Schreibtisch. Carlsen nahm sich noch ein Bier aus dem Kühlschrank und ging auf die Veranda. Die Nacht war jetzt pechschwarz, die Temperatur merklich gefallen; fast fröstelte er. Sturmböen rauschten schwer durch die Ahornkronen, das Laub schlug rasselnd im Wind, Äste knarrten, und plötzlich stürzte, ohne das leiseste tröpfelnde Vorgeplänkel, eine orgelnde Regenflut nieder, als wäre da oben ein Wehr geöffnet worden. Zwei Blitze schossen so kurz nacheinander durchs Getöse, daß der erste Donnerschlag vom zweiten verschluckt wurde. Eine Kanonade. Nach ein paar Minuten dünnte der brachiale Sturzbach zu Dauerregen aus, begann sein gleichmäßiges Getrommel auf dem Verandadach.

Carlsen ging wieder ins Arbeitszimmer und schob das Fenster herunter. Ein dritter, extrem greller Blitz zuckte auf, beleuchtete taghell Berge und Ebene, und bevor noch der Donner krachte, ging im Haus das Licht aus.

Er tastete sich durchs Wohnzimmer zurück, stieß sich am Couchtisch das Schienbein, fluchte halblaut vor sich hin, zündete im Arbeitszimmer sein Feuerzeug an, und als er sah, daß auch der Computer abgestürzt war, fluchte er laut, weil er den Semesterplan für den Übersetzerkurs noch nicht abgespeichert hatte. Der Strom im Haus war komplett ausgefallen, aber aus dem Fenster sah er die Lichter Centervilles durch die Regenvorhänge schimmern. Vielleicht war nur die Sicherung durchgeknallt? Der Verteilerkasten befand sich im Keller, und er erinnerte sich, unten in einem der Regale auch einen Karton mit Kerzen gesehen zu haben.

Mit dem brennenden Feuerzeug in der Hand öffnete er die Kellertür; der Luftzug blies die schwache Flamme sofort aus. In völliger Finsternis nahm er vorsichtig Stufe für Stufe der wackeligen Stiege, tastete sich mit der rechten Hand am groben Mauerwerk entlang. Die Stufen quietschten, die Abstände waren unregelmäßig, einmal verlor er fast das Gleichgewicht, dann kam eine Stufe mit besonders hohem Zwischenraum, vermutlich die letzte über der Kellersohle. Er machte einen Schritt nach vorn, trat ins Leere, stolperte, fiel, streckte instinktiv die Arme aus, bekam mit der rechten Hand etwas Festes zu fassen, Streben des Wandregals, das unter dem Anprall seines Gewicht nachgab, knirschte, wankte, krachend und polternd zusammenbrach, aber seinen Sturz aufhielt und dämpfte. Er fiel auf die Knie, etwas Hartes rutschte nach und traf ihn an der Schulter, ein Regalboden wohl. Stille. Nur der Regen rauschte heftig wie Stromschnellen des Beaver Creeks. Carlsen spürte seinen beschleunigten Herzschlag als scharfes Pochen im Hals, atmete tief und regelmäßig durch, roch Kalk und Staub, den das Regal aufgewirbelt hatte, rieb sich die Schulter, beschimpfte sich selbst, rappelte sich vorsichtig auf und zündete das Feuerzeug, das er immer noch in der linken Hand hielt. Im matten Lichtschein stakste er durch die Trümmer, fand im zweiten, noch stehenden Regal die Kerzen, steckte eine an und inspizierte den Verteilerkasten. Die Einzelsicherungen schienen alle in Ordnung zu sein, eine Hauptsicherung konnte er nicht finden.

Mit dem Kerzenkarton ging er wieder nach oben, ließ Stearin auf die Schreibtischplatte tropfen, klebte drei Kerzen fest, suchte in der Telefonliste nach der Nummer des *Custodial Service*, hob den Hörer ab, aber die Telefonleitung war tot.

»Dann eben morgen«, dachte er, »morgen ist auch noch ein Tag«, ging mit einer Kerze in die Küche, goß sich ein Glas Whiskey ein und saß dann am Küchentisch. In der Dunkelheit schwamm der Lichthof der Kerze gleichmäßig, reglos fast, eine schwache, künstliche Lichtquelle nur und doch ein Feuer, in dem etwas schien, was kein technisch erzeugtes Licht je hervorbringen konnte, etwas Lebendiges, sehr Altes. Der Regen ließ nach. Manchmal blitzte es noch, schwächer jetzt, und Donner rollte weitab und dumpf.

5

FUNDSACHEN

Träge flappende Flügelschläge, durch die gleichmäßiges Summen drang. Eine Wiese vielleicht, über der Vögel kreisten und zwischen deren Grashalmen Insekten wimmelten? Sonne kitzelte Carlsens Gesicht. Er blinzelte. Im Fensterrahmen spannte sich frühes Blau, durch das noch versprengte, grauweiße Quellwolken südwärts trieben. Der Deckenventilator drehte sich. Das waren die Flügelschläge. Das Insektengesumme kam aus der Küche. Der Kühlschrank. Die Schreibtischlampe brannte noch. Nein, brannte wieder.

Er stand auf und nahm den Telefonhörer ab. Die Leitung war frei. Auch der Computer ließ sich problemlos hochfahren, aber die Datei, die er nicht abgespeichert hatte, war auf ewig im virtuellen Nirwana aufgegangen. Das war ärgerlich, aber er hatte den ganzen Tag Zeit, die Sache noch einmal zu schreiben, und manchmal gelang eine Arbeit, die man aus der Erinnerung rekonstruieren mußte, sogar besser als die ursprüngliche Fassung, wurde schlakkenloser und präziser. Schwieriger würde es sein, das Chaos im Keller zu beseitigen, aber dafür war wohl der *Custodial Service* zuständig.

Nachdem er geduscht und gefrühstückt hatte, ging er in den Keller, um sich anzusehen, was sein nächtlicher Fehltritt und Sturz angerichtet hatten. Das umgekippte Regal lag mit der Rückwand nach oben auf dem Fußboden. Zwei Böden waren herausgefallen, und was im Regal gestanden hatte, lag im Keller verstreut. Ein paar Gläser waren zu Bruch gegangen, es roch durchdringend nach Terpentin und Desinfektionsmitteln, aber im Grunde war nicht viel passiert. Das Regal konnte er vielleicht selbst wieder aufstellen und mußte damit nicht den *Custodial Service* behelligen, zumal es Sonntag und das zuständige Büro vermutlich gar nicht besetzt war.

An der Stelle, an der das Regal gestanden hatte, befand sich eine türgroße Wandnische, in die eine Abseite, eine Art Besenschrank eingebaut war. Rostige Blecheimer und Emailleschüsseln, Besen und Schrubber, Schürzen, ein Paar Gummistiefel und auf einem Kleiderbügel ein abgetragener, mit Fell gefütterter Wollmantel; auf den unteren Regalbrettern Gummihandschuhe, Lappen und Putzmittel, Bohnerwachs; auf den oberen Brettern Konservendosen, grüne Bohnen, Tomaten, Thunfisch, weiße Bohnen, Pfirsiche, Corned Beef, Mais. Auch ein paar Weinflaschen. Alles verstaubt, die altmodischen Papieretiketten auf den Dosen verblichen, wellig und teilweise vom Blech gelöst.

Carlsen blies Staub von den Flaschenetiketten und mußte niesen. Bordeaux, Jahrgang 1948. Deutscher Riesling, Jahrgang 1949. Rioja, Jahrgang 1949. Mosel, Jahrgang 1947. Zwei Flaschen Sherry. Eine Flasche Whiskey, Marke Jack Daniels, aber mit Korkverschluß und einem antiquierten Etikett, wie Carlsen es noch nie gesehen hatte. Merkwürdig. Was war das hier eigentlich? Offensichtlich eine Abstell- und Speisekammer. Was sonst? Aber warum hatte man sie mit dem umgestürzten Regal verstellt? Die in die Kellerwand eingebaute Kammer war viel praktischer und platzsparender als das Regal. Und warum war die Kammer nicht ausgeräumt worden, bevor man sie zugestellt hatte? Jahrgang 1948, Jahrgang 1949? Konnte man so etwas überhaupt noch trinken? War die Abseite seit diesen Jahren vom Regal verdeckt gewesen? Dahinter versteckt womöglich? Und wenn – warum? Wegen des Alkohols? Prohibition? Unsinn, die hatte es in den vierziger Jahren längst nicht mehr gegeben.

Und im übrigen, dachte Carlsen, ist das gar nicht mein Bier. Vielleicht war es doch besser, alles einfach so stehen- und liegenzulassen und morgen den *Custodial Service* zu verständigen. Sollte der doch entscheiden, ob das Regal wieder vor der ungeräumten Abseite irgendeines vergessenen Gestern oder Vorgestern aufzubauen war. Im matten Schein der Kellerlampe tanzte der Staub seine regellosen Tänze. Bevor man zu Staub wird, dachte Carlsen mit einem Blick auf die Putzutensilien, bekämpft man den Staub, und stieg wieder nach oben. Beate, seine Exfrau, mit ihrer Stauballergie. Triefende Augen, Niesattacken. Gegen Staub hatte sie gekämpft wie Don Quichotte gegen die Windmühlenflügel, doch seit sie mit ihrem Kollegen zusammenlebte, war die Allergie verschwunden. Staub war überall, staubfrei ging es nirgends zu, auch nicht beim neuen Partner. Vermutlich war Beate nur gegen ihn, Carlsen, allergisch gewesen. Und das hatte vielleicht sogar auf Gegenseitigkeit beruht.

Er setzte sich an den Schreibtisch. Die Terminpläne und Literaturlisten hatte der Computer zum Glück gespeichert. Verloren waren nur die Stichworte, mit denen er in die Seminarthemen einführen wollte. Jeden Dienstag und Donnerstag, 15 bis 17 Uhr, Kreatives Schreiben. Also gut ...

Kreatives Schreiben, tippte er, kann man lernen – vorausgesetzt, man hat Talent. Dann würde er eine Kunstpause einlegen und fragen: Und was ist Talent? Er würde die Frage stellen, den Studenten aufmunternd zulächeln und sie bitten, die Frage zu beantworten. Mit eigenen Worten, spontan, unakademisch. Das würde schon klappen. Das hatte bislang immer geklappt. Das würde dann auch gleich die erste Schreibübung ergeben. Der Kühlschrank summte sein elektrisches Summen. War das ein bestimmter Rhythmus? Vielleicht sogar eine Melodie? Jeder, würde er sagen, muß beim Schreiben seine eigene Melodie finden. Dumm nur, daß ihm seine eigene Melodie abhanden gekommen war. Verstummt. Versickert wie der nächtliche Regen im ausgetrockneten Boden Vermonts. Oder verstaubt wie die Flaschen in der Speisekammer. Etwas war merkwürdig an dieser Kammer. Versteckt hinter einem Regal, vergessen dahinter, verstaubt. Wieso? Nun ja, nicht sein Bier ...

Montags und mittwochs, 10 bis 12 Uhr, der Übersetzerkurs. *Poetry is what gets lost in translation.* Damit würde er beginnen. Über den Satz konnte man diskutieren. Und es traf sich gut, daß der Satz von Robert Frost stammte und damit dem Boden entsprossen war, auf dem man hier zusammentraf, sie, die Studenten aus Amerika, und er aus Deutschland. Dem Boden entsprossen? Keine gute Metapher. Klang ja fast völkisch. Übersetzen heißt, einem Fremden seine Stimme zu leihen, eine fremde Stimme in einer anderen Sprache zu Wort kommen zu lassen.

Das Summen. Wie sehr fernes, fremdes Stimmengemurmel. Zur Melodie des Kühlschranks gehörte vielleicht auch ein Text. Eine Stimme aus dem Gestern. Oder Vorgestern. Aus einer Zeit, in der man sich Weine der Jahrgänge 40 folgende in den Keller gelegt hatte. Weine, die nie getrunken worden waren. Aber warum nicht? Ob die wohl noch trinkbar waren? Oder auf Weinauktionen bei Sammlern horrende Preise erzielen würden? Nicht sein Bier, gewiß, nicht einmal sein Wein, und trotzdem ... Er nippte am Kaffee, steckte sich eine Zigarette an. Die Wirbel des Rauchs stiegen zur Decke. Der Ventilator zerschlug sie zu formlosem Dunst. Der Staub, den er im Keller aufgewirbelt hatte, müßte sich inzwischen wieder gesetzt haben. Einfach mal nachsehen.

Die Stiege knarrte bei jedem Schritt. Von dem 48er Bordeaux *Trimoulet Grand Cru* gab es sieben Flaschen. Als er eine aus dem Regal zog, rutschte der Stapel auseinander, so daß die Flaschen nicht mehr übereinander, sondern nebeneinander auf dem Brett lagen und den Blick auf etwas freigaben, was sich zwischen den Flaschenböden und der Kellerwand befand – noch ein Stapel. Aber das waren keine Flaschen, sondern Bücher. Oder Schreibkladden? Daneben ein brauner Pappkarton mit dem aufgedruckten Schriftzug *Western Union Delivery Service*. Carlsen stellte die Flaschen vorsichtig auf den Boden und zog den Papierstapel nach vorn. Zehn *Composition Books*, gebunden in schwarz-weiß melierte Pappe, mit Leinenstreifen am Rücken verstärkt, Aufsatzhefte, wie sie in fast unveränderter Form auch heute noch am College benutzt wurden. *40 Sheets – 10 X 7 7/8 – College & Margin* stand auf den Etiketten. Die Felder für *Name, Class* und *Instructor* waren nicht ausgefüllt, die einzelnen Kladden jedoch durchnumeriert von 1 bis 10, die Ziffern in blauer Tinte mit energischem Zug geschrieben. Die 1 war kein einfacher Strich, wie im Amerikanischen üblich, sondern mit Aufstrich versehen, und auch die 7 wies den europäischen Querstrich auf.

Was hielt Carlsen da in Händen? Aufsatzhefte aus dem Collegebetrieb der vierziger Jahre? Die linierten, an den Rändern vergilbten und verstaubten Blätter waren rechtsseitig gleichmäßig beschrieben; auf den linken Seiten standen mit Pfeilen und Kreuzen markierte Einschübe, Korrekturen oder Nachträge. Die Handschrift war fließend, nach rechts geneigt, routiniert ausgeschrieben. Auf den ersten Blick konnte Carlsen sie nicht entziffern, doch erinnerte sie ihn an die Handschriften seiner Eltern, mehr noch seiner Großeltern, Schriften von Leuten, die auf der Schule noch mit Sütterlin oder Kurrentschrift begonnen, dann aber im Lauf der Jahre ihre individuellen Mischungen aus alter und neuer Schrift entwickelt hatten. Und erst im Kurzschluß mit dieser Erinnerung an ein vergessenes Vertrautes dämmerte Carlsen, daß die Hefte in deutscher Sprache geschrieben waren. Einzelne Worte klärten sich, *Alptraum* und *Universität*, hier und da ein Halbsatz, *von brandmarken und ausmerzen wurde gefaselt*. Was war das? Worum ging es hier? Er schlug die erste Seite des mit 1 numerierten Hefts auf. Sie enthielt wie eine Überschrift nur eine einzige unterstrichene Zeile in lateinischen Großbuchstaben:

VERMONT STATE PRISON, WINDSOR

Vermonter Staatsgefängnis, Windsor. Wieso Staatsgefängnis? Gut, auch Schulen und Hochschulen konnten manchmal wie Gefängnisse sein oder wirken, aber diese doch nicht! Dies war doch das traditionsreiche, ehrwürdige, höchst renommierte College in Centerville, Vermont, und kein Staatsgefängnis. Carlsen blätterte um. Die zweite Seite war bereits voll durchgeschrieben und begann mit *Mir … Gatten den … Polen*, nein, *Pölen …* Ah, das war wohl kein M, sondern ein W, und hieß dann … richtig, ja: *Wir hatten den Pöbel … nie*, nein, *nicht nql …*

Im trüben Schein der Glühbirne, die unter Drahtgitter von der Decke funzelte, war das einfach nicht zu entziffern. Und durfte er es überhaupt entziffern? Aufzeichnungen aus einem Staatsgefängnis? Vergessen in dieser Abseite? Versteckt womöglich? Immerhin Aufzeichnungen in deutscher Sprache. Als hätten sie auf einen gewartet, der sie entziffern konnte, gewartet ausgerechnet auf einen wie Moritz Carlsen, der bei Stromausfall die Kellertreppe herunterfiel.

Und was war in dem Karton? *Western Union Delivery Service.* Der Karton war weder verschnürt noch verklebt. Er hob den Deckel ab.

Drei Aktenordner, mehr oder weniger dick, alle unbeschriftet und zusammengehalten von Gummibändern. Carlsen legte die Kladden dazu und spürte eine vibrierende Erregung, ein Zittern fast, als er wieder nach oben stieg und den Karton auf dem Schreibtisch absetzte.

Er nippte am kaltgewordenen Kaffee, stapelte die Kladden aufeinander, steckte sich eine Zigarette an, griff zum ersten Aktenordner. Durfte er das? War das jetzt etwa sein Bier? Er legte den Ordner wieder ab, suchte in der Telefonliste nach dem *Custodial Service*, griff zum Hörer, wählte aber nicht. Heut war ja Sonntag und das Servicebüro vermutlich nicht besetzt. Mit den Fingerspitzen trommelte er auf der Schreibtischplatte herum, im Rhythmus des summenden Kühlschranks, im Rhythmus seiner eigenen, zitternden Erregung, zerdrückte die Zigarettenkippe im Aschbecher, suchte Hockis Nummer, wählte.

Catherine Shoffe, Hockis Frau, war am Apparat. Oh, Mr. Carlsen sei das also, der *Writer in Residence*. Maurice! John habe schon von ihm erzählt. Gewiß werde man sich bald persönlich kennenlernen. Und nein, John sei leider nicht zu Hause. Ob sie etwas ausrichten solle?

Nicht nötig, sagte Carlsen, so wichtig sei es nicht, und er sehe Hocki, er meine natürlich John, sowieso heute abend beim Empfang des Präsidenten. Er bedankte sich, wünschte einen guten Tag und legte auf.

Er starrte die Kladden an, Vermonter Staatsgefängnis in Windsor, den Karton mit den Ordnern, dann wieder die Kladden. *Wir hatten den Pöbel nicht* ... Er stand auf, studierte die Landkarte von Vermont, die er an die Wand geheftet hatte. Windsor, Windsor ... Der Ort lag südlich von White River Junction und Lebanon an der Interstate 91, direkt an der Grenze zu New Hampshire. Er setzte sich wieder, zog einen Ordner aus dem Karton, drehte ihn unschlüssig in den Händen, dehnte das Gummiband und ließ es gegen die Pappe schnappen. Seine Erregung verstärkte sich, eine positiv geladene Nervosität, die etwas ins Schwingen brachte, Neugier und Entdeckerlust. Was vor ihm auf dem Schreibtisch lag, war eine Sendung. Und er war der Empfänger. Zumindest war es ein Fund. Und er war der Finder. Finden war manchmal besser als erfinden. Wieder ließ er das mürbe Gummiband schnappen. Diesmal zerriß es.

An diesen Moment sollte Carlsen später noch oft zurückdenken. Wenn das Gummiband nicht zerrissen wäre, dachte er dann, hätte er die Finger von der Sache gelassen, hätte den *Custodial Service* gerufen und die Unterlagen dem College ausgehändigt. Dann wäre er nicht in diese dunkle Geschichte hineingestolpert wie einer, der ohne Licht in einen unbekannten Keller absteigt. Aber da war es zu spät.

Im Erdgeschoß des *Richbrath Building* befand sich das Clubhaus des College-Golfplatzes, der Saal im ersten Stock wurde für Partys und Empfänge genutzt. Als Carlsen ankam, war der Parkplatz schon besetzt, und er mußte, wie andere Nachzügler auch, auf einer Wiese parken, die von den nächtlichen Regenfällen aufgeweicht war. Der Teppichboden im Foyer wies entsprechende Schlammspuren auf. Der Saal war gerammelt voll. Fast dreihundert aktive und ehemalige Professoren, Dozenten, Assistenten, Koordinatoren, Mentoren und andere Collegebedienstete drängten sich um Büfettische und Bars, standen in Gruppen zusammen, plauderten kauend und schluckend, lachten, begrüßten sich, winkten und nickten einander zu.

Nachdem Carlsen sich an einem Sushibüfett bedient hatte und den Teller balancierend in der Warteschlange vor einer Getränkebar anstand, ertönte ein lautsprecherverstärktes Knacken und Klopfen, gefolgt von einem Räuspern. Sogleich richtete sich die allgemeine Aufmerksamkeit auf die Stirnseite des Saals, wo vor einem Wandvorhang mit dem Emblem des Colleges ein kahlköpfiger Mann im grünen Blazer erschien, der entweder sehr groß war oder auf einem Podest stand, überragte er die Menge doch um zwei Köpfe.

Eine Frau mit graumeliertem, mähnenhaft wild toupiertem Haar, die neben Carlsen stand, blinzelte ihm zu und wisperte mit spanischem Akzent: »Wetten, daß Cormack die gleiche Rede hält wie im letzten Semester? Und wie im vorletzten?« Sie kicherte und prostete Carlsen mit ihrem Weinglas zu.

Und in der Tat schien die Ansprache des Collegepräsidenten William S. Cormack auf dem rhetorischen Prinzip der Redundanz zu beruhen, denn schon nach den ersten Sätzen wandte man sich in den hinteren Reihen wieder den wesentlicheren Dingen des Lebens zu, nutzte die vorübergehende Ellbogenfreiheit an Büfetts und Bars zum Nachfüllen der Teller und Gläser, verfiel in gedämpftes Plaudern und Tuscheln, das wellenartig auch auf die weiter vorn Stehenden übergriff und Cormacks Rede wie ein Generalbaß unterlegte.

Carlsen, dem das Gesagte immerhin neu war, hörte den ersten Floskeln über Vielfalt und Toleranz als Basis aller Erziehung und Bildung noch aufmerksam zu, da die Lautsprecherstimme des Präsidenten deutlich durchs Grundrauschen des Desinteresses schnitt. Aber schwang in diesem Rauschen aus stimmlosem Flüstern, Gläsergeklirr und unterdrücktem Gelächter nicht auch das Summen mit, das manchmal die Stille seines Hauses füllte? Signale jenes fremden Planeten, den Carlsen heute entdeckt hatte? Der Planet hatte einen Namen. Steinberg. Und er hatte seine einstweilen noch unüberschaubare Bahn auch hier gezogen; nicht im *Richbrath Building*, natürlich nicht, das war erst vor einigen Jahren gebaut worden, aber doch an diesem College in der Mitte des Nirgendwo. War aus Deutschland gekommen und im Vermonter Staatsgefängnis in Windsor gelandet. Das wußte Carlsen bereits aus dem flüchtigen, atemlosen Durchblättern der Aufzeichnungen, Briefe und Unterlagen. Bald würde er mehr wissen über diese verwirrende Bahn. Sie war verzeichnet, war kartographiert und mußte nur noch entschlüsselt werden.

Im Saal trat plötzlich Stille ein. Cormack mußte wohl etwas gesagt haben, was er noch nie gesagt hatte. Er sprach jetzt mit leiser, belegter Stimme davon, daß am Krieg der Demokratie gegen den Terror auch Angehörige der Collegegemeinde beteiligt seien. Wie allgemein bekannt, seien drei Studenten und ein Professor dem Ruf gefolgt, ihrer patriotischen, ähm, Pflicht zu genügen und befänden sich im Irak. Gestern nun habe ihn, Cormack, die Nachricht erreicht, daß einer der Studenten, Cormack räusperte sich, schien nach Worten zu suchen, daß der Student Wesley O'Hara, ähm, bei einem Bombenanschlag in Bagdad ums, ähm, Leben, ähm, gekommen sei. Cormack legte sich die rechte Hand aufs Herz, verdeckte so das auf der Brusttasche des Blazers eingestickte Collegewappen, schaute zu Boden und schwieg.

Der Saal wirkte wie eingefroren. Einige vollführten die gleiche Geste wie Cormack, andere falteten die Hände, einige schlossen die Augen, andere bewegten lautlos die Lippen. Eine halbe Minute herrschte Schweigen, unterbrochen nur vom unregelmäßigen Klacken der auf Bälle treffenden Golfschläger, das von den Abschlagplätzen hereinwehte. Und in dieser Stille fühlte Carlsen sich widerstrebend, doch machtvoll aufgenommen, zugehörig und eingemeindet in eine schweigende Mehrheit, wie er sich auch während der Musik auf dem *Green* willkommen und zugehörig gefühlt hatte. Als an einer der Getränkebars splitternd ein Glas zu Bruch ging, zuckte die ganze Versammlung zusammen, erschrocken, aber auch erlöst aus der Starre des Schocks.

Das Mitgefühl des gesamten Colleges, fuhr Cormack fort, gelte den Angehörigen dieses tapferen Mannes, eines amerikanischen Helden, der ein hervorragender Student und, ähm, ja, Basketballspieler gewesen sei. Er glaube, im Namen aller zu sprechen, wenn er nun sage, daß das *Centerville College* die Truppen im Irak unterstütze, und äußerte die Hoffnung, daß alle bald wieder nach Hause kommen würden, gesund und, ähm, gesund und lebendig. Zustimmendes Gemurmel im Saal, gedämpfter Beifall. Cormack trat von seinem Pult und verschwand in der Menge, deren Gemurmel wieder anschwoll. Und bald wurde auch wieder gelacht.

Carlsen ging auf den Balkon, eine breite Holzplattform mit Geländer, die sich an der gesamten Hinterfront des *Richbrath Building* entlangzog und einen weiten Blick über den Golfplatz bot. Vor dem Balkon waren Golfcarts geparkt, im Hintergrund ragten die Grünen Berge wie Theaterkulissen. Carlsen entdeckte Hocki, der am Rand des Balkons in einer lebhaft plaudernden Gruppe stand. Ross war dabei, Pierre Lavalle und einige Leute, die Carlsen noch nicht kannte. Er gesellte sich dazu, wurde von Hocki mit einem kräftigen Schlag auf die Schulter begrüßt und der Runde vorgestellt. »Unser *Writer in Residence*.«

Eine Amerikanistin, ein Chemiker, ein Geograph nickten ihm freundlich zu.

»Spielen Sie auch Golf?« fragte der Chemiker.

Carlsen schüttelte den Kopf.

»Das müssen Sie aber probieren«, sagte der Geograph.

»Unbedingt«, sagte Hocki, machte eine ausholende Gebärde in die Landschaft, »bei diesem großartigen Court, direkt vor der Haustür. Das ist«, er lachte, »sogar besser als Hockey!«

Man redete über Abschläge und Fairways, Roughs und Grüns, unterschiedliche Sportrasenarten, Handicaps, Schlägersorten, Bunker und Wasserhindernisse. Carlsen hatte nichts beizutragen, nickte gelegentlich, als verstehe er das Fachchinesisch, und lächelte angestrengt in die Runde. Sandra Collins, die Amerikanistin, versuchte ihn ins Gespräch einzubeziehen. In Deutschland sei Golf wohl nicht so populär wie in den USA? Hier spielten übrigens auch immer mehr Frauen Golf. Im Rahmen ihrer *Genderstudies* wolle sie demnächst einen Kurs über Golf als Medium weiblicher Selbsterfahrung anbieten. Ob Carlsen da vielleicht entsprechende deutsche Texte empfehlen könne, die man kontrastiv zur Analyse …

Carlsen bedauerte. »Da hinten«, sagte er und deutete mit seinem Weinglas zum Horizont, »das sind doch die Grünen Berge, nicht wahr?«

»Natürlich«, nickte die Collins, »unsere berühmten Grünen Berge. Vermonts Wahrzeichen.«

»Neben der Kuh«, sagte Hocki.

»Die Kühe weiden ja auf den Grünen Bergen«, sagte die Collins.

»Wissen Sie zufällig, wo Barnard liegt?« fragte Carlsen.

»Barnard? Irgendwo an der Grenze zu New Hampshire, glaube ich«, sagte Pierre Lavalle. »Wie kommen Sie darauf?«

»Da hat doch Carl Zuckmayer in den vierziger Jahren gewohnt, auf einer Farm«, sagte Carlsen.

»O ja, Zuckmayer«, lächelte Lavalle weich, »und später hat er dann in der Schweiz gelebt. Als US-Bürger. Bei mir ist es umgekehrt. Ich stamme aus der Schweiz und lebe jetzt als US-Bürger in Vermont, müssen Sie wissen.«

»Hat Zuckmayer während seines Exils eigentlich Kontakte zum College gehabt?« fragte Carlsen.

Lavalle zuckte mit den Schultern. »Nicht daß ich wüßte. Warum fragen Sie?«

»Weil …«, Carlsen zögerte, nippte am Wein. Weil ich vorhin einen Brief Zuckmayers gelesen habe, den er aus Barnard an einen gewissen Steinberg geschickt hat, an einen Professor Julius Steinberg vom Centerville College. Das wäre die wahre Antwort gewesen. Er gab sie nicht. »Weil es irgendwie naheliegend gewesen wäre«, sagte er beiläufig. »Ich meine nicht nur geographisch naheliegend, sondern er hätte hier doch die Bibliothek nutzen und vielleicht sogar Vorträge halten können oder …«

»Über Kreatives Schreiben?« Lavalle kicherte lautlos und kopfschüttelnd. »Nein, nein, der hat da bloß auf seiner Farm gehockt, Ziegen gemolken und abgewartet, bis der Spuk vorbei war.«

»Sind denn in den dreißiger oder vierziger Jahren irgendwelche anderen Emigranten aus Deutschland hier am College untergekommen?« fragte Carlsen.

Lavalle warf ihm einen Blick zu, den Carlsen nicht interpretieren konnte. Überrascht? Fragend? Mißtrauisch?

»Keine Ahnung«, sagte Lavalle, »das war ja lange vor meiner Zeit. Möglich wär's schon. Damals sind viele Karrieren von Exilanten gemacht worden, akademische und weniger akademische. Deutsche oder deutsch klingende Namen gab und gibt es natürlich viele, auch in unserer Fakultät, müssen Sie wissen, weil es viele deutsche Einwanderer gab. Das jüngste Beispiel ist ja John Shoffe. Oder die Familie von unserer Seele, von Ross. Stimmt's Ross?«

Ross nickte strahlend, offenbar erfreut, von Lavalle überhaupt angesprochen worden zu sein. »Oh ja, Pierre, das stimmt. Und wir waren immer zweisprachig«, sagte sie auf englisch mit breitem Vermonter Akzent. »Tante Alice konnte sogar noch deutsche Volkslieder. Ein Brunnen steht am Tore und das Wandern des Millers und so weiter.«

»Na ja«, sagte Lavalle, »das verliert sich dann im Lauf der Generationen etwas. Aber«, er wandte sich wieder an Carlsen, »warum interessiert Sie das eigentlich, Maurice?«

»Weil …, na ja, wegen … wegen Zuckmayer. Ich habe gerade seine Autobiographie gelesen, so ein bißchen zur Einstimmung auf meine Zeit hier.«

Lavalle lachte. »Hoffentlich haben Sie nicht das Gefühl, hier im Exil zu sein. Seit Zuckmayers Zeiten hat sich viel verändert, müssen Sie wissen.«

»Oder auch nicht«, sagte Carlsen.

»Wie meinen Sie das?«

»Zuckmayer war während des Zweiten Weltkrieges hier. Und heute herrscht wieder Krieg, wenn auch ...«

»Mo-ritz!« Hockis Stimme klang wie ein Warnsignal.

Carlsen sah ihn an. »Ja?«

»Willst du, ich meine, du trinkst doch bestimmt noch ein Glas Chardonnay, oder?«

»Ja, sicher, aber ...«

»Dann laß uns jetzt mal gemeinsam zur Bar wandern, bevor es hier noch ... bevor die schließt, meine ich«, sagte Hocki jovial und zog Carlsen am Arm. »Wir sehen uns später, Pierre.«

Und Carlsen verstand, daß es nicht um die Getränke ging. Mehr mußte Hocki gar nicht sagen. Und mehr sagte er auch nicht zu diesem Thema.

Trimoulet Grand Cru. Mise en bouteille aux chateau. Bordeaux 1948 AOC. Mit dem Zeigefinger zog Carlsen eine Linie durch den Staub auf dem Etikett. Der Korken war mürbe, zerbröselte aber nicht und ließ sich problemlos ziehen. Der dunkelrote, fast violette Wein entfaltete im Glas nur ein schwaches Aroma. Die erdige Fruchtigkeit, die ihn einmal ausgezeichnet haben mußte, war etwas muffig geworden und überdeckte den für Bordeauxweine typischen, metallischen Nachgeschmack. Wirkliche Kenner und Sammler würden so eine Flasche wahrscheinlich ungeöffnet lassen, dachte Carlsen, als er sich nachschenkte, aber dies war nun mal der Wein, der zu dem Fund gehörte, der im Lichtkegel der Schreibtischlampe ausgebreitet lag. Vielleicht war es auch besser, alles wieder zusammenzupacken, die Aufsatzhefte aus dem Gefängnis und die in den Aktenordnern aufbewahrten Briefe ungelesen zu lassen?

Zu spät, dachte er, trank einen Schluck, griff zu dem aufgeschlitzten Briefumschlag, den er bereits am Nachmittag entdeckt hatte. Er war nicht abgeheftet, sondern aus dem Ordner gefallen. Er drehte ihn in der Hand, las erneut die mit Schreibmaschine geschriebene Absenderangabe

Carl Zuckmayer
Backwoods Farm
Barnard, Vermont

und die Anschrift auf der Vorderseite

Mr. Julius Steinberg
Old Maple Lane
Centerville, Vermont

Das war die Anschrift des Hauses, in dem *er* jetzt als Gastprofessor wohnte; zumindest war es die Straße, die eigentlich nur ein ungepflasterter Zufahrtsweg zu diesem Haus war, und ein anderes Haus gab es an diesem Weg nicht. Der Adressat war Carlsen nicht. Aber er war an der richtigen Adresse.

Backwoods Farm, 26.8.1944
Lieber Julius Steinberg!

Seit Ihrem letzten Besuch bei uns sind schon über drei Wochen ins Land gegangen, und auch Ihr liebenswürdiger Brief wartet seit 14 Tagen auf Antwort, doch hatten wir mit der Heuernte alle Hände voll zu tun, und ich mußte zudem noch das Dach des Hühnerstalls neu verschindeln. Sie haben ja selbst gesehen, wie es bei Regen aussah!

In der Zwischenzeit hat sich an der Westfront Erfreuliches getan. Unsere Bedenken waren wohl zum Glück übertrieben. Wie ich gestern aus den Radio-News erfuhr, haben amerikanische Truppen, die vor 10 Tagen in Südfrankreich anlandeten, über Grenoble die Schweizer Grenze erreicht, und gestern sollen erste alliierte Verbände bereits in Paris eingezogen sein. Hoffentlich erweist sich das nicht wieder nur als optimistisches Gerücht.

Das Ende der Hitlerei kommt jedenfalls in Sicht, und die Frage, wie dann mit Deutschland umzugehen sein wird, kann gar nicht früh genug gestellt werden. Ich bleibe bei meiner Meinung, daß man die Spreu vom Weizen trennen muß. Die Schuldigen und für die Verbrechen Verantwortlichen müssen hart und härtest bestraft werden, aber von einer allgemeinen Schuld des deutschen Volkes kann doch wohl keine Rede sein. Wenn es soweit ist, daß Prozeß gemacht wird, sollte unsereiner jedenfalls nicht als Kläger, sondern als Zeuge auftreten. Und dann wird es unsere vordringliche Sache sein zu versöhnen. Ich verstehe sehr wohl, daß für Sie, die Sie auch im engsten Familienkreis so grauenhafte Verluste zu beklagen haben, der Gedanke an Versöhnung abwegig klingen mag. Aber den Teufel treibt man nicht mit Beelzebub aus.

Wenn es stimmen sollte, daß die Verhaftung Ihres Doktorvaters im Zusammenhang mit dem gescheiterten Attentatsversuch auf Hitler steht, muß man wohl das Schlimmste befürchten. Gebe Gott, daß es nicht eintritt.

Von unseren abendlichen Gesprächen auf der Porch sind mir besonders Ihre Bemerkungen zur erzwungenen Fremdsprachigkeit im Exil nachgegangen. Auch in dieser Hinsicht versuche ich, mir den Optimismus zu bewahren und das Gute zu sehen. Die fremde Sprache ist zwar mit Ihrer Formulierung eine »geistige Entmündigung«, aber durchaus auch eine Art Scheidewasser, das überschüssige Ranken wegätzt. Die Farbe mag blasser werden, aber die Form wird schlanker. Und Übersetzungen sind wie Wurzelmesser. Sie kappen und schneiden, verbessern wohl auch so manches Mittelmäßige, lassen aber vom wahrhaft Dichterischen oft nur das Gerippe zurück. Verglichen mit dem großen Morden, das durch die Welt geht, sind das freilich fast gemütliche Probleme.

Für Ihre Einladung sehr herzlichen Dank, aber die Arbeit auf der Farm läßt einen Besuch in Centerville derzeit nicht zu, obwohl ich mich gern einmal auf dem College umschauen würde. Vielleicht klappt es im Winter.

Mit herzlichem Gruß, natürlich auch an Maggie und auch im Namen meiner Frau (die Ihre Komplimente über den Apfelkuchen übrigens höchst charmant fand),

Ihr

   Carl Zuckmayer

PS: Verzeihen Sie die Inflation der Tippfehler. Ich habe mir auf dem Hühnerstall zwei Finger der rechten Hand breitgeklopft. Sie sind entsprechend verpflastert und treffen manchmal nicht die anvisierten Tasten.

Carlsen notierte sich »geistige Entmündigung« und »Wurzelmesser«. Die Stichworte konnte er vielleicht für die Einführung in den Übersetzerkurs nutzen. Und war von dem, was ihm der Zufall da in die Hände gespielt hatte, nicht noch viel mehr zu gebrauchen? War ihm nicht eine Geschichte zugefallen? Oder etwas, aus dem sich eine Geschichte machen ließ?

Er faltete den Brief zusammen und schob ihn wieder ins Couvert, legte ihn zurück zu all den anderen Briefen, die dieser Julius Steinberg aufbewahrt und versteckt hatte. Darunter gab es mehrere Briefe eines gewissen Professor Riemer aus Hamburg. Ob das Steinbergs Doktorvater gewesen war, den Zuckmayer in seinem Brief erwähnte?

Und die Kladden aus dem Vermonter Staatsgefängnis? Sie schienen eine Art Lebensbericht Julius Steinbergs zu enthalten. In die Handschrift mußte Carlsen sich mühsam einlesen, aber nach einigen Seiten durchschaute er ihre Eigenarten. Und während aus den Auf- und Abschwüngen, Linien und Strichen, Schnörkeln und Kringeln dieser Schrift Bilder und Szenen eines fremden Lebens in Carlsen aufstiegen, prasselten Falter und Insekten, die aus der Nacht vergeblich zum Licht der Schreibtischlampe strebten, gegen das Fliegengitter des Fensters.

Das zerrissene Gummiband. Verkrümmt und leblos.

6

Julius Steinbergs Aufzeichnungen
Heft 1

<u>VERMONT STATE PRISON, WINDSOR</u>

Wir hatten den Pöbel nicht ernstgenommen. Aber er meinte es ernst. Und als er dann auch Ernst machte, erwachten wir aus unseren Illusionen und fanden uns in einem Alptraum wieder. Er war unübersehbar. Er wurde plakatiert. Er hing am Eingangsportal der Universität, er hing in den Hörsälen, er hing in der Mensa, er hing in den Fluren fast aller Fakultäten und Institute. Seine blutrote Frakturschrift stach uns in die Augen, und die »12 Thesen wider den undeutschen Geist« brüllten uns ins Gesicht. In unsäglich roher Sprache war von der Reinheit der Sprache die Rede, in primitivstem Deutsch wurde vom deutschen Volkstum deliriert. Dessen Feind sei der Jude, der nur jüdisch denken könne und lüge, wenn er deutsch schreibe. Von brandmarken und ausmerzen wurde gefaselt, von der Entfernung undeutschen Geistes aus den Bibliotheken wurde gehetzt, vom Verbot der deutschen Schrift für jüdische Autoren, von der Vernichtung des jüdischen Intellektualismus, von liberalen Verfallserscheinungen im deutschen Geistesleben. Gefordert wurde die Auslese von Studenten und Professoren im »Geist« deutschen Volkstums und die Universität als dessen »Hort« und »Kampfstätte«.

Wir wußten zwar, daß die vom Nationalsozialistischen Deutschen Studentenbund beherrschte Deutsche Studentenschaft sogenannte »Kampfausschüsse wider den undeutschen Geist« gebildet hatte, denen zwei Studenten, ein Professor, ein Vertreter des nationalsozialistischen Kampfbunds für Deutsche Kultur und ein Schriftsteller angehören sollten. Wir wußten es, weil die braune Bande sogar Professor Riemer aufgefordert hatte, dem Kampfausschuß beizutreten, was er schroff ablehnte. Wer der Schriftsteller war, wußten wir allerdings nicht. Vielleicht gab es gar keinen, vielleicht hatte man in Hamburg so schnell keinen Opportunisten auftreiben können, der so schlecht schrieb, daß er sich diesem Abschaum zur Verfügung gestellt hätte. Wir wußten es also, aber daß dann diese Haßplakate aufgehängt wurden, ohne daß sich Widerstand regte, hätten wir uns nicht träumen lassen.

An jenem Vormittag kam ich verspätet ins Institut. Ich hatte mich vorher noch mit einem Glaser herumärgern müssen, der im Optikergeschäft meiner Eltern endlich die Schaufensterscheibe reparieren sollte. Am 1. April hatten zwei auf einem Motorrad vorbeifahrende SA-Männer einen Pflasterstein durch die Scheibe geworfen. Der Stein war mit Papier umwickelt, auf das »Juda verrecke!« und ein Hakenkreuz geschmiert waren. Wegen der Aufregung und aus Sorge, daß geplündert werden könnte, erlitt mein Vater einen Herzinfarkt, lag noch im Krankenhaus und konnte sich also nicht selbst ums Geschäft kümmern. Als ich durch den Institutsflur hastete, stand vor meinem Dienstzimmer ein Student und heftete das Plakat mit den zwölf Thesen an die Tür. Er hatte vermutlich geglaubt, daß ich bereits im Hörsaal zur Vorlesung sei, und erschrak, als er mich kommen sah. Ich kannte den Studenten nicht persönlich, wußte jedoch, daß er Germanistik studierte und Mitglied des Nationalsozialistischen Deutschen Studentenbunds war. Er trug keine Uniform, aber eine Hakenkreuzbinde am Oberarm.

»Wer hat Ihnen das erlaubt?« fuhr ich ihn an.

»Ich brauche keine Erlaubnis«, sagte er patzig.

»Entfernen Sie sofort das Plakat!«

»Passen Sie mal lieber auf, daß wir Leute wie Sie nicht bald entfernen«, sagte er herausfordernd.

Ein paar Wochen vorher hätte ich mir solche Unverschämtheiten nicht bieten lassen, sondern den Studenten beim Dekan angezeigt. Aber jetzt kam es mir vor, als hätte ich vor ein paar Wochen noch in einem anderen Land gelebt, an einer anderen Universität gelehrt.

Jetzt war Hitler Reichskanzler, der Reichstag von den Nazis angesteckt worden, das Ermächtigungsgesetz durchgepeitscht; jetzt beherrschte der braune Terror die Straße, jetzt wurden politisch Andersdenkende massenweise verhaftet. Und die Schaufensterscheibe war immer noch nicht repariert, weil der Glaser jetzt auf seine infame Art unser Geschäft boykottierte, indem er uns hinhielt. Und jetzt hatte ich Angst vor diesem erbärmlichen Studenten, und für meine Angst schämte ich mich.

»Das ist Sachbeschädigung«, sagte ich, »dafür kann man Sie haftbar machen.«

Merkwürdigerweise beeindruckte diese matte Einlassung den Studenten. Er sah mich verblüfft an, zog vorsichtig die Reißnägel aus dem Türholz, drückte die Splitter mit dem Daumen glatt, rollte das Plakat zusammen und entfernte sich wortlos. Ich sah ihm nach. Das Knallen seiner nagelbewehrten Schuhe auf dem Linoleum hängt mir noch heute im Ohr. Am Ende des Flurs drehte er sich noch einmal um, schrie »Juden raus!« und verschwand dann Richtung Treppe. Erst als ich das Geräusch seiner Schuhe nicht mehr hören konnte, betrat ich mein Dienstzimmer. Atemlos, aber auf die Minute pünktlich erreichte ich die Vorlesung. Sie verlief störungsfrei. Am Ende kam mir das Beifallspochen auf den Pulten kräftiger als gewöhnlich vor, aber vielleicht war das auch nur eine Wunschvorstellung.

Um sie nicht unnötig zu ängstigen, erzählte ich meinen Eltern weder von der Plakataktion noch von dem Vorfall mit dem Studenten. Aber ich erzählte es Helga, als wir uns abends in der Weinstube an der Grindelallee trafen, in der wir uns immer trafen, wenn Helga in der Praxis Überstunden gemacht hatte. Helga studierte Medizin und half gelegentlich bei einem Internisten als Praxishelferin aus. Wir waren seit Weihnachten letzten Jahres verlobt und wollten im nächsten Jahr heiraten, sobald sie ihr Examen abgelegt hätte. Helga fand die Vorfälle zwar empörend, machte sich aber weniger Sorgen als ich und glaubte immer noch, daß der ganze Nazispuk in ein paar Monaten vorbei sein würde. Ich war skeptischer. Auch wenn das Judentum in meiner Familie schon seit zwei Generationen nur noch als folkloristische Tradition galt, war es wegen meiner Herkunft auch schon vor 1933 schwierig gewesen, an der Hamburger Universität eine akademische Karriere zu machen. Es gab einen latenten Antisemitismus, der gelegentlich offen ausbrach, zum Beispiel, als Riemer mich vor zwei Jahren zu seinem Assistenten gemacht hatte. Unter den gegenwärtigen Umständen war an eine Professur überhaupt nicht mehr zu denken.

»Das ist kein vorübergehender Spuk«, sagte ich zu Helga, »das ist blutige Realität. Das Geschrei und Getrommel, die Aufmärsche und Umzüge, die schwarzen Listen und Plakate, die Hetze gegen die Juden wirken vielleicht wie fauler Zauber und Theaterdonner. Aber es ist kein Theater. Der Stein, den sie uns in den Laden geworfen haben, war echt. Es gab und gibt immer noch massenweise Verhaftungen; es sollen bereits Lager errichtet worden sein. Gewerkschaftler, Sozialdemokraten, Kommunisten fliehen ins Ausland, Künstler und Intellektuelle, die auf den schwarzen Listen stehen, gehen ins Exil oder sind bereits im Exil. Das ist doch kein ...«

»Wenn es so ist«, sagte Helga und unterbrach mich, indem sie mich auf den Mund küßte, »wenn es so ist, können wir ja unsere Hochzeitsreise ins Exil machen.«

Sonst liebte ich sie für ihre Ironie und die Fähigkeit, das Leben leichtzunehmen, aber jetzt erschrak ich darüber, ließ mir jedoch nichts anmerken, sondern spielte das Spiel mit. Ihr zuliebe. Uns beiden zuliebe. »Gute Idee«, sagte ich, »und wo fahren wir hin?«

»Amerika natürlich«, sagte Helga scherzhaft. »Wohin denn sonst?«

Zwei Jahre später sollte ich tatsächlich in Amerika ankommen – allerdings ohne Helga. Aber an diesem Abend, dem 12. April 1933, ahnten wir davon nichts, oder wenn wir doch etwas ahnten oder fürchteten, dann ließen wir es uns nicht anmerken. Uns zuliebe. Vielmehr gingen wir noch in ein Lokal, in dem ein amerikanisches Orchester Swingmusik spielte, lachten, tanzten, tranken, bis von Ahnungen und Furcht nichts mehr blieb, und dann verbrachten wir zusammen die Nacht in Helgas möbliertem Zimmer. Die Vermieterin, eine resolute Kapitänswitwe, kannte mich bereits und drückte Augen und Ohren zu.

Es kamen die Tage der Autodafés. Am 7. Mai begannen Trupps von Studenten und SA-Männern damit, die Bibliotheken der Stadt nach Büchern zu durchkämmen, die auf den schwarzen Listen standen. Mit Transparenten »Wider den undeutschen Geist« erschienen sie vor öffentlichen und nichtöffentlichen Büchereien, verschafften sich gewaltsam Zugang zu den Beständen, rissen alles heraus, was sie in ihrem germanischen Wahn für undeutsch hielten, und schafften die Bücher auf Lkws und Handkarren, Leiterwagen und Motorrädern zu Sammelstellen. Die Aktion sprach sich schnell herum. Viele Bibliothekare versteckten die gefährdeten Bücher in Remisen, Kellern, Gartenlauben, Privatwohnungen, Dachböden und Schuppen. Wer die Polizei rief, wurde zusammengeschlagen. Erschien die Polizei, sah sie tatenlos zu und schützte die Plünderer.

Am Abend hatten die »Säuberungen« die Universität noch nicht erreicht. Wir holten mit acht zuverlässigen Personen, zwei Professoren, zwei Assistenten, drei Studenten und einem Bibliothekar, alle gefährdeten Bestände aus der Bibliothek des Historischen Instituts, packten die Bücher in Umzugskartons und versteckten sie in einem Ruderschuppen. In anderen, wenn auch nicht in allen Institutsbibliotheken verfuhr man ebenso. In der Nacht des 10. Mai brannten dann auf öffentlichen Plätzen deutscher Groß- und Universitätsstädte die Scheiterhaufen – nicht jedoch in Hamburg. Schon vormittags hatte es zu regnen begonnen, und gegen Abend schüttete es wie aus Eimern. Das Autodafé wurde abgeblasen.

Wir trafen uns in Riemers Wohnung. Er hatte Sekt aus dem Keller geholt und bezeichnete den Regen als Geschenk des Himmels. Wir stießen an, obwohl wir wußten, daß von Sieg keine Rede sein konnte, höchstens von Aufschub. Während wir, zwischen vagen Hoffnungen und Resignation schwankend, noch die Köpfe zusammensteckten, drang aus dem Treppenhaus lautes Stiefelgepolter. Wir zuckten zusammen, warteten, daß an der Wohnungstür geschellt würde, aber die Schritte stiegen höher, eine Etage, zwei Etagen. Wir öffneten die Tür einen Spalt und lauschten, hörten, wie oben eine Klingel anschlug und eine Tür geöffnet wurde, hörten Fetzen eines heftigen Wortwechsels. »Verhaftet«, »Tatverdacht«, »sofort mitkommen«, »Verhör«.

Riemer wurde kreidebleich, zog die Tür zu und sagte mit zittriger Stimme: »Das ist Kurt Meyerbeer. Saß mal fürs Zentrum im Reichstag. Journalist ...«

»Können wir ihm nicht helfen?« sagte ich. »Irgend etwas tun?«

Riemer zuckte nur mit den Schultern. »Was denn?« sagte er tonlos.

Als sich die Schritte von oben wieder näherten, blickte ich durch den Türspion ins Treppenhaus. Ein SA-Mann ging voraus, dann kam Meyerbeer, eingerahmt von zwei weiteren SA-Männern, die ihn an beiden Armen festhielten und führten. Meyerbeer war ein großer, leicht korpulenter Mann, hielt aber den Kopf gesenkt und wirkte im wahrsten Sinne des Wortes geknickt.

Später erzählte mir Riemer, Meyerbeer sei nach drei Tagen »Schutzhaft« wieder entlassen worden, mit schweren Prellungen im Gesicht und einem gebrochenen Unterarm. In einem der Briefe, die er mir schrieb, als ich längst in den USA war, hat Riemer von Meyerbeers weiterem Schicksal berichtet. *

***

An dieser Stelle war Steinbergs Bericht mit einem Asterisk (*) in Rotstift markiert. Auf der linken, unbeschriebenen Seite des Hefts wurde der Asterisk auf gleicher Zeilenhöhe wiederholt, ergänzt um die Ziffer 1, ebenfalls in Rotstift: * 1

Carlsen blätterte ein paar Seiten weiter, schlug auch in anderen Heften nach. Es gab durchlaufend numerierte Markierungen in roter Tinte, die offensichtlich einem System gehorchten. Vielleicht hatte Steinberg das Manuskript an diesen Stellen später noch überarbeiten und anderes Material einfügen wollen? Carlsen nahm das zerrissene Gummiband in die rechte Hand, zupfte mit der linken daran herum, ließ es schnippen. Er sah auf die Uhr. Kurz vor Mitternacht. Morgen begann der Übersetzerkurs. Höchste Zeit, schlafen zu gehen. Er ging ins Bad, putzte sich die Zähne. Die Aktenordner! Die drei Aktenordner mit den Briefen.

Er setzte sich wieder an den Schreibtisch und schlug den Ordner auf, den er vorhin flüchtig durchgeblättert und in dem sich auch der

Brief Zuckmayers befunden hatte. Der erste darin abgeheftete Brief war mit * 1 markiert. Am oberen Rand gab es einen eingedruckten Namenszug, und er war mit Schreibmaschine geschrieben. Am Ende standen noch drei Zeilen in der Handschrift Steinbergs.

* * *

(*1)

Prof. Dr. Siegbert Riemer
Hamburg, am 13. März 1937

Lieber Herr Steinberg!

Über Ihren ausführlichen Brief habe ich mich sehr gefreut, auch wenn Ihre Lebensumstände natürlich nach wie vor bedrückend sind. Aber Sie leben, sind unversehrt und haben immerhin ein bescheidenes Auskommen. In Deutschland gibt es viele, und es werden immer mehr, die Sie darum beneiden würden.

Sie erinnern sich gewiß noch daran, wie wir damals bei den Bücherverbrennungen Augenzeuge der Verhaftung des Journalisten Meyerbeer wurden, der zwei Stockwerke über mir wohnte. Er ist vor zwei Monaten erneut verhaftet und schwer mißhandelt worden, weil er im Verdacht stand, einer oppositionellen Gruppe anzugehören und Kontakte zu deutschen Exilanten in Frankreich zu pflegen. Das stimmt vermutlich auch. Sein Glück im Unglück war, daß die Gestapo ihm nichts nachweisen und auch nichts aus ihm herausprügeln konnte. Er kam wieder auf freien Fuß, hat dann jedoch seinen gesamten Hausstand aufgelöst und ist mit seiner Frau nach Frankreich gereist, wo er wohl um politisches Asyl nachsucht.

Seit den schändlichen Nürnberger Rassegesetzen treten nun auch immer mehr jüdische Mitbürger die Reise ins Exil an, übrigens auch Geschäftsleute und Leute aus der Wirtschaft, die man bislang einigermaßen unbehelligt ließ. Im vergangenen Jahr hatten die Repressionen zwar deutlich nachgelassen, jedenfalls in der Öffentlichkeit, aber ich glaube, daß das lediglich an den Olympischen Spielen lag. Der braune Abschaum wollte der Welt ein freundliches Gesicht zeigen. Für Ausreisewillige wäre dies also ein günstiger Moment ge-

wesen. Inzwischen ist die Maskerade vorbei, und die Fratze zeigt sich häßlicher denn je.

Ihre Sorgen um Ihre Eltern dürften leider sehr berechtigt sein. Was immer Ihr Vater Ihnen schreiben mag, um Sie zu beruhigen – sein Geschäft läuft immer schlechter, da er fast nur noch jüdische Kundschaft bekommt und bedienen darf, und auch die wird weniger. Falls es Ihnen möglich ist, von Amerika aus auf Ihre Familie einzuwirken, Deutschland zu verlassen, dann dringen Sie jetzt darauf. Ich fürchte, daß es bald gar nicht mehr gehen wird. Es berührt mich sehr, daß Ihre Eltern wie viele andere auch so innig an Deutschland hängen, aber diese Heimatliebe wird kein gutes Ende nehmen.

Die Situation an der Universität und speziell in unserem Institut wird ebenfalls schwieriger. Was sich die Nazis unter Geschichtsforschung und -schreibung vorstellen, ist schon pathologisch. Der Kollege Geritzen hält beispielsweise ein Hauptseminar zum Thema »Pangermanismus« ab. Natürlich gibt es auch noch ein paar Vernünftige, aber die lassen ihre Vernunft nicht laut werden. Ich gehöre zu ihnen und schäme mich dafür.

Soweit es einem im großen schlechten gutgehen kann, geht es mir und meiner Familie gut. Vielleicht ist genau das von allem das schlimmste: daß es sehr vielen Deutschen jetzt gutgeht, besser als zu Weimarer Zeiten. Eines Tages wird uns dafür die Quittung präsentiert werden.

Ich grüße Sie herzlich, auch im Namen meiner Frau, wünsche Ihnen alles erdenklich Gute und hoffe, bald wieder von Ihnen zu hören.

Ihr

Siegbert Riemer

Ich wüßte gern, ob Meyerbeer überlebt hat. In meinen Träumen sehe ich ihn manchmal noch im Zerrspiegel des Türspions. Und wenn ich erwache, schäme ich mich.

7

SPEZIELLE FÄLLE

»Private Colleges und Universities arbeiten hier wie Gesellschaften, wie Firmen, meine ich. *Education* ist Business. Die Studiengebühren sind enorm, aber es gibt auch jede Menge *Financial Aid*, Stipendien, Darlehen und andere finanzielle Unterstützung für Studenten, die das sonst nicht zahlen können. Die akademischen Leistungen müssen natürlich stimmen. Die Institutionen reißen sich um solche Studenten. Außerdem ist *Diversity* für uns wichtig. Deshalb bemüht sich das College um Studenten, die aus dem Ausland oder aus gesellschaftlichen Minoritäten kommen. Minoritäten sind wichtig fürs Image. Damit wird aber auch viel Schandluder getrieben. Was gibt's da zu lachen? Die entsprechenden Witze hab ich doch noch gar nicht erzählt.«

»Weil es Schindluder heißt«, sagte Carlsen.

Hocki lachte auch. »Richtig, ich erinnere mich.«

»Und die Witze?« fragte Carlsen.

Hocki deutete zur Tür seines Büros, die offenstand. »Erzähl ich dir mal, wenn wir unter uns sind. Manchmal frage ich mich aber, ob man es noch mit einem Individuum zu tun hat oder bereits mit einer Minorität. Oder umgekehrt.« Er grinste. »*Anyway*. Manchmal geht's natürlich auch mit sportlichen Leistungen für unsere Collegeteams. Wer gut ist, muß sich ums Geld jedenfalls keine Sorgen machen. Und weil Erziehung eben auch Business ist, akzeptieren wir ausnahmsweise auch solche speziellen Fälle.« Er klopfte mit dem Zeigefinger auf die Teilnehmerliste von Carlsens Übersetzerkurs. »Diesen Duane Kemperman und diese, ähm, ach so, hier, diese Lauren A. Hancock. Beide sind längst mit ihrer Ausbildung fertig und haben großartige Jobs. Duane ist Salesmanager einer Firma, die Landmaschinen baut, vom Traktor bis zum, ähm, Dreschmäher. Er soll in Österreich einen *Branch* für seine Firma aufbauen und muß deshalb einigermaßen Deutsch sprechen. Er hat es nicht studiert, kommt aber aus einer deutschstämmigen Familie und spricht also fließend falsch. Lauren Hancock ist Juniorpartnerin einer Anwaltskanzlei in Boston, die große Deals mit Deutschland macht. Ich glaube, sie hatten viel mit Entschädigungsklagen jüdischer Exilanten zu tun, deren Besitz von den Nazis arisiert wurde. Die Kanzlei arbeitet auch mit Regierungsbehörden zusammen. Lauren hat zwar auf der High School und auf dem College Deutsch gelernt, aber die Kanzlei will, daß sie sich verbessert. Kann sein, daß man sie nach Deutschland schicken will, aber Genaues weiß ich nicht. Geht mich auch nichts an. Der Übersetzerkurs ist jedenfalls für beide ideal, auch wenn es nicht um technische oder juristische Texte geht, sondern um literarische. Vielleicht gerade deshalb. Wer Kafka auf deutsch lesen kann, kann auch Urteilsbegründungen lesen. Wir hatten auch schon mal den Public-Relations-Manager einer Autofirma hier, der nach Europa geschickt werden sollte, und vor ein paar Jahren sogar einen CIA-Agenten, der einen Auftrag in Deutschland zu erledigen hatte. Der Mann war übrigens sehr nett und am College beliebt, spielte gut Basketball, aber warum er sein Deutsch verbessern wollte, hat er nicht verraten. Das war Top Secret. Solche Leute legen natürlich keinen Wert auf Kredite, sondern wollen nur ...«

»Vergibt das College als Firma auch Kredite?« witzelte Carlsen.

»Ach, *come on*«, sagte Hocki, »du weißt schon, was ich meine. *Credits* und *Grades*. Noten, Semesterpunktzahlen und so. Bei den normalen Studenten spielen die aber 'ne große Rolle, nicht zuletzt wegen *Financial Aid*. Alle wollen ihr A. Wenn du ihnen das B gibst, das sie verdienen, werden sie *depressed*, und beim C geht die Welt unter. Und noch etwas: Die Studenten werden mit Vornamen angeredet, aber natürlich gesiezt, wenn die Unterrichtssprache Deutsch ist. Umgekehrt werden wir mit Herr oder Professor und Nachnamen angesprochen. Das sind die feinen Unterschiede in unserer Erziehungsfirma. Manche Streber übertreiben es natürlich und sagen Herr Professor Doktor Soundso. Alles klar? Dann stell ich dich jetzt kurz der Klasse vor und überlasse dich deinem Schicksal als Herr Professor.«

Der Kurs fand in einem der Seminarräume im Souterrain statt. Hocki stellte Carlsen als bedeutenden, großartigen Schriftsteller vor, der in Deutschland weltberühmt sei. Niemand lachte, vermutlich war der Scherz nicht verstanden worden, aber alle vierzehn Teilnehmer lächelten höflich. Außerdem habe Carlsen sich auch als Übersetzer einen Namen gemacht und sei somit »*der* Mann« für einen Kurs über literarisches Übersetzen. Außerdem sei er ein persönlicher Freund aus alten Zeiten, in denen sogar er, Hocki, noch fehlerfreies Deutsch gesprochen habe. Diesmal wurde gelacht. Hocki wünschte Erfolg und viel Spaß, nickte Carlsen aufmunternd zu und verließ den Raum.

Um sich die Namen schneller merken zu können, bat Carlsen die Studenten, Papierschildchen mit ihren Namen auf die Tische zu stellen. Während geraschelt, geschrieben und gefaltet wurde, verglich er die Namen mit denen auf seiner Liste und versuchte, sich die einzelnen Gesichter einzuprägen. Linda Ashcroft, James Brandon, Heather Clark, Paul Desantis ... Nach ein paar Tagen würde er sie alle kennen.

Duane und Lauren, »die speziellen Fälle«, hatte er schon während Hockis Einleitung leicht ausfindig machen können, da sie ersichtlich älter als die anderen Teilnehmer waren. Duane schätzte er auf Anfang Vierzig. Ein breitschultriger, stämmiger Mann mit Bürstenhaarschnitt, rotem Polohemd, Blue Jeans und Joggingschuhen. Alle waren ähnlich sportlich-lässig gekleidet – alle außer Lauren A. Hancock aus Boston, die ein anthrazitfarbenes Kostüm mit Nadelstreifen trug, darunter ein blütenweißes Shirt mit V-Ausschnitt und flache, schwarze Pumps. Sie hatte dunkles, leicht gewelltes, schulterlanges Haar, ein blasses, dezent geschminktes Gesicht mit einer randlosen Brille auf der Nase. Blasiert, aber attraktiv, dachte Carlsen, also schwierig, und schätzte sie auf Mitte Dreißig.

»Na, dann wollen wir mal«, sagte er munter und blickte in die Runde, die ihn teils lächelnd, teils neugierig, teils ausdruckslos musterte. »*Poetry is what gets lost in translation.* Weiß jemand von Ihnen, wer das gesagt hat?«

Schweigen.

»Ein großer amerikanischer Dichter«, sagte Carlsen.

Tieferes Schweigen.

»Er lebte hier in Vermont.«

Ein Finger ging zaghaft in die Höhe.

Carlsen nickte erfreut, warf einen Blick auf das Namensschild. »Ja, bitte, Sandy?«

»Irving vielleicht? John Irving?«

»Der wohnt in New Hampshire«, sagte die zum Schild Graham gehörende Stimme.

»Nein, in Vermont«, insistierte Sandy schmollend.

»Der Dichter, den ich meine, lebt nicht mehr«, sagte Carlsen. »Und er hat vor allem Lyrik geschrieben.«

Grüblerisches Schweigen.

»*The road less traveled*«, sagte Carlsen.

»Oh yeah!« rief Heather. »Das hatten wir auf der High School. Frost? Robert Frost?«

»Na bitte«, sagte Carlsen erleichtert. »Sehr gut, Heather. Danke. Aber was bedeutet nun dieser Satz? *Poetry is what gets lost in translation.*«

»Poesie ist was verliert in Übersetzung?« schlug ein Student vor.

»Ja, nicht schlecht, äh, Michael, danke, Michael. Das wäre eine recht wortgetreue Übersetzung des Satzes. Aber was bedeutet er? Wieso geht Poesie oder das Poetische in Übersetzungen verloren? Soll das heißen, daß man poetische Texte gar nicht adäquat übersetzen kann?«

Sehr tiefes, grüblerisches Schweigen. Einige notierten sich etwas. Was gab es da zu notieren? Jemand hustete gedämpft. Zwei Studentinnen tuschelten miteinander. Carlsen trat Schweiß auf die Stirn; jedenfalls bildete er sich das ein. Lauren sah ihn streng, fast giftig an. Der Blick besagte: Komm endlich zur Sache.

»Worte zu dem zu finden, was man vor Augen hat, was man hört oder empfindet, kann sehr schwer sein«, begann Carlsen stockend. »Worte für das zu finden, was nicht, noch nicht geschrieben wurde, ist Aufgabe der Literatur, ist die poetische Arbeit und Leistung. Und es ist schwer, weil …«

Laurens Blick schien etwas milder geworden zu sein.

»Sehen wir uns irgendeinen Gegenstand hier im Raum an, diesen Tisch oder einen Stuhl oder«, Carlsen nahm einen Bleistift in die Hand, »diesen Bleistift. So ein scheinbar banaler Stift ist ein höchst komplexer Gegenstand, wenn man seine Produktion bedenkt, seine geschichtliche Herkunft, seinen Gebrauchswert, sein Design. Diese Komplexität steigert sich beliebig und fast unendlich, wenn wir auch noch die wahrnehmungspsychologischen und erkenntnistheoretischen Dimensionen bedenken, mit denen der Bleistift als wahrgenommener Gegenstand eingesponnen wird.«

Einige Studenten starrten den Stift an, den Carlsen hochhielt, einige schrieben mit wie in einer Vorlesung, einige sahen ihm verständnislos ins Gesicht.

»Damit will ich nur sagen«, fuhr er flüssiger, sicherer werdend fort, »daß die Wirklichkeit in jeder ihrer Erscheinungen von einer unendlichen Erfahrungsfülle spricht. Das bloße und stumme, noch unbenannte Dasein der Dinge muß jedoch vom Autor, vom Schriftsteller, vom Dichter in Worte überführt werden. Insofern ist Sprache nichts anderes als Überwindung der unendlichen Erfahrungsfülle durch Begriffe – und damit eine ungeheure Abstraktionsleistung. Denn die Sprache macht aus dem eigentlich unbeschreibbaren Ding Stift jene fünf Buchstaben, die das Wort und den spezifischen Klang des Worts Stift ergeben. Aufgabe eines literarischen Textes ist es nun jedoch, diese Abstraktion wieder ins Konkrete zu bringen, den Stift, dem durch den Begriff Stift seine Unendlichkeit und seine Besonderheit genommen wird, wieder als diesen ganz besonderen Stift darzustellen – den Stift, wenn Sie so wollen, nicht nur zu benennen, sondern zu *erzählen*. Und es ist genau diese Verwandlung der komplexen Wirklichkeit ins Wort, die der Autor eines Originaltextes leistet. Eine Übersetzung wandelt jedoch Sprache zu Sprache um. Und das ist der entscheidende Unterschied.«

Er legte den Stift wieder auf den Tisch.

»Paul Valéry – weiß zufällig jemand von Ihnen, wer Paul Valéry war? Nein? Okay, von Valéry stammt jedenfalls die Bemerkung, im literarischen Kunstwerk werde die servile Nachahmung dessen sprachliches Ereignis, was in den Dingen undefinierbar sei. Wenn man dieser Bestimmung des Literarischen folgt, so leuchtet ein, daß sich ein Übersetzer vor eine grundsätzlich andere Aufgabe gestellt sieht als der Autor eines literarischen Originals. Der Autor nämlich hat die künstlerisch entscheidende Übersetzung bereits geleistet, indem er die Welt zur Sprache gebracht hat. Der Übersetzer aber bringt Sprache zur Sprache. Er hat es, allen Schwierigkeiten zum Trotz, alle Leistungen einer inspirierten Übersetzung eingerechnet, immer schon mit dem gleichen Medium, wenn auch im Gewand eines fremden Systems, zu tun. Peter Handke – kennt jemand von Ihnen vielleicht Peter Handke? Nicht? Handke hat für diesen Unterschied zwischen literarischer Erzeugung und Übersetzung ein schönes Bild gefunden. Wenn man mit dem Boot übers Meer fährt und unten im Meer eine versunkene Stadt sieht, dann sieht man beim Übersetzen zwar ganz genau die Strukturen der versunkenen Stadt. Aber beim Schreiben müssen Sie erst einmal hinuntertauchen. Beim Übersetzen sehen Sie die Stadt nur vom Boot aus.«

Carlsen räusperte sich. Verstieg er sich nicht in die dünne Luft verblasener Theorien? Was wollte er eigentlich sagen? War er schon zur Sache gekommen? Er blätterte in seinen Notizen nach Zuckmayers Metapher mit dem Wurzelmesser, wobei sein Blick auf die Armbanduhr fiel, die er auf dem Tisch abgelegt hatte. Nur noch zehn Minuten! Höchste Zeit, die Seminarpläne zu verteilen, den Ablauf zu erklären, die Arbeitsweise im Kurs. Höchste Zeit, zur Sache zu kommen. Die Zeit lief davon. Er schloß die Sitzung mit den Worten »Über alles Weitere reden wir beim nächsten Mal« und hatte das Gefühl, sich blamiert und gründlich versagt zu haben. Die Studenten würden scharenweise den Kurs verlassen und sich vor Ablauf der Frist in ein anderes Seminar umschreiben.

Beim Mittagessen gesellte Carlsen sich in der Mensa an einen der großen Tische, an dem auch zwei Studentinnen aus dem Kurs saßen, Karen und Sandy. Karen sprach gutes Deutsch, aber mit einem drolligen, skandinavischen Akzent. Wieso das?

Ihre Mutter, erklärte sie, stamme aus Schweden. Sie selbst sei aber US-Bürgerin, habe nach ihrem Bachelor bereits als Deutschlehrerin an einer High School in Pennsylvania gearbeitet und hole nun hier am College ihren Mastersabschluß nach, womit sie später ein besseres Lehrergehalt erzielen könne. Es gebe noch mehr Studenten, die diesen Umweg genommen hätten. Sandy zum Beispiel. Sandy nickte und sagte, sie liebe Deutschland. Besonders Bayern. Weißwurst und Bier und Blasmusik. Die Münchner Biergärten im Sommer. Einfach wundervoll. Carlsen heuchelte höfliche Zustimmung, obwohl Weißwurst und Blasmusik nicht sein Bier waren.

An ihrer High School, erzählte Karen, sei kürzlich ein Schüleraustausch mit einem Münchner Gymnasium organisiert worden. Fünfzehn Lehrer und Schüler seien aus Deutschland gekommen. Erwidert hätten den Besuch aber nur drei Amerikaner, eine Lehrerin und zwei Schüler. Allgemeine Angst vorm Reisen grassiere, besonders vorm Fliegen. Und überhaupt fühlten sich viele außer Landes nicht mehr sicher. So gehe der amerikanische Neoimperialismus also auch mit einem Neoisolationismus einher. In einer ländlich-konservativen Gegend wie der, in der Karen lebe, sei anders als im liberalen Vermont bereits das Aussprechen von Meinungen, die vom Kurs der Bush-Regierung abwichen, verdächtig bis gefährlich. Vielleicht ziehe sie mit ihrer Mutter zurück nach Schweden. »So«, sagte Karen, »werden Einwanderer dann wieder zu Auswanderern.«

Carlsen nickte verständnisinnig, garnierte Karens Geschichte mit einigen »aha« und »ich verstehe«, verkniff sich aber weitergehende Kommentare und dachte an Julius Steinberg, der damals auch nach Amerika eingewandert war, um im Gefängnis zu landen. Die Gründe kannte Carlsen noch nicht; sie warteten in Steinbergs Aufsatzheften auf ihn.

Als Carlsen sein Essenstablett auf dem Fließband für schmutziges Geschirr abstellte, wurde er von einem Studenten angesprochen, der nicht im Übersetzerkurs eingeschrieben war, dies aber unverzüglich nachholen wolle. Anwesende Kommilitonen hätten ihm erzählt, Carlsen habe eine *terrific introduction* geliefert und der Kurs verspreche *absolutely exciting* zu werden. Offenbar hatte er sein Thema doch nicht verfehlt, sondern sich irgendwie zur Sache durchschwadroniert – oder jedenfalls zu etwas, was bei einigen Studenten auf Resonanz gestoßen war. Verblüffend, aber erfreulich. Gutgelaunt fuhr er zu seinem Haus, rollte vorsichtig über die Brücke, deren Bohlen jetzt *ter-ri-fic, ex-ci-ting* murmelten, und legte sich zu einer Siesta aufs Bett. Im Zwielicht des Halbschlafs, das ihm stets wie das sprichwörtliche rechte Licht schien, ließ sich sein Aufenthalt hier bestens an. Im Kurs hatte er offensichtlich Eindruck gemacht. Und dank des Fehltritts auf der Kellertreppe war er ohne zu suchen in etwas hineingestolpert, nach dem er zuvor verzweifelt und verbohrt gesucht hatte – eine Geschichte. Zwar war es eins der ausgelutschtesten Klischees, ausgerechnet auf alte Handschriften zu stoßen, aber das mußte man ja niemandem auf die Nase binden. Schon gar nicht dem College, das womöglich Besitzansprüche oder Rechte geltend machen würde. Deshalb war es vermutlich auch klüger, den Schaden mit dem Regal in aller Ahnungslosigkeit und ostentativer Unschuld dem *Custodial Service* zu melden, von irgendwelchen Manuskripten und Briefen aber nichts bemerkt zu haben. Der Kühlschrank summte beifällig. *Terrific.* Und wie er die Skepsis im Blick dieser Lauren zum Schmelzen gebracht hatte. *Exciting* …

Nachdem er von seinem Kreativnickerchen erfrischt aufgestanden war, rief er beim *Custodial Service* an, der noch heute Abhilfe zu schaffen versprach. Um keine unerwünschten Blicke zu provozieren, verstaute Carlsen die Aufsatzhefte und Aktenordner in zwei Schreibtischschubladen. Dann machte er sich Notizen über den Übersetzerkurs und bereitete die erste Sitzung Kreatives Schreiben vor, die morgen stattfinden würde.

Am späten Nachmittag fuhr ein Handwerker des Colleges mit einem Pickup-Truck vor, besah sich den Schaden und befand, daß das überhaupt kein Problem sei. »Wenn Sie wüßten«, sagte er, »was hier sonst alles zu Bruch geht. Bei den Partys in den Verbindungshäusern und so weiter.«

»Haben Sie eine Idee, warum man das Regal vor den Einbauschrank gesetzt hat?« fragte Carlsen. »Ich meine, die Kammer ist doch viel praktischer als das Regal.«

Der Mann zuckte mit den Schultern. »Keine Ahnung. Ist ja auch völlig egal. Das muß aus der Zeit stammen, als das Haus noch gar nicht dem College gehörte. Hier, die alten Konservendosen und so weiter. Das Regal ist jedenfalls kaputt. Reparieren lohnt sich nicht. Ich räum Ihnen den ganzen Kram in die Kammer um und schaff die Regaltrümmer weg. Okay?«

»Natürlich«, sagte Carlsen.

Als der Keller aufgeräumt und sauber war und das zerlegte Regal auf der Ladefläche des Pickups lag, bot Carlsen dem Mann Kaffee und eine Zigarette an. Sie setzten sich auf die Veranda und rauchten.

»Na, wollen Sie das College jetzt verklagen?« fragte der Mann grinsend.

»Verklagen? Wieso das denn?«

»Bei dem Sturz im Keller müssen Sie sich doch verletzt haben.«

»Nein, eigentlich nicht.«

»So eine schlecht gesicherte Kellertreppe«, sagte der Mann kopfschüttelnd.

»Es war ja eher meine eigene Schuld«, sagte Carlsen.

»Geht mich auch gar nichts an«, sagte der Mann, zerdrückte den Zigarettenstummel im Aschenbecher, bedankte sich für den Kaffee, stieg in den Pickup, ließ den Motor an und rief durch die heruntergekurbelte Seitenscheibe: »Geht mich wirklich nichts an, Sir, aber ich an Ihrer Stelle hätte mich schwer verletzt, würde klagen und wäre ein reicher Mann. *Take care.*«

Carlsen sah dem Wagen nach, wie er auf dem Zufahrtsweg eine Staubfahne aufwirbelte, mit unvermindertem Tempo über die Brücke holperte, die *rich man, rich man* sang, und sich schließlich in den fließenden Verkehr auf der Route 9 einfädelte.

Der Abglanz des lichtgesättigten Tages erfüllte im Schwinden das Land, Himmel und Erde, mit rührender, bukolischer Schönheit. Der nahende *Indian Summer* warf gelbe Tupfer in den grünen Pelz der Berge, über denen sich das tiefer werdende Blau der Dämmerung wie ein Meer spannte. Ein Traumland, eine versunkene Welt, die sich vom Boot aus nur erahnen ließ. Um sie zu erfahren, mußte man hinabtauchen. In der Ferne stieg Rauch auf. Das Feuer war nicht zu erkennen. Vor dem Dunkelgrün wirkte die Rauchsäule weiß, verdüsterte sich im Blau und schmolz dann spurlos im Horizont.

Carlsen setzte sich an den Schreibtisch, zog die Kladden aus der Schublade und schob sich die Lesebrille auf die Nase. Seine Taucherbrille.

8
Julius Steinbergs Aufzeichnungen
Heft 2

Das Hamburger Autodafé, das am 10. Mai wegen Regens ausgefallen war, wurde fünf Tage später nachgeholt, aber nicht wie erwartet vor der Universität, auf dem Rathausmarkt oder dem Gänsemarkt, sondern an eher abgelegener Stelle am Kaiser-Friedrich-Ufer in Eimsbüttel. Offenbar hatte man im Senat oder in der Universitätsverwaltung ein wenig Rückgrat gewagt. Verhindern ließ sich der barbarische Wahnsinn längst nicht mehr.

»Ich werde hingehen«, sagte ich zu Helga.

»Um Gottes willen!« sagte sie. »Warum?«

»Weil ich es sehen will. Mit eigenen Augen.«

»Aber wenn man dich erkennt? Ich meine, du bist schließlich …«

»Wissenschaftlicher Assistent? Es werden auch andere Professoren und Assistenten da sein. Manche freuen sich sogar schon, daß es der Konkurrenz jetzt an den Kragen geht.«

»Nein, ich meine …«, sie zögerte, kaute auf der Unterlippe, was sie immer tat, wenn sie nervös oder ihr etwas peinlich war, »ich meine, du als, also du …«

Sie sprach den Satz nicht zu Ende. Ich wußte, welches Wort sie ausgespart hatte. In unserer Beziehung hatte das Wort nie eine Bedeutung gehabt, war kaum je gefallen, aber indem sie es nun verschwieg, bekam es eine bedrohliche, fatale Bedeutung.

»Als Jude? Ich als Jude?«

Sie gab keine Antwort und weinte, als ich ging.

Die Hutkrempe tief ins Gesicht gezogen, den Kragen des Staubmantels hochgeschlagen, stand ich so weit vom Scheiterhaufen entfernt, daß sein Lichtschein mich kaum noch erreichte. Fahnen und Fackeln. Studenten, Formationen der HJ und SA umstanden das Feuer. Durch Lautsprecher dröhnten Anweisungen und Feuersprüche, die auch schon bei den früheren Autodafés gebrüllt und in den Hamburger Zeitungen veröffentlicht worden waren. »Gegen Klassenkampf und Materialismus! Für Volksgemeinschaft und idealistische Lebenshaltung! Gegen Dekadenz und moralischen Verfall! Für Zucht und Sitte in Familie und Staat! Gegen seelenzerfasernde Überschätzung des Trieblebens! Für den Adel der menschlichen Seele!« Und so weiter. Nach jedem Für und Gegen wurden Namen von Autoren gebrüllt, Marx, Heinrich Mann, Freud, und Bücherstapel wurden unter Heilgebrüll und Beifallsgejohle in den Feuerstoß geworfen. Bei jedem Stapel riß der Luftsog einen Funkenregen in die Mainacht. Obwohl sie nur aus Papier, Pappe, Linnen oder Leder und Leim sind, brennen gebundene Bücher nicht gut. Das Feuer mußte mit Stangen ständig geschürt und mit Benzin nachgefüttert werden. »Gegen literarischen Verrat am Soldatentum des Weltkriegs! Für Erziehung des Volkes im Geist der Wehrhaftigkeit!«

Als diese Parole gebrüllt wurde, tat es mir fast leid, daß wir auch mein Buch aus der Bibliothek gerettet hatten, meine Dissertation mit dem Titel *Eisernes Kreuz und Davidstern. Deutsche Juden als Mitglieder des Offizierkorps im Weltkrieg.* Mir wäre wohler gewesen, es wäre mit verbrannt worden. Es gehörte auf diesen Scheiterhaufen, um den nun Studenten wahre Veitstänze und Beschwörungsriten aufführten. Hier delirierte niedrigster Atavismus, etwas Dämonisches, Höllisches brach sich Bahn, im Herzen Hamburgs, einer modernen deutschen Stadt mit großer demokratischer Tradition. Wo waren die Demokraten? Wenn sie überhaupt gekommen waren und sich nicht hinter verschlossenen Türen versteckten, wie ich es bei der Verhaftung Meyerbeers getan hatte, standen sie abseits im Halbdunkel, den Hut tief im Gesicht, den Mantelkragen hochgeschlagen, fassungslos, ratlos, hilflos.

Ein Professor der Biologie trat ans Rednerpult, ein Mann, der sonst leise und sanft zu sprechen pflegte, dem aber dieser barbarische Hexensabbat den Geist verwirrte und die Stimme zu schrillem Fanatismus verzerrte, als er vom jüdischen Intellektualismus schwadronierte, von Rassenhygiene des Geistes, die aus den Flammen hervorgehen werde. »Umleuchtet von diesen Flammen ein Schwur soll sein«, geiferte er. »Das Reich und die Nation und unser Führer Adolf Hitler! Heil! Heil! Heil!« Die Menge stimmte ins Heilsgeschrei ein, während ich mich abwandte.

Am Rande des Platzes traf ich einen Bekannten meines Vaters, einen Rechtsanwalt. »Was sagen Sie dazu?« fragte er mich.

»Was soll man dazu sagen? Ein Rückfall ins tiefste Mittelalter«, sagte ich achselzuckend.

»Das war ein Vorspiel nur«, sagte er, »dort, wo man Bücher verbrennt, verbrennt man am Ende auch Menschen.«

Ich zuckte zusammen.

»Nicht von mir«, sagte der Rechtsanwalt wie beschwichtigend, »sondern von Heinrich Heine. Vom deutschen Juden Heine aus Hamburg.«

Wir schlenderten gemeinsam Richtung Osterstraße.

»Ich gehe wahrscheinlich nach Palästina«, sagte der Rechtsanwalt. »Meine Frau lernt schon Hebräisch. Und Sie?«

»Ich möchte gar nicht weg.«

»Was Sie möchten, dürfte bald keine Rolle mehr spielen«, sagte der Anwalt. »Was, wenn Sie müssen? Wenn hier nicht nur die Bücher brennen?«

»Ich weiß nicht«, sagte ich und dachte an Helga. »Vielleicht nach Amerika …«

Das Blasorchester der Feuerwehr intonierte scheppernd *Volk ans Gewehr!* Je weiter wir uns von Lärm und Feuer entfernten, desto elegischer klang die Hetzhymne, schließlich fast wie ein Trauermarsch oder ein Abschiedsständchen. Es galt uns.

Zu dem maßlosen Grauen, das noch kommen sollte, waren die Boykottmaßnahmen und Demolierungen jüdischer Geschäfte nur ein Vorspiel gewesen. Es brachte meinen Vater zwar ins Krankenhaus und kostete uns eine neue Schaufensterscheibe, aber andere hatte es übler getroffen, und auch die Kundschaft blieb uns einstweilen treu. Ein Studienrat, der in der Nachbarschaft wohnte, erschien zwei Tage nach dem Steinwurf im Laden, um sich eine Brille anpassen zu lassen. Herr Granach, unser Angestellter, der während des Krankenhausaufenthalts meines Vaters das Geschäft führte, konnte keine Sehschwäche feststellen.

»Dann nehme ich eben Fensterglas«, sagte der Studienrat.

»Aber Sie brauchen doch gar keine Brille«, sagte Herr Granach.

»Ich wünsche aber eine Brille. Und zwar eine Brille von Optiker Steinberg. Damit ich den braunen Unrat besser erkennen kann, der unsere Straßen verpestet wie Hundekot.«

Dieser Studienrat war ein mutiger Mann. Leider gab es zu wenige seines Schlags.

Wirkungsvoller als Boykottaufrufe und Straßenterror waren die sogenannten Aprilgesetze mit ihren »Arierparagraphen«, insbesondere das »Gesetz zur Wiederherstellung des Berufsbeamtentums«. Beamte »nichtarischer Abstammung« sollten in den Ruhestand versetzt werden und »Nichtarier« in Zukunft nicht mehr Beamte sein können. Als nichtarisch galt, wer von nichtarischen, insbesondere jüdischen Eltern oder Großeltern abstammte. Es genügte, wenn ein Eltern- oder Großelternteil nichtarisch war. Da meine Eltern beide sogenannte Halbjuden waren, war damit für mich eine Hochschullaufbahn, die auch vorher bereits höchst zweifelhaft gewesen wäre, endgültig ausgeschlossen. Als Assistent Professor Riemers war ich damals noch nicht verbeamtet, sondern arbeitete an einer Habilitationsschrift über die deutsche Revolution von 1848.

»Machen Sie einfach weiter«, sagte Riemer. »Ich bin mindestens so arisch wie Wotan. Solange man Sie nicht rausschmeißt, bleiben Sie mein Assistent. Es sei denn, das Pack schmisse auch mich Kerngermanen raus. Eine Professur werden Sie freilich nicht mehr bekommen, jedenfalls nicht in Deutschland. Ich habe aber gute Beziehungen zu ausländischen Universitäten. Vielleicht läßt sich da etwas vermitteln, sobald Sie habilitiert sind. Versprechen kann ich natürlich nichts, aber beeilen Sie sich mit Ihrer Arbeit.«

Ich beeilte mich, aber die Eile nützte nichts. Riemer, der ebenfalls ein mutiger Mann war, tat für mich, was er tun konnte, aber sein Mut nützte auch nichts. Es grenzte fast an ein Wunder, daß ich noch ein Jahr lang die Assistentenstelle behielt, aber als ich meine Habilitationsschrift dann einreichte, verweigerte die Fakultät die Annahme, und zum 1. Juni 1934 wurde mir auch die Stelle gekündigt. Riemer war untröstlich und nahm wie versprochen Kontakte zu Hochschulen in Zürich, in Prag und den USA auf, aber ob sich daraus Möglichkeiten für mich eröffnen würden, war vorerst mehr als zweifelhaft.

Mein Vater war nach seinem Krankenhausaufenthalt und einer Kur in Bad Reichenhall wieder zu Hause, blieb aber gesundheitlich angeschlagen. Die Geschäftsführung wurde Herrn Granach übertragen, und ich arbeitete fortan im Laden mit. Da ich keine Optikerlehre absolviert hatte und kaum etwas von den kaufmännischen Dingen verstand, war ich nichts als eine ungelernte Hilfskraft, ein Verkäufer für Brillengestelle, Lupen, Mikroskope und Ferngläser. Herr Granach war also der Vorgesetzte des Geschäftserben – eine absurde Situation, die ihn erbitterte, obwohl ich mir äußerste Zurückhaltung auferlegte und seine Autorität nie in Frage stellte. Wir mußten ihm wohl dankbar sein, daß er überhaupt noch die Courage aufbrachte, »beim Juden« zu arbeiten. Ich schlug meinen Eltern vor, das Geschäft an Granach zu verkaufen oder zumindest zu verpachten und ins Ausland zu gehen. Entsprechende Anlaufstellen gab es durchaus. Eine Schwester meiner Mutter war mit einem Reedereikaufmann verheiratet und lebte in London, ein Cousin meines Vaters war Juwelier in Amsterdam.

Meine Mutter schien nicht völlig abgeneigt zu sein, aber mein Vater lehnte rigoros ab. »Erstens bin ich Hamburger«, sagte er, »und zwar nicht nur geborener, sondern gebürtiger.« In dieser Stadt gilt man erst ab der dritten Generation als gebürtig; geboren sein kann dort schließlich jeder. Und die Familie Steinberg saß breit und fest seit 400 Jahren in der Hansestadt. »Schon Salomon Heine hat seine Brillen bei unseren Urgroßeltern gekauft. Zweitens bin ich Deutscher, der Ostern Eier versteckt und Weihnachten unterm Tannenbaum feiert. Drittens war ich Leutnant der kaiserlichen Armee, bin im Krieg dreimal verwundet worden und Träger des Eisernen Kreuzes. Daß ich, viertens, ein Jude bin, der seit seiner Beschneidung keine Synagoge mehr von innen gesehen hat, spielt überhaupt keine Rolle. London? Amsterdam? Unfug! Unfug! Wir bleiben.«

Ich war immer noch heftig in Helga verliebt und überzeugt, daß meine Liebe von meiner Verlobten erwidert wurde. Im Frühjahr hatte sie ihr letztes Examen abgelegt und sollte zum Herbst eine Stelle als Assistenzärztin in der Eppendorfer Klinik antreten. Wir hatten vereinbart, in der Zwischenzeit zu heiraten, aber wenn jetzt die Sprache darauf kam, reagierte sie zunehmend ausweichend.

An einem schwülheißen Abend im Juli unternahmen wir einen Spaziergang am Elbufer, kehrten in einem Strandlokal ein, aßen Backfisch mit Kartoffelsalat und tranken Faßbier dazu, wie wir es schon oft getan hatten. Helga wirkte geistesabwesend, war wortkarg, wies meine vertrauten Zärtlichkeiten zwar nicht ab, erwiderte sie jedoch mit einer zerstreuten, befremdlichen Routine.

»Fühlst du dich nicht wohl?« fragte ich sie.

Sie schüttelte den Kopf.

»Stimmt etwas nicht mit dir? Oder mit mir? Oder mit uns?«

Stummes Kopfschütteln.

»Wann heiraten wir?«

Sie gab keine Antwort, griff nervös zum Bierglas, trank einen kleinen Schluck.

»Wie wär's mit Rom?« sagte ich. »Als Hochzeitsreise.«

Helga schwärmte von Rom, seit sie vor einigen Jahren mit ihren Eltern einmal dort gewesen war.

»Ich ... weiß nicht recht«, murmelte sie.

»Wir sollten endlich den Termin festlegen«, sagte ich. »Und dann können wir gleich hier die Gästeliste aufstellen.« Helga liebte es, Listen für Feiern und Gesellschaften zu machen und dabei über die Personen zu klatschen, die man einladen würde, und erst recht über die, die man nicht einladen würde.

»Wenn du meinst«, sagte sie lustlos.

Ich ließ mir vom Kellner Schreibblock und Stift bringen.

»Also gut«, sagte ich und notierte, »erst einmal die Unvermeidlichen. Deine Eltern. Meine Eltern. Deine Geschwister. Meine ...«

»Julius.« Helgas Stimme tonlos. Ihr Gesicht leichenblaß. Auf den Nasenflügeln glänzten winzige Schweißperlen.

»Was denn?« sagte ich und wußte im gleichen Moment bereits die Antwort.

»Wir werden nicht ... ich meine, ich kann nicht, ich kann dich nicht ...« Tränen standen in ihren Augenwinkeln.

Ich griff nach ihrer Hand, mit der sie nervös an der Serviette herumzupfte. Merkwürdigerweise war die Hand ganz kalt, so kalt wie ihr Verlobungsring. »Liebst du mich nicht mehr?«

»Nein, also doch, ich meine, das ist es nicht ...«

»Gibt es einen anderen?«

»Natürlich nicht, nein.«

»Was ist es dann?« Ich ahnte, was es war, wollte es aber hören aus ihrem Mund.

»Ich kann keinen ... ich kann dich nicht heiraten«, flüsterte sie, wurde aber plötzlich lauter und schrie fast: »Herrgott, Julius, verstehst du das denn nicht?«

Ein paar Gäste am Nebentisch drehten uns pikiert die Köpfe zu.

»Entschuldige«, jetzt wieder flüsternd, »es ist nur, ich meine, du hast mich doch sonst immer so gut verstanden.«

Ich verstand sie auch diesmal. Ihr Vater, ein Richter am Landgericht, war unmittelbar nach Hitlers Machterschleichung der NSDAP beigetreten und strebte den Posten des Gerichtspräsidenten an, und ihre Mutter hatte hinter vorgehaltener Hand immer schon Bedenken gegen eine Ehe mit mir, dem Halbjuden, gehegt. Eine Freundin Helgas erzählte mir später, der Chefarzt der Eppendorfer Klinik habe ihr gegenüber geäußert, daß er eine weibliche Assistenzärztin noch mit Mühe tolerieren würde, eine jüdisch versippte aber unter keinen Umständen.

Ja, ich verstand Helga nur allzu gut. Ich habe sie nie wiedergesehen.

Die Verlobung gelöst, die Universitätskarriere verbaut, finanziell von meinen Eltern abhängig wie ein unmündiges Kind, lag meine Gegenwart in Trümmern, und die Zukunft sah düster aus. Um Abstand zu gewinnen, mich von diesen Schlägen zu erholen, neu zu sammeln und darüber nachzudenken, wie es weitergehen sollte, fuhr ich im September nach Norderney. Auf Wangerooge sangen gemischte Chöre aus Kurgästen und Einheimischen: »Und tausendstimmig schallet unser Schrei: / Der Jud' muß raus, er muß nach

Norderney.« Und auf Borkum klang es so: »Borkum, der Nordsee schönste Zier, / bleib du von Juden rein, / laß Rosenthal und Levinsohn / in Norderney allein.« Derlei lyrisches Volksvermögen war Ausdruck des Bäder-Antisemitismus, den die Nazis nicht erst erfinden mußten, weil er bereits im Kaiserreich umgegangen war.

Daß Heines Nordseereise ihn nach Norderney geführt hatte, war kein Zufall, gab es auf Norderney doch eine jüdische Gemeinde, eine Synagoge und sogar koschere Restaurants. Das vergleichsweise liberale, auf jeden Fall jedoch geschäftstüchtige Norderney war immer schon die »Judeninsel« gewesen. Obwohl ich mich nie als Juden empfunden hatte und obwohl es sich herumsprach, daß der von den Nazis eingesetzte neue Bürgermeister die Insel vom »Makel des Judenbads« zu säubern begann, wollte ich hin. Vielleicht wollte ich gerade deshalb dorthin. Vielleicht war es eine Mischung aus Neugier und Trotz, die mich ein letztes Mal auf die Insel trieb, auf der meine Eltern jedes zweite Jahr die Sommerfrische verbracht hatten und ich herrlich unbeschwerte Kindheitsferien verlebt und schließlich vor drei Jahren auch Helga kennengelernt hatte. Die Synagoge betraten wir nie, und das Urlaubsleibgericht meines Vaters waren die äußerst unkoscheren Miesmuscheln! Vielleicht wollte ich Abschied nehmen von Meer und Strand und Dünen. Vielleicht brauchte ich gerade diesen Ort, um zu verstehen, daß es für uns in Deutschland keinen Ort mehr gab. Nirgends. Nicht einmal mehr das Judenbad.

Die Hotels und Pensionen waren in diesem Sommer nicht ausgebucht, weil viele Stammgäste fernblieben. Ich nahm Quartier in der Pension *Seestern*, in der auch meine Familie stets untergekommen war, machte Spaziergänge durch die Dünen und am Strand entlang, mietete mir einen Strandkorb, badete in der Brandung, las viel, plauderte mit anderen Kurgästen, blieb aber zurückhaltend und für mich. Von offenem Antisemitismus war auf der Insel noch kaum etwas zu spüren; lediglich am Eingang des Speisesaals des Kurhotels hing ein Zettel mit der Aufschrift »Juden unerwünscht«. Da die Restaurantküche sowieso nicht den besten Ruf hatte, hätte ich achselzuckend daran vorbeigehen und anderswo essen können, aber ich wollte es wissen, ließ mir einen Tisch anweisen und wurde zuvorkommend bedient. Wie denn auch nicht? Mir war ja nichts anzusehen. Niemandem war etwas anzusehen. Dem dunkelhaarigen Familienvater am Nebentisch war nichts anzusehen – außer dem Parteiabzeichen am Revers. Und mir war gleichfalls nichts anzusehen, mir mit blondem Haar und gerader Nase. Vielleicht hatte Helga doch recht. Vielleicht war alles nur ein Spuk, eine Wahnidee, die sich bald in nichts auflösen würde wie nächtlicher Nebel im Morgenlicht.

Nach dem Essen ging ich noch einmal an den Strand. Umschwebt von rosigen Dunstschleiern neigte sich die Septembersonne in gelbroter Glut dem Meer zu, brach sich in unzähligen, bewegten Lichtern in seinem Silbergrau. Über den Dünen stieg der Mond auf, fahl und blaß. Es war fast windstill, und obwohl die Flut kam, gab es kaum Brandung, sondern die Wellen schwappten matt und schaumig über den Sand, zischelten manchmal wie geflüsterte Worte. Solche Stimmungen hatten mich sonst stets beruhigt und entspannt, aber an diesem Abend lag etwas Unheilvolles in der Luft, als hätte der Ungeist die Atmosphäre vergiftet. Mit einem angeschwemmten Bambusrohr schrieb ich in den Sand: »Helga, ich habe dich geliebt«, schüttelte den Kopf über meine Sentimentalität und sah zu, wie das unaufhaltsam steigende Wasser die Schriftzeichen löschte, wandte mich ab, ging den Dünen zu, über denen der Mond stand, unheilvoll und leichenblaß. In den Tangstreifen an der Hochwasserlinie sah meine Einbildung verrenkte, zerschlagene Glieder, Schädel und Skelette.

Auf der Türschwelle meines Pensionszimmers lag die *Norderneyer Bäderzeitung*, aber nicht gefaltet, sondern aufgeschlagen – aufgeschlagen zur geflissentlichen Lektüre eines schmierigen Artikels, demzufolge gestern ein jüdischer Kurgast wegen »Rasseschändung« verhaftet worden sei. Die Zeitung forderte die Todesstrafe. Ich packte meinen Koffer, legte das Logisgeld, das ich noch schuldig war, auf den Nachttisch und verbrachte eine kalte, sternklare Nacht im Strandkorb. Im Morgengrauen stand mein Entschluß fest. Ein Ziel hatte ich nicht. Aber ich mußte fort. Während der Seewind die Spuren verwehte, die ich am Strand hinterlassen hatte, nahm ich die Fähre nach Norddeich Mole.

Zurück in Hamburg versuchte ich ein weiteres Mal, meine Eltern zur Auswanderung zu überreden. Meine Mutter schien nicht abgeneigt, aber mein Vater, dessen Gesundheitszustand sich sehr verbessert hatte und der wieder im Geschäft arbeitete, war unbelehrbar. Er glaubte nach wie vor daran, das Naziregime werde sich nicht lange halten, hielt die antijüdischen Schikanen lediglich für Propaganda, mit der Hitler seinen Pöbel bediente, und war davon überzeugt, daß es längst Vereinbarungen und Kooperationen zwischen den Nazis und jüdischen Wirtschaftsvertretern gab.

»Ohne uns«, sagte er, »funktioniert Deutschland nicht.«

»Wen meinst du mit uns?« fragte ich.

»Die deutschen Juden«, sagte er.

Wenn er von »wir« oder »uns« sprach, hatte mein Vater sonst nie die Juden gemeint, sondern die Familie, seinen Skatclub, seine Geschäftsfreunde, seine Hamburger Mitbürger, vielleicht sogar das deutsche Volk. Erst seine absurden Hoffnungen machten ihn zu dem Juden, der er nie war, und überdeckten seinen Realitätssinn wie ein unsichtbares Leichentuch.

Ich spielte mit dem Gedanken, Kontakt zu meiner Tante in London oder den Amsterdamer Verwandten aufzunehmen und ohne meine Eltern abzureisen, wußte aber nicht, wie ich dort hätte nützlich sein können. Vom Juwelenhandel verstand ich noch weniger als von Zerstreuungslinsen, vom Reedereigeschäft noch weniger als von Dioptriewerten. Also verkaufte ich weiter Mikroskope und Teleskope, Lupen und Operngläser, ließ mich weiter von Herrn Granach kujonieren, der sich immer mehr als Chef aufspielte und dem man anmerkte, wie sehr ihm die Rückkehr meines Vaters ins Geschäft mißfiel.

Mitte Oktober erhielt ich einen Anruf von Riemer. Er tat sehr geheimnisvoll, wollte nicht sagen, worum es sich handelte, wollte mich aber umgehend treffen. Also suchte ich ihn abends in seiner Wohnung in der Heilwigstraße auf. Er bat mich in die Bibliothek, bot mir Sherry und eine Zigarre an und erkundigte sich nach meinem Befinden.

Ich erzählte ihm von der törichten Halsstarrigkeit meines Vaters, die er für unklug hielt, für die er aber Verständnis hatte. »In seinem Alter würde ich vielleicht auch nicht mehr gehen«, sagte er.

Schließlich erwähnte ich eher beiläufig und ohne Angabe von Gründen die geplatzte Verlobung mit Helga, die Riemer nur flüchtig kannte. Er zog die Augenbrauen hoch, fragte aber nicht weiter nach, sondern sagte trocken: »Dann sind Sie ja jetzt ein freier Mann.«

»So kann man es natürlich auch sehen«, sagte ich.

»Und können gehen, wohin Sie wollen«, sagte er schmunzelnd.

Ich zuckte die Schultern. »Wenn ich wüßte, wohin ich wollte, würde ich morgen abreisen.«

»Wie wär's mit Amerika? Genauer gesagt«, er griff zu einem Brief, der vor ihm auf dem Tisch lag, »nach North Dakota?«

»North Dakota?«

»Ganz recht.« Er lächelte und blies genüßlich den Rauch seiner Zigarre gegen die überquellenden Bücherregale. »Ich habe zwar keine Ahnung, was sich unsereiner unter North Dakota vorstellen soll, vermutlich Prärie und Büffel und Indianer, aber ich weiß, daß es dort eine Universität gibt. Und an dieser Universität gibt es einen Professor namens Peter Salzmann, der dort einen Lehrstuhl für Geschichte hat. Professor Salzmann stammt aus Deutschland, und wie der Zufall so spielt, hat er vor 25 Jahren bei mir promoviert. War übrigens ein hervorragender Student, sonst hätte ich ihn auch gar nicht promoviert. Daß er nach Amerika ging, fand ich damals bedauerlich. Heute freut es mich. Und zwar für Sie.«

»Für mich?«

Riemer lachte, nippte am Sherry, warf einen weiteren Blick auf den Brief und faltete ihn dann wieder zusammen.

»Ganz recht. Der langen Rede kurzer Sinn ist nämlich: Professor Salzmann kann und will Ihnen an seiner Universität eine Anstellung bieten. Das wird natürlich nicht gleich eine Professur sein, sondern eine Art Assistenz. Aber was nicht ist, kann ja noch werden. Salzmann schreibt, daß Sie sich direkt an ihn wenden sollen, mit Lebenslauf, Publikationsliste und Verzeichnis Ihrer Lehrveranstaltungen. Hier ist die Anschrift.«

Riemer drückte mir einen Zettel mit Salzmanns Adresse in die Hand.

Ich weiß noch, daß meine Hand zitterte, weiß noch, daß ich nicht wußte, was ich sagen sollte, sondern wohl nur wirre Dankesworte stammelte, auf Riemers Zureden noch ein oder zwei Gläser Sherry trank, am gleichen Abend an Professor Salzmann schrieb und den Brief am nächsten Morgen abschickte.

Sechs Wochen später traf die ersehnte Antwort ein.

(* 2)

Prof. Peter Salzmann, Ph.D.
University of North Dakota
Department of History
Grand Forks, ND
USA

Oct. 19th 1934

Sehr geehrter Herr Dr. Steinberg,

Ihre Unterlagen sind gut angekommen, und sie übertreffen meine Erwartungen. Wie Sie bereits durch Prof. Riemer wissen, können wir Ihnen hier zumindest vorläufig eine Anstellung bieten. Ihre Tätigkeit würde sich auf zwei Bereiche erstrecken.

Einerseits würden Sie mir in der historischen Lehre und Forschung als Assistent zugeteilt. Einer meiner Forschungsschwerpunkte liegt auf der Geschichte der deutschen Einwanderung in die USA. Da Sie in Ihrer Habilitationsschrift (die Prof. Riemer mir geschickt hat und die ich hervorragend finde; es ist eine Schande und ein Skandal, daß man sie in Hamburg abgewiesen hat) die Revolution von 1848 behandeln, ergibt sich eine gewisse Überschneidung, insofern es im Gefolge der Ereignisse ja zu einer Emigrationswelle in die USA kam; denken Sie nur an Carl Schurz. Die Erforschung dieser Emigrationswelle ergäbe eine fruchtbare Zusammenarbeit zwischen Ihnen und mir, der ich mit Freude entgegensehe.

Andererseits soll an unserer kleinen Universität ein Department of German eingerichtet werden, falls die finanziellen Mittel aufgebracht werden können. Der Lehrbetrieb wird vielleicht bereits im Herbst nächsten Jahres begin-

nen. Wenn Sie sich vorstellen könnten, als Sprachlehrer zu unterrichten, wären Sie auch dort sehr willkommen. Man wird Ihnen zuvor natürlich ein paar didaktische Anweisungen geben, doch dürfte Ihnen als deutschem Muttersprachler die Sache nicht allzu schwerfallen.

Wie ist es mit Ihren Englischkenntnissen bestellt? Falls es da Nachholbedarf gibt, sollten Sie unbedingt Kurse nehmen. Außer dem amerikanischen Germanisten, der das deutsche Programm aufbaut, ein paar alten Farmern und mir selbst spricht hier kein Mensch Deutsch. Alles Weitere findet sich, wenn Sie erst einmal hier sind.

Ich hoffe, daß man Ihnen bei der Ausreise keine Schwierigkeiten macht. Über die politische Situation in Deutschland hört man hier kaum etwas: North Dakota ist zutiefst provinziell und abgelegen. Soweit ich es verfolgen kann, kursieren in den USA sehr widersprüchliche Berichte und Meinungen über die Entwicklung, so daß man kein klares Bild bekommt. Was ich aus Briefen meiner deutschen Verwandten, Freunde und Bekannten entnehme, klingt jedoch deprimierend. Wenn ich mit meinen bescheidenen Mitteln helfen kann, ist mir das eine Genugtuung.

Bitte teilen Sie möglichst bald mit, wann wir mit Ihrer Ankunft rechnen können. Ich werde Ihnen dann noch ein vom Präsidenten der Universität ausgestelltes Affidavit schicken, das Ihnen die Einreise erleichtern wird.

Einstweilen bin ich mit herzlichen Grüßen, auch an good old Riemer,
Ihr
    Peter Salzmann

North Dakota also. Ein Drittel so groß wie Deutschland, aber nur halb so viele Einwohner wie Hamburg. Die Universitätsstadt Grand Forks lag knapp 200 Kilometer südlich der kanadischen Grenze und hatte etwa 30.000 Einwohner. Eine Kleinstadt im Nirgendwo. Kein schlechtes Ziel für einen, der wußte, daß er wegwollte, aber nicht wußte, wohin.

Meinen Eltern gegenüber vermied ich Begriffe wie Emigration, Auswanderung oder gar Exil, sondern erzählte ihnen nur, daß mich ein ehrenvoller Ruf an diese amerikanische Universität erreicht hatte. Mein Vater, der in Deutschland bleiben wollte, freute sich mit mir, während meine Mutter, die gern gegangen wäre, bedrückt reagierte. Vielleicht ahnte sie, daß es eine Reise ohne Wiederkehr und ein Abschied ohne Wiedersehen sein würde.

Mein Schulenglisch war damals korrekt, aber holprig. Am Tag nachdem der Brief mich erreicht hatte, ging ich zu meiner alten Englischlehrerin vom Gymnasium, die seit zwei Jahren pensioniert war, und bat sie um Nachhilfestunden. Sie willigte ein, unterrichtete mich täglich zwei Stunden, und als ich ein halbes Jahr später abreiste, sprach ich fließend Englisch. Den deutschen Akzent bin ich freilich bis zum heutigen Tag nicht ganz losgeworden. Er haftet an mir als Makel, als Schandmal, obwohl ich ein Opfer der deutschen Schande bin. Niemand entkommt seiner Sprache.

Anfang 1935 erreichte mich das Affidavit der Universität. Salzmann empfahl, falls meine finanziellen Mittel dies zuließen, die Überfahrt in der ersten oder zweiten Klasse zu buchen, da ich sonst als Passagier der dritten Klasse die komplizierte und wohl auch entwürdigende Immigrationsprozedur in Ellis Island über mich ergehen lassen müßte. Mein Vater zahlte ohne zu zögern das Schiffsbillett für die zweite Klasse und stattete mich auch mit einer Reisekasse aus, von der ich zwei Monate bescheiden leben konnte. Ich spielte mit dem Gedanken, ihn um Auszahlung eines vorzeitigen Erbes anzugehen, zumindest teilweise, brachte es jedoch nicht über mich, die Bitte zu äußern, obwohl mein Vater sie vermutlich erfüllt hätte. Sie wäre das Siegel auf die Endgültigkeit meines Abschieds gewesen. Die Illusion eines Wiedersehens tröstete uns alle.

An einem strahlenden Tag im Mai begleiteten meine Eltern mich zum Bahnhof. Meine Mutter wischte sich mit dem Taschentuch die Augen, mein Vater überspielte die Beklommenheit mit demonstrativer Empörung darüber, daß ich auf keinem Hamburger Dampfer, sondern auf dem Schiff ausgerechnet einer Bremer Reederei reisen würde. Als der Zug anfuhr, lehnte ich mich winkend aus dem Abteilfenster. Meine Mutter schwenkte ihr Taschentuch, und mein Vater rief durchs Zischen und Fauchen der Lokomotive: »Nächstes Jahr in Jerusalem!« Diese jüdische Abschiedsfloskel hatte ich noch nie aus seinem Mund gehört, und ich bin mir bis heute nicht sicher, ob ich mich damals nicht verhört habe. Die Bahnhofshalle füllte sich mit hellgrauem Dampf, in dem sich die Konturen meiner Eltern aufzulösen schienen – ein Anblick, der mich immer verfolgen sollte als geisterhafte Vorwegnahme kommenden Grauens.

Aus den beiden Schornsteinen der *Bremen* quollen behäbige Rauchschwaden, als ich an der Columbuskaje in Bremerhaven ankam. Am Kai wimmelte es von Menschen und Fahrzeugen. In der Zollbaracke wurde ich mit meinen beiden Koffern einfach durchgewinkt, und auch bei der Paßkontrolle gab es keine Probleme. Wenige Jahre später sollte sich all das erschreckend gründlich ändern. Wer überhaupt noch ausreisen konnte, würde dann einen Spießrutenlauf der Schikanen hinter sich haben, den Judenstempel im Paß, und froh sein, die nackte Haut gerettet zu haben. Mein Weg ins Exil war zwar von Wehmut und bösen Vorahnungen getrübt, aber dennoch eine Luxusreise, deren Komfort ich der Großzügigkeit meines Vaters verdankte. Im Nachhinein schäme ich mich dafür.

Die *Bremen* war ein Vierschrauben-Turbinenschnelldampfer, der 1929 den Blauband-Rekord eingestellt hatte und sich bei deutschen und besonders internationalen Transatlantikreisenden großer Beliebtheit erfreute, nicht nur wegen seiner Schnelligkeit, sondern auch wegen der gelungenen Mischung aus modernem »Ocean Liner Style« und einer Inneneinrichtung aus gemütlicher, deutscher Seefahrtsromantik. Seit 1933 waren die Passagierzahlen aber rapide gesunken. Viele ausländische Stammgäste verzichteten darauf, auf einem Schiff unter Hakenkreuzflagge zu fahren; andere hatten wegen der anhaltenden Wirtschaftskrise kein Geld mehr für teure Überseereisen. Umgekehrt war die Auswanderung aus Deutschland fast vollständig zum Erliegen gekommen, weil die nationalsozialistische Wirtschaftspolitik ein besseres Leben im eigenen Land versprach und tatsächlich auch zu bieten schien. Und die letzte jüdische Auswanderungswelle im Gefolge der Nürnberger Gesetze und der »Reichskristallnacht« stand erst noch bevor. Die *Bremen* war also nicht ausgebucht, und ich hatte mein Ticket für die zweite Klasse sogar mit einem Preisnachlaß erwerben können.

Als die Gangways abgebaut waren, die Taue gelöst und der Dampfer von zwei Schleppern vom Kai bugsiert wurde, stand ich wie alle Passagiere an der Reling. Tücher wurden geschwenkt, Abschiedsrufe hallten vom Schiff zum Kai und vom Kai zum Schiff, eine Frau neben mir winkte mit einem Blumenstrauß. Die auf der Columbuskaje in Reih und Glied aufmarschierte Blaskapelle spielte, und viele Passagiere sangen mit: »Muß i denn, muß i denn zum Städele hinaus, Städele hinaus, und du, mein Schatz, bleibst hier.«

So wie mein Vater mich mit »Nächstes Jahr in Jerusalem« verabschiedet hatte, assoziierte ich in diesem Moment das Wort Städele nicht mit einem romantischen Fachwerknest in Schwaben, Brunnen vor dem Tore und Dorflinde, sondern hörte wie ein sehr fernes Echo das jiddische Schtetl heraus, eine dieser Kleinstadtgemeinden Osteuropas, aus der vor langer Zeit auch die Vorfahren meiner Mutter gekommen waren. Meine Eltern wollten von solcher Herkunft und Tradition nichts wissen, verleugneten sie. Schtetl! Diese verlorenen, winzigen Siedlungen in öder Wildnis, von den Zentren der Zivilisation entfernt dumpf vor sich hinbrütend. Dieser ständig bedrohte, armselige Besitzstand, diese niedrigen, windschiefen Katen und Ställe, die bedrückende Kleingeistigkeit. Wer würde dort leben wollen? Amerika! Ich war auf dem Weg ins Land der Tapferen und Freien, entkam einer Diktatur und fuhr der Demokratie entgegen. Und ich kam aus keinem Schtetl, sondern aus Hamburg, dem Tor zur Welt.

Und dann sah ich plötzlich Helga. Sie stand am Kai, direkt neben der Blaskapelle; ihr hellblaues Sommerkleid leuchtete, und sie winkte mir mit beiden Händen zu. Das war doch nicht möglich. Sie wußte nichts von meiner Abreise, sie wußte nichts mehr von mir, wollte nichts mehr wissen. Ich lieh mir von einer in der Nähe stehenden Dame das Opernglas und richtete es auf das blaue Kleid. Das war nicht Helga, sondern eine mir unbekannte Frau.

Als die Sonne dort versank, wohin unser Kurs uns führte, ging ich aufs Achterdeck und starrte auf die Spur des Kielwassers, die bis zum Horizont zu reichen schien, hinter dem Deutschland im Abenddunst versunken war. Die weiß schäumende Spur verlor sich in der Weite und entstand zugleich ununterbrochen aufs neue, solange das Schiff fahren würde. Das war banal und kam mir dennoch auf fast feierliche Weise bedeutsam vor, weil auch unser Leben solche Muster wirft. Und du, mein Schatz, bleibst hier.

In Southhampton stiegen am nächsten Tag noch ein paar Passagiere zu, aber die *Bremen* war maximal zu fünfzig Prozent belegt; die Reeder fuhren Verluste ein. Mit seinen weiß lackierten Kabinenkorridoren, den Promenaden- und Sonnendecks, den Salons mit schweren Ledermöbeln, den Restaurants und teppichbelegten Treppen wirkte das Schiff wie ein Theater, in dem Tag für Tag ein höchst unwahrscheinliches Boulevardstück über die Bretter ging, während draußen »alles in Scherben fällt«, wie es in der abscheulichen Nazihymne hieß. Die Stewards in ihren weißen Jacken blieben zu jedermann zuvorkommend und freundlich, die Köche lieferten niveauvolle Mahlzeiten, das Orchester im großen Salon fiedelte sich routiniert durchs Operettenrepertoire, die Passagiere spielten *Shuffle Board* auf den Decks, badeten im Meerwasserpool, sahen sich im Bordkino amerikanische Filmkomödien an, und das Wetter blieb während der gesamten Überfahrt frühsommerlich ruhig. Diese weltabgewandte Ruhe und Sicherheit, in der alles seine Ordnung und jeder seinen Platz zu haben schien, genoß ich sehr wohl. Erst später ist mir klargeworden, daß längst alles in Unordnung war, niemand mehr an seinem Platz, und daß wir durch eine künstliche Windstille reisten, die sich zwischen zwei verheerenden Unwettern spannte.

Der eine Sturm erhob sich soeben in Deutschland, sollte bald die ganze Welt verwüsten, hatte mich schon entwurzelt und hergeweht. Und nicht nur mich. In der Touristenklasse reisten auch zwei jüdische Auswandererfamilien mit, eine aus Frankfurt, die andere aus Berlin. Der Vater der Berliner Familie war Cellist, den man aus seinem Orchester geekelt hatte. Der Frankfurter Familienvorstand war Uhrmachermeister, der seit dem Tag, da die SA ein Schild mit der Aufschrift »Deutsche! Wehrt Euch! Kauft nicht bei Juden!« an seine Ladentür hängte, zwei Jahre lang jeden Pfennig beiseitegelegt hatte, um die Auswanderung finanzieren zu können. Nachdem ich einmal mit ihm und seinen beiden halbwüchsigen Töchtern eine Partie *Shuffle Board* gespielt hatte, wurde der verschlossen und mißtrauisch wirkende Mann gesprächig und vertraute mir an, daß der Terror der Nazis ihn gegenüber sozialistischen, wenn nicht gar kommunistischen Ideen empfänglich gemacht hatte. Jedenfalls sah er, obwohl selbständiger Geschäftsmann, im Kapitalismus ein System, das in seiner Krise Hitler als Retter gerufen hatte.

Der Sturm auf der anderen Seite des Atlantiks flaute zwar langsam ab, wütete aber immer noch – die Wirtschaftskrise, die Amerika in eine große Depression geworfen hatte und nicht nur den Transatlantikreedern schlechte Geschäfte bescherte. Aber anders als der Frankfurter Uhrmacher glaubten die Leute auf den Decks und in den Salons immer noch an den Kapitalismus, selbst wenn ihnen in der Krise seine Früchte entglitten oder vorenthalten wurden. Einige Amerikaner schienen sogar der nationalsozialistischen Propaganda aufgesessen zu sein und orakelten von einer internationalen Verschwörung jüdischer Bankiers mit dem Weltkommunismus.

Als besonders demagogisch erwies sich ein gewisser Reverend Coughlin, der zur Cocktailzeit in der Bar abstruse Reden schwang, die von Tag zu Tag mehr Passagiere anzogen. Der massige Mann mit grauer, künstlerisch bis prophetisch anmutender Löwenmähne bezeichnete den amerikanischen Präsidenten mit bebender Stimme als Werkzeug der jüdischen Bankiers und zugleich der jüdischen Kommunisten und Gewerkschaften – ein unsinniger Widerspruch, der offenbar niemandem auffiel. Er salbaderte, derselbe Stamm hätte schon die russische Revolution ausgeheckt und hege nun den Plan, sie in »Washingtonski«, wie er es nannte, zu wiederholen. Der italienische Faschismus und der deutsche Nationalsozialismus seien lediglich Verteidigungsreaktionen europäischer Völker gegen die Bedrohung durch den Kommunismus. Hitler sei nur gegen »schlechte Juden«, genauso wie gegen »schlechte Nichtjuden«, und »schlecht« hieß in Coughlins Logik liberal, sozial und antikapitalistisch. Dieser dubiose Geistliche sollte wenig später zum meistgehörten Radioprediger der USA avancieren. Die von ihm und anderen gestreute Saat der Kommunistenfurcht brachte dann nach dem Krieg jene faule Frucht namens McCarthy hervor, der ich es zu verdanken habe, daß ich jetzt im Gefängnis sitze und mich schreibend daran zu erinnern versuche, wie alles anfing und in dieser erbärmlichen Niedertracht endete.

Wenn ich mich nach links beuge und den Arm ausstrecke, berühren meine Finger die Zellenwand, und wenn ich mich nach rechts beuge, berühren meine Finger die gegenüberliegende Wand. Diese trübe, graue Zelle, in der alles eng und gleich nah ist, bildet das steinerne Gegenteil dessen, was ich im Mai 1935 auf der *Bremen* erfuhr, wenn ich abends auf dem Achterdeck saß. Die schaumige Scheibe des Meers lag dann leer und glatt wie ein matter Spiegel unterm sternklaren Himmel, und in dieser vollkommenen Leere erschien alles gleich weit zu sein. Der Horizont war nichts als die tägliche Unendlichkeit und das Meer eine kosmische Weite, in der sich die Schiffe verloren wie Sterne im Raum. Und jede Begegnung war Zufall der unwahrscheinlichsten Art.

Als ich mich einige Jahre später mit den Schriften Giordano Brunos zu beschäftigen begann und manchmal rat- und verständnislos über dessen kosmischen Theorien und Spekulationen brütete, mußte ich mir nur diese Nächte auf Deck ins Gedächtnis zurückrufen, um zu begreifen, daß man Dinge wissen kann, ohne sie ganz zu verstehen. Die gleichmäßige Bewegung des Schiffs trug mich fort und brachte mich zugleich näher, wie jedes Ding nicht so bald sich von einem Punkt fortbewegt, als es sich auch schon in einem anderen befindet, und nicht so bald eine Eigenschaft verliert und eine Seinsart aufgibt, als es auch schon eine andere Eigenschaft gewinnt und eine andere Seinsart annimmt. So oder ähnlich formuliert Bruno es wieder und wieder.

Ach, Giordano Bruno! Ohne deine Spekulationen, die von den falschen Leuten so fürchterlich falsch, weil wortwörtlich verstanden wurden, säße ich jetzt nicht hier im Gefängnis, sondern in einer Vorlesung oder einem Seminar am *Centerville College*.

Die Neue Welt grüßte im Morgengrauen mit kaltem Wind und feuchter Nebelluft. Das ganze Schiff war auf den Beinen, manche Passagiere noch schlaftrunken, manche hatten noch nicht gefrühstückt, aber niemand wollte die ersten Anblicke missen, die in einem ausgefransten Nebelmantel aus dem Meer tauchende Freiheitsstatue, die in den Himmel ragenden Silhouetten der Wohn- und Bürotürme Manhattans, gegründet auf die festesten, gewiß aber teuersten Felsen der Welt. Die Skyline wirkte abweisend, als wollte die Stadt zeigen, daß sie nicht zu erobern war.

Auf der Reede vor der Hafeneinfahrt warf die *Bremen* Anker. Ein Zollboot kam längsseits, gefolgt von einer altertümlichen Hafenfähre, mit der die Reisenden der dritten Klasse nach Ellis Island gebracht werden sollten. Immigrationsoffiziere kletterten über ein Fallreep an Bord, auf den Teppichen und zwischen den Ledersesseln des großen Salons wurde auf den abgeräumten Frühstückstafeln ein Einwanderungsbüro improvisiert. Die Beamten waren freundlich und leger, jedenfalls uns Privilegierten der ersten und zweiten Klasse gegenüber, denen sie großzügig scherzend ihre Stempel in die Pässe drückten. Das Affidavit der Universität wurde kopfnickend überflogen, und der Beamte bemerkte lächelnd, daß es bis North Dakota noch fast so weit sei wie von Europa bis hier. Amerika vertraute mir also. Es vertraute mir zunächst und auf Widerruf. Es erwartete, daß ich mit eigenen Augen die Staaten als Gottes eigenes Land erkennen möge. Unwillkürlich fürchtete ich, diese Erwartung zu enttäuschen und empfand den Paßbeamten gegenüber eine unterwürfige Dankbarkeit.

Unterdessen war die dritte Klasse in die Hafenbarkasse ausgewandert und dampfte den peinlicheren Prozeduren auf Ellis Island entgegen. Am Heck sah ich den Uhrmacher mit seiner Frau und den beiden schüchternen Töchtern und winkte ihnen nach, während die *Bremen* ein letztes Mal die Anker lichtete und von zwei Schleppern zu den Kais und Docks gezogen wurde.

Zur einen Seite lag die Küste New Jerseys; Masten stachen fransenartig aus dem Dunst; zur anderen Seite Brooklyn mit seinen Wassertürmen. Ein paar Sonnenbündel durchbrachen die Nebeldecke und streiften die Freiheitsstatue, deren Züge schattenverkohlt wirkten, die Spitzen des Strahlenkranzes wie düstere Zacken und die Fackel wie ein zerbrochenes Schwert. Der Ehrfurchtschauer vor Freiheit, Fortschritt, Wohlstand und Glück, den zu empfinden ich bereit war, stellte sich nicht ein. Die Statue erschien mir wie ein böses Omen – oder will mir im Rückblick so erscheinen.

In Stahl, Zement, Glas, Granit und auch altem Ziegelgemäuer reckte sich New York im Morgendunst. Unter den höchsten Dächern duckten sich andere, die so viel niedriger wirkten, als sie waren, Schuppen vielleicht oder Baracken. Die Docks umlagerten

Manhattan wie schwarze Waben, in deren Schutz die *Bremen* bugsiert und festgemacht wurde. Ich ging über die Gangway, ein stählernes Gerüst mit hölzernen Planken, auf denen die Schritte Echos warfen – das letzte Stück Materie und der letzte Klang, der mich mit Europa verband.

In der riesigen Ankunftshalle hingen lichtflimmernde Staubbahnen vor den Milchglasscheiben, der Betonboden war zertreten und verschrammt. Zwischen Holzbarrieren, durch die man wie in einem Labyrinth zum Ausgang strebte, standen leere Pulte, und zu verstreuten, alphabetisch nach den Namen der Passagiere sortierten Haufen aufgeschichtet lag das Gepäck, das Strandgut Europas. Ich suchte, was mir gehörte, fand es und sah, daß es wenig war. Ein Zöllner kam auf mich zu, wirkte wie ein gemütlicher Polizist, bestand aber streng darauf, daß ich beide Koffer öffnete. Welches Schmuggelgut fürchtete er? Wortlos klappte er die Kofferdeckel wieder zu und beklebte sie mit Freigabemarken.

Professor Salzmann hatte auf meinen Namen ein Hotelzimmer am Riverside Drive westlich des Central Parks reservieren lassen. Dorthin wollte er auch einen Brief mit Hinweisen und Fahrscheinen für meine Weiterreise schicken. Die Überfahrt hatte ich aus eigener beziehungsweise aus der Tasche meines Vaters bezahlt, aber die Weiterfahrt, die mit der Eisenbahn bis Chicago und von dort mit Greyhound-Bussen zu absolvieren wäre, wollte als Geste des Willkommens die Universität übernehmen.

Der Brief sollte mir im Hotel ausgehändigt werden, doch als ich ankam, war zwar das Zimmer richtig gebucht, aber von einem Brief wußte man an der Rezeption nichts. Eine persönliche Telefonnummer von Salzmann hatte ich nicht. Die sehr hilfsbereite Telefonistin des Hotels machte über Auskunfts- und Vermittlungsstellen schließlich eine Sammelnummer der Universität ausfindig, stellte eine Verbindung her und deutete auf eine der Telefonnischen im Flur.

Ich nahm den Hörer vom Haken und preßte ihn ans Ohr. Es rauschte, knackte und fiepte in der Leitung, und wie von einem fernen Stern hörte ich eine weibliche Stimme: »Hallo …? Hallo …?«

Ich schilderte meine Situation. Eine Verbindung zu Professor

Salzmann persönlich war nicht herstellbar, der Universitätspräsident nicht erreichbar, aber schließlich wurde ich mit der Sekretärin des Vizepräsidenten verbunden und erklärte erneut, auf Reiseunterlagen und einen Brief Professor Salzmanns zu warten ...

»Professor Salzmann«, unterbrach mich die Sekretärin, »Professor Salzmann ist leider ...« Entweder hatte sie zu sprechen aufgehört, oder die Verbindung war abgerissen.

»Ich verstehe Sie nur sehr schlecht!« rief ich in die Sprechmuschel. »Können Sie bitte noch einmal wiederholen, was Sie ...«

»Es tut mir leid«, sagte die Sekretärin leise, aber klar verständlich, »Professor Salzmann ist verstorben.« Die Sekretärin sagte: »*Deceased.*«

»Wie bitte? Er ist was?« Ich mußte mich verhört haben. Oder *deceased* hieß etwas anderes.

»Er ist ... tot. Ein Unfall.«

»Tot? Aber ... ich meine, wann, seit wann ist er ...«

»Vor drei Wochen. Ein Autounfall. Kannten Sie Professor Salzmann persönlich?«

»Ich ..., ja, das heißt, persönlich nicht direkt, aber ... Könnten Sie mich bitte mit dem Präsidenten verbinden? Mit dem Vizepräsidenten, meine ich. Es ist sehr wichtig.«

Es stellte sich heraus, daß Salzmanns Tod auch für den Vizepräsidenten der Universität wichtig war, keineswegs jedoch meine Person. Mein Name sagte ihm nichts. Und das auf meinen Namen lautende Affidavit, das die Universität vor einigen Monaten ausgestellt hatte? Er konnte oder wollte sich nicht entsinnen. Durch Professor Salzmanns tragischen Tod habe sich im übrigen die Situation vollständig verändert. Über Professor Salzmanns Nachfolge sei bereits entschieden. Der Nachfolger Professor Salzmanns bringe selbstverständlich seinen eigenen Assistenten mit. Ohne Professor Salzmann bestehe für mich keinerlei ...

»Und der Aufbau eines germanistischen Fachbereichs?« unterbrach ich ihn erregt. »Der geplante Sprachkurs, für den ich ...«

Diese Planungen seien stets äußerst vage gewesen und inzwischen eingestellt worden, fürs erste jedenfalls. Es fehle an Geld. Und an interessierten Studenten. Wer wolle denn heutzutage noch Deutsch lernen?

»Soll das heißen, daß die Universität für mich keine Verwendung hat?«

»Ich fürchte ja, Sir. Ich fürchte, wir haben hier keinen Job für Sie. Es tut mir sehr leid, daß man Ihnen keine Mitteilung über Professor Salzmanns Tod gemacht hat. Es tut mir leid, falls Ihnen deshalb Unannehmlichkeiten entstehen sollten.«

Ich bedankte mich und hängte den Hörer ein. Die Unannehmlichkeiten hatten längst begonnen.

9

LOST IN TRANSLATION

Am Nachmittag war es noch heiß. Mückenschwärme tanzten über der frischgemähten Wiese vor *Huddle Hall*, auf der Studenten Frisbee spielten. Die *Adirondack Chairs* waren von Lesenden, Dösenden und Plaudernden besetzt. In den Räumen des Instituts standen überall die Fenster offen, und die Klimaanlagen liefen heiß, um die eindringende Wärme auf 20 Grad zu kühlen. Wer draußen im T-Shirt herumgelaufen war, fröstelte drinnen und griff zum Sweatshirt.

»Spezielle Fälle« wie Lauren und Duane fanden sich zum Kurs Kreatives Schreiben nicht ein. Daß literarische Techniken beim Abverkauf von Mähdreschern verzichtbar waren, leuchtete Carlsen ein, und so vermißte er Duane nicht. Und juristische Schriftsätze hatten das genaue Gegenteil literarischer Texte zu sein, weil Gesetze und Urteile, Klagen und Verteidigungen sich auf Fakten bezogen und auf strenge Eindeutigkeit abzielen mußten, während Literatur mit dem Unwahrscheinlichsten spielen und Fiktionen schaffen durfte, mit Ambiguitäten arbeitete und die Schwingungsbreite der Bedeutungen strapazierte. Insofern hätte Carlsen auch die Juristin Lauren nicht vermissen dürfen. Warum also war er über ihre Abwesenheit enttäuscht, während er die Teilnehmer beobachtete, wie sie ihre Namenskärtchen schrieben? Warum vermißte er ihren Blick, in dem sich Selbstbewußtsein, Strenge und leiser Spott, aber auch Interesse und Verständnis zu einem rätselhaften Ausdruck mischten? Vielleicht, sagte er sich, weil auch juristische Schriftstücke kreativ sein können, manchmal sogar müssen, aber er wußte zugleich, daß es das nicht war.

»Dinge, die *gelehrt* werden können, sind nicht interessant«, begann Carlsen seine Einführung. »Dinge, die *gelernt* werden können, sind es aber sehr wohl.«

Er räusperte sich, legte eine Pause ein, blickte in die Runde und sah freundliche Verständnislosigkeit.

»Diese Sätze stammen von Gertrude Stein«, fügte er wie entschuldigend hinzu. »Und Sie fragen sich jetzt wahrscheinlich, warum ich diese Sätze hier an diesem Ort zitiere, an dem doch gelehrt wird und gelehrt werden soll, und was diese Sätze mit kreativem oder, wie ich lieber sagen würde, mit literarischem Schreiben zu tun haben. Kreativ geschrieben sein können auch Einkaufszettel oder Gebrauchsanweisungen für CD-Player. Sogar Gerichtsurteile sind manchmal kreativ geschrieben oder sollten es jedenfalls sein, weil sie nämlich, äh, weil, beziehungsweise ...«

Er stockte, weil er merkte, daß er einen bestimmten Augenaufschlag provozieren, eine Person ansprechen wollte, die abwesend war.

»Oder sagen wir der Einfachheit halber gleich: Literatur. Sie ist eins dieser interessanten Dinge, die man nicht lehren kann, auch wenn wir hier in einem Kurs sitzen, der das Gegenteil zu versprechen scheint. Denn Literatur ist Ausdruck eines ganz eigenen und unverwechselbaren Umgehens mit Wahrnehmung und Welt. Sie ist Eigensinn in Sprache und Schrift, zu Wort gekommene Subjektivität. Nun ist Subjektivität aber eben nicht verallgemeinerbar, läßt sich nicht in Regeln, Definitionen und Begriffen fassen, die allgemeingültig, objektivierbar und verbindlich sind. Da jedoch nur etwas Objektivierbares gelehrt werden kann, läßt sich also Literatur im strengen Sinne gar nicht lehren. Ließe sie sich lehren, wäre sie keine Literatur mehr.«

Manche schrieben mit, was Carlsen da so gelehrt übers Unlehrbare verlauten ließ. Ein Finger ging zögernd in die Höhe. Carol, eine ersichtlich übergewichtige Blondine, wollte wissen, warum es all diese Lehrbücher über kreatives Schreiben gebe, wenn es nicht zu lehren sei, und ob man im Kurs solche Bücher benutzen solle?

»Benutzen Sie, was Sie wollen«, sagte Carlsen, »es schadet vermutlich nicht. Aber lernen, wie man Literatur verfaßt, läßt sich nur, indem man Literatur verfaßt. Schreiben ist ein sich selbst generierender Prozeß. Die besten Ideen hat man nicht, wenn man überlegt, was oder wie man schreiben soll, sondern die Ideen kommen beim Schreiben selbst, und man wird literarisch um so fruchtbarer, je mehr man schreibt. Lernen und insbesondere verbessern läßt sich Literatur aber auch, wenn man seine Produktion zur Diskussion stellt. Und genau das wollen wir hier tun: uns geduldig und genau mit den Texten beschäftigen, die Sie schreiben werden oder vielleicht schon geschrieben haben. Wenn Sie sich ansehen, was andere schreiben, bekommen Sie auch ein klareres Bewußtsein ihres eigenen Schreibens, entwickeln hoffentlich Selbstkritik, die das beste Lektorat ist, und machen die wichtige Erfahrung, daß Sie mit ihren Problemen beim Schreiben nicht allein sind – auch wenn sich die Probleme für jeden anders stellen, auch wenn Sie beim Schreiben auf sich selbst angewiesen sind. So kann man, glaube ich, schreiben lernen oder zumindest lernen, wie man seine Texte verbessern kann. Dazu gehört allerdings eine Voraussetzung, die man leider nicht lernen kann.«

Er machte eine Pause und lächelte aufmunternd. »Was könnte das sein?«

»Geld«, schlug Jesse vor.

Alle lachten.

»Phantasie«, rief Eli.

»Ganz recht«, sagte Carlsen, »Geld schadet nicht. Ich glaube nicht daran, daß nur Armut und Leiden Großes gebären. Aber Phantasie, Kreativität und Talent – die müssen Sie selbst mitbringen. Und ich bin mir sicher, daß Sie die auch alle mitgebracht haben.«

Carlsen war sich sicher, daß das nicht stimmte, aber positives Denken und Zutrauen schadeten wohl erst recht nicht.

»Und was«, erkundigte sich Carol, »sollen wir schreiben? Ich meine, ich finde Schreiben toll, aber man muß doch wissen worüber.«

Aufgabenstellungen hielt Carlsen für kontraproduktiv. Wer schreiben wollte, der wußte auch worüber. Und wer nicht wußte, was und worüber er schreiben sollte, dem fehlte nicht nur das Ausdrucksbedürfnis, sondern wahrscheinlich auch das Talent. Aber aus früheren Erfahrungen mit solchen Kursen hatte Carlsen gelernt, daß manche ohne Vorgabe nicht aus den Startlöchern kommen würden.

»Sie werden in diesem Semester zwei Texte schreiben, egal in welcher Reihenfolge«, erklärte er. »Einer dieser Texte ist Ihnen völlig freigestellt. Schreiben Sie, was Sie wollen, was Ihnen einfällt, und wenn Ihnen wirklich nichts einfallen sollte, schreiben Sie auf, warum Ihnen nichts einfällt. Für den anderen Text stelle ich Ihnen die Aufgabe, daß er etwas mit einem Gebäude oder einem Ort zu tun haben muß, die sich hier auf dem Campus befinden. Das kann eins der Institute sein oder die Wiese hier vorm Haus, die Mensa oder die Bibliothek, eins der Dorms oder der Golfplatz, was immer Sie wollen. Sie können die Dinge beschreiben, wie Sie sind beziehungsweise wie Sie sie sehen, und Geschichten schreiben, die sich dort tatsächlich abspielen, oder Geschichten, die sich abspielen könnten oder früher abgespielt haben oder sich demnächst abspielen werden. Sie können die Dinge, die Sie kennen, aber auch unkenntlich machen oder verändern und sich vorstellen, daß die Bibliothek keine Bibliothek, sondern vielleicht ein Schloß ist oder daß die Sandbunker des Golfplatzes Wüsten sind, die Sie durchqueren müssen. Und so weiter. Es gibt da keine Grenzen. Wenn Sie also über den Campus gehen, halten Sie Augen und Ohren auf, und wenn Sie nichts sehen oder hören, was Sie inspiriert, dann denken Sie sich einfach etwas aus. Zumindest das Essen in der Mensa müßte Sie inspirieren. Vielleicht bekommen wir dann am Ende des Semesters eine Art literarisches Panorama des Colleges zusammen.«

Inzwischen schrieben alle mit. Schreiben, was man wollte, mochte verlockend klingen. Schreiben, was der Professor vorschlug oder erwartete, klang noch verlockender, weil es auch in diesem Kurs um Noten und Semesterpunktzahlen gehen würde. Wegen der Notengebung mußte Carlsen noch einmal mit Hocki reden. Wie konnten literarische Versuche überhaupt benotet werden, zumal diese Versuche auf deutsch zu verfassen waren? Falls sich Talente zeigen sollten, war die Sache einfach. Die würden ein A bekommen. Wenn jemand keine Texte liefern sollte, war es noch einfacher. Der fiele dann durch. Was aber, wenn sehr gutgemeinte, mit Herzblut geschriebene, aber von Grammatikfehlern wimmelnde Talentlosigkeiten geliefert würden?

»Zur nächsten Sitzung besteht Ihre Hausaufgabe also darin, sich für einen Ort oder ein Gebäude zu entscheiden«, sagte Carlsen mit Blick auf die Uhr. »Noch Fragen?«

O ja. Carol hatte noch eine Frage. Was, wenn einem nichts, aber auch gar nichts einfiele? Wenn man den berüchtigten Block habe, die Schreibblockade? Damit müsse Carlsen als Schriftsteller doch Erfahrung haben.

»Dann schreiben Sie das, was Sie zuletzt geschrieben haben, einfach noch einmal ab und korrigieren es dabei. Das ist immer gut.«

Aber wenn man noch gar nichts geschrieben habe, was sich korrigieren lasse? Carol blieb hartnäckig wie die hartnäckigste Schreibblockade.

»Dann steigen Sie auf die Dachböden und in die Keller und suchen da nach alten, vergessenen Handschriften oder Tagebüchern. Wir sehen uns übermorgen.«

Einige lachten, Carol lächelte schief, und Carlsen hatte das flaue Gefühl, etwas gesagt zu haben, was er besser für sich behalten hätte.

Die Studenten verließen den Seminarraum. Carlsen wollte die Fenster schließen, durch die Gelächter, fröhliches Geschrei der Frisbeespieler und der leicht stechende Duft gemähten Grases hereinwehten. Die Sonne stand tief über den Bergketten und ließ das Grün der Baumwipfel erröten. Ein Traktor, zwei mit Heu beladene Hänger im Schlepp, zog auf einem Feldweg einer Scheune entgegen. Der Anblick erinnerte ihn an eine Bemerkung in Zuckmayers Autobiographie: In Vermont habe er die Erfahrung gemacht, nicht nur auf dem Land, sondern vom Land zu leben. Schon beim ersten Anblick der Backwoods-Farm, die er auf der Stelle pachtete, ergriff Zuckmayer die »absichtslose Schönheit« des Gebäudes. Im Vermonter Exil entdeckte er das Prinzip *form follows function*, aber nicht als Theorie, nicht einmal mehr als ästhetische Idee, sondern als Lebensmodell. Und er machte hier, wenn auch notgedrungen, sein Leben zum Werk – ein vom Kopf auf die Füße gestellter Ästhetizismus. Zuckmayer in Amerika war das genaue Gegenteil von Thomas Mann in Amerika. Zuckmayer entdeckte nämlich nicht nur die

Gleichwertigkeit von Kunst und Leben, sondern stellte das Leben, das nackte Überleben, die schlichte Existenz, übers literarische Werk, verließ den Schreibtisch des Großschriftstellers und griff als Kleinbauer zu Axt und Pflug. In Österreich hatte er idyllisch auf dem Land gelebt. In Vermont lebte er vom Land und erfuhr dessen Härte. Wer ihn auf seiner Farm besuchte, wunderte sich über die Entschlossenheit dieses Manns. In seiner Biographie war kein Julius Steinberg erwähnt, aber auch der war auf der Farm zu Gast gewesen, und zwar zu einem Zeitpunkt, als er am *Centerville College* unterrichtet hatte. Ob er den Besuch bei Zuckmayer, von dem im Brief des Dichters die Rede gewesen war, auch in seinem Lebensbericht notiert hatte?

Carlsen schob die Fenster zu. Der Duft blieb noch einige Sekunden im stillen Raum hängen und verging. Das College stand mitten im Land, schien aber wie durch eine unsichtbare Glasglocke von aller Welt abgeschottet. Die Klimaanlage summte. Als er beim Hinausgehen den Off-Schalter betätigte, fragte Carlsen sich, ob das erwünscht und ob er als Gast überhaupt dazu befugt sei.

Auf der Eingangstreppe zu *Huddle Hall* hockten ein paar Raucher. Carlsen setzte sich neben Aaron, einen blassen Jungen, der sowohl den Übersetzer- als auch den Schreibkurs belegte, eifrig mitgeschrieben, aber bislang kein Wort gesagt hatte. Er gab ihm Feuer und sagte schüchtern: »Ich schreibe manchmal Gedichte.«

Carlsen inhalierte den Rauch und nickte abwesend.

»Wollen Sie mal eins lesen?« fragte Aaron.

»Wann? Jetzt?«

»Warum nicht?« Aaron kramte in einem Papierstapel und hielt Carlsen, bevor er es abwehren konnte, schon ein mit winziger Handschrift beschriebenes Blatt hin.

Black cylindrical lamps above
Two are lit
Nine are not
None substitute for sky

But blue would be boring
If only blue
And lamps unnoticed
If only lit

And time lasts longer than
Nights, days
Lamps, skies
Or concentration

»Das ist wirklich nicht schlecht«, sagte Carlsen und gab ihm das Blatt zurück.

Aaron lächelte. »Ich weiß.«

Die Antwort gefiel Carlsen. »Wann haben Sie das geschrieben?«

»Eben. Im Kurs.«

Carlsen runzelte die Stirn. Aaron hatte also nicht mitgeschrieben, was er gesagt hatte, sondern gedichtet. Obwohl er sich darüber hätte ärgern können, gefiel Carlsen das auch. »Es gibt aber ein Problem damit.«

»Was denn?«

»Es ist auf englisch geschrieben. Was halten Sie davon, wenn Sie morgen zum Übersetzerkurs eine deutsche Version mitbringen?«

Aaron sog an seiner Zigarette und überlegte. »Das geht nicht«, sagte er dann.

»Wieso nicht?«

»*Poetry is what gets lost in translation*«, sagte Aaron grinsend.

Carlsen lachte. »Gute Antwort. Versuchen Sie's trotzdem.«

Als er aufstand, sich dem Aschenbecher neben der Eingangstür zuwandte und dabei einen letzten Zug aus der Zigarette nahm, kam Lauren aus der Tür und stieß fast mit Carlsen zusammen.

»Entschuldigung«, sagte er hastig, wobei ihm Rauch aus Mund und Nase quoll und Lauren ins Gesicht wehte.

Angeekelt verzog sie den Mund, wedelte mit den Händen vor ihrer Nase herum. Ihre Fingernägel waren blaßlila lackiert, und auf ihren Lippen schimmerte ein ähnlicher Farbton. Die Handbewegungen mochten dem Rauch gelten, doch kam es Carlsen so vor, als wolle sie *ihn* damit verscheuchen, und auch ihre Augen versprühten Mißbilligung, wenn nicht gar Verachtung.

Er trat einen Schritt zurück, stolperte über die letzte Treppenstufe, murmelte noch einmal »tut mir leid, Lauren« und trollte sich Richtung Mensa, den glimmenden Zigarettenstummel in der Hand.

An einer Tankstelle kaufte er Zigaretten, den *Centerville County Courier* und eine *New York Times*. Die örtliche Tageszeitung war ein besseres Anzeigenblättchen. Zwischen Werbung für Supermärkte und Rechtsanwälte, Apotheken und Restaurants, Zahnärzte, Autovermietungen und Souvenirläden, Geburts- und Todesanzeigen versteckten sich hier und da redaktionelle Meldungen mit streng lokalem Charakter. Berichtet wurde über die neue Verkehrsampel vor der Junior High School, die Hochzeit von X mit Y, die Dachreparatur des Krankenhauses, die Renovierung des Basketballfelds der Grundschule, aber auch über das Bluegrass-Konzert auf dem *Green*, das Carlsen erlebt hatte. Ein längerer Artikel widmete sich dem bevorstehenden *Town Meeting*, jenem noch von den Pilgervätern datierenden Ritual bürgernaher Direkt-Demokratie, bei dem die sieben *Selectmen*, der Stadtrat also, und der Sheriff zu wählen sein würden. Über Politik verlor das Blatt ansonsten kein Wort. Washington war fern, Europa noch ferner und der Irak unvorstellbar fern.

Dafür quoll die *New York Times* über von Berichten, Analysen und Kommentaren über die Lage im Irak und die sich daraus ergebenden politischen Konsequenzen und Verwerfungen, Hoffnungen und Prognosen, Bedenken und Ängste. Ein Kommentar befaßte sich ein weiteres Mal mit dem neunhundertseitigen Regierungsbericht über den 11. September 2001, bei dessen Erscheinen vor zwei Monaten 24 Seiten geschwärzt worden waren. Die Bush-Regierung weigerte sich weiterhin, den Inhalt der betreffenden Passagen preiszugeben: Er gefährdete angeblich weitere Ermittlungen und die nationale Sicherheit. Offen spekulierte die Zeitung darüber, daß es um die Kollaboration Saudi-Arabiens mit den Attentätern gehen könnte. Zwischen den Zeilen ließ sich die Frage erahnen, ob die Regierung selbst in die Anschläge verstrickt gewesen sein könnte – hatte doch der 11. September die bis dahin kaum legitimierte Regierung erst fest in den Sattel gehoben. Selbst wenn das spekulative Verschwörungstheorie sein sollte: Daß man es überhaupt für denkbar hielt, empfand Carlsen als ungeheuerlich, auch als ungeheuer mutig. Journalisten, die solche Meinungen äußerten, mußten sich vielleicht mehr Sorgen um ihre persönliche als um die nationale Sicherheit machen.

Nach Sonnenuntergang wurde es schlagartig kühl. Nebelschleier sanken durch die schnell fallende Dämmerung, und in der unbewegten Luft lauerten erste Nachtfröste. Carlsen legte die Zeitungen auf den Stapel neben dem Kamin. Bald würde er heizen müssen.

10

Julius Steinbergs Aufzeichnungen
Heft 3

Er bedauere die mir entstandene Unannehmlichkeit, hatte der Vizepräsident der Universität gesagt: *Sorry for the inconvenience.* Mißlichkeit, Unbequemlichkeit, Schwierigkeit, Unbill waren andere Begriffe, die das Wörterbuch für *inconvenience* bot, Begriffe, die für meine Situation beschönigend waren. Die Nachricht von Salzmanns plötzlichem Tod war ein Schock. Ich hatte das Gefühl, von einem Abgrund zum nächsten getaumelt zu sein. Dem Terror entkommen, stand ich nun vor dem Nichts. Und dennoch hatte Salzmann mir das Leben gerettet, denn wenn ich in Deutschland geblieben wäre, hätte ich wahrscheinlich das grauenhafte Schicksal geteilt, das meine Eltern erwartete. Mein Geld hätte gereicht, um mit dem nächsten Dampfer zurückzukehren, aber ich verwarf den Gedanken, kaum daß ich ihn gefaßt hatte. Nach Deutschland gab es kein Zurück mehr.

Nach dem Telefongespräch mit der Universität von North Dakota ließ ich mir an der Hotelbar einen Whiskey servieren und brütete stumpfsinnig vor mich hin. Es war früher Nachmittag, und ich war der einzige Gast in der Bar. Nachdem er mir den zweiten Whiskey vorgesetzt hatte, sprach mich der Barkeeper an. Ob ich schlechter Laune sei? Ob ich Probleme hätte?

Ich reagierte mürrisch und abweisend. Was ging diesen Mann mein Elend an? In seiner südländischen Redseligkeit war er mir lästig – damals. In der Erinnerung kommt er mir heute wie ein verkappter Psychologe vor. Oder ein Schutzengel. Jedenfalls ließ er nicht locker. »Woher kommen Sie, Sir?«

»Deutschland«, sagte ich. In der fremden Sprache klang es wie ein mir unbekanntes Land.

»Sind Sie ausgewandert?« fragte der Barkeeper.

»Ja«, sagte ich, »das heißt, nein. Ich weiß es nicht.«

Der Barkeeper nickte, als verstünde er meine Verwirrung. »Haben Sie Familie?«

Ich zuckte wortlos mit den Schultern.

Er schob ein Schälchen mit Oliven neben mein Whiskeyglas, und als ich mir eine der schwarz glänzenden Früchte in den Mund gesteckt hatte, polierte er weiter die Gläser und erzählte dabei seine Geschichte, so beiläufig fast, als führe er ein Selbstgespräch. Seine Familie stammte von der Insel Samos. Der Vater war Schuhmacher, konnte mit seinem Handwerk die siebenköpfige Familie aber kaum ernähren. Bereits am Tag seiner Heirat hatte er beschlossen, nach Amerika auszuwandern, und seitdem das wenige gespart, was zu sparen war, ohne zu verhungern. Nach vierzehn Jahren hatte er das Geld für die Überfahrt zusammen, doch stellte sich im letzten Augenblick heraus, daß es nur für sechs Personen reichte. Vangelis, der älteste Sohn, der damals neun Jahre alt war, mußte bei einer ledigen Tante zurückbleiben und sollte nachgeholt werden, sobald die Familie in Amerika zu mehr Geld gekommen sein würde. Ein halbes Jahr später starb die Tante an einer Blutvergiftung. Da kein Kontakt zu seiner ausgewanderten Familie bestand, wurde Vangelis auf Betreiben eines Popen nach Konstantinopel in ein Waisenhaus abgeschoben, wo er mehr als drei Jahre unter elenden Umständen verbrachte. Täglich hoffte er auf einen Brief aus Amerika, und täglich wurde er enttäuscht. Als er sich bereits damit abgefunden hatte, von seiner Familie vergessen worden zu sein, erschien eines Tages der Pope aus Samos im Waisenhaus. Vangelis' Vater hatte als Gehilfe eines Schuhmachers in Pennsylvania Arbeit gefunden und noch einmal jeden Cent beiseitegelegt, um endlich seinen ältesten Sohn nachzuholen. Und diesmal reichte das Geld für die Überfahrt auf einem verrosteten, griechischen Frachter, der auch Passagiere beförderte. Als Vangelis einen Monat später in New York ankam, holten seine Eltern ihn von Ellis Island ab.

»Und Vangelis«, sagte ich, »das sind vermutlich Sie.«

Er nickte. »Nennen Sie mich Van«, sagte er lächelnd und deutete mit der Fingerspitze auf die Brusttasche seiner Hoteluniform, auf der der Name eingestickt war. »Meine Mutter weinte vor Freude, aber mein Vater war entsetzt. Und wissen Sie auch warum? Weil ich keine Schuhe hatte. Ich war barfuß über den Atlantik gefahren, und ich betrat barfuß Amerika. Heute geht es uns allen gut. Wir sind amerikanische Staatsbürger. Mein Vater hat ein eigenes Schuhgeschäft mit drei Angestellten, meine Schwestern sind verheiratet, ich selbst habe vor einigen Monaten geheiratet und will im nächsten Jahr in Soho ein griechisches Restaurant eröffnen. Es wird Samos heißen.«

Die Erzählung dieses freundlichen Manns ließ mein Selbstmitleid und meine Verzweiflung schmelzen wie das Eis im Whiskeyglas. Als er sich erkundigte, was mich in die Staaten verschlagen hatte, deutete ich ihm sehr allgemein meine Probleme in Deutschland an und erzählte auch, warum sich gleich bei meiner Ankunft alle Hoffnungen zerschlagen hatten, verschwieg jedoch aus Scham die Bedingungen meiner Überfahrt. Ich war nicht barfuß gekommen, sondern wie in einer Sänfte getragen. Mein Vater war nicht über mein Schuhwerk schockiert gewesen, sondern darüber, daß ich mit dem Schiff einer Bremer Reederei fuhr. Ich empfand Respekt und Bewunderung für Van. Er war stolz auf das, was er und seine Leute geschafft hatten, und er war zu Recht stolz. Was dieser Mann konnte, konnte ich auch! Ich würde mich allein durchschlagen, würde auf eigenen Füßen stehen. Ich war 35 Jahre jung und gesund, hatte keine Familie zu ernähren, war nur mir selbst gegenüber verantwortlich. Was Millionen Ausgewanderter vor mir geschafft hatten, würde ich auch schaffen. Das Land der unbegrenzten Möglichkeiten hatte mich aufgenommen, wenn auch unter falschen Voraussetzungen. Die Grenzen sollte ich allerdings sehr bald kennenlernen.

In Amerika wird man weniger nach seiner Ausbildung bewertet als vielmehr nach seinen Fähigkeiten; nicht, was man gelernt hat, zählt, sondern das, was man kann; nicht die Möglichkeit wird geschätzt, sondern die Tat, nicht die Idee, sondern ihre Umsetzung. Aber dieser handfeste Pragmatismus findet seine Grenzen an den Portalen der akademischen Welt, in der das gleiche Standesdenken, das gleiche Elitebewußtsein, der gleiche Dünkel und der gleiche Konkurrenzkampf herrschen wie in Europa. Wäre bei Professor Riemer oder bei mir ein Historiker aus Rußland, der Türkei, aus Finnland oder woher auch immer hereingeschneit und hätte in ungelenkem Deutsch angefragt, ob man ihm eine Dozentur an der Universität verschaffen könne, man hätte ihn höflich, aber bestimmt auf den Dienst- und Bewerbungsweg verwiesen, mit innerem Kopfschütteln und verhohlener Erheiterung über derlei Naivität.

Obwohl ich es also besser wußte, wollte ich dennoch nichts unversucht lassen und handelte mir prompt Abfuhren an zwei New Yorker Universitäten ein, bei denen ich vorsprach. Der erste Professor empfahl mir, entsprechende Stellenausschreibungen zu studieren, wich meinem Blick aus und schaute lächelnd über die Baumwipfel des Central Parks. Der zweite schlug vor, es bei High Schools zu versuchen, und entschuldigte sich wortreich dafür, daß seine Zeit knapp bemessen sei. Beide Professoren blieben reserviert, entschieden ablehnend, aber höflich, und bei beiden spürte ich jenes innere Kopfschütteln, als ich mein Affidavit präsentierte. Die Universität von North Dakota schien sich keines sonderlich hohen Renommees zu erfreuen, zumindest nicht an der Ostküste, und von einem Geschichtsprofessor namens Peter Salzmann hatten seine New Yorker Kollegen nie etwas gehört, geschweige denn gelesen. *Sorry for the inconvenience.*

Weil diese Fehlschläge vorhersehbar waren, hielt meine Enttäuschung sich in Grenzen, zumal ich bei den Gesprächen die Erfahrung machen mußte, daß meine englischen Sprachkenntnisse sehr viel dürftiger waren, als ich mir eingebildet hatte. Abgesehen von meinem deutschen Akzent sprach ich ein hüftsteifes, holpriges, stark britisch geprägtes Englisch. Die Nuancen gingen mir fast vollständig ab, weder Schärfen noch Tiefen beherrschte ich. Der Sprachfluß lief zwar reguliert, aber das bedeutete eben auch: konventionell; weder im umgangssprachlichen Geplauder noch im akademischen Sprachgestus konnte ich mich frei bewegen. Die Regel, daß einer aus der eigenen Sprache desto schwerer in die andere wechseln kann, je vertrauter er in der eigenen sich auskennt, je mehr er in ihr und durch sie erfahren hat, diese Regel galt leider auch für mich.

Was es für Exilanten bedeutet, nicht nur von Land zu Land, sondern eben auch und besonders von Sprache zu Sprache verschlagen zu werden, das erfuhr ich nun am eigenen Leib beziehungsweise am eigenen Denken und Sprechen. Es bedeutet nämlich für den sprachlich Verständigen, daß er plötzlich dazu verurteilt ist, einige Etagen unterhalb seines eigenen Niveaus mit der Umwelt zu verkehren, und daß sich diese Primitivierung als Bumerang auswirkt, weil der Stammelnde nun nämlich von der Umwelt nach dem niederen Rang seines Sprechens eingestuft wird. Diesen Vorgang empfand ich während meiner Gespräche mit den beiden Professoren nicht nur als quälend und demütigend, sondern ich sah darin auch eine Gefahr für mein eigenes Denken. Niemand kann sich jahrelang ausschließlich in Sprachen bewegen, die er nicht wirklich beherrscht oder, schlimmer noch, nur fließend falsch nachplappert, ohne seinem inferioren Sprechen zum Opfer zu fallen. Denn wie man sich ausdrückt, so wird man. Unterscheidungen, die wir als Sprechende nicht machen, als Angesprochene nicht wahrnehmen können, spielen bald auch für uns als sinnliche oder moralische Realitäten keine Rolle mehr. Vor allem wird durch die Art der Sprache, durch die Anzahl und den Rang der beherrschten Worte und Wortverbindungen nicht nur der Habitus, sondern auch die Merkwelt eines Menschen mitbestimmt. Anders gesagt: Die Welt eines Menschen ist wesentlich die Welt seines Sprachvermögens.

Später, bei einem meiner Besuche auf seiner Vermonter Farm, hat Carl Zuckmayer mir einmal erzählt, Bert Brecht habe darüber geklagt, in Amerika nur aussprechen zu können, was er sagen *könne*, nicht aber das, was er aussprechen *wolle*. Das ist die unterste Ebene, die mir zum Glück erspart blieb, aber während der ersten beiden Jahre in den Staaten litt auch ich unter einer erzwungenen Sprachlosigkeit, die mir als geistige Entmündigung vorkam.

Um Geld zu sparen, zog ich aus dem Hotel aus und mietete ein Zimmer in einer Pension im billigeren Süden Manhattans, wo China Town und Little Italy sich berühren. Von den Balkonen hing trocknende Wäsche, auf eisernen Feuerleitern spielten Kinder, vor einer Bar an der Straßenecke saßen alte Männer, spielten Karten, tranken Rotwein aus Wassergläsern und rauchten. Manchmal zog ein Leierkastenmann mit einem angeketteten Äffchen auf der Schulter durch die dämmrigen Straßen, die sich dann endgültig in neapolitanische Gassen verwandelten. Mein Zimmerfenster wies auf einen düsteren Hof, begrenzt von einer Brandmauer, hinter der China begann. Nachts leuchteten elektrische Lampions, und der Wind wehte den Duft exotischer Gewürze und überreifer Früchte in mein Zimmer.

Meinen Eltern schrieb ich, daß ich gut in Amerika angekommen sei, brachte es aber nicht übers Herz, ihnen die Wahrheit zu gestehen, sondern erfand ein New Yorker Büro der Universität von North Dakota, in dem ich vorübergehend beschäftigt sei. Meinen Eltern gegenüber war das eine Notlüge, mir selbst gegenüber jedoch weniger als ein Wunschtraum, denn eine Beschäftigung zu finden, die meinen Qualifikationen entsprach, war aussichtslos, und überhaupt einen Job zu finden, egal, welche harte oder niedere Arbeit auch immer, erwies sich als überaus schwierig. Obwohl die Wirtschafts- und Sozialreformen von Roosevelts *New Deal* damals erste Erfolge zeigten, war New York voll von Arbeitslosen und Arbeitssuchenden. Wenn sie nicht von Freunden oder Familien aufgefangen wurden, war die Lage für neu ankommende Immigranten und Exilierte besonders hart.

Meiner Pensionswirtin, einer resoluten Frau, die als Kind aus Sizilien gekommen war und einen New Yorker Polizisten geheiratet hatte, waren Fälle wie meiner nur allzu vertraut. Sie empfahl mir, mich im deutschen Viertel in der 86. Straße umzuhören. Zwischen mittelhohen Häusern wie aus den wilhelminischen Gründerjahren war hier etwas konserviert oder eher inszeniert, was es nie gegeben hatte, ein aus lauter Stereotypen, Heimwehphantasien und Klischeevorstellungen bestehendes Deutschland. Die Gastwirtschaften hießen zünftig *Ratskeller* und *Heidelberger Fass*, mit ss statt ß, damit sich das Faß nicht als Fab mißverstehen ließ, oder umlautlos amerikanisiert *Hofbrauhaus* und *Zum kuhlen Grunde*.

An den Wänden brütete Kaiser Barbarossa, den Bart durch den Tisch gewachsen, neben einer ondulierten, hollywoodschönen Lorelei, Methörner schwingende Germanen lümmelten auf der Bärenhaut neben dem Alten Fritz mit Dreispitz und Bismarck im Küraß, Fußballspieler von Schalke 04 blickten ebenso siegesbewußt wie Hindenburg in Felduniform, aber kein Heine und kein aus Deutschland entkommener Achtundvierziger. Man hing Träumen an ein irreales Deutschland nach, dessen Wirklichkeit man, wann und warum auch immer, den Rücken gekehrt hatte. Deutschland war nur noch ein von Sentiment triefender Heimatfilm der UFA. Das Reklameplakat eines Reisebüros bot von Reichsdeutschen geführte Fahrten nach Rothenburg, Rüdesheim, Neuschwanstein feil. Man schien gut zu verdienen, man konnte wohl mal drei Wochen lang in der alten Heimat den reichen Onkel aus Amerika spielen und nachschauen, ob der Brunnen noch richtig vorm Tore stand und der Schwager immer noch hoch auf dem gelben Wagen kutschierte.

Unter Liedertafelkränzen, eichenbelaubten Schützenscheiben und betreßten Turnerfahnen gab es zu Germania-Pils aus Steinhumpen rheinischen Sauerbraten, Thüringer Klöße und Oldenburger Grünkohl mit Pinkelwurst. Die Kellnerin, blondzöpfig, drall und schwitzend ins altbayrische Trachtendirndl gezwängt, verständigte sich mit den Gästen in einer Bastardsprache aus nie erlerntem Englisch und schon vergessenem Deutsch. Aus einer Schwarzwalduhr schrie der Kuckuck, was die Stunde geschlagen hatte.

Die Vorstellung, hier nach Arbeit zu fragen, kam mir absurd vor. Was würde ich tun? Verstaubte Ritterhumpen polieren? Holsteinischen Katenrauchschinken tranchieren? Butzenscheiben putzen? Ich verzehrte Finkenwerder Kutterscholle mit Speckbohnen und Bratkartoffeln, trank Germania-Pils dazu und erblickte unter den Stammtischstandern im lauschigen Erker auch die Fahne mit dem Hakenkreuz und an der Wand darüber ein Hitlerporträt. Obwohl ich wußte, daß es in den Staaten Sympathien für Hitlerdeutschland und sogar eine nationalsozialistische Partei gab, erschrak ich. Der Führer sah mich aber nicht an, sondern blickte starr und frostig ins Weite.

Das rosig lächelnde, umlautlose Fraulein präsentierte »den Scheck«. Ich zahlte hastig. Ich floh aus Neuteutonien.

Folgte man mir? Ich stieg zur U-Bahn hinunter. Nach dem Passieren des Drehkreuzes verlor ich für einige Momente die äußere und innere Orientierung, war nicht einmal mehr ein Mann in der Menge, sondern wurde zur Menge, zum Teilchen eines Wurstteigs, der von einer anonymen Kraft zäh und unaufhaltsam durch die Gedärme unterirdischer Schächte gedrückt wurde. Im ruckenden, quietschenden Waggon kam ich wieder zu mir, stand schwitzend eingekeilt unter surrenden Ventilatoren, wurde von niemandem verfolgt, nicht einmal beachtet, sah die Kabelstränge an den Tunnelwänden vorbeihuschen wie mumifizierte Riesenschlangen, fuhr wahllos ein paar Stationen und stieg in einer anderen, besseren Welt wieder ans Tageslicht. Niemand folgte mir.

Am Ende der Wall Street blinkte der Fluß in der Farbe des Geldes, und durch die Börse flossen die dollargrünen Geldströme. Hier wurde die Welt beherrscht, hier entschieden sich Krieg und Frieden, Wohlstand oder Verelendung. Von hier war vor sechs Jahren, an einem Freitag im Oktober, die große Krise ausgegangen, hatte wie eine anschwellende Riesenwelle Amerika und die ganze Welt erschüttert und schließlich in Deutschland die braune Verbrecherbande nach oben gespült. Vor dem Schatzamt stand ein Denkmal George Washingtons, ihm zu Füßen lagen frische Blumen, frisch wie der Glaube an die Freiheit. Vielleicht, dachte ich, würde Deutschland eines Tages Amerikas Hilfe brauchen, um zur Freiheit zurückzufinden. Und so sollte es dann auch kommen.

Während ich dies schreibe und ans Denkmal Washingtons denke, bin ich jedoch kein freier Mann mehr, sondern im Namen von Demokratie und Freiheit weggeschlossen im Staatsgefängnis von Vermont. Wie kam ich hierher?

Damals im Frühherbst, der mild durch die Straßenschluchten Manhattans strich, setzte ich mich am Washington Square auf eine Bank. Alte Bäume warfen Schatten, ein Springbrunnen plätscherte bohemistische Gelassenheit vor sich hin. Arbeitslose lungerten in grauen Gruppen beisammen, saßen auf Bänken, durchsuchten Papier- und Abfalleimer nach Nahrung oder Verwertbarem, spielten Schach unter den Baumkronen. Von einem Hot-Dog-Stand wehte Zwiebel- und Senfgeruch über den Platz. Aus edlen Herrenhäusern schoben blasiert blickende Hausmädchen Kinderwagen oder führten die Hunde der Herrschaften aus.

Ein Mann mit einem melancholischen, grauen Schnurrbart bat mich um eine Zigarette. Während wir rauchten, erzählte er radebrechend von Georgiens Bergen und Tälern, aus denen er gekommen war, die das Schönste auf der Welt seien und zu denen er nie im Leben zurückkehren wollte. Schneider sei er gewesen, musterte anerkennend meinen Anzug, prüfte den Stoff zwischen Daumen und Zeigefinger und hielt mich für reich. Ich schenkte ihm noch zwei Zigaretten und trollte mich auf der Suche nach Arbeit, nach irgendeinem Job, und sei es als Hot-Dog-Mann oder Hundeausführer. Auf einem asphaltierten Platz vor einem roten Backsteingebäude, einer Schule vielleicht, spielten weiße und schwarze Jungen ausgelassen und lautstark Basketball. Der Platz war von einem hohen Drahtgitter umzäunt. Waren die Jungen eingesperrt? Oder war die Welt vor ihnen ausgesperrt?

Ich höre Schlüsselklirren und die Schritte des Wärters. Er kommt, um meine Zelle aufzusperren. Zeit für den Hofgang.

Die italienische Pension, in der ich wohnte, war schlicht, halbwegs sauber und preiswert. Wer hier logierte, hielt zwar sein Geld zusammen, hatte aber zumindest noch etwas zum Zusammenhalten. Meine europäischen Umgangsformen und wohl auch die Qualität meiner Garderobe führten dazu, daß man mich für besser betucht hielt, als ich es war. Jedenfalls lud mich Alfred, der Polizist, mit dem die Wirtin verheiratet war, eines Abends auf ein Bier ein und kam nach kurzem Plaudergeplänkel und der Aufforderung, ihn Al zu nennen, unverblümt zur Sache. »Haben Sie einen Führerschein?«

»Ja. Warum wollen Sie das wissen?«

»Und haben Sie Fahrpraxis?«

Ich nickte. Das Auto meines Vaters, einen Opel Laubfrosch 4/20, der auch als Firmenwagen des Optikergeschäfts diente, hatte ich regelmäßig benutzt.

»Sehr gut«, sagte Al. »Wie ich höre, suchen Sie einen Job. Haben Sie schon einmal daran gedacht, es als Taxifahrer zu versuchen?«

»Taxifahrer?« Ich war mehr als verblüfft. »Ich bin noch keine zwei Wochen in New York«, sagte ich. »Wie soll ich mich da als Fahrer zurechtfinden?«

Al winkte ab. »Das geht schnell«, sagte er. »Manhattan ist wie ein Schachbrett. Das lernen Sie kennen, indem Sie herumfahren.«

»Na ja«, sagte ich, »klingt eigentlich plausibel, aber ich habe keine ...«

»Ich weiß«, unterbrach Al mich und machte wieder diese teils herablassende, teils großzügige Handbewegung, »natürlich brauchen Sie die Lizenz. Und um die Lizenz bewerben sich heutzutage sehr, sehr viele Leute. Sogar solche, die früher nur als Fahrgäste in Taxis saßen. Wenn man die richtigen Verbindungen hat, ist das aber kein Problem.« Er hob sein Bierglas und prostete mir grinsend zu. »Sie verstehen?«

»Um ehrlich zu sein, nicht ganz«, sagte ich, obwohl ich ahnte, in welche Richtung die Bahn zu schmieren war.

»Die Lizenz«, schmunzelte Al verschwörerisch und dämpfte die Stimme, »kostet 20 Dollar. Wenn Sie das Geld haben und sich offiziell bewerben, bekommen Sie die Lizenz vielleicht in einem halben Jahr. Oder nie. Wenn Sie mich das machen lassen, bekommen Sie die Lizenz in der nächsten Woche. Und eine Bescheinigung, daß Ihr deutscher Führerschein hier gültig ist.«

»Verstehe«, sagte ich. »Und was bekommen Sie für Ihre, nun ja, Vermittlung?«

»40 Dollar«, sagte er. »Das ist doch ein faires Geschäft, würde ich sagen.« Al hob zwei Finger in die Höhe, wollte aber nichts beschwören, sondern signalisierte dem Kellner: Noch zwei Bier. »Das Geld haben Sie in ein paar Wochen wieder reingefahren.«

Das Bier, das Al mir so großzügig spendierte, kostete 10 Cent pro Glas; mein Zimmer 1 Dollar pro Tag, bei Vorauszahlung 6,50 Dollar die Woche oder 24 Dollar im Monat. Ein Streifenpolizist verdiente damals vielleicht 80 Dollar im Monat, so daß die 60 Dollar, die mich die Taxilizenz zuzüglich der »Vermittlungsgebühr« kosten würde, immerhin fast einem Monatsgehalt von Al entsprachen. Ein faires Geschäft? Auf jeden Fall meine erste Erfahrung mit amerikanischer Bestechlichkeit. Sollte ich mich darauf einlassen? Meine Reisekasse schrumpfte schnell, da die Hotel- und Pensionskosten nicht vorgesehen waren. Eigentlich hätte ich längst in North Dakota sein sollen. Ohne Job würde ich mich bei sparsamer Lebensweise noch einen Monat über Wasser halten können. Al streckte mir die rechte Hand entgegen und nickte mir aufmunternd zu. Ich schlug ein.

Zur Vorbereitung auf meinen Job schenkte er mir einen New Yorker Stadtplan mit alphabetischem Straßenverzeichnis. Abgesehen von der Südspitze Manhattans, wo die Straßen Namen haben, konnte ich mir den Aufriß der Stadt durch die vertikal verlaufenden Avenuen, die horizontal von den durchnumerierten Straßen gekreuzt werden, relativ leicht einprägen. Aber einen Stadtplan zu studieren, ohne sich in den Straßen auszukennen, ist ungefähr so, als lerne man Jahreszahlen auswendig, ohne zu wissen, für welche historischen Ereignisse sie stehen. Ein Stadtplan liefert nur die topographische Grammatik einer Stadt, deren Sprache in der Wirklichkeit ihrer Straßen gesprochen wird. Und die Sprache New Yorks ist für den, der nicht mit ihr aufgewachsen ist, in ihrer Schnelligkeit und Härte schwer erlernbar. Richtig lernte ich sie nie.

Mr. O'Brady, der Fuhrunternehmer, dem Al mich einige Tage später zuführte, gebot über eine Flotte von dreißig Taxis und einem guten Dutzend Lastwagen. Die städtische Lizenz interessierte ihn so wenig wie mein Führerschein. Alfreds physische Anwesenheit als Polizist war ihm Ausweis genug. Mein Eignungstest bestand darin, mit einem arg ramponierten *Checker-Cab*-Modell auf dem Hof eine Runde zu drehen und zwischen zwei Mülltonnen einzuparken, was mir auch recht und schlecht gelang.

O'Brady nickte anerkennend und präsentierte mir einen Arbeitsvertrag, der mich dazu verpflichtete, fünfzig Prozent meines Umsatzes an O'Brady abzuführen, selbstverschuldete Schäden am Taxi auf eigene Kosten zu reparieren sowie schwarze Fahrgäste nicht abzuweisen. Besonders wichtig, weil unterstrichen, schien ein Passus zu sein, der mich ermahnte, ausschließlich die Standplätze der *Checker Cabs* zu frequentieren. Al klärte mich darüber auf, daß zwischen den beiden großen Taxiherstellern Hertz mit seinen *Yellow Cabs* und Markin mit seinen *Checker Cabs* seit Jahren ein heftiger Konkurrenzkampf tobte, der nicht nur zu Preiskriegen, sondern häufig genug zu Handgreiflichkeiten und Schlägereien zwischen den rivalisierenden Fahrern führte. Auf Morris Markins Firmengebäude war unlängst sogar ein Brandanschlag verübt worden, der Als Meinung nach aufs Konto des »alten Juden« Hertz ging.

»Geh den Yellows lieber aus dem Weg«, sagte O'Brady und klopfte mir auf die Schulter. »Und falls sie dir mal in die Quere kommen, schlag zu, bevor sie es tun. Dann hast du deine Ruhe.«

»Und tu immer schön, was die Polizei von dir verlangt«, sagte Al kichernd. »Dann hab ich meine Ruhe.«

Beide lachten. Und ich war nun Taxifahrer.

Lange sollte ich es nicht bleiben. Mein erster Arbeitstag fand auf Vorschlag O'Bradys an einem Sonntag statt, weil dann selbst Manhattan in eine schläfrige Feiertagsverlassenheit fällt und die reißenden Verkehrsströme zu Rinnsalen ausdünnen. Mir war ein Platz vor Pennsylvania Station zugeteilt worden, und meine ersten Fahrgäste waren eine Negerfamilie. Die Frau trug einen grellen Blumenhut, der Mann hatte den schlechtsitzenden Sonntagsanzug des Kirchgängers an, die beiden Kinder waren mit weißen Rüschenkragen und Schleifen aufgehellt. Sie wollten nach Harlem in die 126. Straße, ein leicht zu findendes Ziel, und dennoch war ich überaus nervös. Ich gestand dem Mann, der auf dem Beifahrersitz saß und sich über meine Unsicherheit wundern mußte, daß es sich um meine erste Tour handelte. Das schien die Familie zu entzücken. Sie lachten, die Frau meinte, eine *maiden voyage* bringe Glück, und der Mann setzte seinen Ehrgeiz darein, mich durch die Stadt zu dirigieren. Ich war ungeheuer erleichtert. Vielleicht hatte diese Familie *mir* Glück gebracht, denn die anschließenden Touren waren alle leicht und verliefen reibungslos. Wenn ich nicht weiterwußte, halfen mir fast immer die Passagiere mit lässiger Selbstverständlichkeit aus der Klemme.

Ich fuhr in der Regel von morgens um acht bis abends um sechs oder sieben. In den ersten beiden Wochen überstieg mein Tagesumsatz kaum einmal 2 Dollar, von denen mir nur die Hälfte blieb, doch mit wachsender Routine kam ich bald auf einen Schnitt von etwa 40 Dollar im Monat. Viel war das nicht, reichte aber zum Überleben. Für die Nachtschichten wurde das Taxi von einem jungen Polen übernommen, der tagsüber in einer Wäscherei arbeitete und offenbar nie schlief. Manchmal tauschten wir die Schichten oder fuhren Doppelschichten, wenn einer von uns sich freinehmen wollte oder mußte. Das war zwar illegal, interessierte aber niemanden, am wenigsten O'Brady, der mit mir zufrieden war.

Dennoch kam meine letzte Tour bereits nach zweieinhalb Monaten. An einem sehr kalten, aber schneefreien Abend im Dezember hatte ich nach der Tagesschicht auch die Nachtschicht übernommen, weil der Pole ein Mädchen ausführen wollte. Gegen zehn Uhr erwischte ich eine lukrative Tour nach Massapequa auf Long Island, wo ich mich nicht gut auskannte, aber mein Fahrgast half mir bei der Orientierung. Es war ein älterer, soignierter Herr, der sich nach meiner Herkunft erkundigte, selber schon mehrfach in Deutschland gewesen und von deutscher Musik begeistert war, insbesondere von Mozart und Brahms. Über Politik äußerte er sich nicht direkt, machte aber abschätzige Bemerkungen über Richard Wagner, den er zu bombastisch fand und als musikalischen Hochstapler bezeichnete, der die passende Begleitmusik zu den derzeitigen deutschen Verhältnissen liefere. Er wohnte in einem Landhaus im Tudorstil, das etwas heruntergekommen wirkte, umgeben von einem verwilderten Garten, gab mir ein ungewöhnlich hohes Trinkgeld und wünschte viel Glück.

Ich setzte den Wagen rückwärts aus der Einfahrt, vorbei an entlaubten Bäumen, die trotz vollkommener Windstille zu schwanken schienen und zersplitterte Aststümpfe schwarz zum Himmel reckten. Auf der Straße passierte ich düstere Hecken, verfallene Scheunen und Stallungen, geriet im vorstädtischen Labyrinth in eine Sackgasse, bog irgendwo falsch ab, verfuhr mich vollständig in der Dunkelheit und landete schließlich im Bereich eines kleinen Piers oder Hafens. Am Rand des schwach erleuchteten Platzes gab es eine Tankstelle mit einem Diner, vor dem mehrere Autos parkten, auch einige Taxis. Die rote Leuchtschrift verhieß *Joey's Gas & Food*.

Ich stellte den Wagen ab, ging hinein, setzte mich an den Tresen, bestellte Kaffee und ein Sandwich. Nach einer Weile kamen zwei Männer in den Laden, die sich suchend umsahen, auf den Tresen zusteuerten, sich grußlos links und rechts neben mich auf die Barhokker setzten und Bier bestellten.

»Ist das Ihr *Checker Cab* da draußen, Mister?« fragte der Linke, ohne mich anzusehen.

Ich nickte kauend. »Ganz recht.«

»Und was treibt Sie hierher?« fragte der Rechte.

Ich schluckte. »Ich habe mich verfahren und suche den Highway Richtung Queens.«

»Den können wir Ihnen gern zeigen«, sagte der Linke. »Kommen Sie mal mit uns raus vor die Tür.«

»Ich bin noch nicht ganz fertig«, sagte ich.

Der Rechte faßte mich grob am Arm. »Raus hier!«

Sie stießen mich vor sich her, durch die Tür, deuteten auf die geparkten Taxis. »Haben Sie keine Augen im Kopf, Mister?«

»Ich ... wieso?«

»Hier parken nur *Yellow Cabs*.«

Jetzt hatte ich begriffen, aber es war zu spät. Sie zerrten mich hinter das Gebäude auf einen dunklen Hof und schlugen mich zusammen. Ich erwachte am nächsten Morgen in einem Krankenhausbett. Unterkühlt, mit zwei gebrochenen Rippen, Gehirnerschütterung, gebrochenem Nasenbein und Prellungen im Gesicht. Mein ausgebranntes Taxi wurde zwei Tage später an der Südspitze Long Islands in den Dünen zwischen East Hampton und Montauk gefunden.

O'Brady besuchte mich im Krankenhaus. Ich nahm an, daß er mich für den entstandenen Schaden haftbar machen wollte, aber das Taxi war versichert, und er schien sogar stolz auf mich zu sein. »Jetzt bist du ein echter Checker, Jules«, sagte er grinsend. »Fürs nächste Mal weißt du Bescheid.«

Es gab kein nächstes Mal. Ich kündigte. Die polizeilichen Ermittlungen ergaben nichts. Vielleicht wurden auch keine angestellt.

»So läuft das eben«, sagte Al trocken, »*that's the way it goes*«, als ich, aus dem Krankenhaus entlassen, wieder in der Pension erschien und er mir ein Bier spendierte.

(* 3)

Hamburg, am 4. Dezember 1935

Mein lieber Junge!

Papa und ich sind glücklich, daß Du es dort drüben jenseits des Ozeans so gut getroffen hast und alles nach Deinen Wünschen verläuft. Wir verstehen zwar nicht recht, welche Aufgaben Du für die Universität in New York zu erledigen hast, aber wenn Du zufrieden bist, sind wir es auch.

Ich hoffe, daß unser Gruß Dich bis Weihnachten erreicht, das wir wie in jedem Jahr feiern werden, nicht gerade christlich, aber doch auf die alte, deutsche Art. Na, Du kennst das ja. Du mußt uns unbedingt schreiben, wie man in Amerika feiert. Eigentlich wollten wir über die Feiertage und den Jahreswechsel wieder einmal in die Berge fahren, aber der Arzt hat Papa körperliche Anstrengungen verboten. Es ist also leider nichts mehr mit dem Skilaufen.

Vielleicht ist es auch ganz gut, wenn wir zu Hause bleiben. Das Geschäft läuft zwar weiterhin zufriedenstellend, Papa will sogar ein neues Auto anschaffen, aber die Bedingungen werden nicht leichter. Du hast gewiß von diesen unseligen Nürnberger Gesetzen gehört, die kurz nach Deiner Abreise in Kraft gesetzt wurden. Papa meint, sie betreffen uns gar nicht so sehr, weil wir keine nichtjüdischen, weiblichen Angestellten beschäftigen, aber Papa ist wie immer ein bißchen zu optimistisch.

Unser Herr Granach hat sich seit Deiner Abreise ungünstig verändert. Er nimmt sich neuerdings mehr heraus, als ihm zusteht. Vor vierzehn Tagen hat er Papa angesprochen, ob er ihm nicht das Geschäft verkaufen wolle, was Papa natürlich abgelehnt hat. Ich habe übrigens aus der Nachbarschaft das Gerücht gehört, daß Granach in die Partei eingetreten sein soll. Er trägt jedoch kein Abzeichen, und als Parteimitglied könnte er doch wohl kaum noch in einem jüdischen Geschäft arbeiten. Es ist alles sehr undurchsichtig und manchmal auch beängstigend. Aber ich will Dich nicht erschrecken. Alles in allem geht es uns doch gut.

Du weißt, daß ich keine große Briefeschreiberin bin, und ich muß mich jetzt auch ums Essen kümmern. Bekommst Du auch immer gut zu essen? Auf dem Foto, das auf dem Schiff gemacht wurde und das Du uns geschickt hast, siehst Du etwas blaß aus, machst aber eine fabelhafte Figur.

Laß bitte bald wieder von Dir hören und vergiß nicht, uns mitzuteilen, ab wann Du endlich in Norddakota sein wirst.
Ich umarme und grüße Dich aus vollem Herzen, und Papa schließt sich dem an.
Deine Mama

Weihnachten verbrachte ich im Krankenhaus. Als ich entlassen wurde, war mein »Vermögen« auf 30 Dollar zusammengeschrumpft. Ich zog aus der Pension aus und nahm mir in China Town ein Zimmer, das nur 70 Cent am Tag kostete. Es lag direkt über einer Wäscherei mit Heißmangel, roch nach Seife und Stärkemittel, war beständig klamm und ließ sich kaum heizen. Zum Glück hatte mir mein polnischer Taxikollege einen mit Waschbärenfell gefütterten Mantel verkauft, zu einem Spottpreis; vermutlich war es Diebesgut. Den Mantel trug ich in diesem Winter bei Tag und Nacht, im Zimmer und auf der Straße. Er hat mich durch den schlimmen Winter 1935/36 und durch so manchen kalten Winter in Vermont gebracht, und ich habe mich nie von ihm trennen können. Er hängt in meinem Haus in Centerville. Hier brauche ich ihn nicht. Das Gefängnis wird gut geheizt.

Ich machte mich wieder auf Arbeitssuche und fand einen Job als Fahrstuhlführer in einem Hotel in Midtown. Nach einem Monat wurde mir gekündigt, weil ich ohne Uniformmütze, die ich zu Hause vergessen hatte, zum Dienst antrat. *That's the way it goes.* Ich kam in der Stadt herum. Ich kam herunter. Ich arbeitete als Tellerwäscher in einem Coffeeshop am Times Square. Teller glitten endlos durch meine Finger, Geruch nach heißem Seifensud und Essensresten. Zweimal rundherum mit dem Lappen, eintauchen, abschwenken und aufs Gestell stapeln. Der Koch, ein jähzorniger Ire und fanatischer Katholik, der mich von dem Tag an schikanierte, an dem ich ihm erzählt hatte, jüdischer Herkunft zu sein, stellte mir eines Tages ein Bein, als ich mit einem Tellerstapel in der Hand durch die Küche lief. Dreißig Teller gingen zu Bruch. Der Besitzer warf mich raus. *That's the way it goes.* Ein jüdischer Auktionator für Antiquitäten und Gebrauchtmöbel stellte mich als Preistreiber ein. Nach der vierten Auktion kündigte er mir mit aufrichtigem Bedauern und der Begründung, mein »goischer Kopf« und deutscher Akzent seien so auffällig, daß Stammkunden mich als Preistreiber erinnerten. *That's the way it goes*. Ich lief als lebende Litfaßsäule, als sogenannter Sandwichmann, Werbung für eine Cocktailbar mit angeschlossenem Bordell. Die Bezahlung war so schlecht, daß ich es nach acht Tagen aufgab. Ich überlegte, zu den mageren Fleischtöpfen von O'Bradys *Checkers* zurückzukehren, aber die Erinnerung an den Hinterhof von *Joey's Gas & Food* schmerzte zu sehr. Der Frühling kam. Ohne Waschbärenfell bot ich mit einem Bauchladen Schlipse und Hemdkragen vor Grand Central Station feil. Ich brachte es nicht über mich, anpreisende Worte in die Menge zu brüllen. Nachdem ich in zwei Wochen kaum ein Dutzend Schlipse an den Mann gebracht hatte, verkaufte ich Bauchladen samt Ware mit Verlust an einen Griechen und hatte anschließend noch 8 Dollar und 30 Cent in der Tasche. Ich dachte daran, meine Eltern um eine telegrafische Geldanweisung zu bitten, kam jedoch auf keine plausibel klingende Lüge, die ihre Sorgen um mich gedämpft hätte.

Der Grieche, der meine unverkäuflichen Schlipse übernahm, erinnerte mich aber an Van, den Barkeeper aus Samos. Van hatte damals erzählt, daß er ein Restaurant eröffnen wollte. Vielleicht hatte er einen Job für mich? Im Telefonbuch war kein Restaurant *Samos* gelistet. Ich lief ziellos durch die Straßen. Ich wanderte mit Menschenmassen im Neonlicht, trieb durch sich mischende Ströme, vorbei an strahlenden Schaufenstern und Spielsälen, in denen Blechroboter karge Löhne verschluckten, vorbei an Krüppeln und tief Gesunkenen, die auf dem Pflaster hockten und mir die Hände entgegenstreckten. Ich hatte nichts mehr zu vergeben. Reklamen blühten, Restaurants lockten, Waren wurden ausgerufen. In schummrigen Hausdurchgängen warteten Bilder und Magazine mit halbnackten Mädchen. Kinos sogen Teile der Ströme in ihr Dunkel, Bars in ihr Zwielicht.

Ich fand das Restaurant *Samos*. Es war geschlossen, die Fensterscheiben mit Papier verklebt. An der Tür hing ein Schild: *Open soon. Greek food and wine. Reasonable prices.* Ich setzte mich auf eine der leeren Gemüsekisten, die auf dem Bürgersteig lagen, und wartete. Niemand kam.

Mit der U-Bahn fuhr ich zum Hotel, in dem ich vor einem halben

Jahr angekommen war. Mein Anzug war noch derselbe, nun aber abgetragen und ausgebeult. An der Rezeption musterte man mich mißtrauisch, verbot mir aber nicht den Zutritt zur Bar, in deren Dämmer sich nur wenige Gäste verloren. Van stand hinterm Tresen, polierte Gläser und erinnerte sich an mich. Weil seine Geschichte mich damals so berührte, hatte ich ihm ein ungewöhnlich hohes Trinkgeld gegeben. So etwas vergaß man nicht in jenen Zeiten. Ich gratulierte ihm zu seinem Restaurant. Er strahlte. In einer Woche würde die Eröffnung zu feiern sein. Er lud mich ein zu kommen. Ich fragte nach Arbeit.

Er lachte. »Wenn ich Arbeit zu vergeben hätte, wäre ich reich. Im Restaurant wird meine Frau kochen. Und ich bediene. Für mehr reicht es nicht.«

»Ich verstehe«, sagte ich, überlegte, ob ich mir einen Drink leisten konnte, und bat um ein Glas Wasser.

Er gab mir ein Schälchen Oliven dazu, als hätte ich Wein bestellt, und sah mich nachdenklich an. »Sie kommen aus Deutschland«, sagte er. »Ihr Englisch ist gut. Sprechen Sie noch mehr Sprachen?«

»Etwas Französisch«, sagte ich, »wieso?«

»Warten Sie einen Moment«, sagte er, verschwand durch eine Hintertür und kam nach wenigen Minuten mit dem Hotelmanager zurück.

Der Manager musterte mich aus zusammengekniffenen Augen wie eine schadhafte Ware. »Sie suchen Arbeit?«

»Ja, Sir.«

»Van meint, Sie könnten seinen Job übernehmen. Er ist ja leider nur noch eine Woche hier. Und der Mann, der ihn ersetzen sollte, ist krank geworden. Trauen Sie sich so eine Arbeit zu?«

»Ich ... ja, Sir, ich denke ...«

»Van wird Sie ab morgen einarbeiten. Während der Einarbeitungszeit bekommen Sie kein Gehalt. Anschließend arbeiten Sie zwei Wochen auf Probe, zum halben Gehalt. Wenn wir mit Ihnen zufrieden sind, können Sie bleiben. Okay?«

Ich nickte stumm, konnte mein Glück kaum fassen, fragte nicht einmal nach der Höhe des Gehalts. Van klopfte mir auf die Schulter. Viel hätte nicht gefehlt, und ich wäre ihm zu Füßen gefallen.

Dreizehn Jahre später, im November 1949, als ich an einem Historikerkongreß in New York teilnahm, habe ich ihn wiedergesehen. Ich ging nach Soho ins Restaurant *Samos*, das prächtig florierte, und erkundigte mich bei einem der vier oder fünf Kellner nach dem Chef. Vangelis Kostadinidis, inzwischen würdig wohlbeleibt und glänzend kahlköpfig, kam an meinen Tisch und wußte auf Anhieb, wer ich war. Ich gab ihm ein Geschenk, das ich bei einem Vermonter Goldschmied in Auftrag gegeben hatte: einen kleinen, goldenen Anhänger in Form eines Paars Schuhe.

11

IM SCHNELLKOCHTOPF

Steinbergs Bemerkungen, als Exilant von Sprache zu Sprache verschlagen und Opfer mangelnder Sprachkompetenz geworden zu sein, notierte Carlsen sich. Solche Sätze ließen sich im Übersetzerkurs verwenden, auf jeden Fall aber beim kreativen Schreiben, mußten die Studenten doch deutsch schreiben, für sie also eine Fremdsprache, und da konnte es Probleme geben, wenn sie nicht das schrieben, was sie schreiben wollten, sondern nur das, was sie konnten. Vielleicht zwangen diese Einschränkungen aber auch zu größerer Klarheit und Lakonie, weshalb Zuckmayer in seinem Brief von der fremden Sprache als Scheidewasser, das Überflüssiges wegätze, gesprochen hatte.

Aber Carlsen beließ es nicht bei Zitaten. Indem er aus Steinbergs Manuskript exzerpierte, veränderte er Formulierungen, ließ aus, fügte hinzu. Nach der einschlägigen Passage hielt er auch nicht inne, sondern bearbeitete das Manuskript weiter, behutsam erst wie ein wohlmeinender Lektor. Doch schon nach wenigen Seiten behandelte er Steinbergs Aufzeichnungen als ein fremdsprachiges Original, das er mit großer Freiheit und Selbstverständlichkeit in seine eigene Sprache entführte und dabei umformte. Und schließlich blühte Carlsens eigene Autorschaft zwischen und über den Zeilen von fremder Hand immer üppiger auf.

Als er das Geschriebene auf dem PC abspeichern wollte und überlegte, welchen Titel er der Datei geben sollte, dämmerte ihm, was er da tat. Er hatte begonnen, sich Steinbergs Manuskript nicht nur materiell, sondern auch geistig anzueignen. Bedenken kamen. Plagiat war überall und grundsätzlich eine üble Sache; am College galt sie zu Recht als intellektuelle Todsünde. Übel waren allerdings auch Schreibblockaden. Vielleicht ließ sich die Sache als das verwerten, was sie war: ein Fundstück, bearbeitet und herausgegeben von Moritz Carlsen.

An der Zufahrt zum Haus standen zwei abgestorbene Bäume, so vollständig von Efeu überwuchert, daß man ihre Konturen kaum noch erkannte und es den Anschein hatte, als hielte sie nur noch das hemmungslos zum Licht strebende Efeu aufrecht. Und hinterm Haus blühten auf einem vergessenen Komposthaufen prächtige Kürbisse. Carlsen starrte die Tastatur an, tippte *Fundstück* und schloß die Datei.

Im Leben hängt manchmal alles von einem einzigen Wort ab. Einmal gewählt und gesprochen, lenkt es das Folgende in eine Bahn, die zuvor nicht absehbar oder geplant war. Damals zum Beispiel, als Carlsen seine Frau im Streit gefragt hatte, ob sie sich etwa scheiden lassen wollte? Er hatte mit keiner Antwort gerechnet oder, wenn doch, mit einem kleinlauten Nein. Es kam aber das Ja, das das Jawort ihrer Eheschließung für immer aufhob. Das Beispiel wäre ein guter Einstieg in die Sitzung des Übersetzerkurses gewesen, aber was ging die Studenten sein Familienstatuts an? Weniger als nichts. Andererseits – wäre dies Beispiel nicht auch ein Signal? Vielleicht würde es blasierte, gelangweilte Blicke in einen interessierten Augenaufschlag verwandeln?

Derlei abweiges, kaum bewußtes Wunschdenken ging Carlsen durch den Kopf, als er die Fotokopien der beiden deutschen Übersetzungen von Salingers *Der Fänger im Roggen* an die Studenten verteilte. Ihm geltende Blicke zeigten bestenfalls akademisches Interesse, und natürlich sagte er nicht, was er dachte.

»Abgesehen von Irrtümern, grammatischen Fehlern oder falscher Wortwahl«, sagte er vielmehr, »können Kategorien wie *Richtig* und *Falsch* für Übersetzungen nicht gelten. Denn Übersetzungen sind nicht nur anderssprachige Versionen eines Originals, sondern auch dessen Interpretation und Kommentar. Der Kommentar ist aber immer an die sprachliche Zeitgenossenschaft des Übersetzers gebunden, und die Interpretation kann dazu führen, einen Text perspektivisch neu zu konstruieren. An Bölls und Schönfelds Salinger-Übersetzungen läßt sich das exemplarisch zeigen. Im Originaltext läßt Salinger nämlich seinen Helden Holden Caulfield einen imaginären Adressaten ansprechen, und zwar in Form des englischen *you*. Das *you* eröffnet nun aber gleich fünf deutsche Möglichkeiten: Erstens das allgemeine, unpersönliche *man*; in Ansprache von Einzelpersonen zweitens das persönliche *du* und drittens das formelle *Sie* der Höflichkeitsform; in Ansprache mehrerer Personen viertens das *ihr* und fünftens das wiederum höfliche *Sie*. Wenn Sie jetzt bitte mal die Übersetzung Bölls ansehen wollen. Für welche Möglichkeit hat er sich entschieden?«

»*Sie*«, sagte Brian. »Das höfliche *Sie*.«

»Danke, Brian. So ist es. Und ist das ein *Sie* im Plural oder im Singular?«

Höfliches Schweigen im Raum. Papiergeraschel.

»Das läßt sich nicht zweifelsfrei feststellen«, sagte Lauren. Nicht zweifelsfrei! Die Juristin hatte gesprochen.

»Sehr richtig, Lauren. Und auch wichtig. Indem Böll sich nämlich für das *Sie* entschied, ließ er offen, ob die Ansprache einer einzelnen Person oder sozusagen dem geneigten Publikum galt. Jedenfalls konstruierte dies *Sie* eine reizvolle Distanz zwischen Caulfields Erzählung und dem oder den Angesprochenen, die wegen der formellen Anrede vom Leser als Erwachsene zu denken sind. In dieser Version spräche Caulfield also zu jener Generation, gegen die er rebelliert. Der Roman wird damit zu einem Legitimationsversuch seines Verhaltens gegenüber der Gesellschaft.«

»Eine Art Verteidigung«, sagte Lauren.

»Absolut richtig«, sagte Carlsen. »Und was macht nun Schönfeld in seiner Neuübersetzung?«

»Der macht ihr«, sagte Aaron, der Lyriker, ohne von seinen Notizen aufzusehen.

»So ist es. Er wählt den persönlichen, informellen Plural als Anrede. Holden Caulfield spricht in dieser Version also zu einem Kreis von Vertrauten, zu seinesgleichen. Und so bekommt der Roman nun den Gestus eines intimen Verständigungstextes innerhalb einer bestimmten Generation.«

Die meisten Studenten sahen Carlsen an, aufmerksam zwar, aber in einigen Augen sah er Fragezeichen, die Aaron ohne aufzublicken auf den Punkt brachte, indem er sagte: »Ja und?«

Carlsen überlegte. »Im Leben«, sagte er lächelnd, »hängt manchmal alles von einem einzigen Wort ab. Vielleicht kennen Sie solche Situationen. Aber in der Literatur und bei literarischen Übersetzungen hängt immer alles von den Worten ab. Und manchmal, wie in diesem Fall, eben auch von einem einzigen. Dies eine Wort lenkt dann die Geschichte in die vom Autor gewünschte und geplante Bahn. Dies Geplante ist einer der Unterschiede zwischen der Literatur und dem wirklichen Leben.«

Hockis scharfe Rückhand war für Carlsen unerreichbar. Der Ball traf die Außenlinie, prallte gegen den Zaun, der die einzelnen Tennisplätze abteilte, und rutschte durch den schadhaften Maschendraht auf den Nachbarplatz.

»Treffer«, sagte Hocki. »Immer dasselbe Loch.«

Carlsen ging zum Zaun. Nebenan spielten zwei Frauen. Er rief und winkte ihnen zu, deutete auf den Ball. Eine der beiden Frauen kam zum Zaun, bückte sich, hob den Ball auf, sah Carlsen in die Augen, lächelte und sagte: »Oh, Sie sind das.« Es war die Frau aus der Bibliothek. Die Frau mit dem Kaugummi, dessen Pfefferminzduft ihm in die Nase gestiegen war.

»Ja«, Carlsen lächelte zurück. »Ich bin's. Und Sie sind's.«

In Shorts und naßgeschwitztem T-Shirt sah sie noch besser aus als hinterm Ausgabetresen. Auf dem T-Shirt stand *If it's physical it's therapy*, *physical* und *therapy* rundlich betont und erfreulich hervorgehoben. Sie warf den Ball über den Zaun.

»Danke«, sagte er. »Vielleicht können wir auch mal zusammen spielen.«

»Warum nicht«, sagte sie.

»Ich heiße Moritz«, sagte er.

»Ich weiß.«

»Woher wissen Sie das?«

Sie lachte. »Sie haben doch Ihren Namen auf meine Tastatur geschrieben.«

»Auf Ihre Tastatur? Ach so, ja ...«

»Ich bin Liz. Wir sehen uns dann«, sagte sie, wandte sich mit leichtem Hüftschwung vom Zaun weg, drehte sich noch einmal um und winkte ihm mit dem Schläger zu.

»Laß uns mal 'ne Pause machen«, schlug Hocki vor.

Sie setzten sich auf eine Bank im Baumschatten und tranken Wasser. Obwohl der Herbst schon in den Nächten lauerte, war es tagsüber sommerlich heiß. Hocki nahm sein Stirnband ab und wrang es aus. Schweiß tropfte auf den Boden.

»Kennst du die?« fragte Carlsen und deutete in Richtung des Nachbarplatzes.

Hocki nickte.

»Hast du gesehen, was auf ihrem T-Shirt steht?«

»Ja, ich weiß«, sagte er.

»Irgendwie ja ganz witzig«, sagte Carlsen.

»Wie man's nimmt«, sagte Hocki kühl. »Gefällt sie dir?«

»Klar. Dir etwa nicht? So wie die aussieht?«

Hocki zog die Stirn in schwere Falten. »Doch, doch«, sagte er, »ich bin ja nicht aus Eis. Aber laß die Finger weg von der.«

»Weil sie Linkshänderin ist und damit zu einer Minorität gehört?« witzelte Carlsen.

»Nicht ganz, aber ...« Hocki grinste gequält. »Du hast doch neulich beim Empfang Sandra Collins kennengelernt, diese Amerikanistin, die dauernd von Feminismus und *Genderstudies* redet. Die hatte mal 'ne Affäre mit der schönen Liz.«

»Lesbisch? Die? Nie!«

»Wart's ab«, sagte Hocki, »ich bin noch nicht fertig. So eine Affäre wäre eigentlich gar nicht der Rede wert. Das College ist wie ein Druckkocher, ähm, wie nennt man diese Töpfe, die man fest verschließt, diese ...«

»Schnellkochtopf?«

»Genau. Ein Schnellkochtopf der Emotionen. *Anyway*. Auf dem Campus blühen die Bäume nur im Frühling, aber die Neurosen blühen das ganze Jahr und die Intrigen und Affären erst recht. Und sprechen sich wie ein Feuerlauf rum. Also auch die Geschichte mit Sandra und Liz. Das Problem dabei war, daß Liz damals Sandras

Studentin war. Und Affären zwischen Fakultätsmitgliedern und Studenten sind eine Todsünde am College. Die Sache flog auf, großer Skandal, großes Geschrei, Sandra bekam Riesentrouble, sollte gefeuert werden. Aber sie hat sich einen cleveren Anwalt besorgt, und der hat dann die Minoritätenkarte gezogen und den Speer, äh, den Spieß umgedreht: Diskriminierung Homosexueller! Und weil die *Diversity*-Politik des Colleges alles fördert, was Minorität ist, sich dafür hält oder gerne wäre, ist Sandra irgendwie damit durchgekommen. *Anyway*. Die Pointe dieser Geschichte kommt aber erst jetzt. Es hat sich nämlich später herausgestellt, daß Liz gar nicht lesbisch ist, sondern heterosexuell. Und zwar ziemlich aktiv, wie man so durch die Reben hört. Sie hat sich nur deshalb mit Sandra eingelassen, weil sie bessere Noten rausschänden, äh, schinden wollte.«

»Starkes Stück«, sagte Carlsen. »Ist Liz denn immer noch Studentin?«

Hocki schüttelte den Kopf. »Sie macht schon seit drei Jahren den Job in der Bibliothek.«

»Dann bin ich ja beruhigt«, sagte Carlsen.

»Wieso beruhigt?«

»Wegen der Ausrichtung von Liz' *Physical Therapy*.«

»Laß es sein, Moritz«, sagte Hocki ernst. »Sonst klemmst du dir den Schwanz in der Tür. Sagt man das so? Wenn du romantische oder hormonelle Wallungen hast, halt dich vom College fern. Das verwandelt sich nämlich manchmal aus dem Schnellkochtopf in eine Schlangengrube. Hier geht es korrekt zu. Kennst du die Steigerungsformen von correct? Nein? Correct, more correct, college. Alles, was auch nur im entferntesten nach Diskriminierung riecht, fällt unters Korrektheitstabu, zum Beispiel auch Witze. Es gibt ja eigentlich keine Witze, sie mögen noch so harmlos sein, die nicht irgendwie diskriminierend sind. Deswegen ist der Campus so eine witzlose Zone. Vielleicht gilt das bald fürs ganze Land.«

Hockis Gesicht hatte sich leicht gerötet. Er sprach leise, aber Carlsen spürte, wie wütend er war. Je länger er redete, desto fehlerfreier wurde sein Deutsch, als griffe das Korrektheitsgebot auf seine Sprache über.

»Diese multikulturelle und multiethnische Gesellschaft, diese

Diversity um jeden Preis, funktioniert nur unter Strafandrohung bei Regelverstoß. Korrektheit ist der Deckel auf dem Schnellkochtopf, in dem es verdammt gefährlich brodelt. Man hat jetzt angefangen, Zigaretten und Raucher von Schallplattencovern zu retouchieren. Stell dir das vor: McCartney hat auf *Abbey Road* keine Zigarette mehr in der Hand. In der *New York Times* stand neulich ein Artikel über einen historischen Roman, der im 19. Jahrhundert in den Südstaaten spielt. Aber in diesem Roman wird nie das Wort Neger benutzt, von Nigger ganz zu schweigen, obwohl das damals gängiger Sprachgebrauch war. So zerstört politische Korrektheit jeden Realismus und endet schließlich in Geschichtsklitterung.«

Hocki setzte die Wasserflasche an die Lippen und trank in großen Schlucken. Liz und ihre Tennispartnerin hatten inzwischen zu spielen aufgehört und flanierten lächelnd und winkend an Carlsen und Hocki vorbei. *If it's physical it's therapy.*

»Und was hat das alles mit dieser Liz zu tun?« fragte Carlsen und warf ihr einen Blick nach.

»Das ist eine, die dir schöne Augen macht, und kaum schaust du zurück, verklagt sie dich wegen *Sexual Harassment*. Und wenn du nicht zurückschaust, verklagt sie dich wegen Diskriminierung. Ich hab dir doch erzählt, wie sie Sandra aufs Kreuz gelegt hat. Du kannst dir gar nicht vorstellen, weswegen die Leute hier Klagen anstrengen. Gegen Noten, die als ungerecht empfunden werden, wird alle Naselang geklagt. Farbige Studenten empfinden mäßige Noten grundsätzlich als Rassendiskriminierung und laufen zum *Harassment Officer*, wenn sie ein B bekommen. Das ist schon fast Routine. Neulich ist ein Student auf dem Baseballfeld in ein Maulwurfsloch getreten und hat sich den Fuß gebrochen. Er verklagt das College auf Schadensersatz. Eine betrunkene Studentin fällt bei einer Party im Dorm die Treppe runter. Obwohl Partys mit Alkohol auf dem Campus gar nicht erlaubt sind, verklagen ihre Eltern das College. Ein Student kriecht auf einem abschüssigen Parkplatz unter sein Auto, weil er etwas reparieren will, zieht die Handbremse nicht richtig fest, wird von seinem eigenen Auto überrollt, verklagt das College und bekommt in letzter Instanz recht. Und so weiter, und so fort. Da könnte man Romane drüber schreiben. Absurd. Und diese absurde Streitlust auf juristischer, besonders auf zivilrechtlicher Ebene hängt wiederum eng mit dem Korrektheitswahn zusammen. Vor Gericht werden nämlich häufig die Konflikte ausgetragen, die das alltägliche Miteinander nicht mehr bewältigt, weil Konflikte immer irgendwen diskriminieren. Die Rechtsanwälte dürfen dafür dann um so härter zur Sache kommen. Sie sprechen ja nicht als Personen, sondern als Instanzen für Personen und dürfen die Sau rauslassen, die sonst im Pferch der *Correctness* siecht. Und die Anwälte verdienen sich dumm und dämlich dabei. Frag mal die Dings, die bei dir im Kurs sitzt.«

»Lauren?«

»Genau. Die ist doch Anwältin. Die könnte dir was erzählen.«

»Ich kann mir aber nicht denken, daß sie mir ihre Kontoauszüge zeigt«, sagte Carlsen.

Hocki lachte.

»Wenn man dich so reden hört«, sagte Carlsen, »könnte man auf die Idee kommen, daß es dir hier nicht mehr gefällt.«

»Doch«, sagte Hocki entschlossen, »es gefällt mir. Ich hab hier mein Glück gefunden oder gemacht oder irgendwie beides. Meine Familie. Meine Karriere. Und meinen Frieden. Ich halte mich an die Spielregeln. Mir will niemand was Böses. Ich tue niemandem was Böses. Als ich kam, war Nixon am Ruder. Das war ja kein Ruhmesblatt. Dann haben wir Reagans Staatsschauspielerei ertragen. Im Rückblick war das vielleicht gar nicht so übel, harmlos irgendwie. Grenada war eine miese Operette, aber der Krieg im Irak ist ein realer Horrorfilm. Die Leichen der Söhne Saddams hat man in den Medien ausgestellt, wie man früher die Köpfe erlegter Feinde auf Lanzen aufgespießt hat. *Anyway*. Und dazwischen dann aber die Clinton-Jahre. Die waren wirklich großartig. Mir ist ein Präsident lieber, der eine dümmliche und dickliche Praktikantin vögelt und deshalb zu öffentlichen Lügen gezwungen wird, als einer, der öffentlich lügt, um Krieg führen zu können.«

Hocki sah sich um, räusperte sich und dämpfte die Stimme, als fürchtete er, beobachtet oder belauscht zu werden.

»Jetzt müssen wir eben mit dem kleinen Bush zurechtkommen. Und das ist schon übler. Manchmal hat man ja das Gefühl, daß so eine Art neuer McCarthyismus umgeht. Manchmal fragt man sich, ob der als Selbstverteidigung verkaufte Neoimperialismus der Regierung nur das nach außen geschwungene Schwert ist, das eigentlich nach innen zielt, um die Bevölkerung hinter die Fahne zu zwingen, auf Linie zu bringen, Bürgerrechte zu demontieren und jeden Widerspruch als Landesverrat zu denunzieren. *We support our troops.* Patriotismus als Volksverdummung. Wo alle gleich denken, denkt niemand besonders viel. Schwamm drüber. Ich kann ja schließlich nicht ständig ein- und auswandern, wenn die Präsidenten wechseln. Andererseits ist es mir doch ein gewisser Trost, daß Millionen anderer Amerikaner von dieser Regierung auch nicht viel halten. Bis heute ist ja die Frage offen, ob dieser Präsident die Wahl überhaupt gewonnen hat. Die Mehrheit der Stimmen hat er jedenfalls nicht bekommen. Na ja, *anyway*.« Hocki streifte sich wieder das Stirnband über und griff zum Schläger. »Spielen wir noch 'nen zweiten Set?«

12

Julius Steinbergs Aufzeichnungen
Heft 4

Das *Hudson Hotel* befand sich Ende der 102. Straße West, vom Flußufer nur durch den verkehrsreichen Riverside Drive getrennt, in einem sechzehnstöckigen Gebäude. Im Erdgeschoß waren Rezeption, Lobby, die Bar und ein Diner mit einem separaten Eingang zur Straße, während die Zimmer im zehnten, elften und zwölften Stock lagen, von wo man jenseits des Flusses die Industrieanlagen und ins Land wuchernden Vororte New Jerseys liegen sah. Obwohl das Management durchaus auf Sauberkeit bedacht war, wirkte das Hotel verstaubt und sanierungsbedürftig. Es gab ständig Probleme mit den Heizungen und der Warmwasserversorgung, die sanitären und elektrischen Installationen waren überaltert, und manchmal blieb auch einer der drei Fahrstühle stecken. Die Preise waren entsprechend moderat, weshalb das Hotel bei Handelsvertretern und kleinen Geschäftsleuten, die in New York zu tun hatten und ihre Spesenrechnungen unter Kontrolle halten mußten, sehr beliebt war. Manchmal stiegen hier auch Reisegruppen ab, Vereine oder Sportclubs aus der Provinz, die übers Wochenende Metropolenluft schnuppern wollten. Außerdem gab es Gäste, wie auch ich vorübergehend einer gewesen war – Durchreisende, die in New York ankamen und weiter nach Westen wollten, oder solche, die nach New York kamen und auf ihre Einschiffung warteten. Wegen solcher Gäste hatte Van mich nach meinen Sprachkenntnissen gefragt, und ohne diese Kenntnisse hätte ich den Job vermutlich nicht bekommen; daß ich den Job schließlich wieder verlor, *weil* ich Deutsch verstand, gehört zu den manchmal kuriosen, manchmal bitter-ironischen Wendungen, die meinen Weg durch Amerika prägten.

Die vorerst letzte dieser Wendungen brachte mich hinter Gitter. Verglichen mit dem Zimmer, das ich damals bewohnte, ist meine Zelle allerdings fast schon komfortabel. Als ich neulich für einige Schichten in der Gefängniswäscherei eingeteilt wurde, trieb der Geruch von billiger Seife, heißem Dampf und Mottenkugeln die Erinnerung an jene handtuchbreite, muffige Kammer in China Town mit solcher Gewalt in mir auf, daß ich mich übergeben mußte.

Die bescheidene, stets in ein gnädiges Zwielicht getauchte Hotelbar aber kam mir wie der Himmel auf Erden vor. Der Engel Vangelis hatte mich hineingeführt und offenbarte mir seine Geheimnisse. Die Getränkekarte führte zwar exotische Drinks und Cocktails mit phantastischen Namen, wurde von den Gästen aber eher als eine Art Märchenbuch angesehen. Bestellt wurden neben Bier eigentlich nur Highballs mit Scotch, Bourbon oder Sour Mash, meistens auf, selten ohne Eis, sowie Gin and Tonic und natürlich die unvermeidlichen Martinis. Nachdem er mich eingearbeitet hatte, enthüllte mir Van am Tag seines Abschieds aus dem Hotel feierlich das größte Geheimnis.

»Amerikaner glauben«, sagte er mit gedämpfter Stimme, »daß ein Martini gerührt und nicht geschüttelt werden soll, daß man den Martini verdirbt, wenn man den Cocktail schüttelt. Mir war es stets ein heiliges Vergnügen, die armen, kleinen Cocktails nicht zu verderben, bis mir einmal ein englischer Journalist, der im Hotel wohnte, die richtige Methode erklärt hat. Er hat nämlich gesagt, man müsse einen Martini sehr kräftig schütteln, heftig, auf und ab mit entschlossenen Bewegungen, bis sich Gin und Wermut zu einer schaumigen Mixtur verbinden. Er sagte, daß in diesen düsteren Zeiten die Amerikaner dazu tendieren, einen Cocktail in zwei Schlukken hinunterzukippen, der Wirkung wegen. Die Prohibition haben sie überstanden, aber die Wirtschaftskrise noch nicht. Also kippen sie gerührte Martinis, die stark wirken, aber wie Sirup schmecken, weil sie eigentlich nur purer Gin mit Wermut sind. Doch nur in einem geschüttelten Cocktail können sich die verschiedenen Zutaten vollständig miteinander verbinden, so daß man im Ergebnis einen schaumigen Drink bekommt, den man fast wie Champagner schlürfen kann. Oder wie Wein von Samos.«

Und damit entschwand Vangelis in sein eigenes Himmelreich namens *Samos* und gab die Hotelbar in meine Hände. Ich gewöhnte mich schnell ein und überstand die Probezeit zur Zufriedenheit des Managements. Das Grundgehalt war niedrig, wurde nach drei Monaten jedoch leicht angehoben, und zusammen mit den Trinkgeldern erzielte ich bald ein Einkommen wie zu meiner Zeit als Taxifahrer. Mein Dienst begann nachmittags um fünf und dauerte, bis der letzte Gast die Bar verließ. An Wochenenden kam ich manchmal erst im Morgengrauen ins Bett. Montags hatte ich frei und wurde dann von einem der Fahrstuhlführer oder Hotelpagen vertreten.

Einer dieser Fahrstuhlführer war ein kleiner, rundlicher Schwarzer namens Luther Jackson, der stets gute Laune versprühte und im Hotel sehr beliebt war. Er war humorvoll und selbstironisch, und seinen Lieblingswitz erzählte er jedem: »*What's this? Runs on six legs and screams: ho-dee-dough, ho-dee-dough!*« Wenn man dann ratlos mit den Schultern zuckte, gab Luther die Antwort: »*Three niggers tryin' to catch the elevator*« und lachte dabei so ansteckend, daß selbst die mitlachten, die den Witz gar nicht verstanden. Ich verstand ihn natürlich auch nicht, bis Luther mir erklärte, daß »*Ho-dee-dough*« im schwarzen Slang »*Hold the door*« heißen sollte. Und als ich dann verlegen lächelte, lachte er noch lauter.

Eines Tages erzählte ich Luther, daß ich endlich mein schäbiges Zimmer in China Town aufgeben wollte und auf der Suche nach einer besseren Unterkunft war. Er bot mir sofort ein Zimmer zur Untermiete in seiner Wohnung in Harlem an. Die Bevölkerung des Stadtteils war in den dreißiger Jahren noch sehr gemischt, wenn auch der Anteil der Schwarzen überwog und ständig zunahm. Natürlich gab es Vorurteile, Diskriminierungen und Animositäten zwischen Schwarz und Weiß, aber zu Unruhen, offenen Feindseligkeiten oder gewalttätigen Auseinandersetzungen kam es damals kaum. Ich hatte auch davon gehört, daß zwischen Schwarzen und Juden angeblich eine auf Gegenseitigkeit beruhende Abneigung bestand, wovon ich jedoch nie etwas bemerkte – übrigens bis heute nicht –, jedenfalls nichts, was von den Schwarzen ausgegangen wäre.

Im übrigen wußte Luther gar nicht, daß ich jüdischer Abstammung war. Er fragte mich nicht danach, und ich sah keinen Grund, es ihm zu erzählen. Er war schwarz. Und ich war weiß. Das war der Unterschied. Beide arbeiteten wir hart, um im Strudel New Yorks nicht unterzugehen. Das war unsere Gemeinsamkeit. Ein anderer Standardwitz von Luther ging so: »*What do you get when you work your fingers to the bone?*« Und die Antwort: »*Bony fingers*« war eigentlich gar nicht lustig. Ich würde mir das Zimmer ansehen.

Luther wohnte in der 132. Straße an der Ecke zur Lenox Avenue. Als ich mit der U-Bahn hinfuhr, verpaßte ich den richtigen Halt und landete weiter nördlich an der Endstation. Aber wer sich verläuft oder Umwege macht, steigert seine Ortskenntnisse. Die Gegend wirkte wie kahlgeschlagen. Vielleicht waren die freien Flächen Spekulationsobjekte oder Baustellen, vielleicht auch nur eine innerstädtische Brache, ein Niemandsland. Der Wind wehte Staub durch die Luft, es roch brandig. Für einen Moment hatte ich das Gefühl, daß alles aus Staub und Sand war, nicht nur diese triste Gegend, sondern die ganze Stadt. Aus Sand gebaut. Auf Sand gebaut. Und indem ich mir den Staub aus den Augenwinkeln wischte, war auch ich nur ein Sandkorn im Nirgendwo.

Die letzten Abschnitte der Lenox Avenue waren gesäumt von vernagelten Vorstadthäusern und Slumkasernen aus Rotklinker, zwischen denen halbverfallene Villen von vergessenem oder aufgegebenem Bürgerstolz zeugten. Hier hausten nur noch Gleichgültigkeit und Verkommenheit. Männer durchsuchten Müllhalden, schwarze Jugendliche strolchten in Banden herum, musterten mich feindselig. Ein streunender Hund lief mir nach. Ich hastete nach Süden. Block für Block fühlte ich mich sicherer. Vor einer Kneipe, aus der elegische Jazzmusik wie warmer Dunst über die Straße trieb, stand breitbeinig ein schwarzer Polizist. Ich atmete auf und ging langsamer, passierte Straßen und Häuser, die bessere Zeiten gesehen hatten, überall Risse und bröckelnder Putz am baufälligen Fassadenprunk, hinter dem sich jetzt eine schnell wachsende Gegengesellschaft eingerichtet hatte, eingeklemmt zwischen kleinbürgerlicher Bescheidenheit und lumpenproletarischem Elend.

Noch weiter südlich empfingen mich die schwarzen und gemischten Gesichter städtischer Normalität. Arme, die Karren schoben, Reiche, die aus Luxuslimousinen stiegen, spielende Kinder und Müßiggänger auf Haustreppen, Läden, Schaufenster und Auslagen. Vielleicht waren die Waren etwas schäbiger, die Preise niedriger als in den weißen Straßen. Die Kundschaft war dunkelhäutig, doch die Ladenbesitzer waren häufig weiß. Begegnete man einem weißen Passanten, tauschte man flüchtige Blicke, verständnisinnig, solidarisch und verunsichert. Aus einem Hotel kam eine in flammendes Rot gekleidete Dame, einen weißen Pudel an der Leine. Auch das Haar der Dame war rot gefärbt und hüpfte wie eine Flamme auf ihrem schönen, dunklen Kopf. Afrika war die Vorzeit längst vergessener Ahnen. Harlem war die Gegenwart. Vielleicht war es die Zukunft Amerikas.

Die Jacksons wohnten im fünften Stock eines Mietshauses aus rotem Backstein, verziert mit verrußten Sandsteinfriesen, das Mitte des 19. Jahrhunderts errichtet worden war. Der Eingang befand sich zwischen einem Second-Hand-Laden für Bekleidung und einem Drugstore. Die hölzernen Treppenstufen waren ausgetreten, das Geländer wackelte bedenklich. Aus den Wohnungstüren, die von den Treppenabsätzen abzweigten, drang Kindergeschrei, Geruch von Hühnerbrühe und scharfen Gewürzen. Von ganz oben, vielleicht vom Dach, war ein einsames, klagendes Saxophon zu hören. Ich lauschte einen Augenblick, glaubte, die Melodie zu erkennen, *muß i denn, muß i denn*, aber es war etwas anderes, Fremdes, und es gefiel mir.

Luther und seine Frau Manley, die halb so dick, aber einen Kopf größer als Luther war und mit ihrem turbanartigen Kopftuch noch größer wirkte, begrüßten mich wie einen alten Freund. Ihre Wohnung, die vor 50 Jahren wohl noch als gutbürgerlich gegolten hatte, war geräumig, aber seit mindestens 50 Jahren nicht mehr renoviert worden. Die Türen und Fenster klemmten, die Tapeten waren rissig und verblichen, die hellgescheuerten Fußbodendielen knarrten, der vergilbte Stuck an den Zimmerdecken bröckelte.

Das Zimmer, das sie mir anboten und das weniger kosten würde als die Pension in Little Italy, hatte bis vor kurzem ihr Sohn bewohnt, der ausgezogen war, nachdem er einen Job als Möbelpacker in Newark gefunden hatte. Zwei jüngere Töchter, die noch zur Schule gingen, teilten sich ein anderes Zimmer, und neben dem Elternschlafzimmer gab es einen recht großen und hellen Wohnraum, der durch einen offenen Durchgang mit der Küche verbunden war. Die Wohnung war heruntergekommen, wirkte aber sauber und strahlte eine freundliche Atmosphäre aus, die ich, ohne es recht zu bemerken, vermißte: ein Zuhause. Auf dem Eßtisch standen Blumen. Als Vase diente eine große Konservendose, aber es waren frische Blumen. Und als Manley mir ein Glas selbstgemachter Limonade vorsetzte, zögerte ich nicht länger, holte noch am gleichen Tag meine Koffer aus China Town und zog ein.

Manley arbeitete tagsüber als Servierin in einem Diner gegenüber dem *Apollo Theatre* an der 125. Straße. Die Töchter waren dann in der Schule und kamen erst am Spätnachmittag zurück. Da auch Luther zumeist Tagesschichten schob, traf sich die Familie erst wieder zum Abendessen. Zu dem Zeitpunkt stand ich bereits hinter der Hotelbar, und wenn die Familie morgens aufstand, schlief ich noch, so daß ich in der Wohnung oft allein war. Manley ließ jedoch immer Frühstück für mich auf dem Küchentisch stehen, und so, wie sie ihrem Luther täglich ein Sandwichpaket mit zur Arbeit gab, lag auch vom ersten Tag an ein Sandwichpaket für mich bereit. Als ich deshalb eine höhere Miete zahlen wollte, lehnte Manley entrüstet ab. Ein Untermieter war für sie eine Art Adoptivkind.

Wenn ich je in meinem Leben eine Person kennengelernt habe, für die das Wort von der »Herzensgüte« zutreffend war, dann war es diese schlichte Frau. Für den Humor in der Familie war Luther zuständig; Manley erledigte wie selbstverständlich den Rest. Sie war völlig ungebildet, konnte kaum lesen und schreiben, redete nicht viel, folgte einfachen Prinzipien – Ehrlichkeit, Sauberkeit, Anständigkeit, Fleiß – und erwartete von der Welt lediglich das gleiche. Gäbe es eine amerikanische Medaille für Wohlanständigkeit, müßte auf ihrer schwarzen Seite Manleys Konterfei mit dem königlichen Kopftuchturban eingeprägt sein. Die von liberalen Weißen und kämpferischen Schwarzen vorgebrachten Forderungen nach Rassengleichheit und Bürgerrechten hielt sie für unerfüllbares Wunschdenken, für Träume. Sozialisten? »Predigen ein falsches Paradies, das nie kommt.« Gewerkschaften? »Rufen zu Streiks auf und sind korrupt.« Pastoren? Das war etwas anderes. Ganz vertrauen mochte Manley ihren Geistlichen auch nicht, empfand aber Respekt.

Da sie mich für christlich hielt, mißfiel es ihr allerdings, daß ich sonntags nicht zur Kirche ging. Sie versuchte zwar nicht, mich zu missionieren, betete aber vermutlich im stillen für mein Seelenheil. Als jedoch die ältere Tochter Glenice konfirmiert wurde und ich zu den Feierlichkeiten eingeladen wurde, konnte ich mich dem Gottesdienst nicht entziehen. Der ziegelgotische Bau sah aus wie eine Garnisonskirche in Norddeutschland. Ich war zu Fuß gekommen, aber die Jacksons ließen sich zur Feier des Tages in einer betagten *Tin Lizzy* vorfahren. Da ausschließlich in schwarzer Lackierung geliefert wurde, soll Henry Ford über sein legendäres Automobil gesagt haben: »*You can have it in any color as long as it's black.*«

Ich drückte mich am Portal herum, wollte nicht auffallen, wollte nicht stören, aber schon kamen Verwandte, Bekannte, Nachbarn auf mich zu, auch die schwarzen Kirchenvorstände, würdige Gestalten im Ornat, und alle begrüßten mich wie den verlorenen Sohn. Sie schüttelten mir, dem Fremden, dem von Übersee hergewehten Weißen, freundschaftlich die Hand und komplimentierten mich in eine der vorderen Bänke. Ihre Liebenswürdigkeit war überwältigend. Eine süßlich nach billigem Parfüm oder Erdnußbutter duftende Dame reichte mir mit huldvollem Augenaufschlag ein Gesangbuch. Das Harmonium, bedient von einer dürren, gutwillig-streng blickenden Frau, begann zu quengeln. Alle standen auf und lobten Gott in einem inbrünstigen Chor. Ich starrte stumm ins Gesangbuch und bemühte mich, fromm auszusehen. Dann kamen die Kinder in gestärkten, schneeweißen Hemden, lächelnde Ebenholzgesichter, und sangen auch. Ein weißhaariger Prediger trat auf, sprach erst gemessen, wurde feuriger und schleuderte schließlich Blitz und Donner wie ein wahrer Prophet. Der Sammelbeutel ging herum. Ich ließ ein 25-Cent-Stück klingen, für die Sonntagsschule vielleicht oder die Mission oder den armen, kranken Nächsten.

Nach dem Gottesdienst gab es im Gemeindehaus nebenan einen Empfang mit Truthahnsandwiches und Limonade. Der feurige Prediger schüttelte mir feurig die Hand und schlug mir vor, der Gemeinde beizutreten. Ich druckste herum, errötete, antwortete verlegen, eigentlich in Europa zu wohnen und dort bereits einer Kirche anzugehören. In seinem Gesicht las ich Enttäuschung. Er sah mich traurig an, und ich glaube, es war Trauer über meine Lüge. Schließlich verneigte er sich und sagte, mein Besuch sei der ganzen Gemeinde eine Ehre gewesen. Ich stand beschämt da – nicht ausgeschlossen, aber auch nicht zugehörig.

Der kürzeste Weg von Harlem zum *Hudson Hotel* führte durch den Central Park. Nachts war der Park natürlich zu meiden, aber wenn ich nachmittags zur Arbeit ging, nahm ich den Nordeingang an der 110. Straße, verließ den Park wieder am Westausgang und mußte dann nur noch durch die 100. Straße bis zum Hotel laufen. Zwischen den Hainen und Grünflächen, den Teichen und Spielplätzen fühlte ich mich wohl, und die Wolkenkratzer, die den Park umgaben, wirkten manchmal gar nicht mehr herrisch und abweisend, sondern wie Schlösser und Burgen vor romantischer Landschaft.

An einem milden, aber düsteren Nachmittag im November, als die Dämmerung schon früh einsetzte, nasse Nebelschwaden die Büsche und Bäume zu grauen Schemen verschwimmen ließen und den Park in einen klammen Dschungel verwandelten, war kaum noch ein Passant zu sehen. In einiger Entfernung sah ich jedoch einen Mann vor mir, der offenbar gehbehindert war. Jedenfalls stützte er sich auf einen Spazierstock, hielt gelegentlich an, blickte sich um, als suche oder erwarte er etwas, und hinkte langsam weiter. Als ich ihn schließlich einholte, warf er mir unter der tief ins Gesicht gezogenen Hutkrempe einen prüfenden Blick zu. Ich ging zügig an ihm vorbei und wollte bereits zum Westausgang abbiegen, als aus der Gegenrichtung zwei Männer im Laufschritt angehastet kamen. Sie nahmen keine Notiz von mir, sondern hielten bei dem Mann mit dem Spazierstock an, der jetzt etwa fünfzig Meter hinter mir ging. Sie gestikulierten heftig, schienen auf ihn einzureden, schoben und drängten ihn gewaltsam vom Hauptweg in einen dunkleren Seitenpfad.

Die Szene wirkte bedrohlich, aber warum sollte ich mich einmischen? Das konnte auch für mich bedrohlich werden, und außerdem mußte ich pünktlich in der Hotelbar sein. Was ging dieser Mann mich an? Ich ging schneller, doch im Klopfen meiner Schritte auf dem Asphalt stieg die Erinnerung an schwere Stiefelschritte auf. Schritte im Treppenhaus. Riemer und ich lauschen verängstigt und feige hinter der Wohnungstür. Durch den Türspion sehe ich den Journalisten Meyerbeer, eingerahmt von zwei SA-Schlägern. Was hätten wir tun können, ohne uns selbst zu gefährden? Nichts. Oder vielleicht doch? Hatte nicht auch der Student, der das Plakat an die Tür meines Dienstzimmers heftete, kläglich das Feld geräumt, als ich fast unfreiwillig standhaft geblieben war?

Ich machte kehrt, zögernd, dann schneller, bog in den Seitenpfad ein. Sie saßen auf einer Bank, der Gehbehinderte in der Mitte, die beiden anderen redeten auf ihn ein. Ohne die Szene zuvor wäre es ein friedliches Bild gewesen. Aber wer setzte sich in dieser nässetriefenden Dämmerung freiwillig auf eine Bank im Central Park? Als sie mich kommen sahen, hörten die beiden Männer zu reden auf, zogen die Hutkrempen tiefer ins Gesicht, blickten teilnahmslos vor sich. Ich wußte nicht, was ich tun, was ich sagen sollte, hielt an, vermied die Blicke der beiden Männer, sah den Gehbehinderten an und sagte einfach: »Brauchen Sie Hilfe?«

Er nickte kaum merklich. Die beiden Männer schienen einen Moment lang unentschlossen.

»Gehen wir«, sagte dann einer, stand auf, der andere folgte ihm, wandte sich noch einmal um und sagte drohend: »Wir sehen uns noch, Conrad.« Sie verschwanden schnell in der Dämmerung.

Ich setzte mich auf die Bank und merkte, daß der Mann zitterte. Er nahm seinen Hut ab und wischte sich mit einem Taschentuch Schweiß von der Stirn. Er hatte dichte, graue Haare und mochte vielleicht sechzig Jahre alt sein.

»Danke«, flüsterte er, »ich bin Ihnen sehr verbunden.«

»Wollte man Sie ausrauben?« fragte ich.

Er schüttelte den Kopf. »In gewisser Hinsicht ... nein, eigentlich nicht. Ich kann Ihnen das nicht erklären. Sie würden vielleicht ... Sie haben mir jedenfalls sehr geholfen.«

»Kann ich noch etwas für Sie tun?« fragte ich.

»Nein, danke«, sagte er, »oder vielleicht doch. Wenn Sie mich vielleicht bis zum Taxistand am Ausgang des Parks begleiten könnten? Falls meine, nun ja, falls diese Typen noch einmal auftauchen sollten.«

Am Taxistand lieh der Mann sich vom Fahrer Stift und Zettel, notierte etwas und gab mir den Zettel. »Hier ist meine Telefonnummer. Falls ich irgend etwas für Sie tun kann. Falls ich mich revanchieren kann. Suchen Sie vielleicht Arbeit?«

»Nein, danke, ich habe einen Job, und deswegen habe ich es auch sehr eilig.«

»Trotzdem«, sagte er beim Einsteigen, »man kann ja nie wissen. Fragen Sie dann einfach nach Charly. Charles Slattery. Das bin ich.«

»Wieso Charles?« sagte ich. »Man hat sie doch eben mit Conrad angesprochen. Wir sehen uns noch, Conrad, hat dieser …«

Er überlegte einen Moment und lachte dann. »Er hat nicht Conrad gesagt, sondern *Comrade*. Und wiedersehen möchte ich ihn auf keinen Fall. Sie schon eher.«

Das Taxi fuhr an. Comrade. Genosse also. Wessen Genosse? Ich hatte keine Zeit, weiter darüber nachzudenken, hastete zum Hotel, kam zum ersten und einzigen Mal zu spät zur Arbeit und handelte mir eine Abmahnung des Hotelmanagers ein. Die hatte ich also dem Genossen Charly zu verdanken. Daß ich Charles Slattery bald noch viel mehr zu verdanken haben sollte, Gutes und Schlechtes, ahnte ich nicht.

Ein halbes Jahr später, im März 1937, mieteten sich drei Männer aus Deutschland im *Hudson Hotel* ein. Schon am ersten Abend erschienen sie in der Bar und setzten sich an den Tresen. Einer von ihnen sprach steifes Schulenglisch und gab die Bestellungen auf. Ich ließ mir nicht anmerken, daß ich ihre auf deutsch geführten Gespräche verstand. Unauffällig, aber gut gekleidet, höflich und in der fremden Umgebung leicht unsicher, wirkten sie wie Geschäftsleute aus der Provinz, die zum ersten Mal in Amerika waren. Angereist waren sie nicht per Überseedampfer, sondern mit dem Zeppelin, und schwärmten nun in den höchsten Tönen vom Erlebnis dieser

Luftreise. Wegen der enorm hohen Preise waren diese Reisen allerdings nur für sehr Wohlhabende erschwinglich, und Leute, die sich solche Reisen leisten konnten, stiegen üblicherweise nicht in der freundlichen Verstaubtheit des *Hudson* ab, sondern in Suiten erstklassiger internationaler Hotels an der Südseite des Central Parks. Da sie sich auch angeregt über sportliche Ereignisse unterhielten und offenbar viel von den Olympischen Spielen im vergangenen Jahr mitbekommen hatten, hielt ich sie für Sportfunktionäre oder Journalisten.

Als das Gespräch aufs Rudern kam, geriet ich in Versuchung, mich einzumischen, da ich als Schüler und Student in einem Hamburger Club gerudert hatte und als Crewmitglied eines Vierers sogar einmal norddeutscher Vizemeister geworden war. Aber ich verkniff mir jede Bemerkung, weil mir diese Leute auf diffuse Weise suspekt waren, obwohl keiner von ihnen das knopfgroße, rot geränderte Hakenkreuz am Revers trug. Es waren also keine Mitglieder der NSDAP, oder falls doch, wollten sie ihre Mitgliedschaft hier nicht demonstrieren.

Von New York schienen sie tief beeindruckt zu sein, und der Englischsprechende erkundigte sich mehrfach bei mir nach Sehenswürdigkeiten, die sie besuchen wollten. Ich antwortete knapp und höflich, fürchtete, an meinem Akzent als Deutscher erkannt zu werden, und als die Rede aufs Empire State Building kam, sagte einer der Männer: »Das höchste Gebäude der Welt? Wird höchste Zeit, daß der Führer ein höheres baut.«

Sie lachten. Ich duckte mich hinter den Tresen und machte mich an der Zinkwanne zu schaffen, in der die Eiswürfel lagen, bis das Gelächter verstummt war.

Als sie schließlich gingen, ließen sie die Rechnung auf eins ihrer Zimmer schreiben, ohne mir ein Trinkgeld zu geben. Daß anders als in Deutschland in den Staaten das Trinkgeld obligatorisch und fester Bestandteil des Gehalts von Kellnern und Barkeepern ist, wußten sie vielleicht gar nicht. Dennoch erbitterte mich die Knauserigkeit meiner Landsleute.

Am nächsten Tag quartierten sich zwei Amerikaner im Hotel ein, einer aus Tennessee unter dem Namen Miller, der andere aus

Pennsylvania unter dem Namen Jones. Wie sich herausstellte, waren sie hier mit den drei Deutschen verabredet, trafen sie sich doch gleich nach ihrer Ankunft in der Lobby und verließen gemeinsam das Hotel. Abends erschienen sie dann zu fünft in der Bar und setzten sich ganz ans Ende, wo der Tresen in einem rechten Winkel auslief. Die Nische war bei den Gästen beliebt, weil man sich dort ungestört unterhalten und zugleich den ganzen Raum überblicken konnte.

Zu meiner Überraschung wurde das Gespräch auf deutsch geführt. Miller und Jones, deren Namen zu unauffällig waren, um nicht auffällig zu sein, sprachen das typische, stark amerikanisierte Deutsch, das Immigranten der zweiten oder dritten Generation sprechen, wenn in ihren eingewanderten Eltern- oder Großelternhäusern noch die mitgebrachte, aber langsam in Vergessenheit und diffuses Heimweh absinkende Muttersprache benutzt wurde.

Sie unterhielten sich anfangs mit gedämpften Stimmen über Belanglosigkeiten, tranken eine Runde Martinis, stiegen dann auf Bier um, wurden lauter und sorgloser. Ich verstand nicht jedes Wort, kam aber schnell hinter den Grund dieser merkwürdigen Zusammenkunft und vermied es dann erst recht, mir anmerken zu lassen, daß ich ihrem Gespräch folgen konnte. Denn Miller und Jones entpuppten sich als Abgesandte jener Deutschen Heimatvereine, die unterm Deckmantel deutscher Traditionspflege in den USA eine nationalsozialistische Organisation aufzubauen versuchten – was übrigens 1937 nicht einmal illegal war; offiziell verboten wurden diese Aktivitäten erst beim Kriegseintritt der USA. Illegal war aber zweifellos, daß die Gruppen in Tennessee und Pennsylvania mit dem Ku-Klux-Klan zusammenarbeiteten und im Begriff waren, als Deutscher Turnerbund getarnte, bewaffnete Milizen oder, wie einer der Deutschen sich ausdrückte, Freikorps aufzustellen. Das Weltbild dieser Leute erinnerte mich an die Hetztiraden, mit denen Reverend Coughlin während meiner Überfahrt in die Staaten die Atmosphäre vergiftet hatte, angereichert mit den übelsten Naziparolen. Und da Coughlin sich als Radioprediger inzwischen wachsender Beliebtheit erfreute, mochte sich der von ihm abgesonderte geistige Unrat auch in den Köpfen von Jones und Miller abgelagert haben. Sie faselten von der Verniggerung und Verjudung Amerikas, angeführt vom Juden »Rosenfeld«, von einer aus Moskau gesteuerten Verschwörung bolschewistischer Elemente und insbesondere der Gewerkschaften. Nach und nach bekam ich mit, daß die drei Deutschen offenbar Agenten der NSDAP waren, in die Staaten entsandt, um Kontakte zu knüpfen und sich ein Bild von den Umtrieben und der Schlagkraft ihrer amerikanischen Anhänger zu machen. Am nächsten Morgen wollten sie per Bahn erst nach Pittsburgh weiterreisen und von dort nach Nashville, um sich mit eigenen Augen davon zu überzeugen, ob diese Aktivitäten nicht nur mit Wohlwollen und ideologischem Rat, sondern auch mit finanziellen Mitteln zu unterstützen wären.

Ihre Spesenkasse schien allemal gut gefüllt zu sein. Sie tranken enorme Mengen, ließen sich zwischendurch aus dem *Diner* Essen bringen, rauchten teure Zigarren und gerieten zunehmend in eine Mischung von ausgelassener Kameradie und Deutschtümelei. Jones stimmte irgendwann das *Lied von der Loreley* an, »Ich weiß nicht, was soll es bedeuten«. Er sang es zwar mit seinem amerikanischen Akzent, aber mit großer Innigkeit und einem schönen, wohl im Männerchor seines Heimatvereins geschulten Bariton. Warum sang er nicht das *Horst-Wessel-Lied* oder eine andere, barbarische Nazihymne? Warum ausgerechnet die *Loreley*? Warum ausgerechnet Heine? Warum »daß ich so traurig bin?« Während die wenigen noch in der Bar sitzenden Gäste ganz entzückt zuhörten, verdrückte ich mich im Lagerraum und kam erst wieder zum Vorschein, als der Applaus verklungen war.

Miller fixierte den Namenszug auf der Brusttasche meiner Hoteluniform und sagte: »Was ist denn mit Ihnen los, Jules? Sie sehen plötzlich so blaß aus. Hat Ihnen das Lied etwa nicht gefallen?«

»Ich ... na ja, eigentlich höre ich lieber Jazz.«

Miller lachte gutmütig und übersetzte meine Antwort für die Deutschen.

»Jazz?« schnappte einer. »Hat er Jazz gesagt? Urwaldgeräusche für Affen. Negermusik. Gibt's in Deutschland nicht mehr. Wird's auch nie wieder geben.«

Ich war innerlich aufgewühlt, konnte kaum noch an mich halten, biß mir aber auf die Zunge und war froh, an einen der Tische gerufen zu werden, wo man zahlen wollte. Als ich wieder hinterm Tresen stand, ließen diese entsetzlichen Menschen mich aber in Ruhe und gaben sich lieber ihren alkoholbefeuerten Größenwahnphantasien von einem nationalsozialistischen Amerika hin.

Punkt zehn Uhr abends betrat Luther Jackson die Bar und tat, was er immer tat, wenn seine Schicht beendet war. Er setzte sich an die Bar, um vor dem Heimweg ein Feierabendbier zu trinken. Ich plauderte mit ihm, zapfte ein Pint. Zitternd stieg der Schaum im Glas hoch, schwappte über. Mit dem Holzspatel wischte ich über den Rand und schob Luther das Glas über den Tresen.

Im Erker am anderen Ende der Bar wurde es immer stiller. Die fünf Männer stießen sich gegenseitig an, schauten zu uns herüber, steckten tuschelnd die Köpfe zusammen. Schließlich rutschte Miller von seinem Barhocker, kam schwankend, mit hochrotem Gesicht und einem erloschenen Zigarrenstumpen im Mund auf uns zu, lehnte sich neben Luther an den Tresen, würdigte ihn aber keines Blicks, sondern fixierte mich mit glasigen Augen.

»Hör mal, Jules«, lallte er, »hör jetzt mal ganz genau zu.«

»Ich höre, Sir.«

»Soviel ich sehe, bist du doch 'n zivilisierter, weißer Mann, oder?«

»Ich denke schon, Sir.«

»Na also.« Miller nickte mit geheuchelter Jovialität. »Dann weißt du ja sicher auch, daß es nicht üblich ist, daß ein Weißer einen verdammten Nigger bedient.«

»Nein, Sir.«

»Nein? Was heißt nein?«

»Ich kenne kein Gesetz, das …«

»Gesetz?« Miller spuckte den Zigarrenstumpen auf den Boden und wandte sich an seine Freunde. »Habt ihr das gehört? Jules redet vom Gesetz.« Sie lachten. Er beugte sich über den Tresen und wollte mich am Revers meiner Jacke packen, aber ich wich zurück. »In diesem Land, verstehst du, in Gottes eigenem Land braucht man kein Gesetz, um zu wissen, daß ein Weißer keine Nigger bedient.«

Ich blinzelte Luther zu, und er verließ die Bar, was Miller gar nicht zu registrieren schien.

»In diesem Land«, pöbelte er weiter, »muß ein gottverdammter Scheißnigger dankbar sein, wenn er einen Weißen bedienen darf. Ist ... das ... klar?«

»Nein, Sir.«

»Nein? Wieso nein? Hörst du schlecht? Verstehst du etwa kein Englisch?«

»Ich höre Sie, Sir. Sie reden ja laut genug.«

Miller nickte wieder, merkte, daß Luther verschwunden war, verlor ersichtlich die Lust am Krawall und wandte sich schulterzuckend wieder seinen Kumpanen zu.

Doch dann machte ich in meiner Empörung über diesen Abschaum einen folgenschweren Fehler, indem ich langsam und prononciert auf deutsch sagte: »Und mein Englisch dürfte allemal besser sein als Ihr verkommenes Deutsch.«

Miller blieb wie angewurzelt stehen. Die Viererkamarilla im Erker starrte mich an, irritiert, nervös, fassungslos, wie ertappt.

»Habt ihr das gehört?« rief der Englischsprechende. »Der Mann kann Deutsch! Dann hat er ja alles verstanden, worüber wir hier verhandelt haben.« Er stieg vom Barhocker, ging hinter den Tresen und machte ein paar Schritte auf mich zu. »Wieso können Sie Deutsch, Mensch?«

»Das geht Sie einen Scheißdreck an. Und verschwinden Sie hinter der Bar und setzen sich wieder hin. Sonst werfe ich Sie alle raus.«

»Uns rauswerfen?« sagte ein anderer lauernd. »Sie sind doch garantiert einer dieser miesen Emigranten. Einer von denen, die wir aus Deutschland rausgeworfen haben. Und jetzt spionieren Sie uns hier auch noch hinterher.«

»Kommunistenschwein!«

»Niggerknecht«, schrie Jones.

»Elende Judensau!« geiferte der Englischsprechende, griff nach einer Whiskeyflasche im Regal, hielt sie wie eine Keule am Hals fest, schwang sie und machte einen schnellen, aber unsicheren Schritt auf mich zu.

Ich wich dem Mann aus. Vom eigenen Schwung vorwärts gerissen, stolperte er, schlug mit dem Gesicht gegen die Tresenkante, sackte zu Boden und blieb leise stöhnend in einer Lache aus Whiskey und Scherben liegen.

Seine Freunde drängten jetzt ebenfalls hinter den Tresen und wollten auf mich losgehen – aber in diesem Moment erschien der Hotelmanager in der Bar, gefolgt von einem Polizisten und Luther, der geahnt hatte, daß die Situation eskalieren würde, und Alarm geschlagen hatte. Der gestürzte Mann rappelte sich schwerfällig auf, hielt sich die Hände vor die blutende Nase. Ich gab ihm ein Handtuch, das er sich vors Gesicht drückte.

»Brauchen Sie einen Arzt?« erkundigte sich der Manager.

Der Mann schüttelte den Kopf.

»Was ist hier los?« fragte der Polizist, ein gemütlich wirkender, fülliger Mann mit Schnauzbart.

Jones, der von den fünfen noch der nüchternste zu sein schien, zeigte mit dem Finger auf mich. »Der Barkeeper hat uns beleidigt und sich dann geweigert, uns zu bedienen.«

»Beleidigt? Wie denn?« fragte der Polizist.

»Er hat uns als Nazis beschimpft. Und als Anhänger des Klan.«

»Als Nazis?« Der Polizist nahm seine Dienstmütze ab, kratzte sich den Hinterkopf und wandte sich an mich. »Was sagen Sie dazu, Sir?«

»Unfug«, sagte ich. »Diese Leute haben erst Mr. Jackson beleidigt«, ich deutete auf Luther, »dann haben Sie mich beleidigt und bedroht, und schließlich ist dieser Mann da auf mich losgegangen.«

»Gibt es irgendwelche Zeugen?« fragte der Polizist.

Ich sah mich im Raum um. Die vier oder fünf Gäste, die an den Tischen gesessen und den Vorfall vielleicht beobachtet haben konnten, hatten sich aus dem Staub gemacht. Ich zuckte mit den Schultern.

»Will jemand Anzeige erstatten?« erkundigte sich der Polizist und blickte in die Runde.

»Ich denke, darauf können wir verzichten«, sagte Jones.

»Will jemand mit aufs Revier kommen und irgend etwas zu Protokoll geben?«

»Auf keinen Fall«, sagte Miller hastig.

»Dann ist ja alles geklärt«, sagte der Polizist grinsend. »Ich schlage vor, daß die Gentlemen jetzt besser zu Bett gehen.«

Die Gentlemen trollten sich wortlos. Sie waren wohl sehr erleichtert, nichts zu Protokoll geben und am Ende womöglich vor einem Richter aussagen zu müssen. Der Hotelmanager bot dem Polizisten ein Bier an.

»Ich bin im Dienst«, sagte der Polizist, »aber was soll's?«

Nachdem der gute Mann sein Bier getrunken hatte und gegangen war, forderte mich der Manager auf, zu berichten, was vorgefallen war. An seinem Gesichtsausdruck war abzulesen, daß er die Geschichte von drei per Zeppelin aus Deutschland eingeflogenen Naziagenten, die hier mit amerikanischen Nazis zu einem konspirativen Treffen zusammengekommen waren, für eine phantasievolle Ausrede hielt. Als ich auch noch den Ku-Klux-Klan erwähnte, lächelte er wissend, als hätte er es in mir mit einem harmlosen Paranoiker zu tun. Daß Miller mir wegen Luther an die Gurgel gehen wollte und rassistisch gepöbelt hatte, schien er zwar für glaubwürdig zu halten, sagte aber: »Ein guter Barkeeper hat dafür zu sorgen, daß solche Situationen erst gar nicht entstehen. Schlägereien sind das letzte, was das *Hudson Hotel* braucht.«

Ich war gefeuert – gefeuert, weil ich Deutsch verstand und im falschen Moment Deutsch gesprochen hatte.

Während meines Aufenthalts in New York im Jahr 1949, bei dem es zum Wiedersehen mit Vangelis in seinem Restaurant kam, wollte ich auch die Familie Jackson besuchen. Harlem war inzwischen fast völlig schwarz geworden. Ich fühlte mich unsicher und bedroht, obwohl mir niemand zu nahe trat. Das Haus an der Lenox Avenue wirkte noch heruntergekommener als früher, auf den Stufen hockten Halbwüchsige in Sporttrikots und blickten mich feindselig an. Im Treppenhaus waren Fensterscheiben eingeschlagen, auf manchen Treppenabsätzen lag Müll. Nachdem ich geklopft hatte, wurde hinter der Wohnungstür ein Riegel aufgeschoben, und die Tür öffnete sich einen Spalt. Ein etwa vierzigjähriger Schwarzer musterte mich mißtrauisch. Ich nannte meinen Namen und mein Anliegen.

»Jacksons? Keine Ahnung. Warum wollen Sie das wissen?«

»Ich habe hier ein paar Monate bei ihnen gewohnt. Vor zwölf Jahren, nachdem ich eingewandert war. Aus Deutschland.«

Ich weiß nicht mehr, warum ich auf die Idee kam, dem Mann zu sagen, daß ich aus Deutschland stammte, aber es erwies sich als gute Idee.

»Sie kommen aus Deutschland?« sagte er nämlich in sehr viel freundlicherem Ton, öffnete die Tür ein Stück weiter, hielt aber die Sperrkette noch geschlossen. Ich sah jetzt, daß er über einer ausgebeulten Trainingshose eine Army-Jacke trug.

»Ja, aber das ist schon lange her. Ich bin inzwischen US-Bürger.«

»Ich war auch in Deutschland«, sagte er, »in Frankfurt und Hanau.«

»Ich verstehe«, sagte ich, »Sie waren da als Soldat. Hat es Ihnen …, nun ja, gefallen?«

»Gefallen? Komische Frage irgendwie. Aber kommen Sie doch rein.«

Er klinkte die Kette aus und ließ mich eintreten. In der Wohnung hatte sich kaum etwas verändert, immer noch das durchgesessene Sofa mit den verschossenen Polstern im Fenstererker, immer noch die sechs Stühle um den wackeligen Küchentisch, auf dem Manley die Lunchpakete für Luther und mich abgelegt hatte. Der Mann forderte mich auf, Platz zu nehmen, und bot mir eine Flasche Bier an. Der Kühlschrank war neu.

»Ich bin Otis«, sagte der Mann, und dann lachend auf deutsch: »Prosit!«

Wir tranken einen Schluck. Er wischte sich mit dem Handrücke Bierschaum von der Oberlippe und begann zu erzählen. Er hatte die Invasion in der Normandie mitgemacht, dankte Gott, sie überlebt zu haben, hatte sich mit seiner Einheit durch Frankreich gekämpft und war bei Kriegsende als Besatzungssoldat in Frankfurt stationiert worden.

»Und wissen Sie was? Es hat mir tatsächlich gefallen. Das, was von Deutschland übrig war. Frankfurt war nur noch ein Trümmerhaufen, und den Leuten ging es dreckig. Erst hatten sie Angst vor uns, aber dann sind wir uns nähergekommen. Die Leute waren wirklich nett. Von Nazis weit und breit keine Spur. Vielleicht waren sie auch nur so nett, weil wir all diese Dinge hatten, die sie nicht hatten. Genug zu essen, Zigaretten, Schokolade, Whiskey, Kaugummi.

Am nettesten waren die Kinder. Und die Mädchen, die Frolleins, verstehen Sie?«

Er kniff ein Auge zu und schmunzelte. »Ich bin mit einem deutschen Mädchen verlobt. Annemarie. Aus Hanau.« Er nahm ein gerahmtes Foto vom Küchentresen, auf dem er in Uniform Arm in Arm mit einer fülligen Blondine zu sehen war. »Als ich aus Deutschland abgezogen wurde, haben wir uns verlobt. Sie wird bald in die Staaten nachkommen. Ich warte auf sie.«

»Wann will sie denn kommen?« fragte ich und versuchte mir vorzustellen, wie es Annemarie aus Hanau in Harlem gefallen würde.

»Eigentlich sollte sie längst hier sein. Aber ihre Mutter ist krank geworden. Die kann sie jetzt nicht allein lassen.«

»Ich verstehe«, sagte ich und trank den letzten Schluck Bier. »Sie kommt bestimmt bald.«

Er nickte zaghaft. »Hoffentlich.«

»Und von den Jacksons wissen Sie nichts?« erkundigte ich mich noch einmal.

»Nein, tut mir leid«, sagte er. »Als ich hier vor einem Jahr eingezogen bin, bei meiner Rückkehr aus Deutschland, da stand die Wohnung leer. Ich habe keine Ahnung, wer da vorher drin gewohnt hat. Vielleicht weiß der Besitzer vom Drugstore etwas?«

»Möglich«, sagte ich, »ich kann ihn ja mal fragen. Ich muß jetzt gehen. Vielen Dank für das Bier.«

Er brachte mich zur Tür. Neben der Garderobe hing immer noch der staubblinde Spiegel, vor dem Manley damals gestanden und sich ihren gewaltigen Turban gerichtet hatte. Und am oberen Rahmen des Spiegels klemmte eine rosarote Haarschleife aus Seide. Die hatte ich Glenice zur Konfirmation geschenkt. Es gab mir einen Stich, daß sie dort vergessen worden war, aber als ich wieder auf der Straße stand, wußte ich plötzlich, daß die Schleife ein Abschiedsgruß an mich war.

Von den Jacksons habe ich nie wieder etwas gehört.

13

FEHLBESTÄNDE

Google und andere Internet-Suchmaschinen lieferten keine Informationen über einen aus Deutschland emigrierten Historiker Julius Steinberg. Der Onlinekatalog der Deutschen Nationalbibliothek verzeichnete immerhin jenes Buch, das Steinberg in seinen Aufzeichnungen als Dissertation erwähnte:

Steinberg, Julius: *Eisernes Kreuz und Davidstern. Deutsche Juden als Mitglieder des Offizierkorps im Weltkrieg.* Hamburg 1931.

Wenn Steinberg aber am College in Centerville Professor gewesen war, fanden sich in der Collegebibliothek vielleicht weitere Werke. Carlsen gab den Code seiner *College ID* ein, durchsuchte den Onlinekatalog und erzielte elf Treffer. Bei den meisten der aufgelisteten Titel handelte es sich um englischsprachige Beiträge in Periodika, Fachzeitschriften und Sammelbänden, alle aus den vierziger Jahren, aber es gab auch drei selbständige Buchpublikationen, von denen eine wiederum die Hamburger Doktorarbeit war. Die beiden anderen waren auf englisch verfaßt:

Steinberg, Julius: *Unity, Justice, Freedom. The Exodus of German Democrats of 1848 and their Immigration to the United States.* Boston 1944.

Steinberg, Julius: *The Prosecution of a Free Spirit. Giordano Bruno and the Holy Inquisition.* Boston 1952.

Die kleineren Arbeiten waren sämtlich nicht ausleihbar, sondern nur im Lesesaal einzusehen. Carlsen reservierte aber die drei Bücher zur Ausleihe. Die Bereitstellungszeit betrug zwei Stunden, so daß er sie noch vor Beginn des Schreibkurses würde abholen können.

Am Eingang der Bibliothek traf er die Studentin Carol, die sich so große Sorgen gemacht hatte, von einer Schreibblockade heimgesucht zu werden. Sie grüßte munter, strahlte ihn an und sagte: »Ich nehme die Bibliothek.«

»Wie meinen Sie das?«

»Na ja«, sagte sie, »wir sollen uns doch einen Ort auf dem Campus suchen, an dem wir eine Geschichte spielen lassen. Und ich nehme die Bibliothek.«

»Ich verstehe«, sagte Carlsen. »Eine gute Wahl.«

Sie nickte eifrig. »Kennen Sie den Film *Im Namen der Rose*? Mit Sean Connery? Wo am Ende die ganze Bibliothek abbrennt?«

»Ja«, sagte Carlsen, »den habe ich gesehen, aber er heißt nicht *Im Namen der Rose*. Er basiert auf einem Roman von Umberto Eco und heißt *Der Name der Rose*.«

»Ein Roman? Das wußte ich gar nicht«, sagte Carol.

»Sogar ein sehr guter Roman. Und auch spannend. Lesen Sie den mal.«

»Mh, na ja, mal sehen«, sagte Carol zögerlich, notierte sich aber pflichtschuldig Autor und Titel.

»Soll denn in Ihrer Geschichte die Bibliothek auch abbrennen?« erkundigte sich Carlsen.

»Das weiß ich noch nicht. Aber ich denke schon an etwas Mysteriöses. Ich meine, Bibliotheken haben für mich immer so etwas Geheimnisvolles, verstehen Sie? Allein schon all die vielen Bücher.«

»Ich verstehe«, sagte Carlsen. »Besonders geheimnisvoll sind natürlich die Bücher, die man nicht gelesen hat.«

Carol schien die kleine Spitze gar nicht bemerkt zu haben, sondern nickte nachdenklich und notierte sich den Satz. »Oder Bücher, die verschwinden«, sagte sie. »Danke für den Tipp.«

»Dafür bin ich ja da«, sagte Carlsen. »Wir sehen uns in einer halben Stunde im Kurs.« Er nickte Carol zu und betrat die Bibliothek.

An der Ausleihe saß heute leider nicht die hübsche und, wie Carlsen inzwischen wußte, wohl auch hübsch durchtriebene Liz, sondern eine ältere, vertrocknet wirkende Dame. »Die Bücher, die Sie bestellt haben«, sagte sie mit bedauerndem Schulterzucken, »sind leider nicht da.«

»Dann komme ich in zwei Stunden noch einmal vorbei und hole sie ab«, sagte Carlsen.

»Das wird nichts nützen«, sagte die Dame, »die Bücher scheinen zu ... fehlen.«

»Wenn sie ausgeliehen sind, möchte ich sie vormerken lassen«, sagte Carlsen.

»Sie sind nicht ausgeliehen. Sie sind offenbar, nun ja, sie sind weg. Vielleicht sind sie nur verstellt worden. Das sollte nicht, kann aber passieren, und dann tauchen sie eines Tages auch wieder auf. Vielleicht sind sie irgendwann einmal ausgeliehen und nicht zurückgegeben worden. Das passiert, leider, hin und wieder auch. Obwohl«, die Dame klang nun erbittert, »es natürlich unter gar keinen Umständen passieren darf. Manchmal werden Bücher sogar ...«, sie machte eine Pause, schien nach Luft zu ringen und flüsterte wie unter Schock, »gestohlen!«

»Gestohlen?«

»Pst«, machte die Dame pikiert, als könnte das böse Wort potentielle Nachahmungstäter anlocken.

»Aber sie stehen doch im Katalog«, sagte Carlsen.

Die Dame nickte melancholisch.

»Der alte Karteikartenkatalog ist vor über zwanzig Jahren digitalisiert worden. Die schönen Katalogschränke! Gebaut von Vermonter Schreinern. Massiver Ahorn. Haben noch ein paar Jahre im Keller gestanden, und dann ... Ein Jammer.« Sie seufzte schwer. »Seitdem der Katalog computerisiert ist, sind die drei Bücher jedenfalls nicht mehr bestellt oder ausgeliehen worden. Das habe ich schon festgestellt. Deshalb hat bislang auch niemand gemerkt, daß sie fehlen. Es kann natürlich sein, daß sie schon viel länger fehlen, aber das läßt sich jetzt eben nicht mehr feststellen. Bücher, die über einen längeren Zeitraum nicht ausgeliehen werden, landen manchmal auch auf unserem Bücherflohmarkt. Aber dann werden sie natürlich aus dem Katalog getilgt. Bei den Büchern dieses ...«, sie blinzelte auf ihren Monitor, »Steinberg war das aber wohl nicht der Fall. Sie sind einfach weg.«

»Sagt Ihnen der Name Steinberg vielleicht etwas?« fragte Carlsen. »Der soll mal hier am College unterrichtet haben.«

Die Dame schüttelte betrübt den Kopf. »Nie gehört«, sagte sie. »Es tut mir leid.«

Unklar blieb, ob es ihr für Carlsen leid tat oder um die zu Karteileichen gemachten Bücher von Julius Steinberg.

Nicht nur bei Carol erfreute sich das Mysteriöse großer Beliebtheit. In den Geschichten der Kursteilnehmer würde der Campus zu einer zwielichtigen Sumpflandschaft werden, deren schwankender Boden phantastische, schaurige und kriminelle Blüten hervorbrächte. Dank ihrer Architektur, die den Kulissenbauern eines Fantasyfilms Ehre gemacht hätte, nahmen gleich drei Teilnehmer die Bibliothek als Handlungsort ins Visier. Nicht nur gräßliche Morde sollten dort stattfinden, sondern auch die Wiedererweckung uralter Opferrituale durch das unvorsichtige Zitieren ägyptischer Hieroglyphen. *Le Chateau* sollte zum Schauplatz greller Abenteuer eines Baseballspielers werden, den eine Zeitreise ins Frankreich der drei Musketiere verschlägt und der mit seinem Schläger zum besten Fechter des Landes avanciert. Auf den Tennisplätzen würden UFOs landen, die Reihen der unbestechlichen *Campus Security* von menschenfeindlichen Klonkriegern infiltriert. Das Wasser der Schwimmhalle sollte zu einer gallertartigen, intelligenten, aber übelwollenden Masse mutieren, und eine Skulpturenausstellung im *CFA*, dem *Center for the Arts*, würde um Mitternacht zu monströsem Fleisch und Blut erwachen. Das Essen aus Mensa und Snackbar *The Hot Plate* wäre, wenn überhaupt, nur noch mit äußerster Vorsicht zu genießen, da es mit psychoaktiven Substanzen versetzt würde, deren Verzehr die Collegegemeinde zu willenlosen Matrixsklaven machte. Der Golfplatz verwandelte sich in einen fremden Planeten, den eine terrestrische Expedition erforscht; Sandbunker würden zu Wüsten, Rasenflächen zu Savannen und die Löcher zu obskuren Kultstätten. Beim Plan einer altmodischen Liebesgeschichte, die sich in einem Seminarraum zart entspinnen und in einem ganz normalen Zimmer eines ganz normalen Dorms ihre leidenschaftlichen Höhepunkte finden sollte, fragte sich Carlsen, ob eingedenk der strengen *Harassment*-Regularien diese Idee am Ende nicht die irrealste von allen war. Schade, daß Lauren nicht beim Kreativen Schreiben mitmachte. *Deren* Phantasien hätte er gern erfahren.

Aaron, der Lyriker, hatte sich für *Huddle Hall* entschieden, das Gebäude also, in dem sie jetzt saßen und in dessen dritter Etage er auch sein Zimmer hatte. Über eine Geschichte hatte er noch nicht nachgedacht. Er müsse das Gebäude erst besser kennenlernen, sagte er, seine Geräusche und Gerüche studieren, vielleicht auch etwas über seine Vergangenheit erfahren. Dann würde *Huddle Hall* von sich selbst erzählen, und er müsse nur noch mitschreiben. Die anderen Studenten lachten.

Carlsen lachte mit, empfand aber Respekt vor Aaron und sagte: »Auf die Geschichte bin ich sehr gespannt.«

In der Mensa traf er Hocki, der normalerweise zu Hause aß, an diesem Abend aber eine zusätzliche Sprechstunde anberaumt hatte. Zu Semesterbeginn war der Andrang immer besonders stark. Leistungsnachweise, Leselisten, Referatthemen, Plagiatswarnungen, Abgabefristen – man erklärte zwar alles lang und breit vor den versammelten Mannschaften der Kurse und Seminare, aber dann kamen sie trotzdem einzeln in die Sprechstunde, um sich alles noch einmal unter vier Augen erklären zu lassen.

»Mich hat noch niemand um eine Sprechstunde gebeten«, sagte Carlsen.

»Die Gastprofessoren, die nur ein oder zwei Semester durchziehen, sind für die Studenten nicht so wichtig«, erklärte Hocki. »Bei denen kann man ja nicht Examen machen. Das sind Kometen, die ihr Feuerwerk versprühen. Man sieht sich das ganz gern an, aber wenn der Komet verglüht ist, gibt's wieder *Business as usual*.«

»Komet? Danke für das Kompliment.«

Hocki grinste. »Als *Writer in Residence* bist du sogar ein ganz besonders hell strahlender Komet. Hatten wir vorher ja auch noch nie. Die Studenten finden das großartig. Ein echter *Writer*. Wow! Wie man hört, kommst du gut an. Aus deinen Kursen will jedenfalls niemand wechseln.«

»Noch ein Kompliment.«

»Allerdings. Bei mir wechselt einer aus der Stilistik zu Lavalle. Und von Lavalle kommen zwei zu mir. Aber du ziehst eben nur vorbei. Und ich und die anderen Kollegen bleiben. Deshalb leinen sich die Studenten auf, ähm, stehen bei uns Schlange, wenn Sprechstunde ist. Das gehört dazu. Unter vier Augen lernt man die Studenten auch besser kennen. Und sie haben das Gefühl, besser bedient zu werden. Das ist der Service, der Kundendienst in unserem Geschäft. Die Studenten respektive deren Eltern zahlen viel Geld für die Ware, die wir ihnen liefern. Sie erwarten, daß wir Zeit für sie haben. Ihnen helfen. Sie verstehen. Und wenn's sein muß, sie manchmal streicheln.«

»Streicheln?«

»Streng metaphorisch gesehen«, grinste Hocki. »Pädagogischer Eros und so. Hast du eigentlich die Einladung für morgen bekommen?«

»Einladung?«

»Müßte in deinem Fach liegen. Morgen ist Freitag. Die erste Woche ist geschafft. Weekend naht. Das feiern die Studenten und laden auch die Fakultät ein. Sie sehen es gern, wenn unsereiner mal kurz vorbeischaut. Gehört auch zum Kundendienst. Und sie sehen es noch lieber, wenn man dann auch schnell wieder verschwindet. Lange aushalten kann man es da sowieso nicht. Allein schon die Musik und so. Der Altersunterschied wächst, logisch, Semester für Semester. Die Studenten bleiben ewig jung, sozusagen als Gattung. Und unsereiner ist das alternde Individuum. Vor zehn Jahren hätte man vielleicht mal hier und da einen harmlosen Flirt riskiert, wenn kein *Harassment Officer* in Sicht war.« Hocki lachte. »Heute guckt man höchstens noch, mit wem man seinerzeit einen Flirt riskiert hätte.«

»Ich bin dabei«, sagte Carlsen und fragte sich, ob Lauren wohl auch dabei sein würde.

»Dann sehen wir uns morgen.« Hocki schaute auf die Uhr und stand auf. »Mich ruft jetzt die Pflicht.«

»Moment noch«, sagte Carlsen. »Kennst du vielleicht einen gewissen Steinberg? Julius Steinberg?«

»Nie gehört«, sagte Hocki. »In welchem Kurs soll der denn sein?«

»Das ist kein Student«, sagte Carlsen, »sondern ... Das ist eine längere Geschichte, die ...«

»Erzähl sie mir beim nächsten Mal«, sagte Hocki. »Ich muß pünktlich sein beim Kundendienst.«

Die Zeitschriftensammlung befand sich oberhalb der historischen

Abteilung auf einer Empore, zu der man über eine gußeiserne Wendeltreppe hinaufklettern mußte wie auf den Söller einer Burg. Hinter einem Labyrinth aus Regalen gab es eine Leseecke; drei Schreibtische mit Computern, zwei abgeschabte Ledersofas, ein paar Sessel, Beistelltische und Stehlampen mit grünen Glasschirmen.

Letztes Tageslicht ließ das Fenster erglühen. Das Motiv der Bleiverglasung, ein antiker Philosoph in Toga und Sandalen, der eine Schriftrolle auf den Knien hielt, schien von innen erleuchtet und von einer Aura umgeben zu sein, und vielleicht war es auch gar kein Philosoph, sondern ein Evangelist. Oder ein Porträt des Multimillionärs, der als junger Mann am College studiert hatte und einen Teil des Geldes, das er mit Kohle oder Eisen, Weizen oder Schweinehälften gescheffelt hatte, an seine *Alma mater* zurückfließen ließ, indem er ihr die Bibliothek stiftete. Und er schrieb kein Evangelium und las keinen Plato, sondern studierte die Börsennotierungen. Was aber bleibet, dachte Carlsen, dichten die Stifter. Die Standortwahl sprach allerdings dagegen, denn außer Carlsen verlor sich niemand in diesem abgelegenen Winkel der Bibliothek. Gesehen und erinnert werden wollten solche Leute gewiß. Manche Campusgebäude waren unter diesem Aspekt auch Pyramiden, Monumente höchst geschäftstüchtiger Selbstlosigkeit beziehungsweise akademisch gesalbter Eitelkeit, was am Ende aufs gleiche hinauslief. Tue Gutes und rede darüber. Doch selbst wenn Erziehung hierzulande ein Geschäft sein mochte, das Minderbemittelte ausschloß, selbst wenn die Stifter ihre Eitelkeit befriedigten und vielleicht ihr schlechtes Gewissen beruhigten – die enorme Spendierfreudigkeit der Ehemaligen war allemal bewundernswert. Welcher reiche Mensch käme in Deutschland auf die Idee, seiner Schule oder Universität etwas zu stiften – und sei es nur ein Radiergummi? Wofür zahlte man schließlich Steuern?

Carlsen nahm den Computerausdruck mit den Titeln und Signaturen von Steinbergs Arbeiten zur Hand und machte sich auf die Suche. *Carl Schurz. A Biographical Sketch.* Erschienen 1942, *Historical Quaterly*, Heft 3. Die zu dicken Pappbänden gebundene Zeitschrift stand zwar in dem Regal, das die Signatur ihr zuwies, aber die Reihenfolge der Jahrgänge war verstellt. Auf 1912 folgte beispielsweise 1937, 1940 stand neben 1964, und die Jahrgänge 1941 bis 1946 fehlten komplett. Vielleicht hatte die Bibliothek während des Krieges den Bezug eingestellt?

Der nächste Aufsatz hieß *American Investments in Postwar Germany 1919-1930*, erschienen 1943 in der gleichen Zeitschrift und also gleichfalls nicht präsent. *Political Careers of German Immigrants 1848-1914*, der dritte Text, war in der Dezemberausgabe 1943 des *Journal of Social Thought* erschienen. Die Zeitschrift fand sich, jeweils zu zwei bis drei Jahrgängen gebunden, am richtigen Ort, wohlsortiert, stark verstaubt, offenbar seit Jahrzehnten unberührt und komplett. Fast komplett. Komplett bis auf den Band mit den Jahrgängen 1942 bis 1944. Merkwürdig. *European History Periodical* hieß die Zeitschrift, die Steinbergs Aufsatz *Notes on the German-French War 1870/71* von 1945 enthalten sollte. Der Jahrgang 1945 fehlte. Sehr merkwürdig. Zufall?

In Carlsen keimte ein Verdacht, der sich schnell erhärtete, weil sieben der acht Bände, die Publikationen Steinbergs enthalten sollten, fehlten. In der Bibliothek mußte irgendwann eine Art Säuberung stattgefunden haben. Lediglich der Jahrgangsband 1950 des *Journal of Social Thought* mit Steinbergs Beitrag *Giordano Bruno's Conception of a Memory Machine* war auffindbar.

Carlsen setzte sich in einen Ledersessel, blies Staub vom Buchschnitt, mußte niesen, schlug den stockig müffelnden Band auf, suchte im Inhaltsverzeichnis, das auf die Seiten 312 bis 314 verwies. Es handelte sich also nur um einen sehr kurzen Text. Carlsen blätterte hastig. 306, 308, 310, gefolgt von 315? 317? Er blätterte zurück. Vielleicht war das Papier verklebt? Er befeuchtet den Zeigefinger mit der Zungenspitze. Ergebnislos. Es gab keine Seiten 311 bis 314. Vielleicht war der Band verdruckt? Er blätterte vor, zurück, vor. Die Paginierung war sonst überall fehlerfrei. Er schlug Seite 316 auf, bog die Bindung zurück, strich mit dem Zeigefinger über den Mittelfalz, in dem Papierreste hingen. Kein Zweifel. Die Seiten waren herausgetrennt worden.

Aber warum? Und von wem?

14

Julius Steinbergs Aufzeichnungen
Heft 5

Letzte Schneepolster schmolzen schmutzig auf den Rasenflächen, Teiche, die vor einem Monat noch als Schlittschuhbahnen gedient hatten, spiegelten himmelblau, in schon grün überhauchten Büschen zankten sich laustark die Spatzen. Schwarze Kindermädchen beaufsichtigten weiße Kinder auf den Spielplätzen, Rentner spielten Schach, Müßiggänger flanierten. Arbeitslose und Bankrotteure hockten in der grellen Kraft der Märzsonne auf den Bänken, erinnerten sich wehmütig an bessere Zeiten, grübelten verbittert über die Gegenwart und fürchteten sich vor dem kommenden Tag. Und wieder war ich einer von ihnen.

Vielleicht ist in den Vereinigten Staaten während der Wirtschaftskrise nur deshalb keine Revolution ausgebrochen, weil die Amerikaner dazu tendierten, die Krise zu individualisieren und zu psychologisieren, weil sie bereit waren, sich als gescheitert oder unfähig zu sehen, die Schuld an ihrem Ruin also bei sich selbst zu suchen und nicht etwa im Versagen des kapitalistischen Systems. Viele sollten Würde und Selbstsicherheit nie wieder erlangen; ihre Zweifel schmolzen nicht ab wie die Schneereste in der Sonne, sondern verharschten in ihren Köpfen zum ewigen Eis der Selbstvorwürfe. Insofern war die große Depression tatsächlich auch ein massenpsychologisches und nicht nur ein wirtschaftliches Desaster, aus dem erst der Krieg und schließlich der Sieg von 1945 herausführen sollte. Die Zeitungen berichteten, daß während der dreißiger Jahre allein in New York City an die hunderttausend Menschen ein so schweres psychisches Trauma erlitten, daß sie nie wieder würden arbeiten können. Es war nicht nur eine Frage des täglichen Lebens und Überlebens, des Kampfs um Jobs, um Essen und einen Schlafplatz; es war ein umfassenderes Trauma, das alle Hoffnungen und Pläne zu Illusionen machte. Das große Versprechen Amerika erwies sich für viele als gebrochenes Versprechen.

Auch ich suchte und fand die Schuld bei mir. Die Entscheidung des Hotelmanagers, mich zu feuern, war hart gewesen, aber in der Logik des Mannes nur konsequent. Was fiel einem Barkeeper ein, sich mit zahlenden Gästen des Hotels anzulegen? Ein Barkeeper hatte zu jedem Gast freundlich und zuvorkommend zu sein, hatte zu lächeln und zu servieren, was bestellt wurde. Eine Meinung, ganz zu schweigen von einer politischen Meinung, die von den Meinungen der Gäste abwich, mochten sie noch so abstrus sein, stand einem Barkeeper nicht zu, jedenfalls nicht, solange er hinterm Tresen stand. Und mit den politischen Konflikten, die einen wie mich aus Deutschland vertrieben hatten, wollte man schon gar nicht belästigt werden. Als Immigrant hatte man sich anzupassen, fleißig und bescheiden zu sein und den Mund zu halten. Leute, die in ihrer Heimat Probleme mit der Polizei oder gar mit ihrer Regierung hatten, waren grundsätzlich verdächtig, waren vielleicht radikal und würden womöglich auch in Amerika für Unruhe sorgen. Leute, die in Amerika ein besseres Leben suchten, waren willkommen, Leute, die Konflikte importierten, waren mit Vorsicht zu genießen. Amerika hatte genug eigene Probleme. Und genug Leute, die einen Job suchten. Die Stelle des Barkeepers, erzählte Luther mir, war schon am nächsten Tag wieder besetzt worden.

Manley und Luther versuchten vergeblich, mich aufzuheitern, machten Vorschläge, wo ich um Arbeit nachsuchen sollte, und versicherten mir, daß ich ein oder zwei Monate die Miete schuldig bleiben könnte. Ich verbrachte mehrere Tage in lähmender Grübelei, schlief bis mittags, brach dann zu meinen ziellosen Gängen durch den Central Park auf, spielte manchmal Schach mit anderen Arbeitslosen, hockte bis zur Sperrstunde in billigen Kneipen, rauchte und trank mehr, als ich vertragen konnte.

Eins der wenigen Bücher, die ich aus Deutschland mitgebracht hatte, war ein Band mit Heinrich Heines Gedichten, in denen ich manchmal vorm Einschlafen las, wenn mich Heimweh überkam. Die Gedichte wirkten schmerzlindernd, weil durch ihr scheinbares Sentiment stets der scharfe Wind von Witz und Sarkasmus wehte. Mir wurde dann klar, daß meine Sehnsucht nicht dem Land oder dem Volk galt, sondern den gesicherten Verhältnissen, der bequemen Sorglosigkeit, in der ich aufgewachsen war und der ich leichter als andere den Rücken gekehrt hatte, weil ich glaubte, hier fortsetzen zu können, was ich dort getan hatte und gewesen war. Aber das Versprechen einer *Alma mater*, mich mit offenen Armen im fernen North Dakota aufzunehmen, war geplatzt wie die sprichwörtliche Seifenblase, so daß auch mein amerikanischer Traum zum Alptraum zu werden schien. Es ging jetzt nicht mehr um ein sorgenfreies Leben, sondern um die nackte Existenz. Es gab nichts mehr fortzusetzen, es gab nur noch einen neuen Anfang. Tag für Tag.

Als ich an einem dieser Abende deprimiert und angetrunken ins Bett gekrochen war, aber keinen Schlaf fand, griff ich wieder zu dem Gedichtband, in dem ich lange nicht mehr geblättert hatte. Als ich ihn aufschlug, fiel ein Zettel heraus, den ich wohl als Lesezeichen benutzt hatte. Auf dem Zettel stand eine Telefonnummer. Und ein Name. Der Name des Manns, dem ich vor einem halben Jahr im Central Park fast unfreiwillig beigestanden hatte. Falls ich etwas für Sie tun kann, hatte er gesagt und mir den Zettel in die Hand gedrückt, falls ich mich revanchieren kann. Suchen Sie vielleicht Arbeit? Fragen Sie einfach nach Charly.

Ich war wie elektrisiert. Ein Wink des Himmels, Heine entfallen. Ich sprang aus dem Bett, zog mich hastig an, lief nach unten in den Drugstore, in dem es Telefonnischen gab. Mrs. Johnston, die den Drugstore führte, wollte gerade schließen und ließ schon das Rollgitter herunter.

»Bitte«, sagte ich, »nur ein kurzes Gespräch. Es ist wichtig.«

»Was soll nachts um eins noch wichtig sein?« sagte sie gähnend und kopfschüttelnd, aber weil sie mich als Nachbarn kannte, ließ sie mich dennoch telefonieren.

»Hallo?« Eine weibliche Stimme.

»Kann ich bitte mit Mr. Slattery sprechen?« sagte ich.

»Mit wem?«

»Charles Slattery? Er hat gesagt, daß er unter dieser Nummer ...«
»Oh, Sie meinen Charly. Moment, ich seh mal nach.«

Im Hintergrund war Stimmengewirr, Gläserklirren und Musik zu hören.

Nach einer halben Minute drang eine männliche Stimme aus dem Hörer. »Hallo?«

»Mr. Slattery?«

»Ganz recht. Worum geht's?«

»Ich weiß nicht, ob Sie sich noch an mich erinnern, Sir. Wir sind uns vor ein paar Monaten im Central Park begegnet, und am Taxistand haben Sie mir Ihre Nummer gegeben.«

Kurze Pause. Dann: »O ja, natürlich erinnere ich mich.«

»Und Sie haben gesagt, daß ich mich an Sie wenden soll, falls ich mal einen Job suche.«

»Und jetzt suchen Sie also einen?«

»Ja.«

Längere Pause. »Mh, ja, okay, mal sehen, was sich machen läßt. Kommen Sie morgen gegen sechs hierher.«

»Und wo ist hier?«

»Die *Waterfront Bar* in Jersey City, am Ende der York Street kurz vor den Docks.«

Mit der U-Bahn-Linie, die von Penn Station unter dem Fluß hindurchführt, gelangt man relativ schnell nach Jersey City am Westufer des Hudson Rivers. Die *Waterfront Bar* lag in unmittelbarer Nähe zur U-Bahn-Station. Ich war eine halbe Stunde zu früh, schlenderte an den Kaischuppen und Speichern vorbei, an Frachtern, die gelöscht oder geladen wurden, sah ein- und auslaufende Schiffe behäbig durch die Upper New York Bay dampfen, Lotsenboote, Schlepper und die flinken Hafenfähren. Über zerbochenen Obstkisten, Orangenresten und fauligen Kohlstrünken kreisten Möwen mit heiseren Schreien. Langsam schlappend fuhr eine Fähre auf die Helling, Handwinden kreischten, Ketten klirrten. Durch sich öffnende Gittertore trampelten Menschenscharen, wälzten sich durch den hölzernen Tunnel des Fährhauses, zusammengepfercht und sich aneinander stoßend wie Orangen, die eine gigantische Hand in eine Obstpresse schüttet. Hinter Ellis Island, vor deren Silhouette ein Überseedampfer eingeschleppt wurde, reckte die Freiheitsstatue ihre Fackel ins verbliebene Licht der Abenddämmerung. Und über allem der brackige, aus Schalheit und Frische gemischte Geruch des Hafenwassers.

Die *Waterfront Bar* lag im Erdgeschoß eines vierstöckigen Backsteinhauses. Im Gastraum, dessen Bodendielen mit Sägespänen bestreut waren, hing Tabaksrauch in dichten Schwaden, die in träge Bewegung gerieten, wenn man die Tür öffnete. Es roch nach Bier, Schweiß und Fischsuppe. Die Hälfte der wohl 30 blankgescheuerten Holztische war besetzt. Schauerleute aßen aus dampfenden Schüsseln *Manhattan Clam Chowder*, einen Eintopf aus Muscheln, Kartoffeln und Mais, Matrosen in Uniformen tranken Bier aus Pintgläsern, lehnten an der langen, die gesamte Rückseite des Raums einnehmenden Bar, lärmten und lachten. Von der Deckenvertäfelung hingen Schiffsmodelle, an den Wänden Bilder von Schiffen, Postkarten aus aller Welt. Neben einem Plakat, das zum Beitritt in die Gewerkschaft der Hafenarbeiter aufforderte, hing ein Plakat, auf dem eine Glocke mit der Aufschrift *For Liberty in Spain* zu sehen war. Darunter stand in gelben Lettern auf blauem Grund

> 1er. *Batallòn Americano*
> *Abraham Lincoln*
> *Brigada Internacional*
> *Subscribe here now!*

Es gab auch ein mit Zetteln übersätes Anschlagbrett: Zimmer zu vermieten, Motorrad und gut erhaltener Wollanzug zu verkaufen, junge Katzen zu verschenken, Baseballteam sucht Mitspieler, Auto zu leihen, Helfer zum Dachdecken, Mitfahrgelegenheit nach Chicago gesucht. Ich drängte mich zwischen französisch sprechenden Matrosen hindurch an die Bar, hinter der ein höchstens siebzehnjähriges, sehr blasses, rothaariges Mädchen und eine matronenhaft ausladende Frau arbeiteten, bestellte ein Bier und erkundigte mich nach Charles Slattery.

»Worum geht's denn?« fragte die Frau, als sie mir das Bier vorsetzte.

»Ich bin mit ihm verabredet«, sagte ich.

»Und Ihr Name, junger Mann?«

»Ich heiße Steinberg«, sagte ich, »aber das wird Mr. Slattery nichts sagen. Ich habe gestern nacht mit ihm telefoniert. Es geht um einen Job.«

»Oh.« Die Frau lächelte und sah mir erfreut ins Gesicht. »Dann sind Sie wohl derjenige, der Charly damals im Central Park geholfen hat. Einen Moment.«

Sie verschwand durch eine Seitentür, kam gleich wieder zurück, winkte mich hinter den Tresen, führte mich durch einen kurzen, düsteren Flur in eine Art Büro, forderte mich auf, Platz zu nehmen, sagte: »Er kommt sofort« und ließ mich allein. Ich setzte mich auf einen wackeligen Stuhl und sah mich um. Ein Metallschreibtisch. Ein Regal mit Aktenordnern und ein paar Büchern. An der Wand hinterm Schreibtisch ein Stadtplan von Jersey City. An den Wänden Gewerkschaftsplakate. Streikaufrufe, Versammlungsankündigungen, Protestaktionen und Solidaritätsappelle. Der Lärm des Gastraums klang hier gedämpft, vom Hafen tönte eine Schiffssirene.

Wieder öffnete sich die Tür, und auf seinen Gehstock gestützt kam Charles Slattery herein, schüttelte mir die Hand, setzte sich hinter den Schreibtisch auf einen Drehstuhl, sah mir offen ins Gesicht, nickte wie zustimmend und sagte: »Na, da sind Sie ja. Rauchen Sie?«

Ohne meine Antwort abzuwarten, griff er zu einer Kiste mit Zigarillos, hielt sie mir hin, nahm sich selbst eins, riß ein Streichholz an und gab uns beiden Feuer. »Freut mich, Sie wiederzusehen«, sagte er und blies Rauch an die Decke.

»Ganz meinerseits, Sir«, sagte ich.

»Sparen Sie sich den Sir«, sagte er lächelnd. »Nennen Sie mich Charly. Das tun sowieso alle. Und Sie sind …?«

»Ich heiße Julius Steinberg.«

»Ist das ein deutscher Name?« fragte er und beugte sich vor.

»Ja, Sir, ich meine, Charly. Sie können Jules zu mir sagen. Ja, ich bin aus Deutschland gekommen, emigriert, vor etwa zwei Jahren.«

»Dann sind Sie also vor den Nazis weggelaufen?« sagte er.

»In gewisser Hinsicht … ich meine, ja, ja.«

Wieder nickte er. Die Antwort schien ihm zu gefallen.

»Und jetzt suchen Sie also einen Job. Was können Sie denn? Was haben Sie bislang gemacht? Erzählen Sie mal, Jules.«

Und so erzählte ich ihm von meiner Zeit als Taxifahrer, von den deprimierenden kleinen Gelegenheitsjobs und der Arbeit in der Hotelbar. Die Gründe, die zu meinem Rauswurf geführt hatten, interessierten ihn besonders.

»Das war mutig von Ihnen«, sagte er. »Als Hotelmanager hätte ich Sie wahrscheinlich auch feuern müssen, aber wenn Sie sich schon mit fremden Leuten prügeln, dann haben Sie genau die richtigen erwischt. Ich glaube zwar nicht, daß diese amerikanischen Nazianhänger wirklich eine Gefahr sind, aber natürlich gibt es auch hier Gruppierungen mit faschistischen Wahnvorstellungen oder, was viel schlimmer ist, mit faschistischen Ideen und Interessen, die sich demokratisch maskieren. Man muß auf der Hut sein. Und wir sind auf der Hut. Gehören Sie eigentlich irgendeiner politischen Organisation oder Partei an? Oder einer Gewerkschaft?«

»Nein.«

»Das kann sich ja noch ändern«, sagte er schmunzelnd. »Und was halten Sie von Sozialisten und Kommunisten?«

Ich überlegte einen Moment. Wieso interessierte Slattery sich für meine politischen Überzeugungen?

»Früher habe ich die Kommunisten für eine Bedrohung gehalten«, sagte ich zögernd. »Sie haben die Demokratie in Deutschland bekämpft und geschwächt und unfreiwillig dazu beigetragen, daß die Nazis an die Macht kommen konnten.«

»Und heute?« fragte Slattery. »Wie denken Sie heute?«

»Ich glaube, daß sich alle verbünden müssen, die den Faschismus verhindern und bekämpfen wollen. Demokraten, Liberale, Konservative. Und der Kommunismus dürfte heute die wichtigste Gegenkraft gegen den Faschismus sein, ob einem das nun paßt oder nicht. Das heißt aber noch lange nicht, daß ich mir eine kommunistische Gesellschaft wünsche. Das ist sowieso nur eine romantische Illusion.«

Slattery hatte mir aufmerksam zugehört. »Was haben Sie eigentlich in Deutschland gemacht?« fragte er. »Sie reden nicht gerade wie ein Taxifahrer oder ein Barkeeper.«

»Ich bin Historiker«, sagte ich. »Oder vielleicht sollte ich besser sagen, ich war mal Historiker. An der Universität von Hamburg.«

»Historiker?« Er zog die Augenbrauen hoch und lächelte. Ob seine Mimik verächtlich, interessiert oder anerkennend gemeint war, wußte ich nicht zu deuten. »An der Universität? In Hamburg? Das ist doch auch eine große Hafenstadt, nicht wahr?«

Ich nickte unsicher. Worauf wollte Slattery hinaus? Einen Job als Hafenhistoriker von Jersey City würde er mir gewiß nicht anbieten.

Er nahm einen tiefen Zug aus seinem Zigarillo, schien nachzudenken, musterte mich skeptisch, aber nicht unfreundlich, nickte vor sich hin. »Ich habe einen Job für Sie«, sagte er schließlich. »Als Hafenarbeiter könnten Sie nächste Woche anfangen.«

»Danke, S ..., ich meine, Charly.«

»Sehr harte Arbeit«, sagte er, »aber nicht sehr gut bezahlt.«

»Ich werd's schon schaffen«, sagte ich, »ich kann es mir nicht leisten, wählerisch zu sein.«

»Vielleicht doch«, sagte er, »ich möchte Ihnen nämlich noch einen anderen Job anbieten. Ich bin Gewerkschaftler, wie Sie sich vielleicht denken können, wenn Sie sich die hübschen Dekorationen hier ansehen.« Er deutete auf die Plakate an den Wänden. »Ich bin aber zufälligerweise auch der Eigentümer der *Waterfront Bar*. Die Dame, die hinterm Tresen arbeitet, ist meine Frau Ellen. Normalerweise übernimmt sie die Bedienung an den Tischen, was jetzt aushilfsweise die kleine O'Neil erledigt, aber das ist kein Dauerzustand. Die Arbeit hinter der Bar macht sonst Billy, einer meiner Söhne. Genauer gesagt, er hat die Arbeit gemacht. Billy ist nämlich seit zwei Monaten nicht mehr hier. Er ist in Spanien. Aber nicht zum Vergnügen. Wissen Sie, was derzeit in Spanien los ist?«

Ich nickte. »Ein Bürgerkrieg.«

»Es ist viel mehr als ein Bürgerkrieg«, sagte Slattery leise und akzentuiert. »Es ist der erste Krieg, den der Faschismus gegen Demokratie und Republik führt, gegen Freiheit und Humanität. Nazideutschland unterstützt General Francos Faschisten mit Logistik, Waffenlieferungen und Kampfflugzeugen. Und Demokraten, Sozialisten, Anarchisten, Kommunisten aus aller Welt kämpfen in den Internationalen Brigaden gegen den Faschismus. Es ist genau das

Bündnis, von dem Sie eben sprachen. Von unseren Dockarbeitern sind mehrere im *Lincoln Batallion*, falls Ihnen das etwas sagt.«

»Ich habe draußen das Plakat gesehen.«

Slattery nickte. »Billy ist dabei, aber ich weiß, daß sich auch Journalisten und Schriftsteller angeschlossen haben, Hemingway zum Beispiel. Lehrer, Collegedozenten, Universitätsprofessoren sind dabei ...«

»Ich verstehe«, sagte ich, »das wäre also der zweite Job, den Sie mir anzubieten haben.«

Slattery sah mich verblüfft an. Dann lachte er lautlos in sich hinein. »Daran hatte ich gar nicht gedacht. Das wäre aber durchaus ein dritter Job. Ihre Wahlmöglichkeiten wachsen. Meine Frau wollte Billy natürlich nicht gehen lassen. Keine Mutter will, daß ihre Söhne in den Krieg ziehen. Und auch mir ist es schwergefallen. Aber wenn ich nicht zu alt wäre und das hier nicht hätte«, er griff zu seinem Handstock und klopfte sich damit gegen das Kniegelenk, »wäre ich vielleicht selbst gegangen. Trotzdem würde es mir nie einfallen, jemanden zu überreden, in den Krieg zu ziehen. Das muß jeder mit sich selbst ausmachen. Im Grunde bin ich Pazifist. Jedenfalls war ich es mal. Ich war von 1917 bis 1918 in Frankreich. Das hat mir für alle Zeiten gereicht. Aber der Faschismus macht den Pazifismus unmöglich.«

»Vielleicht haben Sie recht«, sagte ich, überlegte einen Moment, ob ein Beitritt in die Internationalen Brigaden für mich in Betracht kam, aber der Gedanke war mir so fremd, daß ich zu keinem Ergebnis kam, höchstens zu einem erschrockenen Zurückzucken.

Slattery schien zu ahnen, was in mir vorging, und machte eine beschwichtigende Handbewegung. »Was nun den anderen Job angeht«, sagte er, »so habe ich zwar eine Tochter, aber die arbeitet als Lehrerin oben in Vermont. Ich habe auch noch einen zweiten Sohn namens Derek, der den Job vielleicht machen könnte, aber Derek ist als Schuppenmeister auf einem der Kais unverzichtbar, für die Arbeit und auch als Verbindungsmann unserer Gewerkschaft. Außerdem trinkt er zu gern, zu oft und zu viel, und das macht ihn für diesen Job völlig ungeeignet.«

»Ich weiß nicht, worauf Sie hinauswollen«, sagte ich.

»Ganz einfach«, sagte er. »Billy hat die Bar geführt und ist jetzt in Spanien. Derek ist für eine Bar ungeeignet, wäre ein Barkeeper, der selbst sein bester Gast ist. Sie haben Erfahrung als Barkeeper. Sie machen auf mich einen vernünftigen und zuverlässigen Eindruck. Sie scheinen Mut zu haben. Und ich bin Ihnen etwas schuldig, und außerdem können Sie mir vielleicht ...« Er sprach den Satz nicht zu Ende, machte eine Handbewegung, als wische er sich eine unpräzise Idee aus dem Kopf, und sah mich fragend an. »Kurz und gut: Ich biete Ihnen den Job in der Bar an. Brauchen Sie Bedenkzeit?«

»Ich ... nein, ich glaube nicht. Das ist sehr großzügig von Ihnen.«

Er stand auf und reichte mir über dem Schreibtisch die Hand. »Also abgemacht. Und was meine Großzügigkeit betrifft«, er lachte, »zahle ich nicht gut, aber allemal besser als die Herrschaften von den Docks. Meine Frau wird Sie einarbeiten. Sie können morgen anfangen. Wenn Ihnen der Job nicht gefällt, können Sie übermorgen wieder aufhören. Wenn Sie den Job nicht gut machen oder unpünktlich sind, schmeiße ich Sie in drei Tagen wieder raus.«

»Einverstanden«, sagte ich. »Darf ich Ihnen noch eine Frage stellen?«

Wieder zog er die Augenbrauen hoch. »Und die wäre?«

»Was waren das für Typen, die Sie damals im Central Park so freundlich in ihre Mitte genommen haben?«

»Was glauben Sie denn, was das für Typen waren?«

Ich zuckte die Schultern, dachte an Slatterys politische Meinungen und seine Aktivitäten in der Gewerkschaft. »Das FBI vielleicht?«

Er lachte sein lautloses Lachen. »Schön wär's. Nein, das waren zwei ziemlich schwere Jungs von Hanky Panky.«

»Von wem?«

»Frank Hague, dem ehrenwerten Bürgermeister von Jersey City. Genannt Hanky Panky. Niemand, der in dieser Stadt eine Kneipe führt, kommt um Hanky Panky herum. Das werden Sie auch noch feststellen als mein Barmann.«

Als er 1917 zum Bürgermeister von Jersey City gewählt wurde, war Frank Hague nur ein kleiner Gauner, der als Strohmann aufgebaut worden war, aber als er sich nach dreißigjähriger, ununterbochener

Amtszeit 1947 zur Ruhe setzte, war er ein großer Gangster und sehr reicher Mann. Sein Name wurde zum Synonym für jene Mischung aus Vetternwirtschaft und Patronage, Korruption und politischem Filz, die man im Amerikanischen als »Bossism« bezeichnet.

Er regierte die Stadt mit eiserner Faust, und dank seiner Beziehungen zur Mafia, zum FBI und zu großindustriellen Kreisen tanzten Gouverneure, Senatoren, Abgeordnete, Polizeichefs und Richter nach seiner Pfeife. Die Polizei von Jersey City betrachtete und benutzte er als Leibgarde und Privatarmee. Er pflegte enge Beziehungen zu Präsidenten und Präsidentschaftskandiaten, zu hohen Klerikern aller Konfessionen mit Ausnahme der Juden, die er haßte. Gegen ihn angestrengte Untersuchungsausschüsse verliefen im Sande, Klagen wurden abgewiesen, Prozesse gewann er, indem er seine Gegner als Kommunisten oder Anarchisten denunzierte.

Obwohl sein Gehalt als Bürgermeister nur etwa 8.000 Dollar im Jahr betrug, lebte er wie ein Millionär, bewohnte in Jersey City eine Vierzehn-Zimmer-Villa, im *Waldorf-Astoria-Hotel* in Manhattan eine Luxussuite, verfügte über drei Landsitze und dampfte einmal jährlich erster Klasse auf Vergnügungstour nach Europa. Dort soll er auch Kontakte zu deutschen Nationalsozialisten geknüpft haben. Bedenkt man, daß Hague an eine Verschwörung des Kommunismus mit dem internationalen Judentum glaubte oder als Schreckgespenst an die Wand malte, haben diese Gerüchte einiges für sich, wurden allerdings nie bestätigt.

Zu den Gewerkschaften pflegte Hague so lange gute oder zumindest friedliche Beziehungen, wie sie sich von den kommunistischen und sozialistischen Parteien abgrenzten und von diesen bekämpft wurden. Das änderte sich jedoch in den dreißiger Jahren aus verschiedenen Gründen. Nach Roosevelts Wahl zum Präsidenten 1932, die von vielen Gewerkschaften unterstützt worden war, erhielt die Gewerkschaftsbewegung in den USA mächtigen Auftrieb. Obwohl die kommunistische Partei nach wie vor eigene Gewerkschaften aufzubauen versuchte, arbeiteten nun immer mehr ihrer Aktivisten mit den nicht kommunistisch dominierten Gruppierungen zusammen. Als sich dann 1935 der Siebte Kongreß der Komintern unter dem Eindruck der Erfolge des europäischen Faschismus zu einer

Volksfront bekannte, um alle antifaschistischen Kräfte zu bündeln, unterstützte schließlich auch die kommunistische Partei der USA Roosevelts liberale Gewerkschaftspolitik und die Demokratische Partei als »kleineres Übel«. Der Spanische Bürgerkrieg tat ein übriges, um Liberale und Demokraten einerseits, Kommunisten und Sozialisten andererseits dichter zusammenrücken zu lassen.

Leute wie Hague empfanden diesen Schulterschluß jedoch als Katastrophe, weil sich in ihren Augen nun die Frontlinie zwischen Schwarz und Weiß, Kapitalismus und Kommunismus, Gut und Böse, verwischte. In der Kooperation witterte man Infiltration und Unterwanderung durch die Roten und befürchtete den Verlust des eigenen Einflusses, was teilweise auch den Tatsachen entsprach und dazu führte, daß Hague noch mehr Spitzel in die Gewerkschaften einschleuste als je zuvor und damit begann, geheime Dossiers über die Mitglieder, ihre Überzeugungen und Aktivitäten anzulegen. 1947 spielte Hague diese Dossiers dann dem »Ausschuß für unamerikanische Aktivitäten« zu.

Das Dossier, das meiner Person galt, sollte mir vor dem Ausschuß schließlich das Genick brechen und brachte mich in die Zelle, in der ich jetzt sitze und mich schreibend zu erinnern versuche, wie ich hierhergekommen bin – in diese Kleinstadt der eingesperrten Männer, in den dumpfen Zoogeruch, ins hohle, tiefe Dröhnen, das nie ganz verstummt, ins wilde, manchmal irre Gelächter aus anderen Zellen, ins bedrohliche Lärmen, das manchmal ohne jeden Grund ausbricht. Kein Wärter wagt es, an gewissen Zellen in Armeslänge vorbeizugehen, weil er fürchten muß, von einem Mörder oder Totschläger erwürgt zu werden. Dabei habe ich noch Glück gehabt, weil man mir eine Einzelzelle zugewiesen hat, die ich mit keinem dieser irren Verbrecher und kriminellen Wahnsinnigen teilen muß.

Der Gefängnisdirektor ist ein liberaler Mann; ein politischer Gefangener ist ihm noch nie vorgekommen, und vermutlich hält auch er meine Verurteilung für einen Willkürakt. Zumindest scheint er mich zu bedauern. Nur darf er das natürlich nicht äußern. Als ich Schreibhefte und Tinte beantragte, wurden sie mir sofort bewilligt. Der Direktor ließ mich in sein Büro führen und erklärte, daß meine

Aufzeichnungen von ihm konfisziert oder zensiert werden könnten, daß er allerdings keineswegs die Absicht habe, dies zu tun. Soweit ich das einschätzen kann, sind auch meine Briefe aus dem Gefängnis bislang nicht zensiert worden.

Verglichen mit der verstaubten Exklusivität der Bar im *Hudson Hotel* war die *Waterfront Bar* wie ein ständig unter Dampf stehender Kessel. Geöffnet wurde bereits in den frühen Morgenstunden, wenn die Arbeiter der Nachtschichten hier frühstückten oder zum Verdruß ihrer Frauen ein Feierabendbier tranken. Um die Mittagszeit waren sämtliche Tische besetzt, weil das von einem chinesischen Koch zubereitete Essen preiswert, gut und üppig war. Diese Früh- und Mittagsschichten wurden von zwei angestellten Frauen bewältigt. Nachmittags war von zwei bis fünf Uhr geschlossen, und dann begann die Abendschicht mit mir als Barkeeper und Ellen Slattery und wechselnden weiblichen Aushilfen als Kellnerinnen. Um Mitternacht wurden letzte Bestellungen aufgenommen, um ein Uhr morgens geschlossen. Wenn endlich der letzte Gast hinauskomplimentiert war, wurde der Laden geputzt. Dann mußten noch die Bestände kontrolliert und Einkaufslisten für den nächsten Tag angelegt werden, und zum Schluß wurden die Tageseinnahmen gezählt und im Büro bei Charly abgegeben, der das Geld in einem Tresor wegschloß.

Rechnete ich die An- und Abfahrten mit der U-Bahn dazu, kam ich auf einen 13- bis 14-Stunden-Tag, aber die Arbeit gefiel mir von Anfang an, und die Bezahlung war fair. Ich kündigte nicht, seine resolute Frau arbeitete mich ein, und Charly feuerte mich nicht. Im Gegenteil. Nach einem Monat bot er mir eine Gehaltserhöhung von 25 Cent pro Tag an.

»Es wäre mir allerdings lieber«, sagte er, »wenn Sie statt des Geldes mietfrei hier im Haus wohnen würden.«

Im vierten Stock zeigte er mir ein kleines, schlicht möbliertes Apartment, das hell und sauber war, sogar über eine eigene Dusche verfügte und allemal 7,50 Dollar Monatsmiete wert war. Gelb geblümte Tapeten, verwaschene, lachsrote Gardinen, Bett, Kommode, Tisch, Stuhl und ein Ohrensessel aus dem vorigen Jahrhundert. Ich akzeptierte sofort, zumal mir nun auch die zeitraubende Pendelei zwischen Harlem und Jersey City erspart blieb, ganz zu schweigen vom Fahrgeld. Von Luther und Manley Jackson trennte ich mich nicht gern, muß jedoch eingestehen, daß ich trotz ihrer Herzlichkeit in Harlem stets ein Fremder geblieben war. Am nächsten Tag zog ich um.

Zu meinem Erstaunen stellte sich übrigens heraus, daß Slattery nicht nur Eigentümer der *Waterfront Bar* war, sondern daß ihm das gesamte Gebäude gehörte. Über der Bar hatte er seine eigene Wohnung, während die dritte und vierte Etage in Mietwohnungen aufgeteilt waren. Der Gewerkschaftsführer Charles Slattery war also kein armer Mann. Als ich mit meinen Habseligkeiten einzog, stand er am Fenster des Apartments, von dem aus man einen wunderbaren Blick auf die Skyline von Manhattan hatte.

»In einer Wohnung in der dritten Etage«, sagte er, »bin ich aufgewachsen, mit meinen Eltern und Geschwistern. Acht Personen in drei kleinen Zimmern. Aber damals gehörte uns das Haus natürlich noch nicht.«

»Und jetzt gehört es Ihnen?«

»Ja, jetzt gehört es mir und meiner Frau«, sagte er, drehte sich nicht zu mir um, sondern blickte unverwandt aus dem Fenster auf die Docks und Kais, die Kräne und Winden, die Waggons und Loren, die Schuppen und Speicher, über denen jenseits des silbrig glänzenden Flusses die Kuppeln und Türme New Yorks aufragten, und begann zu erzählen.

Charles Slatterys Vater war ein walisischer Bergarbeiter, der um 1870 in die USA einwanderte, Arbeit auf den Docks von Jersey City fand und eine Wäscherin aus Hoboken heiratete, deren Familie aus Schweden stammte. Das Paar bekam sechs Kinder, von denen der 1885 geborene Charly das zweitjüngste war. Als ich ihn 1937 kennenlernte, war er also 52 Jahre alt, wirkte aber sehr viel älter. Um zum Unterhalt der Familie beizutragen, mußte er schon als Kind hart arbeiten, und als er mit 14 Jahren von der Schule abging, konnte er nur mühsam lesen und schreiben. Daß er dennoch zu einem durchaus gebildeten, wenn auch nicht studierten Mann wurde, verdankte er Abendschulungen der Gewerkschaft, die er später mit zähem Fleiß und Ehrgeiz als Erwachsener besuchte. Auf den Kais brachte er es bald zum Vorarbeiter und schließlich zum Schuppenmeister, engagierte sich in der Gewerkschaft, organisierte Streiks, erlebte brutale Straßenkämpfe mit der Polizei, saß zweimal für einige Monate im Gefängnis. 1907 lernte er Ellen McGraw kennen, die Tochter eines Eisenbahnangestellten. Sie heirateten gegen den erbitterten Widerstand ihrer Eltern, die die Verbindung mit einem Hafenarbeiter als sozialen Abstieg empfanden. Drei Kinder kamen zur Welt, die Söhne Derek und Billy, der jetzt in Spanien gegen die Faschisten kämpfte, und eine Tochter namens Margaret, genannt Maggie, die dank ihrer schulischen Leistungen und der Protektion einer Lehrerin ein Stipendium fürs College bekommen hatte und seit zwei Jahren als Grundschullehrerin in Vermont arbeitete.

»Meine Söhne«, sagte er, wandte sich vom Fenster ab und setzte sich auf einen Stuhl, »sind gute Jungs. Ich bin stolz auf sie. Aber auf Maggie bin ich besonders stolz. Ich meine, Lehrerin! Vielleicht können Sie das verstehen, Jules. Sie sind schließlich Akademiker. Ich wünschte mir allerdings, daß Maggie hier eine Stelle finden würde. Was will sie da oben in Vermont? Da gibt's doch nur Kühe, Wälder und Berge. Und im Winter ist es entsetzlich kalt.« Er fingerte die Zigarillos aus der Tasche, bot mir eins an und bediente sich selbst.

Beim Kriegseintritt der USA meldete Slattery sich 1917 als Freiwilliger. Die konservative Gewerkschaft unterstützte den Kriegskurs, weil sie dadurch ihre Stellung als Tarifpartner der Regierung stärken konnte und mit dem Argument, so die Produktivität zu steigern, Verbesserungen bei Löhnen, Arbeitszeiten und -bedingungen durchsetzte. Nach dem Krieg wurden diese Verbesserungen Stück für Stück zurückgenommen. Gewinner war die Großindustrie. »Die beste Propaganda gegen den Kapitalismus ist ein Krieg«, sagte Slattery, »aber das habe ich erst später verstanden.« Als Infantrist nahm Slattery an mehreren Schlachten teil und kam mit heiler Haut davon. »Aber nicht mit heiler Seele«, seufzte er. »Ich war schwer traumatisiert. Manchmal wache ich nachts immer noch auf und höre Granaten und Schrapnellfeuer. Wissen Sie, wer nach der Industrie der zweite Kriegsgewinner war? Nein? Die Psychiater.«

»Als der Krieg zu Ende war«, sagte ich, »ging ich noch zur Schule.«

»Da haben Sie aber Glück gehabt«, sagte er etwas spöttisch. »Und ich vielleicht auch. Zumindest haben wir nicht aufeinander geschossen.«

»Und Ihre Gehbehinderung?« fragte ich. »Ist das eine Kriegsverletzung?«

»O nein.« Er schüttelte den Kopf. »Das hab ich von dieser Front.« Mit dem Handstock deutete er auf die Kaianlagen. Vor zwölf Jahren war das mit Weizensäcken beladene Hebenetz eines Ladekrans gerissen, unter dem Slattery gestanden hatte, und einer der Säcke hatte sein rechtes Knie zertrümmert. Die Firma unterstellte Slattery Fahrlässigkeit und weigerte sich natürlich, ihn zu entschädigen. Aber ein Leutnant, unter dem er in Frankreich gedient hatte, war Rechtsanwalt in Manhattan, übernahm den Fall und schlug in Zusammenarbeit mit der Gewerkschaft eine vergleichsweise hohe Abfindung und eine bescheidene Rente heraus. Da Slattery auch eine kleine Veteranenrente bezog und seine Frau etwas Geld geerbt hatte, konnten sie die *Waterfront Bar* pachten. Als der Vorbesitzer des Hauses, ein Immobilienspekulant, in den Mahlstrom des Börsenkrachs geriet, 1931 Bankrott machte und das Haus zwangsversteigert wurde, erwarben die Slatterys es zu einem Spottpreis. Der Immobilienspekulant fuhr kurz darauf in eine Jagdhütte in den Catskills, schob sich den Doppellauf einer Schrotflinte in den Mund und drückte ab.

Wäre ich ihnen anderswo begegnet, hätte ich die beiden Männer vermutlich nicht wiedererkannt, aber als sie an einem hellen Juniabend die *Waterfront Bar* betraten, ihre Blicke wie Suchscheinwerfer über die anwesenden Gäste gleiten ließen und sich dann, ohne die Hüte abzunehmen, am Tresen niederließen, wußte ich, wer die Typen waren: die beiden Gorillas, die sich im Auftrag Hagues im Central Park an Slattery herangemacht hatten und dabei von mir gestört worden waren.

Sie erwiderten knapp meinen Gruß, bestellten eine Bloody Mary mit Selleriestangen und einen gerührten Martini mit Olive. Während ich die Drinks mischte, beobachteten sie mit ausdruckslosen Pokergesichtern jede meiner Bewegungen, so daß ich mir wie in einer Prüfung für angehende Barkeeper vorkam. Falls sie sich an mich erinnerten, ließen sie sich das nicht anmerken.

»Sie sind also Charlys neuer Barkeeper«, sagte einer, als ich ihnen die Gläser vorsetzte.

»Ja, Sir«, sagte ich. »Schon seit über drei Monaten.«

»Und? Gefällt Ihnen der Job?« fragte der andere und hob das Martiniglas zum Mund.

»Kann mich nicht beklagen.«

Sie nickten grinsend vor sich, tranken, tuschelten miteinander und beobachteten, wie ich Getränke ausschenkte und andere Bargäste versorgte.

Ellen Slattery, die an den Tischen bediente, kam zum Tresen zurück, setzte ihr leeres Tablett ab, rief mir die aufgenommenen Getränkebestellungen zu, blinzelte dabei in Richtung der Neuankömmlinge und sagte leise, während ich das Tablett belud: »Wissen Sie, wer die sind?«

Ich nickte. »Ich glaube schon.«

»Vielleicht wollen die nur mal bei Ihnen auf den Busch klopfen«, flüsterte sie. »Seien Sie vorsichtig. Und falls sie mit Charly sprechen wollen, sagen Sie, daß er nicht da ist.«

Slattery hatte mich von Anfang an darauf vorbereitet, daß ich früher oder später von Hagues Leuten unter die Lupe genommen werden würde, und nun war der Moment gekommen. Eine Musterung, eine Art mündliches Examen.

Denn Frank Hague, ehrenwerter Bürgermeister und großer Boss Jersey Citys, hatte hinsichtlich der Gastronomie ein System perfektioniert, das ebenso simpel wie effektiv war. Durch seine Mittelsmänner bot er den Restaurantbesitzern und Kneipiers Polizeischutz an, falls die Mafia Schutzgeld zu erpressen versuchte. Im Gegenzug wurde den Beschützten unmißverständlich angedeutet, daß man von ihnen Spenden für die gefährliche und verantwortungsvolle Polizeiarbeit erwartete, Spenden, die unter der Hand in bar gezahlt wurden und im wesentlichen bei Hague landeten, der einen Teil dieses Spendenaufkommens wiederum direkt an die Mafia weiterleitete.

Wenn jemand den Mechanismus nicht durchschaute oder sich gar weigerte, derartige Mafiamethoden zu bedienen, um vor der

Mafia geschützt zu werden, ließ Hague das seine Freunde von der Mafia wissen, die dann ihrerseits in dem betreffenden Lokal erschien und Schutzgeld forderte. Wurde die Forderung abgelehnt, schlug die Mafia den Laden kurz und klein, verprügelte das Personal und die Eigentümer. Die zur Hilfe gerufene Polizei erschien überhaupt nicht auf der Bildfläche oder erst dann, wenn alles vorbei war. Gelegentlich gab es Tote. Anzeigen wurden unterdrückt, die Fälle nicht aufgeklärt, angestrengte Prozesse niedergeschlagen oder eingestellt.

Hagues System bedeutete also: Schutz vor Erpressung durch Erpressung. Die Katze biß sich in den Schwanz. Den Betroffenen konnte es im Prinzip egal sein, ob sie sich der von Hague gedeckten Mafia oder den mafiösen Machenschaften Hagues auslieferten, doch hielten es die meisten lieber mit der korrupten Ordnungsmacht, die ja doch eines Tages in andere, hoffentlich redlichere Hände fallen mußte. Die Mafia wurde nicht vom Volke gewählt. Die Mafia blieb immer die Mafia.

Auch die *Waterfront Bar* genoß diesen zweifelhaften Polizeischutz. Natürlich wurmte Charles Slattery der niederträchtige Kuhhandel, doch die Verhältnisse waren nun einmal, wie sie waren, und seine Beziehungen zu Hagues Administration hatten sich so lange reibungslos und unproblematisch gestaltet, wie die Gewerkschaft Abstand zu den Kommunisten hielt und die Kommunisten die Gewerkschaft als Revisionisten bekämpfte. Je mehr sich im antifaschistischen Schulterschluß der Volksfrontidee die Grenzlinien verwischten, desto verbissener versuchten Hague und das FBI, die Übersicht zu behalten.

Die *Waterfront Bar* geriet immer stärker in ihr Visier, weil sie nun als Brutstätte kommunistischer Verschwörungen galt. In diesem Zusammenhang war es auch zu der Szene im Central Park gekommen, der ich die Bekanntschaft mit Slattery verdankte. Charly hatte in Manhattan an einem Geheimtreffen von Gewerkschaftlern mit sozialistischen und kommunistischen Aktivisten teilgenommen, ein Treffen, bei dem auch ein Emissär aus Moskau anwesend war. Hague hatte davon Wind bekommen und seine Leute auf Charly angesetzt, die ihn nach dem Treffen abfingen und versuchten, Namen der beteiligten Personen aus ihm herauszuquetschen. Daß Hague ihn beschatten ließ, wunderte Charly nicht, aber es beunruhigte ihn, daß Hague überhaupt von dem Treffen wußte. Es gab also Spitzel und Zuträger in den eigenen Reihen.

Seitdem in der *Waterfront Bar* auch noch Freiwillige für die Internationalen Brigaden in Spanien angeworben wurden, ergab sich die vollends paradoxe Situation, daß Slattery dank seiner erzwungenen Spendenfreudigkeit von genau jenen Mächten geschützt wurde, die ihn am liebsten ins Gefängnis und sein Lokal in Brand gesteckt hätten.

Und nun saßen zwei Schranzen dieser Mächte an der Bar, beauftragt, mich als Slatterys neuen Mann zu inspizieren und abzuschätzen, mit wem man es da zu tun hatte.

»Wenn man für Charly Überstunden schiebt, kriegt man die dann auch extra bezahlt?« fragte mich plötzlich einer der beiden, sah mich scharf an und biß knackend ein Stück von der Selleriestange ab.

Ich ahnte, welch scharfer Wind durch die harmlos klingende Frage wehte. »Die Bar schließt ziemlich pünktlich«, antwortete ich ausweichend. »Es gibt kaum Überstunden.«

»Vielleicht nicht hinterm Tresen«, sagte der andere breit grinsend und ließ ein paar Goldzähne blitzen, »aber vielleicht hinterm Schreibtisch.«

»Ich weiß nicht, wovon Sie reden, Sir«, sagte ich, wußte freilich genau, wovon er redete, und fragte mich beklommen, woher diese Ganoven davon wußten.

Wovon wußten?

Davon: »Ich bin Ihnen etwas schuldig«, hatte Slattery zu mir gesagt, als er mich eingestellt hatte, und hinzugefügt: »Und außerdem können Sie mir vielleicht …«, diesen Satz aber nicht zu Ende gesprochen. Wie sich schnell herausstellte, hätte der ganze Satz in etwa folgendermaßen lauten sollen: »Und außerdem können Sie mir vielleicht als Assistent oder Berater dienen.«

Slattery war ein schlichter Mann, rechtschaffen, ehrlich, verfügte über Intelligenz, Charisma und eine natürliche Autorität. Zwar hatte er als Erwachsener eine halbwegs solide Schulbildung nachgeholt, war aber kein Intellektueller, konnte aus dem Stegreif überzeugend reden, war jedoch den dialektisch geschulten Agitatoren der Linksparteien hoffnungslos unterlegen und tat sich besonders mit schriftlichen Äußerungen schwer. Zum ersten Mal bat er mich um Argumentations- und Formulierungshilfe, als er namens der Gewerkschaft auf eins der Volksfrontmanifeste der Kommunisten reagieren sollte. Nachdem ich ihm das Schreiben so entworfen hatte, daß es seine eigenen Ansichten klärte, rhetorisch veredelte und argumentativ absicherte, war er begeistert und rief mich immer häufiger zu Hilfe, wenn ihm der Papierkram über den Kopf wuchs, er sich auf Diskussionen vorbereiten oder eigene Ansprachen konzipieren mußte. Ich wurde sukzessive zu einer Art Geheimsekretär Charles Slatterys, wobei ich meine eigenen Überzeugungen kaum opfern mußte, da sie mit Charlys politischen Ansichten mehr oder minder übereinstimmten. In gewisser Weise wurden meine Überzeugungen erst in dieser Zusammenarbeit geprägt, und es sind die Überzeugungen, zu denen ich heute noch stehe, auch wenn sie mich ins Gefängnis gebracht haben.

Als Slattery restlos desillusioniert und traumatisiert aus dem Weltkrieg zurückgekehrt war und feststellte, daß »der Dank des Vaterlands« in schlechteren Arbeitsbedingungen und noch niedrigeren Löhnen bestand, entwickelte er heftige Sympathien für die russische Revolution und empfand das, was in der Sowjetunion vor sich ging, als gesellschaftliches Experiment, dachte marxistisch, trat jedoch nie der Kommunistischen Partei bei. In ihren Augen war er ein Revisionist, der die Demokraten unterstützte. Die große Depression radikalisierte ihn. Er wußte, daß die Krise nicht nur eine Sache des Geldes, kein rein wirtschaftlicher Prozeß war. Im Grunde hielt er sie eher für eine moralische Katastrophe, eine brutale Entschleierung der Scheinheiligkeiten hinter den glänzenden Fassaden der amerikanischen Gesellschaft, des Kapitalismus und der Ideologie, daß seines Glückes Schmied ein jeder selber sei. Die Krise brachte die Ordnung der Gesellschaft ins Wanken, die alten Autoritäten bewiesen ihre Unfähigkeit, Hohlheit und, drastisch vorgeführt durch Frank »Hanky Panky« Hagues System, insbesondere Korruptheit.

Dagegen stand das Angebot des Marxismus, der Traum einer neuen Ordnung, die Befreiung der versklavten Kräfte der Vernunft. Zwar stellte sich der Marxismus als Feind der Religion dar, aber trotzdem aktivierte er in Charles Slattery gewisse Glaubenskräfte. Die marxistische Lehre bot das Privileg, zu den Auserwählten zu gehören, die die Schlafenden wachrütteln, und ihre Weckrufe sind die Stimme der Zukunft. Wenn nötig, greifen sie zum Schwert, um den Frieden zu bringen.

Doch waren es nicht die radikalen Erwecker, die den neuen Präsidenten Roosevelt aufforderten, die Banken zu verstaatlichen, sondern die Vereinigung der Bankiers selbst; als das System ihrer Kontrolle völlig entglitten war, sollte der Staat als Reparaturbetrieb des Kapitalismus eingreifen. Insofern entstand, wenn überhaupt, eine höchst merkwürdige revolutionäre Situation. Es wurde jedenfalls immer deutlicher, daß es sich nicht um eine vorübergehende Rezession wie zu Anfang der zwanziger Jahre handelte. Roosevelts Beschwörungen, Durchhalteparolen und Konjunkturprogramme ließen zwar staatliche Einrichtungen entstehen, die die übelsten Auswirkungen der Massenarbeitslosigkeit milderten, steigerten jedoch kaum die Produktion. Hinzu kam die Bedrohung durch den erstarkenden Faschismus.

Der Ruf nach einer tiefgreifenden gesellschaftlichen Veränderung drang jetzt immer hörbarer aus den konspirativen Zirkeln der Radikalen und den Debattierclubs der Intellektuellen hinaus und ergriff auch gemäßigtere Kreise. So konnte es einfach nicht weitergehen. Das Schiff war leckgeschlagen, und der Besatzung stand das Wasser bis zum Hals. Man konnte sich nicht mehr mit der Frage aufhalten, ob die Pumpen kommunistischer, sozialistischer oder demokratischer Bauart waren. Vielleicht war es sogar besser, das morsche Schiff ganz aufzugeben und ein neues zu bauen. So oder ähnlich sah Charles Slattery die Lage. Und ich glaubte und glaube immer noch, daß seine Einschätzung im großen und ganzen zutreffend war.

Die beiden Ratten Hagues fixierten mich. Goldzahn kniff die Augen zusammen und sagte: »Wenn Sie nicht wissen, wovon wir reden, müssen wir wohl mal bei Charly nachfragen. Der muß ja schließlich wissen, was seine Leute so treiben.«

Ich zuckte die Schultern. »Charly ist gar nicht da.«
»Macht nichts«, sagte der andere. »Wir kommen wieder.«
Sie tranken ihre Drinks aus und schlenderten Richtung Ausgang.
»Hey!« rief ich Ihnen nach, »Sie haben noch nicht bezahlt!«
Goldzahn drehte sich um. »Schreiben Sie alles aufs Spendenkonto«, sagte er. »Schreiben können Sie ja besser als Charly.« Er lachte heiser, stieß die Schwingtür auf und verschwand mit seinem Kumpan auf der Straße.

Als ich Slattery von dem Vorfall berichtete, reagierte er nervös und wütend. Daß sich herumgesprochen hatte, daß er Hilfe bei Bürokram und Korrespondenzen in Anspruch nahm, war ihm zwar gleichgültig – auch andere Funktionäre hatten Berater und Sekretärinnen, und intellektuelle Eitelkeit war ihm völlig fremd; aber es war doch höchst bedenklich, daß meine Tätigkeit so schnell bis zu Hague gedrungen war. Das bedeutete nämlich, daß sich unter den Leuten, mit denen wir verhandelten, kooperierten und konferierten, ein Spitzel befinden mußte – vielleicht sogar in unseren eigenen Reihen –, oder, wenn es kein Spitzel war, zumindest jemanden, der sich verplaudert hatte.

Ich selbst hegte einen Verdacht, den ich jedoch nicht zu äußern wagte. Slatterys Sohn Derek, Schuppenmeister an einem Stückgutpier, hatte sich mir gegenüber von Anfang an sehr reserviert verhalten. Das lag vermutlich daran, daß Slattery mir aufgegeben hatte, Derek keinen Alkohol mehr auszuschenken, wenn er sein Quantum intus hatte, und meistens hatte er es schon mittags intus. Er war larmoyant und redselig, hatte einen Minderwertigkeitskomplex, suchte überall die Anerkennung, die der alte Slattery ihm offensichtlich versagte, und trat gegen den Wunsch seines Vaters in die Kommunistische Partei ein, wo er sich besonders radikal gebärdete.

Sein Bruder Billy zog in den Spanischen Bürgerkrieg. Darauf war der Alte unbändig stolz: ein Freiheitsheld! Derek blieb hängen, tagsüber in seinem Stückgutschuppen, abends an den Theken zahlloser Kneipen: ein Versager. Bei Billys Abreise mochte er gehofft haben, nunmehr in der Gunst seines Vaters an die erste Stelle zu rücken, doch als ich ihm dann gewissermaßen vor die Nase gesetzt wurde, ein hergewehter Immigrant aus Deutschland, mußte ihn das verbittern. Unser Verhältnis war zwar nicht feindselig, aber verkrampft. Als sein Vater mich dann immer weiter ins Vertrauen zog, ging Derek mir konsequent aus dem Weg, und wenn sich Kontakte nicht vermeiden ließen, ließ er mich seine Abneigung spüren. Er war eifersüchtig auf mich, und ich verstand das sehr wohl. Er tat mir sogar leid, aber ich wußte nicht, wie ich mit ihm umgehen sollte. Zwar hielt ich es für unwahrscheinlich, daß er Spitzeldienste für Hague leistete, doch konnte ich mir gut vorstellen, daß er sich am Tresen irgendeiner Kneipe seine Aversionen gegen mich von der Seele schwadroniert und dabei interessierte Zuhörer gefunden hatte.

Drei Monate später wurde Derek vermißt. Beim Andocken einer Manhattan-Fähre geriet seine Leiche, die schon seit mehreren Tagen im Wasser getrieben haben mußte, in die Schiffsschraube und wurde so stark verstümmelt, daß sich die Todesursache nicht mehr feststellen ließ. Seine Frau glaubte an einen Unfall, Ellen Slattery, seine Mutter, an Selbstmord. Sein Vater verdächtigte abwechselnd Hagues Leute, die Mafia und die Kommunistische Partei. Obwohl die Polizei ungewöhnlich intensiv ermittelte, wurde der Fall nie aufgeklärt.

(* 4)

Hamburg, 2.10.1937

Mein lieber Junge!

Wir sind immer glücklich, wenn Post von Dir kommt, und erst recht, wenn die Nachrichten so gut sind. Wir können uns zwar nicht vorstellen, wie sich die Zusammenarbeit zwischen einer Universität und Gewerkschaften gestaltet, aber daß Du es nun zum Sekretär einer so wichtigen Institution gebracht hast, macht uns stolz. In Deutschland sind die Gewerkschaften ja von den Nazis zerschlagen worden, aber wir haben nie davon gehört, daß es vor 1933 solche Kooperationen gab. Papa findet das erstaunlich. Erwachsenenbildung sei eine feine Sache, sagt er. Und das ist deshalb bemerkenswert, weil er früher gar nichts von den Gewerkschaften gehalten hat. Mehr Geld, weniger Arbeit, hat er immer gesagt, das ist alles, was die wollen. Inzwischen sieht er das anders.

Inzwischen sehen wir hier vieles anders. Papa hat neulich sogar Bemerkungen gemacht, daß er sich eine Stärkung der Sowjetunion wünschen würde, als Gegenkraft gegen Hitler. Ausgerechnet Papa, der die Roten gehaßt hat!

Daran kannst Du sehen, daß hier nichts mehr beim alten ist. Das gilt auch für unseren persönlichen Bereich. In unserem Freundeskreis werden wir immer stärker geschnitten, bekommen kaum noch Einladungen, und wenn wir zu uns einladen, bekommen wir Absagen. Papa hat man aus seinem Skatclub geekelt. Nicht einmal zu Bettina Dittmanns Geburtstag wurden wir mehr eingeladen. Jüdische Bekannte oder Freunde haben wir kaum. Und hätten wir welche, würden auch die immer weniger. Wer auswandern kann, wandert aus. Und damit bin ich bei dem Thema, über das Du Dich freuen wirst. Papa hat endlich zugestimmt! Zumindest hat er Kontakt zu seinem Vetter Simon in Amsterdam aufgenommen, Du weißt schon, dieser Juwelier, und vielleicht ergibt sich bald die Möglichkeit.

Voraussetzung ist natürlich, daß wir das Geschäft ohne allzu hohe Verluste verkaufen können. Herr Granach hat erst neulich wieder ein Angebot gemacht. Es wird Dich nicht wundern, daß diese Angebote immer niedriger ausfallen, aber wenn wir nicht bald annehmen, bekommen wir am Ende gar nichts mehr. Papa ist in dieser Hinsicht konzilianter geworden, wider Willen zwar, aber er hat erkannt, daß wir rausmüssen.

Er läßt Dich grüßen. Er ist im Augenblick nicht hier, weil er in die Synagoge gegangen ist. Es ist Jom Kippur, der Versöhnungstag, und Papa sagt, an diesem Tag wird besiegelt, wie viele dahinscheiden sollen und wie viele geboren werden, wer leben und wer sterben soll, wer zu seiner Zeit und wer vor seiner Zeit, wer durch Feuer und wer durch Wasser, wer durch Schwert und wer durch Hunger, wer durch Sturm und wer durch Seuche, wer Ruhe haben wird und wer Unruhe, wer Rast findet und wer umherirrt, wer frei von Sorgen und wer voll Schmerzen, wer hoch und wer niedrig, wer reich und wer arm sein soll. Doch Umkehr, Gebet und Wohltun wenden das böse Verhängnis ab, sagt Papa neuerdings. Kannst Du Dir das vorstellen? Daß Papa so feierlich redet? Daß er in die Synagoge geht – und auch noch freiwillig? Manchmal habe ich das Gefühl, daß die Bedrohung durch die Nazis Papa erst zu dem Juden macht, der er nie sein wollte und eigentlich auch nie war. Wie gesagt: Hier ist gar nichts mehr beim alten.

Gesundheitlich geht es aber recht gut. Papa muß wegen seiner Herzgeschichte manchmal zur Kontrolle nach Eppendorf, aber es ist alles in Ord-

nung. Neulich ist ihm da Helga Brumund über den Weg gelaufen. Sie war sehr freundlich zu ihm und hat sich auch nach Dir erkundigt. Daß Du in Amerika diese Karriere machst, hat ihr wohl sehr imponiert.

Gibt es in Amerika eigentlich auch weibliche Wesen? Eltern sollten sich natürlich nicht in die Liebesangelegenheiten ihrer Kinder mischen, aber wir würden uns sehr freuen, wenn wir wüßten, daß Du auch in dieser Hinsicht zufrieden bist.

Laß bald wieder von Dir hören und sei innig gegrüßt von
Deiner Mama

Nach Dereks Tod verfiel Charles Slattery monatelang in Depressionen, überließ seiner Frau das Management der Bar und stellte einen zweiten Barkeeper ein, um mir mehr Zeit zu geben, seine politischen Tätigkeiten für ihn zu planen, zu ordnen und zu organisieren. Die Beziehung zwischen ihm und mir wurde noch intensiver, als sie es bereits war. Er sah in mir nun nicht mehr nur einen Sekretär, sondern wohl auch einen Ersatz für den verlorenen Sohn. Briefe, die ich in seinem Namen verfaßte, unterschrieb er manchmal, ohne sie vorher gelesen zu haben. Wenn er auf öffentlichen Versammlungen sprach, hielt er sich wortwörtlich an die von mir präparierten Manuskripte. In Diskussionen konnte man den Eindruck bekommen, daß ich der Bauchredner war, der eine Puppe zum Sprechen brachte. Zu manchen Treffen erschien er gar nicht mehr, sondern ließ sich durch mich vertreten.

Ende Juli 1938 besuchten wir in Brooklyn gemeinsam ein Strategietreffen, an dem mehrere Gewerkschaftsführer, aber auch Funktionäre der Sozialisten und Kommunisten beteiligt waren. Eigentlich sollte es um die Frage gehen, ob sich andere Gewerkschaften der Streikdrohung der Transportarbeiter anschließen sollten. Slattery und ich waren zurückhaltend, aber die Kommunisten pochten auf Solidarität. Die Diskussion begann sachlich, geriet zusehends hitziger und lief schließlich ganz aus dem Ruder, als einer der Sozialisten sich auf Trotzki berief. Es schien, als hätte der Name wie ein Funke gewirkt, der die Sprengladung hochgehen ließ. Plötzlich ging es nicht mehr um den Streik, sondern um die Moskauer Trotzkistenprozesse, mit denen Stalin die Opposition liquidierte. Die Kommunisten verteidigten die Prozesse mit aberwitziger Rabulistik, während die Sozialisten und wir Gewerkschaftler entsetzt waren. Selbst Slattery schien aus seiner Lethargie zu erwachen, lief rot an, geriet in Wut, drohte damit, zuvor gefaßte Beschlüsse und Vereinbarungen platzen zu lassen, und verstieg sich zu der Behauptung, unter den Mitgliedern seiner Gewerkschaft sei die Mehrheit Anhänger Trotzkis. Das entsprach nicht im entferntesten den Tatsachen, aber die Provokation war so gewaltig, daß es fast zu Handgreiflichkeiten gekommen wäre. Man ging im Zorn auseinander und hatte das Gefühl, Verbündete verprellt und zu Feinden gemacht zu haben.

Eine Woche später, in einer drückend schwülen Augustnacht, war ich nach Feierabend in der *Waterfront Bar* noch in eine andere Kneipe gegangen, weil es zum Schlafen viel zu heiß war. Als ich kurz vor Morgengrauen zurückkam, standen zwei Polizeiwagen und eine Ambulanz vor der *Waterfront Bar*. Das rotierende, rote Lichtsignal flackerte über die Hausfassaden. Es sah aus, als ob Blut aus den Fenstern strömte.

Der Polizist am Eingang ließ mich passieren, als ich ihm sagte, daß ich ein Mitarbeiter Slatterys sei. Die Bar, der Flur und Slatterys Büro, in dem sich Polizisten und Sanitäter drängten, waren hell erleuchtet. Charly lag mit dem Rücken auf einer Trage. Sein blutverschmierter, nackter Oberkörper war im Brustbereich verbunden, das blutige Hemd lag auf dem Fußboden. Vor dem Schreibtisch stand Ellen, kreideweiß, zitternd und stumm. Der Tresor war offen und vollständig ausgeräumt. Die Sanitäter hoben die Trage hoch und brachten Charly in den Ambulanzwagen.

Ich ging hinterher, und als die Sirene losschrillte, leiser wurde und in der Nacht verebbte, stand ich allein auf der Straße. Dunkelheit drückte auf den dünstenden Asphalt, schob Fenster und Ladenschilder, Wassertanks und Schornsteine, Ventilatoren und Feuerleitern zu Klumpen zusammen, zu riesigen schwarzen Blöcken. Unter dem schweren Druck platzte Licht aus Fenstern. Die Nacht schien sogar die Bogenlampen auszupressen; ihr Licht troff auf die Straße, bis die Morgendämmerung es verschlang.

Charly lebte noch elf Stunden – lange genug, um zu Protokoll zu geben: Gegen zwei Uhr morgens war er aufgewacht, weil er Geräusche aus seinem Büro gehört hatte, ging nach unten und traf auf zwei ihm unbekannte Männer, die seinen Schreibtisch durchwühlten. Wie sich später herausstellte, waren die Männer durch ein Toilettenfenster eingestiegen. Einer der beiden zwang Charly mit vorgehaltener Pistole, den Safe zu öffnen. Als sie den Inhalt in einen Koffer räumten, versuchte Charly, dem Mann die Pistole aus der Hand zu schlagen, aber er schoß sofort. Charly erwachte erst wieder im Krankenhaus.

Seine Frau Ellen hatte die Schüsse gehört, war ebenfalls nach unten gelaufen, hatte Charly in seinem Blut liegen sehen und sofort die Polizei und die Ambulanz angerufen, die innerhalb kurzer Zeit am Tatort erschienen.

Da sich mindestens 500 Dollar Bargeld im Tresor befunden hatten, ging die Polizei von Raubmord aus und verdächtigte offiziell die Mafia. Die Ermittlungen führten zu nichts.

Ich wußte, daß auch Mitgliedslisten der Gewerkschaft, Korrespondenzen mit linksgerichteten Organisationen und Anwerbungsbögen für die Internationalen Brigaden im Tresor gelegen hatten. Und ich ging nicht von Raubmord aus. Hague hätte Interesse an diesem Material haben können – dagegen sprach allerdings, daß seine Polizei so schnell zur Stelle war. Das FBI kam gleichfalls in Frage – aber auch die Kommunistische Partei auf der Suche nach Namen und Anschriften von Trotzkisten.

Charles Slattery starb am 4. August.

Die Beisetzung sollte bereits nach drei Tagen erfolgen, wurde jedoch um eine Woche verschoben, da Charles und Ellen Slatterys Tochter nicht früher aus Vermont anreisen konnte.

Am 10. August 1938 lernte ich Margaret »Maggie« Slattery kennen. Es war Liebe auf den ersten Blick.

15

GERÜHRT UND GESCHÜTTELT

Erfindungsreiche Studenten hatten einen Plastikeimer mit Wasser gefüllt, einfrieren lassen, den Eisblock aus dem Eimer geklopft, einen Kanal mit Einfülltrichter durchs Eis gebohrt, der von oben mit Whiskey und Wodka, Gin und Tequila befüllt wurde. Die Kühl- und Saufmaschinerie stand auf einem Stuhl, der auf einen Tisch gehoben war. Unter harmlosem Radau und lautstarkem Hallo traten einige Studenten an den Austritt des Eiskanals und ließen sich den Alkohol direkt in die Münder laufen.

Andere soffen distinguierter, saßen, Bierflaschen oder Weingläser in Händen, auf den Sesseln und Sofas der Lounge oder umstanden die Tanzfläche, auf der es zu Techno- und Hip-Hop-Gewummer in fluoreszierendem Lichtgeflacker hoch herging. Die Musik war so laut, daß man sich nur verständigen konnte, wenn man seinem Gegenüber ins Ohr schrie. Hocki brüllte etwas, Carlsen verstand es nicht, nickte aber Zustimmung und lachte auf Verdacht. Studenten aus seinen Kursen kamen auf ihn zu, schrien, lachten, schienen sich unbändig zu freuen, daß Fakultätsmitglieder auf der Party auftauchten.

Ein Weinglas in der Hand, in tief auf den Hüften sitzenden Jeans, einem knappen Shirt, das unten Bauch- und oben üppige Brustfreiheit gewährte, näherte sich Carol aus dem Schreibkurs, lächelte Carlsen beschwipst an, sagte Unverständliches, so daß er den Kopf neigen mußte, bis ihre Lippen fast sein Ohr berührten. Als Schauplatz ihrer Geschichte, teilte sie mit, habe sie bislang ja die Bibliothek wählen wollen, sich aber nun für diese Kellerlounge entschieden. Ob das okay sei?

Carlsen nickte, brüllte »Gute Idee!«, nahm einen Schluck Bier.

»Tanzen Sie?« Diesmal berührten die Lippen sein Ohr.

»Manchmal schon!«

Sie nahm ihm die Flasche aus der Hand, stellte sie auf einem Tisch ab, faßte ihn am Ellbogen und bugsierte ihn auf die Tanzfläche, wand und drehte sich im Rhythmus, beobachtete aus den Augenwinkeln, wie er, von fremden Körpern berührt und gestoßen, ungeschickt versuchte, seine eigenen Bewegungen dem Takt anzupassen, reckte ihm gelegentlich Bauch und Brust entgegen, lachte, reckte die Arme aufwärts, wandte sich schließlich mit einer Drehung von ihm ab und anderen Tanzenden zu, so daß er das Gefühl bekam, wie eine Trophäe kurz vorgeführt und stehengelassen worden zu sein. Als er sich von der Tanzfläche stahl, beachtete sie ihn gar nicht mehr, was ihn erleichterte.

Auf den Treppenstufen, die zur Lounge hinabführten, hockten plaudernd die Raucher. Carlsen setzte sich dazu. Ein Foto wurde von Hand zu Hand gereicht, löste ungläubiges Kopfschütteln und verlegenes Grinsen aus. Ob er auch mal sehen wolle?

Michael aus dem Übersetzerkurs drückte ihm feierlich das postkartengroße Schwarzweißfoto in die Hand. »Das hab ich in Prag gekauft, auf einem Flohmarkt«, sagte er.

Das Bild zeigte Hitler, der eine nackte Frau im Arm hielt.

»Das ist garantiert echt«, sagte Michael.

Carlsen drehte das Bild in der Hand. »Aber das ist doch ganz modernes Fotopapier, ohne Altersspuren, kein ...«

»Aber das Negativ ist echt«, sagte Michael. »Das hat mir der Händler garantiert.«

Hitler stützte mit angewinkeltem Arm, der Geste seines typischen Grußes, den schweren Busen eines dümmlich grinsenden Fotomodells, nur daß es sich bei diesem Hitler ersichtlich um einen Schauspieler oder Darsteller handelte, dessen Ähnlichkeit mit »dem Führer« noch weit entfernter war als beispielsweise die Charlie Chaplins im *Großen Diktator*. Uniform, Frisur und Bärtchen reichten aber offenbar, um ihn »garantiert echt« zu machen.

»Das ist doch lächerlich«, sagte Carlsen.

Etwas berührte ihn an der Schulter. »Oh, Entschuldigung bitte«, sagte eine weibliche Stimme hinter ihm, und das Etwas erwies sich als weibliches Knie. Eine Handbreit darüber ein schwarzer Saum. Er schaute von seiner Treppenstufe hoch. Lauren. In einem hauteng anliegenden, hochgeschlossenen Kleid. Sie sah auf ihn hinunter, blickte ihm kurz ins Gesicht, blickte auf das Bild, das er in der linken Hand hielt, auf die Zigarette in der rechten, deutete ein mißbilligendes Kopfschütteln an, warf die Haare in den Nacken, und während er hektisch beiseite rückte, um ihr Platz zu machen, war sie schon vorbei. Hinten war das Kleid nicht geschlossen, sondern bis auf Höhe der Taille dekolletiert. Carlsen holte tief Luft, gab Michael das Foto zurück, rauchte die Zigarette zu Ende und ging zurück in die Lounge.

An der improvisierten Bar ließ er sich ein Bier geben, lehnte sich an eine Säule, tat, als beobachte er den wilder werdenden Partywirbel, blieb aber nirgends mit dem Blick hängen, bis er Lauren ausgemacht hatte. Sie stand auf der anderen Seite des Raums, nippte an einem Glas und schaute den Tanzenden zu. Die Brille hatte sie nicht auf. Vielleicht hatte sie dann auch gar nicht sehen können, was für ein peinliches Foto er in der Hand gehalten hatte. War sie eigentlich kurz- oder weitsichtig? Wenn das flackernde Licht ihr Gesicht streifte, sah es aus, als lächele sie vor sich hin, aber nicht spöttisch oder arrogant wie im Tageslicht der Kurse, sondern mit einem lasziven Schmelz, der lockte und zugleich Unnahbarkeit ausstrahlte. Warum blieb sie übers Wochenende auf dem Campus unter Studenten, die ihr wie Kinder vorkommen mußten? Fand sie solche Partys amüsant? Gab es in Boston niemanden, mit dem sie das Wochenende verbringen wollte? Keinen Freund, Verlobten, Mann? Einmal sprach sie kurz mit zwei Studentinnen, lachte, nickte, aber dann stand sie wieder allein da, allein wie Carlsen, tanzte nicht, wurde auch von niemandem zum Tanz gebeten. Warum nicht? Vielleicht, dachte er, geht es ihr, wie es sehr schönen Frauen häufig geht. Sie werden nicht umschwärmt, sondern scheu gemieden. Die Männer schrecken davor zurück, sich eine Abfuhr einzuhandeln, bewundern nur aus sicherer Distanz.

Carlsen spürte das Pochen seines Herzens. Schweißtropfen traten ihm auf die Stirn. Mit weichen Knien schlenderte er betont beiläufig durch den Raum. Als er endlich neben ihr stand, schien sie ihn gar nicht wahrzunehmen. Er räusperte sich, näherte seinen Mund ihrem Ohr, in dessen Läppchen ein Stein funkelte, und sagte – nichts. Was sollte er sagen?

Sie wandte ihm das Gesicht zu. Ihr Lächeln war wieder spöttisch. Er lächelte auch, hob die Bierflasche, trank ihr zu. Sie wandte den Kopf abrupt wieder ab, als empfände sie seine Geste als plumpe Zumutung. Er spürte, wie er errötete, wischte sich mit dem Zeigefinger Schweiß vom Nasenflügel, roch ihr Parfüm. Zitrusduft, Jasmin, eine Spur Lavendel vielleicht? Etwas Undefinierbares. Frisch und herb zugleich, kühl und doch sinnlich, flüchtig und tief. Erneut nahm er Anlauf: »Was trinken Sie da eigentlich?«

Sie zog die Augenbrauen hoch, gab keine Antwort, sondern hielt ihm das Glas unter die Nase, auf dessen Rand eine Zitronenscheibe steckte. In der wasserklaren Flüssigkeit schwammen Eiswürfel.

»Gin Tonic«, sagte er.

Sie nickte kaum merklich. Vielleicht nicht einmal das.

»Ich trinke übrigens Bier«, sagte er dicht an ihrem Ohrläppchen und hielt die Flasche hoch. Das sollte irgendwie komisch wirken, ging aber ins Leere oder stieß gegen eine Wand. Sie verzog keine Miene.

»Wußten Sie eigentlich, daß man Cocktails nie rühren soll?«

Sie sah ihn gelangweilt an. »Wieso nicht?«

»Man soll sie schütteln, heftig, auf und ab mit entschlossenen Bewegungen, bis sich die Bestandteile zu einer schaumigen Mixtur verbinden. Im Ergebnis bekommt man dann einen schaumigen Drink, den man fast wie Champagner schlürfen kann.«

Sie lachte immer noch nicht. »Waren Sie etwa mal Barkeeper?«

Wieder wurde er rot, was sie im unsteten Licht aber wohl nicht erkannte. »Nein, das hab ich neulich gelesen, in einem Manus…, ich meine, in einem Buch über, äh, über Cocktails, und fand es sehr, ja, interessant irgendwie.«

Sie nickte befremdet, strafte ihn mit einem Blick, der kälter war als die schmelzenden Eiswürfel in ihrem Glas. »Entschuldigen Sie mich«, sagte sie und ließ ihn stehen.

Er sah ihr nach. Der Rückenausschnitt ihres Kleides. Wie ein V-

Zeichen aus gebräunter Haut. V für Victory. Carlsen kam sich besiegt vor, beschämt, und kapitulierte.

Er suchte nach Hocki, aber der hatte sich, wie ein paar andere Fakultätsmitglieder auch, längst aus dem Staub gemacht.

In *Angelo's Poolbar* am *Green* tranken sich die Einheimischen ins Wochenende. Carlsen fand einen Platz an der dicht umlagerten Theke, bestellte *Sour Mash* auf Eis, kippte ihn herunter, bestellte noch einen, ging zu den Billardtischen und sah zu, wie Queues durch geübte Hände glitten, die weißen Kugeln in Bewegung setzten, die klackend auf farbige Kugeln prallten, dumpf gegen Banden stießen und in Seitentaschen versanken. Die Kugeln nahmen Richtungen und zogen Bahnen, die Carlsen nie hätte antizipieren können. Nicht die kürzesten Wege führten hier ins Ziel, sondern raffiniert geplantes, vorgedachtes Winkelspiel, beruhend auf Erfahrung, ruhiger Hand und einer sehr konkreten Geometrie, die sich bei jedem Stoß erneut bewies. Es kam selten vor, daß die Queues die weißen Kugeln unpräzise trafen, aber dann entstand ein verzerrtes Geräusch, und die Spieler schnitten Gesichter, als wäre ihnen Schmerz zugefügt worden. Das Geräusch beim Fehlstoß, dachte Carlsen, ist wie ein falsches Wort in der Konversation. Wußten Sie, daß man Cocktails nicht rühren soll? Solche Worte eben. Sie schmerzen, weil sie ihre schamlose Absicht mit sinnfreiem Smalltalk tarnen.

Beim dritten *Sour Mash* fragte er sich, warum er derart Trübsal blies? Na schön, er hatte sich einen Korb bei der hochnäsigen Lauren eingehandelt. Na und? Das war wohl allemal auch besser so. Affären zwischen Fakultät und Studenten galten im Katechismus des Colleges als Todsünde. Wo also war das Problem? Hier war doch alles im Lot. Die Kurse ließen sich problemlos an, die Studenten lächelten zahngesund und waren fleißig, Unterbringung und Verpflegung waren erstklassig, das Honorar stimmte. Alles war optimal. Schreibblockade? Das war einmal. Denn als freundliche Zugabe des Zufalls war er auch noch auf Steinbergs Manuskript gestoßen, das er sich immer stärker zu eigen machte, indem er den Text auf seinen Computer übertrug. Verging er sich da am geistigen Eigentum eines Fremden, eines vermutlich längst Toten? Die Sicherung des Textes war jedenfalls eine Vorsichtsmaßnahme, vielleicht sogar eine Rettung. Konnte man denn wissen, ob es nicht noch andere Leute gab, die an diesem Manuskript Interesse hatten, haben mußten? Die beiden freien Tage des Wochenendes würde er nutzen, um den kompletten Text zu retten, ihn niederzuschreiben, als wär's ein Stück von ihm. Was er dann damit anfangen würde, wußte er noch nicht. Das würde sich zeigen. Und was sollte er mit dem Original machen, mit Steinbergs Heften und Briefen? Abwarten und *Sour Mash* trinken. Alles bestens, alles in Butter. Wo also steckte der Haken, der ihn verstimmte? Wo saß der Stachel im Fleisch?

Die Nacht war kühl. Windböen trieben Dunstschleier über die Fahrbahn. Überm Fluß waberte Nebel, schmutzige Watte, die das Scheinwerferlicht aufsog wie eine strahlende Flüssigkeit. Obwohl er langsam fuhr, verpaßte er die Abzweigung zum Haus, streifte beim Wenden auf einem Feldweg Gebüsch. Zweige rauschten gegen die Wagenfenster. Daß er zuviel getrunken hatte, dämmerte Carlsen erst, als die rechte Seite des Toyotas metallisch knirschend am Brückengeländer entlangschrammte.

Aus dem Fenster des Arbeitszimmers fiel Licht. Er hatte vergessen, die Schreibtischlampe auszuschalten. Der Heftstapel mit Steinbergs Aufzeichnungen. Der Brief seiner Mutter. Eine energische Handschrift. Am Schluß etwas fahrig. In Eile verfaßt. Oder in Sorge. *Gibt es in Amerika eigentlich auch weibliche Wesen?* Aber gewiß doch, meine Gnädigste, die gibt es. Kühl und klug, unnahbar und schön. *Eltern sollten sich natürlich nicht in die Liebesangelegenheiten ihrer Kinder mischen.* Nein, das sollten sie wirklich nicht, aber so sind Eltern nun mal. Klatsch, klatsch Schenkelchen, Omi wünscht sich Enkelchen. *Aber wir würden uns sehr freuen, wenn wir wüßten, daß Du auch in dieser Hinsicht zufrieden bist.* Ach, wer würde sich da nicht freuen? Auch in dieser Hinsicht zufrieden, ja doch ...

Da, dachte Carlsen, als er die kühlen Bettlaken auf seinem Körper spürte, genau da, in dieser Hinsicht, steckt der Stachel. Im Fleisch. Und im Herzen. Auch das Herz ist ein Stück Fleisch. Zur Beerdigung ihres Vaters war also Margaret Slattery nach Jersey City gekommen. Und dann war's *Liebe auf den ersten Blick*. Maggie. Aus Vermont. Wie die wohl ausgesehen hatte? Hochnäsig, abweisend, versnobt? Mit oder ohne Brille? Weitsichtig? Kurzsichtig? Ein V-Zeichen auf dem Rücken? Die süße, lockende Haut. Carlsen spürte den Stachel. Er hatte sich verliebt. In die Falsche. Hoffnungslos und unerwidert verliebt. Im Halbschlaf überließ er sich erotischen Gedankenfluchten und Lustphantasien, aus denen er sich schließlich von eigener Hand erlöste und einschlief.

16
Julius Steinbergs Aufzeichnungen
Heft 6

Sonnenschein tröpfelte durch die kleinen Löcher in der Krempe des Strohhuts und sprenkelte ihr Gesicht. Sie ging mit flinken, kurzen Schritten, weil ihr der schwarze Rock zu eng war, den sie sich von einer Freundin hatte leihen müssen, da sie selbst keine Trauerkleidung besaß. Als sie sich suchend umblickte, wußte ich sofort, daß sie es sein mußte, und ging ihr mit dem Pappschild, auf dem ihr Name stand, entgegen. Sie stellte den Koffer auf dem Bahnsteig ab und reichte mir ihre schmale Hand. Wir nannten uns gegenseitig unsere Namen und lächelten uns schüchtern an.

»Das ist sehr liebenswürdig, daß Sie mich abholen«, sagte sie, als ich den Koffer aufhob und wir gemeinsam zum Ausgang gingen.

»Das ist doch selbstverständlich«, sagte ich.

Sie lächelte wieder unter der Hutkrempe und nickte, als fände sie das auch selbstverständlich. »Mutter hat mir schon viel von Ihnen erzählt, Jules. Ich meine natürlich nicht erzählt, sondern geschrieben. Ich freue mich, Sie kennenzulernen.«

»Ganz meinerseits«, sagte ich, »auch wenn es ein so trauriger Anlaß ist.«

Sie hielt an, sah mir ins Gesicht und lächelte nicht mehr, als erinnere sie sich erst jetzt daran, daß sie zur Beerdigung ihres Vaters angereist war, nestelte ein Taschentuch aus dem zu engen Rock und wischte sich die leicht geröteten Augen. Sie tupfte sich winzige Schweißperlen von der Nase, nickte wortlos, lächelte tapfer und trippelte weiter. In der schweren Augusthitze folgte ich ihr in den knirschenden, spröden Lärm der Bahnhofshalle. Auf der dünnen

Chinaseide der schwarzen Bluse lag das Sonnenlicht wie eine Hand, die ihr den Rücken streichelte. Später erst wurde mir klar, daß ich mich in diesem Moment in Margaret Slattery verliebt hatte.

Innerhalb kürzester Zeit hatte Ellen Slattery erst ihren Sohn Derek und dann ihren Mann verloren, und von Billy, der in Spanien gegen die Faschisten kämpfte, war seit Monaten kein Lebenszeichen gekommen. Sie trug es mit bewundernswerter Fassung, aber diese Fassung hatte auch etwas von Versteinerung. Sie weinte nie – jedenfalls nicht, wenn andere Leute dabei waren.

Und auf der Beerdigung von Charles Slattery waren viele, sehr viele Leute dabei. Außer Billy hatte sich die komplette Familie eingefunden, Brüder und Schwestern Ellens, Schwestern und Brüder Charlys, Tanten, Onkel, Neffen, Nichten, Schwager und Schwägerinnen, Schwiegertöchter und -söhne, Vettern und Cousinen. Die meisten lebten in New Jersey, aber einige hatten weite Anreisen hinter sich. Ein Bruder Charlys kam quer durch den Kontinent aus Oregon, eine Tante aus Chicago, eine Schwester Ellens aus Oklahoma.

Und Maggie natürlich, Maggie kam aus Vermont, stand während der Zeremonie in ihrem zu engen schwarzen Rock und der dünnen schwarzen Bluse neben ihrer Mutter, in deren grauem Gesicht sich kein Muskel bewegte, doch an den geröteten Augenlidern konnte man erkennen, daß sie geweint haben mußte, als niemand dabei war.

Die Gewerkschaften hatten ebenso Abordnungen geschickt wie die sozialistische, die kommunistische, aber auch die demokratische Partei. Ein paar auffällig unauffällige Männer drückten sich im Hintergrund herum, FBI-Agenten, die registrierten, wer sich hier sehen ließ. Höchstpersönlich, eingerahmt von drei Leibwächtern, erschien sogar Frank »Hanky Panky« Hague, ein Mann mit einer schiefsitzenden Sonnenbrille auf dem kantigen Gesicht, dessen bulliger Körper den schwarzen Anzug zu sprengen schien.

Es war so entsetzlich heiß, daß man nicht mehr unterscheiden konnte, wer von den Trauergästen weinte und wem nur der Schweiß übers Gesicht lief. Während der Reverend eine ölige und der Vorsitzende der Hafenarbeitergewerkschaft eine unbeholfene Ansprache hielten, sah ich die fremden und vertrauten, nässetriefenden Gesichter, und als dann einer nach dem anderen ans offene Grab trat und eine Handvoll staubtrockener Erde auf den Sarg rieseln ließ, Ellen Slattery die Hand reichte oder ihr die Wange küßte oder, wie Hague, nur mit schwerem Kopfnicken an ihr vorbeiging, fragte ich mich, ob auch Charlys Mörder unter den Trauergästen war. Einmal fing ich Maggies Blick auf, tränenverschleiert und skeptisch, und wußte, daß sie das gleiche dachte und ebenfalls wußte, daß ich es dachte. Sie schenkte mir ein so zartes Kopfnicken, daß nur ich es bemerken konnte. Wir waren uns einig.

Nach der Beisetzung zerstreute sich die Versammlung in Windeseile, während die Verwandtschaft in der *Waterfront Bar* zu einem Brunch zusammenkam. Mit der Aushilfskellnerin übernahm ich die Bedienung, schnappte hier und da ein paar Wortfetzen des großen Palavers auf, das sich im wesentlichen darum drehte, wie es nun weitergehen sollte, mit dem Haus, dem Lokal und überhaupt. Ellens Schwester schlug vor, alles zu verkaufen, mit ihr nach Oklahoma City zu ziehen und dort neu anzufangen, aber Ellen lehnte ab. An der Führung der *Waterfront Bar* hatte Charly sich schon lange kaum noch beteiligt; sie lief ohne sein Zutun und würde auch in Zukunft von Ellen zu führen sein.

Einmal redeten mehrere Personen auf die sich offenbar sträubende Maggie ein. Worum es dabei gegangen war, begriff ich erst, als Ellen mich am nächsten Tag zu einem Gespräch unter vier Augen bat. Wir trafen uns in Charlys Büro, und es war merkwürdig, Ellen nun hinter dem Schreibtisch sitzen zu sehen, an dem sonst ihr Mann gesessen hatte. Sachlich, gefaßt und unverblümt wie immer fragte sie mich, ob ich weiterhin für sie arbeiten wolle.

»Ich meine als Barkeeper«, sagte sie. »Was die Gewerkschaftsarbeit und all diese politischen Dinge betrifft, mit denen mein Mann sich befaßt hat ...« Sie machte eine Pause. »Das ist nicht meine Welt. Das müssen Sie mit den Genossen klären.« Aus ihrem Mund nahm das Wort Genossen einen bitteren, fast verächtlichen Klang an. Sie zögerte wieder, warf einen Blick auf den Tresor, der in der Mordnacht offen und leer gewesen war, und sah dann wieder mich an. »Wer hat es getan, Jules? Wissen Sie, wer es getan hat?«

Ich schüttelte stumm den Kopf.

»Es spielt jetzt auch keine Rolle mehr«, sagte sie resigniert. »Wenn man wüßte, wer es war, wäre er immer noch tot.«

Ich nickte.

»Und Sie?« sagte sie. »Bleiben Sie?«

»Natürlich«, sagte ich, »wieso sollte ich nicht?«

»Sehr schön«, sagte sie. »Ich werde das Geschäft weiterführen wie zuvor. Es bleibt alles beim alten. Ich habe allerdings noch eine Bitte an Sie, Jules. Es geht um meine Tochter Maggie. Charly ist nicht mehr da. Derek ist nicht mehr da. Und ob Billy je aus Spanien zurückkommt ...« Sie sprach den Satz nicht zu Ende, seufzte. »Ich wünsche mir sehr, daß Maggie hierbleibt und nicht wieder nach Vermont geht. Verstehen Sie das?«

Ich nickte. Natürlich verstand ich das. Ich verstand es sogar sehr gut. Auch mir war daran gelegen, daß Maggie nicht wieder nach Vermont verschwand, jedenfalls nicht so bald.

»Sie könnte im Lokal arbeiten. Aber das will sie nicht. Sie könnte wahrscheinlich auch eine Stelle an einer Schule in Jersey City bekommen. Aber das will sie auch nicht. Ich verstehe das Kind einfach nicht.«

Das Kind. Ich unterdrückte ein Lächeln. Maggie war Mitte zwanzig.

»Und ich dringe bei ihr nicht durch«, fuhr Ellen fort. »Maggie war immer schon etwas eigensinnig. Ihr ist das College zu Kopf gestiegen. Aber vielleicht ist sie zugänglicher, wenn kein Familienmitglied mit ihr redet, sondern ein Außenstehender.«

»Ich verstehe«, sagte ich.

»Reden Sie mit ihr«, sagte Ellen. »Vielleicht hört Maggie auf Sie. Sie haben studiert. Und Maggie hat, nun ja, geistige Interessen. Sie ist wahrscheinlich die einzige von uns, die man als Intellektuelle bezeichnen könnte. Auf Sie wird sie hören. Machen Sie einen kleinen Ausflug. Fahren Sie mit ihr nach Coney Island. Das hat sie als Kind so gern getan.«

Und so kam mein erstes Rendezvous mit Maggie zustande – auf ausdrücklichen Wunsch ihrer Mutter.

Eine leichte Brise strich über den East River und lockerte die schwere Hitze. Wir standen am Bug der Fähre, lehnten uns weit über die Reling, streckten die Köpfe den aufliegenden Gischtspritzern entgegen, die kühl wie Schneeflocken auf unseren heißen Gesichtern schmolzen und hauchweiße Salzspuren hinterließen.

Als ich Maggie gefragt hatte, ob sie am Sonntag mit mir einen Ausflug nach Coney Island machen wollte, hatte sie mich verblüfft angesehen, als hätte ich eins ihrer Geheimnisse erraten, hatte dann freudestrahlend zugestimmt, sogleich aber auch die Stirn in entzückende Falten gelegt und gesagt, sie müsse erst ihre Mutter fragen, ob so eine Vergnügungstour zwei Tage nach der Beisetzung nicht unpassend und pietätlos sei. Doch ihre Mutter hatte keine Bedenken gehabt, sondern nur gesagt, das Leben gehe weiter, und ihr viel Spaß gewünscht.

Und so stand Maggie nun neben mir an der Reling. Wieder tupfte die Sonne durch die Löcher des Strohhuts Sommersprossen auf ihr Gesicht, und ich stellte mir vor, wie ich jeden einzelnen Lichtfleck küssen würde. Statt des geliehenen schwarzen Rocks trug sie ein luftiges Sommerkleid aus weißem Leinen, was ihr zwar wunderbar stand, doch leider die Versprechungen ihres Körpers verhüllte, die der zu enge Rock unfreiwillig betont hatte.

Die Fähre lief an den Docks von Brooklyn vorbei. Dahinter, im Schatten von Hochbahngleisen, Wasserspeichern und Elektroleitungen, machte sich der amerikanische Traum vom kleinen Einfamilienhaus in immer gleicher Ausstattung breit. In Liegestühlen lag man dösend oder zeitunglesend unter ratternden Zügen, spielte Ball auf Flachdächern, grillte Hamburger in Höfen oder auf abgezirkelten Rasenquadraten und genoß das Weekend. Die kleinbürgerliche Konformität, die hier im Windschatten Manhattans ihr Glück pflegte, hatte mich immer abgestoßen, aber angesichts der jungen Paare, die mit Kinderwagen oder Hand in Hand durch den Offerman Park spazierten, stellte ich mir Maggie und mich in solcher Umgebung vor und glaubte, mit ihr zusammen überall glücklich werden zu können. Der Atlantik schob träge Wellen gegen den kilometerlangen, menschenbunten Strand und trug seewärts Schiffe, die noch die Verbindung zum alten Kontinent hielten, der mehr und mehr von mir abfiel wie eine zerbröckelnde Betonschale. Als Maggie und ich über die Gangway an Land gingen, fühlte ich mich zum ersten Mal seit meiner Ankunft in Amerika wirklich leicht, gelöst und frei. Und dies Freiheitsgefühl verdankte ich der Liebe.

Entlang des Strandes erstreckte sich ein gigantischer Rummelplatz. Man konnte sich an Fallschirmen von hohen Gerüsten in die Tiefe stürzen, auf künstlichen Pferden über eine Bahn reiten, die in abenteuerlichen Sprüngen über Häuser und Straßen führte. Eine Negerkapelle spielte die amerikanische Nationalhymne so synkopiert, daß ich die Melodie erst spät erkannte, und vorbeiflanierende Polizisten legten dazu eine Hand grüßend an den Mützenschirm, während sie mit der anderen die Schlagstöcke schon im Griff hatten. Rasend rotierende Berg-und-Tal-Bahnen, Autorennen in kleinen, offenen Wagen, Schießhallen mit ratternden Maschinengewehren. Familien packten am Strand ihr mitgebrachtes Essen zum Picknick aus, Männer in Unterhemden und Hosenträgern pokerten an Tischen vor Bierkneipen.

Wir wanderten eine Weile wortlos durch ohrenbetäubende Musik, fröhliches Geschrei und den Lärm der Vergnügungsmaschinen, durch Geruch von Zuckerwatte, Hot Dogs, türkischem Honig und Muschelsuppe. Ich zeigte aufs Portal einer Geisterbahn, ein grell glühender Höllenschlund, und Maggie nickte lächelnd. Drinnen, im rüttelnden Waggon, tat sie, als erschrecke sie wirklich vor dem nachgeahmten Tod, den Teufeln aus der Kinderbibel, dem aschfahlen Schloßgespenst, dem klappernden Knochenmann, und drängte und klammerte sich kreischend und entzückt an mich, und ich legte schützend den Arm um ihre Schulter. Dem lachhaften Schrecken entronnen, faßten wir uns im Weiterschlendern bei den Händen.

»Wollen wir schwimmen gehen?« schlug ich vor.

»Ich habe keinen Badeanzug mit«, sagte sie.

»Schade«, sagte ich, »ohne wär's natürlich schöner, aber das würde man uns hier übelnehmen.«

Sie stieß mich mit gespielter Empörung in die Seite und zeigte auf eine Reihe hölzerner Umkleidekabinen. »Da kann man sich Badeanzüge leihen.«

Sie entstieg der Kabine in einem Badeanzug, der ebenso schwarz wie der geliehene Trauerrock und zu meinem Entzücken noch ein wenig enger war. Hand in Hand stürmten wir durchs Menschengewimmel ins Wasser, bespritzten uns wie Kinder, hielten uns im Fallen aneinander fest und schwammen dann wortlos nebeneinander her. Sie stieß prustend Wasser aus dem Mund, ich lachte, prustete selber, sie lachte, wir lachten gemeinsam. Sie drehte sich auf den Rücken, lag bewegungslos im Wasser und sagte: »Wenn du mich nicht festhältst, gehe ich unter.«

Ich stellte mich neben sie, das Wasser reichte mir bis zur Brust, und schob den linken Arm unter ihren Nacken, den rechten unter ihre Kniekehlen. Halb hielt ich sie so, halb hielt sie das Wasser, das Haaransatz, Ohren und Hals bedeckte, so daß ihr Gesicht darauf zu schwimmen schien wie eine Insel – die paradiesische Insel, die mich Schiffbrüchigen aufnehmen würde. Sie blinzelte in die Sonne, schloß dann die Augen und sagte: »So könnte es immer bleiben.« Lange verharrten wir so, fast regungslos und ohne weitere Worte. Wir hatten uns gefunden.

An einem ruhigeren Strandabschnitt breitete sie die geliehenen Handtücher im Sand aus und sah mich dabei so an, daß es mir vorkam, als mache sie da ein Hochzeitsbett. Dann lagen wir nebeneinander in der Sonne und hörten dem schwachen Schmatzen des Wellenschlags zu. Ich stützte mich auf einen Ellbogen, blies ihr die langsam trocknenden, blonden Haarsträhnen aus der Stirn. Sie kicherte, als sei sie gekitzelt worden, öffnete aber nicht die Augen.

»Deine Mutter«, sagte ich, »will, daß du hierbleibst.«

Sie kniff die Augen noch fester zusammen und zog die Stirn kraus. »Ich weiß.«

»Und? Bleibst du hier?«

»Auf keinen Fall.«

»Warum nicht? Du könntest in der Bar ...«

Sie öffnete die Augen und richtete sich abrupt im Schneidersitz auf. »Sag mir nicht, was ich könnte«, sagte sie scharf. »Das hat man mir viel zu lange gesagt. Meine Mutter, mein Vater, meine Brüder. Ich weiß selbst, was ich kann. Und ich mache, was ich will.«

»Okay«, sagte ich beschwichtigend, »aber vielleicht könntest du etwas länger bleiben als ...«

»Anfang September beginnt die Schule wieder. Dann muß und will ich zurück in Vermont sein. Keinen Tag später.«

»Vermont also«, sagte ich, sah in ihre strahlendblauen Augen, und sie hielt lächelnd, den Kopf leicht schiefgelegt, meinem Blick stand, als fragte sie sich, was ich in ihren Augen suchte. »Es soll schön sein da oben.«

»Wunderschön«, sagte sie.

»Wohnst du da ... wie soll ich sagen, allein?«

»Nein.«

Ich fürchtete mich, weiter zu fragen, und fragte trotzdem. »Dann hast du also einen, nun ja, Verlobten oder dergleichen?«

Sie lachte, tippte mir mit dem Zeigefinger an die Nasenspitze. »Das wüßtest du wohl gern, was?«

»Nun ja, ich meine, es geht mich nichts an, aber irgendwie, also ja, doch!«

»Na gut. Einmal muß ich es dir ja sagen«, sagte sie ernst, und die himmelhohen Luftschlösser meiner Verliebtheit zerfielen zu trübem Dunst. »Ich teile mir mit jemandem eine Wohnung.«

»Verstehe«, sagte ich mit belegter Stimme, streckte mich auf dem Rücken aus und schloß die Augen.

»Wenn du es verstehst, muß ich ja nicht weiterreden«, sagte sie.

»Nein, mußt du nicht.«

Ich spürte ihren nach Pfefferminz duftenden Atem dicht an meinem Gesicht. Etwas berührte sanft meine Nasenspitze, fühlte sich aber nicht wie ihr Zeigefinger an. Ich schlug die Augen auf. Sie zog den Kopf zurück, die Lippen noch zum Kuß gespitzt.

»Ich teile mir meine Wohnung mit einer Kollegin. Mit einer fünfundfünfzigjährigen, dicken, liebenswürdigen Frau. Sie heißt Alice.«

Bevor ich noch die Arme ausstrecken konnte, um ihr Gesicht wieder an meins zu ziehen, sprang sie auf und lief ins Wasser, und ich folgte ihr und fühlte mich so leicht, daß ich zu schweben glaubte.

Als die Sonne schon tief über Hoboken und Jersey City stand und der Strand sich langsam leerte, holten wir uns an einem Verkaufsstand Bier und in Zeitungspapier eingeschlagene *Fish and Chips*, setzten uns auf eine Bank und aßen. Wir schauten über die Bucht und sahen den ein- und auslaufenden Schiffen zu, die Miss Liberty mit ihrer hochragenden, stolzen Geste verabschiedete oder willkommen hieß.

Nachdem wir eine Weile gealbert und geplaudert hatten, wie nur Verliebte es können, ohne Peinlichkeit zu empfinden, sagte Maggie plötzlich, ohne mich anzusehen: »Weißt du, wer meinen Vater umgebracht hat?«

»Nein«, sagte ich, »aber er hatte viele Feinde.«

Sie nickte. »Und ein paar falsche Freunde. Er hätte sich nicht mit den Kommunisten einlassen dürfen.«

»Es steht gar nicht fest, ob es die Kommunisten waren«, sagte ich.

»Egal«, sagte sie, zerknüllte energisch das von Bratfett triefende Zeitungspapier und warf es in einen Abfalleimer. »Wenn man diesen Leuten die Hand drückt, muß man sie hinterher waschen.«

»Das muß man bei der Mafia aber auch. Und erst recht bei Hanky Panky und seinem korrupten Gesindel.«

»Ja«, sagte sie, »aber die Mafia ist auf ihre Art wenigstens ehrlich. Die Kommunisten reden den Leuten etwas ein, was sie nie halten können. Das Paradies auf Erden. Ich finde zwar auch, daß alle Menschen das Recht haben, satt zu werden, vernünftig entlohnt zu werden und glücklich zu sein. Aber das Gerede von der Revolution! Mal pathetisch, mal fanatisch. Das klingt nur gut, wenn man davon liest. In Wirklichkeit ist das ein schmutziges Geschäft. Der Schlamm kommt nach oben. Der Abschaum. Darin gleichen sich die Kommunisten und die Faschisten. Das Primitive, das Geschmacklose, das Barbarische bekommt ein gutes Gewissen. Ich verstehe die Wut über die Ungerechtigkeit der Welt. Ich habe das erlebt. Ich erlebe es immer noch. Ich weiß, wovon ich rede. Aber wenn diese Wut sich mit dem Haß auf die Kultur verbindet, die schönen Dinge der Zivilisation, die Bildung, die Bilder, die Bücher, dann kann ich diesen Fanatikern nicht mehr folgen. Sie wollen zerschlagen, was ihnen vorenthalten wird, sie wollen es nicht erobern und allen zugänglich machen, sondern zerstören. Und dafür gehen sie über Leichen.«

Sie redete sich in Zorn, aber der Zorn verzerrte ihre Gesichtszüge nicht, sondern machte sie noch schöner, weil es ein gerechter und kluger Zorn war. »Und jetzt bring mich nach Hause«, sagte sie und stand auf.

Während aus den Türmen Manhattans millionenfach Licht platzte, saßen wir im graublauen Zwielicht der Dämmerung an Deck der Fähre. Maggie lehnte den Kopf gegen meine Schulter. Durch unsere Kleidung drang die Nacktheit des Tages, dünsteten Sonne, Meer, Salz und unser pochendes Blut. All die Erregungen und Bewegungen, all das Reden und Lachen. Und nun kam die Müdigkeit mit ihren unerfüllten Sehnsüchten.

(* 5)

Clearwater Falls, Vermont
22. September 1938

Liebster Jules,

du kannst Dir gar nicht vorstellen, wie glücklich mich Dein letzter Brief gemacht hat. Es stimmt: Wir kennen uns nur ein paar Tage (und noch keine einzige Nacht!), aber auch mir kommt es so vor, als hätte ich mit Dir etwas gefunden, worauf ich immer gewartet habe, ohne zu wissen, was es eigentlich ist. Und jetzt bist Du es also!

Ich habe es schon geahnt, als wir uns während des Essens nach der Beerdigung von Dad einmal in die Augen sahen. Da dachte ich, daß wir beide im gleichen Moment das gleiche denken. Und nach unserem Tag in Coney Island war ich mir dann fast sicher. Nein, nicht nach dem Tag, sondern schon in dem Moment, als Du mich im Wasser gehalten hast, fast ohne mich dabei zu berühren, und ich hätte mir so sehr gewünscht, daß Du mich stärker berührt hättest. Aber natürlich nicht vor all den Leuten! Als Du mich zum Bahnhof gebracht hast und ich geweint habe und Du mich gefragt hast, warum ich weine, und ich gesagt habe »wegen Dad«, da habe ich die Wahrheit gesagt – aber nur die halbe. Ich habe mit einem Auge wegen Dad geweint, aber mit dem anderen Auge wegen Dir, weil wir uns nun trennen mußten und so schrecklich unklar war, wann wir uns wiedersehen würden, ob wir uns überhaupt je wiedersehen würden oder ob das alles nur ein schöner Traum war. Merkwürdig, daß man sich manchmal beim Abschied am nächsten ist.

Und, ja, ja, ja, natürlich wünsche ich mir, daß Du mich hier in der Wildnis besuchst, lieber heute als morgen. Du kannst bei uns, das heißt bei Alice und *mir wohnen. Herrenbesuche bringen wir immer auf der Couch vorm Kamin unter, damit sie unser Feuer zu spüren bekommen.*

Ob Du meiner Mutter sagen willst, warum Du Dir ein paar freie Tage nimmst und wohin die Reise Dich führt, mußt Du selbst entscheiden. Ihr ist natürlich nicht entgangen, daß zwischen uns Funken sprühen. Sie möchte mich zwar in ihrer Nähe haben, aber ich glaube nicht, daß sie mir einen Hafenarbeiter oder Gewerkschaftsfunktionär wünscht. Allerdings auch keinen Barkeeper! Freu Dich also bloß nicht zu früh!

Hier hat inzwischen der Indian Summer begonnen. Es ist eine unglaubliche Farbenpracht. Wenn Du das noch erleben willst, und das mußt Du einfach erleben, dann mußt Du bald kommen. Ich lege ein Ahornblatt bei, das heute morgen auf der Haustürschwelle lag. Es ist so rot, wie ich erröte, wenn ich daran denke, was uns beide erwartet.

Also beeil Dich!

Ich umarme und küsse Dich.

Deine Maggie

Das blutrote Ahornblatt ist blaßrosa verblichen, ausgezehrt von Licht und Zeit, aber meine Liebe zu Maggie ist immer noch so glühend wie damals. Zusammen mit einem Foto Maggies, das ihre Freundin Alice während meines ersten Besuchs in Vermont aufnahm, hängt das Ahornblatt in einem kleinen Rahmen auf dem schmutzigen Kalkweiß der Zellenwand. Maggie sitzt in der Abenddämmerung auf den Holzstufen zur Veranda und lacht in die Kamera, während eine Windböe ihr die Haare zerzaust. Über dem weißen Leinenkleid trägt sie einen selbstgestrickten Pullover, denn in diesen ersten Oktobertagen des Jahres 1938 waren die Tage noch warm, aber abends wurde es kalt, und in den Nächten gab es schon Fröste. Man mußte zusammenrücken. Und wir rückten zusammen.

Merkwürdig, hatte sie geschrieben, daß man sich manchmal beim Abschied am nächsten ist. Und merkwürdig auch die Beklommenheit, die man manchmal beim Wiedersehen empfindet, als befürchte man, daß die Person, deren Nähe man herbeigesehnt hat, sich inzwischen verändert haben könnte – oder wenn nicht die Person, so doch deren Gefühle. Als ich in Sussex Junction, weniger ein

Bahnhof als eine Haltestelle inmitten abgemähter Felder und Wiesen, als einziger Passagier aus dem Zug stieg, erfaßte mich diese Beklommenheit wie eine plötzliche Atemnot. Doch da kam Maggie schon auf mich zugelaufen und fiel mir so innig in die Arme, daß der mitgebrachte Strauß Feldblumen zwischen uns zerdrückt wurde. In der Tat hatten sich die Gefühle, die wir füreinander hegten, verändert. Sie waren stärker geworden.

In der ersten Nacht schlief ich noch auf der Couch. Am nächsten Tag erklärte Alice, die Mitbewohnerin und Kollegin Maggies, ihre greise Mutter sei erkrankt; sie müsse ihr für einige Tage beistehen und bei ihr wohnen. Alice brachte das mit betrübtem Gesichtsausdruck vor, aber ihre Augen lächelten so, daß ich begriff, was Maggie wohl schon wußte. Es ging nicht ums Wohlergehen der Mutter, sondern ums Wohlergehen von Maggie und mir. Die eine Woche, die ich blieb, wurde so zur vorweggenommenen Flitterwoche.

Der Ford, Baujahr 24, mit dem Maggie morgens zur Schule rumpelte, war so klapperig, daß ich befürchtete, sie würde nie ankommen oder, schlimmer, nachmittags nicht zurückkommen. Ich saß im Schaukelstuhl auf der Veranda, genoß die milde Wärme der Oktobersonne und las Thoreaus *Walden*, das ich in Maggies gutbestücktem Bücherregal fand.

»Ursprünglich war der Mensch nackt und lebte im Freien; bei schönem und warmem Wetter war das tagsüber ja recht angenehm, doch die Regenzeit und der Winter, von der sengenden Sonne ganz zu schweigen, hätten dem Menschengeschlecht bald den Garaus gemacht, wenn er sich nicht beizeiten in eine Behausung gehüllt hätte. Adam und Eva hüllten sich, der Fabel zufolge, in eine Laube, bevor sie an andere Bekleidung dachten. Der Mensch wollte ein Heim, eine Stätte traulicher Wärme, zuerst im körperlichen, dann auch im übertragenen Sinn.«

So ist es, dachte ich. Und das ist eigentlich auch schon alles. Ich blickte vom Buch auf und sah, wie sich das Grünblau der Green Mountains zu einer explodierenden Farbpalette wandelte. Das Rot und Orange des Zuckerahorns, deren Effekt gesteigert wurde durchs Gelb der Birken und das Rot des Sumpfahorns zwischen dem Immergrün der Nadelbäume. Und wenn dann die Sonne schon die Bergspitzen berührte, hörte ich von der Straße das Motorengeräusch von Maggies zuverlässigem Ford. Wir kochten gemeinsam, machten manchmal noch einen Spaziergang, gingen wie Adam und Eva zu Bett, liebten uns heftig und lebten im Paradies.

Diesmal gab es keine Tränen beim Abschied, weil wir uns einig waren, daß ich nur nach Jersey City fahren würde, um dort zu regeln, was zu regeln war, um dann so schnell wie möglich nach Vermont zurückzukehren.

Ellen Slattery las den kurzen Brief, den Maggie mir für ihre Mutter mitgegeben hatte, lächelte, schüttelte dann jedoch den Kopf, als wollte sie das Lächeln widerrufen, sah mich streng an und sagte: »Geht das nicht alles ein bißchen zu schnell, Jules?«

»Ja, also, ich meine, nein«, stotterte ich.

»Wie stellen Sie sich das eigentlich vor?« hakte Ellen nach. »Haben Sie in Vermont einen vernünftigen Job in Aussicht?«

»Nein, aber, ich meine, noch nicht ... Es wird sich schon etwas finden, wenn ich ...«

»Sie wollen doch wohl nicht im Ernst auf Kosten meiner Tochter leben!« Ellen wurde energisch. »Das Kind verdient ja kaum genug, um sich selbst über Wasser zu halten. Daß Lehrerinnen so lausig bezahlt werden, ist zwar ein Skandal, aber der Skandal macht das Gehalt auch nicht besser.«

»Nein, aber ...«

»Widersprechen Sie mir nicht, Jules. Das haben Sie offenbar schon von Maggie gelernt. Dieser Eigensinn. Diese Dickköpfigkeit.« Sie hielt den Brief immer noch in der Hand, überflog ihn noch einmal. Unterdrückte sie ein Lächeln? »Aber was soll man da machen?« sagte sie seufzend. »Maggie macht ja doch, was sie will. Und in diesem Fall will sie Sie.«

»Ja«, sagte ich.

»Ja, nein, ja, nein.« Ellen imitierte meinen Tonfall. »Fällt Ihnen nichts Besseres ein? Das ist schließlich eine ernste Angelegenheit.«

»Nein«, sagte ich, »ich meine natürlich, ja.«

Ellen musterte mich eine Weile schweigend und nachdenklich, schüttelte den Kopf, nickte, lächelte endlich wie befreit und sagte:

»Wann wollt ihr heiraten?«

»Ich glaube, äh, wir, also … Im Frühjahr? Ja, im Mai. Nächstes Jahr im Mai.«

»Na also«, sagte Ellen. »Das ist immerhin eine klare Antwort. Aber Vermont? Warum ausgerechnet Vermont? Ich verstehe das Kind einfach nicht. Sehen Sie zu, daß Sie da schleunigst einen Job finden. Das ist ja wohl das mindeste, was ich von meinem zukünftigen Schwiegersohn verlangen darf.«

»Selbstverständlich«, sagte ich und wäre Ellen am liebsten um den Hals gefallen.

»Und noch etwas«, sagte sie. »Ich gehe davon aus, daß du dafür sorgst, daß das, was von Charlys Papierkram noch übrig ist, in die richtigen Hände gelangt. Und wenn es keine richtigen Hände gibt, vernichtest du es. Ich will nichts mehr wissen von der Politik.«

Ich nickte. Die meisten Unterlagen waren zwar aus dem Tresor gestohlen worden, aber in meinem Apartment lagen noch einige Briefe, Aufzeichnungen und Notizen. Ich würde einiges davon verbrennen und den Rest dem Vorsitzenden der Gewerkschaft aushändigen.

»Und die spanische Sache, dieser unselige Bürgerkrieg, ist für mich auch erledigt.«

Ich erschrak. »Billy?«, sagte ich. »Ist etwas mit Billy passiert?«

»Es gibt gute Nachrichten«, sagte sie. »Ich habe vorgestern einen Brief von ihm bekommen. Er ist bei einem Gefecht verwundet worden. Ein Schuß in den Oberschenkel, wenn ich es recht verstehe.«

»Und das soll eine gute Nachricht sein?« wunderte ich mich.

Sie nickte. »Er kommt zurück! Mit dem nächsten Schiff, das Verwundete transportiert. Billy kommt nach Hause.«

(* 6)

Clearwater Falls, 22. Oktober 1938

Geliebter Jules,

ich nehme Deine Briefe mit ins Bett, lese sie vor dem Einschlafen, und wenn ich morgens aufwache, lese ich sie wieder. So bist Du zumindest im Geiste schon bei mir. Da jeden zweiten Tag ein Brief von Dir kommt, denkt sich Mr. Potters, der Postbote, natürlich sein Teil, und wenn Mr. Potters denkt, denkt er laut, so daß inzwischen ganz Clearwater Falls Bescheid weiß. Gerätselt wird nur noch darüber, ob wir bereits verlobt sind und wann geheiratet werden soll.

Daß Billy wieder da ist, macht auch mich glücklich, aber noch glücklicher macht es mich für Mama. Allein die Vorstellung, daß sie auch Billy verloren hätte, macht mich krank. Mama hat mir geschrieben, daß er in zwei Wochen aus dem Hospital entlassen wird. Die Ärzte meinen, daß sein Bein vollständig heilt. Das macht es für Mama auch leichter, wenn Du nach Vermont ziehst, weil Billy dann wieder den Job als Barkeeper übernehmen wird. Mama meint, Du habest ihn würdig vertreten, und sie schrieb mir wörtlich: »So einen guten Mann lasse ich ungern gehen. Aber ich gönne Dir diesen guten Mann.«

Es ist also alles gut, und ich habe heute zwei Nachrichten für Dich, für uns, die noch besser sind! Alice zieht in zwei Wochen um. Sie hat eine Wohnung gefunden, die direkt neben der Schule liegt, und ist froh, nicht mehr den langen Weg machen zu müssen, besonders jetzt, da der Winter vor der Tür steht. Mrs. Sheen von der Bäckerei meint, daß der Winter früh kommt und hart wird, weil es so viele Kastanien und Nüsse gibt wie noch nie. Du mußt übrigens wegen Alice kein schlechtes Gewissen haben. Sie hat zwar gern mit mir zusammen gewohnt, aber wir haben das immer als Übergangslösung empfunden, und so, wie es jetzt sein wird, ist es auch für sie besser. Sie ist wirklich ein Schatz.

Und jetzt die zweite gute Nachricht. Ich habe einen Job für Dich gefunden! Mr. Lanois, der Vater einer Schülerin von mir, ist der Besitzer von Green Mountain Lumber & Timber. Ihm gehören ein Sägewerk und eine Holzhandlung, und im Winter heuert er immer zusätzliche Leute als Holzfäller an. Dabei wird man natürlich nicht reich, aber Lanois zahlt faire Löhne. »Das ist kein Job für Zartbesaitete«, hat er zu mir gesagt. »Aber wenn Ihr Freund körperlich fit ist, kann er's ja mal versuchen.« O ja, habe ich da gedacht, er ist kör-

perlich fit. Und wie. Wahrscheinlich bin ich sogar rot geworden bei dem Gedanken. Ach, Jules, ich vermisse Dich so. Deine Briefe zu haben, Dich im Geiste zu haben, ist schön, aber die Wirklichkeit, die man küssen, umarmen und anfassen kann, ist schöner. Mr. Lanois sagt, daß die Trupps mit der Arbeit beginnen, sobald der Boden gefroren ist, spätestens wohl Ende November.

Wenn Du also Mitte November kommst, haben wir vielleicht noch ein paar Tage für uns allein. Schreib mir schnell, wann Du kommst, damit ich Dich in Sussex Junction abholen kann. Feldblumen bringe ich Dir dann nicht mehr mit, sondern nur noch mich selbst.

Ich liebe Dich sehr.
Deine Maggie

Ich war glücklich. Alles schien sich zu fügen. Auch von meinen Eltern gab es gute Nachrichten. Mein Vater hatte im August endlich in den Verkauf des Geschäfts eingewilligt. Die Ausreise und der Umzug nach Amsterdam waren für Anfang Dezember geplant. Ich war sehr erleichtert und schrieb ihnen am gleichen Tag, an dem ich Maggies Brief bekam, daß ich nach Vermont ziehen würde. Die ganze Wahrheit über meine Lebensumstände wollte ich ihnen immer noch nicht zumuten, sondern erfand ein nicht existentes Clearwater College, das mir eine Dozentur angeboten hätte. Allerdings machte ich wahrheitsgemäße Andeutungen über Maggie und schrieb sogar, daß im kommenden Frühjahr geheiratet werden sollte. Falls meine Eltern sich entschließen würden, zur Hochzeit anzureisen, würden sie zwar keinen Collegeprofessor finden, sondern einen Holzfäller, aber immerhin einen glücklichen Holzfäller.

Am 12. November war ich wieder in Vermont und zog zu Maggie in unsere »Laube«, das kleine Holzhaus mit der überdachten Veranda und dem Blick auf die Grünen Berge, in deren Wäldern letztes Laub und erste Schneeschauer fielen.

Das Zimmer, in dem Alice gewohnt hatte, war leergeräumt. »Vielleicht brauchen wir es bald«, sagte Maggie, und ich wußte, was sie meinte, obwohl sie gar nicht schwanger war. Dann gingen wir in das neue, breite Bett, das Maggie von einem Schreiner hatte anfertigen lassen, und da Mr. Potters, der Postbote, auch dem Schreiner die

Post brachte, wußte schon vor meiner Ankunft ganz Clearwater Falls, daß Miss Maggie nicht mehr allein war.

Ein paar ältere Damen empfanden es als skandalös, sich unverheiratet im Konkubinat zu suhlen, und das als Lehrerin, aber den meisten Leuten war es egal, und die, die Maggie kannten, freuten sich für sie. Mr. Lanois, Chef von *Green Mountain Lumber & Timber*, machte sich sogar Sorgen ganz anderer Art. »Sie müssen die Woche über im Camp verbringen«, sagte er zu mir, »kommen erst Samstagabend nach Hause und müssen montags in aller Frühe zurück ins Camp. Und wenn Sie im Camp einschneien, und das kommt öfter vor, dann gibt's gar kein Weekend.«

»Das ist kein Problem für mich, Sir«, sagte ich.

»Mag sein«, sagte er schmunzelnd. »Aber die Nächte sind lang und kalt. Vielleicht ist das ein Problem für Miss Maggie.«

17

ECHO UND FLUSS

Nachtfrost hatte den Wasserspiegel der Regentonne erstarren lassen. Das Eis war hauchdünn und schien unter Carlsens Augen zu schmelzen, als er am späten Vormittag auf die Veranda kam. Das rot glühende Ahornlaub dünstete Wärme aus, Nebelschleier hoben sich überm Fluß, und in der Luft hing der Geruch brennender Laubhaufen, die irgendwo in der Umgebung angesteckt worden waren. Carlsen atmete tief durch, sog den trockenen Duft leise fallender Blätter ein, das herbe Aroma von Farnen, und selbst der beißende Güllegeruch, der manchmal wie Nadelstiche von den gemähten Maisackern herüberwehte, störte ihn nicht. Der gehörte eben auch dazu und machte die Idylle irgendwie erträglicher. Auf manchen Wiesen vergingen die Silberschleier letzter Rauhreifreste. Der Nachmittag würde noch einmal Sommerahnungen wecken; vom Frost zum Verstummen gebrachte Heuschrecken würden wieder schrillen, und letzte Schmetterlinge würden wie Sonnenflecken wieder über die Wiesen taumeln.

Carlsen kochte Kaffee, briet Eier mit Speck und überlegte während des Frühstücks, ob er diesen freundlichen Sonnabend zu einem Ausflug nutzen sollte, zu einer Spritztour ins Blaue, Grüne und Bunte des *Indian Summer*, zum Lake Champlain vielleicht oder anderswohin, egal wohin, einfach durchs Land fahren, sich treiben lassen. Der Kühlschrank summte. Wahrscheinlich summte er Zustimmung. Dies Summen war nichts als das Echo eigener Gedanken.

Ja, er würde fahren, setzte sich zuvor aber noch einmal an den Schreibtisch, um E-Mails abzurufen und Tagesnachrichten im Internet zu lesen. Doch in Deutschland schien ihn niemand zu vermissen, und die Lage im Irak, militärisch längst entschieden, blieb politisch so undurchsichtig und widersprüchlich wie gestern, wie vorgestern, wie vor einem Monat, und nach dem untergetauchten Saddam Hussein suchten die Amerikaner immer noch. Auch nach Massenvernichtungswaffen wurde immer noch gesucht, obwohl inzwischen dem Dümmsten klargeworden sein mußte, daß es solche Waffen gar nicht gab und nie gegeben hatte. Ihre angebliche Existenz war nur einer von vielen vorgeschobenen Kriegsgründen gewesen. Die Söhne des gestürzten Diktators Saddam Hussein waren vor kurzem von amerikanischen Truppen erschossen worden. Fotos der wie Frankensteinmonster zusammengeflickten Toten kursierten wie Trophäen in der Presse. Atavistische Leichenschändung. Hektor, der den toten Achill um Trojas Mauern schleift. Wäre es nicht medienwirksamer, man würde ihre Köpfe auf Lanzen stecken und vor dem Weißen Haus plazieren? Carlsen schaltete den Computer aus.

Der Ordner mit Steinbergs Briefen lag noch aufgeklappt auf dem Schreibtisch. Maggie Slatterys zierliche, zugleich selbstbewußte Handschrift. Steinbergs Hefte. Wie war das weitergegangen? Carlsen begann zu blättern, zu lesen, las sich fest, schaltete den Computer wieder ein, schrieb weiter ab, was Steinberg geschrieben hatte, ließ sich in den Fluß der Geschichte fallen und von der Strömung treiben.

18

Julius Steinbergs Aufzeichnungen
Heft 7

Am Steuer des Mack-Trucks saß Jesse McFarlane und pfiff ein Liedchen vor sich hin. Ich wunderte mich, wie er pfeifen und zugleich einen erloschenen Zigarrenstumpen im Mundwinkel balancieren konnte. Aber vielleicht pfiff er auch gar nicht, sondern spitzte nur die Lippen. Durchs Röhren des Motors und das gelegentliche Rasseln der Kette, mit der die Hinterachse angetrieben wurde, war jedenfalls keine Melodie auszumachen. Jesse leitete das Lager von Mr. Lanois' Holzhandlung und war im Winter Vorabeiter einer der drei *Logging Gangs*, der Holzfällertrupps von *Green Mountain Lumber & Timber*.

Auf der Beifahrerbank am Fenster döste Peter Dunnock vor sich hin. Während der Sommersaison arbeitete er als Hilfskoch in einem Hotel in Atlantic City, im Winter verdingte er sich als Holzfäller und fungierte kraft seines Sommerjobs auch als Koch unserer Gang. Ich rutschte zwischen den beiden hin und her, denn wenn der Mack-Truck eine Rechtskurve nahm, wurde ich gegen Peter gedrückt, und wenn es auf der steilen, kurvenreichen Bergpiste nach links ging, stieß ich gegen Jesses breite Schulter. Zur Gang gehörten noch Yves und Guy Laroux, ein Brüderpaar aus Notre-Dame-des-Bois in Québec, die von Norden über die kanadische Grenze kommen und uns im Camp treffen würden.

»Hoffentlich sind sie schon da«, sagte Jesse. »Sie bringen die Pferde mit, und ohne die Pferde geht nichts.«

»Wenn sie immer noch den alten Trecker haben, kommen sie erst in einem Monat«, sagte Peter.

Etwa vierzig Meilen nordwestlich von Clearwater Falls endete die Piste auf einem kleinen Plateau, über dem dicht bewaldete Steilhänge der Grünen Berge aufragten. Ein Wasserfall stürzte über Felsen in ein natürliches Bassin, aus dem der Bach weiter talwärts strömte. Das Camp bestand aus zwei niedrigen Blockhütten; die größere diente als Unterkunft, die kleinere als Pferdestall und Geräteschuppen. Unter der vorgebauten Remise des Schuppens parkte ein gewaltiger, altertümlicher Traktor mit mannshohen Hinterrädern und schornsteinartigem Auspuff, daneben ein geschlossener Anhänger zum Pferdetransport, und aus dem Schornstein der Wohnhütte stieg der helle Rauch von Buchenholz.

Die Brüder Laroux waren schon gestern eingetroffen, hatten den Truck über die Serpentinen dröhnen gehört und erwarteten uns nun winkend vor der Hüttentür. Ihr Englisch hatte einen starken französischen Akzent, und unter sich sprachen sie nur Le Canayen, das harte, kanadische Französisch mit rollendem R.

Man schüttelte sich die Hände, klopfte sich gegenseitig auf die Schultern und stellte mich als neues Gangmitglied vor.

»Wird Zeit, daß du kommst, großer Chef«, sagte Yves zu Peter.

»Wir haben nämlich Hunger«, ergänzte Guy grinsend. »Was gibt's heute?«

»Bohnen mit Speck«, sagte Peter.

»O nein«, sagte Yves, »dann gibt es ja morgen Speck mit Bohnen.«

»Wenn euch französischen Gourmets das nicht paßt, könnt ihr euch 'n Stinktier schießen und in die Pfanne hauen«, sagte Peter.

»Das Stinktier bist du«, sagte Guy, und alle, Peter inklusive, brachen in schallendes Gelächter aus.

Wie ich bald merkte, ging das immer so. Peter kochte einfach, aber sehr gut. Wir fielen wie ausgehungerte Wölfe über seine Eintöpfe und Aufläufe her, machten uns einen Spaß daraus, phantasiereich am Essen herumzumäkeln, und ließen uns im Gegenzug von Peter als kulinarische Banausen und unzivilisierte Tölpel beschimpfen. Als Jesse, die Spielregel verletzend, ihm einmal ein ernstgemeintes Kompliment zu einem Irish Stew machte, geriet Peter völlig aus der Fassung, weil er hinter dem Kompliment vermutlich eine besonders raffinierte Schmähung witterte.

Ich begriff schnell, daß der rüde Umgangston auf gegenseitiger Wertschätzung beruhte, und fühlte mich in Gesellschaft dieser Männer von Anfang an wohl. Als die Laroux-Brüder dahinterkamen, daß ich Französisch verstand und passabel sprach, waren sie entzückt. Guy meinte zwar, nun gebe es einen Mitwisser in ihrer Geheimsprache, aber ihre Argotzoten und -flüche verstand ich sowieso kaum, und darüber hinaus hatten die Brüder keine Geheimnisse. Sie hielten nicht einmal mit ihren kuriosen anarchistischen Ideen hinterm Berg – was später für mich noch höchst unangenehme Folgen haben sollte.

Obwohl ich mich in den ersten Tagen recht dumm anstellte, behandelten meine neuen Kameraden mich nie herablassend, sondern brachten mir geduldig und freundlich den Umgang mit Ketten- und Handsägen, Beilen, Äxten, Schälmessern und Keilen bei. Die Pferde, zwei stämmige, langmähnige Kaltblüter, waren Eigentum der Laroux-Brüder und ließen sich nur von ihnen führen. In einer an Eifersucht grenzenden Strenge achteten Guy und Yves darauf, daß von uns anderen keiner ein allzu inniges Verhältnis zu den Pferden entwickelte. Gleichwohl empfanden wir die Tiere als Mitglieder der Gang, ohne die, wie Jesse zutreffend gesagt hatte, nichts gegangen wäre. Die Baumstämme, die wir an den schwer zugänglichen Berghängen schlugen und entasteten, schleppten die Pferde zu den Stapelplätzen entlang der Schotterpiste. Solange es nicht schneite, schafften die Pferde, abhängig vom Gefälle, nur ein bis zwei Stämme pro Tour, aber als dann Mitte Dezember der große Schnee kam, bündelten wir jeweils bis zu fünf Stämme, die wie Schlitten von den Pferden gezogen wurden.

Unterbrochen von kurzen Frühstücks- und Mittagspausen arbeiteten wir von Sonnenaufgang bis zur Abenddämmerung, aßen dann in der Hütte, was Peter auf dem Eisenherd zusammenkochte, saßen noch eine Weile am groben Holztisch vor dem riesigen, aus Feldsteinen gemauerten Kamin, tranken Bier und den von Jesse schwarzgebrannten Whiskey und spielten ein paar Runden Poker. Wenn ich dann mit schmerzenden Muskeln todmüde ins Bett fiel, kam mir die harte Roßhaarmatratze wolkenweich vor, und ich schlief wie ein Stein.

Der Abtritt war ein zugiger Bretterverschlag hinterm Schuppen, und als Bad diente uns das Bassin unterm Wasserfall, das wegen der starken Strömung auch bei Dauerfrost nie zufror. Als ich am späten Samstagabend zu meinem ersten *Weekend* wieder in unserer Laube erschien und Maggie umarmte, rümpfte sie empört die Nase und erklärte, zu weiteren Annäherungen erst dann bereit zu sein, wenn ich ein Bad genommen hätte. Am Ende lagen wir gemeinsam in der Wanne, und weil wir einfach nicht stillhalten konnten, schwappte das Wasser im Rhythmus unserer Bewegungen über den Rand.

Auf den Brief, in dem ich meinen Eltern von Maggie und meinem Umzug nach Vermont berichtet hatte, kam keine Antwort. Ich machte mir deshalb große Sorgen und erwähnte das auch in einem Brief an Professor Riemer, von dem ich dann schließlich Anfang Dezember die furchtbare Nachricht erhielt.

(* 7)

Prof. Dr. Siegbert Riemer
Hamburg, am 20. November 1938

Lieber Herr Steinberg!

Ich weiß nicht, wie und womit ich beginnen soll. Sie haben mir zuletzt einen Brief geschrieben, der so optimistisch und zufrieden klang wie kein anderer, getrübt nur durch die Sorge um Ihre Eltern. Wie recht Sie mit dieser Sorge haben, konnten Sie wohl kaum erahnen. Um es unumwunden zu sagen: Ich weiß nicht, wie es Ihren Eltern geht, aber man muß annehmen, daß es ihnen sehr schlecht geht. Ich weiß nicht einmal, ob sie noch am Leben sind, und man muß möglicherweise das Schlimmste befürchten.

In ganz Deutschland ist es in den vergangenen Tagen zu brutalen antisemitischen Ausschreitungen gekommen, zu einem von den nationalsozialistischen Verbrechern offenbar detailliert geplanten und exekutierten Pogrom, wie es seit den dunkelsten Tagen des Mittelalters nicht mehr vorgekommen ist. Die Propaganda versucht, die ungeheuerlichen Greueltaten, die in der Nacht vom 9. auf den 10. November ihren Höhepunkt fanden, als »Reichskristall-

nacht« zu verharmlosen. Was geschehen ist? Synagogen und andere jüdische Einrichtungen wurden in Brand gesteckt. Polizei und Feuerwehr rückten entweder erst gar nicht aus oder sahen tatenlos zu und behinderten sogar Löschversuche. Jüdische Geschäfte wurden demoliert und geplündert. Es hat zahlreiche Tote gegeben. Und es ist zu einer umfassenden Verhaftungswelle gekommen, über deren Ausmaß niemand Genaueres weiß.

Was nun Ihre Eltern betrifft, habe ich unter großen Schwierigkeiten folgendes in Erfahrung bringen können: Sie sind am 11. oder 12. November von der Gestapo verhaftet und mit anderen jüdischen Bürgern Hamburgs in ein Konzentrationslager deportiert worden, vermutlich nach Neuengamme. Ob sie sich dort noch befinden, weiß ich leider nicht. Das Optikergeschäft ist unversehrt geblieben. Wahrscheinlich ist das auf den Einfluß des Geschäftsführers Granach zurückzuführen, eines Parteigenossen, der, wie Sie vermutlich wissen, Ihren Eltern das Geschäft abkaufen wollte. Granach dürfte darauf spekuliert haben, das Geschäft auf diese verbrecherische Weise ohne jede Gegenleistung an sich zu bringen.

Es fällt mir unsäglich schwer, Ihnen mit sachlichen, dürren Worten mitteilen zu müssen, was jeder Beschreibung spottet. Wenn ich mich frage, wie es soweit kommen konnte, rette ich mich in Antworten, die zwar politisch zutreffend sein dürften, aber das Entsetzliche nicht fassen. Die außenpolitischen Erfolge, die Hitler mit dem schändlichen Anschluß Österreichs und dem skandalösen Münchner Abkommen in den Schoß gefallen sind, haben in Deutschland eine Art Gleichgewicht zwischen Ideologieverwirklichung der Nazis und Machtpolitik ins Wanken gebracht. Vor allem scheint der Anschluß Österreichs verhängnisvoll motivierend auf die nationalsozialistische Judenpolitik zu wirken, und das Münchner Abkommen führt das Argument ad absurdum, der Antisemitismus müsse mit Rücksicht auf das Ausland sozusagen »maßvoll« gehandhabt werden. Dieser Damm ist jetzt gebrochen. Ein völlig enthemmtes Barbarentum hat letzte Rücksichten aufgegeben und wälzt sich wie eine vernichtende Schlammflut über unser Volk.

Es wird noch viel schlimmer kommen. Hitler und seine Schranzen steuern mit gnadenloser Präzision auf einen Krieg zu. Und der Antisemitismus hat endgültig gezeigt, wozu er willens und fähig ist. Aber auch das scheint mir erst der Anfang zu sein. Man muß bezweifeln, daß halbwegs geregelte Ausreisen jetzt noch möglich sind. Es ist natürlich doppelt tragisch, daß Ihre Eltern unmittelbar vor der Emigration standen. Hätten sie doch auf Sie gehört! Wären

Sie doch dem Beispiel vieler anderer gefolgt! Sollten Sie je mit dem Gedanken gespielt haben, nach Deutschland zurückzukehren, geben Sie diesen Gedanken auf. Bislang wäre das nur gefährlich gewesen. Heute würde es an Selbstmord grenzen.

Mein lieber Herr Steinberg! Ich kann mir denken, was jetzt in Ihnen vorgehen muß, weiß nicht, wie ich Ihnen Trost spenden könnte, bin selber untröstlich über die mörderische Verkommenheit, in und mit der ich leben muß, und schäme mich fast, hier in der Sicherheit meines Arbeitszimmers zu sitzen und Ihnen zu schreiben.

Trotz alledem freue ich mich für Sie, daß Sie zumindest in persönlicher Hinsicht offenbar Ihr Glück gefunden haben. Vielleicht findet sich bald auch beruflich eine Möglichkeit, die Ihren Qualifikationen eher angemessen ist? Einstweilen haben Sie wohl recht, wenn Sie schreiben, daß es in Ihrer gegenwärtigen Lage keinen großen Unterschied macht, ob man Bier zapft oder Bäume fällt. Das Bäumefällen ist vielleicht sogar gesünder.

Ich bemühe mich, Näheres über das Schicksal Ihrer Eltern in Erfahrung zu bringen.

Für heute grüßt Sie herzlich und mitfühlend
Ihr
  Siegbert Riemer

Mit »sachlichen, dürren Worten mitteilen zu müssen, was jeder Beschreibung spottet«, fällt mir ebenso schwer, wie Riemer dieser und einige folgende Briefe schwergefallen sein müssen. Ich geriet in einen Schockzustand, konnte nachts nicht schlafen, und wenn ich einmal einschlief, träumte ich, nicht schlafen zu können. Die harte Arbeit im Camp half mir langsam über den Schock hinweg.

Wenn das Wetter es zuließ und wir nicht eingeschneit waren, stiegen Jesse McFarlane, Peter Dunnock und ich am Samstagmittag in den Mack, erreichten abends Clearwater Falls, verbrachten den Sonntag bei unseren Familien und fuhren montags noch weit vor Morgengrauen, beladen mit Vorräten, wieder ins Camp zurück.

Die Laroux-Brüder schlossen sich uns nur ein einziges Mal an, und dann auch nur widerstrebend, als Jesse sie zum Thanksgiving-Dinner in sein Haus eingeladen und darauf bestanden hatte, daß sie mitkämen. Das sei gottverdammte Christenpflicht, der sich auch verrückte Frankokanadier zu beugen hätten. Ansonsten verbrachten sie den gesamten Winter im Camp, kümmerten sich um die Pferde, spielten Schach und hatten sogar ein paar seltsame Bücher dabei, Schriften von Fourier, Stirner und Rousseau, auch eine Familienbibel, doch ihre eigentliche Heilige Schrift schien *Mémoires sur ma vie* zu sein, die Autobiograhie des französischen Anarchisten Pierre Joseph Proudhon, von der sie eine völlig zerlesene Erstausgabe von 1841 besaßen.

Die Bücher stammten von ihren Urgroßeltern, die um 1850 von Rouen nach Neuschottland in Kanada ausgewandert waren, nach Akadien, obwohl das ehemalige Akadien bereits damals seine Unabhängigkeit verloren hatte und an Großbritannien gefallen war. Dennoch hielten sich in dem Gebiet noch lange einige sich gegenseitig unterstützende Gemeinden, die mit Sozialutopien vom Schlage Charles Fouriers und genossenschaftlichen und syndikalistischen Ideen à la Proudhon ernst zu machen versuchten. Und diese teils utopischen, teils anarchistischen, teils aber auch einfach dem gesunden Menschenverstand geschuldeten Ideen vom harmonischen, schlichten und gerechten Leben in ländlicher Gemeinschaft trieben die Laroux-Brüder immer noch um.

Mr. Lanois zahlte seinen Holzfällern nur einen bescheidenen Grundlohn, räumte uns jedoch von jedem geschlagenen Klafter Holz, den wir an die Sammelplätze schafften, einen zusätzlichen Anteil ein, so daß wir Einfluß auf unseren Verdienst hatten und niemand in Müßiggang verfiel. Für den Einsatz der Pferde erhielten die Laroux-Brüder natürlich noch Extrazahlungen. Wenn wir samstags in die Stadt fuhren, hielt Jesse bei den Stapeln an, zählte die Stämme, meldete Mr. Lanois den Ertrag der Woche, erhielt von ihm unsere Löhne und zahlte sie dann montags an uns aus. Mit diesen Regelungen waren alle einverstanden, auch und besonders die Laroux-Brüder.

Aber so sicher, wie wir uns einen Spaß daraus machten, noch an Peters besten Eintöpfen und Steaks herumzumäkeln, so sicher droschen Guy und Yves ihre sozialrevolutionären und anarchistischen Phrasen, wenn Jesse ihnen die grünen Dollarscheine auf den Tisch zählte. Sie schoben das Geld so nachlässig, fast verächtlich in ihre

Taschen, als interessiere sie dieser Schmutz nicht im geringsten, sogen gemütlich an ihren kurzen Pfeifen, stießen gewaltige Rauchwolken aus, und dann sagte Guy beispielsweise: »Eigentum ist Diebstahl.«

»Ach ja?« sagte Peter. »Wo habt ihr denn eigentlich eure Pferde gestohlen?«

»Der Yankee versteht es einfach nicht«, sagte Yves verächtlich. »Es geht nicht um Pferde. Es geht um die Abschaffung der Finanziers und Rentiers, der unproduktiven Kapitalisten. Es geht darum, daß die Arbeiter den vollen Wert der Güter erhalten, die sie produzieren.«

»Die Bäume hat aber der liebe Gott produziert«, sagte Jesse und schmunzelte gemütlich vor sich hin.

Darauf wußten weder Yves noch Guy eine passende Antwort. Mit dem lieben Gott hatten sie kein Problem, nicht einmal mit Mr. Lanois, weil der kein Großkapitalist war, sondern ein kleiner, selber hart arbeitender Unternehmer, der eigentlich nur ein Tauschverhältnis mit ihnen einging, bei dem lediglich das Geld eine etwas störende Rolle spielte, was die Brüder als unvermeidlich hinnahmen. Radikaler äußerten sie sich, wenn es um Politik ging.

Als ich einmal die Bemerkung machte, daß einige von Roosevelts *New-Deal*-Maßnahmen fast schon syndikalistische Züge aufwiesen, schüttelte Guy heftig mit dem Kopf, schnappte nach Luft und legte los: »Wer eine Regierung über sich hat, egal was für eine Regierung, wird beaufsichtigt, kontrolliert, bespitzelt, gelenkt, mit Gesetzen gegängelt, reglementiert, zum Gegenstand von Akten gemacht, mit Ideologie geimpft, ständig ermahnt, besteuert, gewogen, zensiert, herumkommandiert, und zwar von Leuten, die weder ein Recht noch das Wissen, noch die moralische Sauberkeit dazu haben. Er wird schließlich unterdrückt, ausgeplündert, verfolgt, entehrt, eingesperrt, verhöhnt, gefoltert, mit Maschinengewehren niedergemacht ...« Er rang nach Atem. Während seiner Tirade war Guys Gesicht rot angelaufen, und die Zornesader an seiner Schläfe schwoll an, als müsse sie jeden Moment platzen.

»Ist ja schon gut«, sagte Peter versöhnlich und schenkte Guy noch einen Whiskey ein. »Schätze, das stimmt auch irgendwie. Aber wie wollt ihr das denn ändern? Mit 'ner Revolution?«

»Ihr begreift es einfach nicht«, schaltete sich jetzt Yves ein. »Revolutionen treiben doch nur den Teufel mit Beelzebub aus, jagen eine Regierung zum Teufel und installieren eine andere. Revolutionen produzieren nur neue Tyrannen. Wißt ihr nicht, was damals in Frankreich passiert ist? Das Ergebnis der Revolution war Napoleon. Oder was derzeit in Rußland passiert? Das Ergebnis der Revolution ist Stalin. Der liquidiert gerade die Trotzkisten, weil sie die permanente Revolution fordern. So fressen sich die Revolutionäre gegenseitig auf. Ihr dürft nicht glauben, daß eine Revolution das Mittel zur sozialen Reform ist. Eine Revolution ist nichts als ein Appell an Gewalt und Willkür und endet im Terror.«

»Klingt auch irgendwie richtig«, sagte Jesse und kratzte sich den Hinterkopf. »Aber wie soll das denn funktionieren? Ohne Regierung?«

»Man muß Regierungen durch den Zusammenschluß kleiner Gruppen ersetzen, Förderationen, die gemeinsam arbeiten, und statt Gesetzen machen wir Verträge. Wir müssen auf Gegenseitigkeit vertrauen. Gegenseitigkeit ist Gerechtigkeit. Wir müssen das tun, von dem wir wollen, daß es die anderen Leute für uns tun sollen. Wir müssen als Menschen mit Menschen zusammenarbeiten, und zwar nicht gegen die Natur, sondern mit ihr.«

»Aber das tun wir doch sowieso. Das haben wir immer gemacht, und unsere Eltern und Großeltern haben das auch so gemacht«, sagte Jesse. »Oder ist Bäumefällen etwa gegen die Natur?«

»Die Indianer glauben, daß in jedem Baum ein Wesen lebt, wie die Seele im menschlichen Körper, oder irgendwie so ähnlich jedenfalls«, sagte Yves.

»Lange her«, sagte Jesse schulterzuckend. »Aberglauben.«

»Was lange her ist, muß noch lange nicht falsch sein«, sagte Guy.

»Unfug«, befand Jesse, »hierzulande glaubt man an Gott.«

Wir saßen schweigend um den Tisch, überlegten wohl, woran wir glaubten oder ob wir überhaupt an etwas glaubten. Ich glaubte an Maggie, an mich selbst und an unsere Liebe.

Peter nahm einen Birkenklotz vom Brennholzstapel, fuhr mit dem Daumen über die seidig glänzende Rinde, hob mit der Stiefelspitze den Eisenhebel der Herdklappe, richtete mit einem Schürhaken das schwere Scheit in der sprühenden Glut auf, damit es genug Luft bekam, wartete auf das Knistern der anbrennenden Rinde, das Wehen und Singen des steigenden Feuers und schloß die Klappe wieder. Die Laroux-Brüder gingen in den Stall, um die Pferde zu füttern. Anschließend aßen wir zusammen, nörgelten am Essen herum, versalzen, nicht salzig genug, lachten, pokerten ein paar Runden, gingen schlafen.

Und am nächsten Tag arbeiteten wir dann wieder gemeinsam, Hand in Hand, fünf Menschen und zwei Tiere. Wir waren ein eingespieltes Team und mußten kaum Worte wechseln. Während der harten Arbeit nahmen unsere Gesichter manchmal einen merkwürdig schläfrigen, abwesenden Ausdruck an. Auf Außenstehende hätte es wohl so gewirkt, als schienen unsere Augen leer und blicklos, und manchmal kam es mir auch so vor, als ob wir irgendwo anders seien, gar nicht bei uns selbst, oder als wäre in diesen verschneiten Wäldern eine andere Welt um uns her, nicht die, mit der sich unsere Körper unablässig beschäftigten. Das waren Momente, in denen sich unsere Träume mit unserem Leben verbanden und unser Leben traumhafte Züge annahm, Momente von großer Schönheit und Freiheit. Wenn durch die Stille von Wald und Schnee die hohlen Axtschläge klangen, das ziehende Singen der Sägen, dann klang das wie Musik, und selbst im Krachen, Brechen und Bersten der fallenden Stämme tönten mächtige Akkorde. Nach so einem Schlag wirkte die Stille nur noch tiefer, nachdenklich fast, bis nach einer Weile wieder die schartigen Schreie der blauen Eichelhäher und das emsige Gezirpe der Meisen einsetzten, als sei nichts geschehen.

Wenn die Laroux-Brüder abends die Pferde versorgten, schloß ich mich ihnen gern an. Sie brauchten meine Hilfe nicht, aber ich liebte die Atmosphäre im Stall. Wenn man durch die Schneeverwehungen gestapft war, die schwere, in den rostigen Angeln knarrende Holztür öffnete und dann von der Wärme und dem beizenden Geruch der Tiere umfangen wurde, hatte man das Gefühl, in der Arche Noah zu sein, die von einer wogenden Schneeflut umtost wurde. Und wenn man dann die Hafersäcke öffnete, die Ballen aufbrach und das Heu in die Futterkrippen stopfte, durchströmte plötzlich die Essenz des Sommers die klamme Winterluft. Ich lauschte dem freundlichen Schnauben der Nüstern, dem Rascheln hungriger Mäuler im Heu, den gleichmäßigen, mahlenden Kaugeräuschen, stellte mich ans einzige Fenster des Stalls, rieb mit dem Handschuh die Kondensflüssigkeit vom Glas und sah in die Abenddämmerung hinaus. Der Sturm legte sich, die Schneeflocken taumelten langsamer zur Erde. Umgeben vom tiefsten Winter war das Gefühl der Geborgenheit in diesem Stall überwältigend.

Ein Farmer aus der Umgebung hatte die Erlaubnis, in Mr. Lanois' Waldbeständen Ahornsaft zu zapfen. An den hochstämmigen Bäumen hingen Zinkeimer an Tropfspunden, die durch die rissige Borke geschlagen waren. Als Anfang März erste Wellen warmen Erdgeruchs vom tauenden Boden aufstiegen und das Eis wie trockenes Papier aus den Kronen raschelte, machte unsere Gang einmal Frühstückspause bei drei sehr großen Ahornbäumen, an denen mehrere Eimer hingen. Das im Metall hallende Tropfen des Saftes klang wie fernes Abendläuten aus einem anderen, versunkenen Land. Vielleicht war es Heimweh, was ich da empfand? Vielleicht war es auch nur die Abschiedsstimmung, denn die Holzfällersaison ging dem Ende entgegen, und unsere Gang löste sich auf. Vielleicht würde man sich im nächsten Winter wieder zusammenfinden. Vielleicht auch nicht.

Wenn es im Frühjahr taut, versinkt Vermont im Schlamm. *Mud Season*. Schlammzeit. Man darf sich das nicht so vorstellen, daß an einigen Stellen der Boden lediglich weich wird, sondern das ganze Land ist mit einer knöchel- bis knietiefen, triefenden, saugenden Schicht bedeckt, in der Räder und Reifen versinken, die Auspuffrohre der Autos verstopft, nicht asphaltierte Straßen in Ströme glänzenden, widerlichen Puddings und Wege in zähe, schmatzende Abgründe verwandelt, die kein Traktor, aber auch kein Pferd mehr passieren kann. *Mud Season* ist ein meteorologisches Fegefeuer, in dem man zwischen der nicht enden wollenden Qual des Winters und der noch ausbleibenden Erlösung des Frühlings gefangen ist. Wetter und Temperaturen wechseln mit unberechenbarer Willkür. Es gibt blinkend klare Tage mit durchscheinend blauen, unendlichen Himmeln, unter denen gleißend und blendend der Schnee schmilzt, gefrorene Gewässer klingend aufspringen und Schierling in violetten Schatten zu sprießen beginnt. Am nächsten Tag herrscht wieder tiefster Winter. Der stumpfe, niedrige Himmel spuckt Eisregen und Hagel und vernichtet jede Hoffnung. Aber wunderbarerweise gibt es auch Tage voll trügerischer Wärme, an denen plötzlich ein erster Schmetterling, wie aus dem Nichts erschienen, auf einer schneefreien Zaunlatte sitzt und gemächlich die Flügel zur Sonne öffnet. Zu früh. Schon morgen kann ein letzter oder vorletzter Schneesturm alles zunichte machen.

Nachdem die *Logging Gang* ihren letzten Wochenlohn eingesteckt und sich aufgelöst hatte, die Laroux-Brüder samt Pferden mit ihrem archaischen Traktor zurück ins nicht mehr existente Akadien schnauften und Peter Dunnock sich auf den Weg zu seinen Töpfen und Pfannen Atlantic Citys machte, bot Mr. Lanois mir einen Job im Sägewerk an. »Ich brauche zwar eigentlich niemanden mehr«, sagte er, »aber Jesse meint, daß Sie ein guter Mann sind. Und einen guten Mann lasse ich nicht auf der Straße stehen. Kommen Sie mit dem Mack zurecht?«

Ich nickte. »Hat Jesse mir im Winter in den Bergen beigebracht. Außerdem war ich mal Taxifahrer in New York.«

Lanois lachte. »Dann kann Sie ja nichts mehr erschüttern.« Er klopfte mir auf die Schulter, und damit war ich einer der Lkw-Fahrer von *Green Mountain Lumber & Timber*.

Bei einer meiner ersten Touren sollte ich eine Ladung Bauholz für den Neubau einer Scheune nach Colebrook transportieren. Es war Ende März. Der Tag hatte frühlingshaft begonnen, mit einer milden Brise von Süden. Schneeplacken rutschten von den Dächern, Eiszapfen brachen von Traufen und Rinnen. Auf dem Hof zankten Spatzen im Matsch, und die Lagerarbeiter hatten schon früh ihre Pelzjacken abgelegt. Ich schlug Jesse vor, den Schneepflug abzubauen, der immer noch vor Stoßstange und Kühlergrill des Macks montiert war.

Jesse sah zum Himmel, steckte den Zeigefinger in den Mund, leckte daran, hielt ihn in die Höhe, um die Windrichtung zu prüfen und schüttelte den Kopf. »Dranlassen«, sagte er. »Und Schneeketten mitnehmen.«

Er sollte recht behalten.

Nachdem ich in Colebrook abgeladen hatte und bereits auf dem Rückweg war, schlug das Wetter um. Böiger Nordwestwind kam auf, der Himmel bezog sich unglaublich schnell mit einer niedrigen Wolkendecke, die wie eine Bleiplatte auf die Berge zu drücken schien. Gegen vier Uhr begann es zu schneien, feine Flocken erst, die auf der Frontscheibe schmolzen und sich vor der dunklen Linie der Fichten am Talrand zu einem wirbelnden Schleier verdichteten. Eine halbe Stunde später lag der Schnee schon fünfzehn Zentimeter hoch auf der Straße und verwehte an ungeschützten Stellen zu Bänken.

Ich hielt an und zog fluchend die Schneeketten auf. Die Temperatur war um mehr als zehn Grad gefallen und lag unter dem Gefrierpunkt. Als ich weiterfuhr, war es stockdunkel. Die Scheinwerfer brannten einen opaken Lichthof ins tosende Weiß. Hätte ich die Strecke nicht gekannt, hätte ich anhalten und den Schneesturm abwarten müssen, um nicht vom Weg abzukommen, doch mit den Ketten, deren Bolzen mit dem Geräusch einer dumpfen Trommel in den Schnee griffen, und dem Schneepflug vorm Kühlergrill kam ich langsam, aber sicher vorwärts. Schließlich konnte ich fast nur noch Schrittempo fahren und brauchte für einen Streckenabschnitt von 10 Meilen mehr als eine Stunde. Statt zum Abendessen würde ich erst gegen Mitternacht zu Hause sein. Maggie würde sich Sorgen machen. Zumindest fror ich nicht. Die Heizung in der Fahrerkabine funktionierte leidlich, und ich hatte den Waschbärenfellmantel mitgenommen. Der Motor brummte zuverlässig. Die mich umgebende Welt schien unterzugehen, versank in taumelndem Weiß, und ich fühlte mich merkwürdig geborgen.

Am Straßenrand türmte sich eine ungewöhnlich hohe Schneebank auf. Es sah aus, als sei sie nicht aufgeweht, sondern zusammengeschoben worden. Ich wich so weit wie möglich nach links aus, schrammte mit dem Schneepflug aber noch durch den Rand der Verwehung, was ein lautes, metallisches Knirschen verursachte. Erschrocken sah ich nach rechts. Das war gar keine Schneewehe, sondern ein völliges eingeschneites Auto.

Ich hielt an, ließ den Motor laufen, stieg aus und stapfte zurück.

Im diffudierenden Scheinwerferlicht schob ich mit bloßen Händen den Schnee von der Karosserie eines, wie sich herausstellte, schwarzen Pierce-Arrow-Sedan. Während ich noch schaufelte, wurde die linke Heckscheibe von innen aufgekurbelt. Unter einer Pelzmütze erkannte ich ein leichenblasses Frauengesicht.

»Gott sei Dank«, sagte die Frau, »man hat uns endlich gefunden«, aber sie sagte es nicht zu mir, sondern sprach ins Wageninnere. Neben ihr, zugedeckt mit einem Pelzmantel, lag auf der Rückbank ein etwa dreijähriger Junge, der sich aufrichtete, als ich die Tür öffnete, und mich ängstlich anstarrte.

»Gefunden schon«, sagte ich, »aber ohne nach Ihnen zu suchen. Was ist denn passiert?«

»Ich hatte einen Motorschaden«, sagte die Frau. »Der Wagen ist einfach stehengeblieben, kurz bevor es zu schneien begann. Und dann ...«

»Ich verstehe«, sagte ich, half der Frau aus dem Wagen ins Führerhaus des Mack, nahm den Jungen, der leise weinte, auf die Arme und reichte ihn der Frau. Der Pelzmantel war ein Nerz, passend zum Pierce-Arrow. Das waren keine armen Leute. Ich hatte noch einen Rest lauwarmen Kaffees in der Thermoskanne. Das Kind schüttelte den Kopf, als ich ihm den gefüllten Verschlußdeckel vors Gesicht hielt, aber die Frau trank in kleinen, gierigen Schlucken.

Während wir uns durch den langsam abflauenden Sturm den Weg nach Clearwater Falls bahnten, schlief der Junge sofort ein. Manchmal zitterte er unter dem Nerz. Vielleicht hatte er Fieber. Die Frau erzählte, daß sie morgens in Montreal aufgebrochen und unterwegs nach New Hampshire waren.

»Es war doch schon Frühling«, sagte sie. »Wer konnte denn noch mit so einem Blizzard rechnen? Und dann auch noch die Autopanne. Großer Gott, wenn Sie uns nicht gefunden hätten. Vielleicht hätten wir die Nacht gar nicht überlebt.«

»Nein, vielleicht nicht. Morgen früh wird es sehr kalt sein. Aber jetzt sind Sie ja in Sicherheit. Ich bin übrigens Jules Steinberg«, sagte ich und tippte gegen den Mützenschirm.

»Sehr angenehm«, sagte sie steif. »Vanderkirk, mein Name ist Leigh Vanderkirk. Ich kann Ihnen gar nicht sagen, wie dankbar ich

Ihnen bin.« Das klang so förmlich, als hätte ein entfernter Bekannter ihr ein etwas unpassendes Geschenk gemacht. »Ich meine, ich weiß gar nicht, wie ich Ihnen ...«

»Schon gut, Ma'am«, sagte ich, »ich konnte Sie ja gar nicht übersehen, so falsch, wie Sie da geparkt haben. Mitten im Nirgendwo. Ihr schönes Auto dürfte jetzt aber 'ne gewaltige Schramme haben.«

Sie lächelte, schlang sich fröstelnd die Arme um die Schulter. Sie trug ein elegantes Kostüm. Da ihr Mantel als Decke für den Jungen diente, schälte ich mich aus meinem Waschbärenfellmantel und gab ihn ihr. Sie wollte abwehren, nahm aber schließlich an, versank in den Tiefen des Mantels und schlief ein, während ich die Augen auf die Straße geheftet hielt, auf das unendliche Weiß, unter dem die Straße lag.

Weit nach Mitternacht erreichten wir Clearwater Falls. Maggie hatte wachgelegen, ängstlich auf mich gewartet und auf Motorengeräusch gelauscht, und als der Mack endlich den Hügel heraufdröhnte, stand sie schon in eine Decke gehüllt auf der Veranda. Um den Hals fallen konnte sie mir nicht, weil ich den Jungen trug. Sein Gesicht war gerötet und schweißbedeckt; manchmal hustete er keuchend.

Ich erzählte in knappen Worten, was passiert war. Doktor Landers, der Arzt, wohnte über zehn Meilen entfernt, und wir hatten kein Telefon, um ihn anzurufen. Maggie brühte Kamillentee auf und machte heiße Kartoffelumschläge für den Jungen, und dann überließen wir Mrs. Vanderkirk und ihrem Sohn unser Bett. Maggie schlief auf der Couch, ich machte mir vor dem Kamin ein Lager aus Decken. Mehr war im Augenblick nicht zu tun. Morgen früh würde man weitersehen.

Der Schneesturm war so schnell abgezogen, wie er gekommen war, und hatte in Clearwater Falls auch weit weniger gewütet als im Norden. Der Morgen blaute vorfrühlingshaft. Ich fuhr mit dem Ford zum Postamt und rief Doktor Landers an.

Er diagnostizierte bei dem Jungen eine leichte Lungenentzündung, verabreichte ihm ein Medikament, gab ihm eine Spritze und schrieb ein Rezept aus. »Sie haben unwahrscheinliches Glück gehabt, Mrs. Vanderkirk«, sagte er ernst, »daß Jules Sie aufgegabelt hat.

Die ganze Nacht im kalten Auto, das hätte schiefgehen können. Und Maggies Kartoffeltherapie war goldrichtig. Wenn der Junge jetzt richtig gepflegt wird und ein Arzt manchmal nach ihm sieht, muß er nicht ins Krankenhaus. Können Sie ihn nach Hause transportieren lassen? Ich nehme an, daß Sie in Concord wohnen?«

Mrs. Vanderkirk nickte. Sie gab Landers eine Telefonnummer, und der Arzt versprach, vom Postamt aus ihren Mann anzurufen.

Drei Stunden später fuhr ein weißer, über und über mit Schlamm und schmutzigem Schneematsch bespritzter Cadillac mit rasselnden Schneeketten vor unserer Laube vor, dem ein livrierter Chauffeur und ein schwarzes Kindermädchen entstiegen. Der Junge wurde in Decken und Felle verpackt und auf die Rückbank gelegt.

Mrs. Vanderkirk umarmte Maggie zum Abschied, bedankte sich erneut und reichte mir huldvoll die Hand. »Sie werden bald von uns hören«, sagte sie blaß und verbindlich lächelnd und setzte sich neben den Jungen.

Dann fuhren sie los. Maggie und ich standen Hand in Hand auf der Veranda, bis der Cadillac bei den hohen Kastanien auf die Straße einbog und verschwand.

Zwei Tage später traf ich Doktor Landers vor *Miller's Hardware Store*, wo ich Ersatzbolzen für Schneeketten eingekauft hatte. »Woher wußten Sie eigentlich«, fragte ich ihn, »daß Mrs. Vanderkirk in Concord wohnt?«

»Haben Sie etwa noch nie was von Douglas S. Vanderkirk gehört?« fragte er zurück. »*Vanderkirk Iron & Steel? Vanderkirk Construction? Vanderkirk Wagon & Coaches?* Vanderkirk dies und Vanderkirk das?«

»Natürlich«, sagte ich, »aber glauben Sie denn, daß …«

»Ich glaube es nicht, ich weiß es. In der Klatschpostille, die meine Frau abonniert hat und die bei mir im Wartezimmer liegt, wenn meine Frau sie ausgelesen hat, können Sie in jeder zweiten oder dritten Ausgabe Fotos von den Vanderkirks sehen. Vanderkirk junior mit Verlobter beim Wohltätigkeitsball, Vanderkirk senior beim Golf, beim Empfang der Alumni von Centerville oder Harvard, und die junge und schöne Leigh Vanderkirk mit oder ohne Sohnemann am privaten Strand von Chatham, Cape Cod, bei so ziemlich allem, was man noch mit einigem Anstand fotografieren kann.«

Normalerweise warf Mr. Potters, der Postbote, unsere Briefe in den Blechkasten an der Straße, klappte den Signalfinger hoch, damit wir wußten, daß Post gekommen war, und fuhr weiter. Es kam auch vor, daß die Post neben dem Kasten lag. Dann hatte Potters am Abend zu lange am Tresen im *Clearwater Falls Inn* gesessen und die Leute damit unterhalten, wer von wem welche Post bekam. Doch an jenem hellen Morgen im April fuhr Potters bis vor unser Haus, kletterte hastig aus dem blauen US-Mail-Lieferwagen, eilte über die Veranda und klopfte an die Tür.

Maggie öffnete. »Oh, hallo, Mr. Potters, gibt's was Besonderes?«

Potters stand ganz starr, in fast militärischer Haltung. »Das kann man wohl sagen«, sagte er ehrfurchtsvoll.

»Was denn?« fragte Maggie, die schlechte Nachrichten befürchtete.

»Sie haben einen Brief«, sagte Potters, »beziehungsweise Ihr, äh, Verlobter, also Jules.« Er hielt Maggie das Couvert hin, zog es aber noch einmal zurück und las mit bebender Stimme den Absender vor. »Von Mrs. Leigh J. Vanderkirk aus Concord, New Hampshire.«

»Na schön«, sagte Maggie, »dann geben Sie ihn mir doch.«

Potters schien es Überwindung zu kosten, den Brief aus der Hand zu geben. »Hier, bitte.«

»Danke«, sagte Maggie, aber Potters machte keine Anstalten, sich zu verabschieden. »Ist noch etwas?« fragte Maggie.

»Nein, aber ... ich meine, wollen Sie den Brief denn gar nicht öffnen?« sagte Potters.

»Ich denke schon«, sagte Maggie, »aber nicht unter Ihrer Aufsicht. Auf Wiedersehen!«

Potters trollte sich widerstrebend. Heute abend würde es die ganze Stadt wissen.

Douglas S. Vanderkirk war der Nachfahre eines holländischen Schiffszimmermanns, der um 1650 nach New York, damals noch Nieuw Amsterdam, gelangt war und sich mit einer Schreiner- und Tischlerwerkstatt in der Neuen Welt selbständig gemacht hatte. Nach der amerikanischen Revolution verzog die Familie nach Boston und spezialisierte sich unter dem Namen *Vanderkirk Wagon & Coaches* auf den Bau von Kutschen; diese Faktorei war die Keimzelle des heutigen Konzerns. Mit dem Siegeszug der Eisenbahn expandierte die Firma enorm, da sie nun Waggons baute und einrichtete, und um die Jahrhundertwende auch ins Bau- und Stahlgeschäft einstieg. Als Douglas S. Vanderkirk im Jahr 1926 die Firma von seinem verstorbenen Vater übernahm, gehörte die Familie längst zu den reichsten Clans der gesamten Ostküste. Zwar litt der Konzern auch unter der Weltwirtschaftskrise, erwies sich aber dank seiner diversen Verzweigungen als vergleichsweise stabil. Zwischen 1929 und 1939, sagte Vanderkirk später in einem Zeitungsinterview, habe er etwa drei Millionen Dollar Verlust gemacht. Auf die Frage, wieviel Gewinn er in der gleichen Dekade eingefahren habe, blieb er mit dem Hinweis aufs Steuergeheimnis allerdings eine Antwort schuldig. Als Maggie und ich ihn im April 1939 kennenlernten, war Douglas S. Vanderkirk 56 Jahre alt. Seine erste Frau war vor fünf Jahren gestorben. Er hatte einen 32jährigen Sohn, Graham, aus der ersten und einen dreijährigen Sohn, Jeffrey, aus seiner zweiten Ehe mit Leigh, einer geborenen Winchell.

Und da ich Mutter und Sohn aus einer gefährlichen, wenn nicht lebensbedrohlichen Lage gerettet hatte, ließ Mrs. Leigh J. Vanderkirk mich in leicht kindlicher Handschrift wissen, daß Sie und ihr Gatte sich die Ehre gaben, mich und meine Gattin zu einem persönlichen Dinner auf dem Familiensitz der Vanderkirks in Concord, New Hampshire, zu empfangen. Um Antwort wurde gebeten.

»O Gott!« jammerte Maggie. »Was soll ich da bloß anziehen?«
»Egal, was du anziehst. Du siehst immer gut aus«, sagte ich.
Das Kompliment verfing nicht. »Ich habe nichts, aber auch gar nichts zum Anziehen.«
»Um so besser«, sagte ich. »Wenn du nichts anhast, bist du noch schöner.«
»Idiot«, sagte sie und küßte mich.

Der Landsitz, genauer gesagt einer von mehreren Landsitzen der Familie Vanderkirk, lag ein paar Meilen außerhalb Concords auf einem Hügel, umgeben von einem englischen Park. Zum großen, aber keineswegs protzigen Klinkerhaus im Tudorstil führte eine mit weißem Kies bestreute Allee. Wir parkten den klapprigen Ford, der unterwegs bei Steigungen schwere Schwächeanfälle gezeigt hatte, neben der Remise, in der drei auf Hochglanz polierte Autos standen. Der Pierce-Arrows, den ich im Schneesturm mit dem Pflug gestreift hatte, war inzwischen repariert worden.

Leigh und Douglas Vanderkirk erwarteten uns auf der Eingangstreppe, begrüßten uns herzlich wie alte Bekannte, Maggie wurde von Leigh wieder umarmt, und führten uns durch die Eingangshalle in eine Hausbar. An den Wänden hingen Hirsch- und Elchgeweihe, und in einer Ecke stand ein ausgestopfter Braunbär, dem man eine Baseballkappe vom Centerville-College-Team auf den Kopf gesetzt hatte.

Mr. Vanderkirk bot Cocktails an. »Was immer Sie wünschen.«

Wir entschieden uns für Martinis.

»Eine gute Wahl«, sagte Mrs. Vanderkirk, »das Bewährte ist meistens das beste.«

Maggie nickte stumm, und auch ich fühlte mich befangen. Während Mr. Vanderkirk einschenkte und die Mischung in den Gläsern umrührte, fiel mir zum Smalltalk-Glück die Sache mit den schaumig geschüttelten Martinis ein.

»Interessant«, sagte Mr. Vanderkirk, »klingt plausibel. Der nächste wird geschüttelt. Wie sind Sie auf die Idee gekommen?«

»Ich war mal Barkeeper, Sir«, sagte ich.

»Sagen Sie bloß nicht Sir zu mir. Nennen Sie mich Doug. Und Mrs. Vanderkirk heißt Leigh.«

Maggie und ich nannten ebenfalls unsere Vornamen, wir schüttelten uns alle noch einmal die Hände, Doug hob sein Glas, sagte: »Cheers!«, und wir tranken uns zu.

»Barkeeper also«, sagte Leigh. »Und jetzt Lastwagenfahrer.«

»Und Holzfäller«, sagte Maggie.

»Sie scheinen ja viel erlebt zu haben«, sagte Doug.

Ich nickte. »Das kann man wohl sagen.«

»Wie aufregend«, sagte Leigh, »Sie müssen uns bei Tisch alles erzählen«, und bat uns in den Speisesalon.

Bedient wurden wir von einem schwarzen Mädchen mit weißer, gestärkter Haube und Schürze. Es war aber nicht das Kindermädchen, das Leigh und ihren Sohn bei uns abgeholt hatte.

»Wie geht es dem Jungen? Jeffrey?« erkundigte sich Maggie, nachdem die Hummersuppe serviert war.

»Bestens, bestens«, sagte Doug, »den wirft so schnell nichts um.«

»Aber er stand auf der Kippe«, sagte Leigh. »Großer Gott, wenn ich an diese schreckliche Nacht denke ...«

»Denk einfach nicht mehr dran, Liebling«, sagte Doug und hob sein Weinglas. »Wir trinken auf Sie, Jules, und auf Sie, Maggie. Wir sind Ihnen sehr verpflichtet.«

Ich hatte das Gefühl, daß Leigh Vanderkirk mich scharf beobachtete, meine Gesten, meine Tischmanieren, meine Wortwahl, und als wir beim Rinderfilet in Senfsauce mit grünen Bohnen und Kartoffelgratin waren, sagte sie plötzlich: »Wenn Sie mir die Bemerkung gestatten, Jules, wirken Sie auf mich gar nicht wie ein Trucker oder Holzfäller.«

»Oder Barkeeper«, sagte Doug und gab dem Mädchen einen Wink, Rotwein nachzuschenken.

»Nun ja«, sagte ich, »ich habe das alles gemacht, aber eigentlich bin ich ... Ach, wissen Sie, das ist eine komplizierte und lange Geschichte.«

»Erzählen Sie, Jules, legen Sie los«, sagte Doug. »Wenn Ihre Geschichte gut ist, darf sie ruhig lang sein.«

Und obwohl ich mich kurz zu fassen versuchte, redete ich, von Zwischenfragen der Vanderkirks gelegentlich unterbrochen, beim Dessert immer noch, und kam erst beim Kaffee zum Schluß: »Und so bin ich dann also Fahrer für *Green Mountain Lumber & Timber* geworden und habe Ihren schönen Pierce-Arrows beschädigt.«

Wir lachten, und dann schwiegen alle eine Weile. »Doug!« sagte Leigh schließlich, und das hieß offenbar: Sag doch was.

Doug murmelte »mh, mh, mh«, lehnte sich vor, blickte mich fest an und sagte: »Wenn ich Sie recht verstanden habe, Jules, sind Sie also eigentlich Historiker? Ein Historiker mit deutschem Doktortitel, der beinahe Professor an einer amerikanischen Universität geworden wäre? North Dakota ist zwar nicht gerade ...«, er machte eine wegwerfende Handbewegung, »na ja, das tut nichts zur Sache. Sie kennen doch gewiß das College in Centerville? Liegt ja sozusagen in Ihrer Nachbarschaft.«

»Ich war noch nie da«, sagte ich. »Warum auch?«

»Warum?« Doug schien sich zu wundern. »Vielleicht hat man da Verwendung für einen Historiker.«

Ich schüttelte den Kopf. »Wenn das so einfach wäre. Was glauben Sie wohl, was die Herren Professoren sagen, wenn da plötzlich ein deutscher Emigrant hereinschneit und sagt: Guten Tag. Ich bin derzeit Lastwagenfahrer, suche aber einen Job als Professor. Haben Sie vielleicht eine Stelle für mich?«

»Okay«, sagte Doug grinsend, »das leuchtet mir ein. Ich habe zwar meinen Bachelor in Centerville gemacht, wenn auch nur mit Hängen und Würgen. Aber ich war damals ein guter Baseballspieler. Haben Sie die Mütze gesehen, die der Bär im Trophäenraum aufhat? Und mein Dad hatte genug Geld, um sogar einem wie mir einen Bachelor verpassen zu lassen.« Er lachte. »Aber im akademischen Betrieb kenne ich mich überhaupt nicht aus. Da wird wohl die gleiche scharfe Konkurrenz herrschen wie überall, gerade jetzt in diesen Zeiten.«

»Wenn nicht noch schärfer«, sagte ich. »Wer in Akademia seine Claims abgesteckt hat, ist sehr darauf bedacht, daß die anderen gefälligst woanders schürfen. Ich habe da so meine Erfahrungen gemacht, in Deutschland, aber auch in New York.«

»Doug!« sagte Leigh.

»Hm, mh, mh«, machte er. »Colleges sind eben auch Unternehmen.«

»Doug!«

Aber er schmunzelte nur undurchsichtig vor sich hin, bot mir eine Havanna und Cognac an, und die Damen schlürften Champagner.

Maggie und ich übernachteten im Gästehaus des Anwesens, und obwohl Maggie in ihrem grünen Wollkleid hinreißend aussah, blieb ich dabei, daß sie ohne Garderobe noch schöner war. Diesmal sagte sie aber nicht »Idiot«, sondern »Ach, Jules, ich liebe dich«.

Am nächsten Morgen brachen wir nach dem Frühstück auf. Leigh Vanderkirk überreichte uns zum Abschied ein Päckchen, an dessen Verschnürung ein schmales Couvert befestigt war. Als der altersmüde Ford nach einigen Fehlzündungen endlich ansprang und das Anwesen der Vanderkirks nur noch ein im Rückspiegel verschwindendes Bild war, sagte Maggie: »Ich kann's gar nicht erwarten, das Päckchen aufzumachen.«

»Dann mach doch.«

Sie riß das Seidenpapier auf. »Oh«, sagte sie enttäuscht. »Zigarren.«

»Und was ist in dem Brief?«

Sie schlitzte das Couvert mit dem Zeigefinger auf. »Ohhh! Oh, mein Gott. Jules!«

»Was ist denn?«

»Es ist ein Scheck. Den können wir unmöglich annehmen.«

»Wieso nicht?«

»Es sind ... tausend Dollar. Ich meine, ein! tausend! Dollar!«

Das war weit mehr, als ich während des gesamten Winters im Camp verdient hatte. Der Ford kroch ächzend und klappernd eine Steigung aufwärts.

»Wir kaufen einen neuen Wagen«, sagte ich. »Einen gebrauchten natürlich.«

»Und wir geben eine Party« sagte Maggie. »Ich meine, eine richtig große Party.«

»Wieso das denn?«

Maggie strahlte. »Unsere Hochzeit.«

19

WILDGÄNSE

Das Geräusch klang wie das Hupkonzert eines weit entfernten Autokorsos, schien aber von oben zu kommen. Carlsen sah aus dem Fenster über die Wiese, an deren Ende ein von Sumach und Geißblatt überwucherter Zaun stand, der im Abendlicht wie ein rotglühender Lavastrom schimmerte. Carlsen ging vors Haus. Das Geräusch war nun direkt über ihm. Am Himmel zogen Wildgänse in der Formation eines langgestreckten V-Zeichens. Einige Vögel rangelten mit schrillen Rufen an der Spitze, als stritten sie um die Führung, während eine Handvoll träger Nachzügler die beiden Enden ausfransen ließen. Die Gänse folgten dem Fluß nach Süden. Vielleicht diente er ihnen als Navigationsmerkmal, oder sie steuerten die letzten, noch nicht abgeernteten Maisfelder, die weiter flußabwärts lagen, als Nachtquartier an. Ein zweiter Schwarm folgte, flog schneller und tiefer, so tief, daß Carlsen das Rauschen und Zischeln der Luft in den Federn und die schweren Flügelschläge hören konnte. Und auf ihren Augen reflektierte das schwindende Licht wie gleißende Nadelspitzen.

Die Schwärme zogen über gemähte Felder und Weiden, über Gruppen von Ahorn und Eschen, die sich hell von den grünschwarzen Linien der Fichten abhoben. Wo der Fluß nach einigen Meilen westwärts floß, würden die Vögel sein Wasser als rosig funkelndes Band sehen, und sobald die Dämmerung dichter würde, sähen sie Bodennebel wie Wattewolken über die Ebene treiben und Licht aus den Fenstern der Farmen und Dörfer blinken. Doch der Zauber dieser Anblicke würde die Gänse so wenig berühren, wie ihnen die Gnade nicht bewußt war, fliegen zu können. Fliegen war für sie so selbstverständlich wie Atmen. Ihre unbewußte Wildheit und Freiheit, ihr primitiver Abendgesang, der den Herbst zu verkünden schien, berührten Carlsen wie ein Flügelschlag. Und die V-förmige Formation, in der die Gänse flogen, erinnerte ihn an etwas. Woran? An Laurens schönen Rücken, den sie ihm demonstrativ zugekehrt hatte. Die blöde Gans!

Im Haus klingelte das Telefon. Er lief ins Arbeitszimmer und hob ab.

»Hör mal«, sagte Hocki, »hast du Lust auf 'n bißchen Sightseeing? Kleine Spritztour durch Vermont? Ich fahr morgen nach Woodstock. Muß da was hinbringen. Wunderhübsches Städtchen. Wenn du mitkommen willst, hol ich dich zum Frühstück ab.«

Carlsen stimmte sofort zu. An einen Ausflug hatte er an diesem Morgen bereits selber gedacht, sich dann aber doch wieder mit Steinbergs Aufzeichnungen beschäftigt.

»Nach Woodstock wollte ich immer schon mal«, sagte er. »Wie war das doch noch gleich? *We are stardust, we are golden, and we've got to get ourselves back to the garden.* Oder so ähnlich?«

Hocki lachte. »Doch nicht *das* Woodstock. Das liegt in Upstate New York. Woodstocks gibt's hier wie Sand am Meer. Wo Wald ist, gibt's auch Woodstocks. In den alten Tagen waren das die Stocks, die Stapelplätze für Holz. Also abgemacht. Ich hol dich um neun ab.«

Stapelplätze für Holz. Carlsen dachte an Steinbergs Winter im Holzfällercamp. »In Ordnung«, sagte er, »und dann noch 'ne ganz andere Frage. Sagt dir der Name Vanderkirk was? Douglas Vanderkirk?«

»Wieso?« sagte Hocki, »willst du etwa Aktien kaufen? Das ist 'ne ziemlich große Company, 'ne Aktiengesellschaft mit allen möglichen Branchen. Früher hatten die irgendwas mit der Eisenbahn zu tun oder mit Straßenbau, ich weiß es nicht genau, aber inzwischen sind sie fett im Versicherungsgeschäft und im Immobilienhandel, auch an Banken beteiligt und neuerdings an Airlines. Und wir haben ja auch *Vanderkirk Hall*.«

»Wir? Wie meinst du das?«

»Das College. *Vanderkirk Hall*, das große Dorm unten bei den Sportplätzen, direkt neben dem Swimmingpool. Sieht aus wie 'ne

Mischung aus Gefängnis und griechischem Tempel mit dorischen Säulen und so weiter. Stammt wohl aus den dreißiger Jahren. Hast du das noch nicht gesehen?«

»Doch, ich glaub schon«, sagte Carlsen. »Aber wieso heißt es *Vanderkirk Hall*?«

»Keine Ahnung«, sagte Hocki. »Könnte sein, daß einer aus dem Vanderkirk-Clan das mal gestiftet hat. An Geld hat's denen ja nie gefehlt. Wieso willst du das wissen?«

»Weil, äh, also ich hab hier im Haus …, hier lag so eine, äh, Werbung, eine Broschüre …«

»Yes, darling, I'm ready«, unterbrach Hocki Carlsens Gestammel. »Sorry. Meine Frau wartet auf mich«, erklärte er, »wir sind heute abend eingeladen. Meine Frau haßt es, wenn man zu spät kommt. Ich seh dich morgen.«

Carlsen hatte Hunger, sah sich mißvergnügt die geschrumpften Vorräte im Kühlschrank an, setzte sich ins Auto und fuhr zu *Rosie's Steak and Lobster Restaurant* an der Route 7, bestellte *Clam Chowder*, Steak und Salat, trank zwei Gläser schweren, kalifornischen Rotweins dazu, bekam die Rechnung serviert, bevor er darum gebeten hatte, zahlte, beschloß, einen Absacker in *Angelo's Poolbar* zu nehmen, setzte sich wieder ins Auto und fuhr Richtung Centerville.

Route 7 West. Die Schilder mit der Straßennummer leuchteten wie weiße Wappen aus der Nacht. Wappen, die etwas verkündeten. Route 7. Die Ziffer 7. Geschrieben in einer Handschrift, die Carlsen inzwischen fast so gut lesen konnte wie seine eigene. Heft 7 hatte er heute gelesen. Transkribiert. Gerettet. Heft 8 wartete auf ihn. Wollte gelesen werden.

An einer Tankstelle hielt er an, kaufte Zigaretten und eine *New York Times*, fuhr in Gegenrichtung zurück. Route 7 East. Fuhr Heft 8 entgegen. Die Brückenbohlen rumpelten Unverständliches. Im Haus war es kühl. Er machte Feuer im Kamin, stellte Whiskeyflasche und Glas auf den Couchtisch, holte Heft 8 aus dem Arbeitszimmer, setzte sich vors prasselnde Feuer und las.

20

Julius Steinbergs Aufzeichnungen
Heft 8

Am 3. Mai 1939 heirateten Maggie und ich in der kleinen baptistischen Holzkirche am *Village Green* von Clearwater Falls. Maggie gehörte eigentlich der Episkopalkirche an, arbeitete aber als Lehrerin oft mit der baptistischen Kirchengemeinde zusammen, wenn es um schulische Dinge oder Wohltätigkeitsveranstaltungen ging, und erschien an manchen Sonntagen auch zum Gottesdienst, um ihre Verbundenheit zu demonstrieren. Somit galt sie wie selbstverständlich als Teil der Gemeinde.

Und obwohl ich gar keiner Religion oder Konfession angehörte und mich nicht in der Kirche blicken ließ, behandelte Reverend Graham auch mich wie eins seiner Schäfchen. Der hagere, asketisch strenge und etwas linkisch wirkende, aber außerordentlich liebenswürdige Mann vertrat die Ansicht: »An ihren Taten sollt ihr sie erkennen«, und seit ich ein Wochenende geopfert hatte, um beim Verschindeln des schadhaften Kirchendachs zu helfen, hatte er in mir einen Gottesfürchtigen der Tat erkannt. Im übrigen war er der Meinung, daß wir, guten Willen, Fleiß und Anständigkeit vorausgesetzt, vor Gott alle gleich seien, und gab uns also aus voller Überzeugung seinen Segen.

Und die Brautmutter Ellen Slattery, die sonst ihre Emotionen eisern im Griff und nicht einmal bei der Beerdigung ihres Mannes geweint hatte, wischte sich mit dem Taschentuch die Augen, behauptete jedoch, das sei nur der »übliche Kirchenstaub«.

Die standesamtliche Prozedur im *Townhouse* wurde routiniert vom Bürgermeister vollzogen. Nachdem wir unsere Unterschriften geleistet hatten, gratulierte er, schüttelte mir die Hand und sagte: »Das Wichtigste haben Sie jetzt erledigt, Jules. Nun wird es Zeit fürs Zweitwichtigste.«

»Und das wäre?« fragte ich.

»Sie sollten endlich die amerikanische Staatsbürgerschaft beantragen«, sagte er. »Dürfte in Ihrem Fall ja nur reine Formsache sein.«

»Oh, und ich dachte, Sie meinten Kinder.«

Er lachte. »Die kriegt Maggie auch ohne Antrag.«

Eine Woche später stellte ich den Antrag auf Einbürgerung – aber Kinder haben wir keine bekommen, worunter Maggie sehr gelitten hat und immer noch leidet, jetzt vermutlich besonders, weil das elende Jahr, das sie ohne mich verbringen muß, mit Kindern für sie vielleicht leichter zu ertragen wäre. Doch meine Haftzeit neigt sich nun dem Ende entgegen, noch dreieinhalb Monate. Vor einigen Tagen erhielt ich einen Brief meines Anwalts, daß eine halbwegs realistische Hoffnung auf vorzeitige Entlassung besteht. Mehr noch als die diversen Eingaben des Anwalts und die Interventionsversuche Carl Zuckmayers scheint ein entsprechendes Empfehlungsschreiben von Douglas Vanderkirk bewirkt zu haben. Auch der Gefängnisdirektor habe mir »gute Führung« bescheinigt, worüber ich mich natürlich freue, doch zugleich spüre ich wieder die ohnmächtige Wut darüber, wie ein gewöhnlicher Krimineller behandelt zu werden. Gute Führung? Ein grausamer Witz!

Mein Blick fällt auf Maggies Foto an der grauen Zellenwand, das Foto mit dem verblichenen Ahornblatt. Damals, am Tag unserer Hochzeit, zogen weiße Schäfchenwolken durchs Frühlingsblau, die Apfelbäume blühten auf der Wiese vor unserem Haus, und das Laub des Ahorns platzte frisch und grün aus den Zweigen. Als Trauzeugen für Maggie waren ihre Freundin Alice und ihr Bruder Billy aufgeboten, der seinem Vater sehr ähnlich sah, und diese Ähnlichkeit bekam etwas Gespenstisches, weil er wegen der Beinverletzung, die er aus dem Spanischen Bürgerkrieg mitgebracht hatte, immer noch wie sein Vater hinkte. Wenn man ihn auf einen Handstock gestützt über den Rasen gehen sah, hatte man fast das Gefühl, daß Charles Slattery auf unserer Hochzeit erschienen war.

Billy schenkte uns übrigens Ernest Hemingways Roman *A Fare-*

well To Arms, aber es war nicht nur irgendein Buch, sondern aufs Vorsatzpapier war ein aus einem Notizbuch gerissener Zettel geklebt, auf dem in einer klaren, ausgeschriebenen Handschrift folgendes stand:

> *A man can be destroyed but not defeated.*
> *To Billy Slattery with kind regards!*
> Ernest Hemingway

In seiner Eigenschaft als Kriegsberichterstatter hatte Hemingway im Juli 1938 das spanische Lazarett besucht, in dem Billy lag, ihn gefragt, wie er sich die Verletzung zugezogen hatte, sich eifrig Notizen gemacht und Billy schließlich auf dessen Bitte sein Autogramm mit Widmung geschenkt.

»Das können wir unmöglich annehmen, Billy«, sagte Maggie, »das ist doch eine Auszeichnung, eine Art Orden, den außer dir keiner hat.«

»Dann hebt ihn gut für mich auf«, sagte Billy grinsend, und angesichts des Satzes, daß ein Mann zerstört, aber nicht besiegt werden kann, hatte ich das Gefühl, daß Billy mich meinte. Seine Mutter mußte ihm wohl viel von mir erzählt haben. Als ich später in die Mühlen der McCarthy-Ausschüsse geriet, ist mir dieser Satz immer wieder in den Sinn gekommen, und hier im *Vermont State Prison* von Windsor stärkt er mich manchmal, wie andere Menschen sich vielleicht durch Gebete stärken.

Ich hätte als Trauzeugen gern Manley und Luther Jackson berufen, aber sie konnten unserer Einladung nicht folgen, weil Luther im Krankenhaus lag. Er habe, schrieb Manley in ihrer kaum entzifferbaren Handschrift mit einer kryptischen Formulierung und ohne weitere Erklärung, mit Polizisten »eine Meinungsverschiedenheit« gehabt, was ich mir so übersetzte, daß man ihn zusammengeschlagen hatte.

So bat ich dann Jesse McFarlane und Peter Dunnock, der aus Atlantic City anreiste und es sich in weißer Jacke und Kochmütze nicht nehmen ließ, höchstpersönlich das große Barbecue zu zelebrieren, das wir auf der Wiese veranstalteten. Als Jesse und ich ihm versicherten, noch nie im Leben derart unprofessionell gegrillte und mies gewürzte Steaks gegessen zu haben, lächelte Peter selig und bezeichnete uns als »kulinarische Kakerlaken«.

Ich hatte auch die Laroux-Brüder eingeladen, aber sie kamen nicht und reagierten auch nicht auf meinen Brief.

»Die kommen bestimmt noch«, sagte Jesse, »aber erst übernächste Woche, im Schrittempo mit ihrem Trecker.«

»Die kommen überhaupt nicht«, sagte Peter, »weil du die Pferde nicht mit eingeladen hast.«

Vier Monate später kam ein Brief, in dem Yves und Guy, *retardé mais tres cordial*, zur Hochzeit gratulierten. Sie hatten den Sommer bei Verwandten in Neufundland verbracht, dort als Fischer gearbeitet und die Einladung erst bei ihrer Rückkehr nach Notre-Dame-des-Bois vorgefunden. Man sähe sich gewiß bald im *Logging Camp*. Ich sah die beiden jedoch nie wieder, weil ich inzwischen den Job gefunden hatte, der meinen »Qualifikationen eher angemessen war«, wie Professor Riemer es einmal in einem seiner Briefe ausgedrückt hatte.

Und vielleicht war es am Ende auch besser, daß die Laroux-Brüder die Hochzeit verpaßten, hätte es doch ihre anarchistischen Seelen schwer geschmerzt, daß sich unter den insgesamt fünfzig Gästen auch der »unproduktive Großkapitalist« Douglas Vanderkirk mit seiner Frau Leigh eingefunden hatte. Obwohl inzwischen ganz Clearwater Falls wußte, wie diese ungewöhnliche Bekanntschaft zustande gekommen war, erregte das mondäne Paar natürlich höchstes Aufsehen. Ein Pierce-Arrows! Mit livriertem Chauffeur! Und das Kleid von Leigh! So unverschämt elegant, daß es schon wieder schlicht wirkte. Und Douglas im weißen Anzug mit Chrysantheme im Knopfloch. Als Geschenke überreichten sie mir eine Kiste Champagner *Veuve Cliquot* und Maggie einen Pelzmantel, keinen schwarzen Nerz, sondern weißen Polarfuchs.

»Er paßt nicht zur Jahreszeit«, sagte Leigh lächelnd, »aber er ist unsere Antwort auf Jules' Waschbärenfellmantel, ohne den ich vielleicht gar nicht hier wäre.«

»Den kann ich doch gar nicht annehmen«, sagte Maggie, die vor Freude rot anlief, und nahm den Mantel dankend an.

Billy Slattery fand das alles, Auto, Chauffeur, Geschenke und das Paar selbst, skandalös bis abstoßend und fehl am Platze, stieß aber mit seinem klassenkämpferischen und syndikalistischen Geraune auf wenig Resonanz. Als Maggie jedoch von Billys Begegnung mit Hemingway erzählte, geriet Leigh in einen Begeisterungstaumel, ließ sich das Buch mit der Signatur zeigen und hielt es auch ihrem Mann unter die Nase.

»Junger Mann«, sagte Douglas Vanderkirk zu Billy und klopfte ihm anerkennend auf die Schulter, »von Literatur verstehe ich überhaupt nichts. Das überlasse ich meiner Frau. Aber ich verstehe etwas von Politik und Wirtschaft. Und deshalb bin ich der Ansicht, daß wir den Faschismus in Europa bekämpfen müssen, sonst zerstört er eines Tages auch die amerikanische Demokratie. Ich rede üblicherweise nicht darüber, wem ich wofür Geld spende, aber weil Sie in Spanien gekämpft haben, kann ich Ihnen ja verraten, daß ich auch die Internationalen Brigaden finanziell unterstützt habe. Auf Männer wie Sie sollte Amerika stolz sein. Ich wünschte, mein ältester Sohn wäre aus Ihrem Holz geschnitzt. Aber der spielt lieber Golf. Leider. Wenn er wenigstens Football spielen würde ...«

Und damit wandte Vanderkirk sich vom verdutzten Billy ab und dem Barbecue zu, um sich von Peter ein *medium-rare* gegrilltes Steak servieren zu lassen. Das Bier dazu trank er aus der Flasche. Billy brauchte einen kräftigen Schuß von Jesse McFarlanes *Bootleg Whiskey*, um wieder zu sich zu kommen, und gleich noch einen zweiten, um die Scherben seines zu Bruch gegangenen Weltbilds einzusammeln, während Vanderkirk sich angeregt mit Mr. Lanois unterhielt. Das Ergebnis dieses Smalltalks war ein Lieferauftrag für *Green Mountain Lumber & Timber*, der so umfangreich war, daß Mr. Lanois im nächsten Winter eine weitere *Logging Gang* zusammenstellte.

Zum Tanz spielten die *Clearwater Hillbillies*, eine Bluegrass-Band, zu der mit Johnny Keagan am Banjo und Fred Murray am Baß zwei von Mr. Lanois' Arbeitern gehörten. Kenny Burton, der Sohn des Bäckereibesitzers, spielte Gitarre, und Mrs. Miller, die einen Papierwarenladen betrieb und ehrenamtlich die Stadtbibliothek verwaltete, fiedelte sich auf ihrer Geige in eine Ekstase, die man dem alten Fräulein nicht zugetraut hätte, aber von Herzen gönnte.

Den ersten Walzer tanzten Maggie und ich allein, und dann rief Fred Murray: »*The ladies cross over – and by the gentleman stand! The ladies cross over – and all join hand!*« Und so geschah es auch. Douglas Vanderkirk tanzte mit Maggie, Mr. Potters tanzte mit der dicken Alice, ich tanzte mit meiner Schwiegermutter, und die Paare wurden gewechselt, und jede tanzte mit jedem und alle mit allen. Nur Billy Slattery stand mürrisch an der Getränkebar, bis ich aus den Augenwinkeln sah, wie Leigh Vanderkirk sich zu ihm gesellte und mit ihm plauderte, vermutlich über Hemingway, und irgendwann lachte Billy sogar. Und als die beiden schließlich zusammen tanzten, schien Billys Beinverletzung überwunden zu sein.

Weit nach Mitternacht löschten Maggie und ich die Lampions. Ein zunehmender Mond schwebte über den Baumkronen, und seine Sichel schien einen einzelnen, sehr hellen Stern zu umarmen. Maggie probierte den Polarfuchs an. Ohne war sie noch schöner.

»Guten Morgen, Mr. Potters. Gibt's was Besonderes?«
»Guten Morgen, Maggie. Ein Brief. Für Ihren Mann.«
»Sie können ihn mir ruhig geben.«
»Ja, natürlich, aber es ist ein Brief vom College.«
»Vom College?«
»Ja, vom *Centerville College*.«
»Dann geben Sie ihn doch her.«
»Er ist aber vom Präsidenten.«
»Von Franklin D. Roosevelt?«
»Nein, von Mr. Edgar P. Dershowitz, dem Präsidenten des Colleges.«
»Na schön, Mr. Potters. Ich gebe ihn meinem Mann.«
»Aber, ich meine, wieso bekommt Jules Post vom …«
»Das werden wir wissen, sobald Jules den Brief gelesen hat.«
»Gewiß, aber …«
»Nun geben Sie schon her! Danke, Mr. Potters. Guten Tag!«
Maggie schlug die Haustür zu. »Jules! Ein Brief vom College!«
»Für mich? Wieso …«
»Komm schon, Liebling, mach ihn auf.«
Im Namen der Verwaltung, der Fakultät und der Vereinigung der

Alumni des *Centerville Colleges* hatte Präsident Dershowitz die Ehre, Mr. und Mrs. Julius Steinberg zu einem Empfang zu bitten, der am 28. Mai 1939 anläßlich der feierlichen Einweihung des Dormitorys *Vanderkirk Hall* stattfinden werde. Um Antwort wurde gebeten.

Üblicherweise rede er nicht darüber, wem er für welche Zwecke Geld spende, hatte Douglas Vanderkirk auf der Hochzeitsparty zu Billy Slattery gesagt. Diejenigen jedoch, denen Vanderkirks Spendensegen zuteil wurde, schienen um so lieber, lauter und ausführlicher darüber zu reden. Zwar wurde über die Summe, die der Bau des Studentenwohnheims verschlungen hatte, nur hinter vorgehaltener Hand getuschelt und gemutmaßt – die Rede war von einer halben Million Dollar, mindestens, eine Summe, von der man sich damals 150 Einfamilienhäuser hätte kaufen können –, aber bei der Einweihungsfeier überschlugen sich die diversen Festredner mit Lob- und Danksagungen an den selbstlosen Stifter, der neben seiner Frau stillvergnügt lächelnd in der ersten Reihe des Auditoriums saß und dessen Name ab sofort am Portal des Dormitorys prangte, gemeißelt in rotmelierten Vermonter Granit.

Bei den zwischen den Reden eingestreuten Intermezzi eines Streichquartetts schien Vanderkirk sich zu langweilen, aber als der Kapitän des College-Baseballteams ihn zum Ehrenspielführer auf Lebenszeit ernannte, strahlte er sichtlich gerührt, trat schließlich fast verlegen ans Rednerpult und faßte sich kurz. Ohne Bildung, sagte er, keine Demokratie, ohne Demokratie keine funktionierende Wirtschaft und ohne funktionierende Wirtschaft kein gerechtes Amerika. Bildung und Geschäft seien keine Widersprüche, sondern sich ergänzende Partner bei der Realisierung des amerikanischen Traums. Und daß Träume in Erfüllung gehen könnten, habe er soeben selbst erfahren, da es immer sein Traum gewesen sei, Kapitän des Baseballteams zu werden.

Stehende Ovationen. Streichquartett. Schlußapplaus.

Die Getränkebar im Foyer wurde gestürmt. Studentinnen in Cheerleaderuniformen der Footballmannschaft schoben sich durchs Gedränge und boten auf Silbertabletts Snacks an. Douglas Vanderkirk, dicht umringt von Honoratioren, Alumni und Fakultätsmitgliedern, schob sich ein Lachsbrötchen in den Mund und winkte mir jovial zu, als ich an der Bar anstand, um Getränke für Maggie und mich zu beschaffen. Daß wir Vanderkirk die Einladung verdankten, war klar. Am College kannten wir keinen Menschen, und keiner kannte uns. Maggie stand inzwischen bei einer Gruppe angeregt plaudernder Damen, die sich um Leigh Vanderkirk gebildet hatte.

Sie begrüßte mich mit der ihr eigenen formsteifen Höflichkeit.
»Hallo, Jules, wie schön, daß Sie und Maggie kommen konnten.«

Dann machte sie mich mit den Damen bekannt, wobei sie mich nicht als Lastwagenfahrer von Mr. Lanois, sondern als Historiker vorstellte. Ich kam mir dabei wie ein Hochstapler vor, und zugleich hatte ich das erhebende Gefühl, nach langer Irrfahrt in einen fremden, zugleich jedoch seltsam vertrauten Hafen einzulaufen, dessen Annehmlichkeiten ich seit Jahren entbehrt hatte.

»Haben Sie schon mit Ed gesprochen?« flüsterte sie mir zu.
»Ed? Ich, äh, ehrlich gesagt, nein. Welcher Ed?«
»Edgar Dershowitz, der Präsident. Der hat Sie doch eingeladen, nicht wahr?«
»Gewiß, aber wieso sollte ich, wieso sollte er, also ich meine ...«
»Warten Sie mal eine Sekunde«, sagte Leigh, schob sich durchs Gedränge zu ihrem Mann, flüsterte ihm etwas ins Ohr und kam lächelnd zurück.

Ich hatte mich inzwischen einer Gruppe Alumni zugesellt, deren Gespräch sich um ihre gemeinsame Collegezeit mit Vanderkirk drehte. Ein guter Student sei er nicht gerade gewesen, habe sich für Autos und Sport, Mädchen und Musik mehr interessiert als für anstehende Klausuren und Examen. Sei aber immer schon überaus clever gewesen. Und ein netter Typ, *a nice guy*. Der Charakteristik »netter Typ« wurde von einem Journalisten namens O'Hara sogleich heftig widersprochen. Nett sei nämlich ein entscheidender Unterschied zu *popular*, zu beliebt also. Auf dem College profitierten beliebte Männer und Frauen bekanntlich davon, beliebt zu sein. Nette Typen trieben lediglich Dinge, mit denen sie sich nicht unbeliebt machten, seien im übrigen aber langweilig. Und Vanderkirk sei beliebt gewesen, verdammt beliebt sogar. Besonders natürlich bei den Studentinnen, wie jedermann wisse. O'Hara machte mit seinem Whiskeyglas eine vage Bewegung in Richtung Leigh. O ja, das wußte jedermann. Und viele ehemalige Studentinnen wußten es vermutlich noch besser. Die Herren lachten dröhnend, und die Damen wandten ihnen die Köpfe zu.

»Mr. Steinberg?« sagte eine Stimme hinter mir. Ich drehte mich um. Vor mir stand der Collegepräsident, klein, dunkles, volles Haar, durchdringender, prüfender Blick. Er trug einen grünen Cocktailblazer mit dem College-Emblem auf der Brusttasche, drückte mir die Hand und sagte: »Ich bin Edgar Dershowitz. Freut mich sehr, Sie kennenzulernen.«

»Ganz meinerseits, Sir.«

Die Blicke der Alumni richteten sich sofort neugierig auf Dershowitz und mich, doch bevor das Geplauder der Gruppe ganz verstummte, sagte Dershowitz: »Kann ich mal kurz unter vier Augen mit Ihnen reden?« und steuerte eine der ruhigen Fensternischen an. »Entschuldigen Sie, wenn ich gleich mit der Tür ins Haus falle«, sagte er, »aber wie ich höre, sind Sie promovierter Historiker?«

»Ganz recht, Sir.«

Dershowitz winkte lässig ab. »Sagen Sie bitte nicht Sir zu mir. Sonst sage ich Herr Doktor zu Ihnen.« Herr Doktor sagte er übrigens auf deutsch und lachte. »Nennen Sie mich Ed.«

»Gern. Ich bin Jules.«

»Und arbeiten als Lastwagenfahrer, wie ich höre.« Er lächelte spöttisch. »Nichts gegen ehrliche, harte Arbeit, aber wollen Sie nicht lieber in Forschung und Lehre zurückkehren?«

»Das sagt sich so leicht«, sagte ich.

»Manchmal sind die Dinge eben leichter, als man denkt«, lächelte er. »Könnten Sie morgen nachmittag in mein Büro hier am College kommen?«

»Morgen? Ich glaube nicht. Ich habe eine Liefertour nach New Hampshire, und die wird …«

»Vergessen Sie Ihre Liefertouren, vergessen Sie New Hampshire. Aber vergessen Sie Ihre Zeugnisse und Urkunden nicht, Jules. Und falls Sie das Affidavit von der Universität von South Dakota noch haben sollten, bringen Sie es auch mit.«

»North Dakota, Ed«, sagte ich.

Er grinste abschätzig. »North, South, völlig egal. Bis morgen also.«

Vom Präsidentenbüro im obersten Stock des Verwaltungsgebäudes hatte man eine herrliche Aussicht über die sanft ansteigende, am Horizont in die Hänge der Adirondacks mündende Hügellandschaft, die, gerahmt vom dunklen Holz dreier Fenster, wie ein Altartriptychon das Allerheiligste des Colleges schmückte. Der gewaltige Schreibtisch des Präsidenten war der Altar und Edgar P. Dershowitz der Hohepriester Akademias. An den Wänden prangten Bilder seiner Vorgänger, verehrungsheischende Ikonen bärtiger, bebrillter Herren mit steifen Kragen, die würdevoll ins Weite von Forschung und Leere sinnierten. Meine Promotionsurkunde, das Affidavit, den Antrag auf die US-Staatsbürgerschaft und eins der beiden Exemplare der Buchausgabe meiner Dissertation, die ich mit in die USA gebracht hatte, lagen als demütige Opfergaben auf dem hochglänzenden Ahornholz des Altars.

Der Anblick Barbaras, der properen Sekretärin, die uns mit strahlendem Lächeln ihrer rotgeschminkten Lippen Kaffee servierte, war profaner, aber höchst erfreulich. Als sie mit dezentem Hüftschwung das Heiligtum verließ, sandte Dershowitz ihr wohlwollende Blicke nach, sagte irgendwie entsagungsvoll »nun denn«, überflog meine Papiere, nickte, sagte »sehr schön«, blätterte im Inhaltsverzeichnis des Buchs, nickte wieder, sagte »ausgezeichnet«, klappte das Buch zu, trank einen Schluck Kaffee, sah mir fest in die Augen, räusperte sich und sagte schließlich: »Das College möchte Ihnen eine Stelle als Assistenzprofessor für Geschichte anbieten, Jules. Ab dem nächsten Semester.«

»Das wäre ja wunderbar!« Nach dem gestrigen Gespräch mit Dershowitz hatte ich im Stillen mit solch einem Angebot gerechnet oder zumindest darauf gehofft, doch daß es mir nun wie eine nicht weiter zu diskutierende Selbstverständlichkeit präsentiert wurde, verblüffte mich. »Wirklich wunderbar. Aber geht das denn so einfach? Ich meine, ohne …«

»Sie meinen, ohne Stellenausschreibung? Ohne offizielles Berufungsverfahren?« Er lächelte leicht gequält, räusperte sich. »Um ehrlich zu sein, Jules, wäre das normalerweise völlig unmöglich. Aber in Ihrem Fall *ist* es möglich. Sie haben nämlich so ungewöhnliche, so ausgezeichnete«, er machte eine Pause, schien nach dem treffenden Ausdruck zu suchen, räusperte sich erneut, »so ausgezeichnete Referenzen, daß wir es einfach möglich machen *müssen*.«

»Ich verstehe«, sagte ich, wurde rot und schämte mich, indem ich versuchte, mir vorzustellen, daß und wie es Douglas Vanderkirk gelungen sein mußte, sich über sämtliche Dienstwege und akademischen Gepflogenheiten hinwegzusetzen. »Und um meinerseits ehrlich zu sein, Ed, ist mir dies Vorgehen äußerst peinlich, insofern ...«

»Peinlich? Unfug!« unterbrach er mich, bot mir eine Zigarette an, nahm sich selbst eine und gab uns Feuer. »Haben Sie es etwa als peinlich empfunden, was Mr. Vanderkirk gestern in seiner kleinen Ansprache über den Zusammenhang von Bildung und Geschäft gesagt hat? Ich nicht. Es gibt ein paar ältere Kollegen, die noch nicht begriffen haben, daß unsere privaten Hochschulen auch Wirtschaftsunternehmen sind oder zumindest unternehmerisch denken müssen, aber wenn wir aufs Sentiment dieser alten Knaben Rücksicht nehmen wollten, könnten wir unseren Laden auch gleich dichtmachen. *Das* wäre peinlich.«

Der Zigarettenrauch umwölkte wie Weihrauchschwaden das Triptychon. Dershowitz nahm einen Schluck Kaffee und sah mich über den Becherrand hinweg erwartungsvoll an.

»Ich weiß gar nicht, was ich sagen soll«, murmelte ich. »Ich fühle mich geehrt und bin glücklich ...«

»Sie nehmen also an?«

»Selbstverständlich, ich meine, wie könnte ich ...«

»Sehr schön«, sagte Dershowitz. »Sie werden demnächst einen Vertrag zugeschickt bekommen, in dem die Details geregelt sind, unter anderem auch das Wichtigste«, er lachte, »Ihr Anfangsgehalt nämlich. Professor Castello, der Direktor der historischen Fakultät, wird natürlich auch noch Kontakt zu Ihnen aufnehmen. Er befindet sich derzeit auf einem Kongreß in London.«

»Soll das heißen, daß er noch gar nicht weiß, daß er einen neuen Assistenzprof...«

»Er wird sich darüber freuen«, schnitt Dershowitz meine Frage ab,

»und Sie werden gut mit ihm auskommen. Tony, ich meine Professor Castello, gehört zwar zu unseren alten Knaben, aber wenn es ums Wohl des Colleges geht, ist er der letzte, der Schwierigkeiten machen würde.« Dershowitz drückte die Zigarette im Aschenbecher aus, schien einen Moment nachzudenken und fixierte mich dabei mit seinem scharfen Blick. »Apropos Schwierigkeiten«, sagte er dann zögernd. »Sie sind doch aus Deutschland emigriert, nicht wahr? Hatte Ihre Emigration irgendwelche politischen Hintergründe?«

»Politische Hintergründe? Großer Gott, Ed, Sie wissen doch, was in Deutschland vor sich geht. Ich bin jüdischer Abstammung.«

Dershowitz nickte. »Man sieht's Ihnen zwar nicht an der Nasenspitze an, im Gegensatz zu mir«, er lachte, »aber an Ihrem Namen. Meine Vorfahren sind übrigens aus Galizien gekommen. Darum geht es natürlich nicht, obwohl es hierzulande auch Antisemitismus gibt, auch an den Hochschulen, aber verglichen mit Deutschland ist das Kinderkram. Mit politischen Hintergründen meine ich, ob Sie irgendwelche Beziehungen zu sozialistischen oder kommunistischen Organisationen hatten, die von den Nazis ja verfolgt werden. Es gibt viele deutsche Emigranten mit diesem Hintergrund.«

»Mit solchen Gruppierungen habe ich in Deutschland nie etwas zu tun gehabt«, sagte ich wahrheitsgemäß, hielt es aber für klüger, die Kontakte zu Sozialisten und Kommunisten während meiner Zeit als Sekretär von Charles Slattery zu verschweigen.

»Natürlich nicht«, sagte Dershowitz. »Verstehen Sie mich bitte nicht falsch, Jules. Mich persönlich interessiert das auch nicht im geringsten. Mich interessiert nur, ob meine Fakultät akademisch qualifiziert ist und den Bedürfnissen unserer Studenten, unserer Kundschaft sozusagen, entgegenkommt. Und meine politischen Überzeugungen pflege ich für mich zu behalten. Es könnte aber sein, daß sich andere Leute für derlei interessieren.«

»Andere Leute? Ich verstehe nicht recht.«

»Haben Sie schon mal was vom *Dies Committee* gehört? Nicht? Benannt nach Martin Dies, dem Vorsitzenden? Die offizielle Bezeichnung lautet *The House Committee on Un-American Activities*. Dieser Senatsausschuß ist im letzten Jahr gegründet worden, um zu untersuchen, inwieweit deutschstämmige Amerikaner in Aktivitäten der

Nazipropaganda und des Ku-Klux-Klan verwickelt sind. In dieser Richtung hat der Ausschuß aber gar nicht ernsthaft ermittelt. Eins seiner Mitglieder konstatierte einfach, daß der Klan doch immerhin eine alte amerikanische Institution sei, und damit war der Fall erledigt. Statt dessen untersuchte man lieber, ob die Amerikanische Kommunistische Partei Roosevelts *Works Progress Administration* unterwandert habe, insbesondere das *Federal Theatre Project*. Hallie Flanagan, der Direktor des Projekts, wurde vor den Ausschuß geladen, um entsprechende Namen zu nennen, was er natürlich nicht tat. Das Groteske an dieser Schmierenkomödie war, daß Flanagan während der Anhörung allen Ernstes gefragt wurde, ob der Dramatiker Christopher Marlowe Mitglied der Kommunistischen Partei gewesen sei. Marlowe! Ein Zeitgenosse Shakespeares!«

Ich lachte.

»Ja«, sagte Dershowitz, »man könnte darüber lachen, wenn es nicht zum Heulen wäre. Der Ausschuß weiß vielleicht, was er tut, aber von dem, was er tut, hat er nicht die leiseste Ahnung.« Dershowitz seufzte und steckte sich eine neue Zigarette an.

»Ich verstehe nicht recht, was das alles mit mir zu tun haben soll«, sagte ich. Verstehen sollte ich es erst Jahre später, als auch mein amerikanischer Traum von einem Alptraum verschlungen wurde, der nicht mehr Dies, sondern McCarthy hieß.

»Natürlich nicht«, sagte Dershowitz, »wie denn auch? Die Sache ist allerdings die, daß dieser Idiotenausschuß angeblich damit begonnen hat, an Universitäten und Colleges herumzuschnüffeln. Ich mag das kaum glauben und wüßte auch nicht, daß das *Centerville College* davon betroffen ist. Aber wer Marlowe für einen Kommunisten hält, wittert in jedem Künstler oder Intellektuellen den roten Revolutionär. Wer Bücher liest, macht sich verdächtig, wer Bücher schreibt, erst recht. Als ob der wahre Amerikaner Analphabet zu sein hätte! Es ist eine Schande. Als Präsident dieses Colleges, das eine lange liberale Tradition hat und sich im liberalsten Bundesstaat der USA befindet, sehe ich meine Aufgabe darin, diesen Ungeist von unserem Campus fernzuhalten. Politische Konflikte haben hier nichts zu suchen. Wir dienen der Wissenschaft und damit der Wahrheit und sonst niemandem. Allerdings sehe ich meine Aufgabe auch darin, unsere Fakultät so zusammenzustellen, daß sie diesen Schwachköpfen in Washington keine Angriffsfläche bietet. Deshalb frage ich jetzt und in Zukunft vorsichtshalber jedes designierte Fakultätsmitglied, ob es in seiner Vita solche roten Stellen gibt. Und deshalb habe ich Sie danach gefragt, Jules. Und das wäre alles.«

Manchmal kam es mir so vor, als sei mir im Schneesturm mit Leigh Vanderkirk eine gute Fee erschienen, die meine Wünsche erriet und erfüllte. Jedenfalls fügten sich die Dinge seitdem mit einer fast märchenhaften Reibungslosigkeit. Mr. Lanois akzeptierte meine Kündigung zwar nur ungern, freute sich aber für mich und Maggie, während Jesse McFarlane meinen plötzlichen Aufstieg zum Professor kaum fassen konnte und starke Zweifel äußerte, ob man in so einer Anstalt wie einem College überhaupt glücklich werden könne. Den ganzen Tag in Klassenzimmern sitzen und Kreidestaub einatmen? In Bibliotheken hocken und Bücher lesen? Er schüttelte fassungslos den Kopf, schenkte mir zum Abschied und zum Trost eine Gallone seines *Bootleg Whiskey* und bot mir eine Wette an, daß ich spätestens beim ersten Schneefall reumütig ins *Logging Camp* zurückkehren würde. Weder nahm ich die Wette an, noch kehrte ich je ins Camp zurück, doch Jesses Worte habe ich nicht vergessen. Sie gehen mir im Kopf herum, seit es vorgestern zu schneien begonnen hat.

Wenn es damals in den Bergen schneite, war die Luft von einem sachten, undefinierbaren Geräusch erfüllt, das man nur mit angehaltenem Atem hören konnte und die Vorstellung wachrief, jede einzelne Schneeflocke habe nicht nur ihre unverwechselbare Form, sondern verursache auch ihren eigenen Klang, und das Zusammenklingen von Millionen und Milliarden Flocken ergab dann jene sanfte Harmonie, die sich von der absoluten Stille wie ein Wimpernschlag abhebt, wie ein weißer Traum vom Erwachen. Vor den Fenstergittern aber fällt der Schnee dicht und trostlos stumm. Sein Singen verschluckt das Rauschen der Wasserspülungen, das Knakken in den Heizungsrohren, das Gebrüll und Füßescharren auf den Gängen. Ich habe mich freiwillig für den Räumtrupp gemeldet, der den Hof, den Zufahrtsweg und ein paar Straßen im Umkreis des Gefängnisses vom Schnee räumt. Wir arbeiten mit Ochsengespannen, die Schneepflüge ziehen, und ich sehne mich zurück zu den Pferden der Laroux-Brüder, zurück in die unkomplizierte Gemeinschaft mit Jesse und Peter, Yves und Guy, zurück zu den Wochenenden, wenn Maggie und ich in unserer eingeschneiten Laube lagen, glücklich und frei.

Nachdem sie damals mit dem Bezirksschulrat gesprochen hatte, bekam Maggie eine Stelle als Lehrerin an der *Elementary School* in Centerville. Als sie sich beim Rektor vorstellte und nebenbei erzählte, daß wir auf der Suche nach einem Haus waren, erfuhr sie von dem kleinen Farmhaus an der Old Maple Lane. Umgeben von Ahornbäumen, mit Blick über die Wiesen und den Beaver Creek bis zu den schwingenden Linien der Grünen Berge am Horizont, gefiel es uns auf Anhieb. Es war das Elternhaus eines Zahnarztes aus Burlington, und seitdem vor zwei Jahren seine Mutter und vor einem halben Jahr sein Vater gestorben war, stand es leer. Den weitaus größten Teil des dazugehörigen Landes hatte der Zahnarzt an einen benachbarten Farmer verpachtet, der aber für das Wohnhaus keine Verwendung hatte. So konnten wir es für den sehr günstigen Preis von knapp 3.000 Dollar erwerben. Nachdem wir von dem Geld, das Douglas Vanderkirk uns geschenkt hatte, einen gebrauchten Ford und neue Garderobe angeschafft und unsere Hochzeitsparty finanziert hatten, waren uns noch 500 Dollar geblieben, so daß wir eine Anzahlung auf das Haus leisten konnten und für den Rest eine Hypothek aufnahmen, deren erste Rate fällig wurde, als ich im September meinen ersten Monatsscheck vom College bekam.

Inzwischen war auch meinem Antrag auf Einbürgerung stattgegeben worden. Mr. Clayton, ein alter Richter am *Municipal Court* von Centerville, hatte in seinem langen Leben schon allerlei erlebt, vollzog diese Prozedur jedoch zum ersten Mal und blätterte kopfschüttelnd in den Vorschriften.

»Sie sind mit einer US-Bürgerin verheiratet, halten sich lange genug im Land auf, sprechen offenbar perfektes Englisch, sind Professor am *Centerville College* und scheinen eine moralisch einwandfreie Person zu sein.«

»Ich denke schon, Euer Ehren.«

»Ich muß Ihnen trotzdem Fragen zur amerikanischen Geschichte stellen«, sagte er, »aber diese Fragen sind derart simpel, daß ich es kaum wage, sie Ihnen zu stellen, ohne daß Sie mich auslachen. Sei's drum: Wie hieß der erste Präsident der Vereinigten Staaten?«

»George Washington, Euer Ehren.«

»Lassen wir das«, sagte Richter Clayton und unterdrückte ein Lächeln. »Hier steht, daß Sie auch einen von mir diktierten Satz orthographisch korrekt schreiben müssen. Sind Sie soweit?«

»Ja, Euer Ehren.«

»Okay. Schreiben Sie bitte: *The United States of America are a democratic country*. Haben Sie das?«

»Ja, Euer Ehren.«

»Haben Sie es auch richtig geschrieben?«

»Ich denke schon, Euer Ehren.«

»Perfekt.« Richter Clayton lächelte nicht mehr, sondern sagte würdevoll: »Dann erheben Sie sich jetzt bitte, heben Sie die rechte Hand, legen Sie die linke aufs Herz und sprechen Sie mir den Eid auf die amerikanische Verfassung nach.«

Und so schwor ich auf die auf dem Tisch liegende Verfassung und auf die an einem Stander hängende Flagge der Vereinigten Staaten von Amerika, dieser Verfassung zu gehorchen und sie gegen alle äußeren und inneren Feinde zu verteidigen. So wahr mir Gott helfe.

Hätte ich geahnt, daß ich als angeblicher Feind der amerikanischen Verfassung gut ein Jahrzehnt später wieder vor einem Richter stehen sollte, wäre ich kaum so guter Dinge in unser neues Heim an der Old Maple Lane zurückgekehrt. Auf der Veranda stapelten sich noch unausgepackte Umzugskisten. Aus der halbgeöffneten Haustür hörte ich die Stimme des Nachrichtensprechers im Radio.

»Maggie!« rief ich. »Wenn du einen Amerikaner küssen willst, komm her und ...«

Maggie aber kniete auf dem Fußboden, den Kopf so dicht am Radio, als wollte sie in den Lautsprecher hineinkriechen, war leichenblaß und sah mir stumm entgegen.

»Maggie? Was ist denn los?«

»Krieg«, flüsterte sie, »Krieg ...«, so leise wie Schnee.

Es war der 1. September 1939. In den frühen Morgenstunden hatte Hitlers Wehrmacht Polen überfallen.

Wir schalteten das Radio nur noch aus, wenn wir schlafen gingen. Zwei Tage später erklärten Großbritannien und Frankreich dem Deutschen Reich den Krieg. Am 5. September gab Roosevelt eine Neutralitätserklärung ab, was mich erleichterte. Die deutsche Staatsangehörigkeit aufzugeben, war mir nicht schwergefallen, aber die Vorstellung, daß mein neues Land gegen mein altes in den Krieg ziehen sollte, war mir zuwider. Der amerikanische Präsident ließ jedoch von Anfang an keinen Zweifel daran, daß die Vereinigten Staaten auf der Seite Großbritanniens und Frankreichs standen, was mich gleichfalls erleichterte. Die merkwürdige Formulierung einer »bewaffneten Neutralität«, die es der amerikanischen Regierung erlaubte, aufzurüsten und zum Arsenal der Demokratie zu werden, entsprach durchaus der Ambivalenz meiner Gefühle.

(* 8)

Prof. Dr. Siegbert Riemer
Hamburg, am 23. September 1939

Lieber Herr Steinberg!

In diesen entsetzlichen Tagen und Wochen, in denen Deutschland sich endgültig aus dem Kreis der zivilisierten Völker verabschiedet hat, war unter der Flut schlechter Nachrichten Ihr Brief ein unverhoffter Lichtblick. Ich freue mich sehr für Sie, daß sich nach all den Um- und Irrwegen nun der Kreis schließt und eine offenbar attraktive Alma mater sie wieder an ihre nährende Brust nimmt. Daß es der Fürsprache eines Industriellen bedurfte, empfinde ich keineswegs als Makel, sondern als Zeichen humaner Gesinnung. Die deutsche Industrie hat sich Hitler verpflichtet, betreibt den Krieg, berauscht sich am leichten Sieg und an vollen Auftragsbüchern. So gratuliere ich Ihnen auch aus vollem Herzen zur amerikanischen Staatsbürgerschaft und beneide Sie darum. Heutzutage ist die deutsche ein Makel.

Die Nacht, die über Deutschland gefallen ist und nun Europa verdüstert, gebiert nichts als Schrecken, und so kann ich Ihre guten Nachrichten leider

nicht adäquat erwidern. *Vielmehr muß ich Ihnen die traurige Mitteilung machen, daß Ihr Vater im Konzentrationslager Neuengamme ums Leben gekommen – man könnte auch sagen: ermordet worden ist. Das genaue Datum ließ sich ebensowenig ermitteln wie die Todesursache. Fest steht jedoch, daß Ihr Vater der Zwangsarbeit in einer Ziegelei, der miserablen Verpflegung und den Mißhandlungen durchs Wachpersonal körperlich nicht gewachsen war. Über das Befinden Ihrer Mutter habe ich keine Informationen.*
Ihnen dies mitteilen zu müssen, fällt mir unsagbar schwer.
Mit tief empfundenem Beileid
  Ihr Siegbert Riemer

Später, später, hatte mein Vater immer gesagt, hatte gehofft und gewartet, und nun war aus Später ein tödliches Zu spät geworden. Obwohl ich einige Tage in einer geistigen und seelischen Lähmung verbrachte, in wunder Fassungslosigkeit und abgrundtiefer Verstörtheit, kaum etwas essen und nicht schlafen konnte, absolvierte ich meine ersten Lehrverpflichtungen am College so, daß außer Maggie mir niemand etwas anmerkte. Ich war ja auch noch ein unbeschriebenes Blatt. Als ich endlich aus diesem Zustand, der wie eine kontrollierte Persönlichkeitsspaltung war, herausfand, war der Zwiespalt meiner Gefühle einer zwischen Kälte und Wut schwankenden Eindeutigkeit gewichen. Nazideutschland hatte auch mir den Krieg erklärt.

Was mit meiner Mutter geschehen ist, weiß ich bis heute nicht, obwohl ich nach dem Krieg Erkundigungen anstellte. Anfang 1945 soll sie noch am Leben gewesen sein und ist vermutlich bei einem der berüchtigten Todesmärsche umgekommen, mit denen die SS im April 1945 das Lager vor den alliierten Truppen evakuieren wollte.

Die Fakultät des historischen Instituts bestand bei meinem Dienstantritt lediglich aus vier Professoren. Anthony »Tony« Castello, der Direktor, war klein, rundlich, glatzköpfig und jovial. Forschungsschwerpunkt: Antike. Lieblingsthema: die römische Kaiserzeit. Als Assistenzprofessor stand ihm Joshua »Josh« Perkins zur Seite, ein leptosomer, schlaksiger, wortkarger Neuengländer, Forschungsschwerpunkt: die attische Polis. Das zweite Tandem bildeten Gordon Keagan, Forschungsschwerpunkt: amerikanische Verfassungsgeschichte, mit seinem Assistenzprofessor George C. Harding.

Keagan galt als absolute Koryphäe, die aus unerfindlichen Gründen am *Centerville College* hängengeblieben war, statt in Harvard, Yale oder Princeton die ganz große Karriere zu machen. Er verfügte über enge Kontakte nach Washington und wurde wegen seines Spezialgebiets häufig von Juristen und Politikern konsultiert. George C. Harding war mit 28 Jahren noch sehr jung. Erst im vergangenen Jahr, gleich nach seiner Promotion über die Militärstrategie der Union im amerikanischen Bürgerkrieg, hatte Keagan ihn zu seinem Assistenten gemacht. Es galt als offenes Geheimnis, daß die alte Freundschaft zwischen Hardings Vater, einem republikanischen Kongreßabgeordneten, und Professor Keagan dieser Blitzkarriere sehr zuträglich war.

Das Professorenquartett hatte die Lehre in die Bereiche alte und neue Geschichte aufgeteilt. Die neue Geschichte begann in dieser akademischen Gewaltenteilung mit dem amerikanischen Unabhängigkeitskrieg und wurde vom Gespann Keagan/Harding gepflegt, während sämtliche früheren Epochen von Castello und Perkins beackert wurden, obwohl Castello der Ansicht war, daß neuere Geschichte eigentlich schon im sechsten Jahrhundert mit der Teilung des Römischen Reiches begann.

Nachdem ich die Hierarchie innerhalb der Fakultät durchschaut hatte, fühlte ich mich an den Traktor der Gebrüder Laroux erinnert: hinten zwei gewaltige, aber schwerfällige, mit dem Motor verbundene Antriebsräder namens Castello und Keagan, vorne mit Perkins und Harding zwei eher unscheinbare Laufräder, die jedoch mit dem Lenkgestänge verbunden waren und unauffällig die Richtung vorgaben. Und ich war vorerst der Reservereifen. Als Direktor, dem die Studenten den Spitznamen Imperator verpaßt hatten, hätte natürlich Castello am Steuer sitzen müssen, aber er war zu sehr mit Claudius und Nero, Hadrian und Caligula beschäftigt, als daß er sich auch noch mit Gremien, Verwaltung und Personalpolitik herumschlagen oder sich Gedanken über den sinnvollen Einsatz des Reservereifens machen konnte.

Die vier Kollegen akzeptierten mein unverhofftes Erscheinen in ihrem Kreis freundlich. Perkins und Harding wußten selber nur allzu genau, welche Strippen bei Stellenbesetzungen gezogen wurden, und hatten Respekt vor Vanderkirks Einfluß. Perkins freute sich darüber, daß sich die Arbeit nun auf fünf statt vier Schultern verteilte und er mehr Zeit zum Angeln haben würde.

Und Castello war glücklich, als ich mich bereit erklärte, ein Seminar über das Verhältnis Roms zu Germanien unter besonderer Berücksichtigung der Varus-Schlacht vorzubereiten. »Das wird die Studenten interessieren«, sagte er, »was Sie als Germane dazu zu sagen haben.«

»Ich bin aber Amerikaner«, sagte ich.

»Das bin ich auch«, sagte Castello, »aber meine Vorfahren waren Italiener, und deren Vorfahren waren die alten Römer. Einmal Römer, immer Römer.«

»Außerdem bin ich Jude«, sagte ich.

»Macht nichts«, befand der Imperator. »Dann sind Sie eben ein jüdischer Germane.«

Und weil Castello die Dinge so sah, gab er mir auch gleich seinen Segen, Veranstaltungen zu dem Thema abzuhalten, auf das ich mich in North Dakota hätte werfen wollen, nämlich die deutsche Einwanderung in die USA nach der gescheiterten Revolution von 1848. Über diesen Komplex fand ich dann auch näheren Zugang zu George Harding, hatte es doch der deutsche 48er Carl Schurz im amerikanischen Bürgerkrieg bis zum General und schließlich sogar zum Innenminister der USA gebracht.

Seit Ende 1941, als nach der Katastrophe von Pearl Harbour Deutschland auch den USA den Krieg erklärte, hielt es jedoch niemand mehr für angebracht, auch ich nicht, solche deutsch-amerikanischen Themen am College zu behandeln. Aus Amerikas bewaffneter Neutralität war der bewaffnete Kampf geworden und Deutschland der erklärte Feind. Im Gedanken an meine Eltern empfand ich diese Entwicklung als Genugtuung. Die Einschreibzahlen männlicher Studenten nahmen rapide ab, da viele eingezogen wurden. Obwohl die germanistische Fakultät ausschließlich aus lupenreinen Amerikanern bestand, wollte kaum noch jemand mit der zum Teufel gegangenen deutschen Kultur und Sprache zu tun haben. 1943 saßen fünf Professoren beziehungsweise Dozenten noch 12 Germanistikstudentinnen gegenüber. Wer wollte es ihnen verdenken? Schwulst, Nebel und Gebrüll dienten der Demagogie. Die Nazisprache gab jedem Humbug, jeder Niedertracht Platz, ihre Phrasenhaftigkeit sollte auch noch jenen Rest des Denkens betäuben, der durch Terror nicht auszurotten war. Die Sprache, die Goebbels in die Welt brüllte, sollte als Gehirnnarkose wirken. Worte verloren ihren Sinn, Krieg hieß Frieden, Pogrom Notwehr. Die Nazidichter balsamierten die wachsenden Leichenberge mit heroischem Schmalz. Die sogenannte innere Emigration schwieg oder kroch bei der UFA unter. Was würdig war, deutsche Literatur genannt zu werden, war ohne Volk. Was an Kultur und Sprache lebendig geblieben war, befand sich im Ausland und hockte im Wartesaal, die Brüder Mann, Feuchtwanger, Döblin, Brecht in Kalifornien. Und in Vermont saß auf einer gepachteten Farm Carl Zuckmayer. Ich sollte ihn bald kennenlernen.

Die deutschen Sprachkurse füllten sich allerdings 1945 schnell wieder mit männlichen Studenten, als die amerikanische Regierung, den Sieg vor Augen, für die Besetzung Deutschlands Personal zu requirieren begann und sogar einige Offiziere und Geheimdienstmitarbeiter Deutsch lernten oder das vergessene Deutsch ihrer Ahnen aufpolierten. Wegen der plötzlichen Nachfrage bat man auch mich, in der Deutschabteilung auszuhelfen, was ich mit einem Lektürekurs über Heinrich Heine gern tat.

Wie auch immer. Professor Riemer hatte recht behalten: Nach all den Um- und Irrwegen schloß sich endlich der Kreis.

21

ZUCKMAYERS SCHATTEN

Der rote Volvo zog einen Anhänger, und auf dem Anhänger lag eine Holzkommode.

»Ein *Shaker Shrine*«, erklärte Hocki. »Absolut original.«

»Shaker?«

»Das ist 'ne Sekte, so ähnlich wie die Amish. Die sind ein Teil der großen, amerikanischen Freiheit, mitten in dieser Welt noch wie im 18. Jahrhundert leben zu können. Mit Assimilation ist es dann aber nicht so weit her. Genauer gesagt *waren* die Shaker mal eine Sekte, so 'ne Version der Quäker, aber die Shaker sind heute praktisch ausgestorben. Bis vor zehn Jahren gab's noch 'ne winzige Gemeinde in New Hampshire. Da hab ich auch den Shrine gekauft.«

»Und wieso sind die ausgestorben?« fragte Carlsen.

»Weil die so gelebt haben, wie wir auf dem College eigentlich leben sollten.« Hocki grinste. »Männer und Frauen leben und arbeiten friedlich zusammen unter einem Dach, aber immer brav im Zölibat. So konnten sie natürlich keinen Nachwuchs produzieren. Sie haben also Waisenkinder adoptiert und in ihre Gemeinden aufgenommen. Aber im zwanzigsten Jahrhundert hat sich der Staat immer mehr um Waisen gekümmert. Und das war dann das langsame Ende der Shaker. Die waren zwar irgendwie verrückt, aber clever. Haben alles mögliche erfunden. Angeblich sogar die Waschmaschine. Und besonders famos sind ihre Möbel. Solide. Funktional. Einfach und schön. Wie der Shrine. Leider ist da ein Schubzieher kaputtgegangen.«

»Ein was?«

»Eine Dings, ähm, eine Schublade? Normalerweise halten Shakermöbel ewig, aber ich bin da neulich aus Versehen reingetreten. Und deshalb bring ich das gute Stück jetzt nach Woodstock zu 'nem alten Kabinettmacher. Der weiß noch, wie das geht. Ist zwar kein Shaker, kann er auch gar nicht sein, weil die ja ausgestorben sind. Apropos ausgestorben. Hast du gestern zufällig die *New York Times* gelesen?«

»Ja, hab ich. Irak, Irak, Irak. Die Suche nach Saddam als Fortsetzungskrimi. Und die europäischen Drückeberger.«

»Ja, respektive nein, das meine ich jetzt nicht. Obwohl Drückeberger, das ist ja auch so ein Wort. Oder Schadenfreude. Das sind so Sachen, die's im Englischen gar nicht gibt, als Wort meine ich. Hast du nicht die Kolumne *On Language* gelesen? Nein? Es ging da um das Auftauchen deutscher Wendungen und Begriffe wie Zeitgeist oder Weltschmerz im amerikanischen Englisch. Kindergarten gibt's ja schon lange, Rucksack auch. Und natürlich Angst! In der Kolumne wird die These aufgestellt, daß Amerika deutsche Wörter und damit dann auch Vorstellungen importiert, weil das Ansehen Deutschlands innerhalb der Weltgemeinschaft inzwischen rehabilitiert ist. Die Stigmatisierung der deutschen Sprache durch die Nazis hat sich verflüchtigt. Es gibt ein neues Deutschlandbild, und deshalb kann man jetzt aus dem deutschen Wortschatz Prägungen und Wendungen übernehmen, deren Präzision nur erhalten bleibt, wenn man sie nicht übersetzt. Und das führt dann zu einer neuen Dignität des Deutschen. Ich bin mir zwar nicht sicher, ob das stimmt, aber es ist interessant, daß diese These gerade jetzt vertreten wird, in einer Situation, in der unsere großartige Administration die Deutschen als Drückeberger beschimpft, als feiges altes Europa. Die *New York Times* hat zwar gegen den Irakkrieg und die Bush-Clique angeschrieben, aber gegenüber Deutschland war sie sonst immer hyperkritisch.«

»Wenn die These zutrifft«, sagte Carlsen, »müßte es hier ja einen Boom der deutschen Sprache geben.«

»Schön wär's«, seufzte Hocki, »aber unsere *Enrollments* am College, die Einschreibzahlen, sinken seit Jahren. Spanisch und asiatische Sprachen sind gefragt. Und neuerdings Arabisch. Scheint so, als wollten wir zumindest verstehen, was wir bekämpfen. Wenn's um Deutsch geht, denkt hier mancher an Mark Twain. Der hat gesagt, die deutsche Sprache muß als tote Sprache verstanden werden, weil nur die Toten Zeit haben, sie zu lernen.«

»Aber asiatische Sprachen? Oder Arabisch? Das kann doch nicht leichter sein. Da muß man doch sogar erst noch andere Schriften lernen.«

Hocki nickte. »Fremdsprachen sind vielleicht gar keine Kultursprachen mehr, sondern Wirtschaftssprachen. Nur noch eine winzige Minderheit, Philosophie- oder Literaturstudenten, lernt Deutsch, um Rilke oder Nietzsche oder wen auch immer im Original zu lesen. Diese Dings, die Anwältin, die bei dir im Kurs ist ...«

»Lauren?«

»Ja, Lauren, und auch dieser Duane, denen geht's nicht um Philosophie und Literatur. Wenn amerikanische Studenten heute Japanisch oder Chinesisch lernen, wollen die auch nicht Konfuzius lesen. Es hängt damit zusammen, daß sich die amerikanische Wirtschaft stärker in den pazifischen Raum orientiert. Und in Europa, besonders in Deutschland, wird sowieso fast alles auf Englisch verhandelt, was es in ökonomischer Hinsicht zu verhandeln gibt. Der Bruder meiner Frau, ein *Investment Broker*, hat mal zu mir gesagt, daß im globalen Rahmen die drei wichtigsten Fachsprachen Englisch sind. Die Sprache des Luftverkehrs, die Sprache der Computertechnologie und die Sprache der Finanzwelt. *And that's all I need*, sagt mein Schwager, und wenn er Literatur lesen will, liest er John Grisham. Wär natürlich schöner, wenn er mal ein Buch von dir lesen würde.«

»Gibt's aber nicht auf englisch«, sagte Carlsen.

»Ja, eben«, sagte Hocki, »Amerika verkauft zwar seine Literatur weltweit, interessiert sich aber nicht für die Literatur der Welt. Das hängt wohl auch mit den Migrationswellen zusammen. Aus Europa gibt es keine nennenswerte Immigration mehr nach Amerika. Deshalb hat der Einfluß der europäischen Sprachen abgenommen, Ausnahme Spanisch. Deutsche Immigranten hatten früher neben den Angelsachsen den höchsten ethnischen Anteil an dem, was die USA heute ausmacht. Entsprechend groß war der Einfluß deutscher Treu und Redlichkeit, deutschen Fleißes, deutscher Wertarbeit und deutschen Biers, aber eben auch deutschen Dichtens und Denkens. Erst der Eintritt der USA in den Ersten Weltkrieg hat zu Ressentiments gegen deutschstämmige US-Büger geführt. Die waren inzwischen mit Kind und Kegelklub voll assimiliert, wollten ihre Ruhe haben und verleugneten ihre Herkunft. Die Anglisierung deutscher Namen nahm ab 1917 sprunghaft zu. Aus Familie Müller wurden *The Millers* und aus Schmidts wurden eben *Smiths*. Beispielsweise Ross, unsere Sekretärin. Ross Backmiller. Die Familie hieß früher Bachmüller. Während der Revolution wurde sogar darüber nachgedacht, Deutsch als Landessprache einzuführen, um sich nicht nur politisch, sondern auch kulturell von den Briten abzusetzen. Wenn das geklappt hätte«, Hocki kicherte, »stell dir das mal vor! Dann führen wir jetzt nicht von Centerville nach Woodstock durch Vermont, sondern von Mittelstadt nach Holzlager durch Grünbergen.«

»Gut, daß es nicht geklappt hat«, sagte Carlsen.

»Na ja, *anyway*«, sagte Hocki, »den letzten Migrationsschub haben die Nazis ausgelöst. Von den Intellektuellen, die nach dem Krieg in den USA geblieben sind, haben einige im amerikanischen Literaturbetrieb und Journalismus Karriere gemacht. Es gab noch Nachfrage nach deutscher Literatur. Sie war eine der letzten Brücken nach Deutschland. Aber dieser Generation ist es gegangen wie den Shakern. Die Nachkommenschaft spricht kaum noch Deutsch und interessiert sich für deutsche Literatur, selbst, wenn sie ins Englische übersetzt ist, so wenig wie für Literatur aus Malaysia oder Timbuktu. Mit übersetzter Literatur verhält es sich in den USA wie mit fremdsprachigen Filmen mit Untertiteln. Irgendwie denken die Leute, daß es kompliziert und anstrengend wird.«

»Vielleicht haben wir's auch selbst vermasselt«, sagte Carlsen, »wir Deutschen mit unserm Tiefsinn. Manche meiner Kollegen haben nicht viel zu erzählen, können es jedoch hübsch formulieren, nichts zu erzählen zu haben als die Vivisektion ihres Weltschmerzes.«

Hocki lachte. »Siehst du«, sagte er, »immerhin das: Weltschmerz. Sogar die *New York Times* meint, daß das Wort inzwischen in Amerika angekommen ist.«

Sie schwiegen eine Weile.

»Vielleicht«, sagte Carlsen schließlich, »bildet sich überall eine kulturelle Identität aus, die nationale Eigentümlichkeiten abschleift? Denk mal an das scheußlich zutreffende Wort Euronorm, das kein Hollywood-Stratege erfunden hat, sondern ein Europa, das im Bemühen um seine Einheit seine Vielfalt aufgibt. Die Frage wäre, ob Internationalisierung heutzutage identisch mit Amerikanisierung ist?«

»Leichte Frage«, sagte Hocki, »und also schwer zu beantworten. Der radikale Islamismus ist doch auch ein Aufstand gegen diese Globalkultur mit amerikanischen Schulterklappen. Und die Kriege, die Amerika jetzt führt, haben nicht das Ziel, den ahnungslosen Muslimen Herman Melville oder Jasper Johns, Bob Dylan oder John Updike ans Herz zu legen. Wir hier im stillen akademischen Winkel predigen *Diversity* und Toleranz und Liberalität. Unsere Politik praktiziert das Gegenteil. Es ist eine Schande. Wer liberal denkt, gilt als links, wer links ist, kann kein Patriot sein, und wer kein Patriot ist, unterstützt den Terrorismus. Das ist die Logik der Leute, die uns regieren, obwohl wir sie nicht gewählt haben. Und es ist eine Logik, die unsere Intelligenz beleidigt und unsere Kultur zerstört.«

»Ein Meisterwerk«, sagte der Tischler und strich mit schwieligen Fingerspitzen andächtig über die Deckplatte der Kommode. »Shakerwerkstatt New Hampshire, schätze ich.«

»Ganz recht«, sagte Hocki.

»So etwas macht heute niemand mehr. Ich könnte es auch nicht.« Der Tischler schob sich den breitkrempigen Strohhut aus der Stirn, sog an der Maispfeife und kratzte sich den grauen Vollbart. »Die Schublade läßt sich natürlich reparieren. Ich glaube aber kaum, daß ich für den Boden noch das gleiche Holz finde.«

»Macht nichts«, sagte Hocki, »den Boden sieht man ja nicht, wenn die Schublade geschlossen ist.«

Der alte Mann nickte bedächtig. »Nein, man sieht ihn nicht. Aber man sieht auch die inneren Organe eines Menschen nicht.«

Er bot uns frischen, selbstgemachten Cider an, bräunlichen Apfelwein, den er aus einem Holzfäßchen abzapfte. Als er die Gläser auf den Tisch stellte, fielen Carlsen die kräftigen Hände des Mannes auf.

Die Haut an den Nagelbetten rissig, Innenhand und Finger gespickt mit dunklen Punkten, Holzsplitter, die zu entfernen zu mühsam war, und in den Falten und Linien der Hände schwarzrote Krusten verhärteter Blutstropfen. So, dachte Carlsen, mußten Steinbergs Hände ausgesehen haben, als er für Mr. Lanois gearbeitet hatte.

Im herben Aroma des Ciders mischten sich die Düfte des vergangenen Sommers mit Herbstgeruch. Es war die zu riechende und zu schmeckende Entsprechung dessen, was das Auge sah. Die Sonne sog den Bodenfrost der Nacht als Dunstschleier über die Bäume, deren Kronen schon lichter wurden. Das Grün und Blau verblich zu unfaßbar vielfältigen Gelb- und Ockertönen, und dazwischen sprang glühendes Rot von Zuckerahorn, Buchen und Roteichen auf wie rauchloses Feuer.

»Die Stadt ist voll mit *Leaf Peepers*«, sagte der Tischler, von Saisontouristen des *Indian Summer*, »sie wollen zusehen, wie der Wald stirbt.« Er lachte kehlig und trank einen Schluck Cider. »Aber der Wald stirbt gar nicht. Wenn man ins gefallene Laub faßt, spürt man unter der Reifdecke die Wärme. Wie verglimmende Asche.«

»*The slow smokeless burning of decay*«, sagte Hocki.

Der alte Mann lächelte und nickte.

»Du bist ja heute richtig poetisch«, sagte Carlsen zu Hocki, als sie wieder im Auto saßen und ins Zentrum von Woodstock fuhren. »Das langsame, rauchlose Brennen des Verfalls.«

»Leider nicht von mir«, sagte Hocki. »Robert Frost.«

»Glaubst du etwa, daß der Tischler Robert Frost kennt?«

»Keine Ahnung. Vielleicht hat er noch nie ein Gedicht gelesen. Aber er weiß genau, was gemeint ist. Er weiß Bescheid. Er kennt Vermont. Das Land und das Leben.«

Das Städtchen wimmelte tatsächlich von Saisontouristen und Tagesausflüglern. Es war schwierig, einen Parkplatz zu finden, und der *Diner*, in dem sie zu Mittag essen wollten, war so voll, daß sie eine halbe Stunde auf einen freien Tisch warten mußten. Sie ließen sich in die Reservierungsliste eintragen und machten unterdessen einen Spaziergang um das *Green*, vorbei an blitzblanken, weiß verplankten Holzhäusern mit grün gestrichenen Fensterläden, die Dächer mit roten, grünen oder grauen Bitumenschindeln gedeckt. Aus den massiven Schornsteinen stieg Rauch, Geruch nach Harz, Borke und Laub. Das Ganze war eine sehr saubere Idylle, eine gepflegte Pfefferkuchenwelt, in der die Zeit stillzustehen schien. Wenn man sich die Autos wegdachte und durch Pferde und Kutschen ersetzte, fand man sich im 19. Jahrhundert, allerdings zu den Preisen von 2003, wie aus den Immobilienangeboten im Schaufenster eines Maklerbüros hervorging.

Das Vermont der Bauern und Handwerker, das Leute wie Steinberg und Zuckmayer in den vierziger und fünfziger Jahren erlebt hatten, gab es zwar noch, aber in Boston oder New York war der Staat längst als trendige Ferienregion entdeckt, in die, wer es sich leisten konnte, vor der unerträglichen Schwüle der Hochsommer floh und die Vermonter Haus- und Grundstückspreise zum Sieden brachte.

In Souvenirläden wurde allerlei holzgeschnitzes Kunsthandwerk angeboten, kitschige und naive, aber auch handwerklich rechtschaffene Landschaftsmalerei, Ahornsirup in Gläsern, Dosen und Holzfäßchen, T-Shirts, Pullover, Schals und natürlich Quilts, und auch die Farbenpracht dieser kunstvollen Flickwerke schien vom *Indian Summer* inspiriert.

»Eigentlich ist Amerika gar kein Schmelztiegel«, sagte Hocki, »sondern wie so ein Quilt. Eine aus unzähligen Flicken zusammengesetzte Decke. Jeder Flicken hat eine andere Herkunft, aber wenn man es richtig kombiniert, paßt alles zusammen. Und wärmt. Jedenfalls in einem Städtchen wie diesem.«

Vor dem *Townhouse* aus rotem Backstein stand ein Schaukasten mit touristischen Informationen und einem Umgebungsplan. »Wir könnten nach dem Essen noch nach Quechee fahren.« Hockie tippte mit dem Zeigefinger auf einen Punkt östlich von Woodstock. »Sehr hübsch da. Alte Glasbläserei, Wasserfälle …«

»Oder nach Barnard«, sagte Carlsen und tippte auf einen nördlichen Punkt.

»Was gibt's denn in Barnard?« fragte Hocki.

»Da hat Carl Zuckmayer seine Farm gehabt. Und die soll es auch noch geben, jedenfalls das Haus. Warst du noch nie da?«

»Ehrlich gesagt ... du weißt ja, wie das ist. Das Naheliegende übersieht man oft. Komisch eigentlich.«

»Komisch? Was?«

»Daß noch nie jemand von uns am Institut auf die Idee gekommen ist, ein Seminar über Zuckmayer zu machen. Liegt doch nahe.«

»Dann mach du doch mal eins«, sagte Carlsen.

»Mal sehen«, sagte Hocki. »Und wenn der Tisch jetzt nicht sofort frei wird, sterbe ich vor Hunger.«

Barnard liegt am Silver Lake, in dessen glasklarem Wasser sich der farbenprächtige Quilt der bewaldeten Berge spiegelte. Der Weiler bestand nur aus einigen am Seeufer verstreuten Häusern und einer Tankstelle, die zugleich als *General Store* diente. Hinterm Laden gab es eine kleine Parkanlage. Auf Findlinge montierte Metallplaketten mit den Lebensdaten Dorothy Thompsons erinnerten an die New Yorker Journalistin, die Zuckmayer im Berlin der zwanziger Jahre kennengelernt hatte. Als er 1938 nach dem Anschluß Österreichs mit seiner Frau in die USA emigrierte, bewährte sich die Freundschaft. Dorothy Thompson stellte den Zuckmayers ihre Vermonter Sommerhütte zur Verfügung, und auf einem seiner Waldgänge stieß Zuckmayer dann im Sommer 1941 auf die Farm, die er auf der Stelle pachtete.

Die Straße, die in die Richtung führte, in der laut Zuckmayers Autobiographie die Farm liegen mußte, hatte es damals allerdings nicht gegeben. Um sich zu erkundigen, betraten Carlsen und Hocki den *General Store*, einen Laden, in dem es vor sechzig Jahren kaum anders ausgesehen und gerochen haben dürfte. Zwar gab es inzwischen Kühlschränke für tiefgefrorene Lebensmittel, doch standen auch noch Zucker- und Mehlsäcke und Fässer mit Salz, Butter und sauren Gurken herum. Im hinteren Teil gab es Saatgut und Dünger, Werkzeuge und Arbeitsbekleidung, Skier und Schneeschuhe. Der Laden war vom knarrenden Holzboden bis zur niedrigen Decke derart mit Waren vollgestopft, daß man sich kaum umdrehen konnte, ohne über Kisten oder Fässer, Kartons oder Säcke zu stolpern.

Die Backwoods Farm also?

Das dicke Mädchen hinter der Kasse zuckte mit den Schultern.

»Nie gehört.«

»Carl Zuckmayer?«

»Carl wer?«

Hocki anglisierte den Namen. Jetzt klang er wie Sackmäher.

»Tut mir leid, Leute«, sagte das Mädchen. »Sekunde mal bitte. Ich frag Opa.«

Sie verschwand durch eine Hintertür und kam gleich darauf mit einem steinalten Männlein zurück, das sich ächzend auf einen Gehstock stützte.

»Sie suchen Carls Gehöft?« Er sagte nicht *farm* oder *house* oder *place*, sondern *homestead*. »Ich habe Carl und Alice noch gekannt. Gute Leute, sehr gute Leute. Haben sich die Finger wundgearbeitet. Waren immer da, wenn man sie brauchte. Waren knapp bei Kasse. Aber Carl hat immer den besten Tabak gekauft. Kam im Winter mit seinen Schneeschuhen den ganzen Weg zu Fuß. Mit 'nem Rucksack. Durch den Schnee kam kein Auto mehr. Das war, bevor sie die neue Straße gebaut haben. Kennen Sie Carl?«

»Wir, nein, wir wollten uns nur mal die Farm ansehen.«

»Sie leben da nicht mehr. Leider. Sind nach Europa zurück. Damals, nach dem Krieg, glaub ich. Nach dem zweiten Krieg.«

»Ganz recht«, sagte Hocki, »sie haben dann in der Schweiz gelebt.«

»In der Schweiz?« murmelte der Alte. »Wußte ich gar nicht. Alice hat manchmal Schokolade gekauft. Wie geht's ihr denn eigentlich? Und Carl? Wie geht's Carl? War der nicht auch Künstler oder so was? Dichter? In der Schweiz also. Merkwürdig. Na ja, Carl liebt ja die Berge. Und die Wälder.«

»Ganz recht, Sir. Und wo, sagten Sie, liegt die Farm?«

»O ja, Backwoods Farm.« Er machte eine zittrige Handbewegung nach Westen. »Da lang. Die Straße hoch, paar Meilen. Am Teich. Carl hatte Forellen drin. Sie hatten auch Ziegen, glaub ich. Aber keine Kühe. Merkwürdig.«

»Danke für die Auskunft, Sir, wir finden uns schon zurecht.«

»Paar Meilen nur. Und grüßen Sie die Zuckmayers von mir. Vom alten Eli.«

Die vage Wegbeschreibung führte erst einmal in die Irre. Von der Straße aus sahen sie ein alleinliegendes Haus am Hang, zu dem ein mit Schlaglöchern übersäter Schotterweg führte. Die Fensterläden hingen schief, die weiße Farbe blätterte von den Holzplanken, und der Dachfirst hing durch. Vor dem Haus standen zwei schrottreife Toyota-Pickup-Trucks ohne Reifen, aufgebockt auf Zementblöcke Auf der morschen Verandatreppe hockte ein Jüngling mit zauseligem Ziegenbart, den Schirm der Baseballkappe in den Nacken gedreht, und schraubte im Rhythmus der Rockmusik aus einem Ghettoblaster an einem Stoßdämpfer herum.

»Hallo, wie geht's? Ist das hier Backwoods Farm?«
»Nicht daß ich wüßte«, sagte er, ohne von seiner Arbeit aufzuschauen.
»Das Haus, das ehemalige Haus von Mr. Carl Zuckmayer?«
»Wer soll das sein?«
»Ein deutscher Emigrant. Hat hier in den vierziger Jahren gelebt.«
Schulterzucken. »Nie gehört.«
»Wissen Sie zufällig, wo Backwoods Farm liegt?«
Die Andeutung eines Kopfschüttelns.
»Danke für die Auskunft. Wiedersehen.«

Sie fuhren zurück zur Straße. Rechts stieg der Fels steil aufwärts, links standen Bäume und Buschwerk, dahinter freieres Gelände. Zwischen dem schütteren Laub der Büsche sah Carlsen etwas aufblitzen.

»Stopp! Das könnte der Teich sein.«
Hocki setzte den Wagen zurück, bis sie die vom Gebüsch fast zugewucherte Einfahrt fanden. Die Bäume traten weiter auseinander. Rechts lag eine Wiese, links ein Teich mit einem Ruderboot an kleinem Steg. In der Ferne ragte der kegelförmige Ascutney-Berg ins Oktoberblau. Die Zufahrt machte eine Biegung, und dann sahen sie ein mit braunen Schindeln gedecktes Dach. Es lag auf einer Seite steil über den Parterrefenstern und war auf der anderen Seite in sanfter Neigung hochgezogen, so daß es über den Fenstern des ersten Stocks auslief. Die Holzwände waren dunkelrot wie Ochsenblut.

Vor der vorderen Veranda parkte ein Auto mit dem Kennzeichen New Jerseys. Sie gingen ums Haus herum. Auf der hinteren Veranda saßen zwei Frauen in Schaukelstühlen, eine junge, ein Kleinkind auf dem Schoß, und eine ältere mit Strickzeug in der Hand. Sie erwiderten freundlich die Begrüßung und schienen wenig überrascht vom ungeladenen Erscheinen zweier Fremder, waren nicht abweisend, aber auch nicht einladend. Carlsens vorauseilende Phantasie, ins Haus gebeten zu werden und mit dem, laut Zuckmayers Verpächter, »besten Wasser Vermonts« verköstigt zu werden, erfüllte sich nicht.

Seit den sechziger Jahren, in denen sie die Farm als Sommersitz gekauft hätten, erklärte die ältere Frau, seien immer mal wieder Leute auf Zuckmayers Spuren erschienen, manchmal sogar aus Deutschland. Daß diese Literaturtouristen die Wochenendruhe der Eigentümer störten, sagte sie nicht, meinte es aber wohl. Und nein, bewirtschaftet werde das Land schon lange nicht mehr. Man lasse es einfach verwildern, halte nur den Platz ums Haus frei. Umsehen sollten Carlsen und Hocki sich gern. Wenn sie wollten, könnten sie auch im Teich baden. Forellen seien aber keine mehr drin.

»Danke«, sagte Hocki, »zum Baden ist es noch nicht kalt genug.«

Die Frauen lachten. Das Kind begann zu schreien, hörte aber gleich wieder auf.

Sie drehten eine Runde ums Haus, vorbei an zwei halbverfallenen Schuppen oder Ställen, schlenderten um den Teich.

Carlsen deutete auf eine Rotbuche. »Das ist ein Denkmal deutscher Literatur.«

»Der Baum? Wieso das denn?«

»Gegen den hat Zuckmayer besonders gern gepißt. Fröhlicher Weinberg à la Vermont.«

Sie lachten. Das Haus, der Platz, der Teich – das alles war unspektakulär, freundlich und sehr friedlich, wie aus der Welt und auch ein bißchen aus der Zeit gekippt. Wenn man im milden Licht die Blicke absichtslos schweifen ließ und in die Nachmittagsstille lauschte, konnte man Zuckmayers Geist und Schatten wandern sehen. Und Julius Steinbergs Schatten auch.

Auf Nebenstraßen gondelten sie durch die Berge Richtung Centerville, machten in Rochester in einem altmodischen Coffeeshop Rast. Auf der Speisekarte fand sich der Hinweis, Robert Frost sei hier weiland nach seinen Wanderungen gern eingekehrt und habe eine Soda zur Erfrischung getrunken.

»Na immerhin«, sagte Carlsen. »An Zuckmayers Farm gibt's derlei literaturfolkloristische Hinweise nicht, nicht mal die sonst übliche Plakette *Hier lebte von bis XY*. Und das ist am Ende auch besser so. Dem Vermonter Durchschnittsmenschen dürfte Carl Zuckmayer genauso unbekannt und egal sein wie dem Ostfriesen oder Oberbayern Robert Frost. Das Gedenken, das unsereiner pflegt und mental ausschwitzt, ist ja nur die Sentimentalität gegenüber einem ziemlich entfernten Verwandten in Geist und Schrift. Diese Transpiration ist es, die Zuckmayers Schatten entstehen läßt. Das Nachleben der Werke. Die sogenannte Unsterblichkeit des Geistes. Sie existiert, solange die Werke gelesen werden und in andere Gehirne sickern. Verirrte Tropfen. Ja doch. Und immerhin.«

»Mann, Moritz«, sagte Hocki. »Jetzt wirst *du* aber poetisch.«

Statt Soda à la Robert Frost bestellten sie Cider. »Zuckmayer hat auch gern Apfelwein getrunken.«

»Woher weißt du das?«

»Das denk ich mir so«, sagte Carlsen.

22

Julius Steinbergs Aufzeichnungen
Heft 9

Die Frau, die aus Sturm und Schneeregen in die Bibliothek stapfte, wirkte im Wollmantel und den mit Schlamm bedeckten Schnürstiefeln wie eine Bäuerin, doch die fast theaterhafte Gestik, mit der sie sich die Mütze mit den Ohrenklappen vom Kopf zog und mit der rechten Hand energisch das volle, brünette Haar richtete, verwandelte sie sogleich in eine selbstbewußte Dame. Sie hängte den Mantel an einen Garderobenhaken, sah sich um und steuerte dann auf die Ausleihe zu, wo ich soeben einen Bestellzettel abgegeben hatte.

»Ich würde gern einige Bücher ausleihen«, sagte sie in flüssigem Englisch, aber mit einem Akzent, der mich aufhorchen ließ.

»Selbstverständlich, Ma'am«, sagte die Bibliothekarin. Was hätte man auch sonst in einer Bibliothek zu suchen? »Ihren Immatrikulationsausweis, bitte.«

Die Bibliothekarin hatte *confirmation of enrollment* gesagt, aber entweder empfand die Frau es als Zumutung, sich ausweisen zu sollen, oder sie kannte den Begriff nicht. Jedenfalls sagte sie: »Wie bitte?«

»Oh«, sagte die Bibliothekarin und errötete, »Sie sind Fakultätsmitglied?«

Die Frage war berechtigt, weil die gut vierzigjährige Frau kaum noch Studentin sein konnte. Sie hatte ein rundes Gesicht mit einem etwas zu breiten Mund und einer kräftigen Stupsnase.

»Nein«, sagte sie, »ich habe eigentlich gar nichts mit dem College zu tun. Ich möchte nur Bücher ausleihen. Gibt es einen, äh, gibt es denn keinen, wie soll ich sagen ...« Im weichen Englisch, das Österreicher sprechen, suchte sie nach dem fehlenden Wort.

»Leseausweis für Gäste?« schlug ich auf deutsch vor.

»Oh, wie charmant!« Sie strahlte mich an. »Sie haben's erraten. Da lernt man nun mit Mühe und Not die Umgangssprache und verlernt dabei den Umgang mit der Sprache.«

Und so lernte ich an einem naßkalten Märztag im Jahr 1942 Alice Herdan-Zuckmayer kennen.

Inszenierungen seiner Stücke *Der Fröhliche Weinberg* und *Der Hauptmann von Köpenick* hatte ich vor meiner Emigration noch am Hamburger Schauspielhaus gesehen, aber ich muß gestehen, daß ich noch nichts von Carl Zuckmayer gelesen hatte, kaum etwas über ihn wußte und natürlich auch nicht ahnte, daß sein Weg ins Exil ihn ausgerechnet nach Vermont geführt hatte.

»Bis Hitler kam, war er auf deutschen Bühnen jedenfalls sehr erfolgreich«, erklärte ich Maggie, als wir uns an einem Sonnabend im Mai auf den Weg nach Barnard machten, um Alice Zuckmayers liebenswürdiger Einladung nachzukommen, sie und ihren Mann auf der Farm zu besuchen. »Ich weiß nicht, ob man 1933 auch seine Bücher verbrannt hat, aber mit dem Antimilitarismus des Köpenick-Stücks dürfte er sich bei den Nazis unbeliebt gemacht haben. Soviel ich weiß, ist er damals nach Österreich gezogen.«

»Ein berühmter Schriftsteller also«, sagte Maggie. »Wie aufregend ...«

Mit der von Ölflecken, Schmutz und Farbspritzern starrenden Latzhose aus blauem Denim, dem grün-weiß karierten Flanellhemd und derben Schnürstiefeln sah der Mann, der auf die Veranda des Farmhauses trat, als wir den Wagen geparkt hatten, aber nicht unbedingt so aus, wie Maggie sich einen berühmten Schriftsteller vorstellen mochte.

»Sie müssen die Steinbergs sein«, sagte er mit rheinhessischem Akzent, wischte sich die Hände am Brustlatz ab und begrüßte uns mit kräftigem Händedruck. »Willkommen auf der Backwoods Farm.« Das glatt zurückgekämmte, auf der Stirn schon leicht schüttere Haar zeigte Spuren von Grau und kräuselte sich im Nacken. Er musterte uns mit großen, neugierigen Augen, wandte sich zur Tür und rief: »Alice, die Gäste sind da!«

Während Frau Zuckmayer uns als Begrüßungstrunk selbstgemachten Cider anbot, entschuldigte sich ihr Mann. »Ich muß noch schnell die Ziegen melken«, sagte er, griff zu zwei Zinkeimern, verschwand in einem Stallgebäude und kam nach einer geraumen Weile zurück, umgezogen und geduscht. »Jetzt sehen Sie in mir einen halbwegs zivilisierten Mann«, sagte er lächelnd, »aber einen richtigen Menschen haben Sie vorher gesehen.«

»Zuck«, sagte seine Frau, »du übertreibst. Die Dichter übertreiben immer. Und außerdem sollten wir englisch sprechen, damit Mrs. Steinberg mitreden kann. Und wenn sie mir etwas zur Hand geht, können wir in einer Stunde essen. Ihr Männer solltet inzwischen einen Spaziergang machen.«

Es war einer der ersten warmen Frühlingstage. Letzte Woche erst hatten sich die Knospen schwellend gerötet, jetzt trieben die Blätter wie Fächer aus und würden nächste Woche grüne Baldachine bilden. Die Röte des Ahorns mischte sich mit dem bleichen Silbergün der Pappeln, dem weichen Eichengelb und zitronenhellen Grün der Birken.

»Ich übertreibe nicht«, sagte Zuckmayer, »weil das, was wir hier tun, an Schichten rührt, die ich sonst nie kennengelernt hätte. Ich weiß jetzt, was das Wort von der eigenen Hände Arbeit bedeutet. Mit Romantik hat das gar nichts zu tun. Manche meiner Schriftstellerkollegen kommen zu Besuch und beneiden mich um das Haus, die Ställe, die Tiere, den Wald und die Wiesen. Sie sehnen sich danach, in Mutter Erde zu graben, sie reden von unentfremdeter, frischfröhlicher Arbeit mit Axt und Spaten. Aber sie beneiden mich nur deshalb, weil sie solche Arbeit nicht kennen. Es ist ehrliche Arbeit, aber auch saure Arbeit. Ich habe mich freiwillig dafür entschieden, weil ich es nicht ertragen wollte, in Hollywood seichte Drehbücher zusammenzukleistern, die mit der Wirklichkeit nichts zu tun haben, von Wahrheit zu schweigen, Konfektionsware herzustellen im Auftrag von Leuten, die sich nicht für die Qualität der Filme interessieren, sondern ausschließlich für den Gewinn, der damit zu machen ist, nicht das Werk im Auge haben, sondern immer nur den Erfolg. Wenn man aber beim Farmen die Arbeit vernachlässigt und nur auf den Erfolg hofft, gibt es keinen Ertrag.

Es war, wie gesagt, meine Entscheidung, und wenn ich anfangs vielleicht noch ein paar romantische Illusionen hatte, bin ich heute auf dem Boden der Tatsachen angekommen. Auf dem Boden im wahrsten Sinne des Wortes. Heuen zum Beispiel mag ein schönes Schauspiel sein, wenn man im Baumschatten am Feldrand sitzt, Pfeife raucht, ein Gläschen Wein dazu trinkt und wohlwollend dem Schaffen des fröhlichen Landmanns zusieht. Prosa und Lyrik besingen diese harte Plage als Vergnügen, weil keiner dieser Dichter jemals stundenlang die Sense in einem sonnendurchglühten Feld geschwungen hat. Eigentlich sind die Dinge niemals schön, sondern nur der Traum von den Dingen. Oder wie es in einem Gedicht von Robert Frost heißt: Die Tatsache ist der süßeste Traum der Arbeit. Das bäuerliche Leben ist jedenfalls kein Idyll, sondern blutiger Ernst. Ich weiß es jetzt. Ich weiß, was es heißt, sich mit Vierzig-Liter-Kübeln Ahornsaft abzuschinden, Ziegen zu melken, Hühner zu füttern und im Blut zu waten, wenn Tiere zu schlachten sind. Und im Winter hat man alle Hände damit zu tun, sich selbst und die Tiere vorm Erfrieren zu bewahren. Ich weiß, wie viele Klafter harten Holzes ich hier verheize, aber ich weiß kaum, wie ich überhaupt noch zum Schreiben komme.«

In den Baumkronen lärmten Vögel, und auf den Wiesen war das Gras schon so hoch geschossen, daß es wie Wasser im Wind wogte. Der Pfad, über den Zuckmayer mich bergauf führte, vor kurzem noch ein abgründiger Schlammstrom, war nun mit Moosen und frischem Gras überwachsen.

»Aber Sie schreiben noch?« fragte ich nach.

Er nickte. »Es ist natürlich nicht viel, aber das stört mich nicht. Schlimmer ist die Vorstellung, für die Schublade zu schreiben, kein Publikum mehr zu haben, an das man sich als Schriftsteller wenden kann. Aber ich bleibe zuversichtlich, auch wenn die Dinge schlecht stehen und es noch lange dauern kann. Hitler wird diesen Krieg nicht gewinnen, Amerika sei Dank. Und was dann kommt, steht auf einem ganz anderen Blatt. Was soll mit Deutschland geschehen, wenn es besiegt ist? Die Emigranten sind über diese Frage heillos zerstritten. Thomas Mann will gleich das ganze deutsche Volk züchtigen. Aber kann ein ganzes Volk schuldig sein? Soll man ein ganzes Volk aufhängen oder an die Wand stellen, weil es sich verführen ließ von diesen verbrecherischen Scharlatanen? Ich bin da durchaus anderer Meinung. Ach, Herrgott, lassen wir das jetzt. Genießen wir lieber den Tag. Eine Luft wie Samt und Seide. Sehen Sie?« Er deutete aufs Farmhaus, zu dem wir nun zurückkehrten. »Der Herdrauch aus dem Schornstein? Das ist ein tröstlicher Anblick. Heimelig. Ich hoffe, Sie haben Appetit mitgebracht. Und dann müssen Sie uns Ihre Geschichte erzählen. Ich rede und rede und lasse Sie gar nicht zu Wort kommen.«

Der Tisch war unter handbehauenen Deckenbalken gedeckt, vor einem gewaltigen Kamin, dessen oberer Teil aus einem einzigen Felsblock bestand, in den ein Backofen eingemauert war. Überm Feuer hing an Kette und Haken ein Teekessel.

»Als das Haus 1783 errichtet wurde«, erklärte Frau Zuckmayer, »hat man wohl zuerst den Kamin gesetzt und dann alles Weitere um ihn herum gebaut.«

Es gab Maiskolben mit geschmolzener Butter, Schweinebraten mit Süßkartoffeln und dazu einen wunderbaren Pfälzer Riesling, den New Yorker Freunde der Zuckmayers beschafft hatten. Und zur Unterhaltung der Tafelrunde erzählte ich meine Geschichte, meinen verschlungenen Weg von der Universität Hamburg ans *Centerville College* in Vermont.

»Sie haben Glück gehabt, weil Sie sich nicht unterkriegen ließen, weil Sie tüchtig waren, weil Sie nicht darauf bestanden haben, Ihr altes Leben in der Neuen Welt weiterzuführen. Darin fühle ich mich Ihnen verwandt.« Zuckmayer nickte anerkennend und trank mir zu. »Und Sie haben doppeltes Glück gehabt, weil Sie auf dieser Odyssee durchs Exil Ihre bezaubernde Frau kennengelernt haben.«

Wieder hob er sein Glas und trank Maggie zu, die anmutig errötete.

»Wir kennen den ehemaligen Prokuristen einer Bielefelder Firma«, erzählte Frau Zuckmayer, »der jetzt als Hilfsarbeiter Puppen und Plüschbären ausstopft. Wir kennen einen Rechtsanwalt, der als Hausierer Würstchen in Dosen verkauft, aber nur deutsche Emigranten als Kunden hat, weil er kaum Englisch spricht. Ein Herzchirurg arbeitet als Anstreicher, ein Mathematikprofessor als Fensterputzer. Und so weiter. Vom Tellerwäscher zum Millionär? Den meisten Exilanten geht es doch eher umgekehrt.«

»Und meine Kollegen, die in Deutschland berühmt waren, Döblin, Heinrich Mann, Brecht, die sind hier völlig unbekannt. Es gibt Ausnahmen, Thomas Mann natürlich oder Remarque oder Feuchtwanger, dessen Bücher fast noch schneller übersetzt werden, als er sie schreiben kann.« Zuckmayer setzte sein leeres Glas hart auf dem Tisch ab und schenkte uns allen nach. »Aber die meisten sitzen als Sklaven auf den Galeeren Hollywoods und schreiben nicht einmal für die Schublade, sondern für den Papierkorb. Ein Elend sondergleichen.«

»Haben Sie schon einmal daran gedacht, an einem College Schreibkurse zu geben?« fragte ich ihn. »In Dartmouth? Oder auch in Centerville? Vielleicht könnte ich da sogar etwas vermitteln, falls Sie …«

Er winkte ab. »Kommt nicht in Frage. Ich hab's mal versucht, in New York. Erwin Piscator hat mir das vermittelt an der sogenannten Universität im Exil. Das nannte sich *Dramatic Workshop*. Die Studenten wollten von mir wissen, wie man Stücke schreibt, erfolgreiche Stücke, versteht sich. Sie wollten Regeln, wollten Formeln oder Blaupausen, denen sie einfach folgen konnten. Aus wieviel Worten muß der Satz eines Aktschlusses bestehen? Nach wieviel Minuten muß im Stück der *Love*- oder *Sex-Interest* einsetzen, das Liebesmotiv? Solche Fragen waren das. Lächerlich. Sie verstanden gar nicht, wo Literatur ihre Quelle hat, und hätte ich ihnen gesagt, daß die Quelle in unseren Herzen und Gefühlen liegt und daß man die Menschen lieben muß, um lebendige Menschen statt Strohpuppen auf die Bühne zu bringen, hätten sie mich ausgelacht. Man kann Grammatik unterrichten, aber keine Literatur. Talent ist eine Gnade, die sich nicht herbeireden läßt. Und ich kann mir ja schlecht das Herz aus der Brust reißen und auf ein Pult legen.«

Zum Kaffee wurde Schweizer Schokolade serviert.

Maggie staunte. »Wo haben Sie *die* denn her?«

»Die habe ich im *General Store* in Barnard bestellt«, sagte Frau Zuckmayer. »Es hat Monate gedauert, bis sie endlich da war. Als ich sie dann abholte, habe ich dem kleinen Eli, dem Sohn des Ladenbesitzers, ein Stück zum Probieren gegeben. Dessen Gesicht hätten Sie mal sehen sollen. Als hätte er eine Erleuchtung gehabt. Nehmen Sie ruhig noch ein Stück.«

Maggie griff zu und schien auch erleuchtet.

Beflügelt vom Wein und gehoben von gegenseitiger Sympathie verlor sich die Bitterkeit bald aus unserem Gespräch, und die komischen Seiten und Anekdoten des Exils kamen auf den Tisch.

»Treffen sich zwei Emigrantinnen in New York«, erzählte Frau Zuckmayer. »Sagt die eine: Herrlich, was es in Amerika so alles gibt. Kühlschrank, Waschmaschine, elektrische Dosenöffner, Autos für jedermann und so weiter. Ja, sagt die andere, alles gut und schön, aber der Franz und die Marie waren mir lieber.«

Alle lachten, außer Maggie. »Wer sind denn Franz und Marie?«

»Der Chauffeur und das Dienstmädchen«, sagte Frau Zuckmayer. »Die sind wir jetzt selbst.«

»Endlich die klassenlose Gesellschaft«, sagte Zuckmayer und lachte dröhnend und ansteckend. »Treffen sich zwei emigrierte Juden in der Pariser Metro. Guten Tag, Herr Lissauer, sagt Grünberg. Ich habe meinen Namen geändert, sagt Lissauer, ich heiße jetzt Lissoir. Dann entschuldigen Sie mich bitte, Monsieur Lissoir, sagt Grünberg, ich muß mal dringend aufs Pissauer.«

Nach der dritten Flasche Wein griff Zuckmayer zur Gitarre, die an der Wand hing, stimmte sie, schlug ein paar Akkorde an und sang ein Bellmann-Lied:

Bringt mir Wein in vollen Krügen,
notabene Wein vom Sundgau,
und ein Weib soll bei mir liegen,
notabene eine Jungfrau ...

Auf dem Mittelfinger der rechten Hand klebte ein Pflaster, auf der linken hatte er einen Bluterguß, in den Hautrillen nistete in feinen Linien der nie zu tilgende Schmutz der Farmarbeit, aber Zuckmayer spielte gut und sang aus voller Brust. Wenn er auch so schreibt, dachte ich, würde ich es gern lesen. Er stimmte *Ein Heller und ein Batzen* an, und seine Frau und ich sangen mit: »Der Heller ward zu Wasser, der Batzen ward zu Wein …« Schließlich sangen wir Heines Lied von der Loreley. »Ich weiß nicht, was soll es bedeuten, daß ich so traurig bin?« Und indem wir von dieser Trauer sangen, hob uns zugleich eine beseligende Fröhlichkeit.

Zuckmayer nahm die Gitarre vom Schoß, lehnte sie gegen die Tischkante, hob sein Glas und sagte: »Auf die Freundschaft!«

Wir tranken.

»Manche nennen es Solidarität«, sagte er, »aber das ist eine Sache des Verstandes. Freundschaft reicht tiefer.«

»Darf ich?« fragte Maggie und griff zur Gitarre.

»Aber mit Vergnügen«, sagte Zuckmayer.

»Mit meinen Kindern, ich meine mit den Kindern, die ich unterrichte, singe ich jeden Tag«, sagte sie und sang mit ihrem klaren Sopran das Lied, das so endet:

The air is so pure
The zephyrs so free
The breezes so balmy and bright
That I would not exchange
My home on the ranch
For all the cities so bright
Home, home, on the ranch
Where the deer and the antelope play
Where seldom is heard a discouraging word
And the skies are not cloudy all day.

Wir klatschten Beifall. Frau Zuckmayer war gerührt.

»Antilopen haben wir zwar nicht«, sagte Zuckmayer, »aber wir haben hier ein Heim gefunden, *a home indeed*. Als Brecht uns besucht hat und mit uns vorm Kamin saß, sagte er das gleiche: Das ist wirklich ein Heim. Ausgerechnet Brecht, der große Unsentimentale. Manchmal kommt es mir sogar so vor, daß ich erst hier im Exil eine Heimat gefunden habe. In Österreich haben wir auf dem Land gelebt, gewiß, aber hier leben wir *vom* Land. Und das ist der ganze Unterschied.«

Zwischen 1942 und 1946 waren Maggie und ich fünf oder sechs Mal auf der Backwoods Farm zu Gast. Alice Herdan-Zuckmayer, die ihren Leseausweis scherzhaft als Steinberg-Paß bezeichnete, kam mehrmals im Jahr in die Bibliothek und besuchte uns dann auch häufig in der Old Maple Lane. Carl Zuckmayer selbst stellte zwar einige Male seinen Besuch in Aussicht, fand jedoch nie die Zeit. Die Farmarbeit fraß ihn auf, und die wenige Zeit, die ihm blieb, verbrachte er an der Schreibmaschine. Es wird mir stets ein Rätsel bleiben, woher er die Energie nahm, zwischen Frühjahrssaat und Heuernte, Hühnerzucht und Ziegenstall, Ahornsirupzapfen und Holzhacken überhaupt noch zu schreiben.

Bei einem ihrer Besuche erzählte seine Frau mit ihrem trockenen Humor von seinen Arbeitsbedingungen. »Wenn Zuck endlich mal vor der Maschine sitzt, fällt im nächsten Moment garantiert die Schweinestalltür aus den Angeln, oder das Feuer im Kamin zieht nicht richtig, oder es regnet durchs Küchendach. Er flucht dann auf deutsch und englisch wie ein Droschkenkutscher, springt aber auf und regelt alles. Und dann setzt er sich wieder hin, und ich höre das Klappern der Tasten.«

(* 9)

Backwoods Farm, 8.6.1942

Lieber Herr Steinberg!

Alice und ich freuen uns, daß es Ihnen und Ihrer Frau in unserer bescheidenen Hütte gefallen hat. Auch wir haben den Tag mit Ihnen sehr genossen und würden uns über ein Wiedersehen bei Ihnen in Centerville freuen. Allerdings werde ich mich in absehbarer Zeit hier nicht losreißen können. Sie fragten mich ja, ob ich noch schreibe – und in der Tat schreibe ich. Genauer gesagt: Ich schreibe wieder. Bis Ende des letzten Jahres war ich nicht nur äußerlich durch die Farmarbeit völlig ausgelastet, sondern auch innerlich blockiert. Die bösen Nachrichten aus Deutschland und die Nachrichten von den Kriegsschauplätzen, auf denen Hitler offenbar ein Sieg nach dem anderen gelingt, belasteten mich wie Bleigewichte.

Anfang März hatte ich jedoch ein Erlebnis, das diese Blockade löste. Bei einem meiner Waldgänge trat ich unter verharschtem Schnee und schon brüchigem Eis eine Quelle frei, deren Wasser sogleich wie befreit zu sprudeln begann. Ein Zufall nur, gewiß, und scheinbar eine Lappalie. Ich verstand es aber als einen Anruf oder, genauer, als etwas, was sich als Anruf verstehen läßt. Die Gnade des inspirierten Augenblicks. Jeder, der ernsthaft schreibt, dürfte solche Momente kennen. Ich ging jedenfalls nach Haus, setzte mich an die Schreibmaschine, ohne zu denken oder zu erfinden, sondern mußte nur lauschen, als komme über eine nur in dieser Einstellung zu empfangende Welle eine Sendung. Und nun schreibe ich über Amerika, Vermont, unser blutiges Leben und das ungeheuerliche Erlebnis dieser Landschaft und die süße Gewalt unserer Träume. Es mag gewagt sein, nach drei Jahren einen amerikanischen Roman anzupacken. Aber ich weiß, daß es richtig ist, weil ich nicht anders kann.

Soweit in Kürze. Grüßen Sie bitte Ihre entzückende Frau. Ich bedauere, keiner ihrer Schüler zu sein. Es muß herrlich sein, jeden Tag mit ihr zu singen!
Mit herzlichem Gruß
Ihr
Carl Zuckmayer

Ob dieser Roman je zu Ende geschrieben wurde, weiß ich nicht. Zuckmayer sprach oder schrieb später nicht mehr davon. Vielleicht ist das Werk den Umständen zum Opfer gefallen. Das Exil hat trotz alledem große Literatur hervorgebracht. Was das Exil jedoch zunichte machte, wird man nie ermessen können.

Im Winter 1942 schrieb Zuckmayer mit *Des Teufels General* ein Stück, das bekanntlich 1946 in Zürich uraufgeführt wurde und im Nachkriegsdeutschland ungeheures Aufsehen erregte. Wie konnte einer, der während des Krieges im fernen Amerika Ziegen gemolken und Schweineställe ausgemistet hatte, der *es* also nicht erlebt hatte, derart genau über die innersten Verhältnisse Nazideutschlands Bescheid wissen?

Anfang 1943 brachte mir Alice Zuckmayer eine Durchschrift des Dramas mit. Zuck bitte mich darum, es zu lesen und ihm vorbehaltlos meine Meinung mitzuteilen. Auch ich war erstaunt über seine Klarsicht, fand es prinzipiell auch richtig, nicht in Schwarzweißmalerei zu verfallen und auf Widerstand aus Kreisen des Militärs zu hoffen, wandte in einem ausführlichen Brief an Zuckmayer jedoch ein, ob das Stück nicht möglicherweise das Aufkommen einer Offiziers- und Widerstandslegende befördern und in Zukunft als eine Art Entschuldungsschreiben der Wehrmacht politisch mißbraucht werden könnte.

(* 10)

Backwoods Farm, 14.3. 1943

Lieber Julius Steinberg!

Für Ihre Anmerkungen und Nachfragen zum Stück bin ich Ihnen sehr dankbar. Einiges muß ich in der Tat bedenken, aber die Fassung, die Sie lasen, ist auch noch nicht der Weisheit letzter Schluß. Ihre Bedenken in Richtung »Entschuldungsschreiben« teile ich zwar nicht, aber Sie ahnen möglicherweise gar nicht, was für ein kompliziertes und heikles Thema Sie da berühren.

Ich stehe seit einiger Zeit in enger Verbindung mit dem Office of Strategic Services im amerikanischen Kriegsministerium, in dem bereits jetzt Überlegungen angestellt werden, wie man nach dem Krieg mit einem besetzten Deutschland umzugehen gedenkt. Seit Stalingrad stellt sich ja zum Glück nicht mehr die Frage, ob, sondern wann Deutschland besiegt sein wird. So arbeite ich derzeit also an einem Report über die in Deutschland verbliebenen Künstler und Intellektuellen. Wer von diesen Leuten wäre für den Aufbau der Demokratie brauchbar und so weiter? Ich kann hier nicht ins Detail gehen, weil meine Tätigkeit einstweilen als geheim gilt (was vielleicht etwas albern ist).

Jedenfalls planen die Amerikaner fürs besiegte Deutschland ein Umerziehungsprogramm, in dem auch mein Stück vielleicht eine gewisse Rolle spielen könnte. Allerdings glaube ich, daß so ein Programm ohnehin vergeblich sein wird, weil kein Volk ein anderes erziehen kann, am wenigsten durch eine Armee. »Der Nazi« ist in Deutschland hochgekommen, und das deutsche Volk hat ihn ermöglicht und geduldet. Aber der Faschismus ist überzeitlich und international. Brecht sagt: die Frucht aller Jahrhunderte. Von außen muß Deutschland davon befreit werden, weil es von innen zu schwach ist, aber davon reinigen muß sich das deutsche Volk aus eigener Kraft. Erziehung muß Selbsterziehung sein. Und ich glaube auch an diese Kraft. Bestraft werden müssen die deutschen Nazis und die ihnen hörigen Teile der Armeeführung mit äußerster Härte. Das deutsche Volk als Ganzes zu bestrafen wäre nichts als ein Schlag, ein Akt des Unglaubens am »gemeinen Mann« und an denjenigen, die auf stille Weise im Widerstand stehen.

   Mit herzlichem Gruß
     Ihr
        Carl Zuckmayer

In der Tat war es nur noch eine Frage der Zeit, wann Deutschland besiegt sein würde, doch diese Zeit wurde länger, als wir uns das erhofften, und forderte schreckliche Opfer. Als endlich alles vorbei war, erreichte mich folgender Brief Zuckmayers.

(* 11)

Backwood Farm, 3.11.1945

Lieber Julius Steinberg!

Ihr letzter Besuch auf der Farm liegt nun auch schon wieder einige Monate zurück. Es war eine Siegesfeier, die uns wohl ewig in Erinnerung bleiben wird, auch wenn die Freude über den Sieg von der Sorge getrübt war, was nun aus Deutschland werden soll. Inzwischen ist die Sorge nicht kleiner geworden, und in Deutschland wächst die Not – nicht nur die materielle, sondern auch die geistige und seelische. Hier Beistand und Hilfe zu leisten, soweit es unsereinem möglich ist, scheint mir das Gebot der Stunde zu sein.

Wie Sie ja wissen, habe ich inzwischen die amerikanische Staatsbürgerschaft beantragt, und man wird sie mir im Januar des nächsten Jahres zuerkennen. Wie Sie gleichfalls wissen, habe ich seit längerer Zeit für das OSS gearbeitet, beratend und sozusagen gutachterlich. Es drängt mich jedoch, konkretere Hilfe zu leisten. Deshalb habe ich mich im Kriegsministerium um eine Stelle als ziviler Kulturbeauftragter der amerikanischen Regierung für Deutschland beworben, und es sieht danach aus, daß man mir die Leitung der European Unit der Civil Affairs Division übertragen wird.

Ich werde also im Lauf des nächsten Jahres nach Deutschland reisen, nach dem Rechten schauen und zu helfen versuchen, die Freunde und Bekannten aufsuchen, allen voran meine Eltern. Ich werde viele Gespräche führen, Berichte und Dossiers verfassen und Vorträge halten. Allerdings gehe ich nicht als Repräsentant der Siegermacht. Ich kann und will keine offizielle Mitverantwortung für die alliierte Politik in Deutschland übernehmen und als Funktionär der Military Government deren Politik machen und den Deutschen Orders geben. Vielmehr kann und will ich nur als Verbindungsmann dienen, als Vermittler, als Freund beider Seiten, und ich will weder rächen noch richten, sondern helfen und versöhnen.

Die CAD wird sich jedoch nicht nur um Museen und Bibliotheken, Theater und Kinos, Zeitungen und Radio zu kümmern haben, sondern auch um die Situation an den deutschen Schulen, Hochschulen und Universitäten. Für diese Aufgabe werden qualifizierte und ideologisch saubere Mitarbeiter gesucht. Unter sauber, das versteht sich inzwischen fast von selbst, ist zu verstehen, daß diese Leute nicht nur nachweislich Nazigegner zu sein, sondern auch größtmögliche Distanz zum Kommunismus aufzuweisen haben. Die Russen verfolgen in Deutschland eine Besatzungspolitik, die für die Zukunft nichts Gutes ahnen läßt. Ich fürchte, daß neue, schwere Konflikte heraufziehen.

Vielleicht ahnen Sie schon, warum ich Ihnen das alles schreibe. Ich möchte Sie als Beauftragten der CAD für die Hochschulen gewinnen. Sie wären in jeder Hinsicht der geeignete Mann, und wenn Sie sich für diese Aufgabe erwärmen könnten, dürfte es mir sehr wahrscheinlich gelingen, Sie bei den zuständigen Stellen auch durchzusetzen.

Die Angelegenheit eilt. Ich wäre Ihnen dankbar, wenn Sie sich möglichst rasch entscheiden würden, und hoffe auf eine positive Entscheidung.

Ob unsereiner Deutschland noch braucht, weiß ich nicht. Ich weiß jedoch, daß wir von Deutschland gebraucht werden.

Mit herzlichen Grüßen
Ihr
Carl Zuckmayer

PS: Alice bittet Maggie, ihr das Rezept für den gedeckten Applepie zu übermitteln, und grüßt aus dem Hühnerstall.

Ich überlegte einen Tag, besprach mich mit Maggie, überlegte die folgende schlaflose Nacht. Etwa einen Monat vor Zuckmayers Brief hatte mich eine Nachricht des Amerikanischen Roten Kreuzes erreicht, daß meine Mutter vermutlich in den letzten Kriegstagen im KZ ums Leben gekommen sei. Eine eindeutige Identifikation sei jedoch unmöglich.

In den Wochenschauen hatten wir die entsetzlichen Bilder gesehen. Berge ausgemergelter Leichen, auf die Ladeflächen von Lastwagen gestapelt, von Bulldozern in Massengräber geschoben. Ins bodenlose, unaussprechbare Grauen, das diese Bilder mir einflößten, schob sich die Erinnerung an einen nächtlichen Gang vor mehr als zehn Jahren auf der anderen Seite des Ozeans. Da war ich einmal durch Dünen zum Meer gegangen, unter einem unheilvollen, leichenblassen Mond, und im Treibgut und in Tangstreifen an der Hochwasserlinie hatte ich verrenkte, zerschlagene Glieder, Schädel und Skelette gesehen. Die Bilder verfolgen mich bis heute. Sie werden mich nie loslassen. Weiß Gott! Ich brauchte Deutschland nicht mehr. Es hatte mich nicht gebraucht. Es hatte meine Eltern wie Millionen andere in seinem Mordrausch zermalmt. Wozu sollte es mich jetzt brauchen?

Zuckmayer sprach mit seiner unverwüstlichen Philanthropie von Versöhnung, Beistand, Freundschaft. Sein Zauberwort Freundschaft, die ihm als zwischenmenschliche Erfahrung über jede Ideologie und Politik ging und immer noch geht. Mir kam das wie sentimentale Gefühlsduselei vor. Der Heimkehrende, sagte er einmal zu mir, müsse Mitmensch sein. Doch diese Mitmenschseligkeit ist eine ungute Schwamm-drüber-Mentalität, die in Deutschland natürlich hochwillkommen ist. Mit *solchen* Emigranten läßt sich reden und auskommen. Thomas Mann ist eher »der schwierige Fall«. Und Feuchtwanger bleibt, wie man hört, lieber gleich in Kalifornien – »des Klimas wegen«.

Und ich blieb in Vermont. Ich wollte von Deutschland nicht gebraucht werden. Ich hegte keine freundschaftlichen Gefühle mehr für Deutschland. Und ich gebe zu, daß ich auch Angst hatte vor einem Deutschland, das die Welt das Fürchten lehrte, die Welt in Trümmer schlug und nun selbst in Trümmern lag. Und ich fühlte mich abgestoßen von einem Deutschland, das sich plötzlich als Volk von Widerstandskämpfern gerierte, als kujonierte Demokraten, die bis zuletzt erzwungenermaßen an der Seite des verhaßten Hitler ausharren mußten, dessen Taten sie stets missbilligt hätten und die von der Ermordung der europäischen Juden nichts gewußt haben wollten – bis die mit offenen Armen begrüßten Alliierten dies geknechtete Volk befreiten und mit Hilfe heimkehrender Exilanten auf den rechten Weg brachten.

Es kam ein Brief meiner ehemaligen Verlobten.

(* 12)

Hamburg, 17.12. 1945

Lieber Julius!

Du wirst Dich gewiß wundern, nach all den Jahren und all dem Schrecklichen, das wir durchmachen mußten, von mir zu hören. Ich habe Deine Anschrift von Professor Riemer bekommen, dem es vergleichsweise gut geht und von dem ich Dich grüßen soll. Er hat mir gesagt, daß Du in Amerika Dein Glück gemacht und eine neue Heimat gefunden hast und inzwischen auch amerikanischer Staatsbürger geworden bist.

Ich weiß nicht, inwieweit Du über die katastrophale Situation in Deutschland informiert bist. Auch Hamburg ist durch die alliierten Bombenangriffe schwer getroffen worden. Da meine eigene Wohnung ausgebrannt ist, lebe ich wieder in meinem Elternhaus, das Du ja noch von früher kennst. Es ist unversehrt geblieben. Wir hungern und frieren, aber wir haben ein Dach über dem Kopf, und wir sind am Leben geblieben. Dafür muß man dankbar sein.

Zu mir persönlich in Kürze nur dies: Ich habe 1938 einen Kollegen geheiratet und zwei Söhne bekommen, die heute sieben und fünf Jahre alt sind. Mein Mann ist als Bataillonsarzt in Stalingrad vermißt. Ich habe die Hoffnung aufgegeben, daß er noch leben könnte. Ich selbst arbeite nach wie vor an der Eppendorfer Klinik.

Und nun zu meinem Anliegen. Mein Vater, der Präsident am Oberlandesgericht war, ist wegen seiner Mitgliedschaft in der NSDAP von der englischen Besatzungsmacht verhaftet und in ein Internierungslager gesteckt worden. Im Rahmen der sogenannten Entnazifizierung gilt er als »schwer belastet« und wäre im schlimmsten Fall mit der Todesstrafe bedroht. Um dies abzuwenden, sind wir verzweifelt darum bemüht, daß mein Vater lediglich als »Mitläufer«

eingestuft wird, was früher oder später zu seiner Entlassung führen würde. Dafür ist es dringend notwendig, Stellungnahmen, Gutachten und Versicherungen von Personen beizubringen, die unbelastet sind oder, besser noch, als Regimegegner gelten. Es wäre für meinen Vater und unsere ganze Familie von unschätzbarem Wert, wenn Du als deutscher Emigrant jüdischer Herkunft, angesehener Professor und amerikanischer Staatsbürger, ein solches Entlastungsschreiben verfassen könntest.

Ich will nicht leugnen, daß mein Vater vom Nationalsozialismus infiziert war, und er hat gewiß auch einige entsprechende Urteile gefällt. Dennoch war er nie ein überzeugter oder gar fanatischer Nazi, sondern im Herzen stets ein Demokrat, der kraft seines Amtes auch häufig Schlimmeres verhindert hat. Seine Parteimitgliedschaft erfolgte ausschließlich mit Rücksicht auf seine Karriere, so daß er wohl als Opportunist und Mitläufer gelten kann, nicht aber als Hauptschuldiger oder gar Verbrecher. Spätestens seit Stalingrad hat er nicht mehr an die Nazis geglaubt, und seit der Invasion in Frankreich hat er sogar Kritik an ihnen geübt.

Wenn Du Dich in Erinnerung an die gute und liebevolle Zeit, die wir gemeinsam hatten, dazu durchringen könntest, mir, uns diesen Gefallen zu tun, wäre ich Dir zu ewigem Dank verpflichtet.

Ich weiß um die Zumutung, die dieser Brief darstellt, und kann nichts weiter tun, als an Deine Menschlichkeit und Dein Mitgefühl zu appellieren.

In banger Erwartung einer Antwort grüßt von ganzem Herzen
Deine
Helga

Den Brief habe ich nicht beantwortet.

Und Zuckmayers Angebot, mit ihm nach Deutschland zu gehen, lehnte ich ab.

Er setzte sich nun energisch für eine realistische Deutschlandpolitik ein. Realistisch hieß für ihn: versöhnlich. Weil er kein Theoretiker oder Ideologe ist, schätzte er die Lage in Deutschland wohl realistischer und differenzierter ein als die Alliierten, aber auch als die in parteiliche und ideologische Grabenkämpfe verstrickten Emigranten. Doch vermochte ich keineswegs Zuckmayers Selbstverständnis zu teilen, als Rückkehrer nur als Zeuge, nicht als Richter oder Ankläger aufzutreten. Diese Haltung arbeitet dem Verdrängen, Leugnen und Schweigen zu, mit dem Deutschland auf seine Vergangenheit reagiert. Den Zeitungen ist zu entnehmen, daß deutsche Richter, die Naziunrecht gesprochen haben, inzwischen demokratisches Recht sprechen und daß hochrangige Exmitglieder der NSDAP wieder politische Ämter bekleiden. Und umgekehrt ist die amerikanische Regierung ebenfalls nicht zimperlich, sondern holt sich deutsche Techniker und Wissenschaftler ins Land, die im Krieg an Hitlers Wunderwaffen gebaut haben. Gegen solchen Zynismus kommt keine Beschwörung deutscher Kulturseele an, keine Mitmenschlichkeit und keine Freundschaft.

Zuckmayer reiste jedenfalls im November 1946 nach Deutschland und war im März 1947 wieder auf der Backwoods Farm, an dem Platz, von dem er selbst gesagt hatte, daß er seine Heimat geworden sei. Einen Antrag auf Wiedereinbürgerung in Deutschland will er nicht stellen. Enttäuscht, daß sich seine Ideen und Vorschläge gegenüber den amerikanischen Behörden nicht durchsetzen ließen, zermürbt von mangelnder Unterstützung, geschwächt von gesundheitlichen Problemen, hat er kurz nach seiner Rückkehr die Stelle bei der CAD gekündigt. Den letzten Ausschlag für seinen Rückzug gaben Maßnahmen, Verordnungen und Gesetze, die im unmittelbaren Gefolge der Truman-Doktrin vom März 1947 ergingen und die Hexenjagd eröffneten, der auch ich zum Opfer fallen sollte.

(* 13)

Backwoods Farm, 28.3. 1947

Lieber Julius Steinberg!

Wie Sie wissen werden, hat Truman nach seiner Kongreßbotschaft verfügt, daß die Staatsloyalität von Leuten im öffentlichen Dienst geprüft und diese Leute bei mangelnder Loyalität entlassen werden sollen. Als einen der ersten im War Department hat es ausgerechnet meinen direkten Vorgesetzten Pare Lorentz erwischt. Er ist investigiert und als »Subversive Element«, als angebli-

cher Roter verhört worden. Dies neue Disloyalty-Gesetz erinnert in fataler Weise an das »Heimtückegesetz« unter Hitler. Jeder Staatsangestellte kann plötzlich auf Grund irgendwelcher vagen Denunziationen verdächtigt, verhört, beurlaubt, entlassen und sogar bestraft werden.

Wenn diese Inquisition sogar Leute wie Lorentz erfaßt, leidenschaftliche amerikanische Patrioten also, dazu mit höchsten Kriegsauszeichnungen, dann muß man jetzt von einer regelrechten »Witch Hunt« sprechen. Hier entsteht unterm Deckmantel des Patriotismus eine nationalistische Bewegung, die unter der konstanten, wenn auch wenig realistischen Drohung eines neuen Kriegs gegen die UdSSR im trüben fischt und alle liberalen Kräfte ersticken will. Liberale werden samt und sonders als Sowjetappeaser denunziert, wenn nicht gar als kommunistische Verfassungsfeinde. Ich stehe weiß Gott auf dem Standpunkt, daß man sich von Molotow und der bedrohlichen Sowjetpolitik nichts gefallen lassen darf, aber wenn man dies notwendige Rückgrat dazu ausnutzt, eine Redhunt und allgemeine Haßatmosphäre zu schüren, dann landen die USA im finstersten Mittelalter.

Lorentz ist jedenfalls zurückgetreten worden, und auch ich habe gekündigt, bevor man mir nachweist, daß Versöhnung Sowjetsympathie und Freundschaft Solidarität mit dem Kommunismus sei.

Im Augenblick beziehen sich die Denunziationen und Schnüffeleien noch auf Staatsbedienstete, aber es gehen bereits Gerüchte um, daß auch die Filmindustrie ins Visier genommen werden soll. Und dann natürlich die Universitäten und Hochschulen, weil überall da, wo Geist und Vernunft gepflegt werden, die neue Inquisition den Feind sieht – und vielleicht ja auch hat. Ich kann Ihnen nur raten, auf der Hut zu sein. Beispielsweise dürften Ihre gewerkschaftlichen Tätigkeiten aus den dreißiger Jahren, von denen Sie so lebhaft erzählten, heute schon ausreichen, um Sie vor so ein Tribunal zu zerren.

Daß Ihnen derlei erspart bleiben möge, wünscht mit herzlichem Gruß
  Ihr
    Carl Zuckmayer

Bei einem ihrer letzten Besuche in Centerville, ich glaube, es war im Sommer 1950, brachte Alice Herdan-Zuckmayer uns die Durchschrift eines Gedichts mit, das ihr Mann bei einem seiner Deutschlandbesuche geschrieben hatte. Sobald ich aus dem Gefängnis entlassen bin, werde ich das Blatt in dies Heft einkleben.

Die Farm in den Grünen Bergen

Auf freier Höhe, doch von Wald umfriedet,
Stehst du getrost in Wind und Wettern da,
Als wärst du an den Himmel festgeschmiedet.
Mir gabst du Heimat, in Amerika.

Mit blutigen Fingern lernt ich dich betreuen,
Viel hartes Holz verheizt ich im Kamin.
Und wie die Monde gehen und sich erneuern
Lebt ich mit Quelle, Tier und Baum dahin.

Bis mich ein neues Stichwort auf die Szene
Des Tages bannte, in ein brennend Stück,
Doch wenn ich mich in Träumen heimwärts sehne,
Kehr ich im Nordlicht auf die Farm zurück.

23

DEAD OR ALIVE

Saddam Hussein mit verwegenem Barett, die Zähne gebleckt, den Revolver in der rechten Hand drohend erhoben. Unter dem Foto die Schlagzeile:

> **Hunting Saddam: WANTED Dead or Alive**
> *Where Is He? Hiding, running away or waiting it out?*
> *Enter the super-secret world of an international manhunt*
> *in an exclusive SPOTLIGHT permiere.*
> *Tonight 9 PM.*
> *Discovery Channel.*

Die ganzseitige Anzeige in der *New York Times* marktschreierisch wie die Kinowerbung in *Arts & Leisure*. Die Jagd auf den zum epochalen Bösewicht stilisierten Diktator als Blockbuster.

Carlsen war spät aufgestanden. Nach einem lustlosen Blick in die Ödnis des Kühlschranks war er zum Frühstück in einen Coffeeshop an der Route 9 gefahren. Zwischen Rührei mit Schinken und Toast, Orangensaft und Kaffee blätterte er weiter durch die Zeitung, die er an der Tankstelle gekauft hatte.

Ein Korrespondent aus London berichtete, daß Tony Blair wegen seiner Informationspolitik in England immer stärker unter Druck geriet. Informationspolitik? Auch so eine Neusprechvokabel für Lügen. Bei Blairs Besuch in Washington bekam er Beifall und auf Bushs Ranch in Texas soviel Schulterklopfen, daß es fast schon weh getan haben mußte. Ja, auf der Ranch. *Home, home, on the ranch, where the deer and the antelope play, where seldom is heard a discouraging word and the skies are not cloudy all day*. In London aber war der politische Himmel düster, und es hagelte *discouraging words*. Blair, dachte Carlsen, sollte die amerikanische Staatsbürgerschaft annehmen und bei der nächsten Präsidentschaftswahl gegen Bush antreten. Dann hätte man hier die Wahl zwischen Pest und Cholera. Und England wäre desinfiziert.

Carlsen dachte an das, was Hocki erzählt hatte. Früher war ein Liberaler in den USA einfach ein Liberaler. Später, zur Zeit von Steinbergs Exil, wurde liberal zum Synonym für links. Wer liberal war, stand im Verdacht, mit dem Kommunismus zu paktieren. Heute funktionierte die verdrehte Logik so: Wer sich gegen den Irakkrieg aussprach, galt als unpatriotisch. Weil zur weltweiten Verteidigung und Durchsetzung amerikanischer Werte und Tugenden – wobei Werte und Tugenden der Euphemismus für Interessen war – jetzt waffenstarrender Patriotismus gefordert wurde, galt schon der Vorschlag, Konflikte mit diplomatischen Mitteln zu lösen, als unpatriotisch. Wer sich aber gegen Waffengewalt aussprach, war demnach kein Patriot, erwies sich als Verfassungsfeind und konnte kein wahrer Amerikaner sein.

Irgendwie ja unheimlich, aber auch folgerichtig. Alles schon mal dagewesen. Ihre demokratischen Traditionen zu verteidigen, hatten die Amerikaner jedes Recht, und ihr schönes Land zu lieben, hatten sie allen Grund. Weil aber die herrschenden Interessengruppen mit ihrer Präsidentenstrohpuppe sich das Recht nahmen, einen Krieg vom Zaun zu brechen, konstruierten sie Gründe. Keiner dieser Gründe hatte Bestand. Die Anschläge des 11. September? Verbindungen zum Irak waren nicht feststellbar. Massenvernichtungswaffen? Man suchte hektisch danach, wie man auch immer noch nach dem flüchtigen Diktator fahndete, dem gefallenen Engel, der ursprünglich eine Kreatur der USA gewesen war. Ihn würde man vermutlich finden, *dead or alive*, aber die Massenvernichtungswaffen gab es nur in den Köpfen derjenigen, die Gründe konstruierten. Statt die Krise zu lösen, produzierte man sie und schürte als Schamtuch über der obszönen Nacktheit Patriotismus. *We support our troops*.

Und wenn dem zur Methode gewordenen Wahnsinn auch kein Sinn abzuzwingen war, blieb immerhin noch der hohe, makabre

Unterhaltungswert. Die Zeitungsanzeige des TV-Kanals führte unverforen vor, wie blutiger Ernst in Entertainment zu gießen war. *The super-secret world of an international manhunt.* Der Krieg auf seinem allerletzten Strich: als fernsehinszenierter Showdown.

Zurück im Haus an der Old Maple Lane nahm Carlsen sich das zehnte und letzte Heft von Julius Steinbergs Aufzeichnungen vor. Er hatte es gestern abend bereits überflogen und wußte, warum Steinberg im Gefängnis gelandet war, aber das offene Ende machte die ganze Geschichte rätselhaft. Vielleicht hatte er entscheidende Hinweise überlesen? Oder im Keller etwas übersehen?

48er Bordeaux *Trimoulet Grand Cru*. Er nahm die Flaschen einzeln aus dem Regal, aber dahinter war nichts mehr. Der abgetragene Mantel auf dem Kleiderbügel. Der Waschbärenfellmantel, den Steinberg in New York einem polnischen Taxifahrer abgekauft hatte, der Mantel, der ihn im Holzfällercamp gewärmt hatte, der Mantel, den er in jener Nacht des Schneesturms Leigh Vanderkirk geliehen hatte. Der Mantel roch muffig nach Mottenpulver. Carlsen durchsuchte die Taschen, fand eine Streichholzschachtel, einen Bleistiftstummel mit Metallspitze. Sonst nichts. Er nahm eine Flasche Bordeaux mit nach oben. Der schmeckte ja noch sehr ordentlich.

Er schaltete den PC ein, legte das aufgeschlagene Heft neben die Tastatur. Vielleicht würde sich alles klären, wenn Carlsen nun wieder Wort für Wort in den rettenden Hafen seines Computers übertrug.

Das Telefon klingelte. Hocki. »Hast du unser Match vergessen?«
»Match?«
»Tennis. Wir hatten zwei Uhr verabredet, weil ich nachher noch das Stilistikseminar hab. Jetzt ist es zehn nach, und ich steh hier allein auf dem Platz, in Sporen und Stiefeln, oder wie sagt man das noch?«
»Oh, tut mir leid, Hocki, das hab ich tatsächlich ver... Ich bin in zwanzig, in fünfzehn Minuten da. Kannst ja schon mal Aufschläge trainieren.«

Trotz des enormen Bauchs, den er vor sich herschob, war Hocki als ehemaliger Leistungssportler immer noch athletisch und schnell auf den Beinen. Er spielte druckvolle Grundschläge, war am Netz reaktionsschnell und schlug hart auf. Allerdings legte er manchmal zuviel Kraft in seine Schläge, so daß die Bälle dann im Aus landeten, weshalb Carlsen das Match schließlich nur knapp verlor.

Am frühen Nachmittag war es immer noch warm. Sie saßen im lichter gewordenen Laubschatten einer Eiche, trockneten sich den Schweiß von Gesichtern und Armen und tranken Wasser.

»Weißt du zufällig«, fragte Carlsen, »wer vor mir in dem Haus an der Old Maple Lane gewohnt hat?«

»Ich glaube, das war eine Romanistin. Aus Paris. So 'ne Post-Post-Dekonstruktions-Tante. War zwei Semester hier und hat ...«

»Nein, ich meine, wer in dem Haus gewohnt hat, bevor das College es gekauft hat.«

»Oh, ach so. Keine Idee, äh, Ahnung. Das ist ja auch schon ewig her. Fünfziger Jahre oder so. Warum willst du das wissen?«

Diesmal hatte Carlsen sich auf die absehbare Frage vorbereitet. »Weil da noch Sachen herumliegen, die möglicherweise dem Vorbesitzer gehörten.«

»Sachen? Was denn für Sachen?«

»Im Keller liegen noch Weinflaschen. Und zwar ziemlich guter Wein. Bordeaux. *Trimoulet Grand Cru.*«

»Sagt mir nichts«, sagte Hocki. »Klingt aber so, als hätte die Romanistin den dagelassen.«

»Sehr unwahrscheinlich. Es ist nämlich ein 48er Jahrgang.«

»1848er? Der muß ja Essig sein.«

»1948 natürlich«, sagte Carlsen.

»Ach, tatsächlich?« Hocki grinste. »Schmeckt der denn noch?«

»Um ehrlich zu sein ..., ja, er schmeckt ausgezeichnet. Ich hab mir eine Flasche gegönnt, quasi als Finderlohn. Aber was ich sagen wollte: Wenn da noch irgendwelche Sachen vom Vorbesitzer rumliegen – wem gehören die dann?«

»Weiß ich nicht«, sagte Hocki. »Aber um die paar Flaschen Wein mußt du dir keine Sorgen machen. Das interessiert doch keinen Menschen hier. Kannst mich ja mal auf ein oder zwei Gläser einladen.«

»Ja, klar«, sagte Carlsen, »ich meinte das auch eher so im Prinzip. Stell dir doch mal vor, das wäre kein Wein, sondern irgendwas sehr Wertvolles oder Seltenes.«

»Der Schatz von Captain Flint?« Hocki lachte. »Oder die intimen Tagebücher von Marilyn Monroe? Oder ein verschollener Van Gogh?«

»Ja, so ähnlich. Oder irgendein wertvolles Manuskript von, sagen wir mal, Robert Frost, weil der ja hier aus der Gegend kam.«

Hocki zuckte die Schultern. »Ich weiß es wirklich nicht, bin ja schließlich kein Jurist. Wahrscheinlich müßte man damit erst mal zur Administration gehen. Und dann müßte man vielleicht den Kontrakt prüfen, den Kaufvertrag zwischen College und Vorbesitzer. Ob das Haus mit oder ohne Inventar verkauft wurde. Und ob das Manuskript von Hölderlin oder Frost oder wem auch immer überhaupt zum Inventar gehört. Vielleicht gibt's ja auch irgendwelche Erben des Vorbesitzers. *Well, anyway.* Den Wein spendiert dir das College, würd ich mal sagen. Aber sprich nicht drüber, sonst verlangt der nächste *Writer in Residence* Champagner.«

24

Julius Steinbergs Aufzeichnungen
Heft 10

Vor schroffer Berglandschaft stand ein Schweizer Almhof mit Stall und Scheune, auf der Wiese weideten Kühe, und der Himmel war blau, doch wenn man die Glaskuppel schüttelte, setzte heftiges Schneegestöber ein, was die Kühe freilich nicht zu stören schien. Das war ein Souvenir aus sorglosen Kindertagen noch vor dem Ersten Weltkrieg, als meine Eltern mich zu einem Winterurlaub in Davos mitgenommen hatten.

Die falsche Idylle dieser Schneekugel kommt mir ins Gedächtnis zurück, wenn ich die Atmosphäre beschreiben soll, die während des Krieges am *Centerville College* herrschte. Unser Elfenbeinturm stand in weltabgewandter Sicherheit im Vermonter Nirgendwo, dessen Landschaft in der Tat an die Schweiz erinnert, und Fakultät und Studentenschaft grasten in Ruhe ihre Felder ab. Immer öfter aber wurde unsere Glaskugel von der groben Hand der Weltgeschichte geschüttelt, und dann standen wir fröstelnd im Schneegestöber der Wochenschauen im *Marquis Theatre*, der Radiosendungen und Zeitungen, die vom nicht enden wollenden Morden in der Welt da draußen berichteten. Seit Juni 1944, der Invasion in der Normandie, gab es in der Aula jeden Montag eine Gedenkandacht für Studenten und Ehemalige des Colleges, die in Europa oder im Pazifik gefallen waren. Die Liste der verlesenen Namen wurde von Woche zu Woche länger, während die Einschreibzahlen männlicher Studenten fast auf Null sanken, aber ansonsten forschten und lehrten wir im Schutz unserer Glaskugel, als sei die Welt noch in Ordnung. *Business as usual.*

Als endlich der Sieg gemeldet wurde, gab es ein großes Fest mit *Marching Band* und Feuerwerk, und als zum Wintersemester 1945 die ersten Studenten, die im Krieg gewesen waren, ans College zurückkehrten, wurden sie begeistert als Helden empfangen. Aber manche der Helden waren sehr müde, waren traumatisiert, litten an Depressionen, sahen um mehr Jahre gealtert aus, als sie tatsächlich fortgewesen waren. Und alle tranken zuviel, weil das Leben weitergehen mußte, aber ohne Alkohol die Erinnerung an den Tod nicht zu ertragen war, dem sie ins Auge gesehen hatten.

Auch aus Deutschland erreichte mich damals eine Todesnachricht.

(*14)

Hamburg, den 14. II. 1946

Sehr geehrter Herr Prof. Steinberg!

Ihr ausführlicher Brief ist hier angekommen, hat meinen geliebten Mann jedoch nicht mehr erreicht. Er ist am 10. Januar im Alter von 73 Jahren verstorben. Wie Sie wissen, wurde er 1944 wegen seiner Kontakte zum Widerstand der Bekennenden Kirche und des Kreisauer Kreises von der Gestapo verhaftet und kam ins Zuchthaus. Von den Haftfolgen hat er sich wegen seines labilen Gesundheitszustands nie mehr richtig erholen können, und die äußerst schwierigen Lebensbedingungen der Nachkriegszeit taten ein übriges, so daß er einer schweren Grippe erlag.
Bitte haben Sie Verständnis für die Kürze dieser Mitteilung.
In tiefer Trauer
Hannelore Riemer

Während ich noch um Professor Siegbert Riemer trauerte, der auch ein Vater für mich gewesen war, mein Doktorvater, und ohne dessen Fürsprache und Hilfe ich nie in die USA gelangt wäre, ging man am College zur Tagesordnung über. Neben meinen Lehrverpflichtungen, die abwechselnd Castellos und Keagans Bereiche bedienen mußten, hatte ich während des Krieges fleißig zu deutsch-amerikanischen Themen geforscht, einige Aufsätze geschrieben und publiziert. 1944 war auch meine umfangreiche Monographie über die deutsche Einwanderungswelle nach der gescheiterten Revolution von 1848 erschienen (*Unity, Justice, Freedom. The Exodus of German Democrats of 1848 and their Immigration to the United States*). Die wenigen Rezensionen waren freundlich, doch wurde das Buch in der Fachwelt kaum zur Kenntnis genommen. Es kam zur falschen Zeit. Vom positiven Einfluß Deutschlands auf die Geschichte der USA wollte in diesen Jahren niemand etwas wissen. In meinem Verhör vor dem McCarthy-Ausschuß sollte das Buch dann 1950 allerdings zu ebenso unverhofften wie zweifelhaften Ehren kommen.

Im Herbst 1947 bat mich Professor Anthony Castello, unser von den Studenten mit respektvollem Spott Imperator genannter Institutsdirektor, zu einer Besprechung in sein Büro. Er wollte mit mir Seminar- und Kursangebote fürs folgende Jahr abstimmen, wobei diese Abstimmungen in der Regel so aussahen, daß der Imperator anordnete, wie ich ihm bei seinen Veranstaltungen als Assistenzprofessor zuarbeiten sollte. Da ich wegen der stark gestiegenen Einschreibzahlen für Deutschkurse bei den Germanisten als Sprachlehrer aushelfen mußte, würde ich nur ein eigenes historisches Seminar abhalten (über die Napoleonischen Befreiungskriege) und ansonsten wie üblich Castello zur Hand gehen. Ich tat das nicht ungern, weil der Imperator in seinen Domänen äußerst kompetent war und sich mir dadurch Bereiche der Alten Geschichte erschlossen, von denen ich im Grunde wenig verstand. Außerdem war Castello ein fairer Chef, der nicht dazu neigte, von mir geleistete Arbeiten als eigene Leistungen zu kassieren.

Um zu verstehen, welche ganz unerwartete Richtung und Wendung unsere Besprechung diesmal nahm, muß ich einige allgemeinere Bemerkungen vorausschicken. Die Truman-Doktrin, die Zuckmayer im März 1947 in seinem Brief erwähnte, war außenpolitisch der Beginn dessen, was heute als Kalter Krieg bezeichnet wird. Sie kam nicht zuletzt unterm Eindruck des griechischen Bürgerkriegs zustande, zielte auf die Eindämmung des Weltkommunismus und gipfelte in der Aussage, daß es die Politik der Vereinigten

Staaten sein müsse, freie Völker zu unterstützen, die dem Versuch einer Unterwerfung durch bewaffnete Minderheiten oder äußeren Druck Widerstand leisten. Mit bewaffneten Minderheiten waren natürlich sozialrevolutionäre Bewegungen gemeint, und mit äußerem Druck die Sowjetunion.

Innenpolitisch war die Truman-Doktrin jedoch das Einfallstor für die Hexenjäger McCarthys. Truman erließ jene Verfügung (von Zuckmayer als Disloyalty-Gesetz bezeichnet), auf Grund derer sich Millionen Bundesangestellte, aber auch Angehörige der Streitkräfte und des Verteidigungsministeriums einer Überprüfung unterziehen mußten. Als Kriterium der Untreue gegenüber dem Staat galt insbesondere die Mitgliedschaft in beziehungsweise Verbindung zu irgendeiner Organisation, Gesellschaft, Bewegung, Gruppe oder Vereinigung von Personen, die vom Justizminister als totalitär definiert wurde. Bekanntlich lautete Trumans Kommentar zu dieser Verfügung: »Dadurch dürfte endlich der kommunistische Schmutzfleck auf der weißen Weste der Demokratischen Partei getilgt werden.«

Bei dem Einstellungsgespräch, daß der Collegepräsident Edgar P. Dershowitz 1939 mit mir geführt hatte, war auch die Rede vom damals sogenannten *Dies Committee* gewesen. Dieser »Ausschuß für unamerikanische Tätigkeit« war während des Krieges fast in Vergessenheit geraten und wurde nun unter Leitung des Senators Joseph McCarthy reaktiviert, um die Verfahren gegen die als illoyal Verdächtigten durchzuführen. Später, als ich selbst in dies Mahlwerk geriet, sollten die Verhöre vor dem Ausschuß auch eine angebliche kommunistische Verschwörung im Bildungs- und Kultursektor aufdecken, insbesondere in der Filmindustrie. Die Verhöre waren außerdem zugleich Rechtfertigung und Vehikel für die Säuberung des amerikanischen Außenministeriums von Roosevelt-Anhängern – dem »Schmutzfleck auf der weißen Weste«: Sie sollten sich angeblich bei der Erteilung von Aufenthaltsgenehmigungen für kommunistische Immigranten eingesetzt haben.

Und was hatte ausgerechnet der Imperator mit alldem zu tun? Ein gemütlich wirkender, aber hochgebildeter und scharf beobachtender Mann von eher konservativer Gesinnung, der in der Antike zu leben schien und sich mit tagespolitischen Äußerungen weise zurückhielt?

»Erstens«, sagte Castello, nachdem er mir Kaffee und eine Zigarette angeboten hatte, »erstens werden wir ein Seminar über das Augusteische Zeitalter abhalten, das ich auch mit einer Vorlesung begleiten werde. Hundert Jahre Frieden nach endlosen Kriegen und so weiter. Das paßt doch gut in unsere Zeit, nicht wahr?«

Ich war mir nicht sicher, wie ironisch er das meinte, nickte aber und machte mir Notizen, während er einige Grundzüge des Kurses entwickelte. Das Thema war für den Imperator so wenig überraschend wie ein Tannenbaum zu Weihnachten.

»Zweitens«, sagte Castello und strich sich mit der flachen Hand über die Glatze, was er immer tat, wenn er etwas Bedeutsames oder etwas, was er für bedeutsam hielt, zum besten geben wollte, »zweitens etwas Ideengeschichtliches. Moment mal.« Er stand auf, zog die offenstehende Bürotür zu, setzte sich wieder. »Zweitens also: Giordano Bruno.«

Ich staunte. »Giordano ... Bruno?«

»Ganz recht.« Er lächelte versonnen vor sich hin.

»Aber das ist doch das 16. Jahrhundert, Tony! Ich meine, frühe Neuzeit, und also ...«

»Und also gar nicht meine Sache, wollen Sie sagen?« Er nahm mir die Worte von der Zunge. »Ich mache es aber zu meiner Sache, Jules. Immerhin war Bruno Italiener.«

Castello schmunzelte. »Was wissen Sie über ihn?«

Ich zuckte mit den Schultern. »Nicht viel. Ein abtrünniger Dominikaner, der wegen seiner Lehren von der Inquisition verurteilt und als Ketzer verbrannt wurde. Ich glaube, er war berühmt für seine Mnemotechnik.«

»Ein Gedächtniskünstler, ganz recht«, sagte Castello. »Bruno war ein gelehrter Theologe, ein spekulativer Philosoph, ein Dichter und ein genialer Kosmologe, und manche hielten ihn gar für einen Magier. Jedenfalls war er eine Art Universalgenie. Er war der Vollender des kopernikanischen Systems, postulierte die Unendlichkeit des Weltraums und die ewige Dauer des Universums. Damit stellte er sich der herrschenden Meinung einer in Sphären untergliederten geozentrischen Welt entgegen. Er erkannte, daß die Fixsterne Sonnen sind, behauptete, daß das räumlich und zeitlich unendliche Weltall von unzähligen bewohnten Welten bevölkert sei, und hatte intuitive Ideen über das, was Einsteins Relativitätstheorie aussagt.

Ich will weiß Gott nicht behaupten, daß ich von diesen Dingen viel verstehe. Muß vielleicht mal bei den Physikern ein paar Nachhilfestunden nehmen. Nun ja, wie dem auch sei. Über die Motive, warum ein venezianischer Patrizier, dem er als Hauslehrer diente, Bruno schließlich der Inquisition auslieferte, kann man nur spekulieren. Offiziell war es Enttäuschung über den Unterricht, etwas mehr praktische Magie hätte es wohl sein sollen, keine hochkomplizierten, mnemotechnischen Berechnungen und Übungen. Von einer Frauengeschichte weiß man nichts, ein allzu enges konfessionelles Gewissen des Adligen wird es wohl auch nicht gewesen sein.

Jedenfalls nahm das Verfahren seinen fast acht Jahre dauernden bürokratischen Gang. Über die kirchenrechtlichen Gründe für die Verurteilung gibt es nicht viel zu rätseln. Denn Brunos Philosophie des unendlichen Einen, das sich als Gott in der Welt manifestiert, das in der Wechselhaftigkeit der Erscheinungen verwirklicht und zugleich verborgen ist – diese Philosophie stellt den christlichen, zumal katholischen dreifaltigen Gott in Frage und macht es zweifelhaft, ob es überhaupt eine individuelle verantwortliche Seele des Menschen gibt. Er lehrte die sachliche, innere Verbindung der geistigen und göttlichen mit der sichtbaren und sozialen Welt. Die kreative Phantasie des Menschen deckt die Einheit in den disparaten Bereichen und allen einzelnen Dingen und Handlungen auf. Viel schwerer wog allerdings, daß seine Thesen von einer unendlichen materiellen Welt keinen Raum für ein Jenseits ließen, die zeitliche Anfangslosigkeit des Universums eine Schöpfung und dessen ewiger Bestand ein Jüngstes Gericht ausschlossen. Überdies hatte Bruno sich äußerst abfällig über Jesus Christus und die Evangelien geäußert.

Das alles galt natürlich als Blasphemie. Nun ja. Im Prozeß wurden ihm solche Thesen dann unter die Nase gerieben. Hätte er abgeschworen, hätte man ihn laufenlassen. Das Gericht baute ihm goldene Brücken. Aber er berief sich auf die Neuheit seiner Philosophie, die von der bisherigen Rechtsprechung der Inquisition gar nicht betroffen sein könne. Fatal war jedoch, daß zum Heiligen Offizium, der Untersuchungsbehörde, auch der Jesuit Bellarmin gehörte. Als Theologe der Gegenreformation hatte der nämlich gerade nachgewiesen, daß sämtliche Ketzereien der noch jungen Reformation bloße Wiederholungen alter Irrtümer und mithin ebenso alt wie falsch seien. Und diese sophistische Rhetorik traf auch Bruno. Sein Leugnen, überhaupt etwas Häretisches gesagt zu haben, erfüllte den Straftatbestand der *pertinacia*, der Verstocktheit. ›Ihr verkündet das Urteil gegen mich mit größerer Furcht, als ich es entgegennehme‹, soll er gesagt haben. Ein mutiger Mann. Stolz, prinzipienfest, von sich und seinen Erkenntnissen überzeugt und wohl auch etwas zu eitel. Einen Teil der Prozeßakten hat der Vatikan übrigens erst kürzlich freigegeben, nach 350 Jahren.«

»Okay, Tony«, sagte ich zögernd und wußte nicht, worauf Castello eigentlich hinauswollte, oder konnte es mir bei ihm jedenfalls nicht vorstellen, »das klingt natürlich interessant, aber wieso wollen Sie ausgerechnet den Prozeß gegen Bruno zu Ihrer Sache machen?«

Er sah mich prüfend an. »Ich will den Prozeß gar nicht so sehr in den Vordergrund rücken. Das wäre vielleicht zu offensichtlich und plump. Da könnte ich ja gleich eine Veranstaltung über die Hexenprozesse in Boston anbieten.« Er kicherte lautlos vor sich hin. »Das wäre wohl eher Keagans und Hardings Sache. Aber die werden den Teufel tun!«

Bei mir fiel der Groschen, und ich wunderte mich sehr. Ausgerechnet Castello! »Wenn ich Sie recht verstehe, wollen Sie also Parallelen ziehen zwischen dem Senatsausschuß und der Inquisition, zwischen dem Prozeß gegen Bruno und ...«

»Keineswegs«, unterbrach er mich streng. »Wer Parallelen ziehen will, mag das gern tun. Ich will nur zeigen, was einmal gewesen ist. Sie wissen ja: Das Gegenwärtige ist nicht die ganze Welt.« Das war sein Wahlspruch, den er in jeder Veranstaltung zum besten gab. »Es wird wahrscheinlich gewisse Leute geben, die das Seminar mit Interesse verfolgen werden, ohne als Studenten beteiligt zu sein. Und man weiß nie, wie dumm diese Leute wirklich sind. Deswegen möchte ich es Ihnen auch freistellen, Jules, ob Sie sich beteiligen.

Was ich zu meiner Sache mache, muß ja nicht zwingend Ihre Sache sein.«

»Wieso sollte ich mich nicht beteiligen?«

Castello wiegte den Kopf hin und her und strich sich dabei die Glatze. »Haben Sie von den Ausschußsitzungen gehört, in denen man Bert Brecht und diesen Komponisten verhört hat, diesen ...«

»Eisler? Hanns Eisler. Ja, ich hab darüber in der Zeitung gelesen.«

Castello nickte. »Soviel ich weiß, ging es nicht nur darum, ob sie Kommunisten sind oder waren oder irgendwann mal fast geworden wären, sondern auch um die Frage, ob sie damals legal in die USA gekommen sind. Ich meine, Sie sind doch auch aus Deutschland emigriert, nicht wahr, Jules?«

»Ich bin aber inzwischen amerikanischer Staatsbürger«, sagte ich hastig, als müßte ich mich vor Castello rechtfertigen.

»Na schön«, sagte Castello, »dann frage ich Sie also jetzt als amerikanischen Staatsbürger, ob Sie mit mir das historische Seminar über Giordano Bruno abhalten wollen?«

»Natürlich, Tony. Mit Vergnügen. Aber dann müssen Sie mir auch eine Frage beantworten.«

»Und die wäre?«

»Ich habe in den vergangenen Jahren viel von Ihnen gelernt, zum Beispiel, daß man aus der Geschichte zwar lernen kann, sich aber hüten soll, voreilige Aktualisierungen herzuleiten. Ich habe auch gelernt, daß das Gegenwärtige nicht die ganze Welt ist ...«

»Na, immerhin«, schmunzelte er.

»Ich habe gedacht, daß Sie mit dem Satz legitimieren wollten, warum man sich mit der Vergangenheit beschäftigen muß, sei sie noch so entfernt.«

»Ganz recht«, sagte er.

»Aber jetzt kommt es mir so vor, als wollten Sie sagen: Das Vergangene ist nicht die ganze Welt. Es holt uns ein. Es wiederholt sich.«

»Geschichte wiederholt sich nicht«, sagte er. »Aber Dummheit und Mißtrauen sind in der Geschichte chronisch. Und Barbarei wiederholt sich. Die Barbarei Ihrer Landsleute, Entschuldigung, Ihrer ehemaligen Landsleute, haben wir ja soeben besiegt. Und wir haben es gefeiert, als sei die Welt nun heil. Sei's drum. Was ist denn nun eigentlich Ihre Frage, Jules?«

»Wenn Sie mir die Bemerkung erlauben, Tony, halte ich Sie für einen konservativen, vorsichtigen und eher unpolitischen Menschen, jedenfalls im Hinblick auf die gegenwärtige …«

»Die Frage.«

»Ja, natürlich. Warum machen Sie das? Warum bieten Sie ein Thema an, in dem die Parallelen so unübersehbar aktuell sind, daß ein Blinder …«

»Na schön«, seufzte Castello, »ich schätze Sie, weil Sie so hartnäckig sind, und ich erzähle es Ihnen, weil ich Ihnen, anders als anderen Kollegen auf diesem herrlichen Campus, vertraue.

Also. Ich habe einen Sohn, Roberto. Robert. Er arbeitet als Flugzeugingenieur eines Betriebs, der dem Kriegsministerium untersteht. Das heißt, er hat dort gearbeitet, bis er denunziert und von diesem ach so patriotischen Ausschuß überprüft wurde. Man hielt ihm Kontakte zu Kommunisten und radikalen Gewerkschaftlern in den USA und Italien vor. Man unterstellte ihm Sabotage. Man verlangte von ihm, Namen zu nennen. Er weigerte sich. Strafbestand *pertinacia*, wenn Sie so wollen. Die Firma warf ihn raus. Er hat eine wunderbare Frau und drei entzückende Kinder. Jetzt ist er stigmatisiert und arbeitslos und muß damit rechnen, auch noch eine Gefängnisstrafe zu bekommen.

Und das ist eigentlich alles. Ersparen Sie mir weitere Details. Und behalten Sie die Sache für sich. Wenn wir Geschichte erforschen und lehren, sollten persönliche Leidenschaften keine Rolle spielen. Und ich habe die Absicht, völlig leidenschaftslos über Giordano Bruno zu unterrichten. Wenn das dann jemandem aktuell vorkommt, kann er gern seine eigenen Schlüsse ziehen. Ich habe da nichts zu sagen, aber einiges zu zeigen. Machen Sie mit?«

Ich nickte.

»Danke, Jules«, sagte er. »Ach, und noch etwas. Das Gegenwärtige ist so wenig die ganze Welt wie das Vergangene.«

Ein Gespenst ging um in Amerika, das Gespenst des Kommunismus. Abgesehen vielleicht von Luxemburg oder Liechtenstein hatten die großen USA die kleinste kommunistische Partei der Welt, aber das Land steigerte sich in eine Hysterie, als stünde Amerika am Rand einer blutigen Revolution, und diese Hysterie sickerte wie ein langsam wirkendes, den Geist lähmendes Gift auch in den Collegebetrieb ein.

Als ich in meinem Seminar über die Befreiungskriege einmal die Bemerkung machte, ein von Napoleon inthronisierter Landesfürst sei »korrupt« gewesen, meldete sich ein Student und sagte vorwurfsvoll: »Das ist eine kommunistische Position.«

Mir blieb die Luft weg, ich wußte keine Antwort, aber nicht aus Angst, sondern aus Verblüffung, daß das Gift des Mißtrauens jede unbefangene Diskussion zu ersticken begann.

Anfang 1948 tauchte in der Bibliothek immer häufiger ein untersetzter, unscheinbarer Mann auf. Er saß im Zeitungsraum, blätterte in Zeitungen und Zeitschriften, machte sich Notizen und beobachtete den Publikumsverkehr. Nachdem ich einmal mitbekommen hatte, daß er sich mit einem Studenten unterhielt, der viel für die Collegezeitschrift schrieb, erkundigte ich mich nach dem Mann.

Der Student, ein schmächtiger Mensch mit unstetem Blick, tat sehr geheimnisvoll und flüsterte: »Er ist vom FBI. Er kommt ein- oder zweimal in der Woche, liest die Leserbriefe und Nachrichten und notiert die Namen von allen, die etwas schreiben, was links sein könnte.«

Der Student war übrigens der Verfasser eines schnöden Artikels über *Marxismus auf unserem Campus*. Er hatte darin einige liberale, in seinen Augen also radikale Studenten »entlarvt«, die, wie er in einer merkwürdigen Mischung aus Stolz und Bedauern sagte, vielleicht vom College verwiesen werden würden, während ihm selbst auf Grund seines Artikels eine Stelle als Journalist in Boston angeboten worden sei. Während er von seiner Infamie wichtigtuerisch und verschwörerisch erzählte, weil er mich offenbar für einen Gleichgesinnten hielt, überfiel mich plötzlich die Erinnerung an den Studenten, den ich 1933 dabei überrascht hatte, wie er das Plakat mit den *Thesen wider den undeutschen Geist* an meine Dienstzimmertür heftete. »Passen Sie auf, daß wir Leute wie Sie nicht bald entfernen«, hatte er gesagt.

Doch der Student und Journalist in spe sah mich nur besorgt an und fragte: »Ist Ihnen nicht gut, Sir?«

»Doch, doch. Wieso?«

»Ach, nur so.«

Erst als ich wieder allein war, merkte ich, daß mir die Hände zitterten. Und nicht nur mir. Das Gift zeigte seine Wirkung bei fast allen, die mit linken oder sozialistischen Ideen hantiert oder mit Kommunisten Umgang gehabt hatten. Viele gingen jetzt auf Zehenspitzen, und so mancher fühlte sich schuldig. Ohne dieses Schuldgefühl hätte die Hexenjagd sich nie derart umfassend entfalten können. Jeder Begriff, jede Idee, die auch nur im entferntesten Ähnlichkeit mit einer marxistischen Position hatte, wurde nun nämlich nicht nur als politisch, sondern auch als moralisch verwerflich denunziert, womit liberale Haltungen gelähmt waren. Als Roosevelt in den dreißiger Jahren mit seinem *New Deal* eine Sozialpolitik betrieben hatte, die durchaus an sozialistische Eingriffe erinnerte, gab es diese Schuldgefühle noch nicht. Aber nun galten Standpunkte, die bislang lediglich kapitalismuskritisch oder nonkonform waren, plötzlich als gottlos, moralisch anstößig und als Landesverrat. Die Blockade Berlins durch die Sowjetunion lenkte 1948/49 noch zusätzliches Wasser auf die Mühlen der Hardliner.

Doch gingen nicht alle auf Zehenspitzen. Manche blieben auch vor den Ausschüssen standhaft und wanderten für ihre Überzeugungen oder weil sie sich weigerten, zur eigenen Entlastung andere zu denunzieren, in die Gefängnisse. Und schließlich gab es einige, denen die Hexenjagd die Augen für etwas öffnete, was sie vorher nicht gesehen hatten oder nicht sehen wollten.

Dazu gehörte Anthony Castello. Nicht, daß er offen protestiert oder demonstriert hätte. Das war nicht sein Stil. Nein, Castello beschäftigte sich »nur« mit Giordano Bruno und der Inquisition, um auf seine stille Weise etwas zu zeigen: In einer Epoche, in der freies Denken mit Kerker und Tod bedroht waren, erhob einer die Stimme gegen Obskurantismus und christlichen Dogmatismus und pochte auf philosophische Freiheit. Bruno erfuhr am eigenen Leibe, wie anstößig und lebensgefährlich Gedankenfreiheit sein kann, und zwar immer dann, wenn sie dem Leitsatz des Horaz folgt: *Sapere aude!* Kant hat ihm die Übersetzung gegeben: »Habe den Mut, dich deines eigenen Verstandes zu bedienen« – ein Mut, der nun auch im Land der Tapferen und Freien unangenehme Folgen haben konnte und immer noch hat.

Als ich Castello von meiner Begegnung in der Bibliothek erzählte, sagte er trocken, daß das FBI schon seit Monaten Studenten als Spitzel anwerbe. Ob ich das etwa nicht wisse? Nein? Dann wisse ich vermutlich auch nicht, daß eine der Bibliothekarinnen vom FBI dafür bezahlt werde, Listen über entliehene Bücher »subversiven« Inhalts inklusive der Namen der Entleiher anzufertigen? Nicht? Nein, ich wußte es nicht. Ob ich nicht wisse, daß manche als subversiv geltende Bücher aus der Bibliothek verschwänden? Nein, das wußte ich auch nicht.

Im August 1948 wurde der Flugzeugbauingenieur Robert Castello wegen Werksspionage und Landesverrat zu einer mehrjährigen Haftstrafe verurteilt. Als sein Vater die Nachricht bekam, erlitt er einen Herzinfarkt.

»Sie müssen Giordano Bruno wohl ohne mich vertreten«, sagte er, als ich ihn im Krankenhaus besuchte. »Meine Frau wird Ihnen einige Unterlagen aushändigen, die ich zur Vorbereitung des Seminars zusammengestellt habe. Viel ist es nicht. Aber es ist interessant. *Sapere aude*, Jules. Aber seien Sie vorsichtig dabei.«

Drei Tage später starb Castello. An seinem Grab verlas ein Student Worte des römischen Kaisers und Philosophen Marcus Aurelius. »Kann mir jemand überzeugend dartun, daß ich nicht richtig urteile oder verfahre, so will ich's mit Freuden anders machen. Suche ich ja nur die Wahrheit, sie, von der niemand je Schaden erlitten hat. Wohl aber erleidet derjenige Schaden, der auf seinem Irrtum und auf seiner Unwissenheit beharrt.«

»Üble Sache, das mit Tony«, sagte Edgar P. Dershowitz, während Barbara ihres Sekretärinnenamtes waltete, Kaffee servierte und, von Ed wohlwollend beobachtet, hüftschwingend abging, »wirklich übel. Er wollte übernächstes Jahr in Pension gehen, wollte Italien und Griechenland bereisen, Pompeji, Delphi, Memphis und so weiter.«

»Memphis liegt in Ägypten, Ed«, sagte ich.

»Tatsächlich? Na ja, vielleicht wollte er da ja auch noch hin. Jedenfalls wird er uns fehlen. Die Stelle adäquat neu zu besetzen, wird nicht leicht sein und eine Weile dauern. Tony war ja ein Original und eine Koryphäe allererster Güte. Josh Perkins hat sich bereit erklärt, fürs kommende Semester einen Teil von Tonys Deputat zu übernehmen, und wenn Sie das Seminar über diesen ...«, er blickte auf eine auf dem Schreibtisch liegende Liste, »diesen Bruno durchführen, müssen wir das Curriculum nicht kürzen. Langfristig brauchen wir einen neuen Direktor, wollen darüber aber erst entscheiden, wenn Tonys Professorenstelle wieder besetzt ist. Mit anderen Worten brauchen wir erst einmal einen kommissarischen Direktor.«

»Das kann ja nur Gordon sein«, sagte ich, weil Gordon Keagan das dienstälteste und wissenschaftlich renommierteste Fakultätsmitglied war.

»Da kennen Sie aber Gordon schlecht«, sagte Dershowitz. »Als Lückenbüßer ist der alte Snob sich viel zu schade, und für den Posten selbst kommt er in seinem Alter auch nicht mehr in Frage. Er hat schon abgewunken und natürlich seinen Adlatus Harding empfohlen. Bleiben also nur Josh und George Harding. Und Sie. Josh ist im Verwaltungsrat nicht mehrheitsfähig. Warum, spielt keine Rolle. Kurz und gut, ich möchte, daß Sie den Job machen, Jules.«

»Ich? Das ist natürlich sehr ehrenvoll, aber was ist mit George? Wenn Keagan ihn ausdrücklich empfiehlt? Und er ist auch schon länger als ich am College und dürfte sich übergangen fühlen, wenn ich ...«

»Übergangen fühlt er sich mit Sicherheit«, unterbrach mich Dershowitz. »Wir alle wissen ja, wie ehrgeizig er ist. Aber wir sind nun mal ein College, an dem stets die Tradition der *Liberal Arts* gepflegt wurde. Wie nennt man das noch mal gleich auf deutsch, Jules?«

»Geisteswissenschaften«, sagte ich auf deutsch, »wörtlich eigentlich Freie Künste.«

Dershowitz, der ein paar Brocken Deutsch konnte, lächelte maliziös, sagte auf deutsch: »Sehr gut, Herr Professor Doktor Steinberg«, sprach dann aber wieder englisch: »Wobei die Betonung auf *Liberal* liegt«, und wiederholte auf deutsch: »*Freie* Künste.«

»Ja und?« Ich begriff nicht, worauf er hinauswollte. »Die Geschichtswissenschaft gehört doch zu den *Liberal Arts*, und George lehrt Geschichte, genau wie ...«

»Das *Centerville College*«, schnitt Dershowitz mir das Wort ab, »ist eine Institution, die dem Geist der amerikanischen Verfassung und Demokratie verpflichtet ist. Sie werden doch wohl unsere Verfassung kennen, Jules«, sagte er mit gespielter Strenge. »Haben Sie nicht sogar auf sie geschworen?«

»Selbstverständlich, Ed«, sagte ich.

»Na schön. Dann kennen Sie doch gewiß auch den Zusatzartikel, der die Einschränkung der Rede- und Pressefreiheit und des Versammlungsrechts untersagt? Und den Zusatzartikel, in dem es heißt, daß niemand zur Aussage gegen sich selbst gezwungen werden darf?«

»Ich, äh, natürlich, Ed, ich meine ...«, stotterte ich.

Er winkte beschwichtigend ab. »Schon gut, Jules, wer liest auch schon das Kleingedruckte? Manchmal gibt es aber Situationen, in denen das Kleingedruckte so vergrößert werden muß, daß man es nicht mehr überlesen kann. Nun haben wir es derzeit aber mit sehr einflußreichen Kräften und Interessen zu tun, die das Kleingedruckte am liebsten ganz verschwinden lassen würden, selbstverständlich im Namen und zum Nutzen Amerikas und der Demokratie. Diese Kräfte wollen angeblich die Demokratie gegen die kommunistische Gefahr verteidigen und nehmen es billigend in Kauf, dabei die Demokratie zu beschädigen. Ich muß ja wohl nicht noch deutlicher werden, oder?«

»Natürlich nicht, Ed, aber was hat das mit dem kommissarischen Institutsdirektor zu tun?«

»Solange ich hier Präsident bin«, sagte er, »unterstütze und befördere ich niemanden, der die Beschädigung von Demokratie und Verfassung betreibt oder billigt. Nun ist unser geschätzter Kollege George C. Harding selbstverständlich ein Demokrat, auch wenn er wie sein Mentor Keagan der republikanischen Partei angehört. Und er ist ein Patriot, weshalb er wie sein Mentor Antikommunist ist. Und natürlich ist er ein gläubiger Christ. Er ist mir und anderen aber als Demokrat etwas zu, nun ja, leidenschaftlich demokratisch, als

Patriot etwas zu glühend, als Christ etwas zu moralisch und als Antikommunist etwas zu ..., wie soll ich sagen?«

Er zuckte mit den Schultern, stand auf, ging zur Fensterfront und blickte zu den Zügen der Adirondacks, die grün und blau am Horizont lagerten, blies Zigarettenrauch gegen die Scheiben und sagte schließlich, ohne sich zu mir umzudrehen: »Sie wissen doch ganz genau, was ich meine, Jules. George lehrt als Historiker *Liberal Arts*, genau wie Sie. Aber für George ist das Wörtchen liberal zu einem Schimpfwort geworden, zu einem Synonym für das Böse in dieser Gesellschaft, wenn nicht auf dieser Welt.«

Der Hohepriester Akademias hatte gesprochen. Eine Woche später wurde ich zum kommissarischen Direktor des historischen Instituts ernannt.

Sein Rauswurf aus dem Dominikanerkloster, in dem er Schriften der Kirchenväter als Toilettenpapier mißbraucht haben soll; seine lebenslange Herausforderung und zugleich Flucht vor der Inquisition; sein rastloses Reisen von einer europäischen Universität zur nächsten, an denen er seine Lehren mit der polemischen Kompromißlosigkeit eines Besessenen und der Arroganz eines selbstbewußten Genies so lange vertrat, bis er es sich mit sämtlichen Autoritäten verscherzte, gefeuert wurde und weiterzog; die Gerüchte, daß er als politischer Agent tätig war, über magische Kräfte verfügte und Geheimbünde gründete; seine Auslieferung an die Inquisition, der spektakuläre Prozeß und schließlich sein dramatisches Ende auf dem Scheiterhaufen im Jahr 1600 auf dem römischen *Campo dei Fiori* – das abenteuerliche Leben des Giordano Bruno faszinierte die Handvoll Studenten, die sich fürs Seminar eingeschrieben hatten. Brunos nicht weniger abenteuerliche Lehren faszinierten sie auch, jedenfalls so weit, wie sie ihnen folgen konnten. Auch ich hatte das Gefühl, lediglich an der Oberfläche zu kratzen, ohne den eigentlichen Sinn oder Fokus dieses ungeheuerlichen, visionären und ekstatischen Denkens zu begreifen.

Bruno nahm den Himmel als Maß der Dinge. Er transzendierte die Zeit und sah die Welt *sub specie aeternitatis*. Unterm Gesichtspunkt der Ewigkeit ging er über Kopernikus hinaus und vertrat die

These von einer Selbstbewegung jedes einzelnen Himmelskörpers innerhalb eines als unbegrenzt wahrzunehmenden Weltraums, in dem es keinen absoluten Mittelpunkt, keine sphärische Seinsordnung, keinen äußeren Rand oder Beweger gebe. Sein Hauptthema war die Unendlichkeit des Universums, die unendliche körperliche Substanz im unendlichen Raum, die lebendige kosmische Einheit, die sich in der Vielfalt im permanenten Umschlag des Entgegengesetzten, in der Wechselwirkung des Verschiedenen erhält. Das Weltall war für Bruno nicht nur unbegrenzt und unendlich, sondern auch erfüllt von unzähligen Welten, die womöglich ebenso bewohnt und belebt seien wie die Erde. Zudem hatte er die Vorstellung, daß alle Körper beseelt seien und sich in einer lebendigen Wechselwirkung im Universum befänden.

Bruno dachte nicht anthropozentrisch. Für ihn waren alle lebendigen Wesen verschiedene Phänomene der einen universalen Existenz. Zwischen den Pflanzen, Tieren und dem Menschen besteht nur ein gradueller, kein qualitativer Unterschied, weil alle ihren Ursprung aus derselben metaphysischen Wurzel haben. Für Bruno gab es weder unbeseelte Materie noch Dualismus von Seele und Körper, Geist und Materie oder Instinkt und Vernunft, denn derselbe Geist prägt alle und alles. Alle Kreaturen haben eine Intelligenz, die ihren Bedingungen entspricht. »Die Natur ahmt die Wirksamkeit der Gottheit auf bewundernswürdige Weise nach, und das menschliche Ingenium wetteifert wiederum mit der Natur.« Die Intelligenz begriff Bruno als eine göttliche Kraft, die allen Dingen als Erkenntnisfähigkeit innewohnt, durch welche alle Lebewesen wahrnehmen, fühlen und in irgendeiner Weise erkennen.

Er exemplifiziert seine Theorien nicht nur mit philosophischen Begriffen, sondern mit Bildern, Symbolen, Metaphern und Analogien, so daß seine Schriften poetischer Natur sind. Doch wußte er, daß wir »bestenfalls auf die Spur der Erkenntnis des ersten Prinzips und der ersten Ursache kommen können.« Denn all unser Wissen ist Unwissen, und unsere Sinne sind trügerisch, weil sie entweder die wahre Natur der Dinge verbergen oder sie unter einer falschen Erscheinung präsentieren.

In seiner Schrift *Die Vertreibung der triumphierenden Bestie* formulierte er seine Ideen von Gesellschaft: Förderung des Wohls des einzelnen wie des Gemeinwohls, die Sorge um das Vaterland und die Menschheit, zwischenmenschliche Großherzigkeit und mildtätige Gerechtigkeit, basierend auf Gegenseitigkeit und Barmherzigkeit. Während der Seminarsitzung, in der dieser Zusammenhang besprochen wurde, fiel draußen in schweren, nassen Flocken der erste Schnee des Jahres, und ich dachte an die langen Abende im eingeschneiten Camp, an denen Guy und Yves Laroux ihre anarchistischen Ideen und Träume ausgebreitet hatten. Und ich dachte auch, daß Brunos Lehren den Laroux-Brüdern sehr gefallen hätten, weil sie alle Glaubensmächte kritisierten, sofern sie vorgaben, im Besitz des wahren Wissens zu sein. Mit Analogiebildungen zur Gegenwart hielt ich mich allerdings streng zurück, insbesondere, als wir den Prozeß besprachen. Ich hielt mich an Castellos weise Worte: Wenn es jemandem aktuell vorkommt, soll er seine eigenen Schlüsse ziehen. Ich habe nichts zu sagen, nur zu zeigen.

Castello und ich hatten das Seminar noch gemeinsam vorbereiten können und uns darauf geeinigt, Brunos Schriften zur Mnemotechnik weitgehend auszuklammern. Wir verstanden nicht, worum es in diesen ungeheuer komplizierten, wenn nicht wirren Werken überhaupt ging. Waren es Spuren des Propheten einer neuen Religion, der Botschaften in einem Code, dem Gedächtniscode, übermittelte? Waren all die unüberschaubaren Ratschläge und Techniken für das Gedächtnis, all diese Systeme und Methoden nur als Barrieren für den Uneingeweihten errichtet, die aber den Eingeweihten darauf hinwiesen, daß hinter alledem ein *Siegel des Siegels*, so der Titel einer dieser Schriften, liegt, daß in den *Schatten der Ideen*, so ein anderer Titel, irgendwo das Licht zu finden war? Oder waren sie nur das Werk eines genialen Taschenspielers, der seiner Mitwelt imponieren wollte? Oder das Wahnsystem eines Verrückten?

Nach Castellos Tod übergab mir seine Frau eine Mappe, die Aufzeichnungen und Exzerpte, Seminarpläne, eine Bibliographie und vorbereitende Notizen für einzelne Themenkomplexe enthielt. Das meiste war mir aus unseren Besprechungen mehr oder weniger bekannt. In der Mappe fand sich allerdings auch ein verschlossener

Umschlag mit dem Vermerk *Bruno's Memory Machine*, der mir bislang unbekannte, handschriftliche Notizen Castellos enthielt. Das in diesen Aufzeichnungen benutzte Namenskürzel E. J. steht wohl für den Mathematiker und Physiker Eli Jennings aus Boston, mit dem Castello befreundet war.

(* 15)

Anthony Castello

Brunos Gedächtnismaschine

Bruno kombiniert metaphysische, naturphilosophische, ethische, semiotische, kosmologische, poetologische Aspekte. Wozu?

Entwurf eines möglichst kohärenten Systems. Architektur unseres Wissens, das Gedächtnis der Kultur- und Wissensgemeinschaft. Alles, was die Menschheit wissen, erschließen und erinnern kann.

In »De umbris idearum« (»Die Schatten der Ideen«) sind 150 Bilder auf die Mittelscheibe des magischen Gedächtnisses geprägt. Die Scheibe enthält den Himmel mit sämtlichen astrologischen Einflüssen. Durch Drehung der Scheibe formen die Bilder der Gestirne Kombinationen, Konstellationen und Konvolutionen. Und das »Meisterhirn«, in dessen Gedächtnis sämtliche Kombinationen eingeprägt sind, ist im Besitz des Geheimnisses. Das magische Gedächtnis entreißt dem Chaos das archetypische Wissen und verleiht dem Wissenden göttliche Kräfte, macht ihn quasi allwissend.

Bruno versucht, die magisch-mechanischen Gesetze nicht äußerlich, sondern innerlich durch Reproduktion zur Wirkung zu bringen. Die Übersetzung solcher magischen Vorstellungen ist erst heute durch Ergebnisse der Quantenphysik in mathematischen Kategorien faßbar geworden. Brunos Spekulation, die Astralkräfte, die die äußere Welt regieren, seien auch im Inneren wirksam und könnten zur Etablierung des unendlichen Gedächtnisses reproduziert oder eingefangen werden, erinnert auf unheimliche Weise an die derzeit entwickelten, Daten verarbeitenden und speichernden Rechenmaschinen.

Aber wie wird das Wissen bei Bruno gespeichert? Und wo? Wie wird es aktiviert?

– – –

Logisch-konstruktive Aspekte (bezgl. Semiophysik, Turing-Maschine, Von-Neumann-Automat)

Grundidee der Semiotik Brunos: Analogiebeziehung zwischen verschiedenen Bereichen.

Semiotische Ebenen (nach »De umbris idearum«):

Gott/Das Universum als Ursache des Geistes und somit auch der Zeichen.

1. Ideen als Zeichen Gottes.

2. Natur als Konsequenz/Spur (vestigium) der Ideen, Zeichen der Ideen.

3. Der menschliche Geist (ratio) nimmt die Schatten (umbrae) dieser Ideen auf und erkennt, vermittelt durch die Schatten (in der Natur), indirekt die Ideen.

Diese Vorstellung wird von Bruno (»De umbris idearum«) bildhaft verdeutlicht: Die Erde reflektiert das Sonnenlicht, ist somit dessen Spur; sie hat selbst einen Schatten, der wie ein Uhrzeiger auf die Buchstaben des universalen Alphabets weist.

Bilder (imagines) und bildhafte Vorstellungen stehen im Vordergrund, weil sie Inbegriff des Zeichenhaften, Repräsentierenden sind. Sie sind es deshalb, weil höhere Erkenntnis per Analogie geschieht und weil der Gesichtssinn der effizienteste ist.

Konsequenz: die formale Struktur von Brunos Gedächtnismodell ist geometrisch, nicht logisch, »geschaut«, nicht gedacht, in imaginativen Kontexten.

Ideen, Spuren, Schatten sind aber nur Atome des Verstehens und der Verständigung (mit Zeichen).

Notwendig wird <u>Intuition</u> (oder wie immer man es nennen kann).

Bruno: »Unser Verstehen« (d.h. die Operationen unseres Intellekts) »besteht entweder aus Phantasietätigkeit oder kommt zumindest nicht ohne Phantasie zustande« bzw.: »wir verstehen nicht ohne Blick auf Phantasien«.

Das sprachliche Zeichen ist indirekt eine Spur der Idee, direkt ein Schatten dieser Spur.

Bezeichnet man also das konstruktive Moment von Brunos Semiotik als Logik, das räumlich-imaginale als ein Modell der Phantasie, käme man zu einer <u>Logik der Phantasie</u>, die zugleich <u>Phantasie der Logik</u> wäre.

— — —

Zur zellulären Struktur

Brunos Gedächtnisstruktur läßt sich transformieren in eine Architektur von Kreisen, die Quadraten eingeschrieben sind. Die Kreise füllen (als Sonnensysteme) die Fläche aus, und das Bildungsgesetz ist ins Unendliche fortsetzbar. (Hinweis von E. J.)

»Die Mathematik ist die letzte formale Bedingung aller phänomenologischen Anschauung, weil sie es allein mit den Schöpfungen unseres Geistes zu tun hat, und damit zugleich aber auch mit den Bedingungen der spekulativen Imagination.« (E. J.)

In der Tradition antiker (und okkulter) Gedächtnislehren versucht Bruno im <u>artifiziellen Gedächtnis</u> Abstraktes, Nicht-Räumliches durch Konkretes, Räumliches zu ersetzen.

Architektur eines maschinellen Gedächtnisses

E. J. erkennt in Brunos Siegel der Siegel (»sigillus sigillorum«) den Archetyp einer um eine zentrale Recheneinheit angelegten, sich permanent differenzierenden Peripherie.
 Die Siegel versteht E. J. als ein Inventar von »Konnexions-Architekturen« des Geistes und daran angepaßt auch der neuen Rechenmaschinen (Turing).
 Historisch wäre der Bezug zu solchen Maschinen über Leibniz gesichert. Er realisierte kombinatorische Konzepte (Lullus, evtl. auch Bruno) in der Konstruktion eines Rechenautomaten. Brunos Ausarbeitung des Lullischen Systems ist deshalb ein Schritt auf dem Weg von Lullus über Leibniz zur modernen Informationswissenschaft. Verarbeitung und Speicherung von Daten. Lochkarten etc.
 E. J. verweist auf John von Neumann, speziell dessen Theorie »zellulärer Automaten«.
 Turing-Maschine, d.h. ein allgemein abstrakter Automat, wird mit »neuronalen Netzen« kombiniert. Neurologie und Biologie arbeiten an mathematischen Modellen höherer Gehirnfunktionen.
 Das erste Mal seit der Spätrenaissance, daß physikalische, mathematische, kognitive, biologische Modellbildungen kombiniert werden.

»Statistische Quantenmechanik« (E. J.) – was auch immer das sein mag?
Brunos quadratische Gedächtnishäuser mit ihren acht Räumen ums Atrium entsprechen genau der Struktur eines zellulären Automaten bei von Neumann (»Ein zellulärer Automat ist ein Raum-Zeit-System«).
Identische Grundstruktur der selbstreproduzierenden Automaten wie auch der modernen, parallel Daten verarbeitenden Rechner.

— — —

<u>Gedächtnisprotokoll eines Gesprächs mit Eli Jennings (Juni 1948)</u>

Wir hatten nach dem Abendessen eine Partie Schach gespielt, einige Gläser Whiskey getrunken, rauchten Zigarre und erlaubten uns ziemlich freie Assoziationen und Spekulationen, die etwa in diese Richtung liefen:
Bruno wollte mit seinen manchmal höchst abstrusen und komplizierten, heute kaum noch entschlüsselbaren Kalkulationen und Berechnungen vielleicht beweisen, daß bestimmte »Astralkräfte«, die die äußere, physikalische Welt regieren, auch im Inneren, in der menschlichen Psyche wirksam sind und dort zur Aufrechterhaltung eines magisch-mechanischen, künstlichen Gedächtnisses reproduziert und gespeichert werden können – also in der Tat eine psychisch (nicht materiell) produzierte, sich mental selbst generierende Denkmaschine, eine Turing-Maschine im Geiste. Ein derartiges Gedächtnis könnte die komplette Menschheitsgeschichte speichern und wäre das Gedächtnis eines allwissenden Individuums, eines Menschen, dessen Vorstellungskraft mit dem Wirken kosmischer Kräfte kurzgeschlossen wäre. Ein derart konditioniertes, menschliches Bewußtsein wäre zur Spiegelung und Beherrschung des Universums fähig.
Das alles sei natürlich nur metaphorisch zu verstehen, gab ich zu bedenken, Visionen, wohl auch Größenwahnphantasien Brunos. Aber Jennings meinte, daß man solche Metaphoriken mehr denn je ernst nehmen und versuchen müsse, sie rational aufzuklären. Es ist ja denkbar, daß der totale Bruch zwischen der aristotelischen und der galileischen Denkweise eine historische Illusion gewesen sei, entstanden durch eine retrospektive Verklärung aller in der Physik Newtons aufgenommenen Tendenzen. Im Grunde ist der Fall der theoretischen Physik ein nicht verallgemeinerbarer Sonderfall, bei dem quantitativ überprüfbare »Gesetze« in der mathematischen Formulierung analytisch verlängert und damit generalisiert werden. Was aber, wenn der Bruch eine wissenschaftshistorische Illusion oder Täuschung ist?

Elementarteilchenphysik und Kosmologie rücken einander näher, fuhr Jennings fort, weil sich zeigt, daß man das unvorstellbar Große nicht verstehen kann, ohne sich dem unvorstellbar Kleinen zuzuwenden, weil man zu begreifen beginnt, daß keine allgemeinen Formeln radizierbar sind, solange das Besondere, Individuelle unbeachtet bleibt. Die Welt des Allerkleinsten nämlich, die mikrokosmischen Strukturen der Wirklichkeit, sind nicht einfach eine verkleinerte Kopie der gewohnten Alltagswelt, sondern besitzen eine andere Struktur. Die Quantenphysik ist zu dem Schluß gekommen, daß es eine objektivierbare Welt, also eine gegenständliche Realität, gar nicht »wirklich« gibt, sondern daß diese nur eine Konstruktion, eine Vorstellung unseres rationalen Denkens ist, eine zweckmäßige Ansicht der Wirklichkeit. Im Quantenbereich kommt es zu dem bemerkenswerten Phänomen, <u>daß die Beobachtung von Materie und materiellen Prozessen diese beeinflußt. Das menschliche Hirn kann also »die Welt« lenken, das Bewußtsein bestimmt das Sein.</u> Man weiß nur noch nicht, wie und warum. Diese Auflösung der dinglichen Wirklichkeit beweist jedenfalls, daß eine Trennung von Handeln und Betrachten, von subjektiver Wahrnehmung und objektiver Erscheinung im strengen Sinne nicht mehr möglich ist. Eine umfassendere Struktur der Wirklichkeit zeichnet sich ab, es gibt kein Werden und Entstehen mehr, sondern alles webt in harmonischen Mustern und scheinbar absichtslosen Bewegungen ineinander. Wir müssen Abschied vom mechanistischen Prozeßcharakter nehmen. Bruno hatte das seinerzeit bereits getan, aber es ist ihm nicht gut bekommen.

Werner Heisenberg, der Entdecker der Unschärferelationen, hat übrigens auch auf den Zusammenhang verwiesen, den das neue physikalische Weltbild zur Kunst hat, also zu dem, was ich mit Metaphorik meinte. Die Quantentheorie sei nämlich ein Beispiel dafür, daß man einen Sachverhalt in völliger Klarheit verstanden haben kann und gleichzeitig doch weiß, daß man nur in Bildern und Gleichnissen von ihm reden kann. Und genau das hat auch Bruno gemacht.

Vielleicht haben wir an diesem Abend zuviel getrunken, aber wir verstanden uns großartig und glaubten Dinge zu verstehen, die man nüchtern vielleicht nie versteht.

— — —

Nutzung eines zellulären Automaten

Angesiedelt in einer Umgebung, die alle Teile für die Konstruktion enthält, können diese Automaten sich über ein entsprechendes Programm reproduzieren.

Das Gedächtnis ist insofern selbstreproduzierend, als bei der Suche im Gedächtnis die gespeicherte Information immer wieder neu zusammengesetzt wird. <u>Brunos Mnemotechnik ist ein Modell der Reproduktion von Gedächtnisinhalten, in dem Maschine und Geist ununterscheidbar sind (oder identisch werden?).</u>

Bei der Operation in einem zellulären System werden bestimmte Nachbarschaften und Wege häufiger benutzt als andere. Im Laufe der Zeit können Zellen, die häufig verbunden werden, zueinander wandern, d.h., die Konnexionsdistanz verringert sich. Auf diese Weise ist das zelluläre Netzwerk adaptiv oder lernend.

Das zelluläre Netzwerk kann auch wie ein Spiel konstruiert werden, das sich selbst spielt. Das Netzwerk spielt sämtliche Möglichkeiten durch. Bei entsprechenden Regeln (Programmen) hat die Evolution des Spiels auch Attraktoren, d.h. Zustände, die immer wieder vorkommen oder gar nicht mehr oder nur noch marginal verändert werden (oder es gibt feste Rhythmen der Veränderung).

Schach z.B. als zelluläres Netzwerk verstanden, mit festgelegter Startkonfiguration und mit Bedingungen für Verlust/Gewinn oder Patt. Auf dem Brett ist das Spiel zwar endlich, aber im Prinzip unendlich.

<u>Brunos Gedächtnismodell ist vom Grunddesign her unendlich.</u>

Es stellt sich die Frage, wie der Mensch mit endlichen Ressourcen und in endlicher Zeit ein unendliches System durchschauen oder gar beherrschen kann.

Brunos Antwort: <u>Die Unendlichkeit ist konstruktiv durchschaubar und selbst-ähnlich</u>, d.h., es kommen immer wieder die gleichen Prototypen vor.

* * *

Ich kann nicht behaupten, daß ich diese Notizen auch nur ansatzweise verstand, abgesehen vielleicht von dem ausformulierten Gesprächsprotokoll, und ich war höchst verblüfft, daß Castello sich überhaupt mit dieser Materie beschäftigt hatte. Zu meiner Überraschung stellte sich allerdings heraus, daß er Hobbyastronom war. Als ich die Unterlagen bei seiner Frau abholte, zeigte sie mir ein kleines Teleskop, mit dem ihr Mann in klaren Nächten vom Garagendach aus den Sternenhimmel beobachtet hatte.

»Jetzt ist er selber da oben«, sagte seine Frau und tupfte sich Tränen aus den Augenwinkeln.

Für die Arbeit in einem historischen Seminar waren Castellos Aufzeichnungen unbrauchbar, und er hatte wohl selbst auch kaum die Absicht gehabt, sie einzusetzen. Ich sah die Notizen im Zusammenhang mit seiner Sternguckerei, als Schrulle oder Marotte dieses liebenswert verschrobenen Menschen. Daß die Notizen die Brisanz hatten (oder zumindest für so brisant gehalten wurden), daß sie mir schließlich das Genick brechen sollten, konnte ich nicht ahnen. Hätte ich es geahnt, hätte ich geschwiegen.

Grapevine bedeutet auf deutsch nicht nur Weinstock oder Rebe, sondern auch Gerüchteküche und Nachrichtendienst. Diese Art von Reben gediehen am College jetzt so üppig, als habe man ihnen einen Wunderdünger verabreicht. Jedenfalls arbeitete die Gerüchteküche in jenen Wochen und Monaten auf Hochtouren und stieß schwadenweise Klatsch, Vermutungen, Halbwahrheiten, Verleumdungen und Verdächtigungen aus. Wie sehr es George C. Harding wurmte, daß nicht er, sondern ich zum kommissarischen Institutsdirektor ernannt worden war, wußte ich seit dem Gespräch mit Dershowitz ohnehin. Des beschleunigten Rebenwachstums der Gerüchte, das durch Hörsäle, Seminarräume, Büros, Mensa und Sportstätten wucherte, hätte es da gar nicht mehr bedurft. Und daß Harding erzkonservativ und militant-patriotisch war, der Prototyp eines Kommunistenfressers, kalten Kriegers und McCarthy-Anhängers, war allgemein bekannt. Ob er dem FBI gezielt zuarbeitete und dafür womöglich auch noch bezahlt wurde, blieb jedoch unklar. Manche Vermutungen wollten es so, andere Gerüchte wußten es anders.

Er hatte einen kleinen Freundeskreis, doch die Mehrheit der eher liberal gesinnten Fakultät begegnete ihm in einer Mischung aus argwöhnischer Vorsicht und ängstlicher Zurückhaltung. Jedenfalls wollte man sich mit ihm nicht anlegen. Mir gegenüber zeigte er weiterhin die ihm eigene sachlich-korrekte, persönlich distanzierte und etwas hölzerne Kollegialität, ließ sich nicht anmerken, daß ich seinen eigenen Karrierewünschen in die Quere gekommen war und gratulierte mir sogar per Handschlag zu meiner Beförderung.

Wenn wir uns begegneten und Konversation unvermeidlich war, berührten wir nie politische Themen und nur selten unverfänglich Persönliches, sondern beschränkten uns auf rein fachliche Themen. Zu meiner Amtseinführung gab das College für die historische Fakultät einen Empfang mit anschließendem Essen im französischen Restaurant *Chez Roland*. Eingeladen waren auch die beiden Sekretärinnen, und wir Professoren erschienen in Begleitung unserer Ehefrauen. Dershowitz hielt eine kurze Ansprache, die eher einer Gedenkrede auf Anthony Castello als einer Laudatio auf den neuen, geschäftsführenden Direktor gleichkam, was mir sehr angenehm war. Die ganze Veranstaltung war erfreulich informell. Man kannte sich, man war unter sich.

Bei Tisch hatte man Maggie und mich gegenüber Harding und seiner schüchternen Frau plaziert, und obwohl wir uns nach Kräften bemühten, das Rinnsal des Smalltalks durch Themen wie Gartenpflege und Kochrezepte, Automodelle und Baseball, neue Filme und neue Mode nicht versiegen zu lassen, blieb die Konversation stocksteif. Ich wurde das Gefühl nicht los, daß Harding mich belauerte, auf ein falsches Wort aus meinem Mund wartete, was vermutlich daran lag, daß ich um seine politischen Ansichten wußte. Insofern war ich fast erleichtert, als er das Gespräch auf die laufenden Kurse und auf gemeinsame Studenten brachte, die in seinen und meinen Seminaren saßen.

»Ihr Seminar über Bruno«, sagte er und strich sich mit dem Zeigefinger der linken Hand über den rotblonden, kurzrasierten Schnurrbart, der ihm etwas Britisches gab, »soll ja sehr interessant sein. Und sehr anspruchsvoll. Sagt jedenfalls Jimmy Cullough. Sie wissen schon, dieser Junge, der Journalist werden will.«

O ja, ich wußte schon! Ich griff zur Wasserkaraffe und schenkte mir ein Glas ein. Cullough war der Bursche, der mich in der Bibliothek über den ungebetenen Lesegast aufgeklärt und sich selbst mit seinem denunziatorischen Artikel gebrüstet hatte. Er saß stumm und unscheinbar im Bruno-Seminar, beteiligte sich nie an Diskussionen, schrieb aber unermüdlich mit, und indem Harding ihn nun erwähnte, schoß mir der Gedanke durch den Kopf, daß er vielleicht ein Zuträger Hardings war.

»Danke für das Kompliment, George«, sagte ich. »Aber Sie wissen ja, daß es eigentlich Tonys Seminar hätte sein sollen. Und Tony hatte nun mal ein anspruchsvolles Niveau.«

»In der Tat«, nickte Harding, »das hatte er. Man fragt sich allerdings, warum ausgerechnet Tony auf so ein Thema verfallen konnte. Mit seiner geliebten Antike hat das doch gar nichts mehr zu tun. Und dann auch noch diese politischen Implikationen. Das sieht Tony überhaupt nicht ähnlich.«

Harding war mit Sicherheit über den Prozeß gegen Castellos Sohn informiert und machte sich einen durchaus zutreffenden Reim auf Castellos Motive. Und da ich wußte, woher bei Harding der Wind wehte, stellte ich mich dumm und wiegelte ab. »Politische Implikationen? Ach was, eher Ideengeschichte der Renaissance. Theologische Dispute und akademische Spitzfindigkeiten, langatmig und für uns Heutige kaum nachvollziehbar.«

»Jimmy findet den Prozeß gegen Bruno besonders interessant«, ließ Harding nicht locker. »Der Mann muß sich vorm Inquisitionsgericht ja recht wacker geschlagen haben. Was hat man ihm denn eigentlich vorgehalten?«

Hätte Harding nicht das Wort Inquisitionsgericht benutzt, sondern Ausschuß oder Komitee, hätte mich das nicht gewundert, aber auch so war sonnenklar, daß er mich aufs Glatteis von Analogien und Parallelen zur Gegenwart locken wollte. Ich überlegte fieberhaft, wie sich das heikle Thema abbiegen oder entschärfen ließe.

»Der Prozeß spielt im Seminar kaum eine Rolle«, sagte ich. »Das war alles höchst kompliziert und unübersichtlich. Und dieser Bruno, nun ja, bei dem kann man sich bis heute nicht sicher sein, ob er ein Genie oder ein Scharlatan war, ein feuerköpfiger Poet oder ein größenwahnsinniger Philosoph. Er hatte auch Züge eines durchgeknallten Erfinders. Kurios. Der Mann spekulierte über Möglichkeiten eines magisch-mechanischen, künstlichen Gedächtnisses, eine Art Denkmaschine. Damit wollte er die komplette Menschheitsgeschichte speichern, wollte das Gedächtnis eines allwissenden Individuums kreieren, eines Menschen, dessen Vorstellungskraft mit dem Wirken kosmischer Kräfte kurzgeschlossen sein sollte. Ein derart konditioniertes, menschliches Bewußtsein sollte dann zur Spiegelung und Beherrschung des ganzen Universums fähig sein. Sie sehen also, George, das war die reinste Hybris und eine unglaubliche Blasphemie.«

Meine Strategie, Giordano Bruno als Wirrkopf zu verharmlosen und seine Ideen lächerlich zu machen, schien anzuschlagen, denn Harding, der mich erst mißtrauisch, dann aber eher verblüfft angesehen hatte, begann nun zu lachen. »Ein Spinner also?« sagte er. »Ein verrückter Professor? Denkmaschine. Beherrschung des Universums! Klingt interessant, aber auch reichlich unbescheiden.«

»Ja«, sagte ich, »das kann man wohl sagen«, und war froh, daß damit das Thema vom Tisch war.

Das war ein fataler Irrtum. Für diesen Abend war das Thema zwar vom Tisch, aber aus der Welt war es damit nicht. Vielmehr hatte ich es wider Willen überhaupt erst in die Welt gesetzt. Und sehr bald schon sollte es mich einholen und wie eine Lawine überrollen.

Im November 1949 veranstaltete die New York Historical Society ein internationales Symposium zum Thema *Foreign Founding Fathers of the United States*, zu dem man mich mit einem Vortrag über den preußischen Baron Friedrich von Steuben einlud, der als Generalinspekteur und Generalstabschef im amerikanischen Unabhängigkeitskrieg die schlecht ausgebildete Armee Washingtons zu einer schlagkräftigen Truppe ausgebildet hatte und dem zu Ehren immer noch alljährlich die Steuben-Parade abgehalten wird.

Maggie begleitete mich nach New York, um anschließend ihre Familie in Jersey City zu besuchen, und ich konnte, wie bereits erwähnt, nebenbei die Gelegenheit nutzen, meinem ehemaligen

Schutzengel Vangelis Kostadinidis, Van aus der Hotelbar, verspäteten Dank abzustatten. Luther und Manley Jackson konnte ich leider nicht mehr ausfindig machen. Was aus ihnen geworden ist, weiß ich nicht.

Während des Symposiums lernte ich übrigens Walter Pearce kennen, Herausgeber und Chefredakteur des *Journal of Social Thought*, mit dem ich zuvor lediglich in brieflichem Kontakt gestanden hatte. Er hatte für seine Zeitschrift einen kurzen Beitrag zu Ehren des verstorbenen Anthony Castello erbeten, eine Art Nachruf, und war mit dem Manuskript, das ich ihm aushändigte, sehr einverstanden. Es erschien dann im folgenden Jahr unter dem Titel *Giordano Bruno's Conception of a Memory Machine (In memoriam Anthony Castello)*. Pearce ermunterte mich auch, das Buch in Angriff zu nehmen, das ich schließlich hier im Gefängnis zu Ende geschrieben habe, und vermittelte den Kontakt zum Verlag. Unter dem Titel *The Prosecution of a Free Spirit. Giordano Bruno and the Holy Inquisition* kann das Buch vielleicht noch Ende dieses Jahres erscheinen. Und sein Verfasser wird dann wieder ein freier Mann sein.

Die zweite, für meine Zukunft noch wichtigere Bekanntschaft, die mir das Symposium bescherte, war der Schweizer Geschichtsprofessor Jean Stämpfli aus Bern. Wie sich herausstellte, hatte er Professor Riemer gut gekannt, kannte und schätzte auch meine Arbeiten und erkundigte sich nun, ob ich mir unter Umständen vorstellen könnte, einem Ruf an die Universität Bern zu folgen. Mein Interesse vorausgesetzt, wollte und würde er dafür seinen offenbar erheblichen Einfluß geltend machen. Obwohl ich mich sehr geehrt fühlte, reagierte ich zurückhaltend.

»Ich fürchte«, sagte ich zu Stämpfli, »daß der Weg ins Exil eine Reise ohne Wiederkehr ist. Amerika ist nicht meine Heimat, aber ich verdanke Amerika viel und fühle mich hier wohl. Ich weiß nicht, ob ich mich in der deutschen Sprache noch einmal heimisch fühlen könnte.«

»Die Schweiz ist nicht Deutschland«, sagte er. »Für Leute wie Sie könnte sie aber ein vernünftiger Kompromiß sein. Im übrigen läßt sich derlei auch nicht von heute auf morgen organisieren. Denken Sie in Ruhe darüber nach.«

Wenn ich in den folgenden Wochen darüber nachdachte, sah ich manchmal die Schneekugel meiner Kindheit vor mir, die Schweizer Idylle ewigen Friedens, die kein Schneegestöber zerstören konnte. Das war verlockend.

Maggie hatte Bedenken, war aber grundsätzlich nicht abgeneigt. Sie sprach zwar das Vermonter Französisch, aber kein Deutsch, und hatte von der Schweiz allerlei touristische Klischeevorstellungen. Heidi-Land mit Alphornbläsern, Skipisten, Lungensanatorien, Präzisionsuhren, Käsefondue und die erstklassige Schokolade, die Alice Herdan-Zuckmayer sich sogar noch bis Barnard hatte schicken lassen. In Centerville lebten wir in der Mitte des Nirgendwo, in der Schweiz würden wir in der Schneekugel leben. Lief das am Ende nicht aufs gleiche hinaus?

»Und einen Ausschuß für unschweizerische Tätigkeit wird es dort wohl nicht geben«, sagte sie.

Wir lachten. Das Lachen sollte uns bald vergehen. Wir verschoben die Entscheidung. Sie wurde uns bald abgenommen.

Wir besuchten Maggies Mutter und Bruder in Jersey City. In der *Waterfront Bar* hatte Billy Slattery inzwischen die Regie übernommen. An der Theke hatte er meine Nachfolge als Barkeeper angetreten und im Hinterzimmer die seines Vaters als Gewerkschaftsfunktionär. Sämtliche Gewerkschaften standen jetzt unter dem Generalverdacht, kommunistisch unterwanderte, verfassungsfeindliche Organisationen zu sein und aus Moskau dirigiert zu werden. Die Bar wurde derart offen überwacht, daß die Bezeichnung Geheimagent ein Witz war. Auffällig unauffällige FBI-Männer in grauen oder blauen Anzügen saßen in wechselnden Schichten an einem der kleinen Tische am Fenster zur Straße, tranken Kaffee, lasen Zeitungen und registrierten und notierten jede Person, die das Lokal betrat.

Mehrere Mitglieder der Hafenarbeitergewerkschaft waren von Hanky Pankys Spitzeln denunziert worden und hatten bereits vor dem Ausschuß aussagen müssen, wo man ihnen überraschend detaillierte Vorhaltungen über Kontakte zu Kommunisten machte. Billy ging davon aus, daß diese Details aus den Unterlagen stammten, die damals aus dem Tresor seines ermordeten Vaters entwendet worden waren. Billy kümmerte sich zwar darum, daß seine Leute professionellen Rechtsbeistand bekamen, und den meisten konnte man auch wenig bis nichts nachweisen, doch einige landeten im Gefängnis. Wer sich auf den ersten Zusatzartikel zur Verfassung berief und die Aussage verweigerte, wurde kurzerhand wegen Mißachtung des Kongresses verurteilt – der guten, alten *pertinacia* der Inquisition. Im vergangenen Jahr hatte der McCarthy-Ausschuß für landesweites Aufsehen gesorgt, als er zehn mehr oder weniger prominente Mitarbeiter der Filmindustrie, die sogenannten Hollywood Ten, zu Haftstrafen verurteilte, doch die Anhörungen und Verfahren gegen Gewerkschaftsmitglieder wurden von der Öffentlichkeit kaum zur Kenntnis genommen. Auch Billy stand auf der schwarzen Liste, und er rechnete täglich damit, eine Vorladung zu bekommen, ließ sich aber nicht einschüchtern.

»Ich habe keine Angst vor den spanischen Faschisten gehabt«, sagte er. »Warum sollte ich jetzt vor amerikanischen Faschisten davonlaufen?«

»Paß gut auf dich auf, Billy«, sagte Maggie, als wir uns verabschiedeten.

Er nickte, küßte sie auf die Wange und sagte so laut, daß ich es hören konnte: »Und du paßt besser auf Jules auf. Ich möchte nicht wissen, was diese Arschlöcher alles gegen ihn in der Hand haben. Er hat ja am Ende Dads Job fast allein gemacht.«

»Wenn's wirklich hart auf hart kommt«, sagte ich und schüttelte ihm die Hand, »bleibt uns immer noch die Schweiz.«

Mit seiner Bemerkung hatte Billy eine Sorge heraufbeschworen, die uns auf dem Heimweg nach Vermont wie ein Gespenst begleitete. Es kauerte in den kahlen, von Vögeln längst verlassenen Baumkronen am Straßenrand, wisperte in den Telegraphenleitungen unterm schweren Himmel, strich über regennasse Wiesen, die auf den ersten Schnee warteten, geisterte durchs Silbergrau des Nebels.

Maggies heller und gesunder Menschenverstand wurde manchmal von merkwürdigen Attacken absurden Aberglaubens überschattet. Wenn wir unterwegs gewesen waren und erst nachts zurückkehrten, fürchtete sie sich vor dem leeren, dunklen Haus, in dem das Kaminfeuer längst erloschen war. Sie rasselte dann immer besonders laut mit dem Schlüsselbund und rüttelte am Türknopf, um das Unheimliche, das sich während unserer Abwesenheit im Haus eingenistet haben konnte, zu warnen, und bevor nicht die Lichter eingeschaltet waren, ließ sie die Haustür offen, damit das Unheimliche in die Nacht entweichen konnte, aus der es gekrochen war.

Als wir diesmal über die dumpf rollenden Brückenbohlen fuhren und unterm nackten Astwerk der Ahornbäume die Silhouette des Hauses im Scheinwerferlicht auftauchte, war ihre Angst so stark, daß sie sich auf die Unterlippe biß. Um sie zu beruhigen, ließ ich den Motor laufen und die Scheinwerfer an, ging ohne sie zum Haus, schloß die Tür auf, ließ sie offenstehen, schaltete sämtliche Lampen ein und entzündete Holzscheite im Kamin. Dann ging ich zum Auto zurück, nahm Maggie wie ein Kind an die Hand, führte sie ins Haus, schloß die Tür hinter uns und schob den Riegel vor.

»Es ist kalt«, sagte Maggie, kreuzte die Arme vor der Brust und rieb sich die Schultern.

Ich warf größere Scheite aufs Feuer und schürte es mit dem Blasebalg. »Es braucht eine Weile«, sagte ich.

»Nein«, sagte sie, »es ist irgendwie anders kalt. Merkst du das nicht?«

Nun spürte ich auch den naßkalten Luftzug.

»Wir müssen ein Fenster offengelassen haben«, sagte ich, ging durch die Küche und sah durch die offenstehende Tür meines Arbeitszimmers, aus dem der Luftzug drang. Die halb heruntergelassene Jalousie schlug im Nachtwind gegen den Fensterrahmen, der nach oben geschoben war, obwohl ich bei unserer Abreise sämtliche Fenster geschlossen hatte. Erst als ich den Rahmen nach unten schob und dabei in Glasscherben auf dem Fußboden trat, merkte ich, daß die Scheibe eingeschlagen war. Hier war ein Einbrecher am Werk gewesen.

»Ach, nur ein Einbrecher«, seufzte Maggie erleichtert. Vermutlich hatte sie mit Werwölfen oder Schlimmerem gerechnet.

»Nur?« sagte ich. »Hast du je davon gehört, daß in dieser Gegend eingebrochen wurde? Die Vermonter schließen ihre Häuser ja nicht einmal ab, wenn sie weggehen.«

Wir drehten eine Runde durchs Haus. Alles war an seinem Platz, nichts war durchwühlt, nichts schien zu fehlen. Nachdem ich ein Sperrholzbrett vors zerstörte Fenster genagelt hatte, setzte ich mich an den Schreibtisch, der so aussah, wie ich ihn verlassen hatte, und sah mich im Zimmer um. Die Bücher in den Regalen. Stumme Zeugen. Die Aktenordner. Alles noch da, alles unberührt.

Oder doch nicht? War da nicht eine Lücke zwischen den Ordnern, in denen ich meine Seminarunterlagen abheftete und archivierte? Ja, da war eine Lücke, flüchtig kaschiert, indem die Ordner leicht auseinandergerückt worden waren. Ein Ordner fehlte. Der Ordner mit der Rückenbeschriftung BRUNO I, der Seminarpläne, Einschreiblisten, Bibliographien und vorbereitende Notizen für die einzelnen Seminarsitzungen enthielt. Es gab auch einen Ordner BRUNO II, aber den hatte ich mit zum New Yorker Symposium genommen, weil er das Material enthielt, über das ich dort mit Walter Pearce verhandelt hatte, meine Manuskripte also, aber auch Castellos Notizen zu Brunos Gedächtnismaschine. Allerdings gab es im gestohlenen Ordner Verweise darauf, daß es noch weitere, weitaus wichtigere Unterlagen geben mußte.

»Wer klaut denn solche Unterlagen?« wunderte sich Maggie, als wir schließlich im Bett lagen.

»Keine Ahnung«, sagte ich.

»Vielleicht ein Student?« Sie kicherte an meiner Schulter. »Ein besonders ehrgeiziger Student, meine ich. Einer, der Klausurthemen ausspionieren will oder so?«

»Ach was. Das Seminar ist doch schon vorbei, die Klausuren sind geschrieben. Niemand ist durchgefallen. Aber ...«

»Was aber, Jules?«

»Ein Student könnte es natürlich gewesen sein«, sagte ich und sah den blassen Jimmy vor mir, wichtigtuerisch und unterwürfig zugleich. »Aber nicht in eigenem Interesse, sondern im Auftrag.«

»In wessen Auftrag denn?«

»Ich weiß nicht«, sagte ich. »Es ist nur so ein Verdacht. Vielleicht bin ich auch nur von der Krankheit angesteckt, die hier umgeht und uns alle vergiftet.«

»Welche Krankheit?«

»Die Seuche aus Verdächtigungen und Verleumdungen. Die Epidemie der Angst. Die Pest der Denunziation.«

Wir schwiegen eine Weile, bis Maggie plötzlich murmelte: »Harding?«

Ich wußte, warum sie auf diesen Namen gekommen war, wollte es aber bestätigt wissen. »Wieso Harding?«

»Er will deinen Job«, sagte Maggie. »Das weiß doch jeder. Und er arbeitet fürs FBI. Das soll niemand wissen, und trotzdem weiß es jeder.«

»Schon möglich. Aber was um Gottes willen könnte er mit meinen Vorbereitungen zum Bruno-Seminar anfangen?«

»Damals im Restaurant *Chez Roland*, weißt du noch?« Maggie stützte sich auf den Ellbogen und brachte ihr Gesicht dicht an meins. »Da hast du ihm irgendwas von diesem Bruno erzählt, was ich überhaupt nicht verstanden habe. Von einer Maschine, die denken kann, mit der man die Welt beherrschen kann oder so ähnlich.«

»Ja und?«

»Harding hat dabei ein ganz merkwürdiges Gesicht gemacht«, sagte Maggie. »Weißt du das nicht mehr?«

»Er hat gelacht«, sagte ich, »weil die Sache so irrwitzig ist.«

»Bevor er gelacht hat«, flüsterte sie, »hat er dich angesehen, als ob ...«

»Als ob was?«

»Ach, ich weiß nicht«, sagte sie. »Vielleicht bin ich auch schon infiziert von der Seuche. Ich habe Angst um dich, Jules. Und um Billy. Paß auf dich auf, Jules. Bitte. Wenn du irgendwelche Sachen hast, irgendwelche Unterlagen, Briefe oder Papiere, die dir schaden könnten, dann müssen wir die vernichten. Oder verstecken. Man kann ja nie wissen.«

Irgendwelche Unterlagen? Briefe oder Papiere? Maggie hatte recht. Morgen früh würde ich alles zusammensuchen. Aber wohin damit? In den Keller? Ja, in die Abstellkammer im Keller. Und dann die Regale mit dem Werkzeug und dem alten Gerümpel vor die Nische stellen.

»Nein, Liebling«, murmelte ich, »wissen kann man nie.«

Maggie war eingeschlafen, den Kopf in meiner linken Armbeuge, und ihr Haar streichelte meine Schläfe, während der Nachtwind ums Haus strich, in den Regenrinnen pfiff und an Fenstern und Türen rüttelte.

Jener Märztag im Jahr 1950 hatte unfreundlich begonnen. Als ich vormittags zum College fuhr, trieb böiger Wind Schneeregenschauer vor sich her, die manchmal so dicht waren, daß die Scheibenwischer kaum dagegen ankamen. Die Schlaglöcher auf der Old Maple Lane standen voll Schmelzwasser, und wenn man ihnen auswich, mußte man darauf achten, sich an den aufgeweichten Straßenrändern nicht im Schlamm festzufahren. Bei solchem Wetter war auch die Brücke gefährlich, und ich nahm mir vor, endlich beim Stadtrat von Centerville eine Eingabe zu machen, das alte und morsche Brückengeländer aus Holz durch eine solide Konstruktion zu ersetzen.

Im Lauf des Tages schlug der Wind um. Es klarte auf, und als ich am späten Nachmittag wieder nach Haus fuhr, flatterten blaue Frühlingsahnungen übers Land. Ich freute mich auf den Abend. Maggie und ich wollten in dem neuen chinesischen Restaurant an der Route 9 essen gehen und anschließend ins Kino. Im *Marquis Theatre* liefen zwei neue Filme, nämlich Michael Curtiz' *Young Man With A Horn* und John Fords *She Wore A Yellow Ribbon*, den ich vorzog, während Maggie lieber den neuen Curtiz sehen wollte, weil sie den Regisseur seit *Casablanca* für ein Genie hielt. Wir würden uns beim Essen schon einig werden, und wenn die Wahl auf Curtiz fiele, sollte mir das auch recht sein – immerhin spielte Lauren Bacall mit.

Vor unserem Haus parkte ein grauer Buick mit dem Kennzeichen von Washington D.C. Er mußte schon länger dort stehen, weil die braunen Schlamm- und Schmutzschlieren nicht mehr feucht glänzten, sondern bereits angetrocknet und stumpf waren. Als ich meinen Wagen abgestellt hatte und neugierig auf den Buick zuging, öffnete sich die Fahrertür, und ein Mann mit blauem Geschäftsanzug und Hut stieg aus. Er nahm einen letzten Zug aus einer halbgerauchten Zigarette, warf sie in eine Pfütze, tippte mit dem Zeigefinger der rechten Hand grüßend an seine Hutkrempe und deutete ein Kopfnicken an.

»Mr. Steinberg?« fragte er. »Mr. Julius Steinberg?«

»Ganz recht.«

»Mein Name ist Morris. Ich habe Ihnen etwas auszuhändigen.«

Er machte ein paar Schritte auf mich zu, wich dabei einer Pfütze aus, griff in die Brusttasche seines Anzugsakkos und holte einen Briefumschlag heraus. Einen halben Meter vor mir blieb er stehen, berührte mit einer schnellen, wischenden Bewegung meine Schulter mit dem Briefumschlag, als wollte er mir damit einen Schlag versetzen, reichte ihn mir dann entgegen und sagte: »Tut mir leid, Sir, aber das sind nun mal die Regeln.«

Ich kannte die Regel. Bis zu diesem Moment war sie mir gegenüber nicht angewandt worden, aber ich wußte genau, was die archaische Prozedur bedeutete, mit dem Schriftstück berührt worden zu sein. Ich nahm Mr. Morris den Brief aus der Hand. Er sah mir in die Augen, nicht unfreundlich, eher mit einem Ausdruck routinierten Bedauerns, der besagte: Ich tue nur meine Pflicht und bitte um Ihr Verständnis und danke für Ihre Kooperation.

»Danke«, sagte ich unsinnigerweise, »danke, Sir.«

Er tippte wieder gegen die Hutkrempe, nickte, sagte ebenso unsinnig »Wiedersehen«, drehte sich um, machte einen großen Schritt über die Pfütze hinweg, stieg in den Buick, ließ den Motor an, wendete und fuhr die Old Maple Lane hinunter. Ich sah dem Wagen nach, bis er über die Brücke rollte und auf die Route 9 Richtung Osten einbog.

Im nackten Geäst der Ahornbäume, das dunkel ins Frühlingsblau stach, lärmte ein Krähenschwarm.

Ich stand wie erstarrt, nein, geschlagen von der Berührung mit dem Schriftstück in meiner Hand und warf einen Blick aufs Couvert. Die Anschrift war korrekt. Schreibmaschinenschrift. Ich brauchte das Couvert nicht umzudrehen. Ich wußte, wer der Absender war.

»Jules! Warum kommst du denn nicht rein?« Maggie war aus der Verandatür getreten und winkte mir zu.

Ich trottete zum Haus, trat mir auf der Verandatreppe den Schlamm aus den Schuhsohlen, zog im Windfang die Schuhe aus, umarmte und küßte Maggie.

»Wer war das?« fragte sie leise und dringlich. »Was wollte der Typ von dir? Er ist vor über einer Stunde gekommen und hat gesagt, daß er dich sprechen muß. Und zwar persönlich. Als ich gesagt habe, daß du bald kommen würdest, hat er gesagt, daß er warten würde. Ich habe ihm Kaffee angeboten und daß er im Haus warten kann, aber er wollte lieber draußen im Auto bleiben. Wer war das, Jules?«

Statt einer Antwort gab ich ihr den Brief. Sie drehte ihn in der Hand, sah ihn mißtrauisch an, las die Anschrift, drehte ihn um, las den Absender:

Congress of the United States of America
The House Un-American Activities Committee (HUAC)

»Oh, mein Gott, Jules!« sagte sie, begann am ganzen Leibe zu zittern und ließ den Brief aus der Hand gleiten. Vom Sog des Kaminfeuers angezogen taumelte er durch die Luft und blieb schließlich auf dem Fußboden liegen.

In der Totenstille des Raums klang das Prasseln des Feuers wie eine Folge weit entfernter Explosionen und das Geschrei der Stare draußen wie Hohngelächter.

Der Verdacht, daß Harding den Einbruch in unser Haus verübt oder zumindest beauftragt hatte, um in den Besitz der Bruno-Papiere zu kommen, wurde schnell zur Gewißheit. Zwei Tage nachdem mir die Vorladung zur Anhörung zugestellt worden war, rief er an.

»Ich habe von Ihren Schwierigkeiten gehört«, sagte er, was mich nicht sonderlich überraschte, weil ich mir sicher war, daß Harding mir einen Großteil dieser Schwierigkeiten eingebrockt hatte. »Tut mir leid für Sie, Jules«, log er.

»Tatsächlich«, sagte ich.

»Lassen wir mal die Ironie beiseite«, sagte er. »Hören Sie zu, Jules, vielleicht kann ich in dieser Affäre etwas für Sie tun. Sie wissen ja, daß ich gute Beziehungen zu den Ausschüssen habe und einen gewissen Einfluß auf …«

»Das weiß jeder.«

»Um so besser«, sagte er. »Dann wissen Sie auch, daß niemand Sie besser entlasten könnte als ich. Wenn Sie sich kooperativ verhalten, wäre man vielleicht bereit, auf Ihre Anhörung zu verzichten.«

»Und was stellen Sie sich unter kooperativem Verhalten vor? Soll ich etwa auch Kollegen und Studenten denunzieren?«

Harding atmete deutlich hörbar durch, schien Wut zu unterdrücken. »Ich will nicht lange um den heißen Brei herumreden, Jules. Mir sind Unterlagen zugespielt worden, die Ihr beziehungsweise Castellos Material zu Giordano Bruno betreffen.«

»Zugespielt? Welch freundliches Wort«, sagte ich. »Mir sind zufälligerweise genau solche Unterlagen gestohlen worden. Aber das werden Sie ja vermutlich wissen.«

»Zugespielt, gestohlen«, sagte er abschätzig, »das ist doch jetzt ganz egal. Ich bin jedenfalls im Besitz dieser Unterlagen, und aus denen geht hervor, daß es noch mehr Material geben muß. Und zwar Material über diese Denkmaschine oder wie auch immer man das nennen will. Das könnte hochbrisant sein, wenn es in die falschen Hände gerät.«

»Aber bei Ihnen, George, wäre es in den richtigen Händen?«

»Ich würde es natürlich an die zuständigen Stellen im Ministerium weiterleiten«, sagte Harding. »Die können dann überprüfen, ob es bedeutsam ist oder nur Spinnerei und Scharlatanerie. Also, Jules, kommen wir ins Geschäft?«

Ich hielt es für völlig absurd, daß Castellos und Jennings' Skizzen und Notizen praktisch anwendbar sein könnten, schon gar nicht für Zwecke des Militärs oder von Geheimdiensten. Das Ganze war keine Konstruktionsanleitung für eine Weltbeherrschungsmaschine, was Harding zu glauben oder jedenfalls nicht auszuschließen schien, sondern symbolisch oder metaphorisch zu sehen, worauf ich auch in meinem Nachruf auf Castello hinwies, der aber noch nicht erschienen war. Wenn ich Harding das Material gab und er es ans Kriegsministerium weiterleitete, konnte es dort bestenfalls auf verständnisloses Kopfschütteln stoßen. Vielleicht würde sich Harding damit sogar gründlich blamieren. Warum also sollte ich es ihm nicht überlassen und mir damit Scherereien ersparen, deren Konsequenzen gar nicht abzusehen waren? Was aber, wenn an Hardings Phantasie ein Funken Wahrheit war? Wenn Brunos Spekulationen tatsächlich technisch umsetzbar waren oder zumindest Hinweise oder Schlüssel zu einer Anwendung enthielten, die nur Fachleute erkennen konnten? Wenn in den Schatten von Brunos Ideen ein Siegel der Siegel versteckt war? War dann das Material bei Harding und seinen Freunden wirklich in den besten Händen?

»Jules?« Hardings Stimme wie von einem fernen Planeten. »Sind Sie noch dran?«

»Ja.«

»Und? Kommen wir ins Geschäft?«

»Ich bin Wissenschaftler«, sagte ich, »kein Geschäftsmann. Und wenn ich einer wäre, würde ich mit Leuten wie Ihnen keine Geschäfte machen.«

»Ist das Ihr letztes Wort?«

»Ja.«

»Dann kann ich Ihnen leider nicht helfen, Jules.«

Es knackte in der Leitung, rauschte wie ein noch ferner Wind, der bald zum Sturm anschwellen würde, rauschte wie der Beaver Creek, wenn er unterhalb der Brücke über Kaskaden stürzt, die seine Wasser zu Dunst zerstäuben. Über den Dunstschleiern spannen sich Regenbogen, die immer dort enden, wo wir alle hinwollen und noch niemand war.

(*16)

Protokoll

Julius Steinberg – Verhör vor dem Ausschuß für unamerikanische Tätigkeit (HUAC)
Washington D. C., 15.9.1950

Anwesend sind die Ausschußmitglieder Parnell Thomas (Vorsitzender), Richard B. Vail, John McDowell, Richard M. Nixon und Robert E. Stripling (als leitender Ermittlungsbeamter). Julius Steinberg erscheint in Begleitung seines Rechtsanwalts Jonathan Payne.

<u>Vail:</u> Mr. Julius Steinberg.
<u>Thomas:</u> Mr. Steinberg, erheben Sie sich bitte, und heben Sie Ihre rechte Hand. Schwören Sie, daß Sie in Ihren künftigen Aussagen die Wahrheit, die ganze Wahrheit und nichts als die Wahrheit sagen werden, so wahr Ihnen Gott helfe?
<u>Steinberg:</u> Ich schwöre es.
<u>Thomas:</u> Setzen Sie sich bitte.
<u>Stripling:</u> Mr. Steinberg, würden Sie uns bitte Ihren vollständigen Namen, Ihren Geburtsort und das Datum sowie Ihre Anschrift und Ihren Beruf fürs Protokoll nennen? Sprechen Sie bitte ins Mikrofon.
<u>Steinberg:</u> Mein Name ist Julius Mathias Steinberg. Ich bin geboren in Hamburg am ...
<u>Stripling:</u> In Hamburg, Deutschland?
<u>Steinberg:</u> In Deutschland, ja, am 7. Oktober 1901.
<u>Thomas:</u> Mr. Steinberg, wünschen Sie einen Dolmetscher?
<u>Steinberg:</u> Nein, Herr Vorsitzender, mein Englisch ... Ich meine, ich komme sehr gut zurecht.
<u>Thomas:</u> Ihre Anschrift lautet?
<u>Steinberg:</u> Ich wohne an der Old Maple Lane in Centerville im US-Bundesstaat Vermont. Ich bin Assistenzprofessor und kommissarischer Direktor des historischen Instituts am Centerville College.
<u>Stripling:</u> Würden Sie bitte dem Ausschuß sagen, ob Sie Bürger der Vereinigten Staaten sind?

Steinberg: Ja, Sir, ich bin Bürger der Vereinigten Staaten, und zwar seit dem 1. September 1939. Seit Mai 1939 bin ich außerdem mit einer amerikanischen Staatsbürgerin verheiratet.

Thomas: Sehr gut!

Stripling: Und seit wann halten Sie sich in den Vereinigten Staaten auf?

Steinberg: Seit Juni, nein, seit Ende Mai 1935.

Stripling: Hatten Sie damals ein Quota-Einwanderungsvisum oder irgendein anderes offizielles Dokument, das Sie zum Aufenthalt in den Vereinigten Staaten berechtigte?

Steinberg: Ja, ich hatte ein Affidavit der Universität von North Dakota.

Thomas: Der Universität von North Dakota? Gibt es da überhaupt eine ...

Payne: Ja, Herr Vorsitzender. Das Dokument liegt dem Ausschuß auch vor.

Thomas: Ach so, ja dann.

Stripling: Aber Sie haben sich damals nicht nach North Dakota begeben, sondern sind in New York geblieben.

Steinberg: Das ist richtig. Die Stelle an der Universität, die man mir angeboten hatte, wurde anderweitig besetzt. Es gab einen unerwarteten Todesfall, und ...

Nixon: Mr. Steinberg, darf ich fragen, warum Sie Deutschland überhaupt verlassen haben?

Steinberg: Warum ich Deutschland ...? Weil man mir die Stelle in North Dakota anbot. Außerdem bin ich jüdischer Abstammung. Meine Eltern sind von den Nazis umgebracht worden. Wenn ich nicht in den Vereinigten Staaten geblieben wäre ...

Nixon: Schon gut. Ihre Emigration hatte also keine politischen Hintergründe? Hatten Sie je irgendwelche politischen Differenzen mit dem deutschen Staat oder deutschen Behörden? Oder wurden Sie aus politischen Gründen verfolgt?

Steinberg: Nein, Sir.

Thomas: Mr. Steinberg, die Frage von Mr. Nixon zielt darauf ab, ob Sie in Deutschland irgendwelchen kommunistischen oder linksgerichteten Organisationen nahestanden. Es gibt zahlreiche Emigranten Ihres, äh, Glaubens, die nicht nur aus rassischen oder religiösen, sondern auch aus politischen Gründen Deutschland verlassen haben.

Nixon: Herr Vorsitzender, das amerikanische Volk hat eben unter größten

Opfern Hitler zur Hölle gejagt, aber was mich schockiert, ist, daß während unsere Jungs drüben zu Tausenden gestorben sind, einige dieser Leute hierherkommen, um Revolution in den Vereinigten Staaten zu entfachen. Dem muß das amerikanische Volk ein Ende setzen.

Thomas: Ja, gut. Also, Mr. Steinberg, die Frage an Sie lautete, ähm …

Steinberg: Ja, Herr Vorsitzender, meine Einwanderung erfolgte ausschließlich aus dem genannten beruflichen Grund einer akademischen Karriere.

Stripling: Mr. Steinberg, kennen Sie den Musiker Hanns Eisler und den Schriftsteller Bertolt Brecht? Beide sind deutsche Staatsangehörige.

Steinberg: Nein.

Stripling: Sie haben noch nie von ihnen gehört?

Steinberg: Gehört schon, auch gelesen, aber ich kenne sie nicht persönlich.

Stripling: Aber Sie sind doch mit dem deutschen Schriftsteller Carl Zuckmayer bekannt.

Steinberg: Ich würde ihn sogar als einen Freund bezeichnen.

Stripling: Und Mr. Zuckmayer ist mit Mr. Brecht befreundet.

Steinberg: Das mag durchaus sein, aber ich bin Mr. Brecht nie begegnet.

Stripling: Nun ja, lassen wir das jetzt mal auf sich beruhen. Mr. Steinberg, sind Sie Mitglied der Kommunistischen Partei, oder sind Sie jemals Mitglied der Kommunistischen Partei gewesen?

Steinberg: Nein.

Stripling: Dann sollten wir jetzt zu den Zeugenaussagen und Erklärungen kommen, die Ihnen und Ihrem Anwalt ja alle vorliegen. Mr. Steinberg, Sie haben von 1936 bis 1937 im New Yorker Hudson Hotel gearbeitet?

Steinberg: Ja, als Barkeeper.

Thomas: Als Barkeeper? Gut!

Stripling: Uns liegt eine Aussage von zwei FBI-Agenten vor, daß Sie im März 1937 diese Agenten tätlich angegriffen haben, und zwar aus politischen …

Payne: Herr Vorsitzender! Wir haben bereits nachweisen können, daß die beiden Männer, die sich Miller und Jones nannten, damals noch gar nicht für das FBI arbeiteten, sondern Kontakte zwischen Nazideutschland und dem Kuklux Klan herstellen sollten.

Thomas: Das, ähm … Ist das richtig, Mr. Stripling?

Stripling: Es ist jedenfalls nicht völlig auszuschließen.

McDowell: Es ist richtig, Sir. Leider.

Stripling: Also gut, wie dem auch sei. Mr. Steinberg, nach Ihrem Rauswurf aus dem Hudson Hotel sind Sie nach Jersey City verzogen und haben dort seit 1937 für Charles Slattery gearbeitet.

Steinberg: Ja, ich war Barkeeper in Mr. Slatterys Waterfront Bar.

Thomas: Wieder Barkeeper. Sehr gut!

Nixon: Wußten Sie, daß in diesem Lokal Freiwillige für die Internationalen Brigaden in Spanien angeworben wurden? Und daß diese Brigaden aus Kommunisten, Sozialisten und Anarchisten bestanden?

Steinberg: Es gab auch Freiwillige, die den Demokraten und Republikanern nahestanden.

Thomas: Ist das korrekt?

McDowell: Ähm, ja, leider.

Steinberg: Sogar Ernest Hemingway war als Kriegsberichterstatter im Spanischen Bürgerkrieg.

Thomas: Wer?

Nixon: Der Schriftsteller Hemingway.

Thomas: Ach ja? Aber das ist doch gar kein Kommunist, oder?

McDowell: Nun ja, wie man's nimmt.

Stripling: Mr. Steinberg, beantworten Sie bitte die Frage des Abgeordneten Nixon.

Steinberg: Ja, Sir. Natürlich wußte ich, daß in der Waterfront Bar Freiwillige rekrutiert wurden. Das war ja kein Geheimnis.

Payne: Und es war völlig legal, Herr Vorsitzender.

Thomas: Ach, tatsächlich?

McDowell: Ja, Sir. Leider.

Stripling: Mr. Steinberg, wußten Sie auch, daß Charles Slattery ein prominenter Funktionär der Gewerkschaft der Hafenarbeiter war?

Steinberg: Natürlich.

Nixon: Und wußten Sie, daß die Gewerkschaft kommunistisch unterwandert war und von Moskau gelenkt wurde?

Steinberg: Nein. Ich glaube auch nicht, daß das den Tatsachen entspricht. Während der Amtszeit von Präsident Roosevelt hat die Gewerkschaft vielmehr eng mit der amerikanischen Regierung zusammengearbeitet und ...

Stripling: Mr. Steinberg, bitte beantworten Sie nur unsere Fragen. Ist es richtig, daß Sie der Assistent Charles Slatterys waren und nach dessen Tod seine Geschäfte weiterführten?

Steinberg: Nein, das ist nicht richtig. Ich bin kurz nach Mr. Slatterys Ermordung zu meiner Verlobten nach Vermont gezogen.

Thomas: Sehr gut.

Stripling: Ist Ihre Verlobte und jetzige Ehefrau Margaret eine Tochter Charles Slatterys?

Payne: Herr Vorsitzender, was soll diese Frage bezwecken?

Thomas: Mr. Stripling, hat diese Frage irgendeine Bedeutung für dies Verfahren?

Stripling: Na schön, lassen wir das. Mr. Steinberg, uns liegen zahlreiche Zeugenaussagen und Dokumente vor, aus denen hervorgeht, daß Sie als Sekretär von Charles Slattery an ...

Steinberg: Ich war nicht sein Sekretär.

Stripling: Also gut, dann eben als Mitarbeiter von Mr. Slattery. Daß Sie also als sein Mitarbeiter an geheimen Treffen mit kommunistischen und anarchistischen Agenten teilgenommen und diese Treffen auch vorbereitet haben. Worum ging es bei diesen Treffen?

Steinberg: Ich, äh, ich kann mich nicht mehr genau daran erinnern.

Nixon: Aber Sie geben zu, mit Kominternagenten, Anarchisten und Trotzkisten kooperiert zu haben?

Steinberg: Nein, Sir. An diesen Treffen und Konferenzen haben damals so viele unterschiedliche Leute teilgenommen, daß ich mich wirklich nicht mehr ...

Nixon: Aber Ihnen sind doch die Unterlagen bekannt, die dem Ausschuß dank der Mithilfe Mr. Hagues, des Bürgermeisters von Jersey City, zugänglich gemacht worden sind.

Steinberg: Es gab Gerüchte, daß Mr. Hague Leute bespitzeln und Dossiers über sie anlegen ließ. Diese Dossiers kenne ich natürlich nicht. Oder meinen Sie die Unterlagen, die bei Mr. Slatterys Ermordung aus seinem Tresor entwendet worden sind, Sir?

Stripling: Der, ähm, sozusagen tragische Tod von Charles Slattery steht hier nicht zur Verhandlung, Mr. Steinberg. Wir möchten von Ihnen lediglich wissen, ob Sie als Mitarbeiter der Hafengewerkschaft an einer kommunistischen Verschwörung beteiligt waren, die den Zweck verfolgte, die Gewerkschaft unter kommunistische Regie zu bringen und die Regierung der Vereinigten Staaten zu stürzen.

Steinberg: Von einer solchen Verschwörung ist mir nichts bekannt.

Stripling: Auf Grund ihrer zahlreichen Kontakte innerhalb dieser Kreise müßten Ihnen aber doch Personen bekannt sein, die an dieser Verschwörung beteiligt waren.

Steinberg: Ich wüßte nicht ...

Nixon: Es würde dem Ausschuß die Arbeit sehr erleichtern und im übrigen auch Ihrer Verteidigung sehr dienlich sein, wenn Sie uns einige Namen nennen könnten.

Payne: Herr Vorsitzender, in diesem Zusammenhang möchte mein Mandant sich auf den ersten Zusatzartikel der Verfassung berufen, der ihm das Recht auf Aussageverweigerung einräumt.

Thomas: Nun ja, das ist natürlich möglich, aber ...

Nixon: Mißachtung des Kongresses hilft niemandem weiter.

Stripling: Mr. Steinberg, können Sie uns zumindest Auskunft über die politischen Ansichten und Aktivitäten Mr. William Slatterys geben? Immerhin ist das ja wohl der Bruder Ihrer Frau und also Ihr Schwager.

Steinberg: Ich wüßte nicht, was Billy ...

Payne: Herr Vorsitzender, auch für diese Frage nimmt mein Mandant Zusatzartikel eins in Anspruch.

Thomas: Na gut, schön.

Nixon: Das ist wenig hilfreich!

Stripling: Mr. Steinberg, kennen Sie einen gewissen Robert Castello?

Steinberg: Nein, Sir. Ich weiß nur, daß er der Sohn meines ehemaligen Institutsdirektors ist, des verstorbenen Professors Anthony Castello.

Stripling: Kennen Sie die Brüder Laroux? Yves und Gilles Laroux aus ...

McDowell: Guy, nicht Gilles. Guy Laroux.

Stripling: Danke, Mr. McDowell. Kennen Sie die Brüder Laroux, Mr. Steinberg?

McDowell: Es sind Kanadier!

Payne: Herr Vorsitzender, in den uns bekannten Ermittlungsakten ist von diesen Leuten keine Rede.

Thomas: Ist das korrekt?

McDowell: Ähm ... ja.

Stripling: Das ergibt sich daraus, daß die Brüder Laroux erst vor drei Wochen verhaftet worden sind. Sie haben in New Orleans an einem konspirativen Treffen radikaler Anarchisten teilgenommen. Einer unserer Informanten hat uns darauf hingewiesen, daß Mr. Steinberg Kontakt zu diesen Leuten hatte.

Nixon: Mr. Steinberg, hatten Sie je Kontakt zu diesen gefährlichen Anarchisten?

Steinberg: Ja, ich kenne sie. Ich habe im Winter 1938/39 mit ihnen zusammen in Vermont als Holzfäller gearbeitet. Ich halte sie aber weder für radikal noch für gefährlich, sondern für liebenswerte ...

Nixon: Solche Bewertungen müssen Sie uns überlassen, Mr. Steinberg. Beantworten Sie nur unsere Fragen. Ihnen war doch gewiß bekannt, daß es sich um Anarchisten handelt.

Steinberg: Ich würde sie eher als Syndikalisten bezeichnen.

Thomas: Als was?

McDowell: Ich weiß nicht, Sir. Syndikalisten?

Thomas: Mr. Steinberg, würden Sie uns das bitte erläutern?

Steinberg: Gern, Herr Vorsitzender. Sie verabscheuen Revolutionen, weil sie stets in Gewalt, Willkür und Terror enden.

Thomas: Sehr gut!

Stripling: Aber sie wollen die Regierung stürzen.

Steinberg: Ich glaube, sie haben die Idee, Regierungen durch Förderationen oder Genossenschaften abzulösen. Sie setzen auf Gegenseitigkeit als Grundlage der Gerechtigkeit. Sie wollen das tun, von dem sie wollen, daß es die anderen Leute auch für sie tun.

Thomas: Klingt eigentlich sehr amerikanisch.

Nixon: Herr Vorsitzender! Es handelt sich um Terroristen und Anarchisten.

Thomas: Ach so.

Stripling: Mr. Steinberg, haben Sie nach dem besagten Winter noch irgendwelche Kontakte zu anarchistischen Kreisen unterhalten?

Steinberg: Nein.

Stripling: Aber gab es unter den Hafenarbeitern nicht auch sogenannte Anarcho-Syndikalisten?

Steinberg: Das entzieht sich meiner Kenntnis. Ich kann mir jedenfalls nicht vorstellen, daß Leute wie die Laroux-Brüder einer Gewerkschaft beigetreten wären.

Stripling: Wieso nicht?

Steinberg: Sie empfinden Gewerkschaften wahrscheinlich als zu bürokratisch.

Thomas: Sehr gut!

Stripling: Mr. Steinberg, kommen wir jetzt zu Ihrer Tätigkeit als Professor für Geschichte am Centerville College. Sie haben 1942 eine Arbeit publiziert *mit dem Titel ..., Moment bitte ...*

McDowell: *Carl Schurz. A Biographical Sketch.*

Stripling: *Danke, sehr richtig. In dieser Arbeit heißt es einmal wörtlich – ich zitiere: »Wenn auch die deutsche Revolution von 1848 gescheitert war, trugen Emigranten wie Schurz ihre Ideen doch weiter. Der fruchtbare Einfluß dieses revolutionären Denkens auf die Vereinigten Staaten wird häufig unterschätzt, ist aber von enormer Tragweite.« Mr. Steinberg, haben Sie das geschrieben? Und entspricht es Ihrer Überzeugung?*

Steinberg: *Selbstverständlich.*

Nixon: *Wollen Sie damit sagen, daß Revolutionäre und Kommunisten wie Karl Marx oder dieser, äh, dieser Carl Schurz positiven Einfluß auf unser Land haben?*

Steinberg: *Schurz war kein Marxist.*

Nixon: *Aber ein Revolutionär!*

Steinberg: *George Washington und Thomas Jefferson waren auch Revolutionäre, Sir.*

Thomas: *Das ist richtig.*

McDowell: *Leider. Ja.*

Nixon: *Sie wollen doch wohl nicht im Ernst behaupten, daß der amerikanische Unabhängigkeitskrieg eine marxistische Revolution war.*

Steinberg: *Natürlich nicht.*

Thomas: *Gott sei Dank.*

Stripling: *Da wir gerade vom amerikanischen Unabhängigkeitskrieg sprechen, Mr. Steinberg. Sie haben im Herbst letzten Jahres einen Vortrag in New York gehalten, in dem Sie unter anderem sehr despektierliche Bemerkungen über die Armee George Washingtons gemacht haben. Die amerikanische Armee sei ein zusammengewürfelter, undisziplinierter Haufen gewesen, durchsetzt von Hinterwäldlern und Glücksrittern, bis ein gewisser Baron von Steuben für Ordnung gesorgt habe. Trifft das zu, beziehungsweise haben Sie das gesagt?*

Steinberg: *Ich kann mich nicht mehr an den genauen Wortlaut erinnern, aber es trifft zu.*

Nixon: *Und war dieser Steuben ebenfalls ein revolutionärer Marxist?*

Steinberg: *Das halte ich für sehr unwahrscheinlich, Sir.*

Nixon: *Wieso?*

Steinberg: *Als Marx geboren wurde, war Steuben bereits seit 24 Jahren tot.*

Thomas: Interessant ...

Stripling: Nun ja, lassen wir das jetzt erst einmal auf sich beruhen. Sie haben im Wintersemester 1948/49 ein Seminar über einen gewissen George Bruno abgehalten.

Steinberg: Giordano Bruno, Sir.

Stripling: Na schön, Giordano. Und zwar in Kooperation mit Professor Anthony Castello, dem Vater von Robert Castello.

Steinberg: Professor Castello hat mit meiner Mithilfe das Seminar vorbereitet, aber er ist leider verstorben, bevor es begann. Ich habe lediglich noch einige seiner Unterlagen benutzen können.

Stripling: Ist es zutreffend, daß sie auch diesen Mr. Bruno mehrfach als Revolutionär bezeichnet haben? Wörtlich sollen Sie gesagt haben: Bruno war ein Revolutionär, vor dem die Auoritäten von Staat und Kirche mehr Furcht hatten als er vor ihnen. Haben Sie dergleichen im Unterricht gesagt?

Steinberg: Schon möglich, Sir, jedenfalls sinngemäß. Aber Bruno war natürlich kein politischer Revolutionär, sondern einer des Geistes. Er war ja Theologe, ein Dominikanermönch, der ...

Thomas: Ein Mönch?

McDowell: Leider ja.

Stripling: Wenn ich die mir vorliegenden Aussagen recht verstehe, ist diesem Mr. Bruno ein Prozeß gemacht worden, der mit einem Todesurteil wegen, ähm, wegen pertinacia endete.

Thomas: Wegen was?

Steinberg: Man könnte es mit Hartnäckigkeit übersetzen, Sir, oder mit Verstocktheit.

Stripling: Oder mit Mißachtung des Gerichts, glaube ich. Wie dem auch sei. Trifft es zu, Mr. Steinberg, daß Sie im Unterricht gesagt haben, der Prozeß gegen Mr. Bruno zeige Parallelen und Analogien zu den Verfahren und Anhörungen, die unsere Ausschüsse durchzuführen haben?

Steinberg: Nein, Sir, das habe ich mit Sicherheit nicht gesagt! Allerdings kann ich meine Studenten nicht daran hindern, ihre eigenen Interpretationen und Schlußfolgerungen zu ziehen. Inwieweit die dann zutreffend oder falsch sind, liegt nicht in meiner Verantwortung.

Stripling: Sehen Sie selbst denn solche Parallelen?

Steinberg: Ich ... dazu möchte ich mich hier nicht äußern, Sir.

<u>Stripling:</u> Warum nicht?
<u>Steinberg:</u> Es handelte sich bei diesem Prozeß um höchst komplizierte Fragen der Scholastik, der antiken Naturphilosophie, der Dogmatik, der Kosmologie, der Theodizee, die übrigens natürlich auch alle auf Latein verhandelt wurden, und ich fürchte, daß ich mich damit an dieser Stelle nicht ausreichend verständlich machen kann.
<u>Thomas:</u> Es muß vielleicht auch nicht sein, Mr. Stripling.
<u>Stripling:</u> Na schön. Ich habe keine weiteren Fragen, Herr Vorsitzender.
<u>Thomas:</u> Sehr gut. Wir danken Ihnen, Mr. Steinberg. Der Ausschuß zieht sich jetzt zum Lunch, äh, zur Beratung zurück. Wir müssen Sie bitten, sich bis auf weiteres in Washington aufzuhalten.
<u>Payne:</u> In diesem Raum?
<u>Thomas:</u> In diesem Raum?
<u>Vail:</u> Nein, das ist nicht nötig.
<u>Thomas:</u> Wir danken Ihnen, Mr. Steinberg. Das ist alles.

Es war nicht alles. Denn in *diesem* Raum, in meiner Zelle im Vermonter Staatsgefängnis von Windsor, habe ich seitdem neun Monate verbracht. In einem Monat werde ich entlassen. Das Urteil belief sich auf ein Jahr, aber dank der Bemühungen meines Anwalts, einer Eingabe Douglas Vanderkirks und der guten Führung, die mir der einsichtige Gefängnisdirektor bescheinigt hat, werden mir zwei Monate erlassen.

Vor einigen Wochen hat mir Professor Jean Stämpfli geschrieben, daß man mich an die Universität Bern berufen wird. Dershowitz wollte mich unbedingt am College halten, aber er steht unter Druck und muß demnächst selbst vor den Ausschuß. Kurz nach meiner Verurteilung ist Harding Direktor des Instituts geworden, der jüngste Direktor, den es je am College gab, und wie die Dinge stehen, wird er auch Castellos Stelle übernehmen und einen Assistenzprofessor lancieren, der ihm und Keagan genehm ist.

Maggie hat bereits unsere Schiffspassage nach Europa gebucht, New York – Le Havre. Im März werden wir abreisen.

Unser Haus an der Old Maple Lane kauft das College und will es künftig als Gästehaus nutzen. Das College zahlt einen fairen Preis.

Und das ist alles.

25

DIE BRÜCKE

Und das ist alles. So lautete der letzte Satz von Julius Steinbergs Aufzeichnungen, und später dachte Carlsen manchmal, daß er gut daran getan hätte, diesen Satz beim Wort zu nehmen. Aber da war es zu spät.

Das konnte unmöglich alles gewesen sein! Was war aus Steinberg geworden? Was aus seiner Frau? Daß Steinberg noch lebte, war unwahrscheinlich; er mußte dann über 100 Jahre alt sein. Carlsen suchte im Internet. Julius Steinberg. Es gab einen Theologen dieses Namens, einen Viehhändler, einen Zahnarzt, und eine Figur aus einem Fernsehfilm hieß so. Aber ein Julius Steinberg, der in den vierziger Jahren in Centerville und seit den frühen fünfziger Jahren als Historiker an der Universität Bern gelehrt hatte, fand sich nicht. Maggie, Margaret Steinberg, geborene Slattery, war etwa zehn Jahre jünger. Die Suchmaschinen lieferten nur enttäuschende Treffer für eine Physiotherapeutin Margaret Steinberg in Kiel und eine Studienrätin in Tübingen.

Carlsen dachte daran, sich im Historischen Institut des Colleges zu erkundigen. Dort mußte es Spuren oder zumindest Erinnerungen an Steinberg geben. Aber warum hatte man die Bibliothek von seinen Arbeiten gesäubert? Wer hatte das getan? Wann? Falls Carlsen sich dort erkundigte, müßte er einen plausiblen Grund für sein Interesse vorbringen können, zum Beispiel die Wahrheit. Die Wahrheit wäre ein plausibler Grund. Das Manuskriptkonvolut, die Briefe. Aber die Wahrheit würde ihn das Material kosten, das er längst als sein Eigentum ansah, zumindest als sein geistiges Eigentum. Es war die Erlösung aus der Schreibblockade, der kostbare Rohstoff für einen Roman. Und zum Roman umgearbeitet, konnte es Carlsen im Grunde egal sein, was im wirklichen Leben aus Julius Steinberg geworden war. Er konnte ihm einen erfunden Namen verpassen und Steinbergs Schicksal gestalten, wie er wollte, konnte frei darüber verfügen. Steinbergs Leben lag jetzt in seiner Hand. Sozusagen.

Berauscht von dieser Ermächtigungsphantasie, bettschwer von einer Flasche *Trimoulet Grand Cru* aus Steinbergs Bestand, war Carlsen eingeschlafen und träumte von einem ausweglosen Labyrinth, in dem er zur Strafe für eine Tat, an die er sich nicht erinnern konnte, lebenslang umherirren mußte. Als er am nächsten Morgen erwachte, war der Rausch einem Kater des Unrechtsbewußtseins gewichen, das so düster war, daß er im Badezimmerspiegel seinem eigenen Blick nicht standhalten konnte, und als er die Zahnpastareste ins Waschbecken spuckte, kam es ihm so vor, als spucke er vor sich selber aus.

Beim Frühstück stand sein Entschluß fest. Er packte Steinbergs Manuskripthefte und die Briefe in den braunen Pappkarton mit dem Schriftzug *Western Union Delivery Service*, verstaute ihn im Kofferraum des Autos und fuhr zum College. Nach dem Übersetzerkurs würde er den Karton in der Verwaltung abliefern. Oder beim *Custodial Service*. Oder ihn Hocki aushändigen. Oder bei *Human Resources* abgeben. Oder Hocki jedenfalls fragen, was er davon hielt und was damit anzufangen sei.

»Übersetzungen entfalten ein literarisches Werk, und zwar sowohl geschichtlich, wenn es sich um Texte aus früheren Epochen handelt – Übersetzungen können dann zu Aktualisierungen werden –, als auch in ihrem gegenwärtigen Konnotationspotential. Jede Übersetzung eines Werks in eine andere Sprache, und übrigens auch jede parallele oder konkurrierende Übersetzung in die gleiche Sprache, wie zum Beispiel die beiden Übersetzungen Salingers, die Sie vor sich liegen haben ...«

An dieser Stelle verlor Carlsen den Faden seines Satzes, weil ihn Laurens Blick traf, blasiert, gelangweilt und kurzsichtig. Oder weitsichtig? Der Satz war ohnehin viel zu kompliziert. Wenn deutsch gesprochen wurde, verstanden viele Studenten sprachliche Nuancen und Details, Valeurs und Subtilitäten, insbesondere Wortwitz, nur mit Mühe oder erst nach umständlicher Erklärung, die jeden Witz und jede Ambiguität zuverlässig zerstörte. Carlsen sah sich gezwungen, in einem glasklaren Deutsch zu unterrichten. Da auch begrifflich wenig vorausgesetzt werden konnte, verboten sich verbales Jonglieren und die intellektuelle Hochstapelei des akademischen Bluffs. Die Einsicht, wie verschwommen ihm selbst manches war, womit er sonst routiniert argumentierte, war heilsam. Leute wie Steinberg oder Zuckmayer waren in Vermont auf den Boden nackter, blutiger Tatsachen geraten. Im vergoldeten Elfenbeinturm des Colleges, im Inneren der Schneekugel, geriet Carlsen immerhin auf den Boden der Begriffe. Laurens Blick schien zu sagen: Komm endlich zur Sache. Er räusperte sich.

»Jede Übersetzung erweitert die Schwingungsbreite eines literarischen Werks, weil jede Übersetzung dem Werk etwas gibt, was es ohne die Übersetzung nicht kannte, zugleich aber auch etwas nimmt – das Unübersetzbare nämlich. Erinnern Sie sich bitte an den schönen Satz von Robert Frost, über den wir neulich gesprochen haben.

Bestimmte Bedeutungen des Originals entstehen überhaupt erst in Übersetzungen, Bedeutungen, über die sich der Autor gar nicht klar sein konnte, über die ein Übersetzer sich aber Klarheit verschaffen muß. Das ist eine kommentierende Arbeit, die an die Bedeutungsstrukturen der Sprache gebunden ist, in die etwas übersetzt wird. Und diese Arbeit ist durch die kulturellen Traditionen vermittelt, denen diese Sprache entspringt. Übersetzungen sind also interkulturelle Synthesen. Neu entsteht in jeder Übersetzung die Art des Meinens gegenüber dem identischen Gemeinten: Schlüssel und *key* meinen das gleiche, die Art des Meinens ist jedoch lautlich wie bildhaft, in Sprache und Schrift, unüberbrückbar verschieden und kann im strengen Sinn gar nicht übersetzt, sondern nur ersetzt werden.«

Auf den Gesichtern der Studenten war zu lesen, daß Carlsen wieder viel zu komplizierte Pirouetten drehte, aber die Stunde war sowieso vorbei. Schnell also noch dies: »Die Ersetzungen fügen dem Original neue Dimensionen hinzu. Und das wird besonders problematisch, wenn wie bei Salinger Slang und Jargon zu übersetzen sind. Denn Slang und Jargon sind eine Art des Meinens, die sich ...«

Ein Finger ging zaghaft in die Höhe.

»Ja, bitte, Sandy?«

»Entschuldigen Sie bitte, aber ein paar von uns schreiben heute eine Klausur bei Professor Lavalle, und wir dürfen uns nicht verspäten.«

Carlsen sah auf die Uhr. Er hatte fünf Minuten überzogen. »Tut mir leid«, sagte er. »Ich drück Ihnen die Daumen für die Klausur.«

Die zu Lavalle mußten, warfen Carlsen vorwurfsvolle Blicke zu und hasteten hinaus, Lauren schlenderte, plauderte dabei angeregt mit Duane und sah an Carlsen vorbei. Aaron, der lyrisch gestimmte Student, kam auf Carlsen zu und erklärte, daß er übermorgen im Schreibkurs gern eine erste Kostprobe seines Textes über *Huddle Hall* vorstellen würde.

»Das ging ja flott«, sagte Carlsen. »Bravo.«

»Es ist nur ein Entwurf«, sagte Aaron. »Aber ich habe vielleicht die richtige Quelle angezapft.«

»Ach ja? Und was ist das für eine Quelle?«

»Ich habe zufällig gehört, daß Ross Backmiller, die Sekretärin, eine Tante hat, die früher hier gearbeitet hat, und zwar ziemlich lange, nämlich von 1943 bis 1985. Die ist total nett und zuvorkommend und hat viel zu erzählen. Und sie erzählt auch sehr gern. Sie ist schon über achtzig Jahre alt, aber sie scheint ein gutes Gedächtnis zu haben. Und wenn manches von dem, was sie erzählt, vielleicht auch nicht so ganz den Tatsachen entspricht, macht das nichts. Ich soll ja keine historische Dokumentation abliefern, sondern einen literarischen Text. Vielleicht mach ich das sogar aus der Perspektive dieser Dame. Was meinen Sie? Na ja, das können wir dann alles im Kurs besprechen, okay?«

»Okay, Aaron«, Carlsen nickte nachdenklich. »Das ist eine gute Idee. Wirklich eine sehr gute Idee.«

»My Deutsch is scho a bissel gerrostet over de years.« Mrs. Alice Backmiller, deren Vorfahren Bachmüller geheißen hatten, lächelte wie entschuldigend und sagte dann auf englisch: »Ich fürchte, Sie verstehen mich besser, wenn wir englisch reden.«

Sie saßen in der verglasten Veranda des Seniorenwohnheims, in dem Mrs. Backmiller lebte, in einem Außenbezirk Burlingtons mit Blick über den Lake Champlain. Still wie ein Spiegel glänzte das Wasser silbrig im milden Herbstlicht des Nachmittags. In Ufernähe rastete eine Gruppe Flugenten, ließ sich mit der trägen Strömung treiben. Segelboote und Motoryachten zogen vorbei, und die von einem Möwenschwarm begleitete Autofähre nach New York State nahm Kurs auf die Westküste des Sees. In einem Erker der Veranda saß ein altes, schweigendes Ehepaar. Die Frau blätterte in einem Modemagazin, der Mann hatte ein Fernglas vor der Brust hängen, setzte es gelegentlich an die Augen und richtete es auf die dunklen Bergketten des fernen Ufers, als erwarte er etwas oder jemanden aus dem blauen Jenseits. Wenn man sich bewegte, verursachten die weißen Korbsessel manchmal ein knirschendes Geräusch.

»Nehmen Sie noch eine Tasse Tee, Mr. Carlsen?« sagte Mrs. Backmiller, griff, ohne seine Antwort abzuwarten, zur Kanne und schenkte nach.

Im Gegensatz zu ihrer vollschlanken Nichte Ross war Alice Backmiller fast hager. Das lange, weiße Haar hatte sie zu einem Pferdeschwanz zurückgebunden, am rechten Handgelenk trug sie einen mit Türkissteinen besetzten Silberreif, und auch ihre wachen Augen, umgeben von Strahlenkränzen tiefer Falten, schimmerten grünblau. Sie mochte Mitte Achtzig sein und kam Carlsen vor wie eine alte, weise Indianerin. Schade eigentlich, dachte er, daß sie ihm nur Tee anbot und keine Friedenspfeife.

»Dieser entzückende junge Mann, der mich neulich besucht hat, dieser Aaron, das ist also Ihr Student? Er war ganz begeistert von dem Kurs, den Sie unterrichten. Die Geschichte des Colleges in Geschichten seiner Gebäude. Was für eine schöne Idee. Da würde ich am liebsten selber mitmachen.«

»Vielleicht können Sie uns ja mal im Kurs besuchen und ein bißchen von früher erzählen«, sagte Carlsen.

»Nach dem Früher hat mich seit Jahren niemand gefragt«, sagte sie, ohne auf seine Einladung einzugehen, »und dann kommt erst dieser Aaron und fragt mich danach, und jetzt sind Sie da.«

»Ross hat gesagt, daß Sie über vierzig Jahre am College gearbeitet haben«, sagte Carlsen. »Da müssen Sie ja viel erlebt und viele Menschen kennengelernt haben.«

»O ja, Mr. Carlsen, das kann man wohl sagen. Aber ich habe auch viel vergessen, leider.« Sie trank mit gespitzten Lippen einen Schluck Tee. »All die Studenten, die kamen und gingen, kamen und gingen. Wie soll man sich die merken? Manchmal, wenn einer später auf sich aufmerksam macht, weil er etwas Besonderes geworden ist, dann erinnert man sich plötzlich und denkt, daß er einem immer schon aufgefallen war, aber das trügt wohl. Pamela Fielding, die Senatorin beispielsweise. Als Studentin war sie eine graue Maus. Oder Brian, nein, Ryan Simmon, der sogar mal für den Nobelpreis im Gespräch war. Nun ja, so kommen sie eben und gehen wieder ihren eigenen Weg.«

»Aber mit den Fakultätsmitgliedern haben Sie doch immer länger zu tun gehabt, nicht wahr? Ich meine, die wechseln ja schließlich nicht so häufig wie die Studenten.«

»Ja, das stimmt schon. Manche haben fast ihr ganzes Berufsleben am College verbracht. Aber manche kamen von anderswo und gingen auch wieder, wurden anderswohin berufen. So ist das nun mal, wenn man Karriere machen will.«

»Können Sie sich noch daran erinnern, wie Sie den Job antraten, damals in den vierziger Jahren?«

»O ja, natürlich, Mr. Carlsen. An den Anfang erinnert man sich ja immer besonders gut. Das ist so wie mit der ersten Liebe.« Sie schmunzelte versonnen. »Ich war noch sehr jung damals, Mitte Zwanzig. Es gab mehrere Bewerberinnen, aber ich bekam den Job, weil ich Deutsch konnte. Ich konnte sogar besser Deutsch als Professor Gallagher. Und das war immerhin der Direktor der Deutsch-Abteilung. Gallagher sagte immer zu mir: Alice, wenn ich mal in Pension gehe, dann werden Sie meine Nachfolgerin. Aber das war natürlich ein Witz, denn ich war ja nur die Sekretärin und später dann auch Koordinatorin.«

»Ich verstehe. Sagen Sie, Mrs. Backmiller, können Sie sich vielleicht noch an einen Professor Steinberg erinnern? Er war kein Germanist, sondern Historiker, aber ...«

»Oh!« sagte die alte Dame, und es klang fast erschrocken. »Steinberg, ja. Luke Steinberg. Er kam aus Deutschland, nicht wahr?«

»Ganz recht, aber er hieß nicht Luke, sondern Julius und wurde wohl Jules genannt.«

»Jules, ja richtig. Jules Steinberg. Ach, du meine Güte! Das war eine böse Sache damals.«

»Eine böse Sache? Wie meinen Sie das?«

»Weil, nun ja, Jules hat in den vierziger Jahren bei uns am Institut immer mal wieder Deutschkurse unterrichtet, obwohl er eigentlich Historiker war. Aber er war aus Deutschland emigriert und also Muttersprachler. Jules, ach ja. Das war ein liebenswürdiger Mensch, bescheiden, unauffällig, sehr kultiviert. Man merkte ihm an, daß er viel durchgemacht hatte im Leben und daß er froh war, am College endlich zur Ruhe zu kommen. Wie hieß noch mal seine Frau? Die war sehr attraktiv. Martha?«

»Sie hieß Margaret. Maggie«, sagte Carlsen.

Mrs. Backmiller nickte bedächtig. »Maggie, ja. Sie war Lehrerin in Centerville. Spielte Gitarre und hatte eine schöne Stimme. Komisch, daß ich das noch weiß.«

»Sie sagten eben etwas von einer bösen Sache«, hakte Carlsen nach. »Was meinen Sie damit?«

Sie schien einen Moment nachzudenken. »Sagen Sie mal, Mr. Carlsen«, sagte sie dann unvermittelt, »haben Sie zufälligerweise Zigaretten dabei? Ich rauche natürlich schon lange nicht mehr, aber manchmal überfällt mich so ein Bedürfnis, wenn Sie wissen, was ich meine. Damals hat jeder geraucht.«

Carlsen zog seine Zigarettenschachtel aus der Jackentasche und fragte sich, ob Mrs. Backmiller seinen Fragen absichtlich auswich und gezielt das Thema wechselte. Oder war das jetzt die Friedenspfeife?

Sie lächelte verschwörerisch. »Hier drinnen dürfen wir natürlich nicht rauchen. Kommen Sie, wir machen mal einen kleinen Ausflug. Was wir uns zu erzählen haben, muß auch nicht jeder hören.«

Sie stand auf, hakte sich bei Carlsen ein und führte ihn durch einen Seiteneingang auf einen Fußweg, der zum Seeufer führte, wo sie sich auf einer Bank niederließen. Er hielt Mrs. Backmiller die Zigarettenschachtel hin, gab ihr Feuer und steckte sich selbst eine Zigarette an.

»Ach ja«, seufzte sie lächelnd und sog an der Zigarette, inhalierte aber nicht, »wie schön manchmal das Ungesunde sein kann.«

Er überlegte, wie er aufs Thema zurückkommen sollte, ohne aufdringlich zu wirken, aber nachdem sie eine Weile schweigend dagesessen und auf den See geblickt hatten, nahm sie plötzlich den Faden von sich aus wieder auf.

»Wie kommen Sie eigentlich auf Professor Steinberg, Mr. Carlsen?«

Auf die Frage war er vorbereitet. »Neulich, bei einem Fakultätsempfang, als man sich nach meiner Herkunft erkundigte, wurde nebenbei auch sein Name erwähnt, weil er ja auch aus Deutschland stammte.«

»Ach, tatsächlich«, sagte sie, »das wundert mich aber.«

»Wieso wundert Sie das?«

»Weil über das Thema am College ungern geredet wurde. Es war sozusagen tabu. Jedenfalls zu meiner Zeit. Und dann ist langsam Gras darüber gewachsen. Na ja, das ist lange her, und im Grunde wird es auch Zeit, daß man mal darüber redet. Was hat man Ihnen denn über Steinberg erzählt?«

»Äh, also, eigentlich gar nichts. Nur daß er ein Emigrant aus Deutschland war, als Historiker in Centerville lehrte und später an eine Universität in der Schweiz gegangen ist.«

»Daß er in die Schweiz gegangen ist?« Sie schüttelte den Kopf und schnippte die nur halb gerauchte Zigarette auf den Kiesweg. »Wer hat Ihnen das denn erzählt?«

Er zuckte die Schultern. »Keine Ahnung, wie er heißt. Jemand von den Historikern, glaube ich. Stimmt das denn nicht?«

Sie schüttelte energisch den Kopf. »O nein, Mr. Carlsen, das stimmt ganz und gar nicht. Er wollte wohl zurück nach Europa, das ist richtig. Aber was damals wirklich passiert ist, weiß ich natürlich auch nicht. Niemand weiß es. Niemand außer denjenigen, die …«

Sie sprach den Satz nicht zu Ende und schüttelte wieder den Kopf, diesmal aber nicht energisch, sondern sacht und langsam, wie abwesend, wodurch ihre präsente Lebendigkeit plötzlich zu unkontrollierter Greisenhaftigkeit zu verfallen schien. Dann stand sie langsam von der Bank auf.

»Kommen Sie, junger Mann, gehen wir ein paar Schritte.« Sie hakte sich wieder in seine Armbeuge ein, und sie gingen am Ufer entlang. Trockenes Laub raschelte unter ihren Füßen, Möwen schrien heiser, einige der Flugenten strichen mit flappenden Flügelschlägen vom Wasser ab.

»Sie sagten vorhin etwas von einer bösen Sache«, begann er aufs neue, »im Zusammenhang mit Steinfeld, meine ich.«

»Ich weiß es nicht genau«, sagte sie, »es gab damals ja nur diese Gerüchte. Das College ist immer voll von Gerüchten, wissen Sie. *Grapevine.*«

»Professor Steinberg ist also nicht in die Schweiz gegangen?« fragte er.

»Natürlich nicht«, sagte sie. »Es gab ja den Unfall.«

»Welchen Unfall?«

»Also, das war so. Während der McCarthy-Jahre gab es am College sehr miese Denunziationen und Intrigen, und auch Steinberg mußte vor einen dieser schrecklichen Ausschüsse in Washington. Sie haben vielleicht schon einmal davon gehört? Das war eine furchtbare Zeit. Steinberg kam jedenfalls ins Gefängnis, und als er wieder rauskam, wollte er so schnell wie möglich zurück nach Europa, in die Schweiz eben. Soweit stimmt die Geschichte schon. Aber dann hat er den Unfall gehabt. Er wohnte nämlich außerhalb Centervilles an der Old Oak, nein an der Old Maple Lane, unten am Beaver Creek. Da gibt es eine alte Brücke. Ich glaube, die gibt es immer noch. Und von dieser Brücke ist Steinfeld damals in den Fluß gestürzt.«

»Er ist in den Fluß gefallen?«

»Nein, nicht einfach so gefallen. Er fuhr im Auto. Das Auto hat das Brückengeländer durchbrochen. Als man es schließlich fand, unterhalb der Wasserfälle, waren beide tot.«

»Beide? Wieso beide?«

»Steinberg und seine Frau Martha, nein, Maggie hieß sie. Sie hatten beide im Auto gesessen, Maggie hinterm Steuer.«

Sie gingen eine Weile schweigend nebeneinander her. Ein auf die Docks von Burlington zulaufender Ausflugsdampfer blies seinen Sirenengruß übers Wasser.

»So war das also«, sagte Carlsen. »Aber Sie haben vorhin auch von

Gerüchten gesprochen und davon, daß niemand etwas Genaues wußte. Was meinen Sie damit? Über den Unfall hat doch wohl jeder Bescheid gewußt, oder?«

»Natürlich, es wurde wochenlang über nichts anderes gesprochen. Der Sheriff und seine Helfer haben den Wagen aus dem Fluß gezogen und die Toten geborgen. Sie mußten ja die Unfallursache ermitteln. Der Wagen war durchs morsche Brückengeländer gebrochen, soviel stand fest. Anschließend ist dann auch sofort das neue Geländer aus Metall angebracht worden. Aber kaum daß der Wagen in die Stadt geschleppt worden war und der Arzt die Totenscheine ausgestellt hatte, erschienen drei oder vier Leute vom FBI. Und die haben alles beschlagnahmt und weggebracht. Nicht nur das Autowrack, sondern auch die Leichname. Das war ja nun höchst ungewöhnlich und erregte Aufsehen, und Mr. Gordon, der Sheriff, wußte gar nicht, wie ihm geschah. Endlich mal ein anderer Fall als die üblichen Schlägereien bei *Angelo's* oder betrunkene Autofahrer. Und ausgerechnet den Fall nimmt man ihm weg. Ausgerechnet das FBI. Was hatte das FBI überhaupt in Vermont herumzuschnüffeln? Er war total aufgebracht. Ich weiß das so genau, weil Freddy mit dem Sheriff befreundet war.«

»Freddy?«

»Mein verstorbener Mann. Ihm gehörte eine Autowerkstatt mit Tankstelle. Die gibt es aber längst nicht mehr. Sie stand da, wo jetzt das Drive-in von *Burger King* ist. Freddy kam von seiner Pokerrunde mit dem Sheriff und ein paar anderen Kumpeln nach Haus und sagte, daß die Sache stinkt. Sie stinkt schlimmer als ein totes Stinktier, sagte er. Und damit waren dann all die Gerüchte in der Welt.«

»Und was waren das für Gerüchte, Mrs. Backmiller?«

»Daß es gar kein Unfall war. Daß man das Auto manipuliert hatte. Ich habe nicht die leiseste Ahnung von so etwas, aber Freddy meinte, daß vielleicht an der Lenkung oder an den Bremsen manipuliert worden sei. Daß es jedenfalls kein Unfall gewesen sei. Daß man Jules und Maggie umgebracht haben könnte.«

»Aber wer hätte denn Interesse daran haben können, daß Steinberg und seine Frau tot sind? Ich meine, wenn sie sowieso in die Schweiz wollten?«

Mrs. Backmiller blieb stehen und sah Carlsen fest ins Gesicht. »Das weiß ich nicht, junger Mann. Aber man munkelte davon, daß die Sache vielleicht im Zusammenhang mit Steinbergs Aussagen vor dem Kongreßausschuß gestanden haben könnte. Daß er keine Namen nannte, niemanden denunzierte. Daß er Dinge wußte oder hatte, Informationen vielleicht, die er nicht preisgeben wollte. Daß er ein Radikaler war, Kommunist oder Anarchist. Aber das halte ich für völlig ausgeschlossen. Dummes Zeug. Wenn Steinberg radikal war, bin ich eine Revolutionärin. Es gab auch Gerüchte, daß der damalige Direktor des Historischen Instituts in die Sache verwickelt war. Das war ein Hardliner, der überall Landesverrat und kommunistische Unterwanderung witterte und Leute denunzierte. Er soll angeblich auch Steinberg denunziert haben. Harding hieß er, John oder George Harding. Er war noch recht jung, und man sagte ihm eine glänzende akademische Karriere voraus. Einige Jahre später hat er das College auch verlassen, aber soviel ich weiß, hat er dann nicht mehr als Hochschullehrer gearbeitet, sondern einen Posten im Kriegsministerium angenommen, damals, nach dem Koreakrieg.« Wieder nickte sie vor sich hin. »Ja, ja, so war das. Aber nehmen Sie mich nicht beim Wort, Mr. Carlsen. Erstens bin ich alt, und zweitens sind das alles nur Gerüchte und Schnee von gestern. Und jetzt wollen wir zurück. Das Abendessen wird früh serviert.«

»Wissen Sie zufällig, ob dieser Harding noch lebt?« fragte Carlsen.

»Keine Ahnung«, sagte Mrs. Backmiller. »Er müßte dann schon über neunzig sein. Fragen Sie Ross. Die müßte es wissen oder kann es feststellen. Ach so, ja, und grüßen Sie Aaron von mir. Was für ein netter Junge! Und grüßen Sie auch Ross von mir. Aber erzählen Sie ihr bloß nicht, daß ich geraucht habe.«

Vorm Portal der Seniorenresidenz verabschiedete sich Carlsen und ging zu seinem Auto. Mrs. Backmiller sah ihm nach. Als er die Wagentür aufschloß, winkte sie ihm zu warten und ging in seine Richtung. Er kam ihr entgegen, und sie trafen sich mitten auf dem Parkplatz.

»Ich weiß nicht, warum Sie das alles wissen wollten«, sagte sie leise, fast verschwörerisch, »aber falls Sie je mit Harding in Kontakt kommen sollten, passen Sie gut auf sich auf. Und fahren Sie vorsichtig, junger Mann, besonders auf Brücken. Leben Sie wohl.«

Es dunkelte schon, als Carlsen von der Route 9 in die Old Maple Lane einbog. Auf der Brücke hielt er an und stieg aus. Durch die fingerbreiten Spalten zwischen den Bohlen schimmerte das Wasser wie trübes Licht, das im Morgengrauen durch Jalousien fällt. Das fast brusthohe Geländer bestand aus massiven, an den Brückenpfeilern verankerten Stahlverstrebungen, deren Zwischenräume mit Metallgittern gesichert waren. Es würde selbst einem ausbrechenden Lastwagen standhalten. Er stellte sich auf die Zehenspitzen und beugte den Oberkörper vor. Etwa vier Meter unter der Brücke drängte sich das Wasser zwischen den Steilufern hindurch, bildete vor den Fällen Strudel und fast reglose Flächen, aus denen Felsen ragten, zwischen denen sich Baumstämme und Äste stauten, und donnerte dann schäumend über die Klippen abwärts. Zerstäubtes Wasser waberte im verbliebenen Licht wie Nebel über dem Katarakt. Starrte man lange in diesen Dunst, konnte man geisterhafte Formen aufsteigen sehen, die aber im Entstehen sogleich wieder zerfielen und als graue Schleier von der hereinbrechenden Nacht verschluckt wurden. Der Beaver Creek mündete irgendwo in den White River, der White River mündete an der Grenze zu New Hampshire bei White River Junction in den Connecticut River, der Connecticut River strömte südwärts zum Long Island Sound, wo das süße Wasser, in den Atlantik mündend, im Delta brackig wurde, bis es schließlich in der großen Salzflut verging.

26

HANKY PANKY

Der aus dem Badischen stammende Hufschmied Wilhelm Hottel erstach bei einer Wirtshausschlägerei einen preußischen Dragoner, weil der ihn angeblich mit gezinkten Würfeln betrogen hatte. Da diese Tat im Jahre 1848 geschah, als die preußische Armee gegen die badischen Revolutionäre vorging, unterstellten die Behörden Wilhelm Hottel fälschlicherweise eine revolutionäre Gesinnung und politische Motive – fälschlich, weil Hottel sich ausschließlich für Wein, Weib und Gesang interessierte, von Politik nicht die leiseste Ahnung hatte und Revolutionen verabscheute. Er befürchtete nämlich, daß sich bei einer Revolution seine beiden Gesellen zu Herren der Schmiede aufgeschwungen und ihn an die Laterne gehängt hätten.

Um sich der Verhaftung zu entziehen, floh Hottel nach Frankreich und schiffte sich in Le Havre nach Amerika ein. In Boston angekommen, fand er Arbeit in der Metallgießerei *Holman & Co*, heiratete drei Jahre später die älteste Tochter seines Chefs und übernahm nach dessen frühem Tod die Firma, die dank der gewaltigen Nachfrage während des Amerikanischen Bürgerkriegs enorm florierte. Hottel paßte die Schreibweise seines Namens der Art und Weise an, in der man ihn hier aussprach: Huddle.

Sein Sohn William H. (H. für Holman) Huddle, geboren 1856, wurde auf Wunsch seiner Mutter aufs *Centerville College* geschickt, das er als Absolvent des Jahrgangs 1880 wieder verließ, um in die väterliche Firma einzutreten. 1895 ging das Geschäft auf ihn über, und bei Ausbruch des Ersten Weltkriegs betrieb Huddle bereits drei Eisen- und Stahlwerke. Bei Kriegsende waren es sechs. Trotz dieses grandiosen Zuwachses, den der Krieg ihm bescherte, litt er darunter, daß mit seinen Kanonen und Panzern das Land besiegt wurde, aus dem sein inzwischen verstorbener Vater vor 70 Jahren gekommen war und dem er stets mit leiser Wehmut, allerlei Volksliedern und massiven Importen badischen Weins nachgehangen hatte. Das schlechte Gewissen, das William gegenüber seinem Vater und dessen Herkunft plagte, besänftigte er 1919, indem er dem Institut für deutsche Sprache und Literatur am *Centerville College* ein Gebäude stiftete.

Und was für ein Gebäude! Eine solche architektonische Mixtur aus altteutscher Trutzburg, New Yorker Apartmentbau und Anstalt im weitesten Sinn hatte der Campus noch nicht gesehen. *Huddle Hall*. Im Foyer, am Fuß des Treppenaufgangs, wurde auf einem Marmorsockel eine Büste des Stifters aus rotem Vermonter Granit aufgestellt und stand, der dankbaren Nachwelt zum Zeugnis, 84 Jahre später immer noch da. Mit seinem buschigem Schnauzbart und künstlerisch wallendem Haar hielten manche den in Stein gehauenen Huddle für Mark Twain.

So weit die mehr oder minder unzweifelhaften Fakten. Mehr, weil die Informationen Richard Cruikshanks *The Green Mountain Experience*, einer illustrierten Geschichte des *Centerville Colleges*, entnommen waren; weniger, weil bei Cruikshank nur von William H. Huddle die Rede war, nicht jedoch von dessen unfreiwillig revolutionärem Vater. Ob er dessen Schicksal von Mrs. Backmiller gehört oder sich phantasievoll aus den Fingern gesogen hatte, ließ Aaron offen und kam zum Kern dessen, was seine Geschichte ausmachen sollte. Einmal im Jahr, so Aarons Garn, und zwar, wie konnte es anders sein, in der Halloween-Nacht, gehe in *Huddle Hall* ein Geist um. Ob man sich vorstellen könne, wessen Geist das sei?

»Der von Huddle?« riet Jesse.

Aaron schüttelte den Kopf.

»Dann der von Hottel«, sagte Carol.

»Nein«, sagte Aaron. »Der preußische Dragoner natürlich. Zuerst erscheint er immer in Uniform, manchmal hat er sogar ein Pferd dabei. Aber dann verwandelt er sich jedes Jahr in eine andere Gestalt. Diese Gestalten sind unscheinbar, Männer in grauen oder blauen Büroanzügen, manchmal mit, manchmal ohne Hut, manchmal mit, manchmal ohne Sonnenbrille. Sie tragen Aktentaschen mit sich herum, manchmal auch Kameras, und seit einigen Jahren auch Camcorder und Laptops. Sie gehen durch alle Büros, alle Seminarräume, alle Dorm-Zimmer, und sie suchen nach etwas. Sie suchen nach Büchern, Aufzeichnungen, Manuskripten, die ihre Verfasser als Nazis oder Liberale oder Kommunisten oder Al-Quaida-Terroristen entlarven. Sie suchen nach dem ewigen Feind Amerikas.«

Nachdenkliches Schweigen.

»Gefällt mir«, sagte schließlich jemand, »gefällt mir wirklich gut.«

»Ja, cool«, sagte Carol.

»Und wie soll die Geschichte weitergehen?« erkundigte sich Carlsen.

»Weiß ich noch nicht«, sagte Aaron. »Das ist erst mal nur so 'ne Idee.«

So und ähnlich ging es im Kurs Kreatives Schreiben zu, und Carlsen fand, daß es gut ging, und die Studenten fanden das auch.

Im Übersetzerkurs hatte man Carlsens gutgemeintes Theoretisieren höflich an sich abtropfen lassen, bei den Stichworten Umgangssprache, Trivia, Slang und Szenen-Idiomatik in Salingers *Der Fänger im Roggen* jedoch eine Spielwiese entdeckt, auf der man sich stundenlang mit erstaunlicher Energie und Kreativität tummelte. Was hieß zum Beispiel auf deutsch *nerd*? Trottel? Depp? Schwach, zugeben. Aber was war der Unterschied zwischen einem *nerd* und einem *dork*? Und was war auf deutsch ein *geek*? Wie war das mit Begriffen aus Sportarten, die in Deutschland unpopulär waren? *Home run* zum Beispiel oder *pitcher* oder eben auch Salingers *catcher*? Was benutzte man in Deutschland anstelle des in Amerika inflationär gewordenen F-Worts? Scheiße? Immer noch die gute alte Scheiße? Das ließ ja tief blicken, so oder so.

Zotiges und Schlüpfriges stieß auf besonderes Interesse, aber das war vermintes Gelände, umzäunt von gedachten Warnschildern *Achtung: Harassment, Vorsicht: Diskriminierung*. Der rasche Bedeutungswandel solchen Vokabulars. Zum Beispiel das deutsche Wort *geil*. Vor fünfzig Jahren entsprach ihm *knorke*, vor fünfundzwanzig *spitze*. Die sexuelle Bedeutung hatte sich fast verflüchtigt. Oder im Englischen so ein Wort wie *hanky panky*, das eigentlich etwas wie Techtelmechtel bedeutete, inzwischen aber sehr viel handfester sexuell konnotiert war. Es konnte auch Machenschaft bedeuten, woher ein Politiker wie Frank Hague wohl seinen Spitznamen bezogen hatte. Wußte eigentlich jemand, daß es einmal einen Bürgermeister von Jersey City gab, der Hanky Panky genannt wurde? Gelächter. Staunen. Nein, das wußte keiner. Carlsen wußte es aber genau. Man googelte. Hanky Panky? Tatsächlich. Respekt, Mr. Carlsen. Was der alles wußte.

Und schließlich das Ville-Deutsch. Ville-Deutsch? Carlsen hatte vom legendär-rudimentären Englisch des ehemaligen Bundespräsidenten Lübke erzählt: *Heavy on wire, equal goes it loose* und dergleichen Unglaubwürdiges mehr. Was den Deutschen ihr Lübke-Englisch, wurde den Studenten umgehend ihr Ville-Deutsch (Ville stand natürlich für Centerville). Der *tie break* beim Tennis mutierte so zum Schlipsbruch, der *pick-up truck* zum Aufreißbrummi, womit man dann auch schon wieder auf vermintes Gelände stieß. Aber die Stimmung war gut.

Nur Lauren lachte nicht mit. Ein gequältes Lächeln schien der höchste Ausdruck ihrer heiteren Gefühle zu sein. Manchmal sah sie Carlsen mit ihrem strengen Komm-endlich-zur-Sache-Blick an, und irgendwie hatte sie damit auch recht. Gute Stimmung im Kurs war das eine. Das andere war der Seminarplan, auf dem *Moby Dick* wartete. Und wenn es derart ausgelassen weiterginge, würde auch noch der weiße Wal zum Opfer einer Ville-Deutsch-Zote. Zum Glück stand nun erst einmal der kurze *Fall Recess* bevor, die traditionell vorlesungsfreie Woche Ende Oktober. Danach würde man wieder Ernst machen. Carlsen wünschte den Studenten viel Spaß im *Fall Recess*.

»Fahren Sie dann auch weg?« erkundigte sich Aaron.

Carlsen nickte, behielt aber sein Reiseziel für sich. Er würde nach New Jersey fliegen. Denn in Short Hills, New Jersey, lebte, wie Ross Backmiller ohne große Mühe festgestellt hatte, ein alter Herr namens George C. Harding.

27

IDEENTREIBSTOFF

Als deutscher Schriftsteller sei er in diesem Semester *Writer in Residence* am *Centerville College* – was der Wahrheit entsprach. Er recherchiere für ein Buch, in dem es um die Rolle deutschstämmiger Amerikaner im Sezessionskrieg gehe, also zum Beispiel die des Unions-Generals Carl Schurz – was nicht der Wahrheit entsprach. Bei seinen Recherchen sei er auch auf Professor Hardings militärhistorische Forschungen zum Bürgerkrieg gestoßen, zum Beispiel *The Strategic and Tactical Background of the Manassas Campaign* – was immerhin insoweit der Wahrheit entsprach, als Carlsen sich das Buch aus der Bibliothek ausgeliehen hatte, um gegenüber Harding einen halbwegs glaubwürdigen Anknüpfungspunkt zu haben. Carlsens Strategie und Taktik sah vor, das Gespräch über den Umweg Carl Schurz zwanglos auf Julius Steinberg zu lenken, der seinerseits ja selbst über Schurz publiziert hatte.

Getarnt mit derlei Vorwänden hatte er bei Harding angerufen. Am Telefon meldete sich eine jung klingende Frauenstimme. Wie sich herausstellte, war es Hardings Enkelin, die in der Nachbarschaft wohnte und dem alten, seit Jahren verwitweten Herrn bei der Haushaltsführung half. Bevor sie das Telefon an ihn weitergab, bat sie Carlsen, laut zu sprechen. Ihr Großvater sei schwerhörig.

Carlsen hob die Stimme und trug sein Anliegen vor. Harding zeigte sich erfreut, am College noch nicht vergessen zu sein, und man vereinbarte einen Besuchstermin.

Schließlich kam die Enkelin noch einmal an den Apparat und gab eine Wegbeschreibung, da der Ort leicht zu finden sei, nicht jedoch die Straße.

Der voll besetzte Frühflug von *Easy Jet*, die gleiche Cessna 208, die ihn vor sechs Wochen durch die hereinbrechende Nacht hergeflogen hatte, brachte Carlsen nun von Lebanon nach Newark. Wie mit Puderzucker bestäubte Batzen dunkler Kuchen lagen die höheren Gipfel der Adirondacks und der Grünen Berge schon leicht beschneit, während an den Hängen letzte Farbtupfer das Ende des *Indian Summer* verkündeten, aber die meisten Bäume standen bereits entlaubt und kahl, als frösteiten sie in Erwartung des Winters. Das Land, gesprenkelt von Spiegeln kleinerer und größerer Seen, lag grau und schmutzigbraun unterm trüben Himmel. Aus den Schornsteinen verstreuter Farmen stiegen Rauchsäulen, und im Westen zog ein Vogelschwarm seine keilförmige Bahn, schien das Flugzeug eine Weile zu begleiten und verschwand dann über dem langgezogenen Silbergürtel des Lake Champlain aus dem Blickfeld.

Der Flug dauerte kaum eine Stunde, ein Sprung nur in Form einer leicht abgeflachten Parabel. Nach Start, Steigflug und fünfzehn waagerechten Minuten über Massachusetts sank die Maschine über Connecticut bereits wieder dem New Yorker Großraum entgegen und erreichte mitten in der chaotischen, undurchschaubaren, von Verkehrsbewegungen vibrierenden Geometrie der Highways, Bahnen, Tunnel, Brücken auf einer Landebahn des Flughafens Newark zielgenau das Ende der Parabel.

»Nach Short Hills, bitte«, sagte Carlsen, nachdem er in eins der vorm Terminal wartenden Taxis gestiegen war.

Der Fahrer, ein melancholisch wirkender, dicker Schwarzer mit grauem Schnurrbart und grauem Haar, nickte bedächtig und steuerte durchs Gewirr der An- und Abfahrten, bis sie einen nach Osten führenden, achtspurigen Highway erreichten, von dem in kurzen Abständen Ausfahrten in die Vororte abzweigten, von denen aber nur einige nackte Baumkronen zu sehen waren, die wie knochige Finger über die Lärmschutzwände ragten. Das Taxi schwamm eine halbe Stunde in der dichten, reibungslos fließenden Strömung des Verkehrs und verließ dann den Highway über eine der Abfahrten.

Als sie vor einer roten Ampel hielten, fragte der Fahrer: »Wie heißt die Straße, Sir?«

»Jamison Street«, sagte Carlsen.

»Wissen Sie, wo die ist?«

»Keine Ahnung, aber ich habe eine Wegbeschreibung.« Carlsen griff in die Manteltasche und zog den Zettel heraus.

»Das ist gut«, sagte der Fahrer. »Dieser Ort ist nämlich ein Labyrinth, wissen Sie. Es gibt nicht mal genaue Pläne.«

»Wieso nicht?«

Der Fahrer zuckte die Achseln. »Manche meinen, das sei Absicht. So 'ne Art Sicherheitsmaßnahme. Damit Fremde sich nicht so einfach orientieren können. Hier wohnt nämlich viel Geld, wissen Sie. Altes Geld.«

Trotz der Wegbeschreibung verfuhren sie sich einige Male, landeten in Sackgassen, die vor eingezäunten oder ummauerten Villen endeten, gerieten in eine Einbahnstraße, mußten zurücksetzen und rollten wieder langsam durch die gewundenen, schmalen Straßen. Die Ortschaft wirkte wie ein weitläufiger, gepflegter Park, auf dessen Hügeln verstreute Villen standen. Manche Anwesen sahen wie italienische Palazzi aus, manche waren im Kolonialstil gehalten, manche erinnerten mit Zinnen und Türmchen an den wilheminischen Historismus oder amerikanische Träume eines phantastischen Mittelalters. Gelegentlich begegneten ihnen Limousinen mit verspiegelten Fenstern, ausladende Familienvans und Sportcoupés. Fußgänger oder spielende Kinder waren nirgends zu sehen, nicht einmal die sonst unvermeidlichen Jogger.

»Oops!« sagte der Fahrer plötzlich, trat auf die Bremse und setzte zurück. »Ich glaube, das war die Straße.«

Er wendete das Taxi und bog in eine Allee ein, die schmal wie eine Garageneinfahrt und auf beiden Seiten dicht mit Buschwerk und altem Baumbestand bewachsen war. Unter dem kleinen Schild mit dem Straßennamen hing an einem Holzpfosten ein enormes Warnschild mit einer stilisierten Alarmanlage und der Aufschrift

Burglar Alarm – Neighborhood Watch
Zero Tolerance

Das Sträßchen endete an einem Wendekreis, von dem Zufahrten zu drei Villen abzweigten. Es gab keine Hausnummern, aber Namensplaketten. Links *Radle Family*, in der Mitte *The Oldaker House* und rechts *The Hardings*.

Der Fahrpreis betrug 38 Dollar. Carlsen rundete auf 40 auf. Der Fahrer gab ihm eine Visitenkarte. »Falls Sie wieder abgeholt werden wollen, Sir«, sagte er grinsend. »Ich kenne jetzt ja Ihr Versteck.«

Hardings Haus war eine Villa im Tudorstil. Braunes Fachwerkgebälk gliederte den Rauhputz der Wände, das mit Schieferschindeln gedeckte Dach schwang steil von den Mansardenerkern bis über den Windfang der Vordertür, als habe sich das Haus einen Mützenschirm ins Gesicht gezogen, um unerkannt zu bleiben. Carlsen drückte den Klingelknopf. Im Hausinnern schlug ein Hund an. Carlsen erschrak, aber als die Tür geöffnet wurde, erwies sich der Hund als verspielter Golden Retriever, der ihn neugierig und freundlich schwanzwedelnd beschnüffelte.

»Ginger scheint sie zu mögen«, sagte die etwa dreißigjährige, zierliche Frau in Blue Jeans und Sweatshirt, die geöffnet hatte und Carlsen mit Handschlag begrüßte. »Kommen Sie herein. Ich bin Jennifer Warren, Professor Hardings Enkelin. Mein Großvater erwartet Sie schon.«

Sie nahm Carlsen den Mantel ab, hängte ihn auf einen Bügel im Garderobenraum und führte Carlsen durch einen breiten Flur, dessen Wände mit gerahmten Familienfotos bedeckt waren, in eine Bibliothek. Unterbrochen nur von zwei Fenstern, reichten die dicht mit Büchern bestückten Regale aus dunklem Eichenholz vom Parkettboden bis zur Zimmerdecke. Vor einem der Fenster stand ein Schreibtisch, dessen Rollklappe heruntergelassen war. In der anderen Zimmerecke standen zwei schwere, flaschengrüne Ledersessel vor einem Couchtisch, und daneben saß in einem Rollstuhl ein Mann, der wie für eine Cocktailparty der fünfziger oder sechziger Jahre gekleidet war. Über einem weißen Sportpullover trug er ein grün-weiß kariertes Sakko und eine giftgrüne Hose, Bootsschuhe mit Laschen und weiße Sportsocken. George C. Hardings noch volles, graues Haar war militärisch so kurz geschnitten wie sein Schnurrbart. Das hagere Gesicht war von scharfen Falten durchzogen, und er hatte eine schwere Hornbrille auf der Nase, deren Gläser so dick waren, daß Carlsen dahinter kaum seine Augen erkennen konnte. Den Oberkörper hielt er unnatürlich aufrecht, als werde er von einem Korsett gestützt.

»Verzeihen Sie mir, wenn ich sitzenbleibe, junger Mann«, sagte er leise, aber akzentuiert und streckte Carlsen die rechte Hand entgegen. Sein Händedruck war wie seine Stimme – matt, aber entschieden. »Nehmen Sie Platz.« Er deutete auf die Sessel.

Carlsen setzte sich und versank so tief in der weichen Polsterung, daß Harding ihn nun um einen halben Kopf überragte.

»Jenny wird uns Tee machen. Oder nehmen Sie lieber Kaffee?«

»Gerne Tee, Sir«, sagte Carlsen, »und bitte keine Umstände. Ich bin Ihnen sehr dankbar, daß Sie Zeit für mich haben.«

Harding nickte. »Zeit habe ich genug.« Er machte eine Pause, lächelte. »Aber vielleicht nicht mehr lange«, fügte er seufzend hinzu. »Nehmen Sie einen Whiskey, Mr., ähm ...«

»Carlsen, Sir. Nein, keinen Whiskey. Tee ist ...«

»Ja, richtig, Mr. Carlsen. Sie kommen also vom *Centerville College* und sind Historiker.«

»Nein, Sir, kein Historiker. Ich bin Schriftsteller und unterrichte nur als Gastdozent bei den Germa...«

»Wie geht's dem alten Josh denn so?«

»Josh, Sir?«

»Perkins. Joshua Perkins. Ist der immer noch mit seinen alten Griechen beschäftigt?«

»Ich unterrichte bei den Germanisten, Sir, und ...«

»Ach so, richtig. Josh ist ja auch älter als ich. Lebt er überhaupt noch? Er müßte doch jetzt, warten Sie mal, er müßte ungefähr ...«

»Ich weiß nicht, Sir. Ich kenne kaum jemanden von den Historikern. Ich bin in der Deutschabteilung.«

»Oh, ich verstehe. Bei Gill..., nein, bei Gallagher also.«

»Nein, Sir, ich glaube, daß Professor Gallagher in den vierziger und fünfziger Jahren Direktor der Deutschabteilung war.«

»Ganz recht, Gallagher. Stephen Gallagher. Wie geht's ihm denn?«

»Er ... ich glaube, er befindet sich im Ruhestand, Sir.«

Harding nickte und lächelte unergründlich hinter seinen enormen Brillengläsern. »Ruhestand, natürlich, natürlich.«

Jennifer betrat die Bibliothek, setzte ein Tablett mit Teekanne, Tassen und Oatmealkeksen auf dem Couchtisch ab, schenkte ein und verschwand wieder. Harding griff nach einer Tasse, hob sie an die Lippen und schlürfte lautstark. Carlsen kamen Zweifel über den Sinn seines Besuchs. Der alte Mann schien zwar nicht senil oder dement zu sein, aber falls er tatsächlich noch alle Tassen im Schrank hatte, war die Ordnung im Schrank wohl nicht mehr die beste.

»Direktor der Deutschabteilung«, sagte Carlsen, nachdem er auch einen Schluck Tee getrunken hatte, »ist jetzt Professor Shoffe.«

»Shoffe? Nie gehört«, sagte Harding.

»Er ist auch erst seit einigen Jahren am College. Sein Vorgänger war Professor Lavalle.«

»Lavalle, richtig. Pierre Lavalle. Kam der nicht aus Kanada?«

»Ja«, sagte Carlsen, »soviel ich weiß, stammt er aber ursprünglich aus der Schweiz. Haben Sie Professor Lavalle denn noch kennengelernt? Der war doch auch erst nach Ihrer Zeit am College.«

»Lavalle kannte ich ziemlich gut«, sagte Harding. »Aber nicht vom College, nein, Sie haben recht. Das war später. Ich hatte gelegentlich im Ministerium mit ihm zu tun. Er hat uns Informationen geliefert, die immer ...«

Harding sprach den Satz nicht zu Ende. Versagte seine Erinnerung? Oder erinnerte er sich an etwas, das er nicht sagen wollte? Was meinte er mit Informationen?

»Na ja, lange her«, murmelte er dann und machte eine Handbewegung, als wolle er ein lästiges Insekt verscheuchen. »Ist Pierre denn immer noch da?«

»Ja, Sir, er übernimmt gelegentlich noch Vertretungen.«

»Guter Mann«, sagte Harding. »Grüßen Sie ihn von mir.«

»Gerne, Sir«, sagte Carlsen.

»Nehmen Sie einen Whiskey, Mr. Carlsen? Mir hat der Arzt das verboten, aber Sie können gern ...«

»Danke, Sir, aber der Tee ist wirklich ...«

»Und Sie kommen also aus der Schweiz, Mr. Carlsen?«

»Nein, Sir, aus Deutschland, und ich beschäftige mich mit der Geschichte deutscher Immigranten, die politisch und militärisch in Amerika Karriere gemacht haben, im Bürgerkrieg zum Beispiel.

Carl Schurz. Sie sind ja als Militärhistoriker Spezialist, und da würde ich Sie gern fragen ...«

»Schurz? In welcher Fakultät war der denn?«

»Er war kein Fakultätsmitglied, Sir, sondern General im Sezessionskrieg und später Minister. Carl Schurz.«

»Oh, ich erinnere mich. Schurz, ja.«

Wieder machte Harding die wegwerfende Handbewegung, schien dem Namen nachzulauschen, sprach dann jedoch mit plötzlich veränderter, festerer Stimme weiter, als säße er nicht daheim im Rollstuhl, sondern hielte eine Vorlesung.

»Diesen Mann hat Präsident Lincoln zum Generalmajor gemacht, obwohl er militärisch völlig unterbelichtet war. Hat zwar an ein paar Scharmützeln teilgenommen, aber fürs Militärische interessierte er sich überhaupt nicht. War ein Zivilist in Uniform, der nur seine politische Karriere betreiben wollte. Ich fürchte, Schurz war sogar Pazifist. Als er später Innenminister geworden ist, hat sich sein wahrer Charakter gezeigt. Nach dem Krieg gegen Spanien von 1898, der Kuba, die Philippinen und Puerto Rico unter unsere Kontrolle brachte, hat Schurz vor Parteifreunden eine schändliche Rede gehalten. Unsere berechtigten Ansprüche auf diese Territorien hat er als verfassungswidrig bezeichnet. Amerika hätte seine Soldaten mutwillig einer ungerechten Sache geopfert und Unschuldige ermordet.

Sie sehen also, junger Mann, dieser Schurz war alles andere als ein Patriot. Er war viel zu diplomatisch, war ein Vorläufer der Appeasement-Politik, einer Politik, mit der die Nazis nicht zu besiegen waren und mit der auch der Kommunismus oder Diktatoren wie Saddam nie besiegt worden wären. Gegen den Totalitarismus kommt nur eigene Stärke an. Nur Rüstung garantiert Frieden und Demokratie auf der Welt. Präsident Reagan wußte das, der alte Bush wußte es auch, und sein Sohn macht es jetzt genau richtig. Carl Schurz ...«

Harding sprach den Namen verächtlich aus wie ein Schimpfwort, schlürfte Tee und schien den Faden verloren zu haben. »Wenn Sie vielleicht einen Whiskey mögen, Mr. Carlsen ...«

»Nein, danke, Sir. Ich habe aber in einer historischen Arbeit über Schurz gelesen, daß er als Militär höchst erfolgreich gewesen sein soll.«

Die Arbeit, auf die Carlsen anspielte, hatte er zwar nicht gelesen, weil sie wie alle anderen Texte Steinbergs auch aus der Collegebibliothek verschwunden war, aber damit konnte er dem Gespräch die von ihm gewünschte Richtung geben.

Harding reagierte auch prompt. »Was für eine Arbeit soll das sein?«

Carlsen zog sein Notizbuch aus der Jackentasche und blätterte darin herum, als müsse er sich vergewissern. »Die Arbeit heißt *Carl Schurz. A Biographical Sketch*. Sie ist 1942 erschienen. Der Verfasser heißt, Moment«, Carlsen blätterte, »Steinberg. Ja. Julius Steinberg.«

Carlsen ließ das Notizbuch sinken und sah Harding an. Soweit das durch dessen Brillengläser erkennbar war, hatten sich seine Augen geweitet, und er fixierte seinerseits Carlsen. Es war ein sprachloses Blickduell, das zwei oder drei Sekunden anhielt.

»Der Name sagt mir nichts«, murmelte Harding schließlich.

»Dieser Julius Steinberg war aber Professor am *Centerville College*«, sagte Carlsen. »Und zwar zu einer Zeit, als auch Sie dort unterrichtet haben.«

Harding hatte den Kopf nach hinten gelegt und starrte die Zimmerdecke an, als suche er dort nach etwas, sah dann wieder Carlsen an und murmelte matt: »Ja, gut, Steinberg. Ich erinnere mich aber kaum noch an ihn. Lange her. Zu lange her. Kam der nicht auch aus Deutschland?«

»Ganz recht, Sir.« Carlsen blätterte erneut in seinem Notizbuch und tat so, als sei er über Steinberg nicht ganz im Bilde. »Er hat auch zu anderen Themen publiziert, zum Beispiel über Giordano Bruno. Es gibt da unter anderem einen Aufsatz mit dem Titel *Giordano Bruno's Conception of a Memory Machine*.«

»Haben Sie das etwa auch gelesen?« fragte Harding fast barsch.

»Nein, Sir, das liegt völlig außerhalb meines Interessengebiets. *Memory Machine* klingt aber irgendwie sehr modern. Nach Computern und so weiter. Wissen Sie, worum es da ging?«

Harding griff wieder zur Teetasse, und diesmal zitterte ihm die Hand. Er setzte die Tasse klirrend auf den Couchtisch zurück, ohne getrunken zu haben.

»Wie kommen Sie eigentlich darauf, Mr. Carlsen?«

»Worauf, Sir?«

»Worauf? Auf Steinberg natürlich.«

»Nun ja, das hängt mit meinen Recherchen zu Schurz zusammen.«

»Nein, ich meine, woher wissen Sie, daß er am *Centerville College* unterrichtet hat? Und von dieser *Memory Machine?*«

»Oh, ach so, das hat mir Mrs. Backmiller erzählt.«

»Wer soll das sein?«

»Alice Backmiller. Sie war früher Sekretärin in der Deutschabteilung.«

»Backmiller? Sagt mir nichts. Hat sie Ihnen auch erzählt, daß Schurz ein Radikaler war?«

»Aber Schurz war doch ...«

»Ich meine Steinberg. Er war Kommunist und Anarchist. Deswegen ist er auch aus Deutschland geflohen.«

»Das glaube ich nicht, Sir. Soviel ich weiß ...« Fast hätte Carlsen sich verplaudert, unterbrach sich, hustete und sagte hastig: »Ich meine, ich wollte sagen, davon weiß ich natürlich überhaupt nichts.«

Harding nickte. »Woher auch? Wir haben es anfangs ja auch nicht gewußt. Aber es ist alles ans Licht gekommen. Wir haben sie erwischt. Sie wollten unser Land zerstören, unsere Freiheit, unsere Demokratie.«

Harding, der bis jetzt fast senkrecht gesessen hatte, umklammerte bei diesen Worten die Armlehnen seines Rollstuhls, sackte aber dennoch in sich zusammen. Auch seine Stimme wurde leiser, unsicherer.

»Aber wir haben damals nicht alle erwischt«, fuhr er fort. »Sie sind wie Ratten. Erschlägt man eine, kommen Hunderte, Tausende aus dem Untergrund. Sie wühlen immer noch. Sie führen Krieg gegen Amerika. Sie sind überall. Früher haben sie sich mit dem Judentum verschworen, heute sind sie mit dem Islam verbündet. Sie schleichen sich ein, unterwandern unsere Gesellschaft, unsere Werte, unsere Religion. Aber wir werden sie mit Gottes Hilfe aus ihren Löchern scheuchen. Wir sind mit Hitler fertiggeworden. Obwohl Hitler ein Genie war. Auf seine Weise. Militärisch jedenfalls. In

Stalingrad hat er sich verzockt. Aber nehmen Sie beispielsweise den Sichelschnitt und Dünkirchen. Genial. Hatte die Briten im Sack. Und was macht er? Läßt sie alle laufen. Warum? Rätselhaft, rätselhaft. Ich schlafe schlecht in letzter Zeit. Das ist sehr unangenehm. Aber ich bete viel.«

Harding sackte noch tiefer in sich zusammen. Die Schrauben lockern sich, dachte Carlsen. Der Mann ist verrückt.

»Wir haben den Kommunismus besiegt«, flüsterte Harding heiser, »den Kommunismus, der die Welt beherrschen wollte. Leute wie Steinberg. Sie haben Pläne, wie die Welt zu beherrschen ist. Diese Gedächtnismaschine. Woher wissen Sie davon? Kennen Sie die Pläne? Was hat Steinberg Ihnen gesagt? Die Welt beherrschen, das Weltall. Sputnik und so weiter. Wir werden auch damit fertig. Wir entwickeln bessere Maschinen. *Star Wars.* Wir werden mit allen fertig. Aber wir müssen wachsam sein. Ich schlafe schlecht. Ich liege nachts wach, denke nach und bete. Wir sind mitten im Krieg. Wir müssen die Welt kontrollieren, damit das Böse nicht die Welt beherrschen kann. Passen Sie auf sich auf, junger Mann. Sehen Sie sich vor, wenn Steinberg Ihnen seine Lügen auftischt. Das Böse lauert überall. Das College ist ...«

Hardings Gesicht war während seiner wirren Suada rot angelaufen, und ein dünner Speichelfaden hing aus seinem linken Mundwinkel. Er versuchte, sich mit den Händen wieder in eine senkrechte Sitzposition zu drücken, rutschte dabei aber noch tiefer.

»Ist Ihnen nicht gut, Sir?« fragte Carlsen.

»Meine Medizin«, krächzte Harding. »Wo sind meine Pillen?« Er beugte sich vor und tastete wie ein Blinder über den Couchtisch. »Meine ... wo ist ... Jenny?«

Carlsen stand auf, verließ die Bibliothek, ging durch den Flur zum Eingang. Von der Diele aus gelangte man in eine große, offene Küche. Jennifer Warren saß dort mit einem Mann an einem Tresen. Die Hände des Manns lagen auf ihren Knien. Sie unterhielten sich leise und tranken Kaffee.

»Miss Warren«, sagte Carlsen, »entschuldigen Sie, daß ich hier so hereinplatze, aber ich glaube, Mr. Harding geht es nicht gut. Er fragt nach seiner Medizin.«

»Oh, mein Gott!« rief Miss Warren, sprang auf und verschwand im Flur.

Auch der Mann hatte sich erhoben. Er mochte Anfang Dreißig sein, hatte einen gepflegten Dreitagebart und trug einen perfekt sitzenden, dunklen Anzug, darunter ein weiß-blau gestreiftes Hemd, dessen oberer Knopf geöffnet war. Der Krawattenknoten war gelockert und nach unten geschoben. Ein Geschäftsmann, der seinen Feierabend beginnt, dachte Carlsen.

»Ich bin Jeffrey Lansing«, sagte der Mann und streckte Carlsen die rechte Hand entgegen. »Ich bin Jennys Verlobter.«

Carlsen nannte seinen Namen und schüttelte ihm die Hand.

»Nett, Sie kennenzulernen«, sagte Lansing.

»Ich bin vom *Centerville College* und habe mich mit Mr. Harding getroffen, weil ich ein paar Informationen brauchte«, sagte Carlsen. Es klang wie eine Entschuldigung.

»Ich weiß«, nickte Lansing, »hat Jenny mir schon erzählt.«

»Und plötzlich ist Mr. Harding etwas, nun ja, etwas seltsam geworden, ist rot angelaufen und so weiter.«

»Ja«, sagte Lansing, »der Alte hat manchmal solche Anfälle.«

Dann standen sie einige Sekunden in der Küche herum und wußten offenbar beide nicht recht, was sie sagen sollten.

»Schönes Haus«, meinte Carlsen schließlich, um überhaupt etwas zu sagen.

»Na ja«, Lansing lächelte gequält, »wie man's nimmt. Mein Geschmack ist es nicht gerade, aber ...«

Er unterbrach sich, als Jennifer Warren wieder in der Küche erschien. »Es ist alles okay«, sagte sie, »er hat sich wohl nur etwas zu sehr aufgeregt.«

»Das tut mir furchtbar leid«, sagte Carlsen, weil er die Bemerkung als Vorwurf auffaßte. »Ich wußte nicht ...«

»Oh, machen Sie sich keine Sorgen«, sagte Jennifer, »das war nicht Ihre Schuld. Großvater bekommt leider manches durcheinander und regt sich über alles und jeden auf.«

»Das kann man wohl sagen«, sagte Lansing.

»Aber Sie können jetzt nicht mehr mit ihm reden«, sagte Jennifer. »Er braucht Ruhe.«

»Selbstverständlich. Ich habe eigentlich auch alles von ihm erfahren, was ich wissen wollte. Ich mache mich dann mal wieder auf den Weg. Kann ich Ihr Telefon benutzen, um mir ein Taxi zu rufen?«

»Wo wollen Sie denn hin?« fragte Lansing.

»Nach Manhattan. Ich habe da ein Hotelzimmer gebucht.«

Lansing sah auf die Uhr. »Ich fahre jetzt auch nach New York«, sagte er. »Ich kann Sie mitnehmen.«

»Ja, ich weiß nicht«, sagte Carlsen, »aber das wäre natürlich wahnsinnig nett von Ihnen. Wenn's keine Umstände macht.«

Lansings Auto war ein uralter Ford Escort Kombi. Die vordere Stoßstange hing schief, an den zerbeulten Kotflügeln und Türkanten zeigte sich Rostfraß im Dunkelrot des Lacks, die Beifahrertür klemmte und ließ sich nur von innen aufstoßen. Der Fußboden war mit leeren Wasserflaschen, zerknüllten Zigarettenpackungen, Kaugummi- und Bonbonpapier übersät. Auf den Rücksitzen türmten sich Papierstapel, die mit Gummibändern zusammengehalten wurden, offenbar Computerausdrucke. Dazwischen lagen Disketten, CDs, Kabel, zwei Golfschläger, ein Apple-Notebook und Plastiktüten, aus denen zerknüllte Wäsche quoll. Der Aschenbecher am Armaturenbrett war aufgezogen. Carlsen erkannte die Kippen dünner Joints. Der chaotische Wagen stand im schreienden Gegensatz zu Lansings eleganter, korrekter Kleidung. Als er den Motor anließ, begann der CD-Player mit einer Lautstärke zu spielen, daß die marode Karosserie bebte: *I suffer the dreams of a world gone mad, I like it like that and I know it, I know it well, ugly and sweet, that temper madness with an even extreme. That's what keeps me, that's what keeps me, that's what keeps me down …*

Lansing drehte den Regler herunter.

»Gutes Stück«, sagte Carlsen.

Lansing nickte grinsend und hielt Carlsen eine geöffnete Packung Kaugummi hin. Er bediente sich.

»Das Radio ist so ziemlich das einzige, was an dieser Scheißkarre noch funktioniert«, sagte Lansing. »Aber nächsten Monat kauf ich mir 'nen neuen Wagen. Wenn ich den Job kriege. Ich fahre nämlich nach New York, weil ich da ein Vorstellungsgespräch in 'ner Firma habe. Deshalb hab ich mich auch so in Schale geworfen.« Er tippte gegen den Krawattenknoten. »Die Firma produziert BCIs. Ich könnte dort Programme und Software entwickeln, mit denen ...«

»Entschuldigung«, sagte Carlsen, »was sind denn BCIs?«

»Oh, ach so, ja, das sind *Brain Computer Interfaces*. So nennen sich die Geräte, mit deren Hilfe die Steuerung von Computern oder auch Robotern durch gedankliche Befehle möglich ist. Seit drei Jahrzehnten wird daran geforscht. War vermutlich usrprünglich ein militärisches Projekt. Jetzt wird die Technologie aber langsam reif für kommerzielle Anwendungen, besonders im medizinischen Bereich, bei Gelähmten beispielsweise. Das Problem sind die Hirnsensoren, die implantiert werden müssen, wegen der Infektionsgefahr. Ideal wären Sensoren, die biochemisch aufgebaut sind. Oder besser noch magisch.« Er lachte.

»Magisch?« fragte Carlsen nach. »Wie meinen Sie das?«

»Es soll angeblich Menschen geben«, erklärte Lansing, »die Radiosendungen empfangen können. Aber ohne Gerät, sondern mit irgendwelchen Körperfunktionen oder Sensorien. In dieser Richtung müßte man weiterarbeiten. Mann, das wär's doch! Wir sind mitten in einer Revolution der Transplantationen, die den menschlichen Körper erobert. Das ist fast so, als würde die Mikrophysik etwas erreichen, was die Chemie der Nahrungsmittel und der Drogen mit uns tut.«

»Verstehe«, sagte Carlsen und deutete grinsend auf die Jointkippen im Aschenbecher.

»Ideentreibstoff«, sagte Lansing, lachte und schob den Aschenbecher zu. »Ideen sind alles. Man sollte sich überhaupt nicht so sehr für die Hardware des Gehirns interessieren, sondern für seine Software, also seine Funktionsweise. Das Kurzzeitgedächtnis kann man beispielsweise mit dem flüchtigen Arbeitsspeicher eines Computers vergleichen. Dem Langzeitgedächtnis entspricht die Festplatte, auf der Daten dauerhaft abgelegt werden. Nehmen Sie beispielsweise den alten Mr. Harding. Dessen Arbeitsspeicher faßt kaum noch etwas, aber seine Festplatte ist noch intakt. Was ihn vor fünfzig Jahren umgetrieben hat, weiß er noch genau, aber wo er seine Tabletten hinlegt, vergißt er schon nach fünf Minuten.«

»Das ist bei alten Leuten eben so«, sagte Carlsen. »Erzählt Mr. Harding denn viel von früher?«

»Allerdings. Aber nur harmlose Sachen. Baseballergebnisse aus den sechziger Jahren zum Beispiel. Über seinen ehemaligen Job erzählt er fast nie was. Oder wenn doch, wird man nicht recht schlau daraus. Manchmal hat man das Gefühl, daß er nicht darüber reden darf. Er hat im Ministerium viel mit dem FBI und auch mit der CIA zu tun gehabt. Vielleicht ist er deswegen so paranoid. Fühlt sich ständig beobachtet und will deshalb selbst alles überwachen. Na ja, was soll's? Geht mich sowieso nichts an, was der alte Drahtbesen auf seiner Festplatte speichert.«

Mich aber, dachte Carlsen, während Lansing weiterredete.

»Es gibt beispielsweise Versuche«, schwärmte er, »die Speicherkapazität des Gehirns in Gigabyte anzugeben. Man schätzt es auf zirka 1,5 Millionen Gigabyte. Mindestens. Wahnsinn, Mann! Diese Leistungsfähigkeit erreicht es durch die hohe Vernetzung der 100 Milliarden Hirnzellen, von denen jede durch zirka 10.000 Fortsätze mit anderen Hirnzellen verschaltet ist. Mit höherer Integration und Packungsdichte steigt ja auch die Leistungsfähigkeit von elektronischen Speicherchips. Vielleicht wird man eines Tages Funktionen, die heute noch an technische Träger gebunden sind, durch neurochemische und neuroelektrische Verfahren so vollständig sublimieren, daß man Botschaften ohne Medium übermitteln kann. Die Schnittstellen zwischen Mensch und Computer wären dann immateriell. O Mann, das wär's wirklich!«

»Wär was?« fragte Carlsen.

»Na ja, der pure Gedanke. Geistiger Stoffwechsel. Spirituelle Energie.«

Nachdem sie durch den Lincoln-Tunnel Manhattan erreicht hatten, setzte Lansing Carlsen am Madison Square Garden ab. Das Hotel, das er gebucht hatte, lag nur ein paar Blocks entfernt. Carlsen verabschiedete sich, bedankte sich für die Fahrt und wünschte Lansing viel Glück bei seinem Vorstellungsgespräch. Wenn er die gleiche ansteckende Begeisterung über seine Ideen wie eben im Auto auch bei der BCI-Firma versprühen würde, dann hätte er dort gewiß gute Karten. Er sah dem Wagen nach, bis er vom dichten Verkehr der 8th Avenue verschluckt wurde. Von dem, was Lansing ihm erzählt und vorgeschwärmt hatte, hatte Carlsen nur einen Teil verstanden, doch erinnerte es ihn vage an etwas. Aber woran? Als er auf dem Weg zum Hotel die Straße überquerte, deren östliche Seite noch in der Abendsonne lag, und in den windigen Häuserschatten der Westseite zu frösteln begann, wußte er es plötzlich. *De umbris idearum*. Ideentreibstoff, hatte Lansing gesagt. Ideen sind alles. Der pure Gedanke. Die Schatten der Ideen.

Am nächsten Morgen setzte Carlsen mit einer der Hafenfähren von Manhattan nach Jersey City über den Hudson. Es war ein altes Boot mit rostfleckigem Rumpf und abplatzender Farbe an den Aufbauten, und er fragte einen Mann der dreiköpfigen Besatzung, wann es gebaut worden war.

»Weiß ich nicht genau«, sagte der Mann, »vor fünfzig Jahren vielleicht, vielleicht vor sechzig.« Er grinste. »Aber machen Sie sich keine Sorgen, Mister. Der Kahn ist immer noch zuverlässig. Jedenfalls zuverlässiger als die neuen Luftkissenboote. Nur etwas langsamer.«

Carlsen nickte zufrieden. Vor sechzig Jahren. Damals hatten vielleicht Julius Steinberg und Maggie Slattery auf dieser Fähre gestanden, als sie nach ihrem Ausflug nach Coney Island zu den Docks und Lagern, Kränen und Kneipen Jersey Citys zurückkehrten. Das war ein brütend heißer Augusttag gewesen, und heute war ein kühler, regnerischer Herbsttag mit steifer Brise aus Nordwest. Die Passagiere hockten auf Holzbänken in der engen, stickigen Deckskabine, schlürften dünnen Kaffee aus Plastikbechern, blätterten in Zeitungen oder dösten vor sich hin.

Auch der Anleger mit den Stahlgittern der Gangway und hölzernen Pollern, auf denen knopfäugige Möwen hockten, kam Carlsen noch wie ein Relikt aus Steinbergs Tagen vor. Er ging zwei oder drei Blocks südwärts über die Kaistraße, bog in die York Street, ging dort suchend auf und ab, konnte aber keine *Waterfront Bar* finden. An der Stelle, an der das Gebäude nach Steinbergs Beschreibung hätte stehen müssen, erhob sich ein fünfstöckiges Bürohaus, in dessen Fensterscheiben sich der niedrige, graue Himmel spiegelte. Durch eine breite Zufahrt konnte man in einen Hof blicken, auf dem mehrere Lkw und Container standen, die unter einem stilisierten Flugzeugflügel den Schriftzug *SLAT* trugen. *SLAT* für Slattery? Carlsen ging zum Eingang des Gebäudes. Ein Messingschild über der Drehtür erklärte das Kürzel.

SLAT
Slattery's Logistics & Transports Ltd.

Eine Spedition also. Und der Name, nach dem er gesucht hatte. Am Empfangstresen im Erdgeschoß saß eine junge Frau vor zwei Monitoren.

»Guten Morgen. Kann ich Ihnen helfen, Sir?«

»Guten Morgen. Ich würde gern mit Mr. Slattery sprechen. Ich bin zwar nicht angemeldet, aber ...«

»Mit *wem* wollen Sie sprechen?« Sie sah ihn verständnislos an.

»Mit Mr. Slattery. Ich nehme doch an, daß der Chef dieser Firma Mr. Slattery heißt.«

»O nein, Sir. Unser Chef heißt Mr. Lyle. Einer unserer Chefs, genauer gesagt.«

»Aber die Firma heißt doch *Slattery's Transports*.«

»Natürlich, Sir, aber einen Mr. Slattery gibt es hier nicht. Ich meine, wenn Sie zu Ford gehen und da nach Henry Ford fragen ...« Die Empfangsdame lächelte. »Tut mir leid, Sir.«

Carlsen ging zurück auf die Straße. Wenn Sie zu Ford gehen. Nun ja.

Auf der gegenüberliegenden Seite sah er in einiger Entfernung die rote Leuchtschrift eines Diners. Einige späte Frühstücksgäste und ein paar frühe Biertrinker saßen an den Resopaltischen. Carlsen nahm auf einem Hocker am Tresen Platz und bestellte Kaffee. Die schwarze Kellnerin war so dick, als ginge sie mit Drillingen schwanger, aber um schwanger zu sein, war sie viel zu alt.

»Wollen Sie auch was essen, Sir?«

»Nein, danke.«

»Wir haben frischen *Manhattan Clam Chowder*. Hausgemacht. Sollten Sie mal probieren.«

Sie lachte. Carlsen fragte sich, warum sie lachte, aber ihre grundlose Heiterkeit wirkte so selbstverständlich und herzlich, daß er eine Portion *Chowder* bestellte. Vielleicht war das ihr Verkaufstrick.

»Schmeckt wirklich sehr gut«, sagte er.

»Hab ich Ihnen ja gleich gesagt«, nickte die Kellnerin zufrieden und lachte wieder.

»Kommen Sie hier aus der Gegend, Ma'am?« erkundigte sich Carlsen.

»O ja, klar. Ich bin von hier, und ich bleibe hier, egal was passiert.«

»Da drüben«, sagte er und deutete in Richtung des Bürogebäudes, »diese Firma SLAT. Hat die mal einer Familie Slattery gehört? Der Name steht ja noch auf dem Logo.«

»Ja, klar. Aber das ist schon lange her. Früher gab's da mal 'ne Bar. Die Slatterys waren sehr nette Leute, wirklich sehr nett. Nachdem es die Bar nicht mehr gab, hat Billy immer hier zu Mittag gegessen.«

»Billy?«

»Mr. Slattery. William Slattery. Der hat SLAT gegründet. Damals, Mitte der fünfziger Jahre. Das war ja eine sehr gute Zeit. Die Firma hat geboomt. Billy hat sie etwa zehn Jahre geführt und dann verkauft. Er soll sehr viel Geld dafür bekommen haben. Und den Namen haben die neuen Eigentümer übernommen, weil er so gut eingeführt war. Und SLAT klingt auch gut.« Wieder lachte sie. »Mehr Kaffee, Sir?«

Carlsen nickte, und sie schenkte nach.

»Wissen Sie, was aus Billy, also aus Mr. Slattery geworden ist? Was er anschließend gemacht hat?«

»Er soll angeblich nach Italien gezogen sein«, sagte sie.

»Nach Italien?«

»Oder nein, nicht Italien«, lachte sie, »sondern nach Spanien. Jedenfalls nach Europa. Ja, Spanien. Er war nämlich mit einer Spanierin verheiratet, wissen Sie? Als junger Mann hat er in diesem spanischen Krieg gekämpft, und da hat er ein Mädchen kennengelernt. Warten Sie mal, wie hieß die noch gleich? Pilar, glaub ich. Und diese Pilar hat er erst hierhergeholt, und nachdem er die Firma verkauft hat, sind sie mit ihren Kindern nach Spanien gezogen.«

So waren die Spuren der Slatterys verweht, und Harding hatte die Spuren hinter sich verwischt. Daß er sie, mit Lansings Metaphorik ausgedrückt, noch einmal von seiner Festplatte in den Arbeitsspeicher laden würde, um sie über den Monitor von Carlsens Neugier flimmern zu lassen, war ausgeschlossen. Harding verbarg etwas; soviel war klar. Aber es konnte sein, daß er nicht einmal mehr genau wußte, was er verbarg. Carlsen beschloß, die Sache endgültig auf sich beruhen zu lassen. Schließlich wurde er nicht als Fährtenleser der Vergangenheit honoriert, sondern als Gastdozent.

28

SCHÖNHEIT UND TREUE

Aarons untoter Dragoner erwies sich natürlich als Hit, aber auch all die anderen Monster, Mumien, Mutationen, die der Kreativität der Schreibkursteilnehmer entsprangen, hatten sich während des *Fall Recess* prächtig weiterentwickelt. Sogar die unspektakuläre Liebesgeschichte, die anfangs auf wenig Gegenliebe gestoßen war, erregte nun höchste Aufmerksamkeit, da ihre Autorin sie inzwischen aus dem Stadium des Geplänkels in eine noch recht zarte Ansaugphase überführt hatte und unaufhaltsam auf jene heiße Zone zusteuerte, in der den Worten der Liebe die Taten der Leidenschaft folgen sollten.

Dabei ergab sich das Problem, wie »das« oder »es« oder »die Sache selbst« zwischen Skylla der Pornographie und Charybdis des Kitsches in Worte zu fassen wäre. Gedankenstriche wie in Schnitzlers *Reigen* wichen dem Problem ja nur aus, und wissenschaftliche Begriffe boten erst recht keine Lösung. Hier von *Koitus* zu reden, wäre, als ob ein Lyriker statt vom Sterben vom *Exitus* spräche oder die Bibel nicht vom Abendmahl, sondern von Kalorienzufuhr. Zwischen Zote und Medizin kreuzte man hilflos im Leeren, und selbst diese Spracharsenale setzten das Tabu voraus: die Zote durch Anspielung, der wissenschaftliche Terminus durch lateinische Entfremdung. Der Arzt konnte »es« sagen und der Pornograph auch. Mußte man ihnen das Monopol überlassen?

»Keineswegs«, sagte Carlsen, »vielmehr berühren wir hier einen Kern dessen, was ein literarischer Text ist oder sein sollte. Denken Sie bis zur nächsten Sitzung darüber nach.«

Trotz der munteren Diskussion war er froh, daß die Stunde vorbei war, weil auch er nicht wußte, wie das Problem zu lösen wäre. Er wußte nur: auf Umwegen. Warum zum Beispiel ließ sich das Spezifische eines Orgasmus nie klar erinnern? Vielleicht deshalb, weil diese unerinnerbaren Momente durch etwas ausgelöst wurden, das selber unerinnerbar war? Denn das Begehren war das, was es war, um gestillt zu werden, nicht um zu bleiben. War es gestillt, war es ausgelöscht. Erinnern aber hieß Aufbewahren. Es galt, die Umwege zu beschreiben. Ohne Verzögerungen und Umwege gab es kein Begehren. Und ohne solche Spannungen gab es keine Liebesgeschichten. »Mach keine Geschichten«, sagte die Umgangssprache und meinte mit Geschichten die Umwege.

Bedauerlich allerdings, daß Lauren nicht im Schreibkurs saß. Bei diesem Thema hätte er als intellektuelles Spiel vielleicht mit ihr die Beziehung aufnehmen können, die in der Realität aussichtslos war. Im Geiste aber hätte er für sie und mit ihr die Worte Fleisch werden lassen können. Vielleicht würde sie ihn für solche Spielchen erst recht verachten? Oder, schlimmer, gar nicht merken, daß er ein Spiel aufzog? Und trotz der Aussichtslosigkeit seiner Obsession, die bestenfalls die Aussicht bot, nur ein weiteres Mal die kalte Schulter gezeigt zu bekommen, konnte er es kaum erwarten, Lauren bald im Übersetzerkurs wieder vor sich sitzen zu sehen.

Als es in der nächsten Woche soweit war, hatte er seine Spekulationen über Lust und Literatur bereits wieder verworfen. Das war vermintes Gelände, ein Tanz auf zu dünnem Eis.

Die Kursteilnehmer hatten sich vollständig eingefunden und lächelten ihm erwartungsfroh entgegen. Das war nicht weiter bemerkenswert, weil sie es eigentlich immer taten – mit Ausnahme Laurens, die skeptisch oder blasiert zu blicken pflegte, und wenn sie ausnahmsweise doch einmal lächelte, sah es spöttisch aus. Bemerkenswert war jedoch, daß die Ausnahme keine mehr war, lächelte diesmal doch selbst Lauren offen und irgendwie fast schon zugeneigt. Vermutlich hatte sie den *Fall Recess* in Herrenbegleitung verbracht und erfreuliche Erfahrungen gemacht. Carlsen war eifersüchtig auf seine eigene Phantasie, suchte ihren Blick, und sie hielt ihm nicht nur stand, sondern schien ihn zu erwidern. Was das nun wieder sollte? Wenn ihn zuvor ihre arrogante Reserviertheit nervös gemacht hatte, verunsicherte ihn jetzt das Gegenteil noch mehr.

Um die Seminardiskussion wieder in Gang zu bringen, hatte Carlsen sich Äußerungen Vladimir Nabokovs notiert, der erklärt hatte, die Lektüre sogenannter »freier« oder gar »poetischer« Übersetzungen mache ihn krank, und er hatte für sein Leiden ein hübsches Bild geliefert. Man sage, daß ein kleiner malaiischer Vogel nur dann singe, wenn er beim jährlichen Blumenfest von einem besonders dafür ausgebildeten Kind auf unsägliche Weise gequält werde. »Ein gefolterter Autor und ein betrogener Leser«, so Nabokov, »das ist das unvermeidliche Ergebnis dilettantischer Paraphrasierung. Die einzige Aufgabe und Rechtfertigung von Übersetzungen ist es, die möglichst genaue Information zu übertragen, was nur durch eine wörtliche Übersetzung mit Anmerkungen zu erreichen ist.«

Es wurde gelacht, und nachdem sich die Heiterkeit gelegt hatte, begann eine lebhafte Debatte darüber, wie schön, frei oder poetisch eine Übersetzung sein dürfe, ohne an Genauigkeit und Treue gegenüber dem Original zu verlieren. Auch Lauren beteiligte sich, munter wie nie, und wenn sie etwas sagte, sah sie Carlsen in die Augen, und wenn er etwas sagte, hing sie an seinen Lippen.

Er dachte an das bekannte Bonmot, das Übersetzungen mit Frauen verglich: Die Treuen sind selten schön, und die Schönen sind selten treu. Das war zwar nicht sonderlich erhellend, und überstrapaziert war es auch, und im falschen Hals konnte es gar den Sexismus-Würgereflex auslösen, aber irritiert und befeuert zugleich von Laurens Interesse lockte es Carlsen aufs dünne Eis. Wie mit den Frauen sei das, sagte er also beiläufig, als falle es ihm ganz spontan ein, sah in die Runde, erblickte Fragezeichen auf den Gesichtern und sprach es aus. Schöne Übersetzungen seien selten treu, die treuen nur selten schön.

Nach kurzer Pointendenkpause wurde gelacht und eingewandt, das gelte aber erst recht für die Männer. Und Lauren lächelte versonnen.

Die Arbeit eines guten Übersetzers, schmiedete Carlsen das heiße Eisen weiter, bestehe dementsprechend darin, seine sprachliche Liaison mit dem Originaltext so zu gestalten, daß die Schönheit treu bleibe und die Treue schön werde. Genauigkeit und Treue schlössen ja Kreativität nicht aus – im Gegenteil. Diese Kombination sei jedoch heikel und schwierig, weil der Gegenstand, dem des Übersetzers ganze Zuwendung gelte, um den er werben müsse, damit er sich öffne und in seiner, also der anderen Sprache aufgehe, sich nie vollständig aus der Erfahrung lösen lasse, in der das Original seine, nun ja, gewissermaßen seine Unschuld verloren und aus dem Schweigen zu Sprache und Text geworden sei. Beim Übersetzen mache man die Erfahrung, daß sich früher oder später, intensiver oder flüchtiger, das Gefühl einstelle, das Original verwandele sich in den eigenen Text. Das liege daran, daß man den fremden Text zu lieben beginne.

Carlsen räusperte sich und fing Laurens Blick auf, der immer noch frei von Distanz oder Befremdung war. Spielte sie sein Spiel schon mit?

»Ja doch, zu lieben«, wiederholte er entschlossen. »Verzeihen Sie die Metapher. Und deshalb kann es sogar vorkommen, daß man als Übersetzer auf den Autor des Originals eifersüchtig wird. Denn nach dem Autor ist ja der Übersetzer der beste Kenner des Originals, in mancher Hinsicht sogar ein besserer Kenner. So ergeht es wohl auch manchem Liebhaber, der seine Geliebte besser zu kennen glaubt, als sein Vorgänger sie gekannt hat, und den doch immer der Gedanke quält, daß die erste Erfahrung ohne ihn stattgefunden hat.«

Am Schluß der Stunde ging Lauren dicht an Carlsen vorbei, der noch an seinem Tisch saß und Papiere ordnete. »Das haben Sie wunderbar gesagt, Professor Carlsen«, flüsterte sie, und nur das Wort Professor hatte einen ironischen Beiklang.

Fassungslos starte er ihr hinterher, aber sie drehte sich nicht noch einmal um.

Abends am Schreibtisch, als er einige Entwürfe zu Geschichten aus dem Schreibkurs las und mit Verbesserungsvorschlägen glossierte, geisterte Lauren immer noch durch seine Gedanken. Ihr Flüstern war wie ein Versprechen gewesen, der ironisch gehauchte »Professor« ein Kuß im Geiste. Er stand auf und suchte auf der Telefonliste der Studenten nach ihrem Namen, nach ihrer Nummer. AH 351. AH stand für *Adirondack House*, eins der kleineren Dorms und Verfügungsgebäude am Rand des Campus. Er griff zum Telefonhörer, legte aber wieder auf, ohne gewählt zu haben. Was sollte er denn auch sagen? Haben Sie Lust, mich auf einen Drink bei *Angelo's* zu treffen? Das war doch plump. Witzlos und plump.

Er trat auf die Veranda hinaus, setzte sich auf den Schaukelstuhl, zündete sich eine Zigarette an und starrte in die Nacht. Auf der Route 9 stachen Autoscheinwerfer langfingrig durch die Dunkelheit. Der größere Lichtcluster war die Stadt, der kleinere, der sich langgestreckt hügelaufwärts schlängelte, war das College. Das *Adirondack House* mußte einer der letzten Lichtpunkte sein. Ob Lauren jetzt wohl an ihrem Fenster stand, in die Nacht hinausstarrte, in Richtung des Gästehauses, und darüber nachdachte, ob sie ihn unter irgendeinem Vorwand anrufen sollte? Oder sich fragte, warum er nicht anrief, nachdem sie ihm im Seminar so deutliche Signale gegeben hatte, die zu erwidern nun seine Sache wäre? Leichter Schneeregen setzte ein. Er fröstelte. Drinnen klingelte das Telefon. Das grenzte ja schon an Telepathie!

Er hastete ins Arbeitszimmer und nahm mit zitternder Hand den Hörer ab. »Hallo?«

»Lavalle hier, Pierre Lavalle.« Die leise, geschmeidige, aber akzentuierte Stimme. »Hallo, Maurice. Ich hoffe, ich störe nicht.«

»Oh, und ich dachte …« Es war ein Gefühl, als sei er während eines unbeschreiblich schönen Traums aus dem warmen Bett gefallen und auf eiskaltem Stein aufgeschlagen. »Nein, also ich meine, Sie stören gar nicht, Pierre. Was gibt's denn?«

»Ich weiß nicht recht, wie ich anfangen soll«, sagte Lavalle, aber es klang so, als wisse er das sehr genau. »Am besten wird sein, wenn ich gleich mit der Tür ins Haus falle.«

Carlsen erschrak und setzte sich auf den Schreibtischstuhl. »Gibt es schlechte Nachrichten?«

»Schlechte Nachrichten trifft es nicht so recht, würde ich sagen«, sagte Lavalle. »Es geht vielmehr um folgendes: Ich habe erfahren, daß Sie sich für einen gewissen Julius Steinberg interessieren.«

Carlsen war entgeistert. »Daß ich … was? Für wen?« Woher wußte Lavalle das?

»Daß Sie Erkundigungen anstellen über Julius Steinberg, der früher hier am College mal Geschichtsprofessor war. Das entspricht doch wohl den Tatsachen, nicht wahr?«

Die leise Stimme klang scharf. Woher zum Teufel konnte Lavalle das wissen? Und von wem?

»Erkundigungen anstellen? Also nein, Pierre, das ist nicht ... ich meine, so würde ich das wirklich nicht nennen.«

»Nennen Sie es, wie Sie wollen. Ich habe jedenfalls vor einigen Tagen einen Anruf aus Short Hills bekommen, von Professor Harding. Er hat sich heftig beklagt, daß Sie ihn unter irgendeinem Vorwand besucht und dann mit unangenehmen Fragen zu Steinberg belästigt haben.«

Daher wehte der Wind. Harding hatte zu Carlsen gesagt, Lavalle kenne er gut; zwar nicht vom College, sondern aus seiner Zeit im Ministerium. Lavalle habe Informationen geliefert, was immer das heißen mochte. Carlsen stellte sich Lavalles molluskenhaftes Gesicht vor. Ob das auch jetzt so weich und rund war? Oder mißtrauisch verzerrt?

»Maurice? Sind Sie noch dran?«

»Oh, ja, natürlich. Von Belästigung kann aber doch gar keine Rede sein, Pierre. Professor Harding hat sich gefreut, endlich mal wieder Besuch vom College zu bekommen. Er hat sich dann leider etwas aufgeregt, aber seine Enkelin sagt, das habe nichts mit meinem ...«

»Und bevor Sie zu Harding gegangen sind«, schnitt Lavalle ihm das Wort ab, »haben Sie sich mit unserer ehemaligen Sekretärin Alice Backmiller getroffen. Und der haben Sie die gleichen oder ähnliche Fragen nach Steinberg gestellt. Stimmt das etwa nicht?«

Von seinem Besuch bei Mrs. Backmiller hatte er Harding tatsächlich erzählt, und der mußte es wohl an Lavalle weitergegeben haben. Ganz so schlecht konnte es also um Hardings Kurzzeitgedächtnis nicht bestellt sein, wenn er so eine beiläufige Bemerkung noch in den Arbeitsspeicher laden konnte.

»Das stimmt schon«, sagte Carlsen, »aber das hatte überhaupt nichts mit diesem Steinfeld oder Steinberg zu tun, sondern mit einem Projekt im Kurs Kreatives Schreiben. Es geht da um die Geschichte ...«

»Was hat Ihnen die alte Plaudertasche Alice denn über Steinberg erzählt?« insistierte Lavalle.

»Tja, also eigentlich nichts Konkretes. Ich weiß es gar nicht mehr so genau. Daß er aus Deutschland stammte und als Historiker am College war. Und daß er irgendwann bei einem Unfall ums Leben gekommen sei.«

»Das ist völlig richtig«, sagte Lavalle. »Bei einem Unfall. Ja. Aber warum wollten Sie das wissen?«

»Ich wollte es gar nicht wissen. Das hat Mrs. Backmiller einfach so erzählt, weil ich aus Deutschland komme und dieser Steinberg ja wohl auch. Es hat mich auch gar nicht sonderlich interessiert, weil ich eigentlich mehr über, ähm, über Huddle erfahren wollte.«

»Über wen?«

»William Huddle. Den Stifter von *Huddle Hall*. Einer meiner Studenten schreibt eine Geschichte über ...«

»Und warum haben Sie sich bei Harding nicht nach William Huddle erkundigt, sondern nach Julius Steinberg?«

»Ich habe mich nicht nach ihm erkundigt, sondern lediglich seinen Namen erwähnt, weil Steinberg über Carl Schurz publiziert hat. Ich recherchiere nämlich für einen, ähm, für einen Roman, in dem es um deutsche Immigranten gehen soll, die damals ...«

»Also um Leute wie Steinberg?«

»Nein, nein, Carl Schurz. Mein Projekt dreht sich ums 19. Jahrhundert. Ich möchte jetzt aber noch nicht darüber reden. Das sind ungelegte Eier. Ich rede nie über Arbeiten, von denen ich noch gar nicht weiß, ob sie überhaupt ...«

»Und deswegen laufen Sie zu Harding, fragen nach Steinberg und erkundigen sich nach dessen Arbeit über Giordano Bruno? Das hat doch nichts mit dem 19. Jahrhundert zu tun. Was wühlen Sie da in solchen alten Geschichten herum?«

»Diese Bruno-Sache interessiert mich überhaupt nicht, Pierre. Ich bin da nur über einen Aufsatztitel Steinbergs gestolpert. Und was heißt alte Geschichten? Ich meine, Harding war schließlich Militärhistoriker. Ich habe einige seiner Arbeiten gelesen, habe weiter recherchiert und bin dann auch auf die Arbeit von Steinberg über Schurz gestoßen.«

»Ich verstehe.« Lavalle klang nun wieder entspannter. »Und Steinbergs Arbeit haben Sie vermutlich hier in der Bibliothek des Colleges gefunden?« fragte er wie beiläufig.

»Ähm, also …« Carlsen stutzte. Ein inneres Alarmlicht blinkte. Lavalle hatte das Fangeisen der Falle gespannt. »Nein, der Text war hier nicht, ähm, auffindbar. Ist wohl irgendwann aus dem Bestand genommen worden. Ich hab ihn mir dann über die Fernleihe bestellt. Aus, ähm, Boston.«

»Ach so, verstehe, na schön«, sagte Lavalle milde, »dann hat der alte Harding da wohl etwas in den falschen Hals bekommen. Der Umgang mit ihm war immer etwas schwierig, das muß ich zugeben, und sein Erinnerungsvermögen ist auch nicht mehr das beste, müssen Sie wissen.«

Jetzt rudert er also zurück, dachte Carlsen und hakte seinerseits nach. »Ja, das habe ich natürlich auch gemerkt. Aber mal angenommen, ich hätte mich tatsächlich für diesen ominösen Professor Steinberg interessiert? Was wäre daran denn so skandalös gewesen? Ich meine, Sie rufen mich hier an und stellen mir Fragen, als ob ich …«

»Ja, wissen Sie«, unterbrach Lavalle, »ich bin der einzige Mensch, den Harding am College noch kennt. Und da hat er sich eben an mich gewandt, weil er dachte …« Lavalle zögerte, schien zu überlegen. »Dieser Steinberg ist damals in eine üble Affäre verwickelt gewesen, müssen Sie wissen. Nicht, was Sie vielleicht denken, keine Liebesaffäre, nein.« Er lachte gezwungen. »Es war ein politischer Fall, eine sehr komplizierte Geschichte. Es kann nicht im Interesse des Colleges liegen, wenn das wieder aufgewühlt wird. Und erst recht nicht im Interesse Steinbergs. Nun ja, er ist tot. Leider. Mehr kann ich Ihnen dazu nicht sagen. Schnee von gestern.«

»Ich verstehe«, sagte Carlsen.

»Das ist gut«, sagte Lavalle. »Wußten Sie eigentlich, daß dieser Steinberg in dem Haus gewohnt hat, in dem Sie jetzt gerade sitzen?«

»Ach, tatsächlich? Nein, woher sollte ich das wissen?«

»Ja«, Lavalle lachte wieder sein krampfhaftes, leises Lachen, »woher auch? Na ja, wie auch immer. Tut mir leid, daß ich Sie zu so später Stunde noch gestört habe, Maurice.«

»Das macht nichts. Ich korrigiere gerade Hausarbeiten meiner Studenten. Da läßt man sich gern ablenken.«

»Na, dann mal viel Vergnügen. Wir sehen uns später. Gute Nacht.«

Carlsen legte den Hörer auf die Gabel, saß da und starrte das Telefon an, als sei es ein rätselhafter, nie gesehener Gegenstand, während draußen der Wind aufgefrischt war, Schneeregen gegen die Fenster dengeln ließ und im Schornstein fauchte. Wahrscheinlich brummte und summte der Kühlschrank auch sein unendliches Liedchen, aber es verlor sich in den Sturmgeräuschen.

Lavalle, dies Weichtier, dachte Carlsen, entpuppt sich jetzt als giftige Feuerqualle. Vor dem müsse man sich hüten, hatte Hocki einmal gesagt. Zu Hardings Zeiten hatte Lavalle offenbar als Informant des Kriegsministeriums gedient. Heute gab es in den USA zwar kein Kriegsministerium mehr, aber CIA und FBI sammelten inzwischen Daten und Informationen im ganz großen Stil. Wahrscheinlich war Lavalle immer noch eine Art Verbindungsmann, der das, was in der liberalen Atmosphäre des Colleges gedacht, gesagt, getan wurde, an seine Auftraggeber weitergab.

In einem College wurde außer Hochschulpolitik und Postengeschacher zwar keine Politik gemacht, aber hier entstanden Meinungen und Ideen. Ideen, hatte Lansing gesagt, sind alles. Und Hochschulen waren die Fabriken, die Ideentreibstoff produzierten. So gut wie geistiges Gift konnten Ideen auch geistiger Sprengstoff sein. Und auch über den Fall Julius Steinberg schien Lavalle bestens informiert zu sein. Offensichtlich gab es da etwas Hochexplosives, an das unter keinen Umständen gerührt werden durfte, jedenfalls nicht von jedem. Schon gar nicht von einem durchreisenden Schriftsteller aus Deutschland. Vielleicht wußte man von Steinbergs Aufzeichnungen, hatte sie jedoch nie gefunden? Oder man suchte immer noch nach seinen Spekulationen zu Brunos Gedächtnismaschine, die schon damals das Ziel eines Einbruchs in dies Haus gewesen waren?

Carlsen ging in die Küche, um sich einen Whiskey einzuschenken, aber die Flasche war leer. Er fröstelte, überlegte, ob er den Kamin anheizen sollte, entschloß sich dann aber, auf ein oder zwei Drinks ins Städtchen zu fahren.

Gary, der Barkeeper von *Angelo's*, kannte ihn nun schon als Gelegenheitsgast. »Das Übliche?«

Carlsen nickte, und Gary schob ihm einen doppelten Sour Mash auf sehr viel Eis über den Tresen. Das Lokal war nur schwach besetzt. Außer Carlsen hockte niemand am Tresen. In den Eßnischen saßen zwei oder drei Pärchen, und hinten im Billardbereich wurde eine Doppelpartie Pool gespielt. Als er sah, daß es sich um zwei Studentinnen aus dem Übersetzerseminar handelte, die mit zwei jungen Männern spielten, die er nicht kannte, schlenderte er näher, das Glas in der Hand, und grüßte.

»Oh, hallo, Professor Carlsen! Spielen Sie auch Billard?« sagte Sandy.

»Nein, nein, ich schaue nur zu.«

»Kommen Sie öfter hierher?« fragte Karen.

»Gelegentlich schon«, sagte er. »Nettes Lokal.«

»Ja, nicht wahr? Vorhin waren noch mehr Leute aus unserem Kurs hier. Duane und Paul und Lauren, aber ...«

»Ach, tatsächlich?«

»Ja, aber sie sind schon gegangen. Sie wollten etwas essen, aber Lauren sagt, es stört sie, daß man hier am Tresen rauchen darf.«

»Und jetzt essen sie woanders?«

»Ja, wahrscheinlich beim Inder, unten am Beaver Creek.«

»Na ja, dann will ich mich auch mal wieder auf die Socken machen. Noch viel Spaß beim Pool. Sie spielen ja richtig gut, Sandy.«

Er zahlte, verließ das Lokal, mußte sich zwingen, beim Weg zu seinem Auto nicht zu laufen, und fuhr los. Vor dem *Taj Mahal*, das sich in einem ehemaligen Lagerhaus an der schmalen Uferstraße befand, waren alle Parkplätze belegt. Er mußte etwa zweihundert Meter entfernt parken und lief dann durch den inzwischen strömenden Regen zurück. An der Rezeption des Restaurants wurde ihm erklärt, daß der nächste Tisch erst in einer halben Stunde frei werden würde.

»Ich bin hier mit Freunden verabredet«, sagte er außer Atem, »wahrscheinlich haben sie schon ohne mich angefangen.«

Klatschnaß, wie er war, durchstreifte er das vollbesetzte Lokal, hinterließ auf dem Teppichboden eine Tropfenspur und fing sich den einen oder anderen skeptischen bis indignierten Blick ein. Doch wie sehr er sich nun nach Laurens skeptischem Blick sehnte – sie war nicht da. Grußlos verließ er den Laden und stapfte durch Regen und Wind, Pfützen und Matsch zu seinem Wagen zurück, beschimpfte sich halblaut als Vollidioten und Liebeskasper, stellte sich zu Hause, immer noch fluchend, lange unter die heiße Dusche, trank die letzten beiden Bierflaschen aus dem Kühlschrank leer, ging frustriert bis ins Mark zu Bett.

Im Traum irrte er durch ein labyrinthisches Haus. Von außen war es sachlich-schlicht, modern und klar gegliedert wie das Verwaltungsgebäude von SLAT, aber im Inneren herrschte ein undurchschaubares Gewirr aus leeren Zimmern, Kammern und Fluren. Einige Türen waren verschlossen, andere standen offen, und manche waren nur das Tapetenmuster, das wie Türen aussah. Er wußte, daß hinter einer dieser Scheintüren Lauren schlaflos im Bett lag und auf ihn wartete, aber wenn er die Klinke drücken wollte, stieß er nur gegen die Tapete. Eine Treppe führte in einen lichtlosen, klammen Keller und eine schmale Stiege zum Dachboden. Durch die schadhaften Ziegel des Dachs hörte man das stetige Tropfen von Wasser, und der Regen sickerte auch durch undichte Fenster. In manchen Zimmern stand das Wasser schon knöcheltief. Was suchte er hier? Ach ja, er war verabredet, verspätet eingetroffen und hatte die Orientierung verloren. Die Suche war quälend, weil er nicht wußte, wonach er suchte. Oder doch. Er mußte den verborgenen Raum finden, um dort die Person zu treffen, die ihm sagen konnte, wonach er eigentlich suchte. Das wäre dann die Erlösung. Die Person würde wohl auch wissen, wie die Tapetentür zu Laurens Zimmer zu öffnen wäre. Von irgendwo drang ein schabendes Geräusch, das in ein Poltern überging, als ob etwas Hartes über eine Treppe abwärts stürzte.

Er erwachte, lauschte ins dunkle, stille Haus. Windböen rüttelten an den Fenstern. Vielleicht hatten sie das Geräusch verursacht? Nach ein paar Sekunden hörte er wieder das Poltern, einzelne, dumpfe Schläge. Es kam aus der Küche und klang, als ob Bücher aus einem Regal rutschten und auf den Bodendielen aufschlugen. Dann war es wieder still. Einbrecher, durchfuhr es ihn. Da ist jemand an der hinteren Küchentür.

Er stand auf, schlich zur Tür, öffnete sie einen Spalt und spähte durch den Flur zur Küche. Da war nichts. Er knipste das Licht in Flur und Küche an. Nichts. Die Hintertür war verschlossen. Als er sie öffnete, rollten ihm polternd Holzscheite entgegen. Er knipste das Außenlicht an und sah, daß einer der Kaminholzstapel, die zu beiden Seiten der Tür bis unter die Dachtraufe reichten, auf dem aufgeweichten Boden ins Rutschen gekommen war und den Ausgang verschüttet hatte. Das war es also. Erleichtert zog er so viele Scheite in die Küche, bis sich die Tür wieder zudrücken ließ, wusch sich die Hände und legte sich wieder ins Bett.

Was aber, wenn es Einbrecher gewesen wären? Er wälzte sich hin und her. Wer sollte hier einbrechen? Lavalle? Oder Harding? Harding im Rollstuhl? Wohl kaum. Her und hin. Sie würden ihre Leute für so etwas haben. Für die schmutzige Arbeit fand sich immer jemand. Er stand auf, machte Licht, ging zur Eingangstür, legte den kleinen Riegel im Klinkenknopf quer, kontrollierte in allen Räumen, ob die Fenster geschlossen waren. Im Arbeitszimmer fiel sein Blick auf den Karton mit Steinbergs Aufzeichnungen, die er aus dem Auto wieder ins Haus gebracht hatte. *Western Union Delivery Service.* Carlsen erschrak. Der stand da ja wie auf dem Präsentierteller. Ein Handgriff würde genügen. Der Traum fiel ihm wieder ein. Zu suchen hatte er gar nichts, er hatte ja schon etwas gefunden. Nein, zu verstecken hatte er, und zwar sofort. Oder morgen, gleich nach dem Frühstück.

29

MOONLIGHT IN VERMONT

Am nächsten Tag waren zwei getrennte Fakultätssitzungen der literaturwissenschaftlichen Dozenten einerseits und der Linguisten und Sprachlehrer andererseits anberaumt. Carlsen saß also lediglich mit den »Literaten« Hocki, Lavalle und Kathrin »Kate« Yates zusammen. Kate war für alles, was mit Feminismus, *Gender Studies* und neuerdings auch Postkolonialismus zusammenhing, zuständig oder hielt sich jedenfalls für zuständig. In diesem Semester bot sie Seminare über Ingeborg Bachmann und die Rolle der Frau in der Spätromantik sowie einen Lektürekurs über deutsch-türkische Literatur von Frauen an, wobei letzteres Thema den Postkolonialismus abdeckte – und zwar, mit Kates eigenen Worten, »eminent idealtypisch«. »Eminent« und »idealtypisch« waren ihre, besonders in eigener Sache, affirmativen Lieblingsvokabeln. Außer Carlsen wunderte sich deshalb auch niemand darüber, daß Kate die Routinesitzung, in der es lediglich um Termine und die Angleichung der Bewertungskritierien für die anstehenden Midterm-Klausuren ging, für eminent important hielt. Important war kein Emphasewort, sondern eher ein unfreiwiller Anglizismus, wie er auch Hocki gern unterlief.

Bewertungskriterien für den Übersetzerkurs waren schwierig zu definieren, fürs Kreative Schreiben war es nahezu unmöglich. Klar war nur, daß alle Teilnehmer grundsätzlich die Bestnote A erhofften, sich bei einem A-minus als zweite Wahl, bei einem B-plus als Versager und bei einem B als hoffnungslos deklariert fühlen würden. Ein B-minus käme einem Todesurteil gleich. Den Umgang damit überließ man Carlsens Ermessen. Als vorüberziehender

Komet, der sein Feuerwerk versprühe, um dann demnächst jenseits des Atlantiks zu verglühen, so Hocki, erfreuten sich seine Kurse zwar »eminenter« Beliebtheit, so Kate, seien für die Studienplanung der Studenten aber eher zweitrangig, so Lavalle.

Deshalb fiel es wohl auch nicht weiter auf, daß Carlsen gar nicht recht bei der Sache war, sondern die wohlwollenden Ratschläge der Kollegen nur einverständig nickend zur Kenntnis nahm. Seine Aufmerksamkeit war vielmehr darauf gerichtet, ob es in Lavalles Verhalten ihm gegenüber Veränderungen oder ob es Anzeichen dafür gab, daß auch Hocki und Kate über Carlsens Nachforschungen im Bilde waren. Aber Kate dozierte lediglich ausufernd über die paradigmatische, eminent importante Bedeutung postkolonialer Feminismusforschung, Hocki war in seiner verbindlichen Sachlichkeit wie stets darum bemüht, die Konferenz so zügig wie möglich ans Ende zu bringen, und Lavalle legte die übliche chinesenhafte, ebenso nachgiebige wie undurchschaubare Verbindlichkeit an den Tag. Offenbar hatte die Feuerqualle ihr Gift versprüht und sich zum harmlosen Weichtier zurückentwickelt.

Als Carlsen anschließend zum Abendessen in die Mensa kam, sah er Lauren mit zwei Studenten an einem Vierertisch sitzen. Ein Stuhl war dort also noch frei, und es war genau der Stuhl, den er sich wünschte, aber als Carlsen endlich sein Essenstablett vollgeladen hatte, war der Platz schon besetzt. Er gesellte sich zu einer Studentengruppe an einen Achtertisch, von dem aus er zumindest Blickkontakt mit Lauren aufnehmen konnte, und schielte fast ununterbrochen zu ihr hinüber. Schließlich bemerkte sie ihn, zeigte ein strahlendes Lächeln und nickte ihm sogar aufmunternd zu. Na bitte. Jetzt brauchte er nur noch irgendeinen Vorwand, sie anzusprechen, vielleicht sogar ein Treffen vorzuschlagen, doch erschien plötzlich Lavalle in der Mensa. Er blieb am Eingang stehen, ließ suchend die Blicke über die Tische gleiten und steuerte dann auf Laurens Tisch zu. Er beugte sich zu ihr herunter und schien ihr etwas ins Ohr zu flüstern. Sie sah ihn nachdenklich an, nickte, sagte etwas zu ihrer Tischrunde, stand auf und verließ dann, ohne Carlsen eines weiteren Blicks zu würdigen, gemeinsam mit Lavalle den Saal.

Was das nun wieder sollte? Was hatte Lauren, ausgerechnet Lauren, mit dieser widerlichen Molluske zu schaffen? In seinen Seminaren saß sie jedenfalls nicht. Carlsen wäre dem ungleichen Paar am liebsten nachgelaufen, riß sich aber zusammen und blieb sitzen, stocherte aber nur noch lustlos in seinem Salatteller herum.

Der Appetit war ihm vergangen und kehrte auch nicht wieder, als das Tischgespräch auf Michael Moores Film *Bowling for Columbine* kam. Einer der Studenten erwies sich als glühender Verehrer des waffengeilen Charlton Heston und beklagte bitter, daß sein Held bei dem Interview mit Moore in eine Falle gelockt worden sei. Auch sei dies Interview durch Moores Schnittechnik böse verfälscht worden, und überhaupt sei Moore einer der übelsten Demagogen im Lande, ein liberaler Miesmacher, ein Radikaler. Der aufgebrachte Student outete sich als begeisterter Jäger. Zu Hause habe er mehrere Gewehre im Schrank, und die lasse er sich von niemandem nehmen, schon gar nicht von einem kommunistischen Gnom wie diesem Moore. Obwohl es offensichtlich war, daß die anderen Studenten die Meinung nicht teilten, daß nur ein bewaffneter Mann ein freier Mann sei, und ihnen die Argumentation peinlich war, widersprach niemand.

Auch Carlsen nicht. Hier konnte man sich nur allzu leicht die Zunge verbrennen, und am Ende würde dieser Waffennarr noch zu einem Spitzel wie Lavalle laufen, um Carlsen als unerwünschten Liberalen aus der Schwächlingskultur des Alten Europa zu verpetzen – als Radikalen, der auch noch seine Nase in alte, heikle Geschichten steckte, die ihn nichts angingen, der den Schnee von gestern umgrub. Und so weiter. Nein, hier war Schweigen Gold.

Die *Shopping Plaza* am Ortsausgang gruppierte sich um einen überdimensionierten Parkplatz, der im gelben Schein der Bogenlampen wie eine Lichtinsel in der Dunkelheit schwamm. Es gab hier den *Grand-Union*-Supermarkt, im Ville-Deutsch der Studenten Große Einheit genannt, einen Drugstore mit Apotheke, ein Schuhgeschäft, eine Pizzeria, ein *Dunkin' Donuts* Drive-in, eine Bowlingbahn, zwei unvermietete, leerstehende Läden und den lizenzierten *Vermont State Liquor Store*. In der Großen Einheit deckte sich Carlsen mit Lebensmitteln für seine häuslichen Frühstücke ein, und im *Liquor Store* wollte er Bier, Wein und Whiskey kaufen, aber der Laden hatte bereits geschlossen.

Also machte Carlsen bei *Angelo's* Station, um sich einen Cocktail zu genehmigen und den Ärger herunterzuspülen, daß er vorhin gegenüber dem großkotzigen Studenten gekniffen hatte. Vielleicht war es kein Ärger, sondern Beschämung vor der eigenen Feigheit? Aber als er dann am Tresen vor seinem doppelten Sour Mash saß und zusah, wie die Eiswürfel im teefarbigen Whiskey abschmolzen, gestand er sich ein, eigentlich nur in der Hoffnung hier zu hocken, daß Lauren noch einmal vorbeischauen könnte. Angeblich war sie schon gestern bei *Angelo's* aufgekreuzt. Warum nicht auch heute? Na gut, angeblich störte sie der Zigarettenrauch. Aber man konnte ja nie wissen. Warum also nicht?

Studenten befanden sich heute nicht im Lokal, jedenfalls keine, die Carlsen kannte. An zwei Billardtischen spielten Einheimische wortkarg und konzentriert ihre Poolpartien und tranken Budweiser aus Flaschen, und in den Eßnischen herrschte reger Betrieb. Teller mit Burgern, enormen Steaks, Salat und Pommes Frites wurden von der Kellnerin aufgetischt.

Carlsen fragte den Barkeeper, ob die *French Fries* des Hauses inzwischen auch in *Freedom Fries* umgetauft worden seien. Der Barkeeper winkte grinsend ab, sagte »Bullshit« und goß Carlsens Glas wieder voll.

Auf dem Fernsehschirm links lief tonlos ein Baseballspiel, auf dem Fernsehschirm rechts ein Footballspiel. Das war hier immer so, nur daß manchmal das Baseballspiel auf dem rechten und das Footballspiel auf dem linken Monitor lief. Die beiden Sportsender waren wie gerahmte, bewegte Bilder, mehr Dekoration als Unterhaltung, von Information ganz zu schweigen, und eigentlich schaute auch nie jemand hin. Aus den Musiklautsprechern rieselten Willie Nelsons Greatest Hits, und so, wie all das war, schon seit langem so war und wohl auch noch lange so sein würde, so friedlich und entspannt, so freundlich und gelassen, war *Angelo's* zwar nicht die beste aller Welten, aber immerhin die beste Kneipe Centervilles. Zur besten aller Welten würde sie werden, wenn Lauren sich blikken ließe, neben Carlsen Platz nehmen und hauchen würde: Ich habe dich überall gesucht.

»Da kannst du lange warten«, seufzte Carlsen halblaut und auf deutsch, was der Barkeeper wohl als Aufforderung verstand nachzuschenken, weil er zur Flasche griff, aber Carlsen hielt die Hand übers Glas, verlangte die Rechnung, zahlte, nickte dem Barkeeper zu und schlurfte zum Ausgang.

Als er die Tür öffnen wollte, wurde sie von außen aufgezogen, und Carlsen wäre fast gegen die eintretende Person geprallt. Lauren!

»Oh!« sagte sie zusammenzuckend, gewiß so überrascht wie er. »Das war aber knapp. Oh! Professor Carlsen! Was für eine Überraschung.«

Er hatte zwei, drei Schritte zurück ins Lokal gemacht. Seine Knie fühlten sich weich an, im Magen spürte er eine kreisende, warme Bewegung, und das Blut schoß ihm in den Kopf.

»Hallo, Lauren«, brachte er mühsam heraus, »ob Sie's glauben oder nicht, ich habe …« eben an Sie gedacht, wollte er sagen, sagte es aber nicht, sondern: »Überraschung. Das kann man wohl sagen, ja.«

Sie lächelte ihn unverwandt an, legte dabei den Kopf leicht schief und strich sich mit der Hand eine Haarsträhne aus der Stirn. »Wollen Sie schon gehen?«

»Ich, äh … nein, das heißt, ich meine, wenn ich Sie auf einen Drink einladen darf …«, stotterte er und versuchte, ebenfalls zu lächeln. Es gelang.

»Ich weiß nicht«, sagte sie mit dem leisen Spott, den er an ihr haßte, »ob das korrekt wäre, wenn ein Professor einer Studentin einen Drink spendiert. Aber wenn ich selber bezahlen darf, nehme ich natürlich einen Drink mit Ihnen. Sogar sehr gern. Ja.«

Den leisen Spott, wußte er plötzlich, haßte er gar nicht. Er liebte ihn, weil er sie liebte. In sie verliebt war. Mindestens das.

Er half ihr aus dem Mantel, und sie setzten sich in eine freie Nische. Lauren bestellte Gin Tonic, Carlsen schloß sich ihr an. Es war nicht sein Lieblingsgetränk, aber wenn sie so etwas mochte, würde es ihm besser schmecken als jeder andere Drink.

»Ich dachte, Sie mögen diesen Laden nicht.« Er hob sein Glas und stieß mit ihr an. »Wegen des Rauchs.«

»Das stimmt auch.« Sie nickte.

»Und jetzt sitzen Sie trotzdem hier«, sagte er.

»Ja«, sagte sie lächelnd, »jetzt sitze ich hier. Mit Ihnen. Und fühle mich sehr wohl dabei.«

»Ich auch«, sagte er. »Ich kann Ihnen gar nicht sagen, wie wohl ich mich jetzt fühle. Mit Ihnen.«

»Wenn das so ist, kann ich Ihnen ja ein Geständnis machen.« Sie legte wieder den Kopf schief und blickte ihm tief in die Augen. Auf ihren Brillengläsern spiegelte sich der rote *Budweiser*-Schriftzug über dem Tresen, so daß er ihre Augenfarbe nicht erkennen konnte. Blau? Oder Grün? »Das war gar keine Überraschung, mein lieber Herr Professor.« Mein lieber Herr Professor!

»Wie meinen Sie das, meine liebe Studentin?«

»Daß ich Sie, ich meine, daß wir uns hier getroffen haben. Ich habe nämlich gehört, daß Sie abends manchmal hier sind. Von Karen und Sandy aus dem Kurs, wissen Sie? Und weil ich das wußte, bin ich hergekommen, weil ich dachte ... weil ich hoffte ...« Sie schlug wie beschämt die Augen nieder und trank einen Schluck.

»Ich glaube, ich habe das auch gehofft«, flüsterte er, verschob unterm Tisch die Beine, bis sich ihre Knie wie zufällig berührten, und sie hielt dem leichten Druck stand. »Und dabei habe ich immer gedacht, daß Sie mich gar nicht ...«

»Oh«, wisperte sie, »das Lied! Ich wußte gar nicht, daß es das auch von Willie Nelson gibt. *Moonlight in Vermont*. Hören Sie doch mal.«

Carlsen versuchte, dem Text zu folgen. *Telegraph cables, how they sing down the highway, as they travel each bend in the road. And when people meet, in this romantic setting, they're so hypnotized by the lovely evening summer breeze, sweet warblings of the meadowlark, moonlight in Vermont ...*

»Na, das klingt ja wie bestellt«, sagte er. »Sie haben wahrscheinlich gute Beziehungen zum Barkeeper, was?«

Sie lachte. »Ich hab ihn bestochen.«

Mit der linken Hand zupfte sie an einer der Papierservietten herum, die in der Tischmitte lagen. Die Bewegungen ihrer Finger lockten seine Hand, von ihr berührt zu werden. Sein Zeigefinger stieß gegen ihren Mittelfinger, und dann deckte er mit seiner Hand ihre Hand zu, und ihre Hand lag auf den Servietten wie auf den Laken eines Betts. Aber als er ihre Hand sanft pressen wollte, zuckte sie zurück. Sie errötete. Das Lächeln erfror. Die Hand verschwand wieder unter der Tischplatte.

»Das ist mir jetzt aber unangenehm«, sagte sie und blickte zur Eingangstür.

»Tut mir leid, wenn ich etwas Falsches gemacht ...«

»Nein, nein, Sie doch nicht«, flüsterte sie und preßte wie zur Entschuldigung ihr Knie fester gegen seins. »Sehen Sie mal, wer da kommt.«

Carlsen wandte den Kopf. Aaron, der Lyriker und Beschwörer des untoten Dragoners, hatte in Begleitung von zwei anderen Studenten des Schreibkurses das Lokal betreten. Sie sahen sich um, kamen an den Tisch, grüßten mit lautem Hallo.

»Wollt Ihr euch nicht zu uns setzen?« sagte Lauren, weil sich nichts anderes sagen ließ. Carlsen hätte die Störenfriede am liebsten gewürgt.

»Ja, klar, danke«, sagte Glen, »wir holen uns aber erst noch Getränke von der Bar. Dann sparen wir das Bedienungsgeld.«

Die drei gingen zum Tresen. Von den Kellnerinnen wurde solche Sparsamkeit ungern gesehen, aber man ließ es zu, weil man es sich nicht leisten konnte, die Stammkundschaft trinkfester Studenten zu verprellen. Um Alkohol zu bekommen, mußten sie einundzwanzig sein. Das einschlägige Schild überm Tresen war unerbittlich: IT'S THE VERMONT LAW. Der Barkeeper ließ sich ihre *College IDs* vorlegen.

»Wir könnten, ähm, könnten wir nicht einfach ... woanders hingehen?« tuschelte Carlsen.

Lauren schien einen Moment zu überlegen, nickte dann aber entschlossen. »Wohin?«

»Ich kenne ein nettes, kleines Lokal, in dem wir ganz allein sind«, sagte er.

»Tatsächlich?« Sie schmunzelte.

»Es heißt *Bei Mir*«, sagte er.

»Klingt gut«, sagte sie. »Irgendwie vorderorientalisch. Aber wie kommen wir da hin, ohne Aufsehen zu erregen?«

»Ich gehe jetzt sofort, und Sie kommen etwas später nach. Wir treffen uns auf dem Parkplatz hinterm *Marquis Theatre*. Da steht auch mein Auto.«

»Gut«, flüsterte sie, »in einer Viertelstunde.«

Die Geheimnistuerei war ein Ärgernis, aber sie machte die Sache auch abenteuerlicher, romantischer, erregender. Wie gut, daß die Studenten aufgetaucht waren! Auch sie wie bestellt, bestellt wie der Song, dachte er, als er wartend und rauchend auf dem schummrig erleuchteten Parkplatz auf und ab ging. Ihnen war es zu danken, daß er die peinlichste, heikelste Klippe im Delta des Flirts fast absichtslos umschifft hatte. Die Zu-dir-oder-zu-mir-Klippe. Jetzt konnte es kein Zögern mehr geben, keine Zweifel, keinen Rückzug. Er spürte seinen Herzschlag. Er zählte die Minuten. Die Sekunden. Eine Viertelstunde verging. Sie kam nicht. Zwanzig Minuten. Er schaute zur Uhr. Fünfundzwanzig. Sie mußte es sich anders überlegt haben. Vielleicht empfand sie die drei Studenten als Retter in der Not, ihm einen Korb geben zu müssen. An der glühenden Kippe steckte er sich eine neue Zigarette an, zertrat die Kippe auf dem Asphalt. Achtundzwanzig Minuten. Er überlegte, zurück in die Kneipe zu gehen, um zu sehen, ob sie überhaupt noch da war oder bereits auf dem Rückweg ins *Adirondack House*. AH 351. Das war ihre Nummer. Wenn sie nicht käme, würde er später dort anrufen. Oder auch nicht. Wenn sie jetzt nicht käme, hätte sie ihn versetzt, und zwar so unmißverständlich, daß jedes Gespräch nur noch eine Verhandlung seiner Niederlage sein müßte. Sie hatte sich einen Spaß mit ihm erlaubt. Einen üblen Scherz. Sie war das, wofür es im Deutschen kein treffendes Wort gab: *a teaser*. Darüber mal im Übersetzerkurs verhandeln. Der alte Beatles-Song. *Day Tripper*. Wie ging der gleich noch? *She's a big teaser. She took me half the way there*. Und ließ ihn dann stehen auf halbem Weg, auf dem windigen Parkplatz unterm Vermonter Nachthimmel. *Moonlight in Vermont?* Ach was, da war kein Mond, da war auch kein Stern. Nur die niedrige, vom Wind zersauste Wolkendecke. Vierzig Minuten. Vierzig!

Dann kam sie. Noch bevor sie mit hastigen Schritten aus dem tiefen Schatten des Kinogebäudes ins diffuse Licht der Parkplatzbeleuchtung trat, hörte er das Stakkato ihrer halbhohen Absätze auf dem Asphalt. Er winkte ihr zu, und als sie das Auto erreicht hatte, sagte sie atemlos: »Entschuldigen Sie die Verspätung. Es war gar nicht so leicht, die Jungs abzuschütteln. Und ich wollte auf keinen Fall ... Egal. Da bin ich.«

Während der Fahrt sprachen sie kein Wort, berührten sich nicht, sondern starrten in die Lichtspur der Scheinwerfer, in die vom Licht gespaltene Dunkelheit. Das Wageninnere schien von einer derart dichten Spannung erfüllt, daß Carlsen sich nicht gewundert hätte, wenn ihm die Haare zu Berge gestanden oder zwischen ihnen Funken gesprüht hätten, und auf der Brücke murmelten die Bohlen etwas, das wie »da bin ich, da bin ich« klang.

Am Haus angekommen, nahm er sie an die Hand, »Vorsicht, Stufe!«, führte sie über die dunkle Veranda, schloß die Tür auf und machte Licht.

Sie sahen sich an, verlegen lächelnd, unschlüssig. Sie kreuzte die Arme vor der Brust, rieb sich mit den Händen die Schultern.

»Kalt hier«, sagte sie, blickte zur grellen Deckenlampe. »Und viel zu hell.«

»Das haben wir gleich«, sagte er, hockte sich vor den Kamin, entzündete mit zerknülltem Zeitungspapier dünne Holzscheite, während sie, immer noch im Mantel, sich auf die Couch setzte und ihm zusah. Er legte mehrere dickere Scheite nach, holte drei Kerzen aus der Küche, zündete sie an, ließ Stearin auf den Couchtisch tropfen, drückte die Kerzen fest und schaltete das Deckenlicht aus.

»So«, sagte er.

»Schon besser«, sagte sie.

»Ich kann Ihnen leider nichts zu trinken anbieten«, sagte er, »nichts Alkoholisches, meine ich. Der *Liquor Store* hatte schon zu.«

»Ich brauche keinen Alkohol«, sagte sie.

»Kann ich Ihnen etwas anderes anbieten?«

»Ja, bitte«, sagte sie.

»Saft? Tee? Kaffee?«

»Dich«, sagte sie. »Komm her.« Sie tippte mit der flachen Hand aufs Couchpolster.

Er zog sein Jackett aus und setzte sich neben sie.

Sie legte leicht eine Hand auf seinen Unterarm, sah ihn ernst an, flüsterte »mein lieber Herr Professor« mit Betonung auf »lieber« und kicherte plötzlich leise.

»Meine liebe, meine liebste Studentin«, sagte er, nahm ihr die Brille ab, sah ihr in die Augen, legte die Brille, ohne den Blick von ihr zu wenden, vorsichtig auf den Couchtisch. Ihre Augen waren grün, und in ihnen loderte jetzt das Kaminfeuer. Sie küßten sich, vorsichtig, sacht, kritisch fast, wie man einen ersten Schluck Wein aus einer neu geöffneten Flasche kostet.

»Jetzt bist du nicht mehr mein Herr Professor«, flüsterte sie und lächelte, »jetzt bist du endlich Moritz.«

Und dann küßten sie sich so tief und gierig, als müsse die neu geöffnete Flasche ohne abzusetzen mit dem zweiten Schluck schon ausgetrunken sein. Er streifte ihr den Mantel ab. Darunter trug sie einen Pullover.

»Schade, daß du nicht das Kleid anhast, das du auf der Party anhattest«, sagte er atemlos, als ihre Zungen und Lippen sich voneinander lösten.

»Wieso?« Sie öffnete die Knöpfe seines Hemdes.

»Wegen deines Rückens. Dein Rücken in diesem V-Ausschnitt. Das hat mich völlig verrückt gemacht.«

»Tatsächlich?« Sie zog den Pullover aus. »Mein Rücken also.« Sie streifte auch das T-Shirt ab, drehte sich zur Seite, legte sich bäuchlings auf die Couch, das Kinn auf seinen Knien. »Da«, sagte sie, »mein Rücken ...«

Er strich mit den Fingerspitzen durchs schmale Tal ihres Rückgrats, stieß gegen die Barriere des BH-Verschlusses, schob den Haken auf, massierte mit beiden Händen energisch ihren Rücken bis tief hinunter zur Wölbung ihres Hinterns, lauschte ihrem tiefen, wohligen Atmen, bis sie sich wieder aufrichtete, mit der Zunge seine Lippen liebkoste, ihm dabei aus Hemd und Hose half, seine Hand an die Knöpfe ihrer Blue Jeans führte. Dann lag sie, den Mund an seiner Halsbeuge, auf ihm, und preßte den Bauch gegen seine

Erektion. Sie stützte sich auf die Ellbogen, stieß mit ihrer Nasenspitze gegen seine und flüsterte, ob er ein Kondom habe.

»Ich ..., nein«, seufzte er, »ich konnte ja nicht wissen, daß wir, also daß ...«

Sie legte ihm die Hand auf den Mund, beugte sich nach ihrem auf dem Fußboden liegenden Mantel und griff in eine der Innenfuttertaschen. »Mach die Augen zu«, sagte sie. »Ich hab noch eine Überraschung für dich.«

Er hörte etwas rascheln. Und dann spürte er, wie sie ihm das Kondom überstreifte. Die Berührung war zärtlich und energisch zugleich, durchfuhr ihn von den Fußsohlen bis in die Haarspitzen wie eine innere Brandungswelle.

Sie hat es wirklich geplant, dachte er, sie hat an alles gedacht. Und der Gedanke hatte einen Stachel, einen irritierenden Widerstand, doch bevor er noch wußte, warum er ihn irritierte, lag sie wieder auf ihm. Er spürte ihre harten Brustwarzen gegen seine Brust reiben, und dann gerieten sie langsam und selbstverständlich in jene gemeinsame Bewegung, die alles Denken in Fühlen verwandelt, jene Bewegung, die gierig darauf dringt, bei etwas anzukommen, von dem niemand weiß, was es ist, von dem man nur auf Umwegen erzählen kann und das zu erinnern unmöglich ist, von dem man aber glaubt, während man ihm entgegenstürzt, es sei die Lösung aller Probleme, die Antwort auf alle Fragen und mitten im Nirgendwo das Zentrum der Welt. Und deshalb will man es wieder und wieder.

30

DER SCHATTEN EINES BLATTS

Ein Bein über seiner Hüfte, eine Hand auf seiner Schulter, lag sie mit geschlossenen Augen neben ihm. Ihr Atem, der eben noch heftig und wild gewesen und in tiefes Stöhnen und leise Schreie gemündet war, ging jetzt ruhig und gleichmäßig. Der Regen war abgezogen, Nachmittagssonne brach durchs aufgelockerte Gewölk, fahl erst, dann aber in einem satten, honiggelben Strom, der das Zimmer leuchten ließ, als habe sich die von ihren Körpern ausgehende Hitze entzündet. Über ihrer Schläfe taumelte ein Schattenfleck. Carlsen sah aus dem Fenster in die nackte Krone des Ahorns, folgte dem Stamm, in dessen rissiger Rinde Regentropfen glühten, dem kraftvoll aufragenden Arm eines Astes, dem schlanken Finger eines Zweiges, an dem sich noch eine Handvoll letzter, tief erröteter Blätter hielten, und eins dieser in der Brise vibrierenden Blätter warf seinen Schatten auf Laurens Schläfe.

Vorgestern, auf der Couch vorm Kamin, dessen Feuer nach erneutem Anfachen schließlich zu Glut und warmer Asche zerfallen war, hatte sie darauf bestanden, daß er sie noch in der Nacht zum *Adirondack House* zurückbrachte. In so einem Dorm gebe es keine Geheimnisse. Ihre Zimmernachbarinnen seien neugierig, in Liebesangelegenheiten notorisch neugierig und nahezu hellsichtig und klatschsüchtig obendrein, und wenn sie zum Frühstück nicht anwesend sei, würden die Mädchen sich ihren Reim machen. Und dieser Reim würde schnell von Mund zu Mund gehen, in kürzester Zeit zu einer langen, phantasievollen Ballade anschwellen und davon erzählen, daß man sie und ihn am Abend zuvor in trauter Zweisamkeit bei *Angelo's* gesehen hatte. Und das Ende vom Lied ergäbe dann zwangsläufig einen Reim, der den Tatsachen mehr entsprechen würde, als ihm und ihr lieb sein konnte, einen Reim, der in hysterischem Skandalgeschrei enden mußte. Denn eine Affäre zwischen Studentin und Professor war von allen Todsünden im Katechismus des Colleges die tödlichste. Das wußte er so gut wie sie, und obwohl er sie lieber bei sich unter *der* Decke gehalten hätte, die er irgendwann aus dem Schlafzimmer zur Couch geholt hatte, waren sie sich einig, daß ihre Affäre unter der Decke des Geheimnisses zu hüten wäre. So hatte er sie also zurück zum Campus gefahren, und sie hatten verabredet, sich am nächsten Tag, einem Freitag, aus dem Weg zu gehen, auch wenn es ihnen schwerfiele.

Und um dem *Grapevine* von vorneherein jeglichen Dünger zu entziehen, verbrachten sie den Freitagabend demonstrativ in anderer Gesellschaft. Lauren ging mit einigen Studenten ins Kino. Carlsen erschien im *Center for the Arts* zu einem Konzertabend, den die Romanisten veranstalteten und den zu schwänzen in Fakultätskreisen als barsche Unhöflichkeit galt. Lavalle war selbstverständlich anwesend; auch Hocki und seine Frau waren da. Carlsen setzte sich zu ihnen, ertrug und schönte sich das nicht enden wollende, von einem drittklassigen Orchester abgefiedelte Programm, indem er in Erinnerungen an den gestrigen Abend schwelgte, die so intensiv waren, daß er an sich halten mußte, nicht den Saal zu verlassen, um Lauren doch noch irgendwo treffen zu können. Als der erlösende Schlußapplaus aufknatterte, fiel ihm plötzlich ein, daß er noch eine Besorgung machen mußte. Anschließend fuhr er mit den Shoffes und einigen Romanisten ins *Lobster Shanty* zum Essen und heuchelte erfolgreich Begeisterung über den gelungenen Abend. Auf dem Heimweg hielt er an einem Open-Around-the-Clock-Drugstore und machte seine Besorgung. *Trojan Ultra Thin Lubricated.*

Und dann war endlich der Sonnabend gekommen. Lauren hatte gestreut, sie fahre bis Sonntag nach Boston, setzte sich nach dem Frühstück auch ins Auto, einen weißen VW Rabbit, die amerikanische Version des Golfs, verließ Campus und Stadt Richtung Interstate, schlug dann aber einen Bogen zurück über die Route 9. Als sie über die Brücke fuhr und sich dem Haus näherte, stand Carlsen winkend auf der Veranda. Sie parkte den Wagen neben dem Haus, so daß er von der Straße aus nicht zu sehen war.

Sie gingen sofort ins Bett, fielen übereinander her wie zwei Verdurstende, die nach endloser Qual auf die Quelle stießen. Und nachdem sie sich geliebt hatten, bis es fast schmerzte, miteinander geredet hatten, bis ihre Münder trocken wurden, und sich wieder geliebt hatten, war Lauren eingeschlafen. Auch Carlsen war müde, gähnte, fand aber vor Glück keinen Schlaf, sondern folgte den sanften Bewegungen, die der Schatten des Ahornblatts über ihre Schläfe fächelte.

Fürs Abendessen hatte er einen Tisch im *Maison de Poupées* reserviert, einem Restaurant mit französischer Küche, von dem Hocki einmal geschwärmt hatte. Es lag knapp eine Stunde entfernt an der Route 12 in der Nähe von Montpelier. Das kleine Lokal befand sich in einem umgebauten Farmhaus, verfügte lediglich über acht Tische und erwies sich als Volltreffer. Der Appetit, den die Liebe mit sich bringt, trug wohl auch dazu bei, daß sie sich mühelos durch vier Gänge und zwei Flaschen exquisiten kalifornischen Cabernet tafelten.

Irgendwann fragte er sie nach ihrer Arbeit in der Anwaltskanzlei. Sie gab nur sehr vage Antworten, sagte, sie habe viel mit Zivilklagen und komplizierten Versicherungsprozessen zu tun, über die sie aber keine Details ausplaudern dürfe.

»Hocki, ich meine Professor Shoffe«, sagte Carlsen, »hat mir erzählt, daß du dein Deutsch aufpolierst, weil deine Kanzlei auch mit deutschen Firmen zu tun hat. Und daß du nach Deutschland geschickt werden sollst.«

Sie nickte. »Eigentlich sind es keine Firmen. Eher Behörden. Aber darüber darf ich erst recht nicht reden. Da mußt du mir schon meine kleinen Geheimnisse lassen.«

Er sah ihr in die Augen und fragte sich, ob sie in Boston auch ein kleines oder größeres Geheimnis in Sachen Liebe hatte, ob sie sozusagen anderweitig verliebt, verlobt, verheiratet war und sich mit ihm nur auf ein flüchtiges Abenteuer einließ. Einen Ring trug sie jedenfalls nicht. Aber da sie umgekehrt das Thema auch nicht anschnitt, fragte er sich nur im stillen und nicht sie. Und falls sie gebunden wäre, wollte er es auch gar nicht wissen. Nicht jetzt. Jetzt wollte er mit ihr nur die Gegenwart genießen. Und er trug schon lange keinen Ring mehr.

»Aber du mußt mir unbedingt von deinem Job erzählen«, sagte sie, »von deiner Arbeit. Ich habe mich immer gefragt, wie ein Schriftsteller arbeitet. Wie geht das? Ich meine, woher kommen die Ideen und so weiter? Ich könnte das nicht, aber ich stell es mir wahnsinnig spannend vor.«

Er lachte. »Es ist ganz einfach. Und eigentlich auch ganz langweilig. Man schreibt ein Wort hin, dann noch eins und noch eins. Dann hat man bald einen Satz. Dann schreibt man viele Sätze, und dann hat man irgendwann eine Geschichte oder einen Roman.«

»Mach dich nicht über mich lustig«, sagte sie und zog einen entzückenden Schmollmund. Er beugte sich vor, um sie zu küssen. »Doch nicht vor allen Leuten«, flüsterte sie, wandte den Kopf nach links und rechts. »Und auch nur dann, wenn du mir erzählst, woran du gerade schreibst.«

»Versprochen.« Und Kuß.

»Also?«

»Ich weiß noch nicht genau, was es werden wird, aber es geht um einen deutschen Historiker, der während der Nazizeit aus Deutschland in die USA emigriert. Er schlägt sich von Job zu Job durch, führt ein ziemlich abenteuerliches Leben und bekommt dann durch glückliche Umstände eine Professur an einem College in Vermont.«

»In Centerville also?«

»Nein, es ist natürlich ein fiktives College, aber es könnte eine gewisse Ähnlichkeit mit Centerville haben. Ich weiß jetzt ja aus eigener Erfahrung, wie es da zugeht.«

»O ja«, lächelte sie, »und wie du das jetzt weißt. Dann verliebt sich der Mann vermutlich in eine seiner Studentinnen, führt sie in ein französisches Restaurant und landet anschließend mit ihr im Bett.«

»Keine schlechte Idee«, kicherte er. »Ich kann's auch kaum noch erwarten. Aber meine Geschichte geht anders. Der Professor, der dem Regen der Nazis entkommen ist, gerät um 1950 herum in die

Traufe der McCarthy-Ausschüsse, kommt ins Gefängnis und wird nach seiner Entlassung umgebracht.«

»Wird umgebracht?« Sie sah ihn nachdenklich an. »Wieso das denn? Und von wem?«

»Tja«, sagte er, »das weiß ich selber noch nicht so genau. Das muß ich noch herausfinden.«

»Herausfinden? Ist das denn ein authentischer Fall? Gibt es irgendwelche Unterlagen oder Dokumente? Wie hieß der Mann?«

Sie fragte so gezielt, als verhörte sie einen Verdächtigen. Da brach sich wohl ihr berufliches Temperament als Anwältin Bahn.

Du mußt mir auch meine kleinen Geheimnisse lassen, dachte er, schmunzelte und sagte: »Nein, nein, mit herausfinden meine ich, daß ich es mir noch ausdenken muß. Und wie ich den Mann nennen werde, weiß ich auch noch nicht. Es müßte aber ein jüdisch klingender Name sein. Na ja, das ist erst einmal auch nur so eine Idee. Alles noch ganz vage. Ein ungelegtes Ei. Kennst du den Ausdruck?«

»Was? Welchen Ausdruck?« Sie schien plötzlich abgelenkt.

»Ein ungelegtes Ei. Sie sind ja gar nicht mehr bei der Sache, meine liebste, meine geliebte Studentin. Wie würden Sie das übersetzen? Ein ungelegtes Ei?«

Sie zog die Stirn kraus. »*Unfinished business?*«

»Nicht schlecht«, sagte er, »wenn auch vielleicht etwas zu amtlich, Frau Anwältin«, und hob sein Glas. »Wir beiden haben auch noch *unfinished business.*«

Sie legte den Kopf schief, lächelte und stieß mit ihm an.

Gegen Mitternacht lagen sie wieder im Bett, liebten sich beschwipst und beschwingt, dämmerten dann ineinander verschlungen durch die wogigen Regionen zwischen Wachen und Schlaf. Er spürte noch, wie sie sich mit einem wohligen Seufzer von ihm löste, in eine bequemere Position rollte, bald tief und gleichmäßig atmete, und dann schlief auch er ein.

Noch vor Morgengrauen schreckte er auf. Ein Geräusch? Oder ein Luftzug? Er streckte den Arm aus, um ihn über Laurens Hüfte zu legen, aber ihre Seite des Betts war leer, das zerwühlte Laken noch warm. Durch den Schwellenspalt unter der geschlossenen Schlafzimmertür floß matter Lichtschein. Wasser rauschte. Sie war wohl ins Bad gegangen. Er rieb sich die Augen, blickte zur Uhr. 5 Uhr 45. Das Rauschen des Wassers weckte in ihm den Drang zu pinkeln. Er rappelte sich verschlafen auf, öffnete leise die Tür. Im Bad brannte Licht, die Tür war nur angelehnt. Die Toilettenspülung hatte sich verhakt, so daß ständig Wasser nachlief. Er erleichterte sich, zog die Spülung erneut ab. Wo steckte Lauren denn? In der Küche war es dunkel, aber durch den Türspalt zum Arbeitszimmer drang Licht. Er machte ein paar barfüßig-lautlose Schritte und öffnete die Tür.

»Lauren? Was ...«

»Oh!« Sie saß in T-Shirt und Höschen auf dem Drehstuhl vorm Schreibtisch und hielt den Telefonhörer in der Hand.

»Was machst du denn hier? Mitten in der Nacht?«

Sie legte den Hörer mit leisem Klicken auf die Gabel, stand auf und umarmte ihn. »Ich mußte mal aufs Klo«, sagte sie, »und dabei ist mir plötzlich eingefallen, daß ich auf einen Anruf warte. Eine dringende Nachricht. In einer ganz wichtigen Sache.« Sie strich mit den Händen über seinen nackten Rücken. »Und deshalb hab ich per Fernabfrage meinen Anrufbeantworter in der Kanzlei abgehört.« Sie küßte ihn auf den Hals. »Komm, laß uns wieder ins Bett gehen.«

Er schob die rechte Hand unter den oberen Bund ihres Höschens. »Und? Hast du deine wichtige Nachricht bekommen?«

»Nein.«

»Wie wichtig ist sie denn?«

»Sehr wichtig.« Sie strich mit geschlossenen Lippen über seine Brust. »Aber nicht so wichtig wie du, Herr Professor. Komm.«

31

SCHNITTSTELLEN

Sonntagabend fuhr Lauren zum Campus zurück, um sich wieder in den speziellen Fall einer spätberufenen Collegestudentin zu verwandeln. Am Dienstag im Übersetzerkurs waren beide bemüht, größtmögliche Gleichgültigkeit und demonstratives Desinteresse an den Tag zu legen. Lauren polierte ihre alte Blasiertheit derart glänzend und glaubwürdig auf, daß Carlsen Bedenken kamen, sie könne es damit ernst meinen. Wenn sie ihn überhaupt eines Blicks würdigte, war er derart gelangweilt, daß niemand, der diesen Blick hätte auffangen können, auf die Idee gekommen wäre, ein leidenschaftlich verliebtes Paar vor sich zu haben.

Für den Abend hatten sie sich mit umständlicher Logistik und gebotener Vorsicht verabredet. Carlsen würde nach dem Essen in der Mensa nach Haus fahren, und Lauren würde dann am späteren Abend mit ihrem Wagen in die Old Maple Lane kommen. Doch als Carlsen sich auf der Route 9 der Abzweigung zur Brücke näherte, sah er, wie in der Dunkelheit des Hügels ein Scheinwerferpaar aufflammte und eine Drehung um 180 Grad vollführte. Auf dem Platz vor seinem Haus schien ein Auto zu wenden und den Weg zum Fluß einzuschlagen, während Carlsen über die Brücke fuhr und dem fremden Wagen entgegenkam. Vielleicht war Lauren schon früher gekommen, hatte vor verschlossener Tür gestanden und fuhr zurück? Mit voll aufgeblendetem Fernlicht näherte sich der Wagen schnell, viel schneller, als auf der schmalen, holprigen Piste gut war. Das grelle Scheinwerferlicht sprang auf und ab, wenn der Wagen durch Schlaglöcher kesselte. Carlsen betätigte die Lichthupe, drosselte sein Tempo, hielt sich so weit rechts wie möglich, aber der entgegenkommende Wagen wurde noch schneller, wich keinen Zentimeter aus, so daß Carlsen, um den Zusammenstoß zu vermeiden, den Toyota im letzten Augenblick auf die Grasnabe lenken mußte, während der andere Wagen rücksichtslos vorbeidonnerte.

»Arschloch!« schrie Carlsen, der bislang, geblendet von den Scheinwerfern, außer Licht und Nacht nichts hatte sehen können, aber in dem Moment, da der fremde Wagen ihn um Haaresbreite passierte, erkannte er ihn: ein verbeulter, rostfleckiger Ford Escort Kombi. Den Fahrer hatte er im Vorbeihuschen nicht erkannt, aber es war der Wagen, in dem Carlsen selber einmal mitgefahren war. Kein Zweifel. Die Rostlaube von Lansing! Carlsen drehte sich um und sah, wie der Wagen die Brücke passierte, ohne zu blinken nach rechts auf die Route 9 einbog und mit hohem Tempo Richtung New Hampshire in der Nacht verschwand.

Der Motor war abgesoffen. »Was für ein Arschloch«, fluchte Carlsen erneut. Der Toyota sprang erst nach mehreren Zündversuchen an. Die Räder drehten in der weichen Grasnabe durch, »Arschloch!«, faßten dann aber doch. Lansing! Dieser Vollidiot. Jeff Lansing. Fuhr ihn hier fast zu Tode. Was wollte der hier überhaupt? Bei Nacht und Nebel? Woher kannte er die Adresse? Okay, die Adresse war einfach zu bekommen. Da hätte ein Anruf am College genügt. Aber was zum Teufel wollte dieser Lansing eigentlich? Und wenn er etwas von Carlsen wollte, warum hatte er dann nicht auf ihn gewartet? Warum verpißte das Arschloch sich dann auf diese rücksichtslose Tour? Oder war es nur Lansings Wagen? Gesteuert von jemand anderem? Was zum Henker sollte das eigentlich alles?

Er parkte den Wagen und holte die braune Papiertüte mit den Einkäufen aus dem Kofferraum. Um Lauren angemessen empfangen zu können, hatte er auch eine Flasche Champagner besorgt. Er schob den Schlüssel ins Schloß der Eingangstür. Sie sprang schon bei der ersten Drehung auf. Merkwürdig. Er hatte sie doch verriegelt, nicht nur zugezogen. Nun ja, vielleicht auch nicht. Oder die Putzfrau, die einen Generalschlüssel hatte, einmal in der Woche Handtücher und Bettwäsche wechselte und saubermachte, war da gewesen und hatte nicht wieder abgeschlossen. Er stellte den Champagner in den Kühlschrank, machte Feuer im Kamin und nahm eine heiße Dusche. Die Handtücher waren nicht gewechselt worden. Um sich umzuziehen, ging er ins Schlafzimmer – und erstarrte. Was war hier denn los? Die Tür des Einbaukleiderschranks offen, die Schubladen des Nachttisches und der Kommode aufgezogen und durchwühlt. Hemden, Unterwäsche, Pullover auf dem Fußboden verstreut. Lansing! Das Arschloch war also eingebrochen. Carlsen lief ins Arbeitszimmer. Natürlich. Auch die Schreibtischschubladen standen offen. In den Regalen waren Bücher umgekippt oder zur Seite geschoben. Der Computer war eingeschaltet. Über den Monitor flimmerte die Startseite. *Centerville College. Welcome to the Green Mountain Experience.*

Schlagartig wußte Carlsen, wonach Lansing gesucht hatte. Wonach denn auch sonst? Er hastete in den Keller und atmete auf. Alles in Ordnung. Vor einigen Tagen hatte er den Karton mit Steinbergs Aufzeichnungen wieder dort versteckt, wo er ihn gefunden hatte, eins der damals heilgebliebenen Regale vor die Abseite geschoben und das Regal mit dem Werkzeug- und Farbenkrempel gefüllt. Alles war, wie er es verlassen hatte. Hier hatte Lansing also offenbar nicht gesucht, oder wenn doch, hatte er die Abseite jedenfalls nicht gefunden. Aber woher wußte er überhaupt, daß es in diesem Haus etwas zu suchen gab? Harding! Natürlich. George Harding wußte es. Ahnte es zumindest. Fürchtete es vielleicht sogar. Und Harding mußte Lansing beauftragt haben, den Einbruch zu begehen. Ja, so mußte es sein. Hatte Harding nicht schon einmal in diesem Haus einbrechen lassen? Damals, Ende der vierziger Jahre, als Steinberg in New York auf dem Kongreß gewesen war. Und schon damals war nach dem gesucht worden, wonach auch jetzt wieder gesucht wurde.

Carlsen fröstelte und bemerkte verblüfft, daß er nach der Dusche noch völlig nackt war. Er ging nach oben, zog sich an und setzte sich an den Computer. Steinbergs Aufzeichnungen hatte er in eine Word-Datei übertragen, unter dem Titel *Fundstück* abgespeichert und den Zugang durch ein Paßwort verschlüsselt und gesichert. Sollte Lansing die Datei aufgestöbert haben, hätte er sie also nicht öffnen können.

Und was nun? Mußte er nicht die Polizei verständigen? Den Sheriff? Er griff zum Telefon. Würden dann nicht womöglich Fragen gestellt werden, die für ihn unbequem waren? Unbequem und heikel? Würden dann nicht sofort auch *College Security* und Verwaltung eingeschaltet? Und was hätte er überhaupt davon? Ihm war ja nichts abhanden gekommen. Es war auch nichts zerstört worden. Nur ein bißchen Unordnung. Nein. Er legte den Hörer wieder auf. Er würde es anders machen, würde sich Lansing vorknöpfen, würde bei ihm auf den Busch klopfen, ihn damit konfrontieren, daß er ihn im Auto erkannt hatte. Ihm mit der Polizei drohen. Und dann mal sehen, wie Lansing reagierte.

Er sah auf die Armbanduhr. Kurz nach acht. Lauren würde bald kommen. Und auch Lauren würde er nichts erzählen. Dann müßte er ja mit der Wahrheit heraus, mit der ganzen Geschichte, mit Steinbergs Aufzeichnungen. Daß er die unterschlagen und sich angeeignet hatte. Und so weiter. Nein, das kam nicht in Frage. Es würde Lauren vermutlich nur ängstigen und verkrampfen, wenn sie erführe, daß eingebrochen worden war. Und er wollte keine verängstigte oder verkrampfte Lauren, sondern er wollte sie so, wie sie am Wochenende gewesen war, entspannt, verliebt und so verrückt nach ihm wie er nach ihr.

Er beseitigte die Unordnung, die der Einbrecher angerichtet hatte, stellte Gläser und Kerzen auf den Couchtisch, und als Lauren dann endlich kam, war sie so entspannt, verliebt und verrückt nach ihm wie er nach ihr, bis sie am frühen Morgen auf den Campus zurückkehrte.

Von Vermont nach New Jersey braucht man je nach Verkehrslage mit dem Auto fünf bis sieben Stunden. Wenn Lansing nach seinem fluchtartigen Abgang direkt nach New Jersey zurückgefahren war, mußte er noch im Lauf der Nacht zu Hause angekommen sein. Da Carlsen weder seine Adresse noch eine Telefonnummer hatte, rief er am späten Vormittag bei Harding an. Falls der Alte ans Telefon kommen würde, wollte Carlsen auflegen. Für Jennifer Warren hatte er sich eine Erklärung zurechtgelegt.

»Hallo?«

»Hier Moritz Carlsen. Sind Sie das, Miss Warren?«

»Ja. Oh, Mr. Carlsen, wie geht's?«

»Gut, danke. Ihnen hoffentlich auch. Und wie geht's Mr. Harding?«

»Auch gut.«

»Ich hoffe, er ist nicht mehr so böse auf mich.«

»Nein, nein, machen Sie sich deswegen keine Sorgen. Großvater kann manchmal ziemlich ekelhaft sein. Leider. Aber Sie können ihn jetzt nicht sprechen. Er ist im Krankenhaus.«

»Im Krankenhaus? Dann geht es ihm also doch nicht ...«

»Doch, doch, alles okay. Er ist da nur zur Beobachtung und kommt morgen schon wieder nach Hause.«

»Ich verstehe. Ich wollte eigentlich auch nicht mit Ihrem Großvater sprechen, sondern mit Mr. Lansing.«

»Mit Jeff? Der ist auch nicht da.«

»Könnten Sie mir vielleicht seine Telefonnummer geben?«

»Na ja, also, ich weiß nicht ... Worum geht es denn?«

»Als Mr. Lansing mich mit nach New York genommen hat, hat er mir von seiner interessanten Arbeit erzählt. Von diesen *Brain Computer Interfaces* und so weiter, und ...«

»Davon verstehe ich leider überhaupt nichts, Mr. Carlsen.«

»Nein, natürlich nicht, Miss Warren. Ich eigentlich auch nicht. Es ist aber so, daß hier am *Centerville College* ein Forschungsprojekt aufgelegt worden ist, das sich mit diesen Dingen beschäftigt. Ich habe dem Leiter des Projekts von meinem Gespräch mit Mr. Lansing erzählt, und da hat er gesagt, daß er Mr. Lansing gern zu einem Vortrag einladen würde, und ob ich den Kontakt herstellen könnte. Und deshalb ...«

»Oh, ich verstehe. Das wäre natürlich wunderbar für Jeff. Das wird ihn freuen. Seine Telefonnumer ist – haben Sie etwas zu schreiben?«

»Ja.« Carlsen notierte sich die Nummer.

»Und falls er nicht zu Hause sein sollte, können Sie ihn auf seinem Handy erreichen.«

Er notierte auch die Handynummer. »Danke, Miss Warren.«

»Hallo? Ja?« Eine verschlafene Stimme.

»Sind Sie das, Lansing?«

»Wer ist dran?«

»Raten Sie mal.«

»Was soll der Quatsch? Wer sind Sie?«

»Ich bin Moritz Carlsen. Sie müßten sich eigentlich noch ganz gut an mich erinn…«

»Oh! Carlsen, ja. Ich habe Sie neulich mit nach Manhattan genommen, nicht wahr?«

»Das ist richtig. Und gestern abend sind wir uns dann schon wieder begegnet.«

»Gestern … wieso? Was …?«

»Sie saßen in Ihrem roten Rennwagen. Und haben mich fast über den Haufen gefahren. Auf der Old Maple Lane in Centerville.«

»Was reden Sie denn da, Mann? Gestern abend war ich …«

»Im schönen Vermont am Fuß der Grünen Berge. Und da sind Sie erst in mein Haus eingebrochen, weil Sie …«

»Sind Sie verrückt geworden?«

»Keineswegs. Aber wenn Sie mich für verrückt halten, kann ich natürlich auch zur Polizei gehen und Sie anzeigen.«

»Okay, okay. Ganz langsam jetzt. Mal angenommen, nur mal rein hypothetisch angenommen, ich wäre wirklich in Ihr Haus eingebrochen – wie wollen Sie das beweisen?«

»Ach, wissen Sie, Lansing, da dürften sich leicht jede Menge Spuren finden lassen. Im Haus, an Ihrem Auto. Und *Sie* zu finden, dürfte dann ja noch viel leichter sein.«

»Und *warum* sollte ich in Ihr Haus eingebrochen sein? Hat man Ihnen etwas gestohlen?«

»Man hat nicht, weil man das, was gesucht wurde, nicht gefunden hat. Aber man hätte gern. Genauer gesagt, der alte Mr. Harding hätte es gern. Der Alte glaubt, daß ich etwas weiß, was ich unter keinen Umständen wissen darf. Und er glaubt, daß ich etwas habe, was er gerne hätte. Und deshalb hat er Sie beauftragt, dies Etwas zu beschaffen.«

Lansing schwieg.

»Sind Sie noch dran?«

Plötzlich lachte er.

»Ich finde das gar nicht so lustig«, sagte Carlsen.

»Nein, tut mir leid, ist es wahrscheinlich auch nicht. Aber wenn Sie im Ernst glauben, ich würde für Harding, diesen miesen, alten Hundesohn, auch nur den kleinen Finger krumm machen, dann sind Sie schief gewickelt, Mann. Bevor ich Harding einen Gefallen täte, würde ich lieber Al Capone einen Gefallen tun. Oder Richard Nixon. Oder meinetwegen sogar George W. Bush.« Er lachte wieder. »Der Kotzbrocken kann froh sein, daß ich ihn nicht ... Na ja, egal. Was soll das denn überhaupt sein, was Sie über Harding wissen? Daß sich das Arschloch für die CIA und das FBI die Hände schmutzig gemacht hat, damals, als er noch jung und stark war? Das weiß doch jeder. Er prahlt ja immer noch damit herum, wenn er ins Reden kommt. Was soll das also schon sein?«

Lansings unerwartete, heftige Reaktion klang glaubwürdig, alles andere als einstudiert, und sie verunsicherte Carlsen. Vielleicht hatte er in Lansing keinen Feind, sondern einen Verbündeten?

»Carlsen? Sind Sie noch dran?«

»Ja, natürlich.«

»Da wäre noch etwas. Ich glaube Ihnen nämlich nicht, daß Sie Harding wegen irgendeiner akademischen Frage besucht haben. So wie der Alte sich hinterher aufgeregt hat, das war selbst für diesen Choleriker ungewöhnlich. Und er hat Dinge erzählt, die zwar etwas wirr klangen, aber andererseits auch wieder ganz plausibel. Und sehr, sehr interessant.«

»Was denn für Dinge?«

»Das müßten Sie eigentlich besser wissen als ich.«

»Aber wenn Sie nicht für Harding arbeiten, für wen dann? Denn daß Sie gestern abend in Vermont ...«

»Ich arbeite für mich selbst. Und um ehrlich zu sein, natürlich auch für Geld. Mal angenommen, und natürlich wieder nur streng hypothetisch, ich wäre wirklich bei Ihnen eingebrochen und würde Ihnen jetzt den Grund nennen – was würden Sie dann machen? Zum Sheriff von Centerville gehen? Zum FBI?«

»Ich ... na ja, ich weiß nicht. Was *ist* denn der Grund?«

»Der Grund ist ... Hören Sie, Carlsen. Warum machen wir nicht einfach ein kleines Geschäft? Sie wollen offenbar etwas von Harding wissen. Vielleicht kann ich Ihnen da ja weiterhelfen? Und ich möchte wissen, ob es stimmt, was Harding vermutet. Daß Sie nämlich etwas haben, was mir vielleicht sehr nützlich sein könnte. Bei mir wäre es jedenfalls in besseren Händen als bei dem Alten. Harding geht es immer nur und immer noch um Macht und Herrschaft. Und um Kontrolle. Und wenn ich aus seinem Gerede klug werde, dann behauptet er, daß es eine Art Denkmaschine gibt oder Gedächtnismaschine oder jedenfalls Baupläne für so eine Maschine, die ein gewisser Brooneaux entwickelt haben soll. Und diese Pläne ...«

»Bruno.«

»Was?«

»Der Name ist Bruno. Ein italienischer Mönch, der im sechzehnten Jahrhundert ...«

»Na schön, das spielt ja jetzt keine Rolle.«

»Das glaube ich aber schon, daß das eine Rolle spielt. Sie reden von Computertechnologie, Harding vermutlich von irgendwelchen Waffensystemen oder Überwachungstechniken, während dieser Bruno lediglich metaphysische und kosmische Spekulationen angestellt hat, die auf der antiken Gedächtnislehre basierten. Mag schon sein, daß er auch über eine Art Gedächtnisautomaten nachgedacht hat, aber der Witz ist vermutlich der, daß seine Idee eines kosmischen Gedächtnisses ohne Maschine oder Rechner auskam.«

»Das ist ja genau der Punkt, Mann. Das sag ich doch die ganze Zeit. Das ist mein Arbeitsgebiet. Ich hab's Ihnen doch damals schon ausführlich erzählt. Wenn man eine mentale oder biochemische Festplatte entwickeln könnte, eine ohne Hardware funktionierende Software, kurzgeschlossen mit der menschlichen Psyche – das wär's. Das wär's wirklich, Mann! Wenn man unmittelbare Kommunikation zwischen dem menschlichen Gehirn und Computern herstellen könnte, um künstliche Intelligenz mit natürlicher und natürliche Intelligenz mit künstlicher kompatibel zu machen. Verstehen Sie? Können Sie sich vorstellen, was das bedeuten würde? Das würde einen Datentransfer bedeuten, der kein technisches Medium mehr benötigt, sondern magisch funktioniert oder telepathisch oder wie immer man das nennen will. Ich weiß, daß das für manche Technokraten noch ziemlich phantastisch klingt, aber bei solchen Entwicklungen muß man alle Möglichkeiten und Ideen ernstnehmen, auch die abseitigsten. Man muß indianische Medizinmänner und Schamanen ernstnehmen, indische Gurus und japanische Zenmeister, aber auch so einen durchgeknallten Mönch aus Italien, egal, wann der gelebt hat. Carlsen, Mann! Verstehen Sie, was ich meine?«

»Ich ... na ja, nicht ganz, aber ...«

»Wenn dieser Bruno oder sonstwer vor einem halben Jahrtausend behauptet hätte, daß man beliebige Botschaften durch den Äther schicken kann, daß wir Radioimpulse von fremden Sternen empfangen oder daß wir hier einfach so sitzen und telefonieren, dann hätte man den doch auch für verrückt erklärt. Aber was man sich vorstellen kann, das kann man früher oder später auch realisieren. Ideen sind alles, Mann. Oder nehmen Sie die neuen Testreihen mit BCI, also mit Gehirn-Computer-Schnittstellen. Bislang konnten die Signale von Sensoren, die man Schimpansen implantiert hat, nur in Richtung Rechner laufen, der dann die gedachten Befehle ausführt. Jetzt läßt sich der Prozeß aber auch umkehren. Die Signale, die vom Schimpansenhirn ausgehen und die Computerfunktionen auslösen, können an die Affen zurückgesandt werden und ihr Verhalten steuern. Das hätte man sich bis vor ein paar Jahren auch nicht träumen lassen. Oder eher umgekehrt. Weil man davon träumte, ist es jetzt Realität geworden. Ideen, Mann! Die Kraft der Gedanken. Das ist es. Wer andere Ideen nicht ernstnimmt, der kommt nie auf eigene.«

»Na schön, Lansing. Aber was wollen Sie mir damit eigentlich sagen?«

»Okay, Mann. Ich spiele mit offenen Karten. Ich möchte, daß Sie mir die Unterlagen oder Pläne oder Berechnungen geben oder zumindest mal zeigen, die auf den Ideen dieses Bruno basieren. Harding glaubt, daß ein Professor Capello oder Castello und ein gewisser Steinberg in den vierziger Jahren daran gearbeitet haben. Und er glaubt auch, daß Sie das sehr genau wissen und wahrscheinlich im Besitz dieser Unterlagen sind. Der alte kalte Krieger glaubt, daß Sie ihn deswegen besucht haben. So, das wäre mein Blatt. Aber wenn ich mit offenen Karten spiele, dann müssen Sie jetzt auch Ihr Blatt auf den Tisch legen.«

Lansings Begeisterung wirkte ansteckend. Was er sagte, war vielleicht phantastisch, aber naiv war es nicht. Daß Castellos Aufzeichnungen zu Brunos Konzeption einer Gedächtnismaschine in Lansings Sinn anwendbar sein könnten, von Hardings Interesse daran zu schweigen, hielt Carlsen allerdings für höchst unwahrscheinlich. Insofern war es kein besonderes Risiko, Lansing das Konvolut zu zeigen. Und Lansing stand zweifellos mit Harding auf Kriegsfuß. In dessen Hände würde das Material also nicht fallen. Warum also nicht? Warum sollte Carlsen sich nicht auf ein Geschäft mit Lansing einlassen?

»Carlsen? Sind Sie ...«

»Ja, ja. Okay. Sie wollen also mein Blatt sehen? Hat Harding Ihnen denn auch erzählt, daß dieser Steinberg in den Knast gekommen ist, weil Harding ihn damals während der McCarthy-Ära denunziert hat? Steinberg hat Aufzeichnungen hinterlassen, aus denen das klar hervorgeht. Und hat Harding Ihnen erzählt, daß Steinberg ums Leben gekommen ist, kaum daß er wieder aus dem Knast raus war?«

»Nein, hat er nicht. Jedenfalls nicht so direkt. Er hat nur gesagt, daß Steinberg ein Radikaler gewesen sei, der seine gerechte Strafe bekommen hätte.«

»Es gibt sogar Gerüchte, daß Harding am Tod Steinbergs beteiligt gewesen sein soll.«

»Oh! Tatsächlich? Das ist ja interessant. Ich meine, ich weiß, daß Harding früher ein politischer Amokläufer war, ein Hexenjäger und Kommunistenfresser, wie er im Buche steht. Ich traue ihm alles zu. Der Mann ist ja immer noch total paranoid und glaubt inzwischen, daß Amerika islamistisch unterwandert wird. Aber was hat das jetzt mit diesem Material zu tun? Mit der Gedächtnismaschine?«

»Einen Moment noch. Meinen Sie, daß Harding irgendwelche Unterlagen haben könnte, die etwas über seine Verwicklung in den Fall Steinberg aussagen?«

»Keine Ahnung. Möglich wär's schon. Sein Keller steht voll mit Aktenordnern, alle hübsch sortiert, weil er so ein Ordnungsfanatiker ist. Aber mich interessiert diese Scheiße nicht.«

»Mich aber. Hören Sie zu, Lansing. Sie haben mir vorhin ein Geschäft angeboten. Ich mache Ihnen einen Vorschlag. Gehen Sie mal in Hardings sauber aufgeräumten Keller und schauen Sie in die Ordner, die die Jahre 1948 bis 1951 oder 52 betreffen. Und wenn Sie da etwas finden, was sich auf Steinberg bezieht, machen Sie Kopien davon. Und diese Kopien geben Sie mir. Im Gegenzug bekommen Sie das Material über Bruno.«

»Mh, mh ... Klingt fair. Aber was hätten Sie davon, wenn man Harding da etwas nachweisen könnte? Der hat immer noch seine alten Kumpel, und die halten dicht. Da laufen Sie gegen eine Wand oder kriegen am Ende selber Schwierigkeiten.«

»Gute Frage. Ja, was hätte ich davon? Harding sagt nichts. Steinberg kann nichts mehr sagen. Aber vielleicht kann man die Toten zum Sprechen bringen? Sie haben doch selbst gesagt, daß nichts so phantastisch ist, daß man es nicht ernstnehmen sollte. Ich habe als Schriftsteller auch so meine Phantasien. Sagen wir einfach so: Es interessiert mich. Oder mit Ihren eigenen Worten: Ideentreibstoff.«

Lansing lachte. »Okay, das ist Ihre Sache. Ich werde sehen, was sich machen läßt. Geben Sie mir Ihre Telefonnummer, und ... ach so, die hab ich hier ja auf dem Display. Ich rufe Sie wieder an.«

»Hallo?«

»Carlsen? Lansing hier.«

»Oh, das ging aber schnell. Wir haben doch erst vor fünf Stunden ...«

»Die Gelegenheit war günstig. Harding ist bis morgen im Krankenhaus, und Jenny arbeitet. Da hab ich mir mal schnell den Schlüssel von Hardings Haus ausgeliehen.«

»Und? Haben Sie was gefunden?«

»Ich glaub schon. Es gibt da Protokolle, Aktennotizen und allerlei Briefe, in denen es um Steinberg geht. Ich hab mir das im Detail nicht genau angesehen und kenne die Hintergründe ja auch nicht richtig. Aber wenn ich es recht verstehe, hat man tatsächlich damals überlegt, ob und wie man Steinberg unauffällig beseitigen könnte. Und Harding war daran beteiligt.«

»Das hab ich mir gedacht.«

»Zuzutrauen wär es ihm allemal.«

»Also gut. Wie wollen wir jetzt vorgehen?«

»Wir müssen uns treffen. Und zwar möglichst schnell, Mann. Am besten schon morgen, weil ich nächste Woche ...«

»Morgen? Morgen ist Donnerstag. Das geht nicht. Da muß ich am College unterrichten.«

»Okay, dann eben Freitag. Ich hab mir das so gedacht, daß wir uns auf halber Strecke treffen, in der Nähe von Albany. Das bedeutet für jeden von uns nur zwei, höchstens drei Stunden Fahrt.«

»Freitag ...« Carlsen überlegte. Freitagabend wollte Lauren in die Old Maple Lane kommen, dort übernachten, und von Sonnabend auf Sonntag wollten sie dann gemeinsam eine Spritztour nach Montreal machen. Carlsen hatte bereits ein Hotelzimmer gebucht.

»Ja, Freitag wäre möglich«, sagte er, »aber möglichst früh. Spätestens um die Mittagszeit. Ich muß abends wieder in Centerville sein.«

»Kein Problem. Fahr ich eben nach dem Frühstück los. Sagen wir also übermorgen um zwölf.«

»Gut. Und wo?«

»Kurz hinter Albany kommt auf der Interstate 87 Richtung Norden die Ausfahrt Clifton Park. Da gibt's eine Plaza mit 'ner *Exxon*-Tankstelle, ein paar Geschäften und einem *Wendy's Family Restaurant*.«

»In Ordnung. Hab ich notiert. Freitag, zwölf Uhr, Clifton Park im *Wendy's*.«

»Genau. Alles klar.«

»Noch eine Frage«, sagte Carlsen. »Wie sind Sie eigentlich in mein Haus gekommen?«

»Durch die Tür natürlich.«

»Aber die war abgeschlossen, und das Schloß war nicht aufgebrochen.«

Lansing kicherte. »Solche uralten Schlösser kriegt man doch mit 'ner Büroklammer auf, Mann.«

32

VIELLEICHT EIN ROMAN

Jeffrey Lansings ramponierter Ford Escort stand schon auf dem Parkplatz vor *Wendy's Family Restaurant*, als Carlsen mit halbstündiger Verspätung vorfuhr. Das Lokal war nur schwach besetzt. Lansing saß in der hintersten Eßnische und winkte Carlsen aufgeregt zu.

»Na endlich, Mann. Ich dachte schon, Sie kommen nicht mehr«, sagte Lansing.

»Ich bin in einen Stau geraten«, sagte Carlsen, »vor der Brücke über den Lake Champlain bei Chimney Point. Ein umgestürzter Lkw. Egal. Jetzt bin ich ja hier.«

»Haben Sie die Unterlagen dabei?« Lansing war sichtlich nervös.

»Natürlich«, sagte Carlsen und legte den braunen, abgegriffenen Pappumschlag mit Anthony Castellos Vermerk *Bruno's Memory Machine* auf den Tisch.

Gestern abend war er noch einmal auf den Campus gefahren, hatte beim *Reproduction Service* gewartet, bis er allein im Kopierraum war, und dann Fotokopien des gesamten Konvoluts gezogen, die er für sich behalten wollte.

Lansing griff gierig nach dem Original, aber Carlsen legte die Hand darauf. »Moment mal«, sagte er, »ich denke, wir machen hier ein Tauschgeschäft.«

»Ja, sicher, Entschuldigung.« Lansing entnahm einer neben ihm liegenden Plastikmappe einen Stapel Papiere, die mit zwei Gummibändern gebündelt waren, und gab sie Carlsen. »Hier, Mann.«

Lansing öffnete den Umschlag und zog Castellos teils mit Hand, teils mit Maschine geschriebene Aufzeichnungen heraus, sah Carlsen an und fragte: »Ist das auch garantiert alles?«

»Natürlich. Und das hier?«

Carlsen zog die Gummibänder ab und blätterte flüchtig durch den Stapel, 25 bis 30 fotokopierte Seiten. Auch hier gab es handschriftliche, offenbar von Harding persönlich angefertigte Notizen, aber das meiste war in Maschinenschrift. Es gab einige Briefe und Schriftstücke mit dem Briefkopf der CIA, des Kriegsministeriums und des FBI, und fast alle Blätter waren am oberen Rand mit Stempeln versehen, FOR INTERNAL USE ONLY, SECRET und TOP SECRET. Die Stempel wirkten wie ein Echtheitszertifikat. »Garantiert alles?«

Lansing nickte. »Ja, klar, Mann. Alles, was ich finden konnte. Ich mußte natürlich Kopien machen und habe die Originale wieder in die Ordner einsortiert, damit Harding oder wer auch immer nichts merkt. Es sieht tatsächlich so aus, als hätte der alte Schweinehund das Auto dieses Steinberg manipulieren lassen und anschließend alle Spuren verwischt. Na ja, Sie werden ja sehen.«

Er begann, in Castellos Aufzeichnungen zu lesen, aber nun kam die Kellnerin an den Tisch. Ob sie sich bereits entschieden hätten?

»Nein«, sagte Carlsen, »noch einen Moment bitte.«

»Kein Problem.« Die Kellnerin warf einen neugierigen Blick auf die Papiere und zog wieder ab.

»Hören Sie, Lansing, ich glaube, das hier ist nicht der richtige Ort und nicht der richtige Moment, um diese Sachen intensiv zu studieren. Ich glaube Ihnen, daß Ihre Lieferung komplett ist. Und Sie sollten mir das auch glauben. Aber lesen sollten wir das Zeug lieber, wenn wir allein und ungestört sind.«

»Ja, ja, natürlich«, sagte Lansing widerstrebend, »Sie haben recht, Mann.«

Er schob die Papiere in den Umschlag zurück, steckte ihn in die Plastikmappe, und Carlsen bündelte seine Blätter wieder mit den Gummibändern.

Sie bestellten etwas zu essen.

»Das mit dem Einbruch«, sagte Lansing, »tut mir übrigens leid. Das war eine Kurzschlußreaktion. Ich hätte Sie ja auch einfach anrufen und nach den Bruno-Papieren fragen können.«

»Ich weiß nicht, ob ich Ihnen dann davon erzählt hätte«, sagte

Carlsen. »Vielleicht mußte es erst soweit kommen. Ich wäre von selbst ja auch nie auf die Idee gekommen, Sie nach Hardings Papieren zu fragen. Aber wieso war es eine Kurzschlußreaktion?«

»Den Job, um den ich mich beworben habe, wissen Sie, als ich Sie vor zwei Wochen mit nach Manhattan genommen habe, den hab ich nicht bekommen. Es gab andere Bewerber, und mindestens einer war besser als ich. So ist das eben.«

»Das hab ich mir gedacht«, sagte Carlsen.

»Wieso?«

»Weil draußen immer noch Ihr Auto steht, oder das, was noch von diesem Auto übrig ist. Sie hatten mir erzählt, Sie würden sich ein neues kaufen, wenn es mit dem Job klappt.«

Lansing nickte betrübt. »Und ich war mir so sicher. Na ja, kann man nichts machen. Als ich dann darüber nachgedacht habe, was ich falsch gemacht haben könnte oder was meiner Bewerbung fehlte, fiel mir wieder ein, was Harding über diese Gedächtnismaschine erzählt hat. Und ich dachte, wenn ich mit solchen irren Projekten winken kann, dann hab ich vielleicht bessere Chancen. Ich meine, so eine Gedächtnismaschine. Das wär's doch wirklich, Mann.«

»Ich würde es Ihnen wünschen«, sagte Carlsen. »Aber versprechen Sie sich nicht zuviel von diesen Papieren. Die enthalten zwar auch ein paar Spekulationen, die in Ihre Richtung gehen, aber im Grunde ist das alles Philosophie, mittelalterliche Scholastik. Und das ist wahrscheinlich auch gut so. Ich glaube, daß Hardings paranoide Phantasien um Lichtjahre an dem vorbeigehen, was diese Unterlagen hergeben. Für Sie ist das vielleicht nur enttäuschend, aber Julius Steinberg hat für dieses Mißverständnis mit dem Leben bezahlt.«

»Und was machen Sie jetzt mit den Beweisen, daß Harding diesen Mann auf dem Gewissen hat? Sie sind doch kein Bulle oder Staatsanwalt. Wollen Sie ihn anzeigen? Oder verklagen?«

»Nein, nein, ich mußte es einfach wissen. Ich weiß nicht, ob Sie das verstehen können. Ich verstehe es selber nicht so genau. Ich wollte nur wissen, wie Steinbergs Geschichte endet. Und was ich damit mache, weiß ich noch nicht. Vielleicht gar nichts. Was soll man auch aus so einer Geschichte machen? Außer vielleicht einen Roman.«

Lansing lachte. »Dann müssen Sie mir aber ein Exemplar schikken. Mit Widmung.«

»Versprochen«, sagte Carlsen. »Ich denke, wir beide sind quitt.«

Die Brücke von Chimney Point war gesperrt. Ein Polizist, der den Verkehr umleitete, erklärte Carlsen, daß sich bei der Bergung des verunglückten Lkw weitere Probleme ergeben hätten. Um über den Lake Champlain zu kommen, mußte Carlsen 20 Meilen zurück nach Süden, um dort mit der Autofähre nach Larrabees Point überzusetzen. Am Fähranleger hatte sich eine lange Warteschlange gebildet, da jetzt fast der gesamte Verkehr in östlicher Richtung durch das Nadelöhr drängte. Als Carlsen endlich auf der Vermonter Seite des Sees war, hatte er mehr als zwei Stunden verloren.

Lauren wollte gegen acht Uhr in der Old Maple Lane eintreffen. Carlsen mußte sich also beeilen, ignorierte alle Tempolimits und schwelgte in Vorfreude auf den Abend, die Nacht und den Ausflug nach Montreal. Gut, daß er Champagner kaltgestellt hatte. Für Lauren. Und zur Feier dieses Tages. Zur Feier des Tages, an dem er die letzten losen Enden von Julius Steinbergs Geschichte miteinander verknüpft hatte.

Kurz vor Centerville begann es zu schneien. Nasse Flocken klatschten träge gegen die Windschutzscheibe, schimmerten im Scheinwerferlicht wie Sternhaufen einer fernen Galaxie. Als er über die Brücke fuhr, wurde das Gestöber feiner und dichter, flimmerte im Lichtkegel wie Pixel eines gestörten TV-Bilds. Der Schnee würde den Abend noch behaglicher werden lassen – geborgen im Haus, vereint, verschmolzen mit Lauren, während draußen die Welt in Kälte und wirbelndem Weiß versänke.

33

MITTEN IM NIRGENDWO

Er legte die gebündelten Fotokopien in eine Schreibtischschublade. Lesen würde er später, in aller Ruhe nach dem Wochenende. Jetzt war dafür keine Zeit, jetzt erwartete ihn Besseres, das Beste. Was war die Neugier auf ein fremdes, erkaltetes Leben, von dem nur Schrift auf weißem Papier geblieben war wie verharschte Spuren im Schnee – was war solche Neugier gegen die Gier, das eigene Leben zu spüren, mit der Geliebten das eigene Leben zu teilen in der Hitze gemeinsamer, lustvoller Gegenwart? Er zündete Feuer im Kamin an, stellte Kerzen und Gläser auf den Couchtisch, steckte sich eine Zigarette an und wartete.

Es wurde acht. Er ging ans Fenster. Der Schnee fiel jetzt als dicht gewebter Vorhang, schmolz nicht mehr, wenn er den Boden traf, sondern spannte über die Wiesen zwischen Haus und Fluß sein wattiges Laken. Würde es weiter so schneien, würden sie morgen wohl kaum nach Montreal fahren können. Auch gut, dachte er, vielleicht sogar besser. Sollte es ruhig schneien, weiter und mehr und immer noch mehr, bis er und Lauren in der Wärme und Stille dieses Hauses eingeschneit sein würden.

Es wurde halb neun. Er ging auf die Veranda. Wind war aufgekommen, trieb den Schnee Richtung Fluß, der als dunkles Band durchs Weiß schnitt. Der Schnee lag schon zehn Zentimeter hoch. Vielleicht traute Lauren sich nicht mehr mit dem Wagen durch dies Wetter? Aber dann würde sie ihn doch anrufen. Und wenn die Leitung unterbrochen war? Er ging ins Arbeitszimmer, hob den Hörer ab. Die Leitung war frei. Er würde bis neun warten und dann bei ihr anrufen. AH 351. Er legte neue Holzscheite aufs Kaminfeuer. Der Wind wimmerte im Schornstein und riß Funkenregen aufwärts.

Er ging ins Arbeitszimmer, griff zum Telefon, wählte AH 351. Es klingelte dreimal, viermal.

»Hallo?« Die Stimme klang fremd.

»Lauren?«

»Nein, hier ist Sandy.«

»Oh, dann hab ich mich wohl verwählt. Entschuldigen Sie.«

»Sind Sie das, Professor Carlsen?«

»Ja, ich, äh, entschuldigen ...«

»Sie haben sich nicht verwählt«, sagte Sandy. »Ich habe nur das Zimmer getauscht, weil es etwas größer als mein altes ist. Ich hab vorher beim *Custodial Service* gefragt, ob das okay ist.«

»Ach so, ich ... verstehe. Dann wohnt Lauren also jetzt in Ihrem Zimmer?«

»Nein, wieso? Lauren ist doch weg.«

»Weg? Was heißt weg?«

»Sie ist gestern abgereist. Hat sie sich denn nicht bei Ihnen verabschiedet?«

»Verabschiedet? Lauren? Oh, ach so ... natürlich, ja. Das hab ich doch glatt vergessen.«

»Der zerstreute Herr Professor«, kicherte Sandy.

»Ja«, sagte Carlsen, »ja, das kann man wohl sagen. Also entschuldigen Sie noch mal, daß ich ...«

»Kein Problem«, sagte Sandy. »Schönes Wochenende.«

»Danke, Ihnen auch.«

Es klickte in der Leitung. Carlsen lauschte entgeistert in den Summton des Freizeichens. Lauren weg? Sandy in Laurens Zimmer? Lauren abgereist? Was hieß denn das? Vielleicht hatte sie ihn angerufen, während er unterwegs gewesen war, um sich mit Lansing zu treffen? Er hörte die Telefon-Mailbox ab. Eine Nachricht von Hocki, aufgesprochen am Vormittag, Er bat um Rückruf. Keine Nachricht von Lauren. Kein Wort. Abgereist? Wohin denn? Warum hatte sie ihm keine Nachricht hinterlassen? Sie konnte doch nicht einfach sang- und klanglos verschwinden? Vielleicht hatte sie ihm eine E-Mail geschickt? Er rief die Mails seiner College-Adresse ab.

Drei Word-Dateien, Storys von Studenten aus dem Schreibseminar, eine Krankmeldung aus dem Übersetzerkurs, vier Spam-Mails, eine Einladung zum Chorkonzert, ein Rundschreiben der Bibliothek zu Öffnungszeiten während der Weihnachtsferien. Und eine Nachricht von Hocki mit der Betreffzeile: *Exmatrikulierung Lauren A. Hancock*. Lauren exmatrikuliert? Wieso denn das? Was war da passiert?

From: j.shoffe@cvc.edu
To: m.carlsen@cvc.edu
Sent: november 27, 2003 10:14 AM
Subject: Exmatrikulierung Lauren A. Hancock

Lieber Moritz,
konnte dich telefonisch nicht erreichen, deshalb auf diesem Weg kurz folgendes: Lauren A. Hancock, die im Übersetzerkurs eingeschriebene Anwältin, muß aus dringenden beruflichen Gründen sofort abreisen. Ruf mich bitte zurück wegen eines Drop-Reports.
Hocki

Dringende berufliche Gründe? Ah, natürlich! Neulich nachts hatte Lauren ihren Anrufbeantworter schon abgehört, weil sie auf eine wichtige Nachricht wartete. Aber warum wandte sie sich nicht an ihn, sondern an Hocki? Okay, Hocki war der Direktor. Aber Carlsen war immerhin ihr Professor. Ihr geliebter Professor sogar.

Er wählte Hockis Privatnummer. Nein, Carlsen störe nicht, und ja, Lauren A. Hancock sei gestern in Hockis Sprechstunde erschienen und habe erklärt, unverzüglich nach Boston abreisen zu müssen, da ihre Anwesenheit in der Anwaltskanzlei dringend erforderlich sei. Die Angelegenheit sei leider nicht in ein paar Tagen zu erledigen, sondern werde sie einen längeren Zeitraum beschäftigen, so daß eine Rückkehr ans College ausgeschlossen sei. Das habe sie sehr bedauert, insbesondere wegen des Übersetzerkurses. »Der hat mir viel gegeben«, habe sie gesagt. Vermutlich könne das College ihr keine Gebühren zurückerstatten, aber das bezahle wohl sowieso die Kanzlei und sei insofern zu verschmerzen. So sei das eben manchmal mit den speziellen Fällen. Und im übrigen sei die Einschreibzahl des Kurses mehr als befriedigend und von daher ...

Carlsen hörte Hockis Worte, wie man eine fremde Sprache hört, von der man lediglich einige Phrasen beherrscht, die jedoch keinen Zusammenhang ergeben. Der hat mir viel gegeben, verstand er. Warum hatte sie ihn nicht angerufen? Verschmerzen, hörte er Hocki sagen. Vielleicht gehörte sie zu jenen Menschen, die keine Abschiede ertragen, keine Trennungen verschmerzen konnten? Vielleicht würde sie ihn bald anrufen. Vielleicht versuchte sie in diesem Moment, ihn anzurufen, ausgerechnet jetzt, da sein Telefon besetzt war. Vielleicht hatte sie es schon den ganzen Tag lang versucht, während er nach Clifton Park und zurück unterwegs gewesen war. Mehr als befriedigend, sagte Hocki. Auch das verstand er. Aber dieses Mehr-als-befriedigend hatte einen frostigen Beiklang, ein höhnisches Echo. Im Lichthof, den das Fenster in die Nacht warf, tanzte der Schnee regellose Tänze, ein taumelndes, weißes Chaos in Kälte und Nacht.

»Moritz? Hörst du mir überhaupt noch zu?«

»Ich ... natürlich.«

»Ich hab dich gefragt, wie sie so war?«

»Wer?«

»Lauren. Wie gut die war?«

»Wie gut? Sie war ... schwer zu sagen. Wie meinst du das eigentlich?«

»Moritz, hast du schon was getrunken oder was? Ich meine, daß wir ihr vielleicht anteilig *Credits* gutschreiben könnten, falls sie später noch mal so einen Kurs belegen sollte. War sie gut? Was für eine Note würdest du ihr ...«

»Sie war sehr, sehr gut. Ein glattes A. Wenn nicht noch besser.«

»Besser geht nicht«, sagte Hocki. »Na ja, wir besprechen das dann am Montag in Ruhe. Schönen Abend noch.«

Carlsen starrte den Telefonhörer an, als sei er ein Instrument aus einer fremden Welt, aus jener Welt, in der man die fremden Worte sprach, die Hocki so flüssig über die Lippen gegangen waren. Dann legte er auf. Sie mußte versucht haben, ihn zu erreichen. Sie mußte!

Er sah auf die Uhr. Halb zehn. Er ging in die Küche, goß Whiskey in ein Wasserglas, trank, rauchte. Ruf an, dachte er, ruf jetzt bitte an. Das Telefon blieb stumm. Er trat auf die Veranda. Durchs dichte Gestöber waren Fluß und Brücke nicht mehr zu erkennen, und daß es dahinter eine Straße gab, war nur an den Lichtbatzen auszumachen, die vereinzelte Autos träge durchs Dunkel schoben. Dort, wo die Old Maple Lane von der Straße abzweigen mußte, wurde eins dieser behäbig kriechenden Lichter noch langsamer, schwenkte in Richtung der Brücke ein und tastete sich hügelaufwärts. Eine Woge der Erleichterung durchrollte ihn. Lauren! Endlich.

Er holte den Champagner aus dem Kühlschrank, stellte die Flasche auf den Couchtisch, zündete die Kerzen an, warf mehr Scheite aufs Kaminfeuer, knipste das Deckenlicht aus und ging wieder auf die Veranda. Vor dem Haus stand ein Auto, aber es war nicht Laurens weißer Rabbit, sondern ein großer Suburban 4-WD mit dem Emblem von *Campus Security* auf den Türen. Vielleicht hatte sie sich den geliehen, um nicht im Schnee steckenzubleiben? Die Fahrertür wurde geöffnet. Ein Mann stieg aus, der eine Pelzmütze trug und den Kragen seiner gefütterten Lederjacke hochgeschlagen hatte. Warum kam Lauren nicht allein? Ach so, natürlich, wahrscheinlich hatte sie den Wagen nicht geliehen, sondern sich nur herfahren lassen. Dann öffnete sich auch die Beifahrertür. Aber nicht Lauren stieg aus, sondern ein zweiter Mann, der einen breitkrempigen Hut auf dem Kopf hatte. Von der Veranda aus konnte Carlsen sein Gesicht nicht erkennen.

Die beiden Männer stapften durch den Schnee auf die Verandastufen zu; Carlsen ging ihnen zwei, drei Schritte entgegen.

»Guten Abend«, sagte der Mann mit der Pelzmütze auf englisch, und dann erkannte Carlsen den zweiten Mann, der auch »Guten Abend« sagte, aber auf deutsch, mit weicher, tonloser Stimme und französischem Akzent. Carlsen erstarrte. Ausgerechnet Lavalle. Was um Himmels willen wollte Lavalle hier? Und zu dieser unmöglichen Zeit?

»Hallo, Pierre«, stammelte Carlsen. »Das ist ja ... eine Überraschung.«

Lavalle nahm den Hut ab. »Das kann ich mir denken«, sagte er und klopfte mit der Krempe gegen sein Knie. Schnee rieselte auf die Dielen. »Das ist Officer Brandon von *Campus Security*.« Brandon tippte mit dem Zeigefinger gegen den Aufschlag seiner Pelzmütze. »Er war so liebenswürdig, mich durch das Sauwetter hier hochzufahren.«

»Und, ich meine, worum geht's denn überhaupt?« fragte Carlsen.

»Können wir reinkommen?« sagte Lavalle, aber es klang weniger nach einer Frage als nach einer Aufforderung, den Durchgang freizugeben.

»Ja, ich meine, klar ... Kommen Sie doch erst mal herein.«

Er öffnete die Tür und ließ die beiden eintreten.

»Sehr gemütlich«, sagte Lavalle mit Blick auf das Arrangement aus Kerzen, Gläsern und Champagner vorm flackernden Kamin und warf seinen Hut auf die Couch. »Aber etwas zu dunkel, würde ich sagen.«

Lavalle knipste den Schalter an. Das Deckenlicht schien Kälte zu verströmen.

»Also, ich muß doch sehr bitten«, sagte Carlsen hilflos und verwirrt. »Was soll das, Pierre? Was fällt Ihnen ein?«

»Die Frage müßte wohl eher lauten, was *Ihnen* eingefallen ist«, sagte Lavalle und kniff die runden Augen zusammen, als blendete ihn das Licht. »Wir sind gekommen, um etwas abzuholen.«

»Abzuholen? Was meinen Sie damit?«

»Wir meinen gewisse Unterlagen, die Eigentum des Colleges sind und die Sie sich widerrechtlich angeeignet haben, Herr Professor Carlsen.« Lavalles Stimme war immer noch weich. Weich und kalt wie Schnee.

»Oh«, stammelte Carlsen, »Sie meinen, also ... ich glaube, ich verstehe, aber das ist wohl ein Mißverständnis, weil ...«

»Das ist ja sehr erfreulich, daß Sie es jetzt verstehen«, sagte Lavalle. »Aber ein Mißverständnis dürfte es wohl kaum sein. Schließlich haben Sie sich diese Unterlagen nicht nur widerrechtlich und unbefugt angeeignet, sondern Sie haben sie auch noch weitergegeben. Und im Gegenzug haben Sie dafür andere Unterlagen erhalten.«

»Andere ...? Wovon reden Sie? Wollen Sie nicht Platz nehmen?«

»Nein, danke«, sagte Lavalle. »Wir wollen Sie nicht weiter aufhalten. Wir wollen auch kein Aufsehen erregen. Officer Brandon versteht übrigens kein Deutsch, und das muß er auch gar nicht.« Brandon stand breitbeinig, mit gekreuzten Armen vor der Tür, als müsse er einen Fluchtweg versperren.

»Hören Sie zu, Carlsen«, fuhr Lavalle fort. »Ich weiß, daß Sie nicht so dumm sind, wie Sie jetzt vielleicht gerne sein würden. Aber Sie sollten uns nicht für noch dümmer halten. Ihr, wenn man so sagen darf, Geschäftspartner Jeffrey Lansing hat sich vor zwei Stunden als äußerst kooperationsbereit erwiesen. Und das sollten Sie auch tun. Niemand ist daran interessiert, eine Staatsaktion vom Zaun zu brechen. Lügen Sie mich einfach nicht mehr an, und geben Sie die Unterlagen heraus. Dann bleibt die Sache unter uns.«

»Wieso lügen?« Carlsen bemühte sich vergeblich, Entrüstung in seine Stimme zu legen. »Und woher wissen Sie überhaupt, daß ich mit Lansing, ich meine, daß er …«

Lavalle lächelte nachsichtig. »Es reicht doch, daß wir es wissen. Und wenn Sie mir nicht vorgelogen hätten, daß Sie sich Julius Steinbergs Veröffentlichungen per Fernausleihe aus Boston bestellt haben wollen, hätte ich Ihnen vielleicht sogar geglaubt. Also bitte, machen wir's kurz.«

Carlsen nickte stumm und schlurfte ins Arbeitszimmer. Lavalle folgte ihm. Brandon blieb an der Eingangstür stehen. Carlsen zog die Harding betreffenden Kopien, die Lansing ihm ausgehändigt hatte, aus der Schreibtischschublade und gab sie Lavalle, der sie flüchtig durchblätterte.

»Sehr schön«, sagte er. »Haben Sie dieses Material schon gelesen?«
»Nein, ich hatte noch keine Zeit dazu.«
»Um so besser«, sagte Lavalle. »Und wo ist der Rest?«
»Welcher Rest? Das ist alles. Castellos Aufzeichnungen über Giordano Bruno habe ich Lansing gegeben.«

Lavalle lächelte und winkte ab. »Das wissen wir. Und wir haben das Material bei Lansing natürlich sichergestellt. Obwohl ich sehr bezweifele, daß es da überhaupt etwas sicherzustellen gibt. Mit solchen Spinnereien dürfte nicht einmal ein phantasiebegabter Mensch wie Jeff Lansing etwas anfangen können. Der gute Harding hat das damals wohl auch etwas überschätzt. Ich rede nicht von diesen wirren Ideen. Ich meine die Aufzeichnungen von Julius Steinberg, die Sie gegenüber Lansing erwähnt haben.«

»Aufzeichnungen Steinbergs? Ich wüßte nicht ...«

»Ach, kommen Sie schon, Moritz. Sie tragen sich doch sogar mit dem Gedanken, eine Geschichte zu schreiben, die fast so klingt, als würde sie aus Steinbergs Feder stammen. So etwas saugt man sich doch nicht aus den Fingern.«

Carlsen kapitulierte. Wie in Trance führte er Lavalle zu der niedrigen Tür mit der Warnung *Watch Your Steps*, die wackelige, knarrende Stiege hinab. Lavalle sah zu, wie er das Gerümpel ausräumte, das Regal beiseite schob und die Abseite zum Vorschein kam.

»Sieh da, sieh da«, sagte Lavalle und nickte zufrieden.

Carlsen gab ihm den Karton. *Western Union Delivery Service.*

Lavalle klappte den Karton auf, blätterte in einer der Kladden, sah auch in die Briefordner, nickte und lächelte zufrieden. »Na also.«

Das Feuer im Kamin war bis auf ein paar Glutreste niedergebrannt.

»Sie sollten nachlegen«, sagte Lavalle, »heute nacht kann's kalt werden. Sieht so aus, als bekämen wir einen frühen Winter.«

»Was passiert jetzt?« fragte Carlsen.

»Nichts«, sagte Lavalle. »Sie müssen uns nur noch eine Erklärung unterschreiben, daß Sie sich in dieser Sache zu Stillschweigen verpflichten. Sollten Sie sich nicht daran halten, würde etwas Unangenehmes passieren. Und das möchten wir Ihnen und uns lieber ersparen.«

»Und was wäre das?«

»Sie haben doch Phantasie genug«, sagte Lavalle. »Sie als Schriftsteller.« Lavalle zog einen Briefumschlag aus der Tasche und entnahm ihm zwei eng beschriebene Blätter. »Unterschreiben Sie auf diesem Exemplar. Das andere ist für Sie. Für Ihre Unterlagen sozusagen. Damit Sie wissen, was Sie unterschrieben haben.«

Carlsen unterschrieb, ohne ein einziges Wort zu lesen.

»Und jetzt entschuldigen Sie uns bitte, Professor Carlsen«, sagte Lavalle und hob den Karton auf. »Genießen Sie Ihr Wochenende.«

Sie gingen. Carlsen folgte ihnen bis auf die Veranda. Es schneite immer noch. Lavalle und Brandon stapften durch den Schnee zum

Wagen, stiegen ein. Der Motor wurde angelassen, die Scheinwerfer rissen die Nacht auf. Der Wagen wendete, rollte hügelabwärts, dem dunklen Band des Flusses entgegen. Carlsen machte ein paar Schritte hinaus ins Schneetreiben und sah den Rücklichtern nach. Als der Wagen auf der Höhe der Brücke sein mußte, verschwanden die Lichter in der Dunkelheit.

Carlsen atmete tief durch, stakste mit weichen Knien zurück ins Haus, schenkte sich Wiskey ein, steckte sich eine Zigarette an, ließ sich auf die Couch vorm Kaminfeuer fallen und versuchte, seine Gedanken zu ordnen, die so regellos und chaotisch durch seinen Kopf tanzten wie draußen der Schnee. Woher hatte Lavalle von dem Kontakt zu Lansing und dem Treffen in Clifton Park gewußt? Carlsen hatte niemandem davon erzählt. Er hatte nur mit Hardings Tochter und anschließend mit Lansing telefoniert. Telefoniert. Ja, telefoniert. Das Wort zog Kreise in seinem Kopf.

Er raffte sich auf, ging zum Telefon, hob den Hörer ab und lauschte dem sinnlosen Summen des Freizeichens. Es war ein altes Gerät, der Hörer geformt wie ein Knochen, in dessen Enden Hörer und Sprechmuschel steckten. Zwischen Handgriff und Sprechmuschel war eine Nahtstelle. Vielleicht gab es ein Schraubgewinde? Er zog und drehte vergeblich daran herum, holte schließlich seinen Nagelknipser aus dem Bad und schob den scharfen Stumpf der Nagelfeile, die er bei seiner Einreise hatte abbrechen müssen, zwischen die Nahtstelle, bis die perforierte Plastikschale über der Sprechmuschel abplatzte. Von Technik verstand Carlsen nichts, aber als er das winzige, kreisrunde Etwas sah, das aus der Muschel fiel, als er mit dem Feilenstumpf dagegenstieß, wußte er Bescheid. Wann war die Wanze eingebaut worden? Und von wem? Mit ihren Generalschlüsseln hatten *Campus Security* und *Custodial Service* jederzeit Zutritt zum Haus.

Er starrte die Wanze an. Sie war kaum halb so groß wie ein Fingernagel, wie ein kleiner, sorgfältig manikürter, blaßlila schimmernder Fingernagel. Carlsen sah ein Bild vor sich, klar, scharf und transparent wie ein Digitalfoto. Bekleidet nur mit Höschen und T-Shirt sitzt Lauren auf dem Schreibtischstuhl, mitten in der Nacht, hält wie ertappt den Telefonhörer in der Hand, faselt etwas von

Fernabfrage ihres Anrufbeantworters, von einer wichtigen Nachricht, und dann drängt sie sich an ihn, küßt ihn auf den Hals, streicht ihm über die Brust und sagt: Laß uns wieder ins Bett gehen. Komm.

So war das also. So paßte es zusammen. Und was hatte Lavalle vorhin gesagt? Daß er an eine Geschichte denke, die aus Steinbergs Feder stammen könnte. Das hatte Carlsen aber nicht Lansing erzählt, sondern Lauren. Vor einer Woche im *Maison de Poupées*. So fügten sich die losen Enden. Sie fügten sich zum Strick. Er fröstelte.

Die Kopien, dachte er plötzlich. Weil er davon nichts wußte, hatte Lavalle nicht nach den Kopien gefragt, die Carlsen von Castellos Konvolut gezogen hatte. Oder er hatte nicht danach gefragt, weil Brunos *Memory Machine* nur eine fixe Idee Hardings war. Mit solchen Spinnereien dürfte nicht einmal ein phantasiebegabter Mensch etwas anfangen können, hatte Lavalle gehöhnt. Was sollte Carlsen damit anfangen? Nichts. Gar nichts. Oder doch. Sie sollten nachlegen, hatte Lavalle gesagt. Der Winter kommt früh. Carlsen nahm die Kopien, hockte sich vors Feuer und warf Blatt um Blatt hinein. Sie flammten hell auf und sanken als schwarze Ascheflocken zwischen die Scheite. Schatten der Ideen.

Er streckte sich auf der Couch aus und schloß die Augen. Die Couch, das Haus und der Hügel, der Fluß und die Brücke, das Städtchen und der Campus befanden sich in einer Schneekugel, deren Kuppel bis zum Himmel reichte. In der Stille herrschte eine weiße, schattenlose Finsternis, und die Kugel stand mitten im Nirgendwo.

QUELLEN UND DANK

Die in diesem Roman »zitierten« Briefe Carl Zuckmayers sind fiktiv, basieren jedoch auf Äußerungen in seinen Briefen und Werken und paraphrasieren sie gelegentlich auch. Herangezogen habe ich insbesondere Zuckmayers Autobiographie *Als wär's ein Stück von mir*, das nachgelassene Fragment *Vermonter Roman* sowie den *Geheimreport* und den *Deutschlandbericht für das Kriegsministerium der Vereinigten Staaten von Amerika*. Unverzichtbar war natürlich auch Alice Herdan-Zuckmayers Erinnerungsbuch *Die Farm in den grünen Bergen*. In den Roman sind außerdem einige Passagen meines Vermonter Journals *Zuckmayers Schatten* eingeflossen.

Hinsichtlich Giordano Brunos Konzeption einer Gedächtnismaschine beziehe ich mich unter anderem auf Frances A. Yates' Standardwerk *The Art of Memory* und auf Wolfgang Wildgens Untersuchung *Brunos Logik der Phantasie und die moderne Semiotik*.

Für die Anhörungspraktiken der McCarthy-Komitees erwies sich der von Eric Bentley edierte Band *Thirty Years of Treason. Excerpts from Hearings before the House Committee on Un-American Activities 1938–1968* als ebenso aufschlußreich wie die von Hildegard Brenner edierte Dokumentation *Eisler und Brecht – Verhöre vor dem Ausschuß für unamerikanische Tätigkeit*.

* * *

Ich danke dem *Deutschen Literaturfonds e.V.* für die Unterstützung durch ein Arbeitsstipendium und der *Stiftung Dr. Robert und Lina Thyll-Dürr* für inspirierende Tage auf Elba.

Besonderen Dank schulde ich Prof. Dr. Jochen Richter und Prof. Dr. Karl Obrath, Direktor und Co-Direktor der *German School* am Middlebury College, Vermont.

* * *

Geschrieben 2006 – 2008

K. M.

Klaus Modick
Der kretische Gast
Roman. 464 Seiten.
Piper Taschenbuch

Kreta 1943: Der deutsche Archäologe Johann Martens soll im Auftrag der Wehrmacht die Kunstschätze der besetzten Insel katalogisieren. Der Einheimische Andreas wird zu seinem Fahrer und Führer, doch verbindet beide bald mehr. Die Lebensart der Kreter und noch mehr Andreas' schöne Tochter Eleni schlagen Martens immer mehr in ihren Bann. Als die Deutschen eine Razzia planen, muß sich Johann entscheiden, wo er steht.

»Ein handlungs- und atmosphäresatt erzähltes Drama. Eminent spannend. Die Insel ist ganz unverhohlen die eigentliche Heldin dieses sommersatten Romans, dessen Lektüre man allenfalls vorzeitig abbrechen möchte, um unverzüglich nach Kreta zu reisen.«
Hannoversche Allgemeine

Klaus Modick
Bestseller
Roman. 272 Seiten.
Piper Taschenbuch

Der erfolglose Schriftsteller Lukas Domcik entwirft einen genialen Plan, um das große Geld zu machen: Als er im Nachlaß einer Tante deren schwülstige Lebenserinnerungen als bekennende Nationalsozialistin und später reuige Katholikin findet, schiebt er die überaus attraktive und von ihm heiß begehrte Rachel als Autorin vor, die die Geschichte ihrer vorgeblichen Oma erzählt. Die Medien sind begeistert, und die Doku-Fiction wird zum Bestseller. Doch schon bald verliert Domcik die Übersicht – und die Fäden seiner attraktiven Marionette aus der Hand...

»Das witzigste, aber auch böseste Buch, das Klaus Modick seit langem geschrieben hat, und gleichzeitig das beste.«
Frankfurter Neue Presse

PIPER

Johannes Groschupf
Zu weit draußen
Roman. 176 Seiten.
Piper Taschenbuch

Der Journalist Jan Grahn verunglückt auf einer Reportage in der Wüste mit dem Helikopter – und überlebt mit schwersten Verbrennungen. Sprachlich brillant erzählt Johannes Groschupf in seinem autobiographischen Roman von der Angst eines Mannes, in das Leben zurückzukehren – und dem schwierigen Versuch, die Gespenster einer Grenzerfahrung für immer hinter sich zu lassen.

»Ein unglaubliches Buch. Nicht etwa weil die Art des Unfalls und des Überlebens so spektakulär wäre. Unglaublich ist die Ruhe und die Zartheit, mit der Johannes Groschupf von der schlimmsten Zeit seines Lebens erzählt. Kein Wort zuviel, kein falscher Ton, kein bißchen rührselig.«
Westdeutscher Rundfunk

Thommie Bayer
Die gefährliche Frau
Roman. 240 Seiten.
Piper Taschenbuch

Vera bietet ihre Dienste als Lockvogel an: Eifersüchtigen Frauen schafft sie Gewißheit – und kann über Nacht Ehen zerstören. Bisher hat sie jeden Mann in ihr Bett und auf Video bekommen. Doch dann wird sie auf den Schriftsteller Axel Behrendt angesetzt, der offenbar gar nicht auf einen Seitensprung aus ist. Vielmehr will er Veras Geschichte erfahren, und ihre Treffen werden zu einem Ringen um Nähe und Distanz, zu einem Spiel um Vertrauen und Betrug...

»Ein höchst spannender, erotischer Beziehungsthriller um die Fragen: Wieviel Vertrauen braucht Liebe, und was passiert, wenn zwei Menschen sich öffnen und (ver)trauen?«
Bayerischer Rundfunk

Anne Chaplet
Russisch Blut
*Kriminalroman. 256 Seiten.
Piper Taschenbuch*

Für Katalina Cavic sollte es ein Neuanfang sein auf Schloß Blanckenburg. Doch sie kommt nicht zur Ruhe, Lüge und Betrug sind hier ebenso offensichtlich wie der Verfall des alten Anwesens. Während die junge bosnische Tierärztin noch mit den Dämonen ihrer eigenen Vergangenheit kämpft, erschüttert der Mord an einem angesehenen Archäologen die Schloßbewohner. Im Zuge der Ermittlungen tritt ein altes Geheimnis zutage, das mit der dramatischen Flucht einer Frau in den Wirren des Zweiten Weltkriegs zusammenhängt und Katalina an ihre eigene Geschichte erinnert.

»Anne Chaplet ist ein Glücksfall für die deutsche Kriminiliteratur.«
Der Spiegel

Urs Schaub
Tanner
*Kriminalroman. 400 Seiten.
Piper Taschenbuch*

Die Spur eines ungewöhnlichen Verbrechens führt den suspendierten Kommissar Simon Tanner von Marokko ins romantische Grenzland zur französischen Schweiz: die grausamen Morde an kleinen Mädchen. Mithilfe des dicken Kommissars Michel und des zwergenhaften Butlers Honoré, der bei der reichen und verdächtigen Familie Finidori arbeitet, wühlt Tanner die Provinzidylle schnell auf und gerät dabei selbst in Lebensgefahr ... Ein Kriminalroman von hinreißender Üppigkeit und seltener erzählerischer Kraft.

»Ein Debütroman mit einem packenden Mix aus Krimi und Drama.«
Facts

»Ich saß vor der Stereoanlage und verschwand im Weißen Album.«

Klaus Modick
Krumme Touren

Geschichten
224 Seiten / gebunden mit Schutzumschlag
€ 18,95 (D) / sFr 29,90 / € 19,50 (A)
ISBN 978-3-8218-0880-2

Klaus Modicks Erzählungen umkreisen das Thema der Erinnerung: an erste Lieben, an prägende Musik, an unverhofftes Glück und frühes Leid. Die erste Fahrt an die Nordsee, Tanzstunden mit peinlichem Angstschweiß, seltsame Begegnungen beim Trampen – und im Ohr der Sound von den Beatles, The Who und Neil Young.

»Intelligent und literarisch beschlagen, hat Klaus Modick ein Publikum im Blick, das nicht gewillt ist, sich langweilen zu lassen.«
 Walter Hinck, Frankfurter Allgemeine Zeitung